DAS GROSSE SPIEL

Claude Cueni

DAS GROSSE SPIEL

Roman

HEYNE <

FSC
Mix
Produktgruppe aus vorbildlich bewirtschafteten Wäldern und anderen kontrollierten Herkünften

Zert.-Nr. SGS-COC-1940
www.fsc.org
© 1996 Forest Stewardship Council

Verlagsgruppe Random House
FSC-DEU-0100
Das für dieses Buch verwendete
FSC-zertifizierte Papier *EOS*
liefert Salzer, St. Pölten.

Redaktion: Heiko Arntz
Herstellung: Helga Schörnig
Gesetzt aus der 12,1/13,7 Punkt Perpetua
bei C. Schaber Datentechnik, Wels
Druck und Bindung: GGP Media GmbH, Pößneck
Printed in Germany

ISBN-10: 3-453-26529-7
ISBN-13: 978-3-453-26529-5

www.heyne.de

Für Annemarie

Kapitel I

PARIS, 1683

»Werde ich sterben?«, fragte der Schotte. Seine wund geschnäuzte Nase triefte auf den scharlachroten Umhang, den er eng um sich geschlungen hatte. Er schob drei Goldmünzen über den dunkel gebeizten Eichentisch, als wolle er damit den Tod bestechen. Er lehnte sich auf seinem Stuhl zurück und sah sein Gegenüber mit großen Augen an. Bitterkeit und Hader überfielen ihn. »Werde ich sterben?«, wiederholte er mit seinem starken schottischen Akzent.

»Sie haben doch nicht die lange Reise von Edinburgh nach Paris gemacht, um hier zu sterben«, lächelte Docteur Cartier. »Keine Angst, Monsieur Law. Sie sind bei uns in guten Händen.« Rötliche Ekzeme überzogen Cartiers Kopfhaut. An einigen Stellen war ihm das Haar gleich büschelweise ausgefallen. Das Gesicht hatte er mit dicker, heller Schminke bedeckt, um die entstellenden Pockennarben zu kaschieren. Docteur Cartier zeigte auf eine gläserne Schale, die in der Mitte des wuchtigen Tisches stand. Darin waren seltsam gefärbte Steine. »Das sind Harnsteine, Monsieur Law. Sie haben schreckliche Schmerzen verursacht. Die Menschen, denen wir diese Steine entfernt haben, sind heute schmerzfrei. Diese Menschen …«

»Wie groß ist die Wahrscheinlichkeit, dass ich überlebe, Docteur Cartier?«, unterbrach ihn der Schotte. Er war es gewohnt, dass man ihm auf seine Fragen präzise und ohne Umschweife antwortete. Er trug den scharlachroten Umhang der Goldschmiede-Bankiers von Edinburgh.

Docteur Cartier beugte sich über den Tisch und schaute William Law eindringlich an: »Monsieur Law, ich bin Chirurg und nicht Mathematiker. Ich halte nicht viel von diesen neuen Wissenschaften, die überall in Mode gekommen sind. Die ganze Welt stellt Berechnungen der *Wahrscheinlichkeit* an. Mit Verlaub, Monsieur Law, das ist dummes Zeug. Gott allein entscheidet. Nicht die Mathematik. Jahrhundertelang haben uns die Schweizer Bergbauern auf den Schlachtfeldern Europas mit ihren Pikettieren geelendet, und jetzt lassen sie die Brüder Bernoulli mit ihren Höchstwahrscheinlichkeitsrechnungen auf die Menschheit los. Was bisher galt, soll plötzlich falsch sein. Alles soll neu erklärt und gedeutet werden. Und das öffentlich. Und für jedermann zugänglich. Jeder Stallknecht soll heutzutage alles verstehen. Das ist eine neue Krankheit, Monsieur Law, eine Seuche. Aber Ihr Leiden, Monsieur Law, Ihr Leiden ist heilbar. Seit zweihundertfünfzig Jahren praktizieren wir die Steinoperation nach denselben Regeln. Diese Regeln sind geheim, Monsieur Law. Und das aus gutem Grund. Wo kämen wir hin, wenn sich jeder sein eigenes Urteil bilden würde? Wenn selbst die Bauern in Holland den Dammschnitt an ihren Viechern praktizieren würden? Aber alle Welt soll Statistiken führen und sie der Menschheit zur Verfügung stellen! Jeder Patient will plötzlich Tabellen und Statistiken. Jeder Patient ein kleiner Bernoulli, ein Mathematiker, ein Prognostiker. Das ist eine Versündigung gegen Gott und die Monarchie! Zahlen, Fakten, Zusammenhänge konstruieren … Die Zukunft voraussagen! Die Pläne Gottes erraten! Sie wollen Gott spielen! Ich will Ihnen etwas sagen, Monsieur Law, Wahrscheinlichkeitsrechnungen sind etwas für Kartenspieler.« Docteur Cartier hielt inne und holte tief Luft. Er war selbst überrascht, dass er sich derart ereifert hatte.

William Law nickte höflich und beugte sich nun seinerseits über den schweren Tisch: »Docteur Cartier, ich bin William Law, Goldschmied und Münzprüfer aus Edinburgh in Schottland, Berater des königlichen Münzamtes. Von meinen sieben Söhnen und fünf Töchtern haben vier die Kinderjahre überlebt. Das entspricht dem statistischen Mittel von Edinburgh. So hat es mir mein Sohn John erzählt. Ich möchte von Ihnen lediglich wissen, wie die Statistik Ihres Hospitals aussieht. Damit ich entscheiden kann, ob ich das Risiko auf mich nehme oder nicht. Denn zu Hause in Lauriston Castle, das ich vor wenigen Wochen erworben habe, warten meine Frau und meine Söhne, John und William.« Einen Augenblick lang saßen sich beide gegenüber und starrten sich lauernd und drohend an.

Dann seufzte Cartier, richtete sich auf und schob die Louisdor wieder in die Tischmitte. »Monsieur Law, für einunddreißig Patienten von hundert endet die Operation mit dem Tod. Aber falls Sie sterben, Monsieur Law, dann nicht zu einunddreißig Prozent. Der eigene Tod ist immer hundertprozentig. Deshalb halte ich nichts von diesen Wahrscheinlichkeitsrechnungen. Monsieur Law, es braucht wenig Gift, um einen Körper zu zerstören. Manchmal braucht es nur eine Idee. Die neue Mathematik ist schlimmer als die Pest. Wenn sie sich durchsetzt, wird nichts mehr sein wie früher.«

»Die Welt wird *anders* sein, das ist alles, Docteur Cartier«, antwortete der Schotte müde. »Etwas Altes stirbt, und etwas Neues wird geboren. Das Ganze stirbt nie.« William Law lächelte versöhnlich: »Eigentlich habe ich Sie nur meinem Sohn John zuliebe über Ihre Statistik befragt. Es war nicht meine Absicht, Ihre Fähigkeiten als Chirurg infrage zu stellen. Falls dieser Eindruck entstanden sein sollte, tut es mir Leid, und ich bitte in aller Form um Entschuldigung.«

Cartier streckte seinen Arm nach Laws Hand aus und tätschelte sie liebevoll: »Keine Angst, Monsieur Law, wir werden den Münzprüfer von Edinburgh nicht sterben lassen. In diesen hitzigen Zeiten könnte uns das leicht einen neuen Krieg bescheren. Und davon hat Europa schon reichlich genug gehabt.«

William Law zog seine Hand zurück, dann holte er zwei braune, versiegelte Briefumschläge aus der Innentasche seines purpurroten Umhangs und legte sie zögernd auf den Tisch. »Dieser Brief ist für meine Frau und dieser hier für meinen ältesten Sohn, John. John Law. Für alle Fälle. Es sind immerhin einunddreißig Prozent.«

Als die beiden Männer wenig später zu den Operationssälen gingen, hallten ihre Schritte laut durch die hohe Säulenhalle der Charité. »Ihr Ältester wird wohl auch Goldschmied?«, versuchte es Cartier mit ein bisschen Konversation.

»In Schottland ist jeder Goldschmied auch Bankier. Die Familien der Laws sind seit vielen Generationen als Goldschmiede tätig. Als Goldschmiede oder Pastoren – einige wurden sogar Kardinäle.«

William Law hatte Angst, ihm war übel vor Angst. Immer wieder ergriff ihn ein Schwindel, und er hatte das Gefühl, mit dem nächsten Schritt ins Leere zu stürzen. Der Schotte hatte sich auf der langen Kutschenfahrt von Edinburgh nach Paris eine fiebrige Erkältung geholt. Er fror. Ein grelles Pfeifen in den Ohren ließ ihn kurz zusammenzucken. Sein Herz raste, als wolle es den Brustkorb sprengen und allein nach Edinburgh zurückeilen.

»Und?«, fragte Cartier betont freundlich. »Wird Ihr Ältester eher Goldschmied oder Kardinal?«

»John ist erst zwölf«, wehrte William Law verlegen ab, »handwerklich ist er nicht so geschickt …« Er rang nach Luft. Er brauchte mehr Luft.

»Dann wird er eben Kardinal«, lachte der Steinoperateur und legte Law aufmunternd den Arm um die Schulter.

Mit schnellen, flinken Bewegungen stieß der zwölfjährige John sein Glied zwischen die lustvoll gespreizten Beine der Dienstmagd Janine. Das Mädchen saß entspannt auf der Holztruhe vor dem Fenster des Turmzimmers. Den Kopf hatte sie in die Fensternische zurückgeworfen, als wolle sie den Wolkenhimmel betrachten. »Ich werde dir alles beibringen, John«, stöhnte sie, »jeden Handgriff, jede Finesse, die Kunst der Verführung, der genussvollen Hingabe, die Kunst, sich eine Mätresse zu halten und sie wieder loszuwerden, sie zu besitzen und sie zu verderben.« Blitzschnell fasste die Zwanzigjährige Johns Hüften, stieß ihn leicht zurück, drehte sich um und kniete nun, mit dem Gesicht zum Fenster, auf der Truhe. Sie schaute hinunter zum Fluss. Zwischen den Bäumen sah sie eine Frau, die eilig auf das Anwesen zukam. John führte erneut sein Glied ein, wie ein junger Hund, der keine andere Bestimmung zu kennen glaubt. Ungestüm und heftig. Er war für sein Alter von ungewöhnlich hohem Wuchs und kaum von einem Mann zu unterscheiden. Nur der Schalk in seinen freundlichen, dunklen Augen ließ das jugendliche Alter erahnen. Janine hatte ihm einmal gesagt, dass sie noch nie einen derart schönen Mund geküsst habe.

Für John war Janine nicht der *pisse-pot de nos maris*, der Pisstopf des Hausherrn, wie die Franzosen die Dienstmägde verächtlich nannten. Ganz im Gegenteil, für ihn war Janine wie ein Fenster zur großen Welt. Janine hatte in Paris als Dienstmagd eines Goldschmieds gearbeitet, der an seiner Spielleidenschaft zerbrochen war. Janine hatte dem aufgeweckten John nicht nur das Kartenspiel *Pharao* beigebracht, sondern auch das, worüber man in den Salons der Reichen und Mächtigen sprach. Und man sprach nur über das eine. *»Fais-le bien«,* sagten die Franzosen am Hofe des Sonnenkönigs: »Mach es gut«, und John wollte der Beste sein, ein echter Wüstling, ein Held seiner Zeit, ein Kardinal der Erotik.

»John!«, hörte man unten die Frau rufen, die nun wütend das Flussufer hinaufkam. Sie klang ungeduldig und müde. Die siebzig Hektar Grund am Südufer des Firth of Forth gehörten zum Anwesen von Lauriston Castle, einem dreistöckigen, herrschaftlichen Gebäude mit zwei schmalen Wehrtürmchen. Die Frau näherte sich dem Haus und blieb vor dem linken Wehrturm stehen, der von Kragsteinen gestützt wurde. Sie schaute zum Turmzimmer hinauf: »John! Ich muss mit dir reden.« Ein Fenster wurde aufgestoßen. Der Junge streckte seinen Kopf hinaus und schrie: »Was wollen Sie denn jetzt schon wieder, Mutter, ich arbeite!«

Als Janine im großen Speisezimmer das Essen auf den Tisch gebracht hatte, Gemüsesuppe, Brot und Käse, sprach Jean Law ein kurzes Tischgebet. Die zwölf Geburten waren nicht spurlos an ihr vorübergegangen. Das einst feuerrote, schulterlange Haar war spröde geworden. Sie hatte es mit einem roten Band zusammengebunden. Das Gesicht war ausgemergelt, und ihre Augen erzählten von all dem Leid, das sie erfahren und ertragen hatte. Jean Law war sechsunddreißig Jahre alt. Als sie das Tischgebet beendet hatte, fügte sie leise hinzu: »Und Gott … beschütze William Law, dass er geheilt und gesund zu den Seinen zurückkehrt.«

Vor wenigen Wochen hatte die sechsköpfige Familie noch in Edinburgh in einer engen Behausung am Parliament Square gewohnt. Jetzt waren sie stolze Besitzer von Lauriston Castle. William Law stand im Zenit seiner beruflichen Karriere, im Zenit der gesellschaftlichen Anerkennung. Und wenn William Law gesund zurückkam, dann war ihr Glück vollkommen. Jean Law hatte Angst vor diesem Gedanken. Sie misstraute dem Glück. Nicht, weil sie schon acht Kinder verloren hatte. Das war in Edinburgh, wo die Leute so eng aufeinander lebten wie nirgendwo auf der Welt, nichts Besonderes. Der Kindstod war so alltäglich, dass man es nicht für nötig hielt, Kinder vor ihrem siebten Lebensjahr zu taufen oder ihnen besondere Zuwendung zu schenken. Nein, Jean Law misstraute dem Glück, weil sie wusste, dass ein Kleeblatt selten vier Blätter hat. Und jetzt, wo sie im Besitz von Lauriston Castle waren, besorgte sie die Abwesenheit ihres Mannes ganz erheblich. Sie war in gleichem Maße religiös wie abergläubisch.

Janine füllte zunächst Jean Suppe auf, dann John und schließlich seinem ein Jahr jüngeren Bruder William. Die beiden Mädchen, sechsjährige Zwillinge, aßen wie üblich draußen in der Küche. Während Janine die Suppe austeilte, starrte John Law erneut auf ihren prallen Busen, den sie nur zum Schein mit einem Busentuch kaschierte. Am liebsten wäre John gleich wieder ins Turmzimmer hochgerannt. Janine hatte ihn regelrecht verhext. Er dachte immerzu an ihren Po, an ihre weißen Schenkel, und sein erigierter Penis brachte ihn schier um den Verstand. Oft schloss er während des Schulunterrichts die Augen, um den Duft ihres Haars zu riechen, den Duft ihres Busens, ihre verschwitzte Haut, ihre nassen Schenkel. Und wenn er die Augen wieder öffnete, entsprang ein leiser Seufzer seinen Lippen.

»Also, John«, begann seine Mutter Jean, »dein Lehrer wollte heute mit mir sprechen. Er hält dich für sehr intelligent. Er meint, du hättest eine ausgesprochene Gabe für Zahlen. Manchmal hättest du sogar einen Hauch von – von Genie. Das genau waren seine Worte.«

Johns Bruder William begann laut zu lachen. Doch John schien es nicht zu bemerken.

»Aber Mutter«, entgegnete John Law mit einem charmanten Lächeln, »glauben Sie wirklich, mein Lehrer sei in der Lage, Genie zu erkennen?«

»Was soll das heißen?«, fragte seine Mutter.

»Er versteht recht wenig von Mathematik«, antwortete John Law, »und seit er mich unterrichtet, weiß er das sogar.«

»Hochmut kommt vor dem Fall«, kreischte William, »arrogant wie ein Franzose!« Doch John ließ sich erneut nichts anmerken. Er parlierte mit der Gestik eines Erwachsenen. Janine nahm es mit stiller Genugtuung zur Kenntnis. Schließlich hatte sie ihm beigebracht, wie man beim Kartenspiel jegliche Regung unterdrückt und das gesprochene Wort mit Gesten akkompagniert.

»John! Gott wird dich eines Tages für deinen Hochmut strafen!«, rügte ihn seine Mutter.

»Verzeihung, Mutter, aber ist es Hochmut, wenn ich meinen Lehrer auf Fehler hinweise? Soll ich vor Demut erstarren, nur weil er mein Lehrer ist? Respekt muss man sich verdienen, Mutter. Durch Wissen und Leistung. Nicht durch Amt und Würden.«

»Basieren nicht auch Amt und Würden auf Wissen und Leistung?«, fragte seine Mutter. Ihre Stimme klang matt. Ihr fehlte immer öfter die Kraft für solche Dispute.

»Wir stehen an der Schwelle zu einer neuen Zeit, Mutter. Die Karten werden neu gemischt ...«

»Hör auf, John!«, rief Jean und schlug mit der flachen Hand auf den Tisch. »Mit diesen Ideen bringst du Gott und den König gegen dich auf. Wer die gottgewollte Ordnung nicht akzeptiert, begibt sich außerhalb der christlichen Gemeinschaft!«

»Ich gebe Ihnen Recht, Mutter. Aber verdanken wir unseren Fortschritt nicht ausgerechnet jenen Menschen, die sich mit der bestehenden Ordnung nicht abgefunden und sich vorsätzlich abgesondert haben?«

Mit einer heftigen Bewegung warf Jean ihren Löffel auf den Tisch und schrie: »Es steht dir nicht zu, über deine Mutter zu urteilen und ihr Recht oder Unrecht zu geben!«

»Ich bitte Sie um Verzeihung, Mutter. Ich wollte Sie nicht verletzen.« Und mit dem für ihn typischen Schmunzeln fügte er leiser hinzu: »Wenn Sie wünschen, Mutter, behaupte ich sogar, dass die Welt eine Scheibe ist, nur damit ich Ihre Liebe nicht verliere.«

Jean wollte ihren Sohn tadeln, aber Johns Lächeln berührte ihr Herz. Insgeheim war sie stolz auf ihren kleinen John, der plötzlich so groß geworden war. Sie nahm ihren Löffel wieder in die Hand, tauchte ihn in die Suppe und hielt erneut inne: »Dein Lehrer sagt, du bist sehr launenhaft, das beunruhigt ihn.«

»Ihn beunruhigt alles, was er nicht kennt und daher nicht versteht. Vielleicht sollten wir den Lehrer wechseln.« Der Junge grinste.

»John«, sagte seine Mutter nun mit sehr ernster Stimme, »wenn dein Vater zurückkommt, werde ich ihm vorschlagen, dass er dich nach Eaglesham schickt ...«

»Renfrewshire? Zu diesem verwirrten Gottesprediger? Man sagt, er sei vom Teufel getrieben.«

John wandte sich Hilfe suchend an Janine. Doch sie hatte ihm bereits den Rücken zugekehrt und war auf dem Weg zur Tür. Und John dachte, dass Gott ihr diesen wundervollen Po geschenkt hatte wie ihm die Gabe für die Mathematik.

»Vater will mich gewiss hier bei sich behalten«, lächelte John, »da bin ich mir sicher.«

»Sicher?«, flachste sein Bruder William. »*Wie* sicher, Meister?«

»*Hundertprozentig* sicher«, zischte John und bohrte seinem Bruder die zweizackige Gabel in den Oberschenkel. William schrie gellend auf.

William Laws Schreie gellten durch die Korridore der Pariser Charité. Einer von Cartiers Helfern drückte William Laws Schultern auf die Holzliege hinunter. Links und rechts von dem Patienten standen Assistenten und fixierten mit geübtem Griff Arme und Beine. Cartier führte das Skalpell noch tiefer in den Oberschenkelmuskel, direkt neben den Anus. Erneut versuchte er, mit den Fingern den Stein zu ertasten, während sich William Law brüllend aufbäumte. Cartier weitete den Einschnitt aus und versuchte nun mit einem Entenschnabel, den Stein in der Blase zu erreichen. Der Chirurg war voll gespritzt mit Blut wie ein Fleischer auf dem Schlachthof. Der Stein befand sich noch immer in der Blase, und er war riesengroß. Eine Stunde später waren die Schreie verstummt. Fassungslos stand Docteur Cartier vor dem blutüberströmten Unterleib des Schotten. Dann nahm er den lauwarmen Penis des Schotten in die Hand und führte noch einmal die steife Sonde in die Harnröhre ein, um den Harnblasenmund zu lokalisieren. Er wollte nicht wahrhaben, was geschehen war.

»Docteur Cartier«, sprach ihn sein junger Assistent Dutronc mit ruhiger Stimme an. »Docteur Cartier. Der Patient ist tot.«

Cartier hielt inne. Er starrte auf den schlaffen Penis in seiner Hand. Dann ließ er ihn los. Als er sich die Hände wusch, bebte die Wasserschüssel in den Händen des Assistenten. Das blutdurchtränkte Wasser schwappte über den Rand und klatschte auf den Fußboden.

Wenig später saß Cartier erschöpft in seiner getäfelten Schreibstube. William Law, der Münzprüfer von Edinburgh, war tot. Er verblutete im Jahre 1683 während einer Lithotomie, dem ältesten bekannten chirurgischen Eingriff. An eine Überführung ins ferne Schottland war nicht zu denken. Man würde ihn formlos im schottischen Kolleg in Paris beisetzen. Cartier starrte auf das dicke rote Siegel, mit dem der Schotte die beiden braunen Umschläge verschlossen hatte.

»Er kannte das Risiko. Ich habe ihm nichts verschwiegen. Nicht wahr, Dutronc? Der Schotte kannte das Risiko!« Cartier blickte zu seinem Assistenten Dutronc auf, der geduldig vor dem Schreibtisch stand und offenbar auf eine Order wartete.

»Ich bin Ihr Zeuge, Docteur Cartier. Sie haben ihn darauf aufmerksam gemacht.«

Cartier lächelte: »Und es ist immer noch Gott, der entscheidet, ob jemand lebt oder stirbt. Nicht wahr, Dutronc? Wir bemühen uns redlich, aber Gott entscheidet.«

Dutronc schwieg. Cartier schaute erneut zu ihm auf.

»Was ist Dutronc? Er ist tot. Akzeptieren Sie das und wenden Sie sich wieder den Lebenden zu. Glauben Sie mir, mir wäre es auch lieber, Law wäre noch am Leben und wir müssten diese beiden Umschläge nicht zum Postamt bringen.«

»Sein Tod wäre vielleicht zu vermeiden gewesen«, sagte Dutronc leise, ohne Docteur Cartier in die Augen zu sehen.

»Was reden Sie da?«, fragte Cartier unwirsch. »Wenn Gott gewollt hätte ... Oder wollen Sie etwa andeuten, ich hätte irgendetwas falsch gemacht?«

»Nein, nein, Docteur Cartier, Sie haben nichts falsch gemacht. Wir alle machen vielleicht etwas falsch.«

»Wollen Sie Steinoperationen etwa mit Dampfmaschinen durchführen? Oder mit geheimnisvollen Magneten?«, fragte Cartier und lachte verächtlich.

»Docteur Cartier, seit über zweihundert Jahren ...«

»So ist es, Monsieur Dutronc! Seit über zweihundert Jahren wird der Steinschnitt in dieser Form praktiziert. Die Menschen leiden an ihren Steinen, einigen wird geholfen, andere sterben. Aber an der Art der Operation hat sich nichts geändert. Weil es nichts zu ändern gibt. Die menschliche Anatomie ändert sich nicht, und die Steine ändern sich nicht. Und deshalb werden die Menschen auch in tausend Jahren den Steinschnitt noch genauso durchführen, wie ich es heute getan habe!«

»Nein, Docteur Cartier«, entfuhr es dem jungen Dutronc, der sein jugendliches Temperament nicht länger zügeln konnte. »Wir müssen unser Wissen austauschen, Docteur Cartier, mit den Ärzten und Operateuren aus Italien, aus Holland und aus England ...«

»Hören Sie auf, Dutronc! Wenn ich eins nicht leiden kann, dann Schwärmerei.«

»Nicht nur das Schwarzpulver verändert Europa. Überall auf der Welt machen die Menschen neue Erfindungen.«

»Passen Sie auf, was Sie sagen, Dutronc. Man kann einen Muskel auch überdehnen. Dann reißt er!«

»Haben wir den Muskel überdehnt, weil wir heute nicht mehr in Höhlen hausen und uns von rohem Fleisch ernähren?«

»Hören Sie, Dutronc, ich weiß, dass es in den Salons in Mode gekommen ist, selbst Kindern und Frauen zuzuhören. Aber Ihnen, Dutronc, Ihnen werde ich nicht länger zuhören. Bringen Sie diese Umschläge zur Post! Und dann nehmen Sie von mir aus gleich die nächste Kutsche nach Amsterdam. Zu Frère Jacques de Beaulieu. Der hat sich von einem Schuhmacher neues Werkzeug für den Steinschnitt herstellen lassen. Von einem Schuhmacher!«, schrie Cartier und drückte Dutronc die beiden Umschläge in die Hand. Dutronc nahm sie an sich und nickte. Er sah ein, dass es sinnlos war, sich weiter mit Cartier zu unterhalten. Er verbeugte sich knapp, drehte sich um und eilte zur Tür.

»Dutronc!«, rief ihm Cartier nach. Dutronc drehte sich um, und seine langen blonden Haare wirbelten durch die Luft. »Sie wollen Gott spielen, Dutronc! Sie wollen den unsterblichen Menschen schaffen nach dem Ebenbild Gottes, und dafür wird Gott Sie strafen!«

Dutroncs Augen leuchteten wie beseelt von schwarzer Magie oder von einer großen Liebe: »Ja!«, frohlockte er mit flammender Stimme. »Ja, Docteur Cartier, und die Frage, ob es einen Gott gibt oder nicht, muss ebenfalls neu gestellt werden, und eines Tages wird selbst der Stuhl Ihres Gottes von einem Menschen besetzt sein, und wir werden Menschen erschaffen nach unserem Ebenbild. Und Maschinen werden die Arbeit verrichten, während wir vergnügt durch die Lüfte fliegen und Städte besuchen, die tief unter dem Meeresspiegel liegen.«

»Fantast!«, brüllte Cartier. »Sie sind ein vom Teufel besessener Fantast! Ein gottverdammter Fantast!«

Kapitel II

Vom Turmzimmer aus beobachteten John Law und die Dienstmagd Janine, wie Madam die Kutsche bestieg und davonfuhr. Schon bald verschwand die Kutsche im morgendlichen Nebel, und man hörte nur noch die schwächer werdenden Hufschläge der Pferde. Janine schloss das Turmfenster, eilte zum alten Wandschrank und riss sich die Kleider vom Leib. John saß rittlings auf einer Truhe vor dem Schrank und beobachtete die junge Frau mit wachsender Begierde. Obwohl sie bereits zwanzig war, war sie nicht viel größer als er. Er beobachtete, wie sie ihren Körper entblößte, um ihn gleich wieder mit kostbaren Stoffen zu verhüllen. Es waren Kleider, die Madam vor langer Zeit einmal getragen hatte.

»Du kannst in verschiedene Rollen schlüpfen«, dozierte Janine und kniff die Augen neckisch zusammen, so wie sie es immer tat, wenn sie John für sich gewinnen wollte, »du kannst den schmachtenden Jüngling spielen, den erfahrenen Kavalier, den abgebrühten Wüstling. Aber treibe es stets galant, mach es gut.« John atmete tief durch. Er konnte sich an Janines Körper nicht satt sehen, er war ihr verfallen. Janine nahm es mit einem koketten Lächeln zur Kenntnis und dozierte weiter: »Die Liebe ist ein Handwerk und kein Gefühl. Handwerk kann man lernen, Liebe täuscht man vor. Es gehört zum Handwerk.«

Janine klebte sich eine Mouche auf das Kinn. John kannte dieses extravagante Accessoire bereits. Mouches waren künstliche schwarze Leberflecken in Form von Kreisen, Halbmonden, Tieren oder Symbolen. Sie verstärkten den Kontrast zur marmorweißen Haut der Damen, die kein Sonnenstrahl gebrandmarkt hatte, weil sie sich nicht wie die Feldarbeiterinnen in der prallen Sonne abrackern mussten. »Achte immer auf die Mouche, John, sie sagt mehr als tausend Worte. Klebt die Mouche am linken Auge, ist die Dame bereits vergeben und treu. Ist das Symbol jedoch ein Tier, so ist sie zwar treu, aber nur bedingt. Das bedeutet, dass du mit besonderem Einsatz ihren Rock erobern kannst. Erobern sollst.«

Janine rückte das Busentuch zurecht und verdeckte so den Einschnitt zwischen ihren Brüsten. Dann nahm sie den Fächer in die Hand, fächerte dreimal hin und her und senkte den Fächer leicht in Johns Richtung.

»Du willst es jetzt, sofort«, sagte John.

»Nein«, sagte Janine gereizt, »ich habe mit dir Kontakt aufgenommen. Ich habe bemerkt, dass du mich die ganze Zeit beobachtest, und jetzt habe ich Kontakt aufgenommen.«

Janine rückte ihr Halstuch zurecht. »Und jetzt?«, fragte sie.

»Jetzt willst du es aber, sofort.«

Janines Miene verfinsterte sich: »John, ich biete dir den Hals an. Du darfst dich der Dame nähern. Streng dich ein bisschen an. Ich weiß, dass du das beste Gedächtnis von Edinburgh hast.«

John stand auf und näherte sich der jungen Frau. Er grinste bis über beide Ohren.

»Jetzt kommt das Busentuch?« Janine hatte das Busentuch, das um Schultern und Nacken drapiert war, gelockert. Das Busentuch war für John das raffinierteste Hilfsmittel der weiblichen Koketterie überhaupt. Es verbarg, was man zeigen wollte. Es weckte die Neugierde und brachte einen schier um den Verstand. Janine wich einen Schritt zurück und klappte den Fächer zu, um ihn gleich darauf wieder aufklappen zu lassen. »Ich halte das nicht mehr aus, Janine«, flehte John. »Mir platzt der Schädel.«

Janine wich nochmals einen Schritt zurück und wiederholte das Spiel mit dem Fächer: »Bitte, John, sei doch einmal vernünftig. Die Fächersprache ist die wichtigste Sprache in den Salons. Sie erlaubt die intimsten Zwiegespräche. Sie signalisiert Gefallen und Missfallen, die Einladung zur Annäherung und die Vereinbarung zum Rendezvous. Ich fordere dich jetzt gerade auf, mir zu folgen. Hast du die Uhrzeit erkannt, die ich dir mitgeteilt habe?«

John riss sich ungestüm die Hose auf, während Janine den Fächer brüsk auseinander breitete wie das Rad eines Pfaus.

»Jetzt weise ich dich ab«, lachte Janine.

John packte den Fächer mit einer Hand und drückte ihn energisch zusammen. »Und jetzt begehrst du mich. Auf der Stelle. Der Fächer spricht eine unmissverständliche Sprache«, grinste John und sank vor Janine auf die Knie, um ihre Beine zu liebkosen, bis sein wilder Haarschopf unter Janines Rock verschwand.

Janine taumelte zurück und stieß gegen Madams Kleiderkasten. »John«, seufzte sie, »gib den Damen in den Salons die Gelegenheit, ihr Taschentuch hervorzunehmen und daran zu riechen. Das Parfüm lässt sie erröten, und es sieht so aus, als seien sie unschuldige Mädchen, die noch nie an einer Orgie teilgenommen haben, da draußen in den Jagdschlössern vor den Toren von Paris.« Janine ließ sich zu Boden sinken und zog John sanft über sich.

Plötzlich wurde die Tür aufgestoßen. Der junge William Law stand da und starrte ungläubig auf seinen älteren Bruder, der sich widerwillig von Janine löste.

»Unser kleiner Monsieur ist ja schlimmer als eine Küchenschabe. Eine Küchenschabe, die Treppen steigen und Türen öffnen kann.« John blickte seinen Bruder vorwurfsvoll an.

Vor dem Haus ließ sich eine Männerstimme vernehmen: »Madam Law!«

John knöpfte nachlässig seine Hose zu und ging zum Fenster. Draußen war ein Postreiter.

»Er hat Post aus Paris. Er will sie unserer Frau Mutter aber nur persönlich übergeben«, stammelte William Law. Er war sichtlich nervös und aufgewühlt.

John stürzte aus dem Zimmer und eilte die Treppen des Turmzimmers hinunter.

Janine und William standen oben am Fenster und beobachteten, wie John aus dem Haus gelaufen kam. Der Postreiter war von seinem verschwitzten Rappen abgestiegen. John lief ihm entgegen.

»Ich habe Post für Madam Law«, sagte der Mann.

John streckte die Hand aus. »Madam ist in der Kirche, und ich bin John, John Law, der Erstgeborene.«

Der Postreiter rührte sich nicht.

John sah ihn grimmig an: »Eines Tages werde ich Herr über Lauriston Castle sein, und ich schwöre bei Gott, wenn Sie mir nicht sofort die Post aushändigen ...«

Der Postreiter grinste und zeigte eine Reihe brauner Zahnstümpfe: »Bis du Herr über Lauriston Castle bist, schmore ich längst in der Hölle.«

John zog einen Satz Spielkarten hervor. »Dann lass uns spielen. Gewinnst du, kriegst du einen Halfpenny, gewinne ich, gibst du mir die Post.« Beide setzten sich ins Gras.

»Und wo ist dein Halfpenny?«, fragte der Postreiter.

»Gib mir ein Stück Papier«, sagte John.

Der Postreiter zögerte, schließlich kramte er aus seiner Brusttasche ein Stück Papier hervor und reichte es John.

»Also«, sagte John, »ich habe einen Halfpenny, aber ich habe ihn nicht hier, weil er anderweitig gerade ein Geschäft tätigt. Verstehst du? Ich habe den Halfpenny unserer Dienstmagd ausgeliehen, damit er mir Zinsen bringt. Ich besitze ihn, aber nicht in meiner Hand. Damit ich nun trotzdem mit dir ins Geschäft komme, beschließen wir, dass dieses Stück Papier einen Halfpenny wert ist. Du kannst dieses Stück Papier jederzeit bei mir eintauschen. Nur nicht heute.«

Der Postreiter riss die Augen auf und atmete tief durch. Dann biss er sich auf die Unterlippe und sah den jungen John Law an: »Nun gut. Wie heißt dieses Spiel?«

Oben im Turmzimmer standen Janine und William am Fenster und verfolgten die seltsame Szene. »Die spielen tatsächlich Karten«, sagte Janine und schüttelte ungläubig den Kopf.

»Ja«, murmelte William und schaute ungläubig auf Janines nackten Po. Und es war ihm, als würde der Po seinen Blick erwidern. »Ja«, wiederholte William und riss sich von dem Anblick los. »Madam sagt immer, der liebe Gott hat John das Talent für die Mathematik geschenkt, aber der Teufel hat ihm den Wunsch gegeben, dieses Talent sinnlos zu vergeuden.«

»Er hat nur von Post für Madam gesprochen«, sagte Janine leise.

»Das ist gut so«, murmelte William, »Post für Madam heißt, dass alles gut verlaufen ist. Sonst wäre auch Post für John dabei, als Abschiedsbrief ...«

Auf dem Hof legten der Postreiter und John Law die Karten ins Gras. John zog noch eine Karte und sagte dann: »Bedient.«

»Zwei Buben«, sagte der Postreiter.

John legte seine zwei Karten offen hin und stand auf. Er hatte zwei Damen. »Und jetzt her mit dem Brief.«

Der Postreiter starrte benommen auf die Karten auf dem Boden, sah noch einmal die Karten in seiner Hand an und warf sie dann verächtlich zu den anderen. Mit einem Seufzen erhob er sich, ging zu seinem Rappen und holte einen braunen Umschlag aus der Satteltasche. John riss ihm den Brief aus der Hand und wollte zurück zum Haus eilen. Doch der Postreiter hielt ihn auf.

»Ach, da fällt mir ein ...« Der Mann bleckte wieder grinsend die fauligen Zähne. »Für einen gewissen John Law hätte ich auch noch einen Brief ...«

John stockte der Atem. Langsam kam er zurück, trat auf den Postboten zu. Er spürte, wie seine Beine schwer wurden wie Rohre aus Blei. Noch ein brauner Umschlag aus Paris. Mit dem roten Siegel des Vaters.

Die Herbststürme der vergangenen Wochen hatten den Apfelbaum im Innenhof auseinander gerissen und zu Fall gebracht. Man hatte ihn im Gras liegen lassen. Die beiden Brüder saßen auf dem modernden Stamm. William stocherte mit einem Strohhalm in der lockeren Baumrinde. Er jagte eine Ameise.

»Liebst du sie?«, fragte er leise, ohne dabei seinen Bruder anzusehen.

John starrte noch immer auf die beiden Briefe in seiner Hand. »Janine? Wir amüsieren uns. Sie sagt, niemand will geliebt werden. Die Leute in den Pariser Salons würden sich einfach amüsieren. Manchmal würden sie sich begehren, aber nicht lieben. Die Liebe tauge nicht zum Überleben. Nur das Geld.«

William zuckte die Schulter. »Denkst du, dass sich unsere Eltern geliebt haben?«

John warf seinem Bruder einen raschen Blick zu. Wahrscheinlich war ihm gar nicht aufgefallen, dass er in der Vergangenheitsform gesprochen hatte.

»Sie haben sich miteinander verbündet. Gegen den Tod, gegen die Unbilden des Schicksals. Sie waren Verbündete. Vielleicht ist das sogar mehr als Liebe.«

»Und wieso öffnest du den Brief nicht?«

»Er ist für Madam, deshalb öffne ich ihn nicht.«

»Du lügst«, sagte William leise, »ich habe dich vom Turmfenster aus beobachtet. Der eine Brief ist für dich. Ich war dabei, als Vater die beiden Briefe geschrieben hat. Er sagte …« Williams Stimme versagte. Beschämt senkte er den Kopf.

John schloss die Augen. Der Schmerz schnürte ihm die Kehle zu. Er spürte, wie ihm Tränen in die Augen schossen. Nach einer Weile schaute er zum Himmel empor und sah all die großen Wolken, die sich wie weiße Giganten über Lauriston Castle hinwegwälzten. Es war, als würde die Seele aus den Gemäuern von Lauriston Castle entweichen und nur noch einen Haufen Steine hinterlassen. Plötzlich schien alles so groß um ihn herum. Er kam sich vor wie die kleine Ameise, die sein Bruder im Spalt der aufgebrochenen Rinde gejagt hatte. Plötzlich fühlte er sich so allein auf Lauriston Castle. Was hätte er darum gegeben, noch einmal mit seinem Vater sprechen zu können. In diesem Moment hörte John, wie William laut aufschluchzte. Er nahm seinen Bruder sanft in den Arm. William ließ es geschehen.

»John, du weinst ja!«, jammerte William, der zu seinem älteren Bruder aufsah. Und tatsächlich rannen jetzt Tränen über Johns versteinerte Miene.

»Das ist einfach so«, sagte John leise, »wie ein Fass, das das Schicksal angestochen hat. Und irgendwann ist es leer.«

»Und was geschieht dann mit dem Fass?«, fragte William. John gab keine Antwort. In der Ferne hörte man das Nahen einer Kutsche.

Als Madam Law auf den Hof fuhr, fiel ihr Blick sofort auf ihre beiden Jungen, und wie sie dort auf dem umgestürzten Baumstamm beisammensaßen, war ihr sofort klar, was geschehen war. Nachdem die Kutsche gehalten hatte, half der Kutscher ihr beim Aussteigen. Janine kam aus dem Haus gerannt und warf sich heulend in die Arme von Madam. Und Madam dachte an all die Kinder, die sie in den letzten Jahren verloren hatte, und an ihren Ehemann William Law, der ihr immer treu zur Seite gestanden hatte, der sie stets geehrt und geachtet hatte, und sie dachte daran, dass er ein guter Ehemann gewesen war, und als sie hochsah und die monumentale Fassade von Lauriston Castle erblickte, fühlte sie eine unsägliche Müdigkeit über sich hereinbrechen. Sie sah ihre beiden Jungen, wie sie hilflos zu ihr aufschauten. Sie musste es durchstehen, den Kindern zuliebe. Noch konnte sie nicht gehen. Sie wurde noch gebraucht in dieser Welt. Noch ein paar Jahre. Dann wären William und John alt genug, um für ihre kleinen Schwestern zu sorgen. Dann würde sie gehen können, endlich, heim zu ihrem Mann. Heftige Krämpfe erfassten ihren Körper. Sie weinte lautlos, während sie diesen grausamen Gott verdammte, der weder Liebe noch Mitleid kannte und sich an dem Leid der Menschen weidete da unten auf der elenden Erde, einer Erde, die von blutigen Kriegen gepflügt, von Pestepidemien gedüngt und von Sintfluten gewässert wurde. Und plötzlich empfand sie unbändigen Zorn gegen William Law, der sich auf einem Pariser Operationstisch so einfach aus diesem Elend davongestohlen hatte.

Eine Krähenschar zog über Lauriston Castle. Ein Hund streunte über den leeren Vorplatz. Das Anwesen wirkte leer, wie ausgestorben. Irgendwo hallte eine Stimme wider, tief im Innern der Gemäuer. Dann war es wieder still. Den Steinsims vor dem Turmzimmer hatte ein Krähenpaar für sich eingenommen. Das Zimmer wurde nicht mehr benutzt.

Friedhöfe waren Stätten des Trostes für Jean Law. Die Gräber sprachen zu ihr in einer klaren Sprache: *Schau her, wir sind schon hier. Wir haben es hinter uns. Der Tod mag ungerecht sein, aber es ist, wie es ist. Nimm es hin oder geh vor Kummer zugrunde. Was einmal war, ist für immer vorbei.*

Jean Law ließ ihren Blick über das Gräberfeld schweifen. Sie weinte nicht mehr. Sie fühlte sich nur noch schwach und müde. Unendlich müde. Ihr ganzer Körper schmerzte. Jeder Muskel schien verhärtet, jedes Gelenk verrenkt, jedes Organ entzündet. Der trockene Mund, der Kloß im Hals, die Faust im Magen. Weinen, ohne noch Tränen zu vergießen. Weinen, ohne dass die Lippen bebten. Sie kannte diese Gefühle. Sie wusste, dass sie es überleben würde. Aber mehr würde sie nicht verkraften können. Und auch das dachte sie jedes Mal. Und das Schicksal legte noch einen Scheit nach und ließ die Flamme des Schmerzes noch stärker lodern.

Sie ertrug es. Sie ertrug es mit Würde. Sie wusste, dass sie das, was geschehen war, nicht ändern konnte. *Sie* würde sich ändern müssen, um mit der neuen Situation fertig zu werden. Sie versuchte, an andere Dinge zu denken. An einfache Dinge. Sie brauchten noch Obst für den Winter. Und den umgestürzten Baum draußen im Hof wollte sie zersägen, spalten und im Trockenen stapeln lassen. Für den Winter.

William klammerte sich mit beiden Händen an ihrem Arm fest. Er war mit seinen elf Jahren noch ein richtiges Kind. John hingegen wirkte sehr gefasst. Als sei er sich bewusst, dass ihm das Schicksal über Nacht eine neue Rolle zugeteilt hatte, stützte er seine Mutter und küsste sie jetzt sanft auf die Schläfe. Liebevoll hielt er ihre rechte Hand, als könne er auf diese Weise etwas von seiner ungestümen Energie auf die leidende Witwe übertragen.

Es waren viele Menschen gekommen, um William Law, dem Geldwechsler und Münzprüfer der Stadt Edinburgh, die letzte Reverenz zu erweisen, angesehene Bürger und Zunftmeister, Vertreter des schottischen Parlaments sowie der schottischen Krone.

Auf den Bäumen hinter den Friedhofsmauern saßen junge Burschen und reckten die Hälse. Man sah nicht alle Tage, dass der Tod so viele hübsche Gewänder auf einem Fleck vereinte, und so manch einer der schaulustigen Bürger von Edinburgh erinnerte sich an jene noch viel pompösere Zeremonie vor vier Jahren, als James, der Bruder des Königs, der Duke of York, zum schottischen Vizekönig ernannt worden war. Mit ihm war die Stadt über Nacht in eine fremdartige neue Zeit katapultiert worden. Die engen Straßen waren jetzt des Nachts von Laternen hell erleuchtet. An allen Ecken und Enden gab es moderne Kaffeehäuser. Internationale Handelsorganisationen hatten sich hier niedergelassen. Prunkvolle Gärten und schlossartige, herrschaftliche Anwesen waren entstanden. William Law war zwar kein schottischer Vizekönig, doch sein Begräbnis wurde der grassierenden Prunksucht durchaus gerecht. Ein Strahl des sagenumwobenen Sonnenkönigs schien vom fernen Versailles bis nach Edinburgh zu leuchten. Und keinen der Anwesenden schien es groß zu stören, dass der Sarg leer war und der Leichnam in Paris ruhte.

Der Bischof von Edinburgh hatte die Trauergemeinde, die sich in der Thronkirche versammelt hatte, ermahnt, nicht zu verzweifeln in dieser Stunde der Trauer, sondern auf Gottes Ratschluss zu vertrauen. John Law schüttelte bitter den Kopf, als sie jetzt vor der Grabstelle angekommen waren und der Sarg in die Grube gelassen wurde. Er fragte sich, worin der Sinn bestehen sollte, Menschen das Leben zu schenken und es ihnen dann auf so grausame Weise wieder zu nehmen. War Gott ein Kartenspieler, der mit dem Leben der Menschen nur spielte? War Gott ein Zyniker ohne Skrupel, ein Sadist ohne Moral? Oder doch bloß ein Sonnenkönig der Fantasie?

John sah zu seiner Mutter. Jean Law hatte die Augen fest geschlossen und schien kaum zu atmen. Als der Sohn mit ihr ans Grab treten wollte, rührte sie sich nicht von der Stelle. Wie zur Salzsäule erstarrt, dachte John. Schließlich öffnete seine Mutter die Augen. Sie sah ins Leere und hauchte nur: »William.« Dann schwanden ihr die Sinne.

Vier Tage später saß John Law zusammen mit seiner Mutter und seinem Bruder im ersten Stock des Hauses von Notar Roxburghe. John saß beim Fenster. Der Notar ließ auf sich warten. Sein Haus lag im Viertel der Zünfte, dort, wo die Kneipen und Spelunken sich aneinander reihten und die Geschäftsabschlüsse mit großen Bierhumpen besiegelt wurden. William Law hatte seinen Sohn John oft in diese Gegend mitgenommen. John hatte unzählige Gespräche und Verhandlungen miterlebt, und sein Vater hatte ihm anschließend erklärt, wieso er dieses gesagt und getan oder jenes verschwiegen habe. Sein Vater sagte stets, dass es zwei Geheimnisse gebe auf der Welt, das Geld und die Liebe. Von der Liebe verstehe er nicht viel, aber das Wesen des Geldes, das habe er begriffen. Geld, sagte er stets, sei nicht das, was die Leute dafür hielten, wenn sie das Metall einer Münze wogen. Was wäre sonst ein Schuldschein wert? Nicht mehr als das Papier? Es gebe eine Währung, erklärte ihm sein Vater dann lächelnd, die allein auf Vertrauen basiere. John Law fand diese Vorstellung aufregend. Er liebte solche Gedankenspiele. Nachzudenken über die Unendlichkeit etwa oder darüber, was gewesen sein mochte, bevor irgendetwas geworden war.

Ein Geräusch aus dem Nebenraum unterbrach Johns Träumereien. Jemand hatte einen Wind abgehen lassen, laut wie ein Posaunenknattern. William kicherte vor sich hin und sah seinen Bruder an. John lächelte schwach zurück. Dann sah er auf die Straße hinunter. In wenigen Minuten würde er sich John Law of Lauriston nennen dürfen. Noch konnte er es nicht recht fassen. Unten auf der Straße schaufelte ein Mann einen Haufen Exkremente von der Eingangstür eines Kaffeehauses weg. Er schob den Dreck einfach ein paar Meter weiter. Edinburgh sah aus, als hätte ein unflätiger Gott jahrelang auf die Stadt gekotet. Wo man hinsah, lagen die Haufen herum. Vor einigen Monaten hatte ein englischer Rechtsanwalt, ein gewisser Joseph Taylor, einen schottischen Ladenbesitzer verklagt, weil er beim Verlassen seines Geschäfts in Kot ausgeglitten war und sich den Arm gebrochen hatte. »Jede Straße«, hatte er im Gerichtssaal von Edinburgh geschrien, »jede Straße von Edinburgh bezeugt die Verkommenheit ihrer Bewohner. Die Stadt ist ein einziger Abort.« Die Buhrufe der Zuschauer hatten ihn zum Schweigen gebracht. Der Auftritt des englischen Juristen hatte noch wochenlang die Gemüter erregt und aufs Eindrücklichste demonstriert, dass eine Vereinigung der englischen und der schottischen Krone ein Ding der Unmöglichkeit war. Aber in der Tat stank die Stadt zum Himmel, und viele Menschen verließen die Häuser nur mit parfümierten Tüchern vor Nase und Mund.

Endlich öffnete sich die Tür des Nebenzimmers, und Notar Roxburghe betrat den Raum. Er wirkte blass und erschöpft. Er stank nach Kot. In Händen trug er ein Aktenbündel, das er auf den wuchtigen Eichentisch fallen ließ. Dann ließ er sich in ein ebenso wuchtiges Sitzmöbel sinken.

»Madam Law«, begann er, »ich möchte zunächst erklären, dass Ihr verstorbener Ehemann William Law in seinem Beruf sehr umfangreiche und komplizierte Finanzgeschäfte getätigt hat. Er war schließlich nicht nur der bedeutendste Finanzier des schottischen Viehhandels. Er handelte auch mit Schuldscheinen und Wechseln. Er nutzte diese als Zahlungsmittel … Ich weiß nicht, inwieweit Ihnen das alles bekannt ist?«

»Mein Mann und ich …«, sagte Jean Law und hielt eine Weile inne. »Mein Mann hat mit mir sehr wohl über seine Geschäfte gesprochen.«

Der Notar nickte ungeduldig, benetzte seine trockenen Lippen mit der Zungenspitze, die voller Abszesse war. »Es gibt einige ausstehende Forderungen in geringer Höhe, aber auch ein beachtliches Guthaben in Höhe von über fünfundzwanzigtausend Pfund, das Ihr verstorbener Ehemann …«

Jean Law unterbrach den Notar. »Wer sind die Schuldner?«

Der Notar verlas eine Liste mit Namen, und Jean erblasste. Der gesamte schottische Adel war darunter, die Dundonalds, die Argylls, die Burghlys, die Hamiltons, Seaforths, Mars ... Auch Notar Roxburghe war in der Schuldnerliste aufgeführt. Jean Law wusste genug über Finanzgeschäfte, um zu verstehen, dass es Jahre dauern würde, um diese Schulden einzutreiben. Fünfundzwanzigtausend Pfund war eine stolze Summe, verdiente ein guter Handwerker doch gerade mal drei Pfund im Monat. Fünfundzwanzigtausend Pfund, das waren rund siebenhundert Jahreslöhne eines Handwerkers. Jean Law warf einen Blick auf John, als wolle sie sich seiner Hilfe versichern. In gewissem Sinne war er schon ein Mann, groß gewachsen und selbstbewusst und von einem Äußeren, das beim weiblichen Geschlecht Begierde und Leidenschaft erweckte. Aber andererseits war er doch immer noch ein Junge. Insgeheim befürchtete Jean Law, dass ihr Sohn John zum Umgang mit Geld nicht geeignet wäre. Er liebte schöne Dinge, schöne Kleider, pflegte galante Umgangsformen und Manieren. Er liebte das Kartenspiel und die langen Nächte. Er war auf dem besten Wege, ein wahrer Beau zu werden. Und das machte Jean Law durchaus Sorgen. Denn sie wusste, wenn sie heute diesen Raum verließ, war ihr Sohn John ein reicher Mann. Er würde Geld haben, aber noch nicht die Reife, es klug zu verwenden.

Der Notar begann, das Testament des Verstorbenen vorzulesen. Die gerade erst erworbene Besitzung von Lauriston Castle und die Pachteinnahmen sollten zu gleichen Teilen seiner Ehefrau Jean Law und seinem ältesten Sohn, John Law, zustehen. John sollte den Titel »of Lauriston« tragen, außerdem den Spazierstock mit Goldgriff erhalten, das Statussymbol der schottischen Bankiers. Der Stock wurde nach dem Willen des Verstorbenen in der Pariser Charité verwahrt. Er sollte John eines Tages persönlich in Paris übergeben werden. »Sie wissen, was auf dem Griff eingraviert ist«, wandte sich der Notar jetzt an John. »*Non obscura nec ima*. Weder unbedeutend noch gering.« Der Notar sah John eindringlich an. »Erweisen

Sie sich dem Familienwahlspruch der Laws würdig, John. Ihr Vater hat es so gewünscht. Er begleitet Sie und Ihren Bruder William auf Ihrem weiteren Lebensweg.«

William schaute wütend zu seinem älteren Bruder hinüber. Er hasste seinen Vater dafür, dass er John die Hälfte von Lauriston Castle überschrieben hatte. Er hasste den Gedanken, dass er fortan in den Gemäuern seines Bruders wohnen sollte. Jean Law spürte einen Stich in ihrem Innern. Zwölf Kinder hatte sie ihrem Mann geboren. Sie hatte ihm stets gedient und ihn geehrt. Und jetzt wurde sie auf die gleiche Stufe gesetzt wie John, der zwölfjährige Stammhalter. Der Notar las und las. Jean Law überraschte sich dabei, dass sie gar nicht mehr zuhörte. Sie versuchte, sich auf die Worte des Notars zu konzentrieren. Der verstorbene William Law hatte auch einige Zeilen verfasst, die an seine Familie gerichtet waren, die Roxburghe nun verlas. William Law sprach ihnen Mut zu. Er lobte seine Söhne. Vermerkte, dass er besonders stolz sei auf seinen Sohn John. Er strich dessen Begabung im Umgang mit Zahlen heraus, aber auch im Umgang mit seinem Degen …

»Er bumst das Hausmädchen«, schnitt ihm der junge William das Wort ab. Er schien selbst erstaunt über seine vorlaute Art und blickte betreten zu Boden. Seine Mutter sah streng auf ihn herab.

»Ihr Vater meinte selbstredend die erfreulichen Fortschritte im Fechtsaal«, sagte der Notar und wollte weiterlesen. Doch William ließ nicht locker.

»Er treibt es mit der Dienstmagd im Turmzimmer«, grummelte er trotzig.

John blieb gelassen. Schließlich hatte Janine ihm häufig genug erklärt, was es hieß, die Contenance zu wahren.

»Mein Bruder William ist enttäuscht, dass ich Lauriston Castle erbe, er hingegen nur den Vornamen meines Vaters.«

William wollte wutentbrannt aufspringen, aber seine Mutter hielt ihn zurück.

»Fahren Sie bitte fort«, sagte John, als wolle er allen demonstrieren, wer der neue Herr auf Lauriston Castle war.

Der Notar räusperte sich kurz, justierte die Distanz des Dokuments zu seinen Augen und fuhr fort. William Law lobte also die vortrefflichen Eigenschaften seines Erstgeborenen, äußerte aber auch Sorgen. Er befürchtete, John könne mit seinem angeborenen Übermut und Leichtsinn seine guten Gaben frühzeitig vergeuden. Er wünschte deshalb, dass sein Sohn vor sich selbst geschützt werde und dass man ihn in ein Internat fern von den Verlockungen der Großstadt bringe, nach Eaglesham in Renfrewshire.

William, der auf seinem Stuhl zusammengesunken war, richtete sich wieder auf. Er strahlte bis über beide Ohren. Seine Mutter sah ihn tadelnd an. Sie wusste, was dieser Wunsch des Verstorbenen für John bedeutete. Er kam einer Verurteilung gleich, einer Verbannung.

John blickte weiterhin starr geradeaus. Er erfasste die Tragweite dieser testamentarischen Verfügung sofort. Auch wenn ihm die Hälfte von Lauriston Castle gehörte, die Pachteinnahmen, der Adelstitel, der goldene Spazierstock, er würde all das vorerst nicht genießen können. Er würde auch weiterhin den Weisungen von Madam Folge leisten müssen.

Ich werde gehen, dachte John, und ich werde lernen. Und eines Tages werde ich wieder zurückkommen und sie alle vor Neid erblassen lassen. Und dann werde ich diese Kloake für immer verlassen. John war stolz darauf, dass ihm keine Zornesröte ins Gesicht stieg, dass seine Brust nicht bebte, dass sein Verstand nicht wie ein geschlagenes Pferd durchbrannte. Er spürte einmal mehr, dass ihn diese Fähigkeit von anderen Menschen unterschied. Dass sie ihn stark machte. Und so empfand er selbst in der Stunde, die sein Bruder William als Triumph feierte, ein Gefühl der Genugtuung, der Überlegenheit.

Kapitel III

Der Kutscher drängte auf eine baldige Abreise. Ein Gewitter war im Anzug. John Law schaute zu den grauschwarzen Wolken empor. Tatsächlich. Selbst Gott schien die Idee mit dem Internat zu missfallen. John umarmte seine Mutter. Der Abschied schmerzte, doch die Wut, ans Ende der Welt verbannt zu werden, überwog und erstickte alle anderen Gefühle. Jean Law wusste, dass es gut war, ihren Sohn fernab der zahlreichen Verlockungen von Edinburgh zu wissen. In Renfrewshire würde er sich ganz dem Studium widmen können. Doch froh war sie nicht. Sie verlor den letzten Mann im Hause. John umarmte seine beiden kleinen Schwestern. Sie schienen nicht zu begreifen, dass es ein Abschied auf lange Zeit war. Dann umarmte er Janine. Als er sich wieder von ihr löste, sah er ihre verweinten Augen. John musste lächeln. Er beugte sich vor und flüsterte ihr ins Ohr:

»War nicht doch ein kleines bisschen Liebe im Spiel?«

Janine schüttelte heftig den Kopf und begann dann leise zu schluchzen.

»Geh zurück ins Haus, Janine«, befahl Jean Law. »John, sag jetzt deinem Bruder Lebewohl.« John schaute Janine nach, die im Haus verschwand.

Jane wandte sich zu William, der sich etwas abseits gehalten hatte: »Verabschiedet euch, ihr seid Brüder.«

William reichte John die Hand. John drückte sie, etwas fester als gewöhnlich: »Gib auf mein Anwesen Acht, Bruderherz«, grinste er.

William trat mit dem Fuß nach ihm, doch John wich geschickt aus. »Falls du jemals erwachsen wirst, fordere ich dich eines Tages zum Duell heraus. Und wenn du mich besiegst, schenke ich dir meinen Anteil an Lauriston Castle.«

Jean Law stellte sich zwischen die beiden Streithähne und drängte John, die Kutsche zu besteigen. »Geh jetzt, John!«, sagte seine Mutter mit fester Stimme. Dabei griff sie blitzschnell in seine Manteltasche und zog einen Satz Spielkarten heraus.

John Law drehte sich verdutzt um. »Madam!«, rief er entsetzt.

»Die bleiben hier, John, die Karten, die schlechten Gewohnheiten, das lasterhafte Leben, das alles wirst du hier in Lauriston Castle zurücklassen!« John wollte protestieren, aber Madam hielt nur die Wagentür offen. Es blieb ihm nichts anderes übrig, als einzusteigen. Jean Law reichte ihm einen Brief in den Verschlag. »Für meinen Cousin, den Schulkaplan. Reverend James Woodrow. Du wirst ihm diesen Brief sofort bei deiner Ankunft geben.«

John Law nickte. »Ja, Madam, wie Sie wünschen.« Dann schloss er die Tür. »Ich komme wieder!« Durch das offene Fenster sah er seinen Bruder an.

»Und dann werden wir uns duellieren!«, schrie William.

John schaute über den Kopf seines Bruders hinweg zum Turmzimmer hinauf. Er sah Janine hinter dem Fenster. Die Kutsche fuhr los.

Als die Kutsche am Baijen Hole vorbeifuhr, ließen sie die letzte Straßenlaterne von Edinburgh hinter sich. Jetzt würden sie lange über Land fahren und an einem Ort aussteigen, an dem es keine Beleuchtung des Nachts gab und keine Kaffeehäuser und keine Janine. Nur enge Zellen und wissenschaftliche Bücher. John spürte einen Kloß im Hals. Er hätte gern noch einmal Madam umarmt. Er liebte seine Mutter. John verzog das Gesicht zu einer Grimasse, um seine Gefühle zu unterdrücken. Er musste sich zusammenreißen. Wenn er im Leben Erfolg und eines Tages »weder unbedeutend noch gering« sein wollte, dann setzte das die Bereitschaft zu leiden voraus. Wenn alles so einfach wäre, hätte jeder Mensch Erfolg, sinnierte John. Es lag also an ihm, sich von anderen Menschen zu unterscheiden. Jammern würde nichts nützen. Je weniger er haderte und lamentierte, desto einfacher würde es sein. Er war bereit, diesen Weg zu gehen.

Ein Lächeln schlich sich auf Johns Gesicht. Er stellte mit Genugtuung fest, dass er stets die richtigen Worte fand, um sich selbst zu helfen. Er schaute auf die dunkle Landstraße hinaus und dachte an Janine. Dann zog er einen Satz Karten aus seinem linken Stiefel hervor. Flink verteilte er die Spielkarten auf zwei Haufen und hob abwechselnd von den beiden getrennten Stapeln Karten auf. Er überschlug dabei blitzschnell, wie viele Punkte noch in den verdeckten Karten steckten. Als nur noch drei Karten verdeckt waren, murmelte er die Summe und deckte anschließend die drei Karten auf. Er hatte richtig geschätzt. Fünfundzwanzig Punkte, eine Zehn, ein Bauer und eine Dame. »Und noch einmal«, murmelte John. Er war entschlossen, seine Traurigkeit mit dieser Beschäftigung zu verdrängen. Er wusste, dass jeder Schmerz in der Brust mit der Zeit nachließ. Keine Trauer war ewig. Die Zeit arbeitete für ihn.

EAGLESHAM, SCHOTTLAND, 1683

»Ihr seid Abschaum.« Der fette Reverend Michael Rob hatte die Hände in der weißen Kordel eingehakt, die seinen fulminanten Leib zusammenhielt wie die Eisenreifen die Holzdauben eines Whiskyfasses. Die wässrigen kleinen Augen waren vom schwammig aufgedunsenen Gesicht beinahe verschluckt worden. Jetzt schob er die Unterlippe nach vorn wie ein lungenkranker Fisch: *»Vous êtes incapable.«* Reverend Michael Rob sprach die Begrüßungsworte an die sieben neuen Schüler des Internats von Eaglesham. Er machte unmissverständlich klar, dass sie nicht zum Vergnügen hier seien, sondern weil sie draußen in den Städten den Verlockungen und Ausschweifungen erlegen seien. Hier sei der letzte Ort, um zu einem rechtschaffenen Leben zurückzufinden, einem Leben im Dienste Gottes und der Krone.

»Ihr seid der Abschaum der schottischen Gesellschaft, wie nutzloses Strandgut nach Eaglesham gespült, damit aus euch noch etwas Anständiges werde. Ich werde dafür bezahlt, dass ihr diesen Ort als Gentlemen wieder verlasst. Vieles werdet ihr nicht verstehen, vieles wird euch zornig machen, aber wenn ihr eines Tages Eaglesham verlasst, werdet ihr verstanden haben, was ich, Reverend Michael Rob, euch beigebracht habe. Hier weht ein rauer Wind, und wer sich diesem Wind nicht beugt, wird brechen wie ein nutzloser Ast im Sturm.«

Die Schüler saßen im Musikzimmer des Internats und starrten auf die Holztäfelung mit den geschnitzten Ornamenten und Instrumenten. Die Jungen blickten mürrisch drein und schienen nur auf Flucht zu sinnen. Was sie soeben gehört hatten, übertraf ihre schlimmsten Befürchtungen. Sie fühlten sich wie unschuldig Verurteilte in einem Gefangenenlager fernab jeder Zivilisation.

Nur John Law saß gelassen da, als warte er auf die Ankunft seiner Kutsche. Sein Herz schlug so ruhig und gleichmäßig wie die große Pendeluhr, die über dem Kamin stand und von zwei speckigen Engeln festgehalten wurde. John ließ seinen Blick über den goldenen Stuck schweifen, der die Deckenränder verzierte. Die Fenster waren nachträglich vergrößert worden, aber sie hatten das schottische Wetter nicht besser gemacht. Es war düster und unfreundlich, aber John Law ließ sich nicht beeindrucken. Er war sicher, dass er es durchstehen würde. Wenn er hier fertig war, wollte er nach London und eines Tages nach Paris, zum schottischen Kolleg, an das Grab seines Vaters. Und diesen verdammten Spazierstock mit dem vergoldeten Griff holen.

John bezog ein Zimmer im Haus von Reverend James Woodrow, einem Cousin seiner Mutter. James Woodrow hatte einen Sohn, Robert, eine kräftige Frohnatur, der genauso schwerfällig und stumm war wie die Felsen hinter den Wäldern von Eaglesham. Eaglesham lag am Ende der Welt. Die Leute waren gottesfürchtig, lebten züchtig und genügsam und gingen abends früh zu Bett. James Woodrow war ein liebenswürdiger, älterer Dorfpfarrer, der an das Gute im Menschen glaubte. Seine Stimme war sanft, freundlich, und sein Blick so fröhlich und verzückt, dass man ihn für schwachsinnig halten konnte. Vor dem Essen wurde ausführlich gebetet. Die Tischunterhaltung wurde zumeist von dem Reverend bestritten.

Aber da gab es auch noch die beiden Töchter des Reverends. Es waren rothaarige Zwillinge mit langen, zu Zöpfen geflochtenen Haaren. Mit schmachtendem Blick schielten sie während des Essens über ihre Löffel zu diesem stattlichen jungen Herrn aus der Großstadt Edinburgh, der sich so natürlich und liebenswürdig bewegte, so galant und zuvorkommend an den Tisch setzte. Das Verhalten seiner Töchter konnte dem Reverend James Woodrow kaum entgehen. Bereits nach wenigen Tagen bat er Gott nun auch um seine Hilfe bei der Bändigung der Wollust. Doch als der erste Frühling kam, schien Gott seiner ewigen Bitten müde geworden zu sein. Die beiden Mädchen trafen sich nachts mit John Law im Pferdestall. Während die eine Schwester Wache hielt, vergnügte sich die andere mit John. Janine hatte John Law in der Tat eine ganze Menge beigebracht.

Das Leben im Internat von Eaglesham war ganz auf das Lernen ausgerichtet. Die Sprachen standen im Vordergrund: Latein, Französisch, Holländisch. Über Wirtschaft und Finanzen wusste Reverend Michael Rob wenig zu berichten. Da hatte der verstorbene William Law seinem Sohn John schon mehr beigebracht: die Prinzipien des öffentlichen und privaten Kreditwesens, die Struktur von Handel und Manufakturen, die Theorie und Praxis der Besteuerung und die Wahrscheinlichkeitsberechnungen einer im Entstehen begriffenen Branche: des Versicherungswesens. Von alldem wusste man in Eaglesham nichts. Die einzige Abwechslung war der Fechtunterricht. Außerdem wurde eine neue Sportart angeboten, die in Mode gekommen war, Tennis, doch John Law zog das Fechten vor.

John freundete sich mit dem gleichaltrigen George Lockhart of Carnwath an, dem Sohn eines schottischen Großgrundbesitzers, ein rastloser Kerl, der kaum eine halbe Stunde ruhig auf einem Stuhl sitzen konnte. Von Wirtschaft verstand George weniger als ein Kutschpferd. Vielleicht war er nicht dumm, aber er hatte nicht die Geduld, zuzuhören und über das Gehörte nachzudenken. Aber er war der Einzige, der John Law bei den täglichen Fechtübungen noch als Partner zur Verfügung stand, nachdem dieser seinen Fechtlehrer bereits in der ersten Unterrichtsstunde besiegt hatte. George hatte sich in den Kopf gesetzt, John eines Tages zu besiegen, und John bestärkte ihn darin: »Solange du nicht aufgibst, hast du eine Chance«, pflegte er zu sagen. »Wenn du aufgibst, hast du verloren. Die meisten Menschen scheitern nicht. Sie geben auf.«

Nachts, wenn alle schliefen, schlichen sich John und George häufig in die rot gekachelte Küche der Woodrows und spielten bei Mondlicht Karten. Und während sie Karten spielten, erzählten sie sich Geschichten über Mätressen und erotische Abenteuer.

John wollte stets um Geld spielen. George hatte keins. Deshalb setzte John Spielmünzen aus Horn ein. George schnitzte sie in seinen freien Stunden. Eine kleine Spielmünze entsprach einem englischen Penny. Zweihundertvierzig von diesen Pennys entsprachen zwanzig Shilling. Das war so viel wie ein englisches Pfund, was wiederum einem Arbeiterlohn für zehn Tage entsprach. John und George spielten um Pennys. Bereits nach wenigen Wochen hatte John die Hornausbeute einer ausgewachsenen Kuh beisammen. George blieb als einzige Hoffnung, John eines Tages im Fechten zu besiegen.

So gingen die Jahre dahin, und die Zöglinge, die bei ihrer Ankunft überzeugt gewesen waren, nicht länger als einen Tag in der Einöde von Eaglesham aushalten zu können, hatten sich längst an das Leben auf dem Land gewöhnt und konnten sich ein Leben in der Enge der Großstadt kaum mehr vorstellen. Auch der strenge Unterricht im Internat war längst zur alltäglichen Routine geworden. Eines Tages benutzte Reverend Michael Rob ein französisches Kartenspiel, um eine Wahrscheinlichkeitsrechnung zu veranschaulichen. Der Reverend war sehr verblüfft, als er feststellte, dass der junge John Law sofort die möglichen Kartenkonstellationen im Kopf berechnen konnte. John Law seinerseits war nicht entgangen, dass die Karten des Reverends sehr abgegriffen waren. Michael Rob musste ein Spieler sein. Und er musste Geld haben, weil er hier draußen am Ende der Welt keine Gelegenheit hatte, es auszugeben.

Deshalb entschloss sich John Law eines Abends, Reverend Michael Rob in seinem Studierzimmer aufzusuchen. Dieser schien sehr überrascht, angenehm überrascht. Schwer atmend stand der dicke Mann in der Tür, die er nur einen Spaltbreit geöffnet hatte. Er stank nach Malzbier, wie es die Kutscher in den Kneipen am Hafen von Edinburgh in riesengroßen Humpen in sich hineinschütteten.

»Was willst du zu dieser späten Stunde, mein Sohn? In einer halben Stunde ist Nachtruhe«, sagte Reverend Michael Rob mit schwerer Zunge.

»Ich wollte Ihnen nur danken, Reverend, für all das, was Sie für uns tun …«

Reverend Michael Rob schüttelte verdutzt den Kopf. Er starrte John Law mit offenem Mund an. Kein Mensch ist immun gegen Lob. Mit Lob kann man die meisten Menschen bezwingen. Dem Reverend fehlten die Worte.

»Ich wollte Sie fragen, welchen Werdegang Sie mir nach dem Abschluss in Eaglesham empfehlen würden.«

Der Reverend stieß die Tür weiter auf und setzte eine staatsmännische Miene auf. Dann riss er die Augenbrauen hoch und sagte kurz entschlossen: »John Law, tritt ein.« John betrat das unordentliche Zimmer. Es stank nach schmutziger Wäsche, nach Urin, nach Schweiß und Bier. Auf dem Tisch unter dem Fenster brannten ein paar Kerzen. Und auf dem Tisch: Karten. Spielkarten. John Law verzog keine Miene. Er hatte sich nicht getäuscht.

Der Reverend ließ die Tür mit einem Fußtritt zukrachen. Dann drückte er das Kinn gegen die Brust und rülpste. Er besann sich eine Weile, dann stapfte er breitbeinig auf John Law zu und blieb schwankend vor ihm stehen: »Mathematik … Mathematik ist deine Begabung, John. Mathematik … lässt sich in sehr vielen Bereichen … nützlich einsetzen.«

John lächelte: »Ich weiß, Reverend, selbst beim Kartenspiel lässt sich Mathematik einsetzen.«

Der Reverend lächelte schelmisch. Nun hatte er sein Misstrauen abgelegt und freute sich darüber, zu später Stunde noch Besuch von einem derart schön gebauten Jüngling zu erhalten.

»Du musst deine Affektionen zügeln, wenn du im Leben Erfolg haben willst. Das Kartenspiel ist Zerstreuung und kann gar zum Laster werden, aber es ist keine universitäre Disziplin, John, es ist nicht Mathematik.« Reverend Rob rülpste erneut. Ein malzig fauliger Gestank entwich seinem Mund, während er John mit einer Handbewegung aufforderte, Platz zu nehmen.

John setzte sich. »Sie glauben also nicht, dass man mit Mathematik und Wahrscheinlichkeitsrechnungen ein Kartenspiel berechnen und auf die Dauer gewinnen kann?«

Der Reverend ließ sich grinsend auf seinen Hocker fallen und verharrte einen Augenblick in der Position, um zu überprüfen, ob er auch wirklich sicher auf seinem hölzernen Untersatz saß. Dann nahm er die Karten und begann zu mischen. »Nimm einen Schluck Bier, John. Wenn wir schon Karten spielen, können wir auch gleich zusammen saufen.«

Der Reverend legte die Karten. »Du kennst *Pharao*?« John grinste. Natürlich kannte er es. Selbst Louis XIV., der Sonnenkönig, dessen Glanz die gesamte Welt überstrahlte, liebte *Pharao*.

»Spielen wir um Geld?«, fragte John.

Der Reverend hielt inne und schaute zu John hoch. Ihm gefiel dieser junge Mann aus Edinburgh, die hohe Stirn, der sanftmütige Ausdruck, der schöne Mund und die Adlernase, die ihm eine individuelle Note von Kraft und Energie verlieh. Dieser junge Mann glich einer Naturgewalt. Er saß da und füllte den gesamten Raum. Der Reverend spürte, dass von diesem jungen Mann ein Bann ausging. Er flehte zu Gott, dass dieser junge Mann nicht noch mehr Wünsche äußerte. Denn er ahnte, dass er diesem John Law heute Abend keine Bitte würde abschlagen können.

»Spielen wir also um Geld«, sagte der Reverend freundlich, »wenn ich gewinne, werde ich es der Kirche spenden.«

»Wenn ich gewinne, werde ich es für mich behalten«, lächelte John Law.

Reverend Michael Rob musterte John Law mit strengem Blick: »Und an wem wird Gott seine größere Freude haben?«

»An mir«, lachte John, »weil ich nicht gelogen habe.«

Der Reverend lachte laut heraus. Dann erhob er sich, hielt wieder inne, bis er sicher war, dass er das Gleichgewicht halten konnte, und torkelte zur Bibliothek. Zwischen den Verstrebungen der Regale waren kleine Schubladen integriert. Er öffnete eine. John hörte das Geklimper von Münzen. Der Reverend kam mit ein paar Geldstücken zurück und stapelte sie auf dem Tisch. John klaubte ein paar Spielmünzen aus Horn hervor, die er George beim nächtlichen Spiel abgenommen hatte.

»Das ist kein Geld«, grölte der Reverend.

»Eine Spielmünze entspricht einem Penny, Pater.«

»Aber diese *Münze* ist nichts wert, John«, lachte der Reverend und nahm vergnügt einen kräftigen Schluck aus seinem Bierglas.

»Doch, Reverend, sie ist genauso viel wert wie ein echter Penny«, antwortete John.

Der Reverend schmunzelte und ergriff Johns Hand, die über einem Berg von Spielmünzen ruhte: »Ein Penny hat den Wert eines Pennys, weil in einem Penny Metall im Wert eines Pennys steckt. Aber in deinen Spielmünzen ...« Der Reverend nahm eine in die Hand und musterte sie im flackernden Licht der Kerzen. »... aber in deinen Spielmünzen kann ich kein Metall entdecken, kein Gold, kein Silber, keine Bronze.«

»Und doch hat sie den Wert eines Pennys, Reverend, weil ich Ihnen nämlich verspreche, dass ich, John Law of Lauriston, Eigentümer von Lauriston Castle in Edinburgh, Ihnen im Tausch einen richtigen Penny auszahlen werde.«

Der Reverend lachte wieder laut auf und schenkte sich und John Bier nach. »Wieso machen Sie es nicht einfacher, John Law of Lauriston? Wieso nehmen Sie nicht gleich echte Pennys?«

»Die echten Pennys habe ich ausgeliehen. Dafür erhalte ich Zinsen. Somit habe ich mit diesen Spielmünzen aus Horn mein Kapital verdoppelt. Ich kann nun so agieren, als hätte ich das doppelte Vermögen. Stellen Sie sich nur einmal vor, an den europäischen Königshöfen würde dieses System eingeführt! Die Geldmenge würde sich verdoppeln, der Handel würde aufblühen.«

Der Reverend ordnete die Karten in zwei Reihen auf dem Tisch.

»Dein System, John Law, basiert auf Vertrauen. Wenn ich dir glaube, dass du mir die Spielmünzen tatsächlich gegen Metallmünzen eintauschen kannst, werde ich diese Spielmünzen akzeptieren. Wenn ich dir hingegen nicht traue …«

»Sie vertrauen mir, Reverend, ich weiß es, sonst hätte ich Ihnen diesen Vorschlag nicht gemacht.«

Der Reverend schmunzelte: »Der Gedanke ist gar nicht dumm, John Law. Europa hat kein Metall mehr. Wir können keine neuen Münzen prägen. Wir haben Kanonen gegossen statt Münzen. Deshalb stagniert der Handel. Es werden keine Waren mehr produziert. Die Menschen haben keine Arbeit mehr. Gar nicht übel, John Law …«

»Aber?«

»Es fehlt das Vertrauen. Selbst die englischen Könige bezahlen ihre Schulden nicht mehr zurück. Die Menschen vertrauen niemandem mehr!«

»Aber dem Sonnenkönig würden die Menschen vertrauen, nicht wahr?«

Der Reverend lachte: »Ja, dem französischen König würden die Menschen eventuell vertrauen. Und den Sonnenkönig willst du von deinem System überzeugen? Du würdest nicht mal eine Audienz erhalten.«

»Sie, Reverend, würden, bei allem Respekt, nie eine Audienz beim König erhalten, weil Sie nicht daran glauben. Deshalb würden Sie es auch nicht versuchen. Ich glaube daran. Deshalb werde ich es eines Tages versuchen. Und deshalb wird meine Chance, eine Audienz beim französischen König zu erhalten, größer sein als Ihre Chance.«

»Mathematisch kann ich dich nicht widerlegen, John Law«, grinste der Reverend, »aber im Spiel werde ich dich besiegen.«

Die beiden spielten und tranken. John gewann, der Pfarrer verlor. Der Gottesmann soff sich in einen fürchterlichen Rausch. Schließlich bezichtigte er seinen jungen Gast der Falschspielerei. Mit hochrotem Kopf saß der Reverend da und schnaubte wie ein kranker Gaul. John Law versuchte ihm zu erklären, dass er nicht falsch spielte, sondern sich den Wert der gezeigten Karten merke. So könne er sich jeweils ausrechnen, wie hoch die Wahrscheinlichkeit war, diese oder jene Punktezahl zu erreichen. Aber der Gottesmann fluchte und wurde noch zorniger und unbeherrschter. Er behauptete, dass kein Mensch ein derartiges Gedächtnis haben könne. Und wenn John Law jetzt das Gegenteil behaupten würde, grenze das an Gotteslästerung. Mit einer fahrigen Handbewegung fegte der Reverend alle Münzen vom Tisch und sprang auf. Er war kreidebleich. Dann riss er sich die Kordel vom Leib und versuchte seine Sutane aufzuraffen.

»Ich weiß, wieso du gekommen bist, John Law, ich weiß es«, lallte der Reverend, »Gott hat dich zu mir geschickt, um mich zu prüfen, und ich werde Gott zeigen, dass ich auch nur ein Mensch bin.«

Mit einer übermenschlichen Anstrengung schaffte es der Reverend, sich die Sutane über den Kopf reißen. Aber sie blieb hängen. Der schwergewichtige Mann strauchelte und torkelte mit entblößtem Unterleib im Zimmer umher, während sein Kopf verzweifelt einen Ausgang aus dem Stück Stoff suchte.

John Law sammelte ruhig das Geld ein, während der Reverend der Länge nach hinfiel und weiter mit den Tücken seiner Sutane kämpfte.

Am nächsten Morgen schien die Sonne und erleuchtete grell das Pult von Reverend Michael Rob. Sein Kopf lag auf einem großformatigen Atlas. Auf der Stirn prangte eine große Beule, die von einer blutigen Schramme durchzogen war. Der Reverend schnarchte. Ihm gegenüber saßen seine sieben Zöglinge. Sie waren es von den heiligen Messen gewohnt, einfach dazusitzen und zu schweigen.

John Law erhob sich als Erster von seinem Stuhl. Argwöhnisch verfolgt von den Blicken seiner Kommilitonen, schritt er zwischen den Pulten nach vorne. Am Reverend vorbei zum großen Fenster. Dann drehte er sich um.

»Reverend Michael Rob«, begann John Law mit erhobener Stimme. »Sie sind der Abschaum der schottischen Gesellschaft. Sie sind wie nutzloses Strandgut, das nach Eaglesham gespült wurde.« Ein Raunen ging durch die Reihen der Studierenden. Ungläubig starrten die Mitschüler John Law an. Mit einem eleganten Sprung sprang John auf den Fenstersims und hielt sich mit der einen Hand an einem der fetten Engel fest. Mit der anderen Hand entblößte er sein Geschlecht und urinierte auf den vor sich hin dösenden Reverend.

Als Reverend Michael Rob wenig später die Augen öffnete, saßen seine sieben Zöglinge brav an ihren Pulten.

»Ja«, murmelte der Pater, »so viel zu Schottland.«

An diesem Tag begleitete George seinen Freund zum Haus der Woodrows. In der rot gekachelten Küche nahmen die beiden eine kleine Abendmahlzeit ein, kaltes Rehfleisch und gewürzten Wein.

»Wieso hast du das getan?«, fragte George zwischen zwei Bissen. »Wollte er dir an die Wäsche?«

»Viel schlimmer«, murmelte John Law.

»Er hat es tatsächlich getan?«, entsetzte sich George.

»Nein. Ich hatte eine Idee, und er hat sie mir zerstört«, antwortete John und nahm einen kräftigen Schluck Wein. George schien irritiert.

»Jetzt brauche ich eine neue Idee«, lächelte John, »aber am besten wäre die Macht der Krone, um meine Idee durchzusetzen.«

»Die Krone kann alles durchsetzen, John«, sagte George.

»Ja«, sagte John Law, »aber sie hat keine Ideen.«

George hatte es längst aufgegeben, John zu verstehen. Draußen auf dem Hof sah man die beiden rothaarigen Töchter von Reverend John Woodrow.

»Da draußen sind deine beiden Gespielinnen«, sagte George. Er grinste lüstern. Doch John ging nicht darauf ein. Er hatte andere Dinge mit George zu besprechen.

»Unsere Schulzeit neigt sich dem Ende zu, George.« John hantierte etwas verlegen mit seinem Messer herum. »Nun, und ich würde allmählich gern meine Spielmünzen umtauschen.«

Er stand auf und holte eine Holzkiste hervor, die er hinter dem Ofen versteckt hatte, und legte sie auf das Hackbrett neben dem Ofen. Er öffnete die Kiste. Sie war randvoll mit geschnitzten Hornscheiben.

»Was!«, entfuhr es George.

»Ja«, sagte John, »mit den Jahren kommt einiges zusammen.«

George wurde unruhig. »Selbstverständlich werde ich dir die Spielmünzen umtauschen ... kein Problem. Ein Ehrenmann steht zu seinen Schulden.«

»Wann?«, fragte John.

»Mein Vater wird mich mit einer Kutsche abholen lassen. In dieser Kutsche wird dein Geld sein, John.«

John schwieg und versteckte die Kiste erneut hinter dem großen Ofen.

»Wie sind die Mädchen so?«, fragte George. Es schien ihm das Klügste, das Thema zu wechseln. »Macht ihr es zu dritt?«

»Vergiss es, George«, sagte John, »ein Gentleman genießt und schweigt.«

George sah seinen Freund an. Er dachte an die Spielschulden, an die beiden rothaarigen Mädchen, an das Ende ihrer gemeinsamen Internatszeit. George hatte die ganzen Jahre im Schatten von John Law verbracht. Er sah zum Ofen rüber. Nicht zu fassen, dass John die Kiste vor seinen Augen hinter dem Ofen versteckt hatte. Bei der nächstbesten Gelegenheit konnte George sich die Kiste holen und den Inhalt im Fluss versenken. Glaubte John, er sei dazu nicht in der Lage? Hielt er ihn für feige? Diese Selbstsicherheit grenzte an Arroganz. »Er will mich demütigen«, dachte George, und in seinem Kopf entwickelte er Rachepläne, verwarf sie wieder, um gleich darauf neue zu schmieden.

Die sieben Internatsschüler standen in einer Reihe hinter dem Pferdestall auf dem staubigen Hof, der ihnen als Fechtplatz diente. Vor ihnen stand ihr Fechtlehrer, Mr Hamilton. Reverend Michael Rob saß auf der Holzbank unter dem Vordach und kämpfte gegen den Schlaf. Vor ihm befand sich ein wackeliger kleiner Tisch. Darauf hatte er Papier und Feder gelegt. Gequält schaute er hoch. Das Tageslicht blendete ihn. Er nahm noch einen Schluck aus seinem Bierhumpen und nickte dann ein.

Hamilton trat einen Schritt vor und hielt eine kurze Ansprache: »Dies ist eure letzte Fechtstunde. Ihr habt es alle zu großer Fertigkeit gebracht. Lernt, mit dieser Fertigkeit umzugehen. Das Fechten ist eine sportliche Tätigkeit. Es dient der Zucht und dem freundschaftlichen Kräftemessen. Wer seine Kunstfertigkeit missbraucht, endet am Galgen. Es ist meine Pflicht, euch zum Abschluss eurer Ausbildung daran zu erinnern, dass es bei Todesstrafe verboten ist, sich zu duellieren. In Schottland, in England, in Frankreich ... Denkt an meine Worte.«

Während der Rede hatten George und John Blicke gewechselt. George hatte sich seit ihrem letzten Gespräch verändert. Er schien John geradezu feindlich gesinnt. John dachte an die Worte seines Vaters, der zu sagen pflegte: Erfolg kostet viele Freundschaften, und großer Erfolg lässt Feindschaften entstehen. John konnte sich sehr gut daran erinnern, wie einsam sein Vater geworden war, als er vom schottischen Parlament zum königlichen Berater der Münzanstalt berufen worden war. Es hatte danach immer mehr Menschen gegeben, die seine Nähe gesucht hatten, doch es waren immer weniger Freunde darunter gewesen.

Die Schüler wurden in zwei Gruppen aufgeteilt. Fechtlehrer Hamilton gesellte sich dazu, sodass vier Paare entstanden. Es wurde freundschaftlich und fair gefochten. Keiner wollte in der letzten Schulwoche noch jemanden verletzen. Nach der ersten Runde schieden vier Fechter aus. Es gab keine Überraschungen. John, George, Mr Hamilton und Robert, der Sohn von Reverend James Woodrow, kamen in die nächste Runde. Routiniert besiegte John seinen Kameraden Robert, während sich Mr Hamilton und George ebenbürtig duellierten. Der Fechtlehrer beschränkte sich vornehmlich auf die elegante Verteidigung, was George zunehmend reizte und zu einigen aggressiven Attacken verleitete. John sah, wie George wütend wurde. Plötzlich traf ihn Georges Blick, und John verstand, dass George siegen wollte, um anschließend gegen ihn antreten zu dürfen. Mit einer kraftvollen Bewegung stieß George zu und traf seinen Fechtlehrer zwischen die Rippen. George hielt inne, nahm Haltung an und verbeugte sich zur Entschuldigung kurz mit dem Kopf.

»Sie haben gewonnen, George«, lächelte Mr Hamilton. »Ich gratuliere.«

»Jetzt er!«, rief George und zeigte mit seiner Degenspitze auf John.

Der Fechtlehrer drückte diskret ein Taschentuch gegen die blutende Wunde und schritt langsam auf George zu.

»George, Sie sollten keinen Kampf mehr austragen. Emotionen sind kein guter Ratgeber.«

George wich einen Schritt zurück und schrie: »Ich will gegen ihn antreten. Das steht mir zu. Ich habe Sie besiegt.«

Der Fechtlehrer sah zu John. Dieser nickte mit ungerührter Miene.

»Ich stehe zur Verfügung, Sir.«

»George«, versuchte es Fechtlehrer Hamilton von neuem, »haben Sie denn gar nichts gelernt? Wollen Sie als heißblütiger, unbeherrschter Haudegen in die Geschichte des Internats eingehen?« Er berührte George sanft mit der Hand an der Schulter. George schlug sie wutentbrannt weg.

Da verlor Hamilton die Geduld. Mit einer entschlossenen Bewegung riss er George den Degen aus der Hand und warf ihn weg: »Ich untersage Ihnen jeglichen Waffengang auf dem Grund und Boden von Eaglesham. Sie haben das Geschick und die Kraft, diese Waffe zu führen, aber nicht den Verstand!«

Für einen Moment sah es aus, als wollte George mit bloßen Händen auf den Fechtlehrer oder auf John oder auf alle beide losgehen. Doch dann besann er sich. Er machte auf dem Absatz kehrt und stürmte vom Fechtplatz.

Reverend Michael Rob war ein begnadeter Prediger. Hoch oben auf der Kanzel kam er so richtig in Fahrt. Er schleuderte seine Blitze gegen alles und jeden. John Law hasste diese Sonntage, dieses Ausharren in der Internatskapelle. Aber es war der letzte Sonntag in Eaglesham. Der Reverend nahm Abschied von seinen Schülern. Er sagte, dass sie alle Menschen seien und dass Menschen nun einmal Fehler begingen. Sich versündigten. Auch er sei nur ein Mensch, ein Diener Gottes, der hie und da Fehler begehe. Für einen Augenblick sah er von der Kanzel hinunter zu John Law. Und als John Law seinen Blick erwiderte, schien der Mann Gottes den Faden zu verlieren. Er räusperte sich und geißelte nun die Verlockungen des Fleisches lauthals, als bereue er innigst, vor Gott versagt zu haben. Er schrie voller Wut, als wolle er Gott anklagen, derartige Verlockungen überhaupt erschaffen zu haben. George rempelte Robert mit dem Ellbogen an und zeigte mit einer Kopfbewegung nach hinten. Ein paar Reihen weiter standen die beiden rothaarigen Schwestern mit gesenktem Kopf und zum Gebet gefalteten Händen. Nur wenn sie den Kopf hoben, um nach vorn zu blicken, erahnte man die Schönheit ihrer Busen, die mit einem sehr breiten Tuch bedeckt waren.

»Ich halte das nicht mehr aus«, stöhnte George, »so stelle ich mir die Hölle vor.«

George fasste sich unwillkürlich in den Schritt. Robert rempelte ihn an.

»Sieh dich vor, George. Hände weg von meinen Schwestern!«

»Ach ja? Würdest du das auch zu John sagen?«, zischte George.

»John Law? Ist das wahr?« Robert wurde rot vor Wut.

George schwieg. Robert wusste, dass es wahr war.

Dunkle, schwere Wolken zogen über Eaglesham hinweg, als die Zöglinge die Kapelle verließen, während ein Psalm die Offenbarung der Herrlichkeit Gottes am Menschen verkündete. Robert und George gingen zum Haus der Woodrows. Robert hatte noch im Pferdestall zu tun. Und während er die Boxen ausmistete, sprach George unaufhörlich davon, was John Law heimlich mit den beiden Schwestern anstellte. Nacht für Nacht.

Schließlich verlor Robert die Beherrschung und stach die Heugabel mit derartiger Wucht in die Boxenwand, dass die Gabel zerbrach. Ein Lächeln huschte über Georges Gesicht. Er warf Robert eine neue Heugabel zu. Dann verließ er den Pferdestall. Er hatte erreicht, was er wollte.

Draußen blieb er noch eine Weile bei der eingezäunten Weide stehen. Große, warme Regentropfen klatschten jetzt auf Eaglesham nieder. Eine braune Stute näherte sich George. Er wollte ihr über die Nüstern streichen, doch sie scheute und galoppierte davon. In der Ferne hörte man Donnergrollen. George summte vergnügt das Kirchenlied, das sie am Ende des Gottesdienstes gesungen hatten. So etwas tat er nur, wenn er besonders ausgelassen war – oder sich fürchtete.

John löste sich von Annes nacktem Körper und wandte sich ihrer Schwester Mary zu. Mary hatte sich bereits entkleidet und kniete nun vor John nieder. Sie sprachen kein Wort. Sie wussten alle, dass es das letzte Treffen war. Schon bald würde John Law nach Edinburgh zurückkehren. Wahrscheinlich würden sie sich nie mehr sehen.

Draußen ergoss sich ein orkanartiges Gewitter über das kleine Eaglesham und drohte es zu ersäufen. Donner und Blitz trieben die gottesfürchtigen Bewohner in ihre guten Stuben. Dort verharrten sie in Ehrfurcht und beteten auf den Knien zu Gott dem Allmächtigen.

Die beiden Schwestern vergaßen alle Vorsicht, die sie sonst immer hatten walten lassen. Keine der beiden Schwestern stand heute hinter dem kleinen Fenster und spähte auf den Hof hinaus. Sie liebten sich laut und heftig, leidenschaftlich und grob, als müsse ihre Wollust auf Jahre gesättigt werden.

Niemand sah, wie sich in der hintersten Pferdebox eine Gestalt erhob. Es war Robert. Mit dem Dreschflegel in den Händen sah er fürwahr bedrohlich aus. Lautlos strich er das Heu von seinen Schultern und trat aus der Pferdebox. Noch sah ihn niemand. Leise schritt er eine Box nach der anderen ab. In der hintersten Box lagen seine beiden Schwestern. Die eine lag auf dem Rücken. Sie hatte die Augen geschlossen. Sie genoss ganz offensichtlich das Abklingen der Erregung, die ihren Körper durchflutet hatte. Die andere Schwester küsste Johns Geschlecht. Es war John, der als Erster das gespenstisch versteinerte Gesicht von Robert sah. Er schob das Mädchen sanft zur Seite. In diesem Augenblick schwang Robert den Dreschflegel durch die Luft und ließ ihn auf John Law niederkrachen. Das kürzere, mit einem Lederriemen befestigte Ende traf John Law an der rechten Schulter. Robert sprach kein Wort. John taumelte rückwärts. Ein zweiter Schlag traf ihn in die Rippen. John wandte sich um und griff nach einer Heugabel, die im Heu stak. Er hielt sie schützend vor sich, bevor ein dritter Schlag ihn treffen konnte.

Die beiden Schwestern griffen hastig nach ihren Kleidern und rannten in Richtung Stalltor. Für einen Augenblick schien Robert abgelenkt. Johns Heugabel traf ihn direkt in den rechten Fuß. Robert zuckte zusammen und sackte zu Boden. Der Schmerz war so groß, dass er keinen Laut herausbrachte. Erst als John die Gabel wieder aus dem Fleisch herauszog, wimmerte er kläglich und wälzte sich am Boden. Stöhnend hielt er den blutenden Fuß mit beiden Händen fest.

»Woher weißt du, dass wir hier sind?«, fragte John. Robert stöhnte nur. Er schien John nicht gehört zu haben. John schmiss die Heugabel zur Seite und hob Robert hoch. Er schubste ihn unsanft gegen die Boxenwand.

»Robert, ich fordere dich zum Duell auf.«

Bei diesen Worten kamen die beiden Schwestern zurückgerannt, stürzten sich auf John und flehten ihn an, es nicht zu tun. Aber John schlug Robert die flache Hand ins Gesicht und wiederholte: »Ich fordere dich zum Duell auf.«

»Er kann nicht«, flehte Anne.

»Er ist verletzt, John«, setzte die Schwester nach.

»Ich werde an seiner Stelle das Duell austragen«, sagte plötzlich eine Stimme. Alle drehten sich um. Aus dem Dunkeln trat eine Gestalt hervor. Es war George. Er kam langsam auf John zu und blieb vor ihm stehen. Er musterte den nackten John. Dort, wo der Dreschflegel ihn getroffen hatte, begann sich die Haut bereits zu verfärben.

»Und vergiss die Spielmünzen nicht, John. Ich würde sie dir gern vor dem Duell umtauschen. Wer weiß, ob wir nach dem Duell noch Gelegenheit dazu haben.«

»Ganz, wie du willst. Morgen bei Tagesanbruch bei der Brücke«, sagte John, verneigte sich knapp, zog sich rasch wieder an und verließ den Stall.

Draußen regnete es immer noch in Strömen. John hatte Schmerzen. Die Blutergüsse an Schulter und Rippen waren noch größer geworden. John betrat das Haus der Woodrows und ging in die Küche. Mit einem nassen Lappen versuchte er, die Prellungen zu kühlen. Nach einer Weile stand er auf, machte ein paar Lockerungsübungen. Es schmerzte. John biss die Zähne zusammen und versuchte weitere Übungen. Auch an den Schmerz kann man sich gewöhnen, dachte John. Es ist alles eine Frage der Einstellung.

Schließlich warf er den nassen Lappen fort. Er ging zum Ofen, um nach der Holzkiste mit den Spielmünzen zu suchen.

Sie war verschwunden.

In dieser Nacht bekam John Law kein Auge zu, und bereits lange vor Morgengrauen war er wieder auf den Beinen. Als das erste Licht den Himmel erhellte, machte er sich auf den Weg. Er ging über den ungepflasterten Hof, der die kleine Kirche von Eaglesham mit dem Pferdestall von Reverend Woodrow verband. Der Boden war knöcheltief aufgeweicht. Lehmige Klumpen klebten am Schuhwerk und verlangsamten den Schritt. John nahm den Weg entlang der umzäunten Weide und ging Richtung Fluss. Der Fluss war über die Ufer getreten, hatte aber die Brücke nicht unter Wasser gesetzt.

George war bereits da. Nervös und ungeduldig schlug er seinen Degen gegen sein linkes Bein, während er fünf Schritte vorwärts ging, abrupt wendete und dann wieder fünf Schritte zurückging. Erst jetzt bemerkte John Law, dass sich unter einer Baumgruppe, die sich am Ende der Pferdeweide befand, Schaulustige eingefunden hatten. Als er näher kam, erkannte er seine Studienkollegen. Sie waren alle gekommen. George hatte sie bestellt. Als Zeugen. Ja, George hatte sich für heute Morgen allerhand vorgenommen.

Als John Law die Brücke erreichte, schabte er an einer Holzplanke die lehmigen Klumpen von den Sohlen ab. Robert löste sich aus der Gruppe der Schaulustigen und humpelte zur Brücke hinunter.

»Das ist mein Sekundant«, schrie George und zeigte auf Robert.

John nickte: »Ich brauche keinen Sekundanten, die Zeugen dort drüben sind genug.«

»Das ist deine Entscheidung«, entgegnete George und wandte sich laut und deutlich an Robert: »John hat sich gestern bei einem Sturz verletzt. Frag ihn, ob er imstande ist, sich zu duellieren, ob er durch seine Verletzung beeinträchtigt ist und ob es sein freier Wille ist …«

»Ich bin in bester körperlicher Verfassung und duelliere mich aus freiem Willen«, schrie John Law, ohne Roberts Worte abzuwarten. »Aber wollten wir nicht zuerst eine finanzielle Angelegenheit regeln?« John lächelte. Er wollte George demütigen. Doch zu seiner großen Überraschung holte jetzt Robert eine ihm wohl vertraute Kiste unter seinem Regenumhang hervor und stellte sie auf den Boden zu Johns Füßen.

Jetzt grinste George bis über beide Ohren.

»Ich dachte, vielleicht ist das Kistchen zu schwer für dich. Deshalb habe ich es herbringen lassen. Oder hast du etwa an meinem Ehrgefühl gezweifelt?«

John Law war irritiert. Er hatte George falsch eingeschätzt. George demonstrierte, dass er sich an die Regeln halten wollte. Dass er ein Gentleman war. John kniete nieder, um einen Blick in die Kiste zu tun, und ein schmerzhafter Stich bohrte sich ihm wie ein Messer zwischen die Rippen. John dachte, dass ein echter Gentleman keinen Verletzten zum Duell auffordern würde. Nein, George spielte bloß den Gentleman. In seinem Herzen würde er stets der jähzornige, ungehobelte Sohn eines Großgrundbesitzers bleiben. John öffnete die Kiste. Die Spielmünzen waren verschwunden. Stattdessen lagen eine Hand voll Gold- und Silbermünzen darin. Mit dem geübten Blick des Kartenspielers, der den Wert von aufgetürmten Münzen unmittelbar erfassen konnte, sah er, dass die Summe korrekt war.

»Willst du nicht nachzählen?«, fragte George.

John Law erhob sich wieder. Er trat einen Schritt näher auf George zu.

»George«, begann John mit freundlichem Lächeln, »was hältst du davon, wenn wir zusätzlich noch einen Einsatz tätigen? Ich würde gern die Goldmünzen einsetzen. Und auch die Silbermünzen, die du mir als Zins beigefügt hast.«

George war sprachlos. Wie konnte jemand so schnell den Wert von Münzen erfassen, so schnell erkennen, dass der überzählige Betrag einem üblichen Zinseszins von fünf Jahren entsprach? Und wie konnte jemand, der nachweislich verletzt war, derart siegessicher sein? George reichte seinem Sekundanten Robert den Degen. Dann löste er den Lederbeutel von seinem Gurt, öffnete ihn, entnahm ihm einige Gold- und Silbermünzen. Mit großer Geste warf er sie in die Holzkiste.

»Der Sieger nimmt alles«, schrie George, »das ist unser beider Wille.« Dann wandte er sich den fünf Zeugen zu, die nun ebenfalls zur Brücke hinuntergestiegen waren. Robert wiederholte laut und deutlich, dass beide Duellanten gesund seien, dass sie sich freiwillig duellieren würden, dass man kämpfen werde, bis einer aufgebe oder nicht mehr kämpfen könne, und dass der Sieger den gesamten Inhalt der Holztruhe erhalten werde. Dann entriss George Robert seinen Degen und stampfte die Brücke hinunter. Robert folgte ihm.

John senkte den Kopf, konzentrierte sich und machte ein paar blinde Fechtbewegungen. Er spürte, wie sein Körper wieder zu Kräften kam, mit jedem Atemzug. Er schwor sich, dass er siegen werde, dass er keine Schmerzen empfinden werde. Er prägte sich ein, dass es ein Kampf auf Leben und Tod war, dass George ihn töten wolle. Er redete sich ein, dass er um das nackte Überleben kämpfte. Natürlich wusste er, dass George ihn nicht töten wollte. George wollte ihn nur demütigen. Aber für John Law war es wichtig, dass er alles auf eine Karte setzte: Alles stand auf dem Spiel – sein Geld, seine Reputation, sein Leben. *»Non obscura nec ima«*, murmelte John, als sich die beiden Kontrahenten aufstellten.

Robert gab das Signal. George kam in schnellen Schritten über die Brücke gelaufen, während er zornig mit seinem Degen hin und her fuchtelte. John machte lediglich ein paar Schritte, brachte sich in Position und parierte den ersten wütenden Angriff mit Routine. Die Schmerzen waren weit größer als erwartet. John wollte sie vergessen. Er war sicher, dass er sich nach ein paar weiteren Attacken an die Schmerzen in den Rippen und an der Schulter gewöhnt haben würde. George lancierte die nächste Attacke, noch wilder und zorniger als die erste. John warf ihn erneut zurück, setzte nach und traf ihn in der Rippengegend. George schien erstaunt. Er fasste sich an die Wunde, führte sich die blutgefärbte Hand vor Augen und starrte dann hasserfüllt zu John hinüber. John stand ruhig auf der Brücke. Er wartete auf den nächsten Angriff.

»Wollen wir es beenden, George?«, fragte John.

»Niemals!«, presste George hervor und stürmte wieder auf John zu. John parierte erneut erfolgreich. George konnte nicht zurückweichen. John hatte seinen Fechtarm fest umklammert. Beide Degen zeigten kerzengerade in den Himmel. Nur die beiden Klingen trennten ihre Gesichter. George schäumte vor Wut. Er schaffte es nicht, sich aus der Umklammerung zu lösen. John zeigte keinerlei Emotionen. Wie ein Fels stand er da, unerschütterlich, unbeeindruckt. Wütend stieß George sein Knie in Johns Unterleib. John sackte zusammen. George setzte nach. Er schlug ihm mit dem metallenen Griffbügel, der seine Fechthand umgab, auf den Kopf. Doch George stand zu nah, um John mit dem Degen richtig treffen zu können. Erst als John sichtlich benommen zurückwich und sich wieder aufrichtete, holte George mit dem Degen aus und stach zu. John wich erneut zurück und glitt dabei auf den nassen Holzplanken aus. Er stürzte zu Boden, blieb auf dem Rücken liegen. George stieß einen wilden Freudenschrei aus. Er schien noch zu überlegen, wie er das Ende gestalten sollte. Doch John rollte sich blitzschnell unter die unterste Holzlatte der Brüstung und stürzte sich in den Fluss. Er hatte Glück, dass der Fluss Hochwasser führte und er nicht auf einen Felsen aufprallte. Das eiskalte Wasser raubte ihm fast die Sinne. Er richtete sich auf, spuckte Wasser aus und blieb im Flussbett stehen. Den Degen hielt er immer noch fest umklammert.

»Wir sind noch nicht fertig, John«, schrie George von der Brücke hinunter.

John kämpfte sich mühsam ans Ufer zurück. George lief ans Ende der Brücke und stieg dann die Böschung hinunter. John blieb im Wasser stehen. Der Untergrund bestand aus feinen Kieselsteinen und verlieh ihm einen wesentlich besseren Halt als George, der jetzt die lehmige Uferböschung hinunterglitt. Panikartig versuchte er sich wieder aufzurichten.

»Kniestöße sind verboten unter Gentlemen«, sagte John und kam langsam auf George zu. Er vermied jedoch, das sichere Flussbett zu verlassen. George gelang es, wieder Tritt zu fassen. Er umfasste seinen Degen. Blitzschnell stieß er ihn nach vorn, doch John parierte den Schlag heftig und zog seinen Degen wie eine Sichel über Georges Wange. George schrie laut auf, ließ den Degen fallen und fasste sich ans linke Ohr.

John nahm Georges Degen aus dem Wasser und ging ans Ufer zurück.

»Gentlemen«, rief John den Kommilitonen zu, »der Kampf ist zu Ende.« Mit diesen Worten warf er den erbeuteten Degen in hohem Bogen fort. Dann fügte er hinzu: »Und wenn ihr mir die Kiste tragen könntet, wäre ich euch verbunden.« Dann ging John Law durch den matschigen Grund zur Pferdeweide hinüber.

Vor dem Pferdestall war eine Tränke. Dort wusch sich John das Gesicht und kühlte die Stelle am Kopf, wo ihm George den Schlag mit dem Degengriff verpasst hatte.

»John! Es ist noch nicht zu Ende!«

John drehte sich um und griff nach seinem Degen, den er auf dem steinernen Trog abgelegt hatte. George kam trotzig auf ihn zugestapft, gefolgt von Robert, der ihn offenbar von seinem Vorhaben abbringen wollte. George presste einen Stofffetzen mit der linken Hand an sein blutendes Ohr. In der anderen Hand hielt er den Degen, und John bereute, dass er ihn nicht in tausend Stücke zerbrochen hatte.

»Lass es gut sein, George«, sagte John und wich ein paar Schritte zurück.

George warf den blutgetränkten Stofffetzen fort und stürzte sich ohne ein weiteres Wort auf John. Doch George war geschwächt. John parierte routiniert und drehte Georges Degen mit einer geschickten Kreisbewegung um seinen eigenen. George ließ den Degen los, der in hohem Bogen über den Hof flog. George hechtete hinter der Waffe her, doch John stach ihm seinen Degen in die Schulter. Nicht tief, aber so, dass es schmerzte. George hatte seine Waffe erreicht, nahm sie auf und zischte: »Es ist noch nicht zu Ende, John.«

John stach blitzschnell zu, zwischen dem dritten und vierten Rippenbogen. »Es ist zu Ende, George.«

Langsam knickte George ein, sackte auf die Knie. Dann streckte er die Arme nach vorn, versuchte, sich auf allen vieren zu halten, den Kopf zu heben. Seine Hände fanden keinen Halt. Langsam glitten sie nach vorne, gruben sich tief in den matschigen Boden. Der Oberkörper sank nach vorn, langsam, als würde die Zeit gleich stehen bleiben. Dann klatschte das Gesicht in eine Pfütze. George lag da, halb auf dem Rücken, schwer röchelnd. Dort, wo vor einer Stunde noch sein Ohr gewesen war, floss das Blut in Strömen und vermengte sich mit dem Regenwasser in den braunen Lachen.

John kniete nieder: »Ein Mann sollte wissen, wann er besiegt ist.«

»Würdest du es wissen?«, fragte George mit glasigen Augen.

John konnte nicht erkennen, ob er George das ganze Ohr abgetrennt hatte. Zu viel Blut. George musste ihn trotzdem verstanden haben.

»Es ist vorbei, George«, wiederholte John Law, »es ist endgültig vorbei, George.« John Law erhob sich wieder.

»Es wird nie vorbei sein, John, nie.«

Unter dem Tor, das zum Pferdestall führte, standen Robert und die anderen Schüler eng beieinander.

»Bringt ihn endlich weg«, schrie John zu ihnen rüber, »oder wollt ihr, dass er hier verblutet?«

John Law schritt über den Hof, in einigem Abstand gefolgt von Robert mit der Holzkiste. Hinter einem der Fenster im ersten Stock des Schlafsaals erkannte John Law eine Silhouette. Es war Mr Hamilton, der Fechtlehrer.

Kapitel IV

EDINBURGH, 1693

John Law war zweiundzwanzig Jahre alt, als er im Frühjahr mit einer Kutsche in Lauriston Castle vorfuhr. Er wusste gleich, dass er hier nicht lange bleiben würde. Sein erster Blick galt dem Turmzimmer. Der steinerne Sims war vom Taubendreck gereinigt, der früher alles überzogen hatte. John Law war erstaunt, wie sauber und gepflegt das ganze Anwesen war.

»Ich muss Ihnen ein Kompliment machen, Madam«, sagte John, als er sich im Salon aus der Umarmung seiner Mutter löste, »Lauriston Castle sieht prächtiger und schöner aus denn je.«

Jean Law lächelte wohlgefällig und wollte etwas entgegnen, als Janine in den Salon platzte. Sie war losgelaufen, um ihren kleinen John zur Begrüßung zu umarmen, aber der groß gewachsene, stattliche Mann, der da vor ihr stand, elegant gekleidet, charmant lächelnd, war nicht mehr der Junge, den sie einst zärtlich an ihren Busen gedrückt und liebkost hatte. Die Röte schoss ihr ins Gesicht. Plötzlich schämte sie sich der erotischen Lektionen, die sie dem kleinen John seinerzeit erteilt hatte. Mit gesenktem Kopf kam sie ein paar Schritte näher, verneigte sich kurz und sagte: »Willkommen auf Lauriston Castle ... Sir ...«

John Law nahm sie liebevoll in die Arme und küsste sie auf beide Augen. Jean Law wandte sich indigniert ab und begab sich demonstrativ an den Tisch. Dann kam William hereingeplatzt. Wild und ungestüm. John bemerkte gleich, dass Janine und er ein Verhältnis hatten. Er sah es in Williams Augen. Und er sah auch, dass die Gefühle von Rivalität und Neid, die bei seinem Abschied vor zehn Jahren zwischen ihnen geherrscht hatten, noch immer da waren.

»Mein kleiner Bruder William«, sagte John freundlich.

»Ich bin William Law«, antwortete der junge Mann trotzig. John ging einen Schritt auf ihn zu und wollte ihm die Hand reichen. Doch William wich ihm aus. Janine schlich sich diskret aus dem Zimmer. Ihre Domäne war die Küche und die Erotik, nicht die Diplomatie.

»Hast du immer noch nicht verdaut, dass du bloß den Vornamen meines Vaters geerbt hast?«

»Ich habe ein hervorragendes Gedächtnis«, gab William trotzig zurück und presste die Lippen aufeinander.

»Du meinst, du bist sehr nachtragend. Ich habe auch ein hervorragendes Gedächtnis, aber ich bin dennoch nicht nachtragend. Nicht weil ich großzügig bin, William, nicht aus Gründen der Vernunft. Es ist einfach so. Es ist nicht mein Verdienst. Was einmal war, ist vorbei. Deshalb biete ich dir meine Hand an, Bruderherz.«

William rührte sich nicht vom Fleck.

»Es gibt Leute, die sich aus nichtigeren Gründen duellieren und dabei sterben«, fügte John hinzu. »Du bist mein Bruder, William. Du lebst auf meinem Grund und Boden.«

»Die Hälfte, John, nur die Hälfte«, sagte Jean Law und forderte ihn mit einer Handbewegung auf, am Tisch Platz zu nehmen.

»Ich weiß, Madam, nur die Hälfte«, sagte John und setzte sich an den Tisch, »wahrscheinlich lebt William auf der anderen Hälfte.«

William verließ wortlos den Raum. Jean Law seufzte. Dann wandte sie sich an John.

»Hast du Pläne, John? Bei deiner Begabung solltest du an eine Universität.«

»Ich habe verschiedene Begabungen, Mutter«, lächelte John und hielt nach Janine Ausschau. Sie war drüben in der Küche und hantierte am Herd. »Ich war zehn Jahre in Eaglesham, Madam. So finster kann kein Verließ in Schottland sein. Jetzt werde ich mich ein bisschen amüsieren. Habe ich mir das nicht redlich verdient, Madam?«

Jean Law schlug resigniert die Augen nieder. Doch John ergriff ihre Hand und streichelte sie sanft: »Ich möchte doch lediglich herausfinden, welche meiner Fähigkeiten mir am meisten Spaß macht, Madam.«

Sein Blick war dabei so mild, so voller Liebe und Zuneigung, dass Madam nicht umhinkonnte, ihrem Sohn ein bewunderndes Lächeln zu schenken.

Vom ersten Tag seiner Rückkehr an war John Law ein gern gesehener Gast in den Salons der vornehmen Häuser von Edinburgh. Ein vorzüglicher Kartenmischer, ein begnadeter Schnellrechner und charmanter Causeur. Obwohl erst Anfang zwanzig, benahm er sich wie ein alter Fuchs, der alle Gepflogenheiten und gesellschaftlichen Verhaltensregeln in den vornehmen Kreisen spielend beherrschte. Die jungen Damen zeigten ihm ihre Zuneigung immer unverblümter, setzen ihre Mouches auf »Kapitulation« und winkten John Law ungeduldig mit ihren Fächern herbei.

Nur selten kam John vor den frühen Morgenstunden nach Lauriston Castle zurück, wenn er überhaupt nach Hause kam. Meist schlief er dort, wo er die letzte Karte ausgeteilt hatte. Seiner Mutter Jean war bald nur allzu klar, welche seiner Begabungen ihm am meisten Spaß bereitete und dass man diese Begabung an keiner Universität der Welt verfeinern konnte.

Und so kam es, dass John Law of Lauriston seinen ganzen Besitz verspielte, die Hälfte von Lauriston Castle, an einen französischen Mathematiker namens Antoine Arnauld, der in der Stadt Edinburgh fast gänzlich unbekannt war.

Es war in den frühen Morgenstunden dieses schicksalsträchtigen Tages, dass eine Kutsche John Law nach Lauriston Castle zurückbrachte. Da John nicht in der Lage war, aus der Kutsche zu steigen, half ihm der Kutscher. Der Boden war vom Regen der letzten Nacht aufgeweicht. Unter dem Gewicht des groß gewachsenen Mannes versank der Kutscher noch mehr im Morast und blieb darin stecken, während sich John bis zum Brunnentrog schleppte, auf die Knie sank und dann den Kopf ins Wasserbecken hielt.

Jean Law stand hinter dem Fenster ihres Arbeitszimmers und beobachtete die Szene.

»Es wäre besser, er würde wieder verschwinden«, sagte William, als er Madam liebevoll den Arm um die Schulter legte.

»Irgendwann wird er sich ausgetobt haben«, antwortete Jean Law.

»Wenn einen Fuchs die Tollwut packt, dann musst du ihn mit einem Knüppel zu Tode prügeln, damit er Ruhe gibt.«

»Ich will nicht, dass du in diesem Ton von deinem Bruder sprichst, William. Ich möchte, dass ihr endlich Frieden schließt.«

William grinste: »Waren nicht auch Kain und Abel Brüder?«

Jean Law fuhr herum. Unwirsch zeigte sie zur Tür: »Hinaus, William. Es reicht. Ich habe weiß Gott genug Sorgen.«

Nachdem William gegangen war, wartete Jean Law noch eine Weile unschlüssig. Schließlich machte sie sich auf, um John in seinem Zimmer aufzusuchen. Als sie in seinem Zimmer ankam, lag John bereits im Bett. Er war kreidebleich und hielt sich einen nassen Lappen auf die Stirn. Das Wasser lief seitlich die Schläfen hinunter und tropfte auf das Kopfkissen.

»John«, begann die Herrin über Lauriston Castle vorsichtig, »im Frühjahr sagtest du einmal, du hättest viele Fähigkeiten und würdest gern herausfinden, welche von diesen Fähigkeiten dir am meisten Freude bereitet. Weißt du es jetzt?«

John Law schaute seine Mutter mit schmerzhaft zusammengekniffenen Augen an. »Der Gin von Edinburgh bereitet mir jedenfalls keine Freude, Madam«, murmelte John und atmete schwer, als hätte ihn dieser Satz bereits erschöpft. »Der Gin schadet der Mathematik. Vielleicht wäre London etwas für mich.«

»London?«, fragte seine Mutter mit gemischten Gefühlen.

»Ja, Madam, London. Ich habe gelesen, dass im nächsten Jahr in London eine Bank gegründet wird. Von einem Landsmann. William Paterson. Ich würde ihn gern kennen lernen.«

»Eine Bank …«, wiederholte Jean Law.

»Ja, Madam, eine Bank. Die Bank of England. Sie wird das Geld der Leute zur Aufbewahrung entgegennehmen, verzinsen und anderen Leuten ausleihen. Sie wird Geld wechseln, Darlehen vergeben …«

»Du meinst, sie wird das tun, was dein verstorbener Vater William getan hat?«

»Ja, Madam, aber es wird keine Geldwechsler mehr geben, nur noch die Bank of England.«

Jean dachte an ihren verstorbenen Ehemann. Der Schmerz der Erinnerung hatte nach all den Jahren nachgelassen. Ein Hauch von Melancholie war geblieben. Sie hätte gern mit ihm über diese neue Bank gesprochen, seine Meinung dazu gehört. Instinktiv lehnte sie diese Bank ab. Wie die meisten älteren Menschen lehnte sie ab, was sie in der neuen Zeit nicht mehr verstand.

»Dein Vater war ein sehr erfolgreicher und angesehener Mann, John. Wieso …«

John stöhnte laut und winkte ab: »Bitte, Madam, die Welt verändert sich, aber sie geht nicht unter. Alte Berufe sterben aus und neue Berufe entstehen. Das hat mein Vater, Gott habe ihn selig, genauso gesehen …«

»Wir sprechen heute Abend beim Essen darüber, John«, sagte Jean Law und verließ das Zimmer. Sie war ratlos. In solchen Augenblicken sehnte sie ihren verstorbenen Ehemann herbei. Sie hätte vieles gegeben, um seinen Rat einholen zu können.

John Law lehnte sich aus dem Bett, nahm die Schüssel unter dem Bett hervor. Er erbrach sich erneut. Als er sich nach einer Weile wieder aufrichten wollte, schlug er den Kopf kräftig am Dachzargen an, der die abgeschrägte Holzdecke stützte. Völlig benommen ließ er sich zu Boden sinken und döste weiter.

Gegen Mittag erschien ein Bote von Mr Arnauld in Begleitung mehrerer Soldaten. Er blieb draußen beim Brunnentrog stehen und rief nach John Law. Als dieser aus dem Haus trat, gab er sich zu erkennen.

»John Law of Lauriston, ich bin hier, um Ihre Spielschuld von gestern Nacht einzuziehen.«

»Und dafür haben Sie vier Soldaten mitgenommen?«, fragte John Law gelassen. Amüsiert musterte er die Bewaffneten.

»Mr Arnauld hat darauf bestanden. Für den Fall, dass Sie nicht in der Lage sein sollten, Ihre Schuld zu begleichen.«

»Mr Arnauld beleidigt mich?«, lächelte Law. »Aber es ehrt mich dennoch, dass Sie glauben, vier Soldaten aufbieten zu müssen, um einen John Law ins Schuldengefängnis abführen zu können.«

Nun lächelte der Bote seinerseits und erwiderte: »John Law ... Sie sind doch John Law, der gestern Nacht Mr Arnauld gestanden hat, dass er außer der Hälfte von Lauriston Castle über kein Vermögen verfügt.«

»O, bin ich das?«, scherzte Law.

Der Bote nickte.

»Und Sie sind sicher, dass ich gestern Abend dabei war, als ich das sagte?«

Die Soldaten wechselten irritierte Blicke. War dieser John Law womöglich noch immer betrunken?

»Ihr seid unbezahlbar«, lachte Law.

Doch der Bote blieb höflich, aber hartnäckig: »Unbezahlt, Herr Law. Nicht unbezahlbar.«

»Nun gut, so wie ich die Situation einschätze, hat Ihr Herr tatsächlich im Sinn, mich in den Schuldenturm zu werfen, wenn ich meine Schuld nicht unverzüglich begleiche.«

»So ist es«, antwortete der Bote ungerührt, »Mr Antoine Arnauld beabsichtigt, demnächst Edinburgh zu verlassen. Er besteht deshalb darauf, die Angelegenheit noch heute zu regeln.«

»Ich werde zahlen«, sagte eine Frauenstimme im Hintergrund. Jean Law trat aus dem Haus und ging auf den Boten zu. »Wie hoch ist die Summe?«

John Law beugte sich zu seiner Mutter hinunter und flüsterte ihr etwas ins Ohr. Das Blut wich aus ihrem Gesicht. Sie wirkte plötzlich um Jahre gealtert.

Notar Roxburghe hatte sich hinter einem Stapel von Büchern, Zeitungen und Dokumenten verschanzt. Auf dem Boden türmten sich die Papierberge bis auf die Höhe des Fenstersimses. »Immer mehr Papier«, flüsterte Roxburghe mit heiserer Stimme, »wie soll der Mensch diese Flut noch bewältigen? Immer mehr Zeitungen. Wer soll das alles lesen? Und all die Bücher ...«

Roxburghe war in den vergangenen zehn Jahren sehr gealtert. Der Kopf war kahl, die Wangen eingefallen, der ganze Mann nur noch Haut und Knochen. Und er hörte schlecht. Man musste schreien, wenn man sich mit ihm unterhalten wollte. Er hörte nicht mal die Winde, die seinen Gedärmen entwichen und einen fauligen Geruch verströmten. Roxburghe roch gar nichts mehr. Er saß hinter seinem Schreibtisch verschanzt und wollte leben. Jetzt händigte er John Law ein Dokument aus. John unterschrieb und reichte das Dokument an seine Mutter weiter. Sie unterschrieb und reichte das Dokument an Roxburghe zurück. Es folgten weitere Dokumente.

»Ein ganzes Leben hat Ihr Vater William Law gebraucht, um sich ein Anwesen wie Lauriston Castle leisten zu können«, stieß Roxburghe mit heiserer Stimme hervor, »und Sie haben Ihren Anteil in einer einzigen Nacht verloren. Am Spieltisch.«

»Ja, Sir. Ich habe gegen einen Berufsspieler verloren, der das Kartenspiel nach streng mathematischen Regeln betreibt. Er berechnet während des Spiels das Risiko, die Wahrscheinlichkeit des Unwahrscheinlichen ...«

Roxburghe winkte heftig ab. »Trottel«, schimpfte er. »Ich bin alt genug, um kein Blatt mehr vor den Mund nehmen zu müssen, und ich sage Ihnen, Sie sind ein Trottel. Und wenn Sie sich jetzt noch rechtfertigen und Ihre Torheit nicht einsehen wollen, haben Sie nicht einmal etwas daraus gelernt!«

John Law schwieg. Er hatte gespielt und getrunken. Und verloren. Es war nun mal so. Er blickte zu Antoine Arnauld, der die Gutschrift in Empfang nahm.

»Ab jetzt«, sagte Roxburghe und brach ab, um sich ausgiebig zu räuspern, »ab jetzt ist Ihre Mutter, Jean Law, die alleinige Besitzerin von Lauriston Castle. Sie partizipieren nicht mehr an den Einkünften. Sie dürfen den Namen ›of Lauriston‹ weiterhin benutzen. Mehr aber auch nicht. Mit dem einen Teil des Erlöses wurde Ihre Spielschuld gegenüber Mr Arnauld beglichen. Den Rest erhielten Sie von Ihrer Mutter in Form einer Gutschrift.« Roxburghe machte eine kurze Pause und musterte John Law nachdenklich. »Geld zu behalten ist wesentlich schwieriger, als es zu verdienen. Sie haben sehr viel Lehrgeld bezahlt und dafür keinen universitären Titel erhalten. Nur Spott und Hohn.«

Jean Law schaute bekümmert zu John, der regungslos dasaß und dem Notar zuhörte. Es schmerzte sie, dass ihr Sohn gescheitert war. Es schmerzte mehr als die Wut über das verlorene Geld.

Antoine Arnauld verbeugte sich knapp vor Madam Law: »Sehen Sie es so, Madam Law. Falls Ihr Sohn etwas aus seinen Fehlern lernt, so wird sich dies bezahlt machen. Es ist immer besser, sein Lehrgeld in jungen Jahren zu entrichten. Dann verliert man weniger, weil man weniger hat.«

Dann holte er aus seinem Umhang ein Buch. Er reichte es John, der es widerwillig entgegennahm. Es trug den Titel »Logik oder Die Kunst des Denkens«.

Antoine Arnauld lächelte: »Mir ist nicht entgangen, dass Sie über bemerkenswerte mathematische Fähigkeiten verfügen. Aber Sie nutzen Sie zu wenig, Mr Law. Es liegt an Ihnen, ob Sie aus dieser Niederlage einen Sieg machen.«

Als der Franzose das Arbeitszimmer des Notars verließ, bemerkte John Law erst, wer der Verfasser des Werkes war, das er in den Händen hielt. Es war Antoine Arnauld. John sank wie getroffen in sich zusammen.

»Vergessen Sie den Stock Ihres Vaters nicht, John Law. Er liegt immer noch in Paris.«

»Ich weiß«, entgegnete John kleinlaut, »der mit dem goldenen Griff …«

»Es ist die Inschrift, John. Die Inschrift. *Non obscura nec ima:* Weder unbedeutend noch gering … Holen Sie diesen Stock, John.«

John sah den Notar an und sah dann wieder auf das Buch. Sein Entschluss stand fest. Er würde noch am selben Tag abreisen. Nicht nach Paris, zu diesem vermaledeiten Spazierstock. Nein, er würde nach London fahren.

Es begann bereits zu dunkeln, als William Law seinem Bruder John auf dem Hof von Lauriston Castle die Kutschentür aufhielt. Mit theatralischer Geste verneigte er sich. »Mr John Law of Lauriston, wir wünschen eine angenehme Fahrt.«

John sah sich ein letztes Mal zu seiner Mutter um. Sie hatte ihren Kopf in ein rot kariertes Tuch gehüllt. Eine kalte Brise wehte über den Platz und wirbelte den Staub auf. Er schämte sich, dass er Madam so viel Leid angetan hatte. Er sah ihr an, dass es sie schmerzte, ihren Sohn an die große Metropole zu verlieren. Er spürte auch, dass Madam trotz allem, was geschehen war, wünschte, er möge in London endlich sein Glück finden, das er hier so schändlich vertan hatte.

London lag gut zehn Tagesreisen von Edinburgh entfernt. Waren die Wege nicht vom Regen aufgeweicht, kam die Kutsche gut voran, ging es über holprige Landstraßen, die die Passagiere stundenlang kräftig durchschüttelten. Eine Tortur vor allem für jemanden, der sich in der Nacht zuvor ungebührliche Mengen Alkohol zugeführt hatte. John Law saß mit einem älteren Herrn, der sich Beaton nannte, in der Kutsche. Beaton reiste in Begleitung seiner jungen Frau und seiner Tochter. Mr Beaton schien ein schweigsamer Mann zu sein, und John war froh drum.

Er hörte noch die Worte, die seine Mutter ihm zum Abschied mit auf den Weg gegeben hatte. »John«, hatte sie gesagt, »viele Menschen haben Talent, aber die wenigsten können ihr Talent nutzen, weil sie zu schwach sind und keine Disziplin haben. John, in einigen Jahren wird es nicht mehr drauf ankommen, wie vielen Frauenzimmern du den Kopf verdreht und wie viele Kartenspiele du gewonnen hast. In einigen Jahren zählt nur noch dein Beruf. Mit deinem Beruf wirst du mehr Zeit verbringen als mit allen Frauenzimmern zusammen. Dein Vater William hat seinen Beruf geliebt. Er hat für seinen Beruf gelebt. Deshalb war er erfolgreich und angesehen und konnte seiner Familie, die er über alles liebte, Lauriston Castle hinterlassen. Gib Acht auf dich, John of Lauriston. Und wenn du Geld in die Hand nimmst, meide den Gin. Und wenn du trinkst, dann fasse kein Geld an.«

Die Worte seiner Mutter bewegten ihn. Gin macht die Leute rührselig und weinerlich. Jetzt erst schien John klar zu werden, was er getan hatte, als er nahezu sein gesamtes Erbe in einer Nacht verspielt hatte. Er hatte es beim Kartenspiel zu einiger Fertigkeit gebracht. Doch er war übermütig geworden und auf das scheinbar freundliche Angebot seiner Mitspieler hereingefallen. Er hatte sein vorübergehendes Spielglück mit Gin gefeiert. John nahm es ohne Groll und Ärger zur Kenntnis. Er begriff, dass Talent ohne Härte und Disziplin tatsächlich wertlos war.

John wollte über all das nachdenken. Er stellte sich schlafend, um in keine Gespräche verwickelt zu werden, doch das junge Mädchen in der Kutsche räusperte sich immerzu, ließ ihren Fächer sprechen und sprudelte bei jeder sich bietenden Gelegenheit munter drauflos. Aber John hatte kein Interesse. Auch nicht an der Mutter, die nun ebenfalls ihren Fächer sprechen ließ, dezent, aber unmissverständlich. Mutter und Tochter begannen zu wetteifern. Aber John schloss die Augen. Er war froh, Schottland zu verlassen. Er war froh, Edinburgh und seine Bordelle zu verlassen.

Ein Lächeln huschte über seine Lippen, als er sich bewusst wurde, dass er all seine Schwächen und Laster mit auf die Reise nahm, wenn er nicht die Härte und Disziplin aufbrachte, seinen neuen Einsichten Taten folgen zu lassen.

Die Reisenden übernachteten in einfachen Herbergen. Wenn alle zu Bett gegangen waren, begann John Law zu lesen. »Logik oder Die Kunst des Denkens« von Antoine Arnauld. Das Buch beschäftigte sich mit der Theorie des Würfelspiels. Mit wissenschaftlicher Genauigkeit wurden anhand des Würfelspiels Wahrscheinlichkeitstheorien erläutert. Warum war es mit zwei Würfeln wahrscheinlicher, eine Neun zu würfeln als eine Zehn? Die Wahrscheinlichkeit, mit zwei Würfeln eine Neun zu würfeln, lag bei eins zu neun. Die Wahrscheinlichkeit, mit zwei Würfeln eine Zehn zu würfeln, lag jedoch bei eins zu zwölf. Antoine Arnauld berief sich auf Gelehrte aus dem sechzehnten Jahrhundert, auf Gerolamo Cardano, auf Galileo Galilei, auf den Mathematiker Chevalier de Mère und die Bernoullis. Er las über die Gesetze der »großen Zahl«, die sowohl für die Risikoberechnung der im Entstehen begriffenen Versicherungen und Staatslotterien von Bedeutung waren als auch für die Karten- und Glücksspieler. John Law las und las, und er spürte die Bedeutung der Worte und die Tragweite der Theorien, die er in sich aufsog wie edlen Wein. Die mathematischen Modelle und Formeln entfachten in ihm eine Leidenschaft, die er bisher nur im Schoß der Frauen empfunden hatte. Er bewunderte die Gelehrten, die nach neuen Formeln suchten, mit denen man die reale Welt erklären und Probleme in dieser Welt lösen konnte. Sie suchten nach Lösungen, die unwiderlegbar und nachprüfbar waren. Alle Menschen kannten Zahlen, aber nur die wenigsten verstanden es, diese Zahlen zu Formeln zu vereinen, zu Algorithmen, die eine Risikoberechnung möglich machten. Nur wenige waren imstande, Zahlen zu nutzen, um mathematische Modelle durchzurechnen, die den Fluss von Geld und Waren steuerten und über Aufstieg und Fall von Nationen entschieden.

Für John Law wurde die Reise nach London so zu einer Reise in eine neue Welt. Und dass er dabei so schrecklich durchgeschüttelt wurde, gab ihm das Gefühl, ein unerschrockener Seefahrer zu sein, der orkanartigen Stürmen trotzte und wochenlang auf dem Meer herumtrieb, um neue Horizonte zu entdecken. Ein Kolumbus der Mathematik, ein Cabral der Finanzwirtschaft.

In Birmingham war für Mr Beaton und seine kleine Familie die Reise beendet. Stattdessen bestieg eine Dame die Kutsche, die etwa fünfunddreißig Jahre sein mochte. Sie hieß Mary Astell und schrieb für eine Londoner Zeitung, den »Greenwich Hospital News Letter«. Mary Astell hatte die Angewohnheit, John Law in Gespräche zu verwickeln, immer wenn dieser einzuschlafen drohte. So erfuhr John immerhin, dass sich der »Greenwich Hospital News Letter« rühmte, als erste Zeitung in Europa überhaupt Briefe von Lesern zu veröffentlichen und außerdem Anzeigen, in denen Händler und Kaufleute für ihre Produkte warben.

John zeigte sich beeindruckt. Doch kaum schloss er wieder die Augen, ging es weiter.

»London ist die Stadt der Beaus. Sie kommen und gehen, und wir fragen uns, woher diese Menschen ihr Geld haben.« Die Frau sah ihn an. Mary Astell war attraktiv. Ihre quirlige und unverfrorene Art machte sie durchaus noch etwas begehrenswerter, aber sie redete wie ein Wasserfall. Und beim Sprechen vermied sie nahezu jede Lippenbewegung.

Was so vornehm klang, rührte nur daher, dass diese Londoner in mückengeplagten Sumpfgebieten lebten, dachte John. Würden sie den Mund richtig aufmachen, hätten sie den Mund voller Fliegen.

»Der Beau ist ein Ausbund an Eitelkeit, bestehend aus Ignoranz, Stolz, Torheit und Ausschweifung: ein dummer, ärgerlicher Kerl, zu drei Viertel Blender, zu einem Viertel ein Möchtegernhektor. Eine Art wandelndes Tuchgeschäft, das heute den einen und morgen den anderen Stoff zur Schau stellt und dessen Wert sich allein nach dem Preis seiner Anzüge und dem Können seines Schneiders bemisst. Ein Spross des Adels, der die Laster seiner Vorfahren geerbt und der Nachwelt aller Wahrscheinlichkeit nach nichts weiter hinterlässt als Niedertracht und Siechtum.«

Mary Astell spitzte süffisant den Mund und fixierte John Laws voluminöse schwarze Allongeperücke, die sich über dem Scheitel türmte und links und rechts bis auf die Schultern hinunterfiel. Die seidene Halsbinde war modisch geknöpft. Den französischen Mantel, einen Justaucorps aus hellbraunem Stoff mit feinsten Rosettenverzierungen, trug er offen. Die Arme ruhten auf den Oberschenkeln. So kamen die breit geknöpften Jackenaufschläge noch besser zur Geltung. Als Mary Astells Blick auf Johns Degen fiel, murmelte John unvermittelt: »Und wer ist der schönste Beau in London?«

Mary Astell strahlte übers ganze Gesicht. Der Schotte hatte angebissen. Sie war sich nicht sicher, ob der Schotte überhaupt bemerkt hatte, dass ihr Spott ihm persönlich galt.

»Edward Beau Wilson«, sagte Mary Astell. »In den Londoner Salons gilt er als die größte Attraktion. Er kam aus dem Nichts. Niemand weiß, wovon er lebt. Er verfügt über eine prächtige Equipage, wie sie nur die reichsten Edelmänner besitzen: Haus, Mobiliar, Kutschen und Reitpferde, alles vom Feinsten. Er besitzt einen Sechsspänner und unterhält mehr Diener als mancher Verwandter unseres Königs. Jeder Bankier in der Stadt leiht ihm Geld. Sechstausend Pfund soll er sich seinen jährlichen Lebensunterhalt kosten lassen. Stellen Sie sich das einmal vor. Nicht einmal Betty Villiers, die Lieblingsmätresse Williams III., erhält für ihre Dienste so viel Geld. Woher hat Edward Beau Wilson also sein Geld?«

John, der nicht mehr länger Müdigkeit vorschützen konnte, öffnete ein Auge: »Spielt er Karten?«

»Ja!«, entfuhr es Mary Astell. Sie war hocherfreut, dass ihr Gegenüber langsam in die Konversation einstieg. »Er spielt Karten, aber er verliert immer.«

Jetzt schlug John auch das zweite Auge auf. Er war hellwach: »Ich spiele auch gern Karten. Ich wäre Ihnen zutiefst verbunden, wenn Sie mich mit Mr Edward Wilson bekannt machen könnten. Ich gewinne nämlich – meistens.«

Mary Astell lachte laut auf: »Wollen Sie sich denn nicht vorstellen, Sir?«

»Haben Sie das nicht schon getan, Madam?«, fragte John. »Gestatten: John Law of Lauriston.«

»Beau Law«, lächelte Mary Astell, »Jessamy wäre auch passend, aber wieso sollte ich Sie mit Edward Beau Wilson bekannt machen? Wer sind Sie?«

»Jessamy, sagten Sie nicht eben Jessamy?«

Mary Astell schmunzelte und nahm amüsiert ihren Fächer hervor: »Jetzt bin ich aber gespannt, Jessamy …«

»Meine große Leidenschaft gilt – dem Kartenspiel. Und es ist keine Unbescheidenheit, wenn ich sage, dass ich der beste Kartenspieler von Edinburgh bin.«

»Keine Unbescheidenheit?«

»Nein, eine Tatsache. Aber nur, wenn ich nüchtern bin.«

Mary Astell fächerte amüsiert ihre Botschaften zu John Law hinüber. Ihm schien, als spräche man in London auch in der Fächersprache mit anderem Akzent. Mittlerweile fand er ihre Angewohnheit, beim Sprechen die Lippen kaum zu bewegen, gar nicht mehr hochnäsig und lustfeindlich, sondern geradezu erotisch. Ja, John Law hatte seinen Katzenjammer von Edinburgh überwunden und war bereit zu neuen Taten.

Etwa zur selben Zeit, als John Law sich London näherte, erreichte ein Reiter Lauriston Castle. Er erkundigte sich nach einem Mann namens John Law. Er sagte, er sei ihm noch etwas schuldig. Jean Law anerbot sich, die Schulden ihres Sohnes zu übernehmen. Doch der Fremde sagte, dass nicht John Law, sondern er, der Fremde, eine Schuld zu begleichen habe. Jean Law schien erstaunt darüber. Der Fremde sagte weiter, dass er diese Schuld nur in Anwesenheit von John Law begleichen könne. Als er hörte, dass John Law mit einer Kutsche nach London unterwegs war, gab er seinem Pferd die Sporen und ritt weiter.

»Der Fremde hatte ein verstümmeltes linkes Ohr«, erzählte Jean Law später ihrem Sohn William, »und eine Narbe im Gesicht. Hat er dir jemals von einem Freund erzählt, der nur ein Ohr hat?«

William hatte nur gelächelt …

Kapitel V

LONDON, 1694

Zuerst kam der Gestank. Ein Übelkeit erregender Morast aus Kot, Verwesung und Ruß. Die letzten Meilen vor London schaukelte die Kutsche durch endlose Pfützen. Ein einziger Schlammteich. Der Dreck wurde bis in die Kutsche hineingeschleudert. Alles Getier, das hier vegetierte, war gleichmäßig von einer schwarzen Rußschicht überzogen. Selbst die Vögel waren kaum wiederzuerkennen. Doch es war nicht der Gestank, der John überraschte. Es war der Lärm. Ein fortwährendes Tosen und Brausen, das dem Reisenden schon weit vor der Stadt entgegenschlug und mit jeder Meile lauter wurde, als wäre hinter den Stadtmauern von London ein Bürgerkrieg ausgebrochen.

»Was ist denn da los?«, fragte John Law und löste sich von Mary Astells Lippen.

»Das ist London, Jessamy. London«, antwortete Mary Astell und ordnete ihre Garderobe.

Riesige Menschenmengen drängten sich quälend und schreiend durch die Gedärme der Stadt, verstopften alle Gassen und Straßen und schrien im Chor mit den Pferden, Rindern, Katzen, Hunden, Schweinen, Schafen und Hühnern, die überall waren und überall hinmussten. Die Kinder rebellierten mit Kreischen und Trommeln. Richtung Smithfield wurde eine riesige Herde zu den offenen Märkten Londons getrieben. Dazwischen versuchten Dutzende, ja hunderte von Kutschen und Karren in die verstopfte Stadt einzudringen. Das plätschernde Geräusch von über fünfzehn Kanälen schwappte wie eine Welle durch die flussnahen Gassen. Die hölzernen und vergipsten Häuser entlang der Verkehrsachsen wirkten wie Schalltrichter, die diesen orkanartigen Lärm wie Kanonenkugeln durch die Straßen Londons jagten, in denen jeder irgendetwas anpries: grüne Bohnen, eine halbe Sau, Zaubertränke, Amulette, Fische, den nahenden Weltuntergang, Gin, ein lahmes Pferd, Sex, eine Flussfahrt, eine Übernachtung. Alles schienen sich die Bewohner Londons von der Seele zu schreien, und manch einer schien dabei längst den Verstand verloren zu haben.

»Das ist London«, schrie Mary Astell. Die Kutsche war abrupt zum Stehen gekommen. Der Kutscher fluchte und ließ die Peitsche schwingen. Menschen brüllten, drohten, schrien, Kinderhände klammerten sich an der Tür fest, versuchten, sie zu öffnen, bettelten um Geld, um Hilfe vor Gespenstern, die die Londoner überall und immer zu hören glaubten. Die Straßenkinder klapperten mit Töpfen und Wasserkannen, damit man sie nicht überhöre, wie Gott, die Jungfrau Maria und die ganze göttliche Brut sie überhört hatten.

»Willkommen in London, Jessamy«, schrie Mary Astell und gab dem Kutscher mit ein paar Stockschlägen gegen die Decke zu verstehen, dass er anhalten sollte.

»Wo ich hier übernachten kann, habe ich gefragt!«, schrie John.

»Fragen Sie nach Bugs«, schrie Mary Astell, als sie die Kutsche verließ, »und mich finden Sie im Presseclub ...«

Auf Anraten seiner Reisebegleiterin quartierte sich John Law im Vorort St. Giles ein, der beim Großen Feuer im Jahr 1666 fast vollständig zerstört worden war und heute von Ausländern, Künstlern und Beaus bewohnt wurde. St. Giles lag auf einem pittoresken Hügel, der die Londoner Innenstadt überragte. Die meisten neuen Häuser waren aus Stein gebaut. Die Straßen dazwischen breiter als in der Londoner City, eine Lehre, die man aus dem Großen Feuer gezogen hatte. Von St. Giles aus war es für die hitzköpfigen Hasardeure, die Modegecken und notorischen Wüstlinge (die einen ganzen Nachmittag brauchten, um sich für den Abend herzurichten) ein Leichtes, die Salons zu erreichen, die bereits am späteren Nachmittag öffneten. Es gab viele Salons, und jeder wurde danach gemessen, welche Berühmtheiten ihn mit ihrer Anwesenheit beehrten. Und die Einladungen der Salons entschieden über das gesellschaftliche Überleben der aufstrebenden jungen Gentlemen.

Law begann seine Londoner Karriere in den Salons der Schauspielerinnen und Schauspieler. Für einen schönen jungen Mann war es ein Kinderspiel, in diese Kreise einzudringen, besonders wenn er über so überaus galante Umgangsformen verfügte wie John Law. John gab sich als Wissenschaftler aus, als Mathematiker, der sich mit der Theorie der Wahrscheinlichkeit befasste und ein Buch zu diesem Thema schrieb, womit er auch signalisierte, dass er es nicht nötig hatte, einer bezahlten Arbeit nachzugehen. Abends besuchte er die Schauspielhäuser der Stadt, mit Vorliebe das Drury Lane Theatre. Nicht der Stücke wegen, sondern weil dort die attraktivsten Schauspielerinnen auftraten. Es war wichtig, sich zu zeigen, gesehen zu werden und sich später in den Salons wieder zu begegnen.

Wenn nicht gerade ein bösartiger Wind die gesammelten Dämpfe, Ausdünstungen und Gerüche Londons nach St. Giles hinaufwehte, gehörten die Nachmittage ausgedehnten Spaziergängen. John Law bevorzugte St. James Park, Vauxhall Garden und natürlich den großen Blumenmarkt am Covent Garden. Dort stand eine wunderschöne Kirche. Er liebte diese Kirche oder vielmehr, was sich hinter dieser Kirche abspielte. Im Schatten der Kirchtürme tummelten sich verschleierte Damen, hochnäsig und launisch, aber allesamt verheiratet und aus den adligen Herrschaftshäusern der Umgebung. Sie sprachen leise, kokettierten und konnten es kaum erwarten, sich die Kleider vom Leibe zu reißen und sich der Liebe hinzugeben. Dabei schien das aufwändige Prozedere der Kontaktaufnahme und Terminvereinbarung, dieses schier unerträgliche Hinauszögern des ersten Zusammentreffens, die Begierde erst recht zu steigern.

Häufig ging John auch in die berühmten Kaufhäuser. Im vornehmen New Exchange konnte man alles kaufen, was je von menschlicher Hand erschaffen worden war. Keine Stadt der Welt konnte sich in dieser Hinsicht mit London messen, auch Paris nicht.

Zur Mittagsstunde betrat John jeweils eine der zahllosen Londoner Tavernen. Im »Half Moon« etwa standen die Chancen gut, eine begüterte Dame anzutreffen, die allein an einem Tisch saß. Mit dem Fächer gab sie rasch und diskret zu verstehen, ob der Sitz ihr gegenüber frei war oder nicht. Betrat der schöne John Law das »Half Moon«, begannen die Fächer von allen Seiten zu rufen, diskret und charmant einladend bis dominant oder gar vulgär fordernd. Wer im »Half Moon« zu Mittag aß, musste begütert sein, denn ein Essen in dieser Weinstube kostete mehr als die Kutschenfahrt von Edinburgh nach London.

Nicht immer wählte John Law die Gesellschaft einer Dame zum Essen. Oft aß er allein. Er wusste von seinem Vater, dass jedes Metall in dem Maße kostbar war, als es selten war.

Hin und wieder verbrachte John Law die Nachmittage lesend zu Hause oder besuchte die berühmten Kaffeehäuser, »Will's« am Covent Garden, »The Royal« hinter Charing Cross, »The British« in der Cockpur Street oder das »Slaughter's Coffee House« in der St. Martin's Lane. Das »Slaughter's« war das Stammlokal eines Franzosen mit Namen Moivre. Er war 1688 seines Glaubens wegen von Paris nach London geflüchtet. Meist saß er in der hintersten Ecke des Saals, dort, wo kein Sonnenstrahl ihn beim Lesen und Schreiben stören konnte. Moivre war kein Beau, kein Modegeck, kein Hasardeur. Er interessierte sich weder für schöne Kleider noch für schöne Frauen. Den weiblichen Busen ließ er höchstens als geometrische Form gelten. Obwohl er bereits seit sechs Jahren in London lebte, kannte er die Stadt kaum. Genau genommen lebte Moivre nicht in London, sondern im »Slaughter's Coffee House« in der St. Martin's Lane. Wer Monsieur Moivre besuchen wollte, musste sich in dieses Kaffeehaus bequemen. Isaac Newton gehörte zu seinen Freunden. Doch im Gegensatz zu Moivre war Newton ein weltoffener Mann, der mit anderen Menschen auf natürliche Weise Umgang pflegte. Moivre pflegte Umgang nur mit Zahlen und Theorien – Wirtschaftstheorien, Spieltheorien, Versicherungstheorien. Moivre war das beste Beispiel dafür, dass das größte Talent wertlos war, wenn es das einzige Talent war.

Als John Law zum ersten Mal das »Slaughter's« aufsuchte, fiel ihm die ungepflegte Erscheinung des Monsieur Moivre sofort auf. Was ihn neugierig machte, waren die zahlreichen Bücher auf seinem Tisch. Moivre saß vor einem Stapel Papier und schrieb und schrieb. Immer wieder blickte er gehetzt auf, ohne jemanden im Raum wahrzunehmen, und schrieb dann weiter. John Law setzte sich einfach neben ihn und schwieg. Er wusste, dass man zu allen Menschen Zugang fand, wenn man nur ihre Sprache sprach. John Law setzte sich also an Moivres Tisch, bestellte einen Tee und genoss die Ruhe.

»Können Sie das Risiko als Verlustchance definieren?«, fragte Moivre plötzlich, ohne im Schreiben innezuhalten. Er schien John offenbar für einen Studenten zu halten.

»Das Risiko, eine Summe zu verlieren, ist die Kehrseite der Erwartung, und ihr wahres Maß ist das Produkt aus der gewagten Summe, multipliziert mit der Wahrscheinlichkeit des Verlustes.«

Moivre hob nicht einmal den Kopf. »Wie hoch ist bei zwölf fehlerhaften Nadeln in einer Produktion von hunderttausend Stück die Wahrscheinlichkeit, dass in der Gesamtproduktion die tatsächliche Durchschnittsquote an Fehlstücken 0,01 beträgt?«

»Sir«, entgegnete Law höflich, »das ist die Formel für die A-posteriori-Wahrscheinlichkeit zum Bayer'schen Satz. Aber ich habe nicht die Absicht, als Gedächtniskünstler auf Jahrmärkten aufzutreten.«

Monsieur Moivre sah immer noch nicht auf: »Was wollen Sie dann? Eine Anstellung in einer Versicherungsgesellschaft? Price Water sucht Mathematiker, die eine Sterblichkeitstabelle der Londoner Bevölkerung erstellen können und daraus die Prämien für Lebensversicherungen und Leibrenten ableiten können.«

Jetzt legte Moivre seine Feder nieder und schaute John Law in die Augen. Der Franzose stank nach Fisch und Knoblauch. Sein

Gesicht war fahl und unrasiert, die Nackenhaare kräuselten sich in alle Richtungen. Moivre war erst dreißig Jahre alt, aber er sah so aus, als hätte er die letzten zehn Jahre mit einem immensen Vorrat Gin tief unten in einem Bergwerk verbracht.

»Schickt Sie Thomas Neale?«, fragte Moivre, als John nicht antwortete.

John Law schmunzelte. Er kannte keinen Thomas Neale, aber er wollte sehen, worauf der Franzose hinauswollte. »Vielleicht.«

»Also«, begann Moivre gereizt, »dann hat Sie Thomas Neale geschickt. Sagen Sie ihm: Es gibt bereits in Venedig eine Staatslotterie. Und es gibt eine in Holland. Und jetzt will er auch eine veranstalten. Soll er doch. Aber ich befasse mich nicht mit der Theorie von Staatslotterien. Dafür kann er sich irgendeinen Studenten nehmen.«

»Ganz Ihrer Meinung. Aber bitte verraten Sie mir doch: Wer ist Thomas Neale?«, fragte John Law und grinste übers ganze Gesicht. Moivre wollte schmunzeln, aber er schien es doch verlernt zu haben. Er nuschelte griesgrämig: »Sie kennen Thomas Neale nicht? Den Münzmeister des Königs? Wenn Sie in irgendeinem Salon Spiele um Geld veranstalten wollen, brauchen Sie von Thomas Neale eine Bewilligung.« Moivre musterte John Law erneut, dann fragte er unvermittelt: »Sie würfeln mit zwei Würfeln siebenundsiebzig Mal, welche Gesamtzahl wird am häufigsten gewürfelt, was ist ihre Wahrscheinlichkeit und wie hoch liegt die relative Wahrscheinlichkeit?«

»Die Gesamtzahl Sieben wird am häufigsten gewürfelt, die Wahrscheinlichkeit liegt bei sechs Sechsunddreißigstel und die relative Wahrscheinlichkeit bei 1,17«, antwortete Law geduldig.

»Sie sind Spieler, Berufsspieler«, konstatierte Moivre enttäuscht und machte keine Anstalten, seine Verachtung zu verbergen.

»Nein, Sir, ich beschäftige mich mit wirtschaftstheoretischen Systemen, die dazu beitragen könnten, die maroden Staatsfinanzen zu sanieren und dem Land zu einer neuen wirtschaftlichen Blüte zu verhelfen.«

Moivre schob seine Papiere in die Tischmitte. Jetzt schien ihn John Law zu interessieren.

»Der Krieg hat alles weggefressen. Die Könige in Europa sollen mit ihren Kriegen aufhören. Krieg schafft keinen Mehrwert. Krieg frisst unser Geld weg. Wir haben keine Metalle mehr, um Münzen zu gießen. Es ist immer weniger Geld in Umlauf, und wir brauchen gleichzeitig immer mehr, weil die Waren teurer werden. Und was ist nun Ihre Überlegung dazu, Sir?«

»Die Gründung einer Bodenbank.«

Jetzt war es an Moivre, bis über beide Ohren zu grinsen: »Sie sind Schotte?«

John Law nickte: »John Law of Lauriston.«

»Mein Name ist Moivre«, antwortete der Franzose, »ihr Landsmann William Paterson ist gerade dabei, eine englische Bank zu gründen. Aber Sie, Sie wollen eine Bodenbank gründen?«

»Ja«, sagte Law, »Sie haben ein Grundstück. Dieses Grundstück hat einen Wert. Für diesen Wert erhalten Sie von der Bodenbank ein Dokument, das diesen Wert bestätigt. Dieses Dokument ist Geld aus Papier. Papiergeld. Mit diesem Papiergeld können sie Waren und Dienstleistungen beziehen.«

»Und die Bodenbank ist vorübergehend Besitzerin des Grundstückes.«

»Ganz recht. Sie hat stets einen reellen Gegenwert. Die Münze ist so viel wert wie das Metall, das in ihr steckt, und das Papiergeld wäre so viel wert, wie das Grundstück, das dafür hinterlegt worden ist. Damit verwandeln Sie über Nacht den gesamten Boden Englands in liquides Bargeld.«

»Wissen Sie, wie viele Grundstücke durch den Krieg schon ruiniert worden sind?«

»Sie haben mich gefragt, mit welchen Fragen ich mich beschäftige.«

Moivre nickte nachdenklich: »William III. braucht frisches Geld. Aber niemand will dem König etwas leihen, denn seine Vorgänger haben ihre Kredite bis heute nicht zurückbezahlt. Das Problem,

Mr Law, ist das Vertrauen. Wenn Gott hinter Ihrer Bodenbank stehen würde, könnte es vielleicht funktionieren. Vielleicht. Aber ich sage Ihnen ganz ehrlich, ich vertraue nicht mal Gott. Die Wahrscheinlichkeit, dass es ihn gibt, beträgt weniger als ein Prozent. Aber das erzähle ich Ihnen ein andermal. Heute habe ich noch zu tun.«

Moivre nahm seine Feder wieder in die Hand und strich sich mit dem oberen Ende nervös über die Lippen.

»Wissen Sie, Mr Law, es gibt in London zehntausende von originellen Ideen, Modellen und Theorien. Aber nur die wenigsten werden die nächsten Monate überleben. Und es wird wieder neue Ideen, Modelle und Theorien geben, und in hundert Jahren werden vielleicht eine Hand voll überlebt haben. Weil sie sich bewährt haben. Sir, für Ihr Modell brauchen Sie nicht nur ein Stück Papier und eine mathematische Kurve, nein, für Ihr Modell brauchen Sie ein ganzes Volk und einen König, der Ihnen gestattet, an seinem Volk ein Experiment durchzuführen. Und wenn es Ihnen gelingt, das schnelle Geld zu erfinden, werden Sie eines Tages der reichste Mann der Welt sein.« Moivre grinste: »Man müsste dafür ein neues Wort erfinden, Millionär.«

Das Gespräch mit Monsieur Moivre hatte John Law nachdenklich gemacht, und so verbrachte er die folgenden Tage lesend und grübelnd in seinem Haus in St. Giles. Mag sein, dass er die Dinge zu einfach gesehen hatte. Er brauchte dringend Zugang zu besseren Kreisen, die ihm erlaubten, seine Theorien an höchster Stelle vorzubringen. Doch seine eigenen Geldmittel, über die er noch verfügte, wurden bereits knapp. Er brauchte also dringend eine neue Einnahmequelle. Oder eine zahlende Mätresse. Mindestens eine.

Der Salon von Lord Branbury wurde rasch zu John Laws Lieblingssalon. Lord Branbury war ein liebenswerter, stiller Mann, der es einfach genoss, Gäste zu haben. Er hielt sich stets diskret zurück, ließ großzügig bewirten und erfreute sich an den attraktiven Damen, die ihn beehrten, und den Beaus, die sich an den Spieltischen niederließen und *Pharao* spielten.

Pharao wurde mit einem Satz von zweiundfünfzig Karten gespielt. Es gab das rote Karo, das rote Herz, das schwarze Pik und das schwarze Kreuz. Die kleinste Karte war die Zwei, die höchste das Ass. Der Spieltisch bestand aus einem Teppich, auf dem mit Stickereien sämtliche Karten dargestellt waren. Die Spieler setzten Geldbeträge auf die gestickten Kartenmuster, und der Bankhalter zog aus einem von zwei Stapeln eine Karte. Es gab verschiedene Gewinnmöglichkeiten, je nachdem ob man die Farbe, gerade oder ungerade, Ass bis Sechs oder Sieben bis Dreizehn gesetzt hatte. Mit zunehmendem Spiel wurde das Setzen einfacher, weil der Bankhalter immer weniger Spielkarten zur Verfügung hatte und die Wahrscheinlichkeit, richtig zu schätzen, zunahm. Wer hier gewinnen wollte, musste über ein hervorragendes Gedächtnis verfügen und die Kunst beherrschen, blitzschnell Wahrscheinlichkeitsrechnungen anzustellen. Es war das Spiel von John Law. Es gehörte zu den Gepflogenheiten des Hauses, dass man in einer Vorhalle Geld in Jetons eintauschte. Die Jetons waren aus Horn und stellten Götter oder Tiere aus der griechischen und römischen Mythologie dar. Es waren Kopien jener kupfernen Geldplatten aus vorchristlicher Zeit, als Geldmünzen noch nicht klein und rund waren und noch dem Wert eines Rindes entsprachen, weshalb die Römer anfänglich für »Vieh« und »Vermögen« ein und dasselbe Wort verwendeten: *pecunia*. Später bedeutete *pecunia* nur noch Geld. Selbstverständlich konnte man im Salon von Lord Branbury auch mit echtem Geld spielen, aber da Spieler aus verschiedenen Nationen anwesend waren, ersparte es dem Bankhalter die Umrechnung der Währungen. Diese Aufgabe wurde dem Salonbesitzer überlassen, der die fremden Münzen abwog und dafür Jetons ausgab, die man am Ende des Abends wieder zurücktauschen konnte.

»Wenn König William III. Jetons aus Papier ausgeben würde, könnte er glatt die im Umlauf befindliche Geldmenge verdoppeln«, scherzte John Law, als er in der Vorhalle zehntausend Pfund umtauschte. Lord Branbury, der jeden seiner Gäste in den Salon zu begleiten pflegte, sah John Law verwundert an. Er mochte den

Schotten. Er hatte nicht nur Geld, sondern auch Manieren, war bei den Damen äußerst beliebt und faszinierte die Menschen an seinem Spieltisch.

»Ich fürchte«, entgegnete Lord Branbury, »kein Mensch würde Metallmünzen gegen Papier umtauschen.«

»Selbst wenn der König persönlich diese Papiere unterzeichnen und den Rücktausch in Metallmünzen garantieren würde?«, fragte John Law im Plauderton.

»Selbst dann nicht, Mr Law. Unsere Könige stehen im Ruf, ihre Schulden nicht zu begleichen. Unsere Könige mögen nach fünfundzwanzig Jahren manche Schlacht gewonnen haben, aber das Vertrauen haben sie für die nächsten hundert Jahre verloren.«

John Law nahm diese Offenheit mit einer wohlwollenden Verneigung zur Kenntnis und flüsterte: »Sie genießen zu Recht mehr Vertrauen als König William III. Bei Ihnen würde ich mein gesamtes Vermögen eintauschen.«

Lord Branbury bedankte sich seinerseits mit einer galanten Verbeugung.

»Betty Villiers zählt heute Abend zu meinen Gästen«, flüsterte Lord Branbury so leise, dass es geradezu konspirativ wirkte, »sie steht dem König … nun ja – sehr nahe. Falls Sie also ein Anliegen haben sollten, Sir, das für Seine Majestät, unseren König, von Interesse sein sollte …«

Betty Villiers war in der Tat eine überaus faszinierende und attraktive Frau. Wenn John Law die Bank führte, saß sie gern zu seiner rechten Seite. Sie mochte bereits Ende dreißig sein, verfügte aber über alle Attribute, die sich ein alternder König nur wünschen konnte. Und sie benutzte nie einen Fächer.

Auch Catherine Knollys benutzte nie einen Fächer. Sie war Mitte zwanzig, und ihre blasse Alabasterhaut hatte auf der linken Gesichtshälfte ein handtellergroßes Feuermal. Lord Branbury hatte sie als seine Schwester vorgestellt. Es hieß, sie sei mit Lord George of St. Andrews verheiratet, aber dieser sei nach Paris geflüchtet, nachdem er als notorischer Katholik beim König in Ungnade gefallen sei und mehrere Monate im Gefängnis Newgate verbracht habe. Er hatte also einfach seine Frau zurückgelassen. Ohne Abschied, wie es hieß. Reisende berichteten, dass Lord George jetzt in Paris wohne und sich einer Gruppe von Menschen angeschlossen habe, die James II., dem früheren katholischen König von England, nahe standen. Andere Quellen behaupteten, ihr Mann sei ein Verräter und Spion und plane im französischen Exil den Sturz von William. Auch in der Politik gab es zahlreiche Theorien. Und wo es an Wissen mangelte, gediehen die Gerüchte.

Lady Knollys war eine Frau, die durch ihre Stille auffiel. Selbst wenn sie fernab der Spieltische im Halbdunkel stand, spürte John Law ihre Blicke, ihre Nähe. Sie schien ihm auf Anhieb vertraut. Manchmal, wenn er die Karten verteilte und plauderte, wie es die Gäste von ihm erwarteten, spürte er die Wärme ihres Blicks. Und wenn er dann langsam den Kopf hob und die junge Frau im Halbdunkel suchte, glaubte er sie sprechen zu hören. Ihre bloße Anwesenheit machte ihn glücklich.

Einer der auffälligsten Gäste im Salon von Lord Branbury war ein kleiner, untersetzter, pockennarbiger Mann, der mit seiner nervösen, quirligen Art alle Blicke auf sich zog. Er war ohne Zweifel ein besessener Spieler. Dabei war ihm das Glück alles andere als hold. Er verlor und verlor und konnte doch kein Ende finden. Wenn er keine Jetons mehr hatte, reichte ihm ein Diener einen Schuldschein, den er flüchtig unterschrieb, um gleich darauf weiterzuspielen. Sein Name war Neale, Thomas Neale, der Münzmeister des Königs, der seit Jahren versuchte, in London eine Lotterie auf die Beine zu stellen. Thomas Neale war aber nicht nur der Münzmeister des Königs, sondern auch Kammerdiener. Er war ein königlicher Beamter. Ihm war es auferlegt, Lizenzen für das Glücksspiel in den Salons zu erteilen. Zu seinen Pflichten gehörte auch die Überprüfung von Würfeln und Karten. Er hatte Streitigkeiten in den Salons zu schlichten. Ohne seine erfolgreichen Immobilienspekulationen, die er nur als Protegé des Königs durchführen konnte, wäre Thomas Neale längst verlumpt und würde heute in einer maroden Holzbaracke im Hafen von London dahinvegetieren.

Thomas Neale warf mit den Jetons nur so um sich, als seien sie die nutzlosesten Gegenstände der Welt. Sein Gesicht glich einer Enzyklopädie der menschlichen Ausdrucksformen. Mal drückte er die Lippen derart zusammen, dass es einen tierischen Ausdruck annahm, dann gluckste er plötzlich aus Versehen und fuhr vor Schreck in sich zusammen, weil er sich schämte, und im selben Augenblick riss er die Augen auf, öffnete leicht den Mund und starrte ungläubig auf die Karte, die John Law soeben gezogen hatte. Thomas Neale hatte auf die falsche gesetzt. John Law hatte schon viele Spieler erlebt, aber noch keinen derart besessenen wie Thomas Neale. Kein Gesetz der Welt hätte den Münzmeister des Königs davon abhalten können, zu spielen.

Der Gentleman an John Laws Tisch rückte die goldgelbe Allongeperücke zurecht, zupfte an seinem blauen Seidenschal, nahm das nächste Manuskriptblatt zur Hand, räusperte sich und erhob die Stimme:

»Denn alles Glück oder Unglück des Menschenlebens liegt darin begründet, ob du anwesend bist oder nicht. Was tun die Menschen nicht, um dich zu erlangen? Was für Gefahren nehmen sie nicht in Kauf, was für Schurkereien begehen sie nicht um deinetwillen! Für dich werden Könige zu Tyrannen, Untertanen unterdrückt, Völker zerstört, Väter gemordet, Kinder verstoßen, Freunde verraten. Für dich lässt sich die Jungfrau entehren, verkommt der Ehrenmann, wird der Weise zum Narren, der Aufrechte zum Schurken, der Freund zum Verräter, der Bruder zum Fremden. Aus Christen werden Heiden, aus Menschen Teufeln. Du bist das große Ruder, das den Kurs der Welt bestimmt, die große Achse, um die sich der Erdball dreht.«

John Law saß mit Mary Astell an einem der Tische im Londoner Presseclub und lauschte den Worten dieses entrückten Exoten, der sich unter dem Gejohle der Anwesenden zu immer neuen Tiraden hinreißen ließ.

»Worüber spricht dieser Mensch eigentlich?«, fragte John.

»Über Geld, Sir. Er spricht immer über Geld; über das Geld, das er hat; über das Geld, das er hatte; über das Geld, das er nicht hat, und über das Geld, das er haben möchte und nie haben wird. Das ist Daniel Foe. Neuerdings nennt er sich *de* Foe – künstlerische Freiheit –, und als Autor will er sich jetzt *Daniel Defoe* nennen. Er meint, sein Name müsse eine Marke werden, wie ›Bushmills‹, der Irish Whiskey, in dem er seinen Verstand ersäuft hat.«

»Er ist Schriftsteller?«, fragte John Law.

»Er hat ein Handelsschiff gekauft, das er ›Desire‹ getauft hat. Leider ist die ›Desire‹ bereits eine Woche nach dem Auslaufen gesunken. Obwohl verschuldet, hat er daraufhin die erste Schiffsversicherung von London gegründet. Dummerweise hat er ausgerechnet die englische Flotte versichert, die wenige Wochen später im Krieg gegen Frankreich vernichtet wurde. Dann hat er mit der Stadt einen Pachtvertrag über das Sumpfgebiet an der Themse bei Tilbury abgeschlossen, weil er annahm, dass dort eines Tages die Stadtverwaltung eine neue Befestigung errichten würde. Doch er hat sechs Prozent für den Kredit bezahlt und nur fünf Prozent Pachtzins erhalten.«

»Sie meinen, Mathematik ist nicht seine Stärke, also muss er ein echter Schriftsteller sein?«

Mary Astell lachte und zeigte dabei ihre schönen Zähne. John betrachtete sie ganz hingerissen und dachte an das, was sich vor wenigen Wochen in der Kutsche nach London ereignet hatte.

»Ja, er ist ein Schriftsteller, der als Unternehmer reich werden wollte und dabei gescheitert ist. Jetzt macht er aus seinem Scheitern eine Ideologie und geißelt Gesellschaft und Staat. Er kommt gut an bei den Leuten.«

Plötzlich erhob sich tumultartiges Geschrei. Soldaten stürmten den Saal. Die meisten Anwesenden sprangen auf und versuchten zu entfliehen. Aber die Soldaten hatten nur ein Ziel: den Mann, der sich Defoe nannte. Sie ergriffen den Schriftsteller und sprachen eindringlich auf ihn ein. John Law konnte jedoch wegen des allgemeinen Lärmpegels die Worte nicht verstehen.

Mary Astell beugte sich zu John Law: »Offenbar hat das Königshaus sein Gnadengesuch abgelehnt.«

Defoe wurde aus dem Saal gezerrt. Mary Astell erhob sich und forderte John Law auf, ihr zu folgen: »Manchmal bietet das Theater in London Nachmittagsvorstellungen. Sie dürfen mich begleiten.«

Gemeinsam verließen sie das Gebäude und folgten der aufgebrachten Menschenmenge, die Defoe und den Soldaten durch die Gassen folgte.

»Was wirft man ihm vor?«, fragte John Law.

Mary Astell lachte amüsiert: »Es sind nicht die Schulden. Schulden hat Mr Defoe immer. Egal was er unternimmt, es endet im finanziellen Desaster. Jetzt versucht er sich als Verfasser von anonymen Pamphleten und predigt die brutale Unterdrückung des politischen Gegners, der Partei der Dissenter. Deshalb wurde er von den Torys angeklagt. Was der Sache ihre Brisanz verleiht, ist die Tatsache, dass Wendehals Daniel Defoe selbst ein Dissenter ist. Er predigt anonym die Unterdrückung seiner eigenen Partei, um die Schuld der anderen Partei in die Schuhe zu schieben. Das ist Daniel Defoe, wie er leibt und lebt.«

Als sie den großen Platz hinter dem Presseclub erreicht hatten, schafften die Soldaten Daniel Defoe auf das Podest hinauf, wo der Henker von London bereits mit dem Pranger wartete. Mit geübtem Griff packte er Defoe am Nacken und drückte ihn gegen den Querbalken, direkt in die runde Aussparung, die für den Hals vorgesehen war. Zwei Soldaten ergriffen je eine Hand des Schriftstellers und drückten diese an die äußere Enden des Balkens. Zu guter Letzt wurde die andere Hälfte der Apparatur in Defoes Nacken gedrückt und festgeschraubt. Daniel Defoe brüllte. Er schrie. Er bettelte. Er winselte. Dann stieß er plötzlich wieder wüste Beschimpfungen aus. Mittlerweile hatte sich eine große Menschenmenge auf dem Platz versammelt. Alle standen um die Holzbühne herum, auf der der Pranger montiert war. Es war ein Stehpranger. Das heißt, der Delinquent kniete nicht wie in anderen Städten üblich. So konnte ihn jeder sehen. Schließlich war London eine Stadt mit über siebenhunderttausend Einwohnern.

Und das Volk von London hatte seinen Spaß. Zuerst traf ein fauliger Kohlkopf den Schriftsteller mitten ins Gesicht. Die Menge johlte, während der Henker, den Buchstaben des Gesetzes folgend, das anonyme Pamphlet von Daniel Defoe öffentlich verbrannte. Der schloss die Augen. Diese öffentliche Demütigung, nicht unweit seines Hauses, das kürzlich zwangsversteigert worden war, brach ihm das Herz. Kaum war das Pamphlet abgefackelt, verließen der Henker und die Soldaten den Pranger und bahnten sich eine Gasse durch die grölende Menschenmenge. Jetzt kannten die Leute kein Halten mehr. Alles, was nicht niet- und nagelfest war, wurde dem bankrotten Verfasser des niederträchtigen Pamphlets an den Kopf geworfen: Küchenabfälle, Erdklumpen, tote Mäuse und Ratten, einige packten Kot in Lumpen und warfen ihn dem selbst ernannten Poeten ins Gesicht. Vergeblich versuchte Defoe, den Geschossen auszuweichen. Dabei überdehnte und zerrte er die Nackenmuskulatur. Die Haltung mit den gestreckten Armen und dem gebeugten Genick verursachte nun höllische Schmerzen, Defoe brüllte um Hilfe. Niemand hatte Mitleid. In London kannte man kein Mitleid, weil auch das Schicksal mit London kein Erbarmen kannte. Die Londoner hatten Pest, Feuersbrünste und Kriege erlitten. Hatte sich Gott deswegen jemals ihrer erbarmt?

Am hinteren Ende des Platzes entstand ein neuer Tumult. Eine Gruppe von Leuten versuchte sich mit Gewalt zum Pranger durchzuschlagen. Es waren junge Hafenarbeiter, die Daniel Defoe verpflichtet hatte, für den Fall, dass die Krone seinem Gnadengesuch nicht entsprechen würde, zu seinem Schutz herbeizueilen. Die Burschen schwangen Holzknüppel. Drohend stellten sie sich nun um das hölzerne Podest und blickten wild entschlossen um sich. Die Schaulustigen begriffen, dass der Spaß vorüber war, und verzogen sich. Jetzt kamen streunende Hunde. Sie scheuten keine Fußtritte, um einen Platz unter dem Podest zu erobern. Dort gab es Schatten und mehr Abfälle als bei einem fürstlichen Bankett.

»Wie lange muss er dort stehen?«, fragte John Law.

»Bis zum Abend. Wollen Sie mich noch so lange warten lassen?«, scherzte Mary Astell, während ein älterer Herr in modischem Franzosenanzug auf das Podest stieg und mit viel Pathos eins von Defoes Pamphleten verlas: »Sei mir gegrüßt, du Ungeheuer, das mich hier bestraft und mich sinken lassen will in tiefste Armut. Halte ein, du Ungeheuer, damit ich nicht gezwungen werde, zu stehlen, meinen eigenen Nachbarn zu berauben oder ihn gar zu töten und aufzufressen …«

»Wo finde ich Beau Wilson?«, fragte John Law.

»Im ›Green Dog‹. Dort finden täglich Auktionen statt. Letzte Woche wurde das Bett einer französischen Königin versteigert. Aber Beau Wilson hat mich überboten. Er liebt, was andere begehren.«

»Sie wollten wirklich ein Bett kaufen?«

»Wieso? Sie wollen mir doch nicht etwa ein zweideutiges Angebot machen?«

Thomas Neale, der Münzmeister des Königs, war so ziemlich allem verfallen, was die Großstadt einem labilen Menschen an Verlockungen nur bot. Als er spürte, dass John Law für diesen seinen Lebenswandel nicht nur stillschweigendes Verständnis zeigte, sondern ihn geradezu zu bewundern schien, nahm er den jungen Mann aus Edinburgh gern unter seine Fittiche. Saß Thomas Neale also nicht gerade in seinem Amt, dem Tower von London, führte er John Law durch die Edelbordelle der Stadt, in denen man sich für wenig Geld die Syphilis holen konnte. Thomas Neale zeigte ihm jeden Londoner Spielsalon, jede Kneipe, in der Finanziers, Händler und Geschäftsleute verkehrten, und stellte John Law jeder Person vor, die in London irgendeine Bedeutung hatte.

In London gab es über zweitausend Kaffeehäuser, und jede Berufsgruppe hatte ihre Präferenzen. Die gelehrten Mitglieder der Royal Society trafen sich im »Grecian« im Devereaux Court, Anwälte besuchten das »Nandos« in der Fleet Street. Den notorischen Spielern und Hasardeuren begegnete man im »White«, die Beaus gingen ins »Man's« an der Themse. Und stets wusste man, wann wer und wo erreichbar war. Vielen diente das Kaffeehaus als temporäres Arbeitszimmer. In einem Kaffeehaus gab es alle Zeitungen, Gazetten und Flugblätter der Stadt zu lesen. Wollte man also irgendetwas publik machen, druckte man ein Flugblatt und verteilte es mit der neuen »Pennypost« an alle Kaffeehäuser der Stadt. Für einen Penny, den man der *Dame de Comptoir* gab, konnte man hier so viel Kaffee trinken, wie man wollte, und dazu noch eine der langen Tonpfeifen schmauchen.

Eines Abends führte Thomas Neale John Law ins »Green Dog«. Das Kaffeehaus wurde von vielen Neureichen besucht, die darauf angewiesen waren, ihre neu erworbenen Häuser in Windeseile mit standesgemäßem Mobiliar auszurüsten. Es war schon spät in der Nacht, um nicht zu sagen früh am Morgen, und so traf man hier all die Beaus und stadtbekannten Wüstlinge, die ihre mühevolle Arbeit an diesem Tag bereits verrichtet hatten und nun zur Ausnüchterung ein paar Tassen starken Kaffees brauchten. Dabei lasen sie die Auktionslisten der nächsten Tage.

Thomas Neale bestellte einen Kaffee nach dem anderen. Wer Kaffee trank, demonstrierte, dass er kein Mann von gestern war. Für die Alten war Kaffee stinkendes Pfützenwasser, das Männer impotent machte. Für den Mann von Welt genoss Kaffee wie Tee, Schokolade und Tabak die Aura des Neuen, stammte er doch aus fernen Kontinenten, die mutige Handelsfahrer entdeckt und erschlossen hatten. Kaffee war aber auch das einzige brauchbare Mittel, um nach dem Besuch von Bierhäusern, Clubs und Tavernen wieder einigermaßen nüchtern zu werden, um am Morgen wieder arbeiten zu können. Der Duft von frisch gemahlenen Kaffeebohnen, der süßliche Qualm von Virginiatabak, die frisch gedruckten Zeitungen und die neuesten Gerüchte vom Hof und den entlegenen Weltgegenden – das war für diejenigen, die es sich leisten konnten, das wahre Leben. Obwohl das »Green Dog« als vornehmes Lokal galt, ging es zu so später Stunde wüst zu wie in einer Kaschemme.

»Venedig hat eine Lotterie eingeführt. Haben Sie davon gehört, Sir?«, schrie Thomas Neale gegen den allgemeinen Lärm an. Er reichte dabei die Tonpfeife an seinen Nachbarn weiter.

»Aber ja. Holland will auch eine staatliche Lotterie einführen«, entgegnete Law laut, »aber ich missbillige Lotterien aus moralischen Gründen. Sie machen den Ärmsten falsche Hoffnung und ziehen ihnen nur das letzte Geld aus der Tasche.«

»Nein, nein, Sir«, dröhnte Thomas Neale. Seine Stimme klang wie die eines Arbeiters im Nordosten der Stadt, wo Manufakturen und Werkstätten wie Pilze aus dem Boden schossen. »Mit einer Lotterie könnte der König den Krieg gegen Frankreich finanzieren. Wir verkaufen staatliche Anteilsscheine im Wert von je zehn Pfund. Insgesamt für eine Million Pfund. Der Zins beträgt zehn Prozent, Laufzeit sechzehn Jahre, das ist enorm. Und der Staat haftet für die Einlage und den Zins. Ähnlich wie in Venedig lassen wir die Anteilsscheine an einer jährlichen Ziehung teilnehmen. Dieser Anteilsschein oder diese Losanleihe oder Staatsobligation oder wie Sie das Stück Papier nennen wollen, wäre also gleichzeitig ein Glückslos. Ich habe ausgerechnet, dass wir jedes Jahr ein Preisgeld von insgesamt vierzigtausend Pfund verschenken könnten. Ich bräuchte aber jemanden, der mir den Gewinnplan berechnen kann.«

»Ich verabscheue staatliche Lotterien«, entgegnete Law lauter als beabsichtigt und sah sich vorsichtig um.

Thomas Neale polterte mit der Faust auf den Tisch und verlangte nach einem weiteren Kaffee.

»Ausgerechnet Sie, John Law, wollen mir weismachen, dass Sie Glücksspiele hassen? Sie sind schließlich selbst ein Spieler!«

»Ich spreche von staatlichen Lotterien, Mr Neale. Ich bin nicht der Staat. Und als Bürger bin ich kein bloßer Glücksspieler, Mr Neale. Ich habe eine akademische Spielweise entwickelt. Ich versuche, beim Spielen die Wahrscheinlichkeiten auszurechnen. Ich versuche, die Wissenschaft des Zufalls zu ergründen. Das ist mein Bestreben. Wie groß ist die Wahrscheinlichkeit, dass eine bestimmte Karte ausgewählt wird? Ich versuche, das Risiko zu kalkulieren.

Das ist ein ernsthaftes Geschäft, Mr Neale. Ich erprobe am Spieltisch Modelle, die eines Tages für einen Staat von Bedeutung sein könnten.«

John Law fiel auf, dass jemand an einem Nebentisch ihrem Gespräch folgte. Es war ein auffällig gekleideter junger Mann, der sich nobler als der König von England gab und einem bewaffneten Gentleman gegenübersaß, der offenbar sein Untergebener war.

Als sie schon gehen wollten, kam ein Zeitungsjunge herein, der die druckfrische »London Gazette« feilbot. Die »London Gazette« erschien dreimal wöchentlich in einer Auflage von siebentausend Exemplaren und galt mittlerweile als wichtiger Meinungsmacher. John Law und Thomas Neale kauften je ein Exemplar. Als Thomas Neale die Münzen sah, die der Junge als Wechselgeld auf den Tisch legte, platzte dem königlichen Münzprüfer der Kragen. Er hielt das Geld hoch und brüllte so laut, dass alle anderen Gespräche verstummten:

»Willst du uns gestutzte Münzen andrehen, du Flegel? Glaubst du, dass wir zu besoffen sind, um zu merken, dass diese Münzen nichts mehr wert sind?«

Die *Dame de Comptoir* kam herbeigerannt und wollte Thomas Neale beschwichtigen. Aber Thomas Neale klatschte die Münzen auf den Tisch und zeigte auf das Corpus Delicti. Die Seiten der Silbermünzen waren derart flach gerieben, dass sie höchstens noch die Hälfte des ursprünglichen Gewichts und somit auch ihres Wertes hatten.

»Was kann denn der Junge dafür, dass die Münzen schon so lange in Umlauf sind? Ich wette, die sind über hundert Jahre alt.« Die Dame legte die Münzen auf den Tisch zurück und drängte die Umstehenden energisch beiseite. Sie hatte eine anstrengende Nacht hinter sich. Doch Neale echauffierte sich noch mehr und fegte die Münzen mit einer wilden Handbewegung vom Tisch. Dabei stieß er mit dem Ellbogen dem rauchenden Nachbarn die Tonpfeife in den Rachen. Dieser fiel rückwärts von der Bank. Röchelnd fasste er sich an den Hals, als würde er gleich ersticken. Doch plötzlich, und völlig überraschend, erhob er sich wieder und donnerte Neale die Faust ins Gesicht. Neale schien einen Augenblick benommen. Er kippte wie ein Sack von der Bank. Als er sich wieder erheben wollte, sprang ihn der andere von hinten an. Innerhalb kürzester Zeit hatte sich eine wilde Keilerei entwickelt. Tassen und Tonpfeifen flogen durch die Luft, Stühle zersplitterten, einige Gäste flohen. Die Wirtin verfolgte die Zechpreller auf die Straße hinaus. Irgendjemand brüllte um Hilfe, verlangte nach dem Konstabler.

John Law blieb die ganze Zeit über ruhig an seinem Tisch. Durch das Getümmel hindurch sah er den jungen Mann, der ihn offenbar trotz des Tumults weiter beobachtete. Auch ohne Fächersprache begriff Law, dass der Fremde irgendetwas von ihm wollte.

Als der Konstabler mit einigen Hellebardieren das Lokal betrat, kehrte sofort Ruhe ein. Der Wachtmeister erkannte gleich den Münzmeister des Königs und fragte ihn, was hier geschehen sei.

Thomas Neale versuchte, das Gleichgewicht zu halten. Blut floss aus seiner Nase. Und als er sich einen Ruck gab und den Bauch nach vorn drückte, um den Rücken durchzustrecken, erbrach er den französischen Brandy und den schottischen Whisky und den Rum von den Westindischen Inseln und alles, was er an diesem Abend in sich hineingeschüttet hatte, in einem imposanten Schwall über den Bretterboden. Und dann folgte noch ein ganz leiser Rülpser.

Der junge Mann, der John Law so lange Zeit beobachtet hatte, stand nun auf, gefolgt von seinem bewaffneten Begleiter. Beide bewegten sich zum Ausgang. Kurz bevor der Beau an John Law vorbeiging, blieb er stehen und schaute dem Schotten in die Augen. Unter seinem Samtmantel trug der Fremde ein teures Plüschgewand mit goldenen Knöpfen und goldenem Zwirn. Die Perücke musste mindestens vierzig Shilling gekostet haben. Die Handschuhe dufteten nach Mandelcreme. Jedes Lederteil an seiner Aufmachung war mit feinster Jasminbutter eingerieben und so schmiegsam gemacht worden.

»In welchem Salon darf ich Ihre Künste bewundern, Sir?«, fragte er, ohne die Miene zu verziehen.

»Morgen Abend bei Lord Branbury«, entgegnete John Law ebenso ungerührt.

Der junge Mann hieß Edward Wilson, genannt Beau Wilson. Der Mann, der nicht von seiner Seite wich, war Captain Wightman. Ein drahtiger Mensch mit unruhigem Blick. Die einen sagten, dass Captain Wightman Beau Wilson begleitete, um ihn zu beschützen, weil Wilson so vermögend war. Andere behaupteten, dass Wilson sich lediglich deshalb mit einem Leibwächter umgab, um diesen Eindruck zu erwecken. Männer und ihre Strategien ...

Edward Wilson war in bester Laune, als John Law am nächsten Abend im gut besuchten Salon von Lord Branbury die Karten verteilte. Law hatte das Privileg, die Bank halten und die Karten verteilen zu dürfen. In wenigen Monaten war John Law zu einer Attraktion geworden. Kein Spieler vor ihm hatte es verstanden, derart souverän die Chancen von Karten zu berechnen. Kein Mensch in England verfügte über die Gabe, derart schnell den Einsatz festzulegen, den man für diese oder jene Chance tätigen konnte. Seine exotische Begabung hatte sich wie ein Lauffeuer in der Stadt verbreitet. Immer mehr Spieler bemühten sich um eine Einladung in den Salon von Lord Branbury.

An jenem Abend erkannte John Law einen alten Bekannten: den Franzosen Antoine Arnauld. Auch er hatte vom Ruf des John Law gehört, und er war gekommen, um sich erneut mit ihm zu messen.

Als in den frühen Morgenstunden die meisten Gäste gegangen waren, saß Arnauld immer noch am Spieltisch. Und spielte. Auch Beau Wilson war geblieben. Und Betty Villiers, die angebliche Mätresse des Königs. Und im Hintergrund, fast verborgen, die mysteriöse Catherine Knollys, die Schwester von Lord Branbury. Nach jeder Partie mischte John Law die Karten neu. Dabei hob er den Kopf und suchte mit den Augen Catherine Knollys. Manchmal hatte er den Eindruck, dass ihre Augen ihm zulächelten, dass sie ihn ermunterte, weiterzuspielen, weiter zu gewinnen, diesen Franzosen Arnauld zu bezwingen. Sie schien wie eine Verbündete. Doch sie reagierte nicht auf seine Signale, auf sein Lächeln, auf seine Blicke. John Law konnte nicht verstehen, wie ein Mann abreisen und eine Frau wie Catherine Knollys einfach in England zurücklassen konnte. Er war sicher, dass Catherine Knollys ihrem Mann überallhin gefolgt wäre. Dass sie für ihn alles gegeben hätte. Das Verhalten ihres Mannes musste sie deshalb ganz besonders schmerzen. John Law hätte eher die Religion gewechselt, als eine Frau wie Catherine Knollys im Stich zu lassen.

Bis in die frühen Morgenstunden hatte John Law Antoine Arnauld größere Summen abgenommen, doch der Franzose gab nicht auf. Er eroberte sich Jeton um Jeton zurück. Als die Einsätze wieder ausgeglichen waren, bot John Law eine Beendigung der Partie an. Doch Antoine Arnauld wollte weiterspielen. Es war eine Frage der Ehre, ihm diese Bitte zu gewähren. Wahrscheinlich um John Law abzulenken, versuchte der Franzose, ihn in Gespräche zu verwickeln. Gespräche über etwas, das er »Nationalökonomie« nannte. Kein Mensch hatte das Wort jemals gehört. Arnauld versuchte Gespräche über monetäre Theorien, über Systeme, die imstande wären, den gewaltigen Mangel an Bargeld aufzuheben. Gespräche über Parallel- und Ersatzwährungen, über die Schriften von Petty, Barbon, Hugh Chamberlen, Bernoulli. Immer wieder Bernoulli. Und sogar über Gott. Welchen Wert hat Gott? Ist Gott käuflich? Hat Gott überhaupt einen Wert? Ist eine Idee handelbar?

John Law war durchaus imstande, der Diskussion zu folgen und gleichzeitig in verblüffender Geschwindigkeit seine Kopfrechnungen anzustellen. Keinem gelang ein signifikanter Vorsprung. Der Morgen graute. Sie waren beide Meister ihres Fachs. Schließlich versuchte Antoine Arnauld es mit einem alten Verbündeten. Wie damals in Edinburgh. Antoine Arnauld bestellte Gin für sich und John Law. Ein Diener servierte umgehend die Getränke.

Aber John lehnte dankend ab. »Man sollte nicht zweimal den gleichen Fehler machen, Mr Arnauld.«

Antoine Arnauld trank einige Gläser und bat nach einer knappen Stunde um eine allerletzte Runde. John Law gewährte ihm die Bitte. Antoine Arnauld bat darum, die Einsätze zu verzehnfachen. John Law gewährte ihm auch diese Bitte. Antoine Arnauld wollte das Glück erzwingen. Er setzte alles auf eine Karte. Und verlor. Plötzlich waren alle Gespräche verstummt. Alle schauten auf Antoine Arnauld. Was würde er tun?

Antoine Arnauld lächelte und erhob sich von seinem Stuhl: »Mein Kompliment, Mr Law. Das Geld, das Sie damals in Edinburgh verloren haben, war eine hervorragende Investition.«

John Law verbeugte sich knapp und lächelte zurück: »Und welcher Mensch kann sich schon rühmen, mit einem Verlust Gewinn erzielt zu haben?«

Die Umstehenden verstanden die Bedeutung dieser Konversation nicht und wechselten fragende Blicke. Aber der Abend hatte ihnen imponiert.

»Ein Jammer, dass unser König nicht dabei sein konnte«, lächelte Betty Villiers, »er weiß außerordentliche Fähigkeiten zu schätzen.«

John Law bedankte sich mit einer leichten Verbeugung und lächelte: »Ich stehe jederzeit zur Verfügung.«

Verhaltenes Gelächter. Einige der Anwesenden schienen diese Bemerkung falsch zu interpretieren oder interpretieren zu wollen. Arnauld verließ den Saal. Nach seinem Schritt zu urteilen, war er Opfer seiner eigenen Strategie geworden. Er hatte den Gin getrunken, den John Law dankend abgelehnt hatte. Jemand klatschte leise in die Hände. Es war Edward Wilson. Er hatte sich John Law unbemerkt genähert. Etwas verträumt streichelte er seinen Stock und ließ frivol die Zunge über die Lippen fahren.

»Sir, mein Kompliment. Ich bin entzückt, verzaubert. Ist es Glück, Können, Zauberei oder – ein simpler Trick?« Theatralisch neigte er den Kopf zur Seite, als würde ihm der Gedanke, es könnte nichts weiter als ein simpler Trick gewesen sein, das Herz brechen und ihn in eine tiefe Melancholie stürzen.

»Ich bin Mathematiker, Sir, kein Spieler. Was ich hier demonstrieren durfte, war die Mathematik von Zufall und Wahrscheinlichkeit am Beispiel eines Kartenspiels.«

»O«, entfuhr es Wilson, und er befühlte gedankenverloren die Seide seines smaragdgrünen Halstuchs. Dann wandte er sich erfreut an die Umstehenden: »Wir sind beeindruckt. Wir danken Lord Branbury, dass er uns John Law of Lauriston in seinem Salon vorgestellt hat.«

John Law war indessen klar, dass Wilson zu wenig Verstand hatte, um die mathematische Bedeutung des Kartenspiels zu verstehen. Wilson schien zur *jeunesse dorée* zu gehören, die über Geld und Manieren verfügte, aber kaum über genügend Esprit, um einen Abend lang zu unterhalten. Als Wilson der Aufmerksamkeit der Umstehenden sicher war, wandte er sich erneut an John Law: »Ich habe gehört, Mr Law, Sie haben in St. Giles ein Haus gemietet. Die Wohnung im Erdgeschoss soll noch frei sein?«

»Das ist richtig, Sir …«

»Edward – Beau – Wilson.« Er strahlte. Gütig und barmherzig breitete er die Arme aus und genoss das bewundernde Lächeln der Anwesenden. Dann wandte er sich erneut an John Law: »Darf ich fragen, Sir, ob Sie die Güte hätten, meiner Schwester die Wohnung zu vermieten?«

John Law war überrascht. Ihm war nicht ganz wohl bei der Sache. Sein Gefühl sagte ihm, dass Wilson ein Mann war, der mit Vorsicht zu genießen war. Instinktiv suchte sein Blick Catherine Knollys. Sie schien zu nicken. Vielleicht hatte sie auch bloß den Kopf bewegt.

»Sehr gern, Mr Wilson«, antwortete Law, »kommen Sie doch morgen zu mir zum Tee.«

Lord Branbury bedankte sich erneut bei John Law für dessen imposante Vorführung und sicherte ihm zu, dass er stets bei ihm die Gunst erhalten sollte, die Bank zu führen, solange es ihm beliebe. Er betonte, wie sehr er es schätze, dass John Law die Einladungen anderer Salons ablehnte und ihm weiter die Treue hielt. Diese

Bemerkung war eher als Wink zu verstehen, ebendies zu tun. Lord Branbury führte John Law in die Halle hinaus. Als sie an Catherine Knollys vorbeigingen, blieb der Lord stehen, um seinem Gast die Gelegenheit zu geben, sich von Lady Knollys zu verabschieden.

John Law küsste galant ihre Hand. Lord Branbury entfernte sich diskret. John Law lobte die rote Blume, die Catherine Knollys an ihrem Kleid angesteckt hatte Sie sei genauso geheimnisvoll und anziehend wie die Dame, die sie trage. Zu seinem Erstaunen antwortete Catherine Knollys weder mit ihrem Fächer noch mit einem Lächeln, sondern sagte, dass diese Blume aus der Neuen Welt stamme: »Es ist die rote Blume der Feuerbohne. Ich kaufe sie jeden Mittwoch um elf Uhr am Covent Garden.«

»Elf Uhr«, wiederholte John Law und fügte an: »Zahlen kann ich mir besonders gut merken, Madam.«

Der nächste Tag war ein Mittwoch. John Law verließ das Haus, das er sich auf Dauer nicht leisten konnte, und fuhr Richtung Süden. Der Kutscher zügelte den Vierspänner, als sie die Wiesen und Alleen passierten, die zu den herrschaftlichen Anwesen führten. Die Straßen waren nach dem Großen Feuer von 1666 neu angelegt worden. Auf der Höhe von Covent Garden klopfte John Law zweimal mit dem Stockknauf gegen die Kutschendecke. Die Pferde wurden angehalten. John Law wies den Kutscher an, auf ihn zu warten.

John Law überprüfte seine Kleidung, den Sitz der Perücke und reckte die Brust heraus. Dann machte er sich auf den Weg. In London kursierte ein Sprichwort, wonach man beim Essen und Trinken sparen könne, auch bei den Damen und den abendlichen Vergnügungen, aber niemals bei der Kleidung.

John Law war überrascht, wie viele bekannte Gesichter ihm unterwegs begegneten und wie freundlich die Leute ihm gesinnt zu sein schienen. John Law sah und wurde gesehen. Zahlreiche Kutschen warteten entlang der Straße auf die Schönen und Reichen, die den Blumenmarkt am Covent Garden besuchten. John Law grüßte mit knappen, aber freundlichen Verbeugungen nach links, nach rechts. Ein wunderbarer Duft lag wie eine unsichtbare Blütendecke über dem Markt. Weiter hinten sah er die Kirche St. Martin-in-the-Fields. John Law ging an den sandsteinfarbenen Arkaden entlang, bis er über einen Kieselweg die Rückseite des Gotteshauses erreicht hatte. Instinktiv schaute er in die richtige Richtung. Unter einem Arkadenbogen stand Catherine Knollys. Mit einem Fächer bedeckte sie einen Teil ihres Gesichtes. In der anderen Hand hielt sie einen leeren Korb. John Law spürte ein sanftes Flattern in den Gliedern. Er wollte sich beherrschen, keine Nervosität zeigen. Vergebens. Er war Catherine Knollys schon erlegen, bevor er ihre Hand berührte.

»Sie bringen mir Glück«, sagte John Law und blieb strahlend vor der jungen Frau stehen. Er schaute sie an, liebkoste sie mit seinem warmen Blick. Seine Augen schienen zu flüstern, dass er sie liebte, dass er sie begehrte, dass sie Besitz von allen seinen Gedanken und Gefühlen genommen hatte.

»Wenn ich spiele, sind Sie meine Verbündete.« Er hatte es eigentlich nicht sagen wollen.

»Ich weiß«, sagte Catherine und senkte fast beschämt den Kopf, »ich hoffe stets, dass Sie gewinnen, Sir. Ich beobachte Sie gern beim Spielen.«

»Und ich beobachte Sie«, flüsterte Law, als er ihre Hand berührte, »sogar in meinen Träumen …«

Catherine Knollys lächelte: »Dann sind Sie es tatsächlich, in meinen Träumen. Ich habe zuweilen das Gefühl, dass …«

Sie hielt abrupt inne und grüßte ein Paar, das über den Platz zum Blumenmarkt hinüberschlenderte.

»Was haben Sie zuweilen für ein Gefühl, Mrs Knollys?«

»Es ist nicht wichtig, Mr Law. Sagten Sie nicht kürzlich am Spieltisch, dass gewisse Dinge einfach geschehen?«

»Ja«, entgegnete John leise, »es ist auch etwas geschehen, und ich möchte, dass es weiter geschieht.«

Catherine Knollys nickte kaum merklich mit dem Kopf: »Kommen Sie, ich zeige Ihnen die Blumen aus der Neuen Welt.«

Der Fremde scharrte mit seinen Reitstiefeln über den Fußboden des »Rainbow«. Die Holzbohlen des Kaffeehauses in der Fleet Street waren mit Sand bestreut, und unter den verschmutzten Tischen türmte er sich gar zu kleinen Dünen. Überall am Boden standen Spucknäpfe herum. An den Wänden blakten die Lampen entsetzlich. Der Fremde saß vor einer Schale Kaffee und dachte nach. Jetzt, wo der Zeitungsjunge die neuen Flugschriften und Nachrichtenblätter verteilt hatte, war es im »Rainbow« still geworden. Andächtig schmauchten die Londoner an ihren Tonpfeifen und nahmen das Lebenselixier in sich auf, das aus Gerüchten, Skandalen, Spekulationen und haarsträubenden Geschichten bestand. Der Fremde wandte sich an den Mann mit der Lederschürze, der ihm gegenübersaß. Wahrscheinlich ein Weinhändler.

»Ich suche einen Mann«, begann der Fremde.

»Aha«, erwiderte der andere, ohne von seiner Zeitung aufzublicken, »in London gibt's viele Männer.«

»Er ist Anfang zwanzig, groß gewachsen, manche mögen ihn für gut aussehend halten …«

Der Weinhändler blickte kurz von seiner Zeitung auf. »Und womit vertreibt er sich seine Zeit? Falls Sie das wissen, kann ich Ihnen vielleicht sagen, wo er seinen Kaffee trinkt.«

»Er spielt Karten.«

»Hmm … ein Kartenspieler. Kartenspiele gibt's überall, unten am Hafen, aber auch in den feinen Salons …«

»Er wird wohl in den vornehmen Salons verkehren.«

Der Weinhändler vertiefte sich wieder in seine Zeitung und murmelte, dass er die feinen Salons nur vom Hörensagen kenne.

»Er ist noch nicht lange in der Stadt. Vielleicht hat er von sich reden gemacht. Mit Frauengeschichten, Duellen, Kartentricks.«

»Fragen Sie im ›Lincoln's Inn Fields‹, da treffen sich die ausländischen Spieler …«

»Ich sagte doch: Er spielt wahrscheinlich in den feinen Salons.«

Der Weinhändler stieß die Zeitung auf den Tisch, spuckte auf den Boden, wobei er den Spucknapf deutlich verfehlte. »Dann kann ich Ihnen auch nicht helfen. Fragen Sie jemand anderen!«

Der Fremde stand auf. Er war groß gewachsen und kräftig. Erst jetzt sah der Weinhändler ihn sich genauer an.

»Mein Gott, was haben Sie denn mit Ihrem Ohr gemacht?«, rief er ihm hinterher.

Aber der Fremde war schon zur Tür hinaus.

Am selben Tag erschien zur Teezeit Edward Beau Wilson in St. Giles. John Law trat dem Gast auf der Außentreppe entgegen. Wilson hatte seine Schwester mitgebracht. Sie war nach der neuesten französischen Mode herausgeputzt. Wie ein stolzer Schwan schwebte sie über den Parkettboden der Etagenwohnung, die John Law zu vermieten gedachte. John mochte die junge Frau nicht. Auf Anhieb nicht. Sie war hochnäsig und arrogant. Mehr nicht. Sie hatte keinen Esprit, keinen Charme. Ja, sie war einfach hübsch wie fast alle jungen Frauen in diesem Alter.

Zu John Laws Bedauern gefiel ihr die Wohnung. Oder war alles nur eine abgekartete Sache? Wollte Edward Beau Wilson ihn möglicherweise mit seiner Schwester verkuppeln? John Law stieß innerlich einen Seufzer aus. Was sollte er tun? Er brauchte dringend zusätzliche Einnahmen. Zwar galt er mittlerweile als Attraktion in der Stadt und genoss in vielen Salons das Privileg, die lukrative Rolle der Bank zu übernehmen. Doch verdiente er damit nicht genug, um seinen zunehmend aufwändigeren Lebensstil zu finanzieren.

Ein gutes Paar Schnallenschuhe kostete mittlerweile mehr als ein halbes Jahr Miete. Und wenn er tatsächlich eines Tages beim König seine Thesen vortragen wollte, brauchte er mehr als ein Paar neue Schnallenschuhe.

Also bekam Wilsons Schwester die Wohnung. Aber sie bekam nicht das Herz von John Law. Das war seit diesem Morgen bereits vergeben.

Shrewsbury war um die fünfzig Jahre alt und untersetzt. Wer einmal sein Gesicht mit den hervorquellenden Froschaugen gesehen hatte, vergaß es so schnell nicht mehr. Shrewsbury war stets vorzüglich gekleidet, er trug schwarze Kniehosen, schwarze Seidenstrümpfe und ein stets makellos weißes Halstuch. Ursprünglich hatte er wie John Laws Vater Goldschmied gelernt, dann hatte er begonnen, mit Devisen zu handeln. Heute war er ein reisender Bankier. Kredite vergab er aufgrund von Wahrscheinlichkeitsschätzungen. Er hatte dafür im Laufe der Jahre einen eigenen Algorithmus zur Berechnung von Risiken entwickelt.

Shrewsbury und John Law trafen sich regelmäßig im »Chapter«, dem Kaffeehaus der Buchhändler und Schriftsteller. Hier konnten auch Kontakte zu Druckereien geknüpft werden, die verlegerisch tätig waren. Im »Chapter« konnte man nicht nur geniale Mathematiker mit unveröffentlichten Manuskripten antreffen, sondern auch Leute wie den umtriebigen Daniel Defoe, der die Idee propagierte, in Zukunft als Auftragsschreiber vermögend zu werden. Die Idee stammte, wie alles, was Daniel Defoe propagierte, nicht von ihm, sondern von den Armenpfarrern, die das »Chapter« aufsuchten und für zwei Shilling Auftragspredigten schrieben. Das »Chapter« war der Marktplatz des geschriebenen Wortes, und Shrewsbury liebte das »Chapter«. Vor allem die hintere Ecke mit dem Fenster zum Hof. Hier traf sich täglich der »Wet Paper Club«, der Verein der »beschwipsten Blätter«, und die Schriftsteller, die ihm angehörten, machten diesem Namen alle Ehre.

»Ihre Mutter ist sehr besorgt«, begann Shrewsbury an John Law gewandt, »sie glaubt, dass Sie aus Ihren Fehlern in Edinburgh nichts gelernt haben.« Shrewsbury nuckelte an seiner Tonpfeife und steckte dann den Zeigefinger in seine Kaffeeschale, um zu prüfen, ob das heiße Gebräu nun trinkbar war. Dann schaute er John Law eindringlich in die Augen.

John Law zuckte mit den Schultern: »Ich sagte Ihnen bereits, dass meine Aktivitäten Teil eines Plans sind. Ich verkaufe keine Holz- oder Glaswaren, ich verkaufe eine Idee. Ich baue keine

Fabrik, um Holz- oder Glaswaren herzustellen, sondern ich knüpfe ein Netz von Beziehungen, um Kontakt zu potenziellen Käufern meiner Idee zu bekommen.«

»Kontakt zum König?«, fragte der Bankier.

John Law nickte. »Und das kostet Geld«, antwortete er trocken.

»John«, fing Shrewsbury erneut an. Er schien nicht überzeugt. »Wir haben bisher immer gute Geschäfte miteinander gemacht. Ich bin gern bereit, weitere Geschäfte mit Ihnen zu machen. Aber ich muss Sie darauf hinweisen, dass Sie sich dringend nach neuen Einnahmequellen umsehen sollten.«

Shrewsbury kramte umständlich einen Brief aus seiner ledernen Schultertasche und übergab ihn John Law. Das Schreiben trug das Siegel von Lauriston Castle. Es war von Johns Mutter an Shrewsbury. Sie wies den Bankier an, ihrem Sohn, John Law, wohnhaft in London, vierhundert Pfund zu übergeben. Shrewsbury setzte darauf ein Dokument auf, das bescheinigte, dass er, Shrewsbury, gegen Vorweisung und Abgabe dieses Dokumentes Metallmünzen im Wert von vierhundert Pfund ausbezahlen würde.

»Aber rennen Sie mir damit nicht gleich zum nächsten Schneider, John. Mit Ihren Ausgaben könnte man ein ganzes Dorf einkleiden.«

»Ich habe dem, was ich soeben erläutert habe, nichts mehr beizufügen, Mr Shrewsbury.«

Shrewsbury schaute John Law skeptisch an. »Mir gefällt Ihre Idee, John, aber Sie wissen, dass noch in diesem Sommer eine englische Bank gegründet werden soll.«

»Meine Ideen gehen wesentlich weiter, Mr Shrewsbury. Ich werde die Zukunft verkaufen.«

»Sie scherzen, John?«

»Nein, Mr Shrewsbury, ich feile noch daran. Aber eines Tages werden die Leute Metallgeld bezahlen für Dinge, die noch gar nicht existieren.«

»Das wäre eine neue Form der Hochstapelei.« Shrewsbury schien amüsiert.

»Nein«, entfuhr es John Law, »das ganze Land würde über Nacht mit einer noch nie da gewesenen Liquidität versorgt …«

»Und Sie meinen, das wird der König verstehen?«, unterbrach ihn Shrewsbury und schmauchte genüsslich an seiner Pfeife. Ein Mann klopfte ihm von hinten auf die Schulter. John erkannt ihn sofort wieder. Es war Daniel Defoe. Er setzte sich mit einem Manuskript neben den Bankier. Seine goldfarbene Allongeperücke hatte jeglichen Glanz verloren.

»Nicht Sie schon wieder, Defoe. Sie sind schuld, dass so viele Bankiers und Goldschmiede sterben«, lachte Shrewsbury. »Sie sollten Ihre Ideen ausschließlich in Ihren Büchern verwirklichen, nicht in der Realität, nicht mit richtigem Geld.«

Daniel Defoe lächelte. »Spotten Sie nur. Ein Genie muss Spott erdulden können.«

»Aber nicht jeder, der Spott erduldet, ist ein Genie«, lächelte John Law zurück.

»Mr Law, helfen Sie mir doch bitte, Mr Shrewsbury von meinem Projekt zu überzeugen, und ich besorge Ihnen einen Termin beim Minister für schottische Angelegenheiten.«

Law zog skeptisch die Augenbrauen in die Höhe.

»Er sucht Schotten, um in Edinburgh einen Ring von geheimen Agenten aufzubauen«, entfuhr es Daniel Defoe. Einige Gäste an den anderen Tischen drehten sich um.

»Wollen Sie es nicht gleich in der Zeitung publizieren?«, scherzte Shrewsbury und winkte den Zeitungsjungen herbei, der soeben das Kaffeehaus betreten hatte.

Daniel Defoe wandte sich an John Law. Doch der ließ ihn nicht zu Wort kommen: »Mr Defoe, Sie sollten ein Buch über Ihre unternehmerischen Bankrotte schreiben. Das wäre erstens unterhaltsam und würde zweitens Menschen davon abhalten, Ähnliches zu tun.«

»Und die Bankiers würden sich nicht reihenweise in die Themse stürzen müssen«, lachte Shrewsbury, während er die Meldungen auf der ersten Seite der »London Gazette« überflog.

»Einverstanden, meine Herren. Aber dann gewähren Sie mir einen Kredit, um ein solches Werk zu schreiben«, konterte Defoe. Nichts, aber auch gar nichts schien ihn aus dem Konzept bringen zu können. Solange er nüchtern war. Lauthals bestellte er eine Schale Kaffee, bedankte sich bei Shrewsbury für die vermeintliche Einladung und dankte dem Bankier, dass er sein neuestes Werk finanziere. »Ich werde Sie dafür selbstverständlich an den Einnahmen beteiligen.«

»Das heißt, ich gehe leer aus«, spottete Shrewsbury.

»Investieren Sie in die Zukunft!«, schrie Defoe enthusiastisch und genoss, dass sich die Leute im »Chapter« erneut nach ihm umdrehten.

»Jetzt will mir schon wieder jemand die Zukunft verkaufen«, grummelte Shrewsbury.

»Aber wenn ich es recht bedenke, Mr Defoe, wer will schon die Geschichte eines Menschen lesen, der gescheitert ist?«, fragte John Law.

»Dann schreibe ich eben nicht *meine* Geschichte«, erwiderte Defoe, »sondern die abenteuerliche Geschichte eines Matrosen, der sich als einziger Überlebender auf eine einsame Insel retten kann. Und überlebt!«

Shrewsbury winkte ab: »Die Zeitungen sind voll von solchen Geschichten.«

»Genau!«, schrie Defoe. »Und warum sind die Zeitungen voll von diesen Geschichten? Weil die Menschen diese Geschichten mögen! Was würde ich tun, wenn ich plötzlich einsam auf einer Insel wäre? Unheimliche Riesenechsen, schwarze Wilde mit grausamen Sitten, Menschenfresser …?«

»Und liebestolle Weiber«, grölte jemand am Nachbartisch. Gelächter machte sich breit.

Doch Mr Defoe stimmte nicht in das Gelächter ein. Er dämpfte seine Stimme: »Ich würde das einsame Leben dieses Menschen so beschreiben, als sei ich selbst dabei gewesen. Als sei ich dabei gewesen, um für eine Zeitung darüber zu berichten. So hat noch niemand geschrieben.«

Shrewsbury empfahl Defoe, sich doch zu den beschwipsten Dichtern zu setzen, und verschwand hinter seiner Zeitung. Defoe warf Law einen kurzen Blick zu. John Law war verärgert. Jetzt war nicht mehr daran zu denken, Shrewsbury einen Kredit zu entlocken. Daniel Defoe bemerkte Laws Schweigen.

»Wir sind unserer Zeit voraus. Nicht wahr, Mr Law?«

John Law schwieg.

»Ihnen ergeht es wie mir, wenn Sie den Leuten Ihre berühmten Geldtheorien unterbreiten«, murmelte Defoe deprimiert. Er schien allen Enthusiasmus verloren zu haben.

John Law sah den Schriftsteller versöhnlich an: »Es ist keine Auszeichnung, seiner Zeit voraus zu sein, Mr Defoe. Es ist eher komisch. Und *meistens* tragisch.«

Kapitel VI

Es war Edward Beau Wilson, der John Law behilflich war, das Geld, das Jean Law ihrem Sohn überwiesen hatte, zur Gänze in Mode zu investieren. Man konnte mit dem Beau kaum ein vernünftiges Gespräch führen, aber über Mode wusste er Bescheid wie kein Zweiter. Er kannte jeden Hutmacher, jeden Knopfmacher, jeden Schneider und jeden Seidenfabrikanten. Edward Wilson nahm mit Genugtuung zur Kenntnis, dass John Law sich nicht nur ein Paar Schnallenschuhe zulegte, sondern gleich deren zwei, und er belohnte seinen neuen Gefährten für diesen solidarischen Leichtsinn damit, dass er ihn in immer exklusivere Kreise einführte. John revanchierte sich seinerseits, indem er den Beau ab und zu beim Spiel gegen die Bank gewinnen ließ. Wilson konnte das Tor zu König William III. sein. Aber dieses Tor musste sich öffnen, bevor John Law bankrott war.

Eines Tages nahm John Law auf Drängen von Edward Wilson die Einladung auf ein Jagdschloss an. Mit einer sechsspännigen Kutsche fuhr Beau Wilson am späten Abend vor. Der Beau hatte nur so viel verraten, dass John dort möglicherweise einen Mann treffen würde, dem er seine Theorie der wunderbaren Geldvermehrung unterbreiten könnte. Als John Law geantwortet hatte, dass ihm nur ein König helfen könne, hatte Beau Wilson kokett gelächelt und wie üblich neckisch die Zungenspitze gezeigt.

Die Kutsche fuhr die Tottenham Court Road hinauf Richtung Norden. Beau Wilson erzählte von seinen letzten Einkäufen, von

Möbeln, die er im »Green Dog« ersteigert hatte, von Zuchthengsten aus königlichen Gestüten und von neuen Bediensteten, die schon am Hofe gedient hatten.

»Ihr Vermögen muss unerschöpflich sein«, sagte John Law anerkennend. Edward Wilson neigte nur den Kopf zur Seite und strich sich mit der Zunge amüsiert über die Oberlippe. »Darf ich fragen, mit welchen Geschäften Sie Ihr Vermögen erworben haben?«

Edward Wilson lachte laut heraus: »Aber Mr Law of Lauriston. Ganz London rätselt über die Herkunft meines Vermögens. Sagten Sie nicht selbst, dass gewisse Dinge einfach geschehen?«

»Da müssen Sie mich missverstanden haben, Mr Wilson«, entgegnete John Law mit einem diskreten Lächeln. »Jedes Geheimnis weckt die Neugierde der Menschen. Und hat nicht jede Münze eine Herkunft?«

Das Jagdschloss lag tief verborgen in den Wäldern nordwestlich von Moorfields. Es war mit hohen, schwarzen Eisengittern eingezäumt und wurde von elegant gekleideten Knappen bewacht. Sie trugen historische Theaterkostüme im Stil der italienischen Renaissance. Sie waren bewaffnet. Nachdem sich Wilson mit einer kleinen Karte ausgewiesen hatte, ließen die Posten die Kutsche passieren. Der Weg zum Jagdschloss war mit brennenden Fackeln illuminiert. Der Park schien seit Generationen nicht mehr richtig gepflegt worden zu sein. Die Bäume links und rechts des Weges hatten schon eine stattliche Größe erreicht. Es war mehr ein eingezäunter Wald als ein Park. Vielleicht wollte man die Sicht auf das Jagdschloss bewusst versperren. Das Gebäude mochte bereits an die zweihundert Jahre alt sein. Es verfügte über zwei Stockwerke und wurde links und rechts von runden Wehrtürmen abgeschlossen. Die saubere Fassade und der über die breiten Steinstufen ausgelegte rote Teppich kontrastierten augenfällig mit dem vernachlässigten Anwesen.

Die Kutsche hielt vor dem Eingangsportal. Auch hier wurden sie von jungen Burschen in Renaissancekostümen erwartet. Sie trugen weiße Karnevalsmasken. Galant öffneten sie die Türen der Kutsche und halfen beim Aussteigen. Einer der jungen Männer begleitete die Gäste ins Schloss. Es waren kaum Stimmen zu vernehmen. Alles verlief schweigend.

Im Inneren wurden sie von einem weiteren maskierten Mann empfangen. Er trug ein schwarzes Wams aus Seidensamt, das mit Goldfäden bestickt war. Darunter ein weißes, mit einer Halskrause zusammengebundenes Hemd. Die engen Beinlinge entsprachen der Idealisierung des menschlichen Körpers, wie sie in den italienischen Stadtstaaten üblich gewesen war. Der Hosenlatz war überproportional groß und mit einer auffällig bestickten Schamkapsel bedeckt. Mit einer Geste forderte der Wächter die Besucher auf, ihre Mäntel abzulegen und sich schwarze Kapuzenmäntel überzuwerfen. Anschließend wurden ihnen goldene Gesichtsmasken gereicht. Der Maskierte wies ihnen den Weg. Ohne Eile folgten sie ihm die schwach beleuchtete Rundtreppe zum oberen Stock hinauf. Überall sah man nun maskierte Bewaffnete. Sobald man stehen blieb, trat ein Diener aus einer dunklen Mauernische hervor und forderte die Gäste stumm auf weiterzugehen.

Im oberen Stockwerk hörte man leise Musik. John Law konnte sie nirgends zuordnen. Sie klang sakral, weihevoll und gleichzeitig unheimlich. Zwei Maskierte öffneten die Flügeltüren des oberen Saals. Ein großer Salon lag vor ihnen. Eine gewölbte Halle. Überall Menschen in schwarzen Sutanen mit hochgezogener Kapuze und Gesichtsmaske. In der Mitte des Raumes bewegten sich nackte junge Frauen zum Klang der Musik. Sie bewegten sich so langsam, als würden sie schweben. Sie trugen Masken aus Leopardenfell.

»Er ist hier. Irgendwo«, flüsterte Wilson. John Law drehte sich nach Wilson um.

»Der König?«, flüsterte John Law zurück, aber Beau Wilson hatte sich bereits von ihm entfernt. John sah, wie Wilson zum nächsten Salon ging. John sah sich um. Die mit dicken Gobelins geschmückten Wände waren mit skurrilen Lampen erleuchtet. Sie funkelten wie Diamanten und warfen kleine, grelle Blitze auf die stummen Masken der Anwesenden. John wollte Edward Wilson folgen. Doch der war in der Masse der schwarzen Sutanen untergetaucht. John verließ den Salon und betrat einen breiten Gang. Ein maskierter junger Mann mit kurzem Wams und engem Beinkleid reichte dem Schotten ein Silbertablett mit einem Zinnbecher. John war nicht nach Wein zumute. Doch als er ablehnte, nahten zwei Wächter. Sie nickten John energisch zu. John sah sie ratlos an. Dann begriff er. Er nahm den Becher und stürzte seinen Inhalt in einem Zug hinunter. Erst jetzt konnte er seinen Weg fortsetzen. Der Flur führte an zahlreichen Sälen vorbei. Überall die schwarzen Gestalten, die lautlos nackte junge Frauen umringten und mit wissenschaftlichem Ernst beobachteten, wie sie von maskierten Männern befriedigt wurden. Sie stöhnten leise, als säßen sie in der Oper und wollten die Besucher nicht stören, die andächtig der Musik lauschten. Der Flur führte zu immer weiteren Salons. Mit anderen musikalischen Darbietungen, neuen Gestalten, die in der Dunkelheit verharrten, unbeweglich und starr wie Pinselstriche auf einem düsteren Gemälde. Und irgendwo dazwischen helles, nacktes Fleisch in stummer Hingabe.

In einem Saal wurde *Pharao* gespielt. Ein Maskierter führte die Bank. Am Tisch saßen Maskierte in Begleitung von jungen nackten Frauen. Auch sie trugen Leopardenmasken. John Law trat an den Tisch und beobachtete den Bankier, der mit routinierten Bewegungen neue Karten verteilte.

»Ich wusste, dass ich Sie hier finden würde«, sagte eine weibliche Stimme. John Law spürte eine Hand an seinem Geschlecht. Sanft ergriff er die fremde Hand und zog sie an seinen Mund, um sie zu küssen.

»Sie mögen das nicht, Monsieur?«

»Ich beobachte, Madam«, erwiderte Law. Er konnte den Duft nicht richtig zuordnen. Die junge Frau entfernte sich langsam. Sie schwang dabei leicht ihre Hüften und schlenkerte mit den Armen. John Law glaubte sie schon einmal gesehen zu haben. Er beobachte, wie sie den Saal verließ. Und dann sah er die Gestalt, die zur Hälfte von der offenen Tür verdeckt wurde. Sie stand da und schien ihn zu beobachten. Sie trug eine schwarze Sutane wie alle anderen. Aber ihr Körper war auffallend zierlich. Es musste eine Frau sein. Sie trug eine rote Ledermaske. John Law fixierte sie und verbeugte sich knapp. Sie erwiderte die Verbeugung. In diesem Augenblick spürte John Law eine Hand an seinem Gesäß. Er griff nach der Hand und hielt sie fest. Law spürte die Kraft, die von diesem Arm ausging.

»Nicht umdrehen«, flüsterte eine frivole Männerstimme, »wieso haben Sie die junge Frau abgewiesen?«

»Ich beobachte den Tisch, Sir.«

»Sie lieben die Abwechslung, Sir?«

»Ich bin durchaus vielseitig, Sir, aber in der Liebe gilt meine ganze Leidenschaft dem weiblichen Geschlecht. Ich fürchte, ich muss Sie enttäuschen.«

Der Mann, der hinter Law stand, trat nun einen Schritt nach vorn. Er roch nach Mandelöl. Wilson. Er trug jetzt keine Sutane mehr, sondern einen schwarzen Mantel. Er öffnete die Aufschläge. Darunter war er nackt. Er stellte sein halb erigiertes Geschlecht zur Schau.

»Sie haben vorhin meine Schwester enttäuscht«, flüsterte Wilson, »und jetzt enttäuschen Sie mich, John Law. Ich hätte Sie heute Abend mit unserem König bekannt gemacht. Er vögelt sich hier durch den Stammbaum der englischen Krone. Sie hätten ihm Ihre Theorie des schnellen Geldes unterbreiten können. Aber wenn Sie ihm Ihren Allerwertesten nicht hinhalten, hört er nicht zu.«

Wilson trat ebenfalls an den Spieltisch und berührte von hinten eine junge Frau, die hinter dem Bankier stand. Er liebkoste ihren Nacken und umfasste von hinten ihre Brüste.

John Law schaute unwillkürlich wieder zur Tür. Die Gestalt mit der roten Maske war verschwunden. Fieberhaft ließ er seine Blicke durch den Saal schweifen. Plötzlich sah er sie draußen im Flur vorbeigehen. Er verließ den Salon, trat auf den Flur hinaus, folgte der Gestalt mit der roten Ledermaske. Sie schien auf ihn zu warten. Als sie bemerkte, dass John ihr folgte, ging sie weiter den Flur entlang. Dann blieb sie stehen, drehte sich um, wartete eine Weile, bis sie sicher war, dass er ihr folgen würde. Sie wählte eine Seitentreppe, die ins Dachgeschoss führte. John folgte ihr. Sie führte ihn über eine schmale Galerie an zahlreichen Zimmern vorbei. Vor einem blieb sie stehen. Sie schaute erneut zurück, nur kurz, um sich zu vergewissern, dass er ihr noch folgte, und betrat dann das Zimmer.

John eilte ihr nach. In dem Zimmer stand ein mit rotem Samt bezogenes großes Bett. Law schloss die Tür hinter sich. Die fremde Gestalt kam auf ihn zu und legte ihre Hände auf seine Schultern. John Law spürte ihren Atem. Als er sie näher zu sich zog, fühlte er, wie rasend schnell ihr Herz schlug. Sanft küsste er ihre Lippen. Er berührte sie bloß.

Sie begann zu sprechen: »Wenn ich abends wach liege, denke ich an Sie. Ich schließe die Augen und suche Ihr Gesicht, versuche Sie in der Erinnerung auferstehen zu lassen. Ich denke nur noch an Sie. Meine Gedanken kreisen, kreisen um Sie.« Sie erwiderte den Kuss, beinahe schüchtern. »Haben Sie mich erkannt, Sir?«, ihre Stimme klang ängstlich. Plötzlich drückte sie John fest an sich und küsste ihn leidenschaftlich. Dann löste sie sich abrupt von ihm: »Haben Sie mich erkannt, Sir?«

»Sie sind die Frau, die mir Glück bringt.«

»Nein, nein«, sagte die Frau, »vielleicht sagen Sie das jeder Frau ...«

»Ich habe es nur einmal gesagt. Am Covent Garden.«

Mit einer wilden Bewegung umfasste die Frau Johns Nacken und zog ihn stürmisch zu sich hinunter. Sie schien beinahe verzweifelt vor Leidenschaft und Begierde.

Als John Law und Catherine das Zimmer wieder verließen, war das Leben im Schloss erloschen. Die Wächter waren auf ihren Posten eingenickt. In den Sälen waren nur noch wenige Menschen. Die meisten schliefen, meist dort, wo man ihnen zum letzten Mal den Becher nachgefüllt hatte. Die jungen, nackten Mädchen waren verschwunden. Im Salon, dort, wo vor einigen Stunden noch

Pharao gespielt worden war, war nur noch ein umgestürzter Spieltisch zu sehen.

Als John mit Catherine die breite Treppe zur unteren Halle hinunterstieg, hörte er plötzlich das laute Gebrüll eines Mannes. Er blieb auf der Treppe stehen und schaute hinauf zu Galerie.

»Du hast verschmäht, was dem König gut genug ist«, brüllte der Mann. Es war die Stimme von Edward Wilson. Der Beau klammerte sich an eine Säule und erklomm die Balustrade. Jetzt stand er nackt auf dem steinernen Sims und brüllte:

»John Law, du hast meine Schwester verschmäht, du hast meinen Schwanz verschmäht. Unserem König William ist er gut genug, aber du, du gottverdammter Schotte, du hast ihn verschmäht. So werden England und Schottland nie zu einer Union zusammenfinden.«

Als John weitergehen wollte, begann Edward Wilson auf ihn hinunter zu urinieren. Der Strahl war nicht stark genug, um John Law zu treffen. John wartete, bis Edward Wilson seine Blase entleert hatte, und stieg dann die letzten Stufen zur Eingangshalle hinunter. Als er ein letztes Mal hochblickte, sah er, dass jemand Beau Wilson von der Brüstung hinunterriss.

Als Catherine Knollys und John Law draußen vor dem Schloss ankamen, schlug ihnen die kalte Nachtluft entgegen. Catherine erbot sich, John mit ihrer Kutsche nach Hause zu fahren. Während der ganzen Fahrt sprachen sie kein einziges Wort. Sie saßen nebeneinander in der Kutsche und schwiegen. Sie fühlten sich satt von der Liebe. Eine große Ruhe hatte sich ihrer bemächtigt. Es war, als hätten sie nach langen Jahren der Unruhe die ihnen zugehörige Seele gefunden. Es war ein bewegendes Gefühl, das keiner Worte bedurfte. Nur ihre Hände berührten sich.

Am nächsten Nachmittag erhielt John Law die Nachricht, dass Betty Villiers ihm einen Besuch abzustatten beabsichtige. John hätte gern auf Besuch verzichtet. Catherine war erst vor wenigen Stunden gegangen – argwöhnisch beäugt von Beau Wilsons Schwester im unteren Geschoss –, aber eine intime Freundin des Königs konnte man nicht einfach abweisen. Schon gar nicht seine Mätresse. Ihre Dienstleistungen befriedigten den König bestimmt mehr als die Anwesenheit mancher hochrangiger Gäste, die irgendetwas von ihm erbetteln wollten. Und wer den König befriedigte, so reimte sich John Law zusammen, hatte wohl mehr Einfluss auf seine Audienzenliste.

John Law empfing Betty Villiers im Salon. Sie war wie immer von bezaubernder Schönheit, sprühend vor Energie, ausdrucksstark und dominant. Sie gehörte ohne Zweifel zu den Frauen, die erst mit zunehmendem Alter Charakterzüge entwickelten, die sie attraktiv und unwiderstehlich erscheinen ließen.

»Mr Law«, begann Betty Villiers, »ich habe gehört, dass gestern Abend in einem Jagdschloss nordwestlich von Moorfields Dinge vorgefallen sind, die dem König missfallen könnten.«

John Law zeigte keine Regung. Er wollte hören, was sie zu sagen hatte. Er war sich sicher, dass auch Betty Villiers gestern Abend anwesend war. Ebenso wie der König.

»Haben Sie Edward Wilson Beau bereits zum Duell aufgefordert?«, fragte Betty Villiers nun ohne Umschweife.

John riss die Augen auf. Das war es also. »Bis jetzt nicht«, antwortete er überrascht.

»Was soll das heißen? Dass Sie es noch im Sinn haben oder dass Sie bisher nicht daran gedacht haben? Beau Wilson hat Sie öffentlich in Ihrer Ehre gekränkt, Mr Law of Lauriston.«

Betty Villiers hielt inne und lächelte.

»Ich bin sicher«, sagte John Law, »dass Mr Wilson sich noch heute bei mir entschuldigen wird.«

»Würden Sie eine solche Entschuldigung annehmen?«, fragte Betty Villiers ungeduldig.

»Vielleicht«, erwiderte John Law, der seine Contenance wiedergefunden hatte, »vielleicht auch nicht.«

»Der Hof hätte durchaus Verständnis, wenn Sie die Entschuldigung ablehnen würden.«

John Law bedankte sich mit einer eleganten Verbeugung. Betty Villiers schien zufrieden. Sie lächelte neckisch, reckte den Po und begann mit ihrem Fächer zu spielen.

John Law erwiderte das Spiel der Galanterie und führte seinen Gast zu einem Stuhl mit vergoldeten Armlehnen. Nachdem Mrs Villiers sich gesetzt hatte, begann er im Salon auf und ab zu gehen.

»Wenn Sie mir eine Frage gestatten: Wie kann sich ein Mann wie Edward Wilson, der über keinerlei Immobilien, Ländereien oder Manufakturen verfügt, einen derartigen Lebenswandel leisten?« Er blieb stehen und sah sie an.

Betty Villiers lächelte: »Diese Frage möchten viele Leute in London beantwortet wissen.«

»Sie kennen die Antwort, Mrs Villiers, ich bin mir sicher.«

»Menschen sind schwieriger zu durchschauen als Karten, Monsieur Law«, sagte Betty Villiers und zupfte an ihrem Brusttuch, als leide sie plötzlich unter Hitzewallungen.

»Ich durchschaue Karten nicht, Madam. Sondern die Menschen, die die Karten in Händen halten«, lächelte John Law. »Würden Sie es denn gern sehen, wenn ich mich mit Edward Wilson duellieren würde, Madam?«

»Niemand würde Ihnen deswegen Vorwürfe machen, Sir«, lächelte Betty Villiers.

»Und der König würde es sogar begrüßen?«, fragte John Law mit charmantem Lächeln. Er stand nun hinter Betty Villiers und zog sanft an ihrem Brusttuch. Betty Villiers errötete und schloss die Augen.

John Law berührte ihre Schultern: »Wenn Sie jetzt in Ohnmacht fallen, Madam, sollten Sie den jungen Mädchen Schauspielunterricht erteilen.«

Betty Villiers öffnete blitzschnell die Augen. Galant gab ihr Law das Brusttuch zurück. Während sie es wieder zwischen ihren Brüsten drapierte, sagte sie: »Sir, wenn Sie eine Audienz beim König wünschen, kann ich Ihnen eine solche besorgen. Aber nur, wenn Ihre Ehre intakt ist.«

Nachdenklich musterte John Law die Mätresse des Königs.

»Edward Wilson hat Sie beleidigt, Mr Law of Lauriston. Es ist Ihr gutes Recht, Genugtuung zu verlangen.« Sie sprach nun sehr energisch.

»Wenn es mein gutes Recht ist, Madam, wieso steht darauf die Todesstrafe?«

»Sir«, antwortete Betty Villiers mit einem drohenden Unterton in der Stimme, »in der Londoner Gesellschaft ist das Duell die einzige Möglichkeit für einen Gentleman, seine beschmutzte Ehre wiederherzustellen. Darauf steht die Todesstrafe, ja, das ist richtig. Aber noch nie wurde seit König Williams Thronbesteigung ein siegreicher Duellant zum Tode verurteilt. Nicht nur Kartenspiele haben ihre Spielregeln!«

»Ich denke«, sinnierte John Law, »ich habe das Spiel, das Sie mir anbieten, verstanden.«

»Der König persönlich wird seine schützende Hand über Ihr Schicksal halten. Wenn Ihre Ehre intakt bleibt, steht einer Audienz nichts mehr im Wege. Es sei denn, England geht unter. Und das ist doch eher unwahrscheinlich«, kokettierte Betty Villiers und spielte erneut mit ihrem Fächer.

»Da gebe ich Ihnen absolut Recht, Madam. Und Wahrscheinlichkeitsrechnungen sind schließlich mein Metier.«

Als Betty Villiers das Treppenhaus hinunterstieg, stand die Wohnungstür im Erdgeschoss offen. Beau Edward Wilson war gekommen, um seine Schwester zu besuchen. Die beiden waren offenbar in einen Disput geraten. Als Edward Wilson Betty Villiers sah, verlor er die Beherrschung. Er rannte hinaus und rief:

»Wohnt meine Schwester eigentlich in einem Bordell?«

John Law hörte das Geschrei und lief unverzüglich die Treppe hinunter. Beau Wilson und Betty Villiers standen sich drohend gegenüber. Wilson fuchtelte mit seinem Spazierstock in der Luft und hörte nicht auf zu schreien: »Was unterscheidet uns beide voneinander, Madam? Wir sind beide Huren des Königs. Der König von England liebt Ihre Möse, und er liebt meinen Arsch.«

»Sie kompromittieren Ihre Majestät, den König von England, Mr Wilson«, zischte Betty Villiers, »sind Sie denn völlig von Sinnen? Und wie konnten Sie gestern Abend nur in aller Öffentlichkeit …«

»Ach was«, schrie Wilson, »dieser gottverdammte Schotte hat sich mir und dem König verweigert! Für wen hält er sich eigentlich? Meine Schwester ist ihm nicht gut genug! Ich bin ihm nicht gut genug. Selbst der König ist ihm nicht genug!«

In diesem Augenblick trat John Law zu ihnen. Er ging langsam auf Wilson zu. John zog in aller Ruhe seinen Handschuh aus.

»Für den gestrigen Abend hätte ich möglicherweise noch eine Entschuldigung akzeptiert, Sir. Aber nicht für das, was ich soeben gehört habe.« Er schlug Wilson den Handschuh ins Gesicht. Er war überzeugt, dass Wilson ein Feigling war und im nächsten Moment zusammenbrechen würde. Doch zu seiner großen Überraschung sagte Wilson:

»Morgen zur Mittagszeit, Bloomsbury Square. Captain Wightman wird mein Sekundant sein. Ihr Sekundant wird sein …?«

John Law überlegte. Betty Villiers antwortete an seiner Stelle: »Ich werde Ihnen jemanden schicken, Sir.«

John Law verbeugte sich vor Betty Villiers. Er sah die Genugtuung in ihren Augen.

John verbrachte den restlichen Tag in seiner Wohnung. Er wollte keinen Gedanken an das morgige Duell verschwenden. Wie immer nutzte er seine freie Zeit zur Überarbeitung und Verfeinerung seines mathematischen Modells. Es ärgerte ihn, dass ihm so wenig Zahlenmaterial zur Verfügung stand. Zu viele Parameter beruhten auf bloßen Schätzungen. Dennoch arbeitete er bis tief in die Nacht und dachte nicht an morgen. Er schlief in dieser Nacht besser als erwartet … Am nächsten Morgen bereitete sich John Law auf den Kampf vor. Er übte einige Ausfallschritte, steigerte die Schnelligkeit, Wendigkeit. Er versuchte, den Gedanken daran, dass er dieses

Duell nicht gewollt hatte, zu verdrängen. Er wollte nur an seinen Sieg denken. Er wollte auch nicht daran denken, dass Beau Wilson möglicherweise auf das Duell verzichten würde. Plötzlich klopfte jemand an die Wohnungstür.

»Treten Sie ein«, schrie John Law. Ein Mann stand im Türrahmen, ungefähr achtunddreißig, das Gesicht vom vielen Gin und den Widrigkeiten des Lebens verquollen, und die goldblonde Perücke hatte ebenfalls schon bessere Tage erlebt. »Daniel Defoe?«, fragte John Law ungläubig. »Habe ich Sie nicht kürzlich am Pranger gesehen?«

»Nein, nein. Ich bin seit langem aus dem Schuldengefängnis entlassen worden. Das letzte Mal sind wir uns im ›Chapter‹ begegnet, wenn Sie sich erinnern wollen. Wir saßen mit Ihrem Bankier zusammen. Er wollte mein Buch nicht finanzieren.«

»Ein kluger Mann«, scherzte John Law.

»In der Tat, aber als Sie den Tisch verlassen hatten, habe ich ihm von einer neuen Idee erzählt«, lachte Defoe und trat näher, »und jetzt bin ich Besitzer einer Ziegelei in Tilbury.« John Law mimte den Ahnungslosen.

»Ich weiß, dass Sie sich sehr wohl an unsere letzte Begegnung erinnern können, Mr Law. Sie haben jedes Gesicht genau vorsich. Wie auf einem Gemälde. Sie sind ein Spieler. Sie erinnernsich an jedes Geräusch, an jedes Wort. Sie wollten mich bloß beleidigen, als Sie vorhin sagten, Sie hätten mich zuletzt am Pranger gesehen ...«

»Verlangen Sie Genugtuung?«, unterbrach ihn John Law barsch. Daniel Defoe reagierte verdutzt und sagte leise: »Sie beleidigen mich.«

»Sie haben das Recht, mich zum Duell aufzufordern. Tun Sie es oder lassen Sie es sein, aber ich habe keine Zeit, mich mit notorischen Bankrotteuren zu beschäftigen! Ich brauche einen Sekundanten, keinen Bankrotteur.«

»Ich bin Ihr Sekundant«, unterbrach ihn Defoe, »Betty Villiers schickt mich.«

John Law sah den Schriftsteller mit großen Augen an.

»Sie? Mit Verlaub, ich muss schon sagen, aber von Betty Villiers hatte ich mehr erwartet. Einen Sekundanten mit etwas mehr Prestige.«

»Wenn Sie mich erneut beleidigen wollten, Mr Law, ist Ihnen das gelungen. Ich werde Sie aber deswegen nicht zum Duell auffordern. Lieber ein Leben in Schande als ein heldenhafter Tod! Auch in dieser Beziehung bin ich meiner Zeit voraus.«

»Haben Sie Erfahrung als Sekundant, Sir?«, fragte John Law.

»Nicht nur als Sekundant. Ich habe mich selbst schon duelliert. Wir haben uns beide ein bisschen schmutzig gemacht, mit Blut bekleckert ... Leider ist der andere daran gestorben. Er hatte noch mehr Angst als ich.«

Daniel Defoe war ans Fenster getreten. Im Tageslicht sah der Schriftsteller noch grauer und verlebter aus.

»Sie haben ... einen engen Kontakt zu Madam Villiers?«, versuchte es John Law.

»Es mag Sie erstaunen, John Law of Lauriston, dass ein Versager wie ich Aufträge aus dem Umkreis des Königs erhält. Aber so ist es. Vom Earl of Warriston persönlich.«

John Law zuckte bloß die Schulter.

»Vergessen Sie nicht, dass ich zu den bekanntesten Schriftstellern Londons gehöre. Ich könnte Ihnen mehr Türen öffnen als Beau Wilson.«

»Das dürfte nicht schwierig sein, da Wilsons Lebenserwartung nicht besonders hoch ist ...« John Law sah sein Gegenüber spöttisch an.

Daniel Defoe lächelte gequält: »Da mögen Sie wohl Recht haben, Sir.«

»Ich bitte um Verzeihung, wenn ich Sie gekränkt haben sollte«, sagte John nach einer Weile und lächelte versöhnlich.

Daniel Defoe schien gerührt. John Law fürchtete bereits, dass Defoe vor lauter Rührung in Tränen ausbrechen würde. Stattdessen verfolgte er eisern seine Absicht, sich bei Law einzuschmeicheln: »Ich bin letzte Woche zum Mitglied der staatlichen Steuerkommission ernannt worden.«

»O, und ich dachte, Sie leiten demnächst den britischen Spionagedienst in Schottland«, scherzte John Law.

»Ich bin hergekommen, um Ihnen zu helfen, und was ich zu hören bekomme, ist nur Hohn und Spott«, sagte Defoe verbittert. Jetzt schoss ihm die Zornesröte ins Gesicht. Er schrie: »Wie viele Duelle wollen Sie denn heute noch austragen, Sir?«

John Law wandte sich von Defoe ab. »Warum will mir die Krone helfen, Defoe?« Der Schriftsteller begriff, dass es keinen Sinn hatte, sich in irgendwelche Ausreden zu flüchten.

»Sie sind Schotte. In Schottland ist der Widerstand gegen eine Eingliederung in das Reich der britischen Krone größer denn je. Der König braucht Schotten von Rang und Namen, die sich für seine Anliegen einsetzen. Und da wir nun schon mal einen derart begnadeten Schotten unter uns haben, setzen wir uns für ihn ein. Der König hat von Ihnen gehört, Sir.«

»Und Ihre Rolle, Daniel Defoe?«

»Wenn Sie zufällig Punkt zwölf Uhr auf dem Bloomsbury Square sein wollen, müssen Sie sich beeilen, Mr Law.«

Es war der 9. April 1694 zur Mittagszeit, als John Law in Begleitung von Daniel Defoe die Tottenham Court Road entlangfuhr. Die Kutsche hielt auf dem prächtig gestalteten Bloomsbury Square, der auf drei Seiten von neuen Häuserzeilen mit dunkelroten Ziegelfassaden begrenzt wurde. Neureiche Händler hatten hier palastähnliche Residenzen errichtet, Häuser, wie für die Ewigkeit gebaut. Hier am Bloomsbury Square wehte nicht nur der Duft frischer Blüten, sondern auch der Duft des Okkulten. Hier hatten sich auch zahlreiche Spiritisten niedergelassen, vermögende Astronomen, mysteriöse Ordensgemeinschaften, Geheimbünde und Logen, die behaupteten, über das geheimste Wissen zu verfügen, das aus der Zeit vor der Sintflut stamme. An diesem Ort wurden Londons verbotene Duelle ausgetragen.

Kurz nachdem John Law mit seinem Sekundanten eingetroffen war, fuhr eine zweite Kutsche vor. Wilson und sein Sekundant, Captain Wightman, stiegen aus. Schaulustige blieben stehen. John Law entfernte sich ein paar Schritte von der Kutsche. Nun stand er allein da. Er wartete. Er fühlte sich frei und unbeschwert.

»Wilson«, rief Law, »welch eine Überraschung! Welcher Zufall führt Sie um diese Zeit zum Bloomsbury Square? Wollen Sie sich bei mir entschuldigen?«

Wilson zog sofort blank und eilte auf John Law zu. Als er sich bis auf wenige Schritte genähert hatte, zog John Law ebenfalls seinen Degen und wich dem Angreifer im allerletzten Augenblick aus. Wilson rannte direkt in seinen Degen. John Law traf ihn mitten ins Herz. Das Duell hatte noch gar nicht richtig begonnen. Und Wilson war schon tot. John Law konnte es kaum glauben.

Ein Konstabler bahnte sich einen Weg durch die rasch größer werdende Menge der Schaulustigen. John Law hatte seinen Degen wieder eingesteckt. Gelassen schaute er dem Konstabler zu, wie er neben dem toten Wilson kniete und dessen Halsschlagader fühlte. Captain Wightman stand wie angewurzelt neben seinem toten Herrn. Ohne den Schotten aus den Augen zu lassen, sagte Wightman: »Konstabler, der Tote ist kein Geringerer als der berühmte Edward Wilson. Der König wird sehr erzürnt sein.«

Der Konstabler stand auf und wandte sich Law zu.

John kam seinen Fragen zuvor: »Monsieur Wilson hat mich angegriffen. Ich habe mich lediglich verteidigt. Zeugen haben wir hier genug.«

»Und wer sind Sie?«, fragte der Konstabler.

»Law, John Law of Lauriston.«

»Auf Duelle steht die Todesstrafe, Sir.«

»Es war kein Duell. Ich bin angegriffen worden und habe mich verteidigt«, wiederholte Law, »dafür gibt es Zeugen.«

Der Ordnungshüter wandte sich um und gab seinen Gehilfen, die im Hintergrund warteten, ein Zeichen. »John Law, im Namen der englischen Krone verhafte ich Sie wegen unerlaubten Duellierens.«

John Law schaute zu Daniel Defoe hinüber, der die Kutsche bestiegen hatte. Er wollte seinem Sekundanten noch etwas sagen, aber die Kutsche fuhr bereits los.

Newgate war der Vorhof zur Hölle. Newgate war der Inbegriff des Leidens. In Newgate war der Tod Gnade und Erlösung zugleich. Wer die Schwelle zu Newgate überschritt, ließ alles, was ihn mit der Welt verband, zurück. In den unterirdischen Verliesen verschmachteten hunderte von Gefangenen in Dunkelheit und Fäulnis. Einige Häftlinge lagen angekettet auf dem nackten Steinboden. Andere waren in den Stock gespannt oder in Folterpressen fixiert. Mitten durch das Gefängnis führte ein offener, übel riechender Abwasserkanal – als wollten die freien Bürger die Insassen mit ihren vorbeischwimmenden Exkrementen noch zusätzlich verhöhnen. Der Gestank von Newgate war meilenweit zu riechen. Man roch den Schmutz, den Kot, die Fäulnis. Man hörte das Wehklagen, Stöhnen, Fluchen, Weinen und die verängstigten Laute, die man keiner menschlichen Sprache mehr zuordnen konnte. Die meisten Gefangenen lagen wie Pesttote nebeneinander. Die einen verurteilt, die anderen nicht. Die meisten waren mit Typhus infiziert. Ratten und Läuse setzten ihnen zu. Mit stierem Blick lagen sie da, mit langen, verfilzten Bärten, leblos wie das Gestein, das sie umgab.

Und einer von ihnen war John Law of Lauriston. Die Nachricht verbreitete sich wie ein Lauffeuer in der ganzen Stadt. Als sie die Nachricht hörte, fuhr Catherine Knollys unverzüglich mit ihrem Bruder Lord Branbury nach Newgate. Newgate war bereits seit dem zwölften Jahrhundert das berüchtigste Gefängnis Londons. Nach dem Großen Brand war es erneut aufgebaut worden. Jetzt thronte es mit fünf imposanten Stockwerken wie ein Wahrzeichen in den Himmel und überspannte die Newgate Street zwischen der Giltspur Street und dem Snow Hill. Und irgendwo in diesem verfluchten Koloss saß John Law, angekettet inmitten von Dieben, Mördern, Falschmünzern und verkommenen Strolchen.

John Law war immer noch irritiert, ratlos, er verstand nicht, was da vor sich ging. Er wusste nicht, ob in dieser ganzen Angelegenheit noch irgendjemand die Fäden in der Hand hielt. Er saß auf einer Steinplatte, eingezwängt zwischen wimmernden Gestalten, die nach Zahnfäulnis, verdorbenen Mägen und Kot stanken, und überlegte fieberhaft, ob er in eine Falle getappt war.

»Du wirst dich daran gewöhnen«, murmelte jemand in der Dunkelheit. »Selbst an die Hölle gewöhnt sich der Mensch. Mit der Zeit wirst du sehen, es gibt bessere und schlechtere Tage. Genau wie draußen. Das war klug vom lieben Gott, dass er den Menschen so gemacht hat. Du denkst immer: Jetzt ist das Maß voll. Mehr kann ein Mensch nicht ertragen. Und doch erträgst du noch ein klein bisschen mehr. Und noch ein bisschen mehr. Und gewöhnst dich daran.«

Als der Wächter am nächsten Morgen das schwere Schloss des Verlieses öffnete, war John Law soeben zum ersten Mal eingeschlafen. Die ganze Nacht hindurch hatte er die immer gleichen Gedanken gewälzt, gegen die Angst gekämpft, die ihm wie eine Eisenkralle Magen und Luftröhre zusammenpresste. Und die Gedanken hatten sich immer wieder im Kreis gedreht. Was war genau passiert? Hatte ihn Betty Villiers, die Mätresse des Königs, in eine Falle gelockt? Hatte sie ihn missbraucht, um Wilson loszuwerden? Weil er ihr lästig geworden war? Oder hatte der Hof Angst, dass Wilson den König kompromittieren könnte? Oder hatte Betty Villiers möglicherweise eine Affäre mit Wilson gehabt und verhindern wollen, dass der König davon erfuhr? Hatte sie Angst gehabt, ihren jährlichen Unterhalt von sage und schreibe fünftausend Pfund zu verlieren? Wilson hatte bekanntlich jährlich sechstausend Pfund ausgegeben. Das waren immerhin hundertsiebzig Jahreslöhne eines Londoner Handwerkers. Sogar die Londoner Tageszeitung »Greenwich Hospital News Letter« hatte darüber berichtet, aber keinerlei Geschäftstätigkeiten gefunden, mit denen Wilson auch nur ein müdes Pfund hätte verdient haben können. Woher stammte also dieses viele Geld? Nur der König selbst konnte eine derartige Summe aufbringen. War Wilson also zum Staatsrisiko geworden, weil er im Jagdschloss nicht in der Lage gewesen war, seine Zunge im Zaum zu halten? John Law wusste, dass es durchaus Erklärungen geben konnte, die plausibel schienen und dennoch komplett falsch waren. Das Leben verlief nun mal nicht nach mathematischen Mustern. Nicht alles hatte einen Zusammenhang. Selbst der Zufall hatte seine Wahrscheinlichkeiten.

Der Wächter hatte unterdessen mit einer Fackel das Verlies betreten und rief nach John Law. Als John sich zu erkennen gegeben hatte, beugte sich der Wächter zu ihm hinunter und löste die Beinschellen.

»Steh auf und komm mit«, sagte der Wächter. Die anderen Gefangenen begannen sich zu rühren, klagten ihr Leid, wimmerten, versuchten John Law festzuhalten, umklammerten seine Beine und flehten, man möge sie nicht vergessen. Einige riefen Namen von Leuten, die angeblich ihre Unschuld bezeugen konnten. Als John Law draußen im Gewölbegang stand, stieß der Wächter die Tür wieder zu und schob den schweren Riegel mit beiden Händen vor.

»Du hast einflussreiche Freunde, Schotte.«

John Law schwieg. Er wurde in den »King's Block«, den Königstrakt im fünften Stock, überführt. Denn in Newgate wurde nicht nur unterschieden zwischen Gefangenen, die ihre Nahrung selbst bezahlen konnten, und solchen, die mittellos waren, es gab auch möblierte Einzelzellen für die hochgeborene Kundschaft. Die Zellen der Reichen und Berühmten waren geräumige Zimmer, hell, mit Tageslicht und dem Komfort eines einfachen Pferdekutschen-Gasthofs ausgestattet. Hier durften sie ihre mächtigen Freunde empfangen.

Catherine Knollys und Lord Branbury erwarteten ihn bereits. Catherine war sichtlich aufgewühlt, hielt sich aber im Hintergrund. Lord Branbury sprach mit ruhiger, bedächtiger Stimme. Er empfahl John Law, nichts zu gestehen. Das sei am sichersten. Er sagte, dass alle anwesenden Zeugen unterschiedliche Beschreibungen seiner Person abgegeben hätten. Das sei seine Chance.

»Ich habe in Notwehr gehandelt, Lord Branbury. Wilson ist auf mich zugerannt und hat als Erster seinen Degen gezogen. Dafür gibt es Zeugen. Erst danach habe ich meinen Degen gezogen und den Schlag pariert. Wilson ist dabei sehr unglücklich getroffen worden. Womöglich ist er sogar gestolpert.« Catherine Knollys atmete tief durch und schaute ihren Bruder flehend an. Sie hoffte inständig auf ein Zeichen von ihm, dass die Meinung von John Law auch die Meinung des Gerichts sein würde.

»Die Familien Ash, Townsend und Windham haben bereits beim König vorgesprochen. Sie sind allesamt Verwandte von Wilson. Sie behaupten, dass es ein heimtückischer Mord war.«

»Ich sehe dem Prozess gelassen entgegen, Lord Branbury.« John war dreiundzwanzig Jahre alt und in seinem unerschütterlichen Optimismus überzeugt, dass das Gericht ihm folgen würde: »Betty Villiers hat mir berichtet, dass unter König William noch nie ein Mann wegen Duellierens zum Tode verurteilt worden sei.«

Lord Branbury schüttelte enerviert den Kopf: »Dann werden Sie der Erste sein, John Law. Sie sind Schotte. Sie haben die Familien Ash, Townsend und Windham gegen sich. Sie müssen sich die Freiheit nicht erstreiten, sondern erkaufen. Sie müssen die Geschworenen bestechen oder noch besser – aus Newgate fliehen. Begreifen Sie das endlich, John Law of Lauriston. Sie haben schlechte Karten! Sehen Sie das um Gottes willen endlich ein! Sie haben das schlechteste Blatt Ihres Lebens, Sir!«

Catherine Knollys nickte: »Fliehen Sie. Verlassen Sie England!«

»Nein«, erwiderte John Law mit einem seltsamen Lächeln auf den Lippen. Er schenkte dabei Catherine Knollys einen warmherzigen Blick. »England verlassen? Niemals!«

»Dann bestreiten Sie einfach, dass Sie an diesem Tag auf dem Bloomsbury Square gewesen sind. Bestreiten Sie es! Es geht um Ihr Leben!«, flehte Lord Branbury.

»Aber ich habe bereits ausgesagt, dass ich dort gewesen bin. Es wurde protokolliert. Es ist zu spät.«

Richter Salthiel Lovell war ein Hüne, ein Berg von Fleisch, Fett und Speckwülsten. Er thronte wie ein Walross hinter dem um drei Stufen erhöhten Richterpult der King and Queen's Commission. Er hatte einen breiten Stiernacken, der den Eindruck verstärkte, er könne jederzeit den Kopf wie eine Schildkröte einziehen und in diesem Berg von Fleisch verschwinden lassen. Salthiel Lovell hasste die Menschen, und die Menschen hassten ihn. Drei Tage lang würde er nun hier wüten, drei Tage lang den Geschworenen die *ratio decidendi* erklären, ihnen um die Ohren schlagen, was für die Urteilsfindung relevant war und was nicht. Hier wurde schließlich nach geltendem Recht entschieden, nicht nach so genanntem gesundem Menschenverstand. Es ging um Recht und nicht um Gerechtigkeit. Siebenundzwanzig Fälle in drei Tagen warteten auf das Walross. Salthiel Lovell liebte seine Arbeit. Er brüstete sich damit, dass er die höchste Verurteilungsquote Londons vorweisen konnte. Wer vor ihm erschien, war schon so gut wie tot. Wer ihm in die Augen blickte, spürte bereits den Strick am Hals.

Die ersten Angeklagten hatten sich des schweren Diebstahls schuldig gemacht, die nächsten hatten vergewaltigt, einige Münzen gefälscht oder gestutzt. Sie wurden von Salthiel Lovell nach kurzer Anhörung und Beratung der Geschworenen allesamt verurteilt. Die Urteile rührten indes weniger von der Schwere der Delikte her als vielmehr von dem Umstand, dass die Angeklagten nicht über die finanziellen Mittel verfügten, um die Geschworenen und Salthiel Lovell zu bestechen. Freisprüche waren käuflich. Das war ein ungeschriebenes Gesetz. Und deshalb war John Law sehr zuversichtlich, dass diese Posse bald beendet sein würde.

John Law wurde in Ketten in den Gerichtssaal geführt. Die Vorführung in Ketten wurde vom Gesetz nicht vorgeschrieben. Es war das Gesetz von Salthiel Lovell. Vergebens hatte Lord Branbury beim Richter vorgesprochen, um John Law diese Erniedrigung zu ersparen. Aber Salthiel Lovell hatte Branbury nicht mal empfangen. In diesem Gerichtssaal war er der unangefochtene König und Herrscher. Hier demonstrierte er dem gesamten Londoner Adel, wer

Herr im Hause war. Branbury hatte sogar Geld angeboten, um beim Richter vorsprechen zu dürfen. Er hatte es entgegennehmen lassen. Aber es hatte nichts genutzt. Vielleicht hatten die einflussreichen Familien des toten Edward Wilson einfach mehr geboten.

Das Interesse an diesem Prozess war enorm. Man hätte das größte Theater Londons mieten können, und die Leute hätten dennoch nicht Platz gefunden. Der berühmteste Wüstling Londons war von einem schottischen Mathematiker und Kartenspieler im Duell getötet worden. In den Tavernen und Kaffeehäusern, in den Salons und selbst am Hofe des Königs kursierten die wildesten Gerüchte. In den vordersten Zuschauerreihen saß alles, was in London Rang und Namen hatte. Die noblen Kaffeehäuser, die Tavernen und Bierkneipen mussten an diesem Morgen wie leer gefegt gewesen sein.

Als John sich umsah, erkannte er unter den Zuschauern die Frau, die ihm Glück brachte: Catherine. Sie saß in der vordersten Reihe. Links von ihr Lord Branbury. Daneben der Earl of Warriston, der für Schottland zuständige Minister im britischen Parlament, Laws größter Fürsprecher. Etwas weiter hinten Daniel Defoe, der noch nicht ahnen konnte, dass er in einigen Jahren vor dem gleichen Richter stehen würde. Hinter ihm saß der einundsechzigjährige Samuel Pepys, der nach der Veröffentlichung seiner »Memoirs of the Royal Navy« mehrfach inhaftiert worden und jetzt von Krankheit und Alter gezeichnet war. In den Salons erzählte man, Pepys hätte in jungen Jahren ein erotisches Tagebuch geschrieben, das aber erst nach seinem Tod veröffentlicht werden dürfe. Manch ein Literaturliebhaber wünschte sich klammheimlich Pepys' Tod, um endlich in den Genuss dieser angeblich äußerst obszönen Texte gelangen zu können.

Auch Betty Villiers war anwesend, Mary Astell, die scharfzüngige Schriftstellerin, Arnauld, der französische Mathematiker und Spieler. Ein anderes Gesicht kam John Law sehr bekannt vor. Aber er konnte es nicht richtig einordnen. Der Fremde hatte eine gewisse Ähnlichkeit mit seinem alten Mitschüler George, George

Lockhart of Carnwath. John konnte nicht erkennen, ob der Mann ein verstümmeltes Ohr hatte. Aber wieso sollte ausgerechnet George Lockhart of Carnwath hier im Saal sein?

Auf der anderen Seite des Mittelgangs die Verwandten und Anhänger des toten Edward Beau Wilson. Captain Wightman und die Repräsentanten der Familien Ash, Townsend und Windham. Sie wurden von Edwards Bruder Robert angeführt. Mit sichtbarer Genugtuung nahmen sie zur Kenntnis, dass John Law wie ein Schwerverbrecher in Ketten vorgeführt wurde. Ein Raunen der Empörung ging von den Anhängern des Angeklagten aus, als der Richter dem Saalwächter verbot, John Law die Ketten abzunehmen.

Der Richter nahm den Protest mit einem müden Grinsen zur Kenntnis. Zum wiederholten Mal forderte er Ruhe. Dann verlas er die Anklageschrift. Der Schotte John Law of Lauriston wurde angeklagt, sich vorsätzlich mit Edward Beau Wilson duelliert und diesen im Duell getötet zu haben. Darauf stand die Todesstrafe. Salthiel Lovell verlas das Geständnis des Angeklagten, das er in Newgate abgelegt hatte, und schloss mit den Worten: »Die Tat wird vom Angeklagten nicht bestritten.«

Der Richter wandte sich nun an John Law: »Ich mache Sie darauf aufmerksam, dass Sie kein Recht haben, sich selbst zu verteidigen, sich von einer dritten Person verteidigen zu lassen oder Zeugen aufzubieten, die in Ihrem Geständnis nicht namentlich genannt sind. In diesem Prozess ist Ihr schriftliches Geständnis das einzige für die Geschworenen zugängliche Plädoyer.«

Dann wandte er sich an die Geschworenen. Die einen saßen mit gravitätischen Mienen da, die anderen konnten angesichts all der Prominenz in den Zuschauerrängen ihre Nervosität kaum verbergen und blickten ängstlich zum Richter.

»Meine Herren Geschworenen«, brummte Salthiel Lovell, während er sich weit nach vorne beugte, »ob der Angeklagte in Notwehr gehandelt hat oder nicht, hat sie nicht zu interessieren. Sie haben lediglich zu beurteilen, ob sich der Angeklagte mit dem

Ermordeten zu einem Duell in Bloomsbury verabredet hat oder nicht. Der Angeklagte behauptet in seiner schriftlichen Aussage, dass er das Opfer Edward Beau Wilson nur zufällig getroffen habe. Wer darauf als Erster den Degen gezogen hat, spielt, wie bereits erwähnt, keine Rolle. Es ist auch nicht relevant, ob einer von beiden sich lediglich verteidigt hat. Gegenstand dieser Gerichtsverhandlung ist also ausschließlich die Frage, ob das Duell zwischen den beiden vereinbart worden ist oder nicht. Falls Sie zu dem Schluss kommen, dass der Angeklagte John Law sich zu diesem Duell verabredet hat, müssen Sie ihn zum Tode verurteilen. Falls Sie hingegen zu dem Schluss kommen, dass das Zusammentreffen am Bloomsbury Square auf einen unglücklichen Zufall zurückzuführen ist und dass sich die beiden Kombattanten in einem Anflug plötzlicher Erregung duelliert haben, dann müssen Sie ihn wegen Totschlags verurteilen.«

Für John war diese Haarspalterei schwer nachvollziehbar, erwartete doch jeder Gentleman auf der britischen Insel, dass man seine Ehre mit dem Leben verteidigte. Wer das nicht tat, wurde geächtet wie ein Aussätziger, was für einen jungen, ehrgeizigen Mann den gesellschaftlichen Tod bedeutete.

Im Laufe der nächsten Stunde boten Wilsons Verwandte unzählige Zeugen auf. Obwohl sich zahlreiche unter ihnen widersprachen, waren sie sich in einem einzigen Punkt einig: John Law hatte in seiner Kutsche auf Wilson gewartet. John Law musste sich um Punkt zwölf Uhr am Bloomsbury Square verabredet haben. Diese Version unterstrich auch Wilsons ständiger Begleiter, Captain Wightman. Er fügte hinzu:

»Alle, die Edward Beau Wilson gekannt haben, können bezeugen, dass er Duelle und jegliche Art von Gewalt zutiefst verabscheute. Nicht aus Angst oder Feigheit, wie seine Neider behaupten, sondern aufgrund seiner Erziehung und seines unerschütterlichen Glaubens. Der Ausländer John Law wusste das. Er zwang Edward Beau Wilson zum Duell, weil er sich davon Geld erhoffte. Er spekulierte darauf, dass Edward Beau Wilson ihm viel Geld dafür zahlen würde, dass John Law auf das Duell verzichtet. Wie jedermann in der Stadt weiß, war Edward Beau Wilson ein sehr vermögender Mann. Der Schotte John Law hingegen ist ein Kartenspieler, der vom wechselnden Tagesglück in den Salons abhängig ist. Er ist ein Bankrotteur, ein Hasardeur. In seiner finanziellen Verzweiflung hat er den Ehrenmann Edward Beau Wilson zum Duell gezwungen, damit sich dieser freikaufe. Es war eine Form der Erpressung aus niedrigsten Motiven. Es war ein hinterhältiger Plan. Der Plan des Ausländers John Law.«

Die Rede von Captain Wightman war mehrmals vom lauten Murren und Raunen der Zuschauer unterbrochen worden. Jetzt, wo er seine Rede beendet hatte, herrschte gespenstische Stille im Gerichtssaal. Wightman nahm wieder Platz.

Auch Wilsons Schwester machte eine Aussage. Die Kränkung, die sie durch John Laws Desinteresse erfahren hatte, stand ihr ins Gesicht geschrieben. John Law sah den Hohn in ihren Augen, als sie genüsslich ausbreitete, dass John Law finanzielle Probleme hatte und deshalb gezwungen gewesen sei, eine Wohnung in seinem Haus zu vermieten. Sie sei auch Zeuge gewesen, wie John Law und ihr Bruder gestritten hätten. Es ging um Geld, behauptete sie. Und sie habe sogar mit ansehen müssen, wie dieser schottische Rohling ihren Bruder geschlagen und zum Duell aufgefordert habe. Punkt zwölf Uhr am Bloomsbury Square, habe der Schotte durchs Treppenhaus gebrüllt. Und ihr Bruder habe sich als ein Ehrenmann dem Schicksal gefügt.

John Law schaute ihr kopfschüttelnd nach, als sie sich wieder an ihren Platz begab. In diesem Augenblick sah John Law das Gesicht des geheimnisvollen Fremden, den er zu kennen glaubte. Ihm fehlte tatsächlich ein Ohr. Es war George Lockhart of Carnwath.

Der Richter bot nun alle Zeugen auf, die John Law seinerzeit beim schriftlichen Verhör in Newgate genannt hatte. Es waren Zeugen, die seinen makellosen Leumund bestätigen sollten. John Law, der Friedfertige, John Law, der Sanftmütige, der Souveräne, der Galante, ein Mann des Geistes, ein Mann der Vernunft, kurz: ein

Mann, der sich nicht duellierte. Ein Mann aus gutem Hause, Sohn des ehemaligen Münzprüfers von Edinburgh; ein Schotte, jawohl, ein Schotte, ein protestantischer Schotte. Im Hinblick auf die von London gewünschte Wiedervereinigung mit Schottland wurde die schottische Karte entsprechend ausgespielt.

Als die Geschworenen wenig später wieder den Gerichtssaal betraten, fragte der Richter, ob sie zu einer Entscheidung gelangt seien. Der Sprecher erhob sich: »Die Geschworenen haben sich zur Beurteilung zurückgezogen und haben ein Urteil gefällt. Wir haben uns die Entscheidungsfindung nicht leicht gemacht. Nach ernsthafter Prüfung aller Vorwürfe und entlastenden Aussagen sind wir zum Schluss gekommen, dass es zwischen dem Opfer Edward Beau Wilson und dem Angeklagten John Law einen seit Monaten schwelenden Streit gegeben hat. Aufgrund einer finanziell aussichtslosen Lage reifte beim Angeklagten der Gedanke, Wilson zum Duell aufzufordern, damit sich dieser freikaufe. Dem Angeklagten war hinlänglich bekannt, dass Wilson weder ein guter Fechter noch ein Freund von handgreiflichen Auseinandersetzungen war. Am Morgen des 9. April 1694 verabredete sich der Angeklagte mit Edward Wilson zum Duell am Bloomsbury Square. Die Geschworenen sind deshalb zum Schluss gekommen, dass der Angeklagte John Law im Sinne der Anklage – schuldig ist.«

Ein Aufschrei im Saal. John Laws Anhänger erhoben sich und protestierten. Die andere Partei triumphierte. Richter Salthiel Lovell schlug mit der flachen Hand auf sein Pult und brüllte: »Der Angeklagte John Law wird zum Tod durch den Strang verurteilt. Man räume den Saal und bringe den nächsten Angeklagten.«

John Law war nach seiner Verurteilung ins Gefängnis in Southwark, am King's Bench, überführt worden. Hier verfügte er über eine geräumige Einzelzelle mit Tageslicht und durfte täglich kurze Besuche empfangen. Bereits wenige Stunden nach seiner Verlegung erschien der Earl of Warriston, ein quirliger, resoluter Mann, der alles für Johns Freilassung tun wollte.

»John«, ereiferte sich der Graf, als der Wächter die Tür hinter ihm geschlossen hatte, »es sieht nicht gut aus. Wilsons Bruder will nun beim König vorsprechen, damit das Urteil baldmöglichst vollstreckt wird! Ich habe unverzüglich Boten nach Schottland geschickt, damit sich alles, was Rang und Namen hat, für Ihre Begnadigung einsetzt!«

John Law stand mit verschränkten Armen neben dem vergitterten Fenster: »Warum will man mich hängen? Weil Wilsons Bruder Robert dafür bezahlt hat? Also lassen Sie uns einfach den Einsatz erhöhen. Ich biete das Doppelte.«

»Hören Sie auf, John«, rief der Graf und schritt in der Zelle auf und ab, »das ist kein Spiel. Wenn Sie gehängt werden, und ich halte dies mittlerweile nicht mehr für ganz ausgeschlossen, wird Schottland einer Vereinigung der Kronen unter keinen Umständen zustimmen. Das hieße: Mein Lebenswerk wäre zerstört. Mr Law! Ein sinnloses Duell hätte über die Wiedervereinigung mit Schottland entschieden?«

»Erzählen Sie das dem König!«

»Das werde ich tun! Ich werde Ihre Begnadigung beantragen!«

»Und besorgen Sie mir eine geheizte Zelle. Ich habe mir hier bereits eine Blasenentzündung geholt.«

John Law verbrachte zunehmend unruhige Nächte. Er war doch tatsächlich zum Tode verurteilt worden. Mit dreiundzwanzig Jahren. Zuerst hatte er es einfach nicht wahrhaben wollen. Nach einigen Tagen überfiel ihn eine große Niedergeschlagenheit, die sich bald darauf in Zorn verwandelte. Unter diesem König war noch nie ein Duellist zum Tode verurteilt worden. Jedermann duellierte sich, wenn seine Ehre verletzt war. Jeder tat es! Duelle waren an der Tagesordnung. Gut, man erschien vor dem Richter, das gehörte dazu, aber man wurde nur pro forma verurteilt und dann wieder auf freien Fuß gesetzt. Wieso sollte ausgerechnet er der erste Mensch sein, der für ein Duell an den Galgen kam? John Law spürte, wie die Angst sich langsam in ihm breit machte. Er war in ein

Spiel geraten, dessen Spielregeln er nicht beherrschte. Er konnte seine Gegenspieler nicht einschätzen. Er hatte mächtige Feinde, ja, sicher. Feinde, die über ein schier unermessliches Vermögen verfügten und beste Verbindungen zum König pflegten. Und er war ein Ausländer. Gering und unbedeutend.

Mit solchen Gedanken war er befasst, als wenige Tage später Lord Branbury seine Zelle betrat. Er machte ein sehr besorgtes Gesicht:

»Zahlreiche schottische Edelmänner setzen sich für Sie ein, John Law. Aber der König beharrt darauf, dass Sie hängen. Er will Sie nicht begnadigen, weil niedrige Motive der Tat zugrunde liegen.«

John Law sah ihn fragend an. Er spürte, dass Branbury ihn aufgegeben hatte wie ein auf Grund gesunkenes Schiff.

»Ich wusste nicht, dass Sie derart gravierende finanzielle Probleme haben. Ich fürchte ...« Branbury senkte beschämt den Kopf.

»Lord Branbury, Sie schenken diesen Gerüchten Glauben, ohne mich vorher angehört zu haben? Kurz vor dem Duell erhielt ich aus Schottland eine Überweisung von vierhundert Pfund. Von meiner Mutter. Suchen Sie Shrewsbury, meinen Bankier, auf. Sie finden ihn im ›Chapter‹. Er kann es bezeugen. Und gehen Sie in meine Wohnung. Sie finden die Gutschrift im Schlafzimmer, in einem Spalt unter dem Dach, hinter dem dritten Stützbalken.«

Branbury schien überrascht und erleichtert zugleich. Er musterte John Law nachdenklich.

»Vertrauen Sie mir, Lord Branbury.«

Lord Branbury schien nachzudenken. Nach einer Weile fragte er: »Haben Sie ein Verhältnis mit meiner Schwester?«

John Law antwortete prompt: »Nein, Lord Branbury, aber ich wäre der glücklichste Mann der Welt, wenn sie meine Frau würde.«

Branbury schmunzelte: »Sie meinen, wenn ich Ihnen den Galgen erspare, türmen Sie anschließend mit einer verheirateten Katholikin? Nun gut, ich vertraue Ihnen.«

Catherine Knollys fand die Gutschrift hinter dem dritten Stützbalken in John Laws Wohnung. Sie entfaltete das Dokument, las es sorgfältig durch und hielt es dann fest.

»Madam?«

Catherine Knollys erschrak fast zu Tode. Ein Mann stand im Türrahmen. Elegant löste er die Kette, die seinen ledernen Regenumhang vorne am Halse zusammenhielt. Er ließ den Mantel zu Boden gleiten.

Catherine wich einen Schritt zurück. »Was suchen Sie hier?«

»Das wollte ich gerade Sie fragen. Sie haben schon etwas gefunden?«

Catherine faltete das Dokument wieder zusammen und verschloss es in ihrer Faust. Der Fremde lächelte. Jetzt erst fiel Catherine auf, dass ihm ein Ohr fehlte. Der Mann kam einen Schritt näher. Catherine griff blitzschnell zu einem Degen, der auf der Kommode lag.

»Sie wollen sich schlagen?«

»Bleiben Sie stehen!«

»Ich habe Sie im Gerichtssaal beobachtet. Sie haben ja gehört, was der Richter gesagt hat. Wenn ich Sie jetzt töte, gilt das nicht als Mord. Weil wir uns nicht zum Duell verabredet haben.«

Blitzschnell stieß Catherine ihren Degen nach vorn. Der Fremde wich elegant aus und zog nun seinerseits seinen Degen.

»Wollen Sie mir nicht verraten, wofür einer von uns beiden sterben wird?« Catherine schwieg. Der Fremde fuhr fort: »Vielleicht lohnt es sich gar nicht.« Der Fremde steckte seinen Degen wieder ein. Vorsichtig machte Catherine einen weiteren Schritt in Richtung Salon. Der Fremde ließ sie gewähren. Als sie auf gleicher Höhe mit ihm war, packte er blitzschnell ihr Handgelenk, riss sie zu sich heran und öffnete ihre Faust. Kaum hatte er das Schriftstück in seiner Hand, rammte ihm Catherine das Knie in den Unterleib. Sie griff nach einer Vase auf der Kommode und zertrümmerte das edle Stück auf dem Kopf des Fremden, der bereits stöhnend die Hände gegen seinen Unterleib presste. Er stürzte zu

Boden und blieb liegen. Catherine griff nach einer weiteren Vase. Da begann der Fremde plötzlich zu lachen. Während er sich mit dem einen Arm gegen weitere Angriffe schützte, hatte er mit der anderen Hand das entwendete Schriftstück entfaltet: »Vierhundert Pfund.«

Catherine Knollys hielt die neue Vase mit beiden Händen über ihrem Kopf. Sie war bereit, erneut zuzuschlagen: »Geben Sie das Schriftstück her!«

Der Fremde sprang lachend zur Seite und suchte Schutz hinter dem Tisch: »Madam, damit werden Sie dem König beweisen können, dass John Law nicht aus niedrigen Motiven gehandelt hat ...«

Catherine zögerte. Sie begriff nicht ganz, auf welcher Seite der Fremde stand. Gedankenverloren wollte sie die Vase auf die Kommode zurückstellen. In ihrer Aufregung ließ sie die Vase zu schnell los. Sie zerschellte am Boden.

Nun brach der Fremde erneut in schallendes Gelächter aus. Er kam hinter dem Tisch hervor und setzt sich etwas schwerfällig an den großen Tisch im Salon: »Dieses Papier kann beweisen, dass John Law genug Geld hatte. Dass er sich somit nicht aus niedrigen Beweggründen duelliert hat. Wenn der König das liest, lässt er seinen Widerstand gegen Laws Begnadigung fallen.«

»Was wollen Sie dafür?«

»Wilsons Verwandte würden bestimmt ein Vermögen dafür bezahlen. Damit ich es verbrenne.«

»Nennen Sie Ihren Preis!«

»Lieben Sie John Law?«

»Ich bin verheiratet, Monsieur.«

»Die verheirateten Frauen mag er besonders, unser geiler Schotte. John Law liebt das Verbotene, die Gefahr, das Risiko, die Chance zu scheitern. John Law ist ein Spieler, Madam. Sie lieben einen Spieler. Er wird Ihnen das Herz brechen.«

Mit einer eleganten Handbewegung warf er Catherine Knollys das Schriftstück zu. »Eilen Sie zum König, meine Teuerste. Es wäre schade, wenn John Law gehängt würde.«

Catherine fing das Schriftstück auf und starrte den Fremden ungläubig an: »Sind Sie ein Freund von John Law?«

»Ich will eine Revanche. Wenn John Law am Galgen baumelt, kann er mir keine Revanche bieten.«

»Sie wollen gegen John Law spielen?«

»Spielen?«, lachte der Fremde. »Was sind das für Spiele, bei denen man sein Ohr verliert? Sagen Sie John, dass ich ihn erwarte.«

»Wer sind Sie?«

»John sagte mir einst, ein Mann müsse wissen, wann er besiegt ist. Ich weiß nur, dass ich noch nicht besiegt bin. Sagen Sie das Ihrem John Law. Falls er jemals die Gefängnismauern lebend verlassen sollte, ich werde draußen stehen und auf ihn warten.«

Eines Abends, die Dunkelheit war bereits angebrochen, erschien Catherine Knollys in John Laws Zelle. Sie hatte ein kleines Vermögen geopfert, um zu dieser späten Stunde noch zu ihm vorgelassen zu werden. Sie betrat die Zelle, wartete, bis der Wächter die Tür wieder geschlossen hatte. John saß an seinem Schreibtisch. Er hatte im Schein einer flackernden Kerze einige Seiten beschrieben. Catherine trat zu ihm und setzte sich auf einen Schemel. Nun saßen sie sich gegenüber und liebkosten sich mit stummen Blicken.

»Schreiben Sie Ihr Testament?«, fragte sie nach einer Weile.

John schüttelte den Kopf. »Wieso? Der König braucht mich. Die zirkulierende Geldmenge sollte nämlich nicht nur das Äquivalent aller bereits produzierten Güter sein, sondern auch das Äquivalent aller projektierten Güter. Ich habe diesem Aspekt bisher zu wenig Beachtung geschenkt. Ich könnte das Geld des Königs verzehnfachen, verhundertfachen.«

»Aber dazu müssten Sie am Leben bleiben, Sir, und der König will Sie hängen sehen. Verstehen Sie das doch endlich! Sie müssen fliehen!« Catherine ergriff Johns Hände und hielt sie fest, als wollte sie ihn daran hindern, andere Dinge zu tun.

»Der König hat mir eine Gnadenfrist gewährt, Madam. Nach dem Vermögensnachweis glaubt er nun auch nicht mehr an niedrige Beweggründe.«

»Beau Wilsons Bruder Robert hat dagegen heute Morgen Berufung eingelegt. Einspruch wegen Mordes. Wenn das Appellationsgericht Ihnen nicht Recht gibt, kann selbst der König Ihren Tod nicht mehr verhindern! Sie müssen fliehen, John. Fliehen!«

»Wenn ich fliehe«, sagte John Law nachdenklich, »würde ich Sie nie mehr sehen. Ich würde wegen Mordes gesucht und könnte nie mehr auf die Insel zurück. Und wenn Schottland sich der britischen Krone anschließt, werde ich auch nie mehr nach Schottland zurückkönnen.«

»Aber ich könnte die Insel ebenfalls verlassen«, sagte Catherine leise und begann stumm zu weinen, »ich würde nach Paris gehen, John, und eines Abends, in einem Salon, würden wir uns wieder begegnen.«

»Meinem Vater hat Paris kein Glück gebracht. Er ist dort bei einer Steinoperation gestorben. Er liegt im schottischen Kolleg in Paris begraben. Er hat mir einen Spazierstock hinterlassen. Diesen Stock werde ich zurückholen.«

»Mein Mann ist in Paris, John. Als König James aus England vertrieben wurde, ist mein Mann ihm gefolgt. Die katholischen Stuarts wollen sich in Paris neu formieren …«

»Catherine, ich würde nie einem König folgen. Nur Ihnen …«

»Fliehen Sie nach Paris, John. Besuchen Sie das Grab Ihres Vaters!«

»Nein, Catherine. Ich werde vor dem Obergericht erscheinen. Ich bin noch nie weggelaufen.«

Und so stand John Law of Lauriston am 23. Juni 1694 erneut vor dem Richter. Der Appellationsrichter John Holt war ein freundlicher Mann. Er ließ John Law ohne Handfesseln vorführen. Die gegnerische Seite unterstrich nochmals die niederen Motive, die der Tat des Angeklagten zugrunde lägen. In glühenden Farben wurde erneut die Geschichte eines brutalen Mordes erzählt; die Geschichte von einem arglistigen Schotten, der für Geld tötet und sich nach der Tat auf feige Art der Verantwortung entzieht und tagelang gejagt werden muss, bis man ihn endlich zur Rechenschaft ziehen kann. John Law wurde als skrupelloser Hasardeur vorgeführt, der von Spieltisch zu Spieltisch zieht, von Frauenzimmer zu Frauenzimmer, von Duell zu Duell.

John Laws Chancen, jemals Gerechtigkeit zu erfahren, wurden immer geringer. Sein Anwalt griff zu einem letzten Strohhalm: Verfahrensmängel. Die ermittelnde Behörde hatte es unterlassen, den genauen Zeitpunkt und Ort des Verbrechens festzuhalten. Richter John Holt hielt dieses Detail für so bedeutend, dass er am Ende des Tages entschied, sich zu Beratungen zurückzuziehen und die Verhandlung erst nach dem Sommer weiterzuführen. In der Zwischenzeit sollte John Law erneut im King's-Bench-Gefängnis untergebracht werden.

»John«, flehte ihn der Earl of Warriston an. Er war unmittelbar nach der Verhandlung nach Southwark geeilt. »John, wir haben viel Geld bezahlt, damit Sie in diesem Gefängnis untergebracht werden. Es ist das am schlechtesten gesicherte Gefängnis von ganz London. Ich habe mit dem König gesprochen. Er wird Sie nicht begnadigen können, gewisse Verpflichtungen der Familie Wilson gegenüber machen ihm das unmöglich. Aber er wird ein Auge zudrücken, wenn sie fliehen. Also fliehen Sie um Gottes willen. Ihre Verlegung nach King's Bench ist eine ultimative Aufforderung zur Flucht! Wenn der König Ja sagt zu King's Bench, sagt er Ja zu Ihrer Flucht.«

John Law schaute den Grafen nachdenklich an und sagte nach einer Weile: »Ich verstehe etwas von Zahlen, ich kann mich sogar erfolgreich duellieren, aber wie soll ich aus diesem Gefängnis entkommen? Ich fürchte, das Ganze ist erneut eine Falle. Man wird mich auf der Flucht niederstechen.«

Der Graf warf die Hände in die Luft: »John, soll ich jemanden vorbeischicken, der Ihnen mit einer Fackel den Weg leuchtet? Um Gottes willen: Fliehen Sie! Noch diese Nacht! Lord Branbury wird Sie mit einer Kutsche erwarten. Fahren Sie zum Fluss. Zum Dock vierundzwanzig. Links von der Brücke liegt ein Schiff mit französischer Flagge. Es ist das Postschiff aus Paris. Der Kapitän ist informiert. Er hat bereits Geld erhalten. Gehen Sie auf das Schiff. Versuchen Sie auf keinen Fall, nach Schottland zu gelangen. Dort wird man Sie zuallererst suchen.«

John Law musste innerlich lachen, als ihm bewusst wurde, dass er sich offenbar in seiner Todeszelle sicherer fühlte als auf der Flucht.

»Ich muss jetzt gehen«, unterbrach der Graf seine Gedanken. »Viel Glück.« Und damit war er verschwunden.

Lord Branbury schaute ungeduldig zum Nachthimmel empor. Er verstand nicht, dass ein derart begnadeter Mann wie John Law offenbar nicht in der Lage war, das am schlechtesten gesicherte Gefängnis der Stadt zu verlassen.

»Der Morgen graut. Ich fürchte, der gute Schotte wird am Galgen enden.« Lord Branbury schaute kopfschüttelnd zu Catherine hinüber, die wie versteinert vor Kälte und Anspannung in der Kutsche saß.

John klopfte sanft die Bodenplatten ab, um eventuelle Hohlräume zu entdecken. Ihm schien, die dumpfen Geräusche klangen alle gleich. Systematisch arbeitete er sich zur Tür, von Platte zu Platte. Bis zur schweren Eichentür. Als er die letzte Platte abklopfte, fiel ihm auf, dass die Tür sich bewegte. Er hob den Kopf und schaute zum Türschloss empor. Die Tür war nicht verschlossen. Sie war einen Spalt offen. Es dauerte eine Weile, bis er bemerkte, dass etwas anders war als sonst: Kein Wächter war erschienen, um geräuschvoll die Zelle wieder zu verschließen. John wartete noch eine Weile, dann erhob er sich und öffnete die Tür, bis der Spalt breit genug war, um das Verlies zu verlassen. Leise schlich er durch den Gang. Nach einer Weile erreichte er einen kleinen Vorraum, in dem eine Wache schlief. John Law hielt den Atem an. Ihm schien, als habe der Schlafende das eine Auge leicht geöffnet. Und im selben Moment wieder geschlossen. Auch war seine Atmung zu unruhig für die eines Schlafenden. Dann sah John den Degen auf dem Tisch.

Draußen dämmerte es bereits. Die ersten Vögel begannen zu zwitschern. Die Nacht war vorüber. Im Morgengrauen verließ die Kutsche von Lord Branbury die Allee vor den Toren von King's Bench. In diesem Augenblick durchbrach ein Aufschrei die morgendliche Stille. Lord Branbury hieß den Kutscher, anzuhalten. Er sprang heraus und hielt Ausschau. Eine Gestalt erhob sich aus dem Gestrüpp vor den Mauern des Gefängnisses und humpelte auf sie zu. Der Lord bedeutete seiner Schwester, in der Kutsche zu warten, und lief der Gestalt entgegen. Das musste John Law sein. Der Lord erreichte die mit einer Kapuze vermummte Gestalt, ergriff sie am Arm und wollte sie eiligst zur Kutsche führen. In diesem Augenblick warf die Gestalt den Oberkörper zurück. Die Kapuze rutschte vom Kopf, und Lord Branbury starrte in die unrasierte, zahnlose Fratze eines Säufers.

Der Lord ließ den Mann los und wich erschrocken zurück. Das war nicht der Mann, den er suchte.

Aber wo war John Law?

Daniel Defoe riss sich die goldblonde Allongeperücke vom Kopf und schrie: »Sir, sind Sie eigentlich von Sinnen? Man wird Sie hängen! Brauchen Sie denn eine schriftliche Einladung des Königs, um diese Gemäuer zu verlassen? Wir haben Ihrem geringen handwerklichen Geschick Rechnung getragen und Ihnen letzte Nacht die Zellentür geöffnet, wir haben die Wache bestochen ...«

John Law lehnte mürrisch am Fenster und unterbrach den Schriftsteller: »Die Wache hat nicht geschlafen. Als Kartenspieler kann ich jede Regung in einem Gesicht lesen. Das war eine Falle. Man sucht einen Vorwand, um mich auf der Flucht zu töten.«

Defoe bückte sich nach seiner teuren Perücke und setzte sie wieder auf: »Sir, Sie bringen den Hof zur Verzweiflung. Wie viele Brücken sollen wir Ihnen noch bauen? Die Wache hatte Anweisung, sich schlafend zu stellen. Die ganze Nacht durch hat sich der arme Kerl schlafend gestellt und wäre dabei beinahe tatsächlich eingeschlafen.«

John Law schaute Defoe skeptisch an.

»Die ganze Nacht über hat da draußen eine Kutsche auf Sie gewartet!«

»Der König will wirklich meine Flucht?«

»Ihr scharfer Verstand lässt Sie ungeahnte Schlussfolgerungen ziehen, Sir«, grinste Defoe. »Der König kann Sie nicht begnadigen, weil die Familien von Beau Wilson zu mächtig sind. Er will Sie aber auch nicht hängen lassen, weil wir seit Jahrzehnten keine Duellanten mehr hängen. Und der Erste am Galgen kann nicht ausgerechnet ein Schotte sein, nachdem Ihr Landsmann Paterson gestern die Bank of England eröffnet hat und Schottland eine Eingliederung in das britische Reich erwägt. Haben Sie mich so weit verstanden, Sir? Der König will Ihre Flucht, und zwar ultimativ heute Nacht!«

John Law setzte sich auf den Rand seiner Holzpritsche. Defoe reichte ihm eine Zeichnung: »Ein Grundriss des Gebäudes. Ich habe Ihren Fluchtweg eingezeichnet. Sobald Sie den Innenhof erreicht haben, gehen Sie hier nach links zu den Stallungen. Nehmen Sie den mittleren Gang nach hinten. Auf der rechten Seite lagert Pferdegeschirr. Dort führt ein Fenster direkt ins Freie.«

»Gitterstäbe …«

»Die werden zersägt sein, Sir. Sie müssen nur durch das Fenster steigen und hinunterspringen. Im schlimmsten Fall werden Sie sich den Fuß verstauchen. Aber Sie werden überleben. Die Kutsche bringt Sie zum Dock vierundzwanzig.«

John Law steckte die Zeichnung ein und stand auf. Defoe klaubte umständlich einen Lederbeutel aus der Innentasche seines leuchtend roten Samtmantels und reichte ihn Law. John Law wog den Geldbeutel in der Hand.

»Eine Münze für jeden Wächter«, sagte Defoe, »drei Münzen für den Kapitän, der Rest ist für Sie.«

»Sie tun eine ganze Menge für mich, Defoe. Ich werde Ihnen das Geld selbstverständlich zurückerstatten mit dem höchsten jemals in London gezahlten Zinssatz.«

Defoe lachte: »Vielleicht habe ich eines Tages einen Wunsch, den Sie mir erfüllen können. Es muss ja nicht gleich die Rettung vor dem Galgen sein.«

Plötzlich wurde Defoe sehr ernst, seine Stimme leiser: »Sie werden das französische Postschiff nehmen. Es läuft nach Mitternacht aus. In Paris werden Sie das Schloss von James II. aufsuchen.«

»James II.?«, fragte John Law skeptisch.

»Ja, der französische König hat ihm in St. Germain-en-Laye ein Schloss zur Verfügung gestellt. Für die Dauer seines Exils. Ein Treffpunkt aller Jakobiten und Schotten.«

»Haben Sie mich soeben als Spion für die englische Krone verpflichtet?«

»Nein, ich habe Ihnen lediglich Vorschläge unterbreitet, wo Sie in Paris sicheren Unterschlupf finden. Vielleicht werden Sie nie mehr von mir hören. Fürs Erste bin ich mit Ihrer Geschichte ohnehin zur Genüge entschädigt.« Defoe fand zu seiner alten Heiterkeit zurück: »Ich werde Ihre abenteuerliche Flucht beschreiben, den Kampf gegen dreizehn königliche Gardisten, wie Sie sich vom Turm abseilen …«

»Ich dachte, Sie fühlten sich einem neuen Stil von Literatur verpflichtet. Sie wollten Romane schreiben in der Sprache eines Journalisten, realistisch und nüchtern, als seien Sie Zeuge des Geschehens gewesen.«

Daniel Defoe grinste bis über beide Ohren: »Ihre Flucht wird die erbärmlichste Flucht des ganzen Jahrhunderts sein, Sir. Würde ich Ihre Flucht wahrheitsgemäß beschreiben, kein Mensch würde ein solches Buch kaufen, und ich würde erneut Bankrott gehen.«

»Sie sind kein guter Geschäftsmann, Defoe, deshalb gehen Sie laufend Bankrott. Sie müssen es akzeptieren, so wie ich akzeptiere, dass ich nicht zum Goldschmied tauge. Wenn Sie das akzeptieren, ist Ihnen mehr geholfen als mit einem Kredit.«

Daniel Defoe lachte: »Genau darum wollte ich Sie auch noch bitten, Monsieur Law, aber ganz privat …«

Plötzlich wurde die Tür aufgestoßen, und eine Wache stand in der Zelle. »Das reicht dann wohl!«

Defoe und Law reichten sich die Hand.

»Sie schulden mir einen Gefallen, John Law of Lauriston.«

Law nickte.

Der Wächter lachte: »Da wird er sich aber beeilen müssen.«

Als Daniel Defoe das Gefängnis verließ, begab er sich als Erstes zu Lord Branbury, um ihn über den neuesten Stand der Dinge zu informieren. Dann begab er sich ins »Maryland«, um vor dem Schlafengehen noch eine Kleinigkeit zu essen. Er hatte gehört, dass seit einigen Wochen russische Händler dort verkehrten. Defoe hielt Augen und Ohren offen und fand einen Wladimir, den er mit seiner neuen Geschäftsidee behelligen konnte. Daniel Defoe wollte mit der Konstruktion einer Taucherglocke tief auf den Meeresgrund hinuntersteigen und die kostbaren Ladungen versunkener Schiffe bergen. Der Russe war sofort Feuer und Flamme, doch nach einer Stunde war er sturzbetrunken und brachte dennoch das Kunststück fertig, Daniel Defoe siebzig Zibetkatzen mitsamt den Käfigen zu verkaufen. Zibetkatzen produzierten den moschusähnlichen Duftstoff Zibet, der für die Parfümherstellung wichtig war. Das Parfümgeschäft hatte Defoe schon immer interessiert. Und das Lagerhaus, wo die Katzen gelagert waren, lag direkt auf dem Weg nach King's Bench. Wie überaus praktisch, überlegte Daniel Defoe.

John Law verließ seine Zelle eine Stunde vor Mitternacht. Im Vorraum begegnete er erneut dem vermeintlich schlafenden Wächter. Er legte ihm eine von Defoes Silbermünzen auf den Tisch. Leise schlich er an ihm vorbei. Plötzlich hörte er eine müde Stimme: »Am Ende des Flurs die Treppe links.« John Law wirbelte herum. Er sah die Andeutung eines Lächelns auf den Lippen des schlafenden Wächters. Die Münze war bereits in seiner Wamstasche verschwunden.

John stieg die enge Wendeltreppe zum Innenhof hinunter und schlich nun vorsichtig zu den Stallungen. Plötzlich hörte er ein

Geräusch. Auf dem Boden lag eine Wache, mit dem Rücken zur Mauer. Der Mann schien zu schlafen. Aber merkwürdigerweise hielt er die Hand offen. Wie ein Straßenbettler. John Law legte ihm vorsichtig eine Münze in die offene Hand, als wolle er vermeiden, ihn dadurch zu wecken. Der Wächter behielt die Augen geschlossen und murmelte: »Danke, Sir.«

John Law erreichte die Pferdestallungen. Erneut ließ ihn ein Geräusch aufhorchen. Er ging darauf zu. Im Schein einer flackernden Laterne feilten zwei Wächter an den Gitterstäben.

»Meine Herren, ich würde nun gern meine abenteuerliche Flucht fortsetzen«, flüsterte John Law.

Die beiden Wachen sahen missmutig zum Schotten und feilten dann weiter.

Zur selben Zeit stand Daniel Defoe vor einer Mauer aus Käfigen, in denen struppige, ungepflegte Zibetkatzen dahinvegetierten. Der Russe Wladimir erbrach den Gin, den er in den letzten Stunden in sich hineingeschüttet hatte, und beendete sein röhrendes Spektakel mit einem animalischen Rülpser. Daniel Defoe nickte mit ernster Miene, erwähnte einen schottischen Bankier, den er noch heute Nacht treffen würde. Jetzt fiel ihm ein, dass es bereits nach Mitternacht war. Defoe rannte sofort zur Kutsche. Der Russe folgte ihm. Der Kutscher war verschwunden. Sie fanden ihn schließlich besoffen in einer Lagerhalle. Er war auf ein Fass Gin gestoßen und hatte es gleich angestochen. Defoe war so wütend, dass er den Kutscher mit Fußtritten traktierte. Doch der konnte sich nicht mehr erheben. Dazu war er wahrlich nicht mehr in der Lage. Der Russe bot sich an, die Kutsche zu fahren. Schließlich saßen der Russe und Defoe auf dem Kutschbock und preschten die Docks entlang.

Unterdessen zwängte sich John Law mit dem Kopf voran durch die Fensteröffnung. Als er mit dem Oberkörper durch war, schien er auf Hüfthöhe festzustecken, die beiden Wächter, die die Stäbe durchgefeilt haben, stießen ihn mit aller Kraft vorwärts. Der eine stieß, und der andere erleichterte Law um seinen Geldbeutel. Endlich glitt John durch die Maueröffnung. Er landete sanft, denn unter dem verwachsenen Gestrüpp hatten die Wächter einige Strohballen ausgelegt. Das war im Preis inbegriffen. Der eine Wächter streckte seinen Kopf aus der Öffnung und wünschte John Law alles Gute. Grinsend zeigte er ihm den Lederbeutel, den er ihm entwendet hatte: »Für das Stroh, Sir. Die Kurierung einer gebrochenen Schulter wäre teurer gewesen.«

John Law verschwendete keinen Gedanken an das Geld. Geduckt lief er, bis er die Allee erreicht hatte, die an King's Bench vorbeiführte. Dann sah er die Kutsche hinter einer Baumgruppe. Er lief hin und wollte schon die Tür öffnen. Doch aus dem Inneren drang ein wohliges Stöhnen.

»Catherine?« Das Stöhnen verstummte abrupt. Die Tür sprang auf: Ein halb nackter, untersetzter Kutscher stieg ins Freie und fauchte John Law an:

»Das geht dich einen Dreck an, was ich hier in meiner Kutsche treibe!« Jetzt sah John Law auch den nackten Knaben im Inneren.

»Ich brauche eine Kutsche«, zischte John Law.

»Du gottverdammter Schotte! Mach, dass du wegkommst! Ich fahre keine Schotten!« Als der Kutscher immer lauter wurde, gab John Law sein Vorhaben auf. Er ließ den Kutscher stehen und begann, die Allee hinunterzulaufen.

Als die Achse von Defoes Kutsche brach, flog der Russe in hohem Bogen auf die Straße hinunter und prallte mit dem Kopf gegen einen Baum. Defoe konnte sich gerade noch festhalten. Die Holzlehne brach. Die Kutsche kippte zur Seite. Der Schriftsteller wurde auf den Boden geschleudert. Dann war es still. Nur noch das nervöse Schnauben der Pferde. Irgendwo in der Ferne hörte man einen Nachtwächter rufen. Seine Stimme klang krank und elend. In der Ferne gellende Pfiffe. Plötzlich lösten sich finstere Gestalten in zerzausten Lumpenmänteln aus der Dunkelheit und stürmten aus allen Richtungen auf die umgestürzte Kutsche zu. Die Kerle sahen aus wie vermummte Pestkranke. Sie schrien und fluchten unverständliches Zeug. Sie schwangen Holzlatten und Eisenstangen. Lange Mähnen mit verfilzten Bärten, riesige Augen in dunklen Höhlen. Das ganze Elend des nächtlichen Londons schien sich darin zu spiegeln. Die einen verprügelten den bewusstlosen Russen, zerrten ihm Schuhe und Kleider vom Leib, die anderen stürzten sich auf Daniel Defoe, der jammernd die Straße hinunterhumpelte. Es war hoffnungslos. Auch dort, wo soeben noch die Umrisse eines Baumes erkennbar gewesen waren, lösten sich lumpige Gestalten aus der Dunkelheit und versperrten ihm den Weg. Schützend hielt er die Hand vors Gesicht und schrie: »Ich bin Daniel Defoe, der Dichter.«

»Halt's Maul«, fauchte der eine und schlug Defoe eine Eisenstange in die Kniekehle. Defoe brach zusammen. Ein Knie traf ihn mitten ins Gesicht, ein Hieb in den Nacken, ein Tritt in die Magengrube. Jemand zerrte an seinen Schuhen, ein anderer riss ihm seinen Seidenmantel vom Leib und verrenkte ihm dabei beinahe die Schulter.

John Law rannte im Laufschritt Richtung Themse. Er rannte durch enge, schlecht beleuchtete Gassen und Straßen. Aus jeder Mauernische glaubte er Stimmen zu hören, Schreie, verzweifelte Schreie, Rufe, dann plötzlich wieder Stille, eilige Schritte, Hufgetrappel, ein stöhnender Ochse, das Knarren eines Wagens, dann wieder Hilferufe, jemand der Geld forderte, eisenbeschlagene Stiefel auf Plastersteinen, wollüstiges Stöhnen aus einem erhöhten Stockwerk, dann wieder die elende Stimme eines Obst- oder Gemüseverkäufers, Peitschenhiebe, Streithähne, die sich traten und schlugen, und John Law rannte weiter und weiter in Richtung Themse, kämpfte sich durch Berge von Müll und Unrat, totes Getier, heulende Hunde und aufgeschreckte Bettler, die ihn verfluchten oder festzuhalten versuchten. John glitt in Kothaufen aus, stürzte in faulig stinkende Fischabfälle und rannte weiter und weiter, bis er glaubte, die Themse riechen zu können.

Die beiden Wächter, die im King's Bench die Gitterstäbe zersägt hatten, staunten nicht schlecht, als sie John Laws Lederbeutel öffneten: nichts als wertlose Steine.

»Dieser verfluchte Kartenspieler«, sagte der erste Wächter.

»Wie konnte er nur so schlecht von uns denken«, schimpfte der zweite Wächter.

»Wir sollten Alarm schlagen. Ich glaube, ein Gefangener ist entkommen«, überlegte der erste.

»Ja, ich glaube, er hat die Gitterstäbe durchgesägt«, sinnierte der zweite.

»Wir brauchen dickere Stäbe«, meinte der erste.

»Bloß das nicht«, lachte der zweite, »es war schon so eine Mordsarbeit.«

Am Ende der Straße schien sich ein Wald zu erheben, ein Wald von hunderten von Schiffsmasten. Doch der Weg dorthin schien ihm versperrt. John Law sah die Fuhrwerke, Kutschen, Pferde, Ochsen, Schubkarren und die wie Ameisen herumwuselnden Menschen, die ihn noch von der Themse trennten. Nachts war es hier genauso laut wie am Tag. Der Pöbel war überall im Gedränge verborgen und hielt Ausschau nach Taschentüchern, Batisttüchern, Geldbörsen, Perücken, Schnupftabakdosen oder Spazierstöcken, die man im Vorbeidrängen leicht entwenden konnte. Überall wurde geflucht und geschrien, nach Hilfe gerufen, aber kein Mensch drehte sich um, weil es sinnlos war, in dieser wimmelnden Masse jemandem zu Hilfe zu eilen. In der Regel kamen sie zu dritt oder zu viert. Während der eine beim Anrempeln etwas entwendete, schirmten die anderen drei den Fluchtweg ab und schrien wütend auf den Bestohlenen ein, weil der sie angeblich angerempelt hatte. Sie machten das Opfer zum Täter. Aus den umliegenden Häusern wurde man mit Kot und Urin beworfen, als stünde das Jüngste Gericht bevor. Auch die Londoner hatten die Angewohnheit, ihre Nachttöpfe aus dem Fenster zu kippen. Entsprechend stinkig und glitschig waren die Wege zur Themse hinunter. Manch einer kam nur deshalb stehend und unverpisst an, weil ihn das ständige Gedränge davon abgehalten hatte, auszugleiten und in einen der zahlreichen offenen Keller zu stürzen, aus denen heraus Waren verkauft wurden.

Plötzlich spürte John Law den warmen Atem eines Pferdes im Nacken. Ein großes Gespann versuchte sich eine Gasse zu bahnen. Der Kutscher brüllte und schwang die Peitsche. Die Menschen sprangen fluchend und schreiend zur Seite. Mit einer blitzschnellen Bewegung ergriff John Law den Haltegriff auf dem Kutschbock und schwang sich hinauf. Der Kutscher rief ihm irgendetwas Unverständliches zu. Er holte mit der Peitsche aus, um John Law vom Kutschbock zu prügeln.

»Sie wollen einen Bankier schlagen?«, lachte John Law und hielt das Armgelenk des Kutschers eisern fest. Der Kutscher sah ihn verwirrt an.

»Bei der Brücke lässt du mich wieder herunter, oder du landest bei den Galeeren«, schrie John Law, »Dock vierundzwanzig.«

Der Kutscher zuckte die Schultern und trieb wieder die Pferde an. Hin und wieder ließ er die Peitsche auf die Strolche hinuntersausen, die sich an der Kutsche zu schaffen machten. Aus den Augenwinkeln beobachtete er den ungebetenen Gast. Er schien immerhin ein Gentleman zu sein. Also sprang für ihn vielleicht noch etwas dabei heraus.

Die Kutsche fuhr an den zahlreichen Raffinerien, Brauereien, Bauhöfen, Lagerhäusern, Kaffeehäusern und Märkten vorbei, die zur Themse hinunter immer zahlreicher wurden. Schließlich erreichten sie die ersten Kais, die in den letzten Jahren immer größer geworden waren. Hier sah man venezianische Galeeren, Dreimaster aus den Niederlanden, hunderte von kleineren Booten und Fähren. Und immer wieder Packer, die Schiffsladungen löschten: Tee und Pfeffer aus dem fernen Asien, Rum, Kaffee, Zucker und Kakao aus der Karibik. Fast alles, was England erreichte, wurde hier umgeladen.

Der Kutscher hielt vor einer Lagerhalle an, die direkt unter der Brücke lag. Hier wurden Tabak, Mais und Reis aus Amerika gelöscht.

»Verraten Sie mir noch Ihren Namen, Sir?«, fragte der Kutscher, als John Law sich vom Bock hinunterschwang.

»Der steht morgen in den Zeitungen«, rief ihm John Law zu und bahnte sich einen Weg zwischen den Tabakpackern. Er eilte zu den Ufertreppen und stieg hinunter zu den Landungsstellen, wo größere Schiffe vertäut waren. Schon von weitem sah er die Flagge des französischen Sonnenkönigs im Schein der zahlreichen Schiffslaternen leuchten. Das Schiff war prächtig mit Wimpeln geschmückt. Auf dem Steg warteten zwei Männer. Der eine war sein Londoner Bankier Shrewsbury, der andere der Kapitän des Schiffes. Völlig außer Atem lief John auf sie zu.

Shrewsbury gab dem Kapitän ein Zeichen: »Das ist der Mann. Sie können den Anker lichten.« Während der Kapitän an Bord seines Schiffes stieg, ging Shrewsbury dem jungen Schotten entgegen. »Endlich! Wir haben schon geglaubt, Sie würden auch in dieser Nacht nicht mehr kommen.« John wollte etwas sagen, doch Shrewsbury gebot ihm mit der Hand zu schweigen. Aus einer Innentasche holte er einen Brief. Den reichte er John Law.

»Gehen Sie in Paris damit zu Maître le Maignen. Sie finden ihn im Schloss St. Germain-en-Laye. Er wird Ihnen dafür zehntausend Pfund leihen. Besuchen Sie auch den Duc de Saint Simon. Er weiß alles über Paris. Er kennt den Hof. Er hatte sogar schon einmal die Ehre, beim Petit Lever des Königs Seiner Majestät den Nachttopf leeren zu dürfen.«

John Law steckte den Brief ein und drückte Shrewsbury dankbar die Hand. Wortlos ging er an Bord. Der Kapitän, ein französischer Seewolf, dem die einsamen Jahre auf hoher See offenbar die Sprache verschlagen hatten, löste die Greifzangen des Landungssteges. John Law betrat das Deck. Polternd wurde der Holzsteg an Land gezogen. Der Kapitän schrie einige kurze Befehle. Matrosen lösten die Taue. Dann lief das Schiff aus. Lautlos glitt es über die Themse, jenen Fluss, den manche Menschen den dunkelsten Ort der Welt nannten.

John Law nahm auf einer Holzbank auf dem Vorderdeck Platz und schaute auf das London zurück, das ihm so viel gegeben und noch mehr genommen hatte. Er dachte an Catherine. Er dachte daran, dass bei einer Vereinigung von England und Schottland sein Todesurteil auch in Schottland gelten würde.

Ein Matrose reichte ihm einen Becher mit heißem Kaffee. Ein aufgequollener Kadaver trieb im dunklen Wasser. Jetzt passierten sie die Totenhäuser. Die Stille war zurückgekehrt. Nur noch das Plätschern des Wassers, das vom Bug geteilt und aufgeworfen wurde.

Kapitel VII

Einige Tage später betrat Lord Branbury gut gelaunt den Frühstückssalon und setzte sich zu seiner Schwester Catherine. Er hielt die »London Gazette« vom 7. Januar 1695 in der Hand.

»Stellen Sie sich vor, Catherine, vergangene Woche soll dieser Schotte John Law aus King's Bench ausgebrochen sein. Man sagt, er sei in einer Kutsche auf der Flucht nach Schottland.«

Catherine schmunzelte: »Wenn das da steht, wird es wohl stimmen. Die Familien der Townsend, Ash und Windham werden platzen vor Wut.«

Lord Branbury sah in die Zeitung: »Die Verwandten des armen beklagenswerten Opfers haben immerhin erreicht, dass in der heutigen Ausgabe ein Steckbrief veröffentlicht wurde. Wer diesen Schotten ergreift, erhält vom Marschall von King's Bench fünfzig Pfund.«

»Nur fünfzig Pfund? John Law wäre sehr enttäuscht, wenn er das wüsste. Ich traue ihm zu, dass er nach London zurückkehrt und denjenigen zum Duell auffordert, der diese geringfügige Belohnung ausgesetzt hat. Fünfzig Pfund ist wirklich eine arge Beleidigung.«

Lord Branbury las seiner Schwester den Steckbrief vor: »Fünfzig Pfund für die Ergreifung des Schotten John Law, zuletzt Häftling in King's Bench wegen Mordes, sechsundzwanzig Jahre alt; etwa sechs Fuß groß, mit breiten Pockennarben im Gesicht, starker, hoher Nase, spricht laut und gedehnt …«

Lord Branbury legte vergnügt die »London Gazette« beiseite, während Catherine zufrieden an ihrem heißen Früchtetee nippte. »Es war mir gar nicht aufgefallen, dass er breite Pockennarben im Gesicht hat und laut und gedehnt spricht«, scherzte Lord Branbury.

Catherine blickte lächelnd auf: »Ich danke Ihnen, mein Bruder!«

»Ich hab's für England getan, für unseren König, für die Sanierung des Staatshaushaltes, für die Gunst der schottischen Bankiers, für die Vereinigung mit der schottischen Krone – und für Sie, meine innigst geliebte Schwester.«

Lord Branbury erhob sich und verließ mit einer leichten Verbeugung den Salon. Auf der Türschwelle wandte er sich um: »Wir haben ihm die Freiheit gegeben und ihn dadurch für immer verloren. Er wird England nie mehr betreten können.«

Catherine nickte, und plötzlich schossen ihr die Tränen in die Augen. Sie dachte, dass der Tod manchmal einfacher zu ertragen sei als eine Trennung auf Lebzeiten. Ihr Bruder, der ihren Stimmungswandel bemerkt hatte, trat wieder zu ihr an den Tisch. Catherine schaute zu ihm hoch. Tränen rannen ihr über die Wangen.

»Ich habe gehört, dass sich Sir George of St. Andrews in Paris der Entourage des geflüchteten Königs James angeschlossen hat. Ich habe überlegt, ob ich ihn besuchen soll. Noch ist er mein Ehemann.«

»Ich fürchte, was Sie von Ihrem Ehemann dort zu sehen und hören bekommen würden, wäre nicht sehr erfreulich. Es wird viel geredet, wenn die Abende lang sind.«

»Ich weiß, dass ich ihm nichts mehr bedeute.« Catherine zögerte. »Aber wenn John Law England nicht mehr betreten darf, werde ich eben England verlassen und nach Paris gehen.«

Lord Branbury atmete tief durch: »Ich habe so etwas befürchtet. Vielleicht wäre es in diesem Fall gescheiter, nach Holland oder Italien zu gehen. Aber noch besser wäre es, John Law zu vergessen. Paris ist ein schlechtes Pflaster für englische Protestanten. Nur englische Katholiken fliehen nach Paris. Wer nach Paris geht, gilt in London als Verräter oder als Spion. Folgen Sie Ihrem Verstand, Catherine, und meiden Sie Paris.«

»Mein Verstand macht mich nicht glücklich.«

»John Law wird Ihnen kein Glück bringen. Vielleicht einen Sommer lang. Aber kein Leben lang.«

Catherine lächelte: »Vielleicht wäre es das wert.«

»Das sagt man so, Catherine, aber es ist nicht wahr. Wenn der Sommer vorbei ist, kommt der Winter. Von Erinnerungen kann man nicht zehren. Von Erinnerungen wird man nicht satt. Von Erinnerungen wird man krank. Sie müssen John Law vergessen, so wie auch er Sie vergessen wird. Er ist ein Mann der Zahlen und Formeln. Er hat sich in den Kopf gesetzt, auf wundersame Art und Weise das vorhandene Geld zu vermehren, um Europa in neuem Glanz erblühen zu lassen. Er lebt für diese Ideen, Catherine, nicht für eine Frau. Ich kenne diese Sorte Menschen. Es sind Besessene. Sie leben in Welten, in die wir ihnen nicht folgen können. In diesen Welten gibt es nur Zahlen, Diagramme, Tabellen, Statistiken ... aber keine Menschen, Catherine. Und keine Liebe.«

»Was Sie sagen, klingt vernünftig. Sie mögen sogar Recht haben, aber manchmal ist ein Kuss mehr wert ...«

»Er hat Sie geküsst?« Lord Branbury riss die Augen auf.

»Er hat noch viel mehr. Er hat mir den Wert der Liebe gezeigt.« Catherine lächelte still vor sich hin.

Ihr Bruder schüttelte unwirsch den Kopf. »Wie können Sie von Liebe sprechen? Welcher Mann liebt schon seine Frau, und welche Frau liebt schon ihren Mann? Seit wann hat Liebe einen Wert? Die körperliche Liebe, ja. Die Eroberung, die Befriedigung der Triebe, aber die reine Liebe hat keinen Wert. Sie ist kindisch und dumm. Die Liebe ruiniert den Verstand und ganze Vermögen.«

»Lord Branbury, John Law hat mich einmal gefragt, was den Wert einer Münze bestimmt.«

Lord Branbury missfiel die Diskussion zunehmend: »Das Metall, das in der Münze steckt. Das war schon immer so.«

Catherine lächelte und zeigte ihre perlenweißen Zähne, die für Londoner Verhältnisse eine Seltenheit waren: »Es wird aber nicht immer so sein, sagt John Law. Eines Tages wird eine Münze so viel wert sein, wie die Bank of England bestimmt. Und wieso soll es sich eines Tages nicht genauso verhalten mit unseren Gefühlen? Wieso soll eines Tages das Gefühl der Liebe nicht mehr wert sein als eine Mitgift, mehr wert sein als das gesamte Metall auf dieser Erde? Wieso sollten eines Tages zwei Menschen nicht nur aus Liebe heiraten?«

»Großer Gott«, entfuhr es Lord Branbury, und er lachte laut auf, »der Schotte hat Ihnen ja komplett den Verstand geraubt. Wenn Sie alle unsere Werte infrage stellen, werden Sie jeglichen Halt verlieren!«

Catherine leerte ihre Teetasse und schenkte sich nach. Sie wirkte abwesend. Sie sprach leise, als schäme sie sich ihrer Worte: »Es ist wunderschön, den Halt zu verlieren. Man fällt und fällt und stößt unverhofft auf etwas Neues. Auf etwas Unbekanntes. Wir verlassen die Höhlen und bauen Holzhütten. Wir verlassen die Holzhütten und bauen Häuser aus Stein. Wir löschen die Fackeln und erleuchten die Straßen Londons mit Laternen ... John Law erzählte mir sogar von Dampfmaschinen, die die Arbeitskraft von zwanzig Männern ersetzen ... Vielleicht werden eines Tages alle Menschen Arbeit haben, Geld, um sich einen Arzt leisten zu können. Vielleicht werden alle Menschen in Wohlstand leben, und dann werden sie keine ehelichen Verbindungen mehr eingehen, um das wirtschaftliche Überleben zu sichern, sondern sie werden sich den Luxus leisten, aus Liebe zu heiraten.«

»Mag sein, dass das eines Tages der Fall sein wird. Aber wir werden es beide nicht mehr erleben. Und wir leben nun einmal heute. Also hören Sie auf damit, Catherine. Bedenken Sie, dass Sie immer noch mit Sir George of St. Andrews verheiratet sind. *Das* hat für unsere Familie einen Wert, und zwar einen nicht zu geringen. Nennen Sie mir dagegen den Wert der Liebe! Bringt die Liebe Geld, Häuser, Ländereien oder Erbschaften?«

»Leidenschaft«, sagte Catherine leise. Sie war jetzt sehr ernst geworden, »die Liebe entfesselt ... Leidenschaft. Sie macht stark. Sie gibt Kraft. Sie versetzt Berge. Das ist es, Leidenschaft.«

Lord Branbury setzte sich neben seine Schwester und berührte ihre Hand: »Aber, Catherine, welchen Wert hat denn die Leidenschaft? Der Leidenschaft fehlt jeglicher Verstand, jegliche Vernunft. Ihre Heirat mit Sir George of St. Andrews war eine vernünftige Ehe, weil sie unserer Familie Geld und Ansehen gebracht hat. Aber was bringen Liebe und Leidenschaft?«

»Die Liebe ist so kostbar, dass man sie nicht einmal kaufen kann.«

»Niemand will sie kaufen, deshalb hat sie keinen Wert. Sie ist absolut wertlos, Catherine. Kleine Mädchen lieben ihre Hunde, aber diese Liebe ist wertlos. Man kann Hunde auch in der Themse ersäufen.«

»Lord Branbury, ist das Wasser der Themse wertvoll? Welchen Preis hat das Wasser? Keinen? Ist es deshalb wertlos?«

»Das Wasser der Themse ist deshalb wertlos, weil wir es im Überfluss haben.«

»Dann entscheidet also die Verfügbarkeit und die Menge über den Wert einer Sache?«, fragte Catherine. Lord Branbury schüttelte verwirrt den Kopf.

»Vielleicht ist die Liebe deshalb so kostbar und wertvoll, weil sie so selten ist wie ein Diamant.«

Lord Branbury rieb sich nachdenklich die Wange. Er hatte offensichtlich unterschätzt, was sich zwischen John Law und seiner Schwester in den letzten Monaten abgespielt hatte. Er schaute sie an und schwieg.

»Welchen Wert hat Gott?«, sagte Catherine. Ihre Stimme klang jetzt trotzig und zornig.

»Gott?«

»Wenn die Liebe keinen Wert hat, hat auch Gott keinen Wert.«

»Das ist Blasphemie«, entgegnete Lord Branbury.

»Welchen Wert hat Gott? Bringt er uns Geld, Häuser, Ländereien oder Erbschaften? Sichert er uns das wirtschaftliche Überleben? Ist Gott mehr wert als eine Flasche Gin?«

»Das ist Blasphemie«, flüsterte Lord Branbury leise.

Maître le Maignen reichte John Law die Quittung: »Sechstausend Pfund werden in hunderttausend Livre umgetauscht und ausbezahlt in Gold.« Maître le Maignen schob zwei dicke Lederbeutel über den Tisch: »Ihr Restguthaben beträgt demzufolge viertausend Pfund.«

John unterzeichnete die Quittung und gab sie dem Notar und Bankier zurück.

Der Salon, den ihm der Stab des nach Paris exilierten katholischen englischen Königs James II. zur Verfügung gestellt hatte, war nicht luxuriös, aber John Law war dankbar, unmittelbar nach Ankunft auf französischem Boden einen sicheren Hafen gefunden zu haben.

Maître le Maignen bedankte sich mit einer würdevollen Verbeugung. Er musterte diesen groß gewachsenen, außerordentlich gut aussehenden Schotten aufmerksam: »Wenn Sie noch einen Wunsch haben, Monsieur Law …«

John überlegte nicht lang: »Ich brauche den besten Schneider der Stadt.«

Der Maître lächelte, versprach, sich darum zu kümmern, und verließ den Salon.

Das Sonnenlicht strahlte durch die hohen, kunstvoll verzierten Fenster des Salons und schien den aufwändig gekleideten, lebensgroßen Porzellanpuppen entlang den Wänden ein Lächeln abzugewinnen. Die Puppen waren wie repräsentative Kunstwerke eingekleidet und verkörperten all das, was der französische Sonnenkönig Louis XIV. wie eine Heilige Schrift der Mode in alle Welt hinausgetragen hatte: ein streng reglementierter Ausdruck an selbstgefälliger Fantasie, protzige Verschwendung mit allerlei Borten, Manschetten, Spitzen, Stickereien, Pelzbesatz, Schleifen, Knöpfen, Bändern, Federn, Rüschen, Girlanden und Quasten, graue, hautenge Kurzmäntel, Justaucorps, die bis zu den Knien reichten, dunkelrote Kniehosen, enge Westen. Dazu weiße seidene Strümpfe, Halsbinden, lockere, schulterlange Perücken – die teuren Allongeperücken, die selbst dem kahlköpfigen Sonnenkönig das Aussehen eines kraftstrotzenden Löwen verliehen.

Schneidermeister Duvalier hatte seine besten Schneider, Näher und sogar den königlichen Knopfmeister mitgebracht. In demütig gebückter Haltung stand er zwei Schritte von John Law entfernt und beobachtete den Schotten aufmerksam.

»Darf ich Monsieur nach dem Anlass fragen? Grande Parure?«

»Ich möchte den König sprechen«, entgegnete John Law, ohne sich nach Duvalier umzusehen. Ungeduldig schritt er die Parade der Puppen ab.

»Unsere Majestät liebt die leuchtenden Farben. Er liebt die Seidenstoffe, die Samtstoffe, die Brokatstoffe mit Gold- und Silberstickereien. Er liebt das Silbertuch, das graue Ratiné, aber auch apricotfarbenen Stoffe, das kirschfarbene Velours …«

»Ich wünsche mir eine bequeme Kleidung, weniger affektiert«, unterbrach ihn John Law trocken.

»Aber Monsieur, die ganze Welt blickt nach Paris und kopiert, was der König trägt.«

»Ich komme aus London. Dort ist der Nebel so dicht, dass man kaum von einer Hauswand zur nächsten sieht, geschweige denn über den Kanal nach Paris. Aber mir will scheinen, als würde die Mode allmählich zweckmäßiger, bequemer, menschenfreundlicher.« John Law blieb vor einer Puppe stehen, die weiße Beinkleider und einen blauen Justaucorps trug.

Schneidermeister Duvalier schien düpiert. Er wechselte einige Blicke mit seinen Gehilfen und wandte sich dann wieder Law zu: »Das sind schon etwas ältere Modelle, Monsieur.«

John Law lächelte breit: »Ich weiß, als Uniformen noch die Kleidermode prägten. Aber ich möchte nichts tragen, das an den Dreißigjährigen Krieg erinnert. Ich möchte etwas tragen, das in die Zukunft weist. In einer nicht mehr allzu fernen Zukunft wird es keine Kriege mehr geben. Wir werden uns von Vernunft und Pragmatismus leiten lassen, unsere Überlegungen werden nüchtern und logisch sein. Alles, was wir tun werden, wird objektiv überprüfbar, echt sein.«

»Monsieur, ich fürchte, wir verstehen Sie nicht.«

John Law beugte sich zu Duvalier und flüsterte ihm ins Ohr: »Ich wünsche mir eine Hose, die mich nicht kastriert.«

Die Abende verbrachte John Law meist im roten Salon der englischen Katholiken auf Schloss St. Germain-en-Laye. Hier wurde an jedem Tag gespielt, und man gewährte dem jungen talentierten Schotten die Gunst, die Bank zu führen. Auch Sir George of St. Andrews war ein regelmäßiger Gast des roten Salons. Er suchte vom ersten Tag an die Nähe des Schotten.

Und so verwunderte es John nicht, als der Engländer schließlich eines Abends abwartete, bis alle anderen Gäste gegangen waren, und ihn ansprach.

»Ich erhielt Post aus London, Monsieur Law.«

John Law verteilte die Karten und schob Sir George einen Stapel Karten über den grünen Filztisch. Den zweiten Stapel behielt er für sich.

»Was gibt es Neues in London?«

Sir George erhielt eine Karte, tätigte seinen Einsatz und legte seine Karte offen hin.

»Ganz London spricht von Ihrer abenteuerlichen Flucht.«

John Law legte auch seine Karte offen. Er hatte erneut gewonnen. Routiniert wurde weitergespielt, Runde um Runde.

»Ich hörte, Sie seien in London meiner Ehefrau begegnet, Catherine Knollys.«

»Ja, ich habe auch im Salon von Lord Branbury gespielt.« John zeigte keine Gefühlsregungen. Der lauernde Unterton von Sir George war ihm nicht entgangen. »Werde ich das Vergnügen haben, Ihre Frau Gemahlin in Paris begrüßen zu dürfen?«

Sir George hatte erneut verloren. Er atmete tief durch und forderte neue Karten. Plötzlich brach es aus ihm heraus: »Wie machen Sie das bloß, Monsieur Law? Haben Sie überhaupt jemals verloren?«

»Es kommt vor. Aber nicht oft. Ich betrachte das Kartenspiel als Profession, nicht als Amüsement.«

»Verraten Sie mir Ihre Tricks, Monsieur. Es muss einen Trick geben.«

»Es gibt keinen, Sir George of St. Andrews. Es ist Mathematik. Zu Beginn des Spiels haben alle Karten die gleiche Wahrscheinlichkeit, gezogen zu werden. Mit jeder neuen Runde verändert sich die prozentuale Wahrscheinlichkeit zugunsten von einzelnen Karten. Die gilt es zu berechnen. Und zwar schnell.«

»Und das soll Ihre Gabe sein, Schnellrechnen? Kein Mensch kann wirklich in so kurzer Zeit derartige Berechnungen anstellen.«

»Ich beweise Ihnen doch bereits den ganzen Abend das Gegenteil. Oder wollen Sie an meiner Rechtschaffenheit zweifeln?«

»O nein«, wehrte Sir George of St. Andrews entsetzt ab, »ich habe nicht im Sinn, mich mit Ihnen zu duellieren, Monsieur Law. Ich bewundere Ihre ... Fähigkeiten. Ein Spieler wie Sie ... ist mir ... noch nie begegnet. Das wollte ich damit sagen.«

John Law teilte ihm neue Karten aus. Sir George setzte seine letzten Jetons auf die Sieben. Gezogen wurde die Acht. Wütend starrte er vor sich hin. Dann brach es aus ihm heraus:

»Sie können mir meine Frau wegnehmen, aber nicht mein Vermögen!«

Er stieß seinen Stuhl zurück und verließ wutentbrannt den Salon.

Marc-René de Voyer de Paulmy, der Marquis d'Argenson und oberster Pariser Polizeipräfekt, saß in seinem spärlich erleuchteten Arbeitszimmer in der Benediktinerabtei im Faubourg St. Antoine und dachte nach. Er war um die fünfundvierzig. Unter der üppigen pechschwarzen Allongeperücke leuchteten zwei kluge, wache Augen. Doch das große nach außen gewölbte Gebiss verlieh dem ganzen Mann etwas Animalisches, Bedrohliches. Nach einer Weile fragte er: »Lieben mich die Leute da draußen?«

Er beugte sich weiter über den Tisch und schaute der bezaubernden Marie-Anne de Châteauneuf direkt in die Augen.

»Man fürchtet Sie, Marquis d'Argenson. Man sagt, es gebe keinen Menschen in dieser Stadt, von dem Sie nicht ganz genau wüssten, wann er morgens aufsteht und wohin er geht, was er tut und was er denkt. Und was er morgen zu tun gedenkt.«

Der Marquis d'Argenson lächelte gelangweilt. Er hatte die Frage nicht ernst gemeint. Es belustigte ihn, dass die Leute ihm vor lauter Angst selbst unsinnige Fragen beantworteten. Er musterte die Frau, die ihm gegenübersaß, und beobachtete, wie sich ihr Busen beim Atmen hob und senkte. Er versuchte, sich Marie-Anne de Châteauneuf nackt vorzustellen. Aber die Vorstellung erregte ihn nicht. Er schwieg. Die äußere Ruhe und Unerschrockenheit, die er ausstrahlte, verliehen ihm eine Gefährlichkeit, die all jenen, die ihm jemals begegnet sind, in Erinnerung blieb. Man ahnte, dass in diesem Mann irgendetwas Ungewöhnliches vorging, irgendetwas, das einem eines Tages zum Verhängnis werden konnte. Er war kein Mann der galanten Worte. Wenn er lächelte, machte er den Menschen Angst. Ihm traute man alles zu. Schutz vor dem königlichen Hof oder ewige Verbannung auf französischen Galeeren oder in unterirdischen Verliesen. Der Marquis duldete keine Fehler.

»Der König bezahlt mich nicht, um geliebt zu werden, La Duclos.«

La Duclos – so nannte ganz Paris die gefeierte Schauspielerin Marie-Anne de Châteauneuf, die in ihrem Salon alles versammelte, was in Paris Rang und Namen hatte. Sie war eine kleine, knabenhaft wirkende Person, stets in Bewegung, als leide sie an einer inneren Unruhe. Sie trug das Haar kürzer als andere Frauen, hatte einen schönen, vollen Mund und große Augen, die manches Herz heftiger schlagen ließen. Es war schwer, sich nicht in sie zu verlieben.

»Ich lade Sie gern in meinen Salon ein«, lächelte sie, »schließlich ist der oberste Polizeipräfekt von Paris ein stets gern gesehener Gast …«

»Ein gefürchteter Gast«, lächelte der Marquis.

»Ein respektierter Gast«, korrigierte ihn La Duclos. Der Marquis d'Argenson nahm die Schmeichelei zur Kenntnis. Er verzog keine Miene: »Woher kommt er?«

Nun musste La Duclos schmunzeln: »Monsieur le Marquis … wollen Sie mir weismachen, dass Sie nicht wissen, wovon schon ganz Paris spricht?«

»Woher kommt er?«, fragte d'Argenson trocken.

»Aus England. Er soll dort einen Beau im Duell getötet haben.«

»Was will er hier?«

»Spielen. Sie sollten ihn spielen sehen. Während er spielt, causiert er beiläufig über finanztheoretische Fragen, und während ihm die Leute gebannt zuhören und versuchen, ihm zu folgen, verlieren sie ihr gesamtes Spielgeld. Viele halten ihn für ein Genie.«

»O, voilà, wir haben also ein Genie in Paris.«

»Bitte, geben Sie ihm eine Chance, Monsieur le Marquis. Noch hat er sich nichts zuschulden kommen lassen.«

»Wirklich?«, lächelte d'Argenson. »Ich hörte, dass ihn Sir George of St. Andrews für einen genialen Betrüger hält. Der Schotte hat ihm auf Schloss St. Germain ziemlich viel Geld abgenommen. Ich würde das ganz gern mit eigenen Augen sehen. Nur, als oberster Polizeipräfekt werde ich mich hüten, das Schloss der Jakobiter aufzusuchen.«

Jetzt war es wieder da, dieses seltsame Lächeln, das Freundlichkeit mimte und die Anwesenden in Angst und Schrecken versetzte.

»Sie meinen, ich sollte ihn doch bitte in meinen Salon einladen?«, fragte La Duclos überrascht. Der stechende Blick des Marquis ließ sie erschauern, und sie zupfte verlegen an ihrem Brusttuch. D'Argenson schwieg. Er musterte La Duclos und verlor sich in ihren Augen. Er fragte sich, ob jemand wie La Duclos mehr Macht hatte als der Präfekt von Paris. Sie erwiderte sogleich sein zaghaftes, ja schüchternes Lächeln. Erst jetzt wurde ihm bewusst, dass er sie angelächelt hatte. Er wusste, dass er nicht richtig lächeln konnte. Dass sein Lächeln gequält, verklemmt und wie entstellt wirkte. Aber La Duclos erwiderte es, als hätte sie sich inständig in ihn verliebt. Das tat sie bei allen Männern. Nicht aus Berechnung, sondern aus purer Freude am Leben. Sie war einfach so. Sie liebte das Leben und die Menschen. Und die Menschen liebten und bewunderten sie dafür. D'Argenson versuchte sich La Duclos als seine Mätresse vorzustellen, verwarf jedoch den Gedanken wieder. Mit La Duclos als Mätresse wäre d'Argenson kein d'Argenson mehr. Eine La Duclos an seiner Seite hätte ihm jeden Schrecken genommen.

»Sir George of St. Andrews ließ mir ausrichten, dass er es gern sähe, wenn ich diesem Schotten mal auf die Finger schauen würde«, sagte d'Argenson nach einer Weile.

»Nun gut, ich werde John Law in meinen Salon einladen. Aber nur wenn Sie mir versprechen, dass Sie ihn nicht bei nächster Gelegenheit ausweisen.«

»Ich habe noch nie jemandem etwas versprochen, La Duclos. Ich habe auch nichts gegen Genies. Genies sind harmlos. Solange sie keine Ambitionen haben.«

Das Postschiff, das an diesem grauen, kalten Morgen den Ärmelkanal passierte, hatte nur wenige Passagiere an Bord. Einer von ihnen war Captain Wightman. Er beobachtete aufmerksam eine schöne junge Frau, die sich am vorderen Deck aufhielt und den kühlen Wind genoss, der ihr ins Gesicht blies. Nach einer Weile näherte sich ihr ein sonderbar gekleideter Fremder. Er trug Reitstiefel und einen ledernen Kapuzenmantel. Offenbar gerieten die Frau und der Fremde rasch in Streit. Captain Wightman schritt entschlossen zum Bug und trat auf die Frau zu.

»Verzeihung, mein Name ist Captain Wightman. Madam, falls ich Ihnen irgendwie zu Diensten sein kann ...«

Die Frau wandte sich ihm zu. Sie sah ihn überrascht an: »Ich habe Sie vor Gericht gesehen. Sie waren der Sekundant des verstorbenen Beau Wilson.«

»Ganz recht. Und Sie sind Catherine Knollys. Ich habe Sie bei Gericht gesehen.« Der Captain wandte sich barsch an den Fremden: »Wollen Sie sich nicht vorstellen, Sir?«

»Ich bitte um Verzeihung: George Lockhart of Carnwath.«

Der Fremde in den Reitstiefeln verbeugte sich knapp.

»Er möchte sich mit John Law duellieren«, lächelte Catherine.

»Er schuldet mir Genugtuung«, ergänzte Lockhart of Carnwath betont elegant und freundlich.

»Wieso haben Sie das vor Gericht nicht erwähnt?«, fragte Captain Wightman. Man spürte den Zorn in seiner Stimme.

»Ich kann mich schlecht mit jemandem duellieren, der am Galgen baumelt«, entgegnete Lockhart of Carnwath.

»Ich fürchte, Sie werden kein Glück haben, denn ich bin beauftragt, John Law zum Duell aufzufordern und den Tod von Edgar Beau Wilson zu sühnen.« Captain Wightman legte seine Hand auf den Griff seines Degens und schaute Lockhart of Carnwath entschlossen in die Augen.

»Ich bedaure, Captain Wightman, mein Recht auf Genugtuung ist älteren Datums. Mir gebührt der Vorrang.« Lockhart of Carnwath legte nun seinerseits die Hand auf den Griff seines Degens und reckte die Brust heraus.

»Sie haben sich bereits mit John Law duelliert«, sagte Catherine Knollys, »Sie haben verloren und wollen es nicht akzeptieren. Sie wollen nicht Genugtuung, sondern ein erneutes Duell, obwohl dafür kein Grund vorliegt.«

Captain Wightman verbeugte sich vor Catherine und wandte sich nun mit scharfen Worten an Lockhart of Carnwath: »Ich bin für diese klärenden Äußerungen sehr dankbar. Ich werde John Law töten. Sollte er hingegen mich töten, was sehr unwahrscheinlich ist, steht es Ihnen frei, ihn erneut zum Duell aufzufordern.«

»Captain Wightman, ich betrachte diese Äußerungen als Affront«, sagte Lockhart of Carnwath mit fester, lauter Stimme.

Catherine wandte sich belustigt Captain Wightman zu: »Er meint, Sie hätten ihn beleidigt. Meine Herren – während Sie sich hier draußen duellieren, werde ich mir in der Kapitänskajüte einen heißen Tee servieren lassen. Brauchen Sie noch Sekundanten?«

Catherine löste sich von der Reling und begab sich zu den breiten Holztreppen, die zu den Kajüten hinunterführten. Zurück blieben zwei Männer, angespannt und aggressiv lauernd wie zwei beißwütige Rüden, die ihr Revier verteidigen.

»Meine Damen und Herren, ich habe die große Ehre, Ihnen heute Abend einen Mann vorzustellen, dem der Ruf vorauseilt, einer der Besten an den Spieltischen Europas zu sein. Monsieur John Law of Lauriston.«

Zwei Pagen zogen die schweren purpurroten Veloursvorhänge zurück. Ein Mann betrat den prunkvollen Salon von La Duclos, eine Erscheinung wie die eines Königs aus einer neuen Welt. Mit seinen Einmeterneunzig überragte John Law alle anwesenden Herzöge, Marquis, Comtes, Schauspieler, Gelehrten, Wissenschaftler, weit gereisten Beaus und Hasardeure. In seinem weiten, in dezenten Pastelltönen kolorierten Samtrock mit weißen Schößen rauschte er herein wie eine Naturgewalt. Die Ärmel waren ungewöhnlich breit und mit auffallend großen Aufschlägen versehen, die Rockschöße weit. Zielstrebig ging John Law auf den mittleren Spieltisch zu. Souverän und galant erwiderte er die anerkennenden Blicke. Alles an diesem groß gewachsenen Fremden mit der exklusiven Halsbinde wirkte echt, seine Ruhe war nicht gespielt, seine Galanterie nicht erzwungen. Kein Vergleich mit dem egozentrischen, klein gewachsenen Sonnenkönig auf seinen hohen Absätzen. Dieser John Law füllte mit seiner Präsenz den gesamten Salon und zog die Anwesenden unwiderstehlich in seinen Bann, bevor er auch nur ein einziges Wort gesprochen oder eine einzige Karte verteilt hatte.

Der Marquis d'Argenson stand neben dem mittleren Spieltisch und forderte Sir George mit einem Nicken auf, sich gleich für eine Partie zu empfehlen. »Er trägt Baumwolle«, flüsterte d'Argenson, »obwohl der König darauf ein Importverbot erlassen hat.«

Sir George pflichtete d'Argenson mit bitterer Miene bei: »Es ist ein Affront, eine gezielte Provokation. Will er damit andeuten, dass Frankreich seinen Herrschaftsanspruch in der Welt verloren hat?«

»Offenbar hält er die Kleiderordnung unseres Königs für veraltet«, lächelte d'Argenson.

»Wenigstens trägt er noch eine Allongeperücke«, lächelte Sir George, als er sich an den Tisch setzte.

»Die wird er mit beiden Händen festhalten müssen, weil ihm bald eine eisige Brise ins Gesicht blasen wird.«

John Laws neuer Dreiteiler war in der Tat ein Bruch mit allen Gepflogenheiten. Doch mancher, der sich tuschelnd darüber schockiert zeigte, empfand insgeheim eine gewisse Freude, dass die starre Ordnung des absolutistischen Sonnenkönigs weiter bröckelte. John Laws Auftritt ließ erahnen, wie brüchig die Schale der Pariser Gesellschaft bereits geworden war und wie alle Dämme auf einmal brechen würden, wenn erst einmal die Kunde vom Tod des alternden Sonnenkönigs verkündet würde.

John Law hatte von La Duclos das Privileg erhalten, die Bank zu führen. Gegen ihn spielten Sir George und zwei Adlige, deren Namen John Law nicht vertraut waren. D'Argenson hatte sich entschieden, den Tisch wie ein Löwe zu belauern. Er versuchte, den Schotten dadurch zu irritieren. Er blieb permanent in Bewegung. Manchmal stand er seitlich von John Law, manchmal hinter Sir George und fixierte die breiten Ärmelaufschläge von Laws neumodischem Mantel. Er versuchte, omnipräsent zu sein und John Law einzuschüchtern. Im Gegensatz zum starren und hautengen Kleidungsstil der Gäste ließen die weit ausgeschnittenen und bequemen Kleidungsteile, die sich John Law hatte schneidern lassen, seinen ohnehin hohen Körperwuchs noch größer und imposanter erscheinen. Gepaart mit der beispiellosen Ruhe, die der Schotte ausstrahlte, erweckte er den Eindruck, mehr vom Leben und seinen Gesetzmäßigkeiten zu verstehen. Die Ruhe des Schotten war beispiellos. Seine Worte waren überlegt, wohl durchdacht und exzellent formuliert, als würde er sie aus einem Buch zitieren.

Man konnte den Schotten mögen oder auch nicht. Er hinterließ auf alle, die ihm jemals begegnet sind, einen bleibenden Eindruck. Schon nach wenigen Spielen verwickelte ein Gast den Schotten in ein Gespräch über den Nutzen der neu gegründeten Nationalbank in London. Während John Law konzentriert dem Kartenspiel seiner Gegner folgte, erläuterte er die Schwächen dieser halbherzigen Banksysteme und plädierte wie nebenbei für die Einführung von

Papiergeld zur Überwindung der Metallknappheit. Kaum einer im Salon konnte John Laws Ausführungen folgen. Man verstand wohl die Worte, aber weder den Sinn noch den Nutzen für Frankreich.

D'Argenson hingegen verstand nur zu genau, worum es dem Schotten ging. Und es gab noch einen weiteren Mann, der aufmerksam den Ausführungen folgte. Er war etwa im selben Alter wie John Law, und John bemerkte rasch, dass das weibliche Geschlecht diesem äußerst attraktiven jungen Mann sehr zugetan war. Als sich ihre Blicke trafen, huschte ein Lächeln gegenseitiger Anerkennung und Sympathie über ihre Gesichter. Sie wussten auf Anhieb, dass sie einander mochten und verstanden. Ein Blick hatte genügt, um sich gegenseitig mitzuteilen, dass sie die Frauen liebten, den Wein, die Welt der Schönen und Mächtigen und die Salons, in denen gespielt wurde und alle aufregenden neuen Gedanken ausgetauscht wurden.

Der junge Mann lächelte: »Möchte uns Monsieur Law of Lauriston nicht verraten, wo seiner Meinung nach die Gründe für die desolate wirtschaftliche Lage unserer Nation liegen?«

John Law war sofort klar, dass der junge Mann besonderen Schutz am Hofe des Königs genießen musste. Anders war nicht erklärbar, dass er öffentlich die Situation Frankreichs desolat nennen durfte.

»Wäre ich Finanzminister, würde ich auf die zahlreichen Kriege verweisen: zwanzig Jahre Krieg, ein stehendes Heer mit über zweihunderttausend Soldaten, die übertriebene Bautätigkeit ...« Ein Raunen ging durch den Raum, während John die Karten verteilte, auf die Einsätze der Mitspieler wartete und ungerührt weitersprach: »... die Emigration von einer halben Million Hugenotten ...«

Die Stimmen des Unmuts wurden lauter. D'Argenson, der ohnehin wütend war, dass er den Schotten nicht beim Falschspielen ertappen konnte, schnitt ihm das Wort ab: »Ich glaube nicht, dass ein protestantischer Schotte Frankreich irgendwelche Ratschläge erteilen sollte.«

»Ich wurde ausdrücklich darum gebeten, Monsieur«, lächelte Law und zeigte mit einer galanten Geste auf den jungen Mann.

»Der Duc d'Orléans beliebt zu scherzen, Monsieur Law«, entgegnete d'Argenson.

»Ich auch«, entgegnete John Law und erntete freundliches Gelächter. John Law nickte dem Herzog anerkennend und wohlwollend zu und sammelte mit einer diskreten Handbewegung die Goldmünzen ein, die Sir George soeben verloren hatte.

»Der Duc d'Orléans ist der Neffe des Königs, Monsieur Law«, murmelte Sir George mit einer unüberhörbaren Schadenfreude. John Law wandte sich erneut an den Herzog und sprach ihm mit einer erneuten Verbeugung seinen Respekt aus.

»Keine Angst, Monsieur Law, ich werde dem König nicht davon berichten«, lächelte der Duc d'Orléans.

»Ich wäre froh, Sie täten es. Ich bin nach Paris gekommen, um dem König meine Pläne zur Sanierung der französischen Staatsfinanzen zu unterbreiten.«

D'Argensons Blicke verfinsterten sich nur noch mehr. John Law entging nicht, wie es in d'Argenson brodelte. Freundlich wandte er sich dem Marquis zu und sagte: »Monsieur, ob jemand befugt ist, einen monetären Ratschlag zu erteilen, ist nicht eine Frage der Nationalität, sondern des Sachverstandes.«

D'Argenson wandte sich an La Duclos und flüsterte: »Ein Genie mit Ambitionen, Madam.«

La Duclos hatte sich blitzschnell entkleidet und auf die breite Fensterbank gesetzt. Nun zog sie John Law stürmisch zu sich heran, kniff ihn in die Taille, zerkratze ihm das Gesäß und stöhnte so hemmungslos, dass wahrscheinlich bereits die gesamte Dienerschaft hinter den Türen lauschte.

Während John Law ihren Hals liebkoste, sah er die Lichter unten im Hof. Er sah eine Kutsche. Zwei Männer stiegen aus. Sir George und d'Argenson. »Nehmen Sie sich in Acht vor d'Argenson«, stöhnte La Duclos.

»Das ist der Mann mit dem Schimpansengesicht?«, keuchte John Law.

»Ja«, schrie La Duclos und rang nach Atem, »er ist der oberste Polizeipräfekt von Paris.«

Während John die zierliche Schauspielerin mit kraftvollen Stößen zu immer lauteren Schreien antrieb, sah er, wie d'Argenson und Sir George sich die Hände reichten.

D'Argenson starrte auf ein Fenster im zweiten Stockwerk. Er glaubte die Konturen von zwei Menschen zu erkennen. »Der Pöbel treibt es nun sogar in den Treppenfluren«, bemerkte Sir George abschätzig. D'Argensons Blick wich nicht von der Stelle: »Unter der Dienerschaft ist mir niemand von solch hohem Wuchs aufgefallen, Sir George. Wie viel haben Sie heute Nacht verloren?«

»Viel zu viel.«

»Ich kann Ihnen das Geld nicht zurückgeben, aber ich kann dafür sorgen, dass Sie nicht noch mehr verlieren.«

La Duclos riss den Kopf des Schotten zu sich herunter und küsste John inbrünstig auf den Mund: »Ihr neuer Anzug hat meine Gäste entzückt. Diese Menschen haben gedacht, dass die Kleidermode unseres sterbenden Königs ewig währen wird. Sie dachten, dass wir alle nackt herumlaufen müssen, wenn diese Mode eines Tages verschwinden würde. Sie haben heute bewiesen, dass es nicht wahr ist. Es kommt etwas Neues. Sie haben heute Abend gesagt: *Wenn etwas stirbt, kommt etwas Neues.* Und alle im Salon dachten: Dieser Schotte hat Recht. Selbst wenn der König stirbt, stirbt nicht Frankreich, sondern nur der König.«

»Die Leute hören zu, aber sie begreifen es nicht. Wenn ich Glück habe, wird mir der König zuhören. Wird er aber auch begreifen, dass Geld ein Tauschmittel ist und keinen Wert für sich hat und deshalb nicht an seinem Metallgehalt gemessen werden darf?«

»Sie tun mir Unrecht, Monsieur Law«, sagte eine Stimme aus der Dunkelheit. La Duclos schrie vor Schreck auf, glitt von der

Fensterbank und raffte ihre Kleider zusammen. Die Tür eines Salons wurde aufgestoßen. Das züngelnde Licht von Fackeln drang in den Treppenflur hinaus. Vor ihnen stand der Duc d'Orléans, ein purpurroter Mantel hing über seinen Schultern – darunter war der Herzog nackt. Hinter ihm kicherten einige junge, ebenfalls nur spärlich bekleidete Damen. »Endlich ein intelligenter Mann in Paris. Gesellen Sie sich bitte zu uns und erläutern Sie mir Ihre Theorien etwas genauer. Wenn Sie mit Ihrer wundersamen Geldvermehrung die Staatsschulden halbieren könnten, würde das vielleicht sogar mein Onkel gutheißen. Gutheißen, nicht verstehen. Unser Sonnenkönig ist von so vielen Beratern umgeben, dass er längst im Dunkeln sitzt.«

John Law und La Duclos kleideten sich notdürftig an und folgten dem Duc d'Orléans in einen abgedunkelten Salon. John Law setzte sich neben den Herzog auf ein weiches Sofa und betrachtete die nackten Leiber, die sich im dämmrigen Licht lautlos auf kostbaren Gobelins räkelten, die den Boden bedeckten. Der süßliche Geruch von orientalischen Räucherstäbchen lag in der Luft. Am anderen Ende des Salons spielte ein Mädchen Cembalo. Andere junge Mädchen lagen ihr zu Füßen und saugten an den Mundstücken türkischer Wasserpfeifen. Sie verdrehten dabei die Augen, als seien sie von Dämonen befallen.

»Sie müssen mir mehr erzählen, Monsieur Law«, sagte der Herzog nach einer Weile. »Wer die Spieltische dominiert, kann womöglich auch die Staatsfinanzen in den Griff bekommen. Letztendlich basiert beides auf einer mathematischen Formel. Auf einem Algorithmus. Nehmen Sie kein Blatt vor den Mund. Wenn Ihre Theorien mich überzeugen, werde ich Ihnen nicht einen Spieltisch offerieren, um die Richtigkeit zu beweisen, sondern eine ganze Nation. Sie werden nicht mit Jetons spielen, sondern mit Millionen von Menschen.«

Der Herzog nahm einen Krug voll Wein und trank einen Schluck. Dann reichte er ihn an John Law weiter. Der setzte an und trank ihn in wenigen Zügen leer.

»Kommen Sie«, sagte der Herzog lachend und sprang auf. John Law folgte ihm durch den abgedunkelten Salon, entlang an schweren Vorhängen, vorbei an nackten Leibern, die sich in wirren Träumen verloren zu haben schienen. Immer wieder berührten ihn Hände, wollten ihn halten. Doch der Herzog zog ihn leise lachend weiter, bis sie zu einem Tisch kamen, auf dem sich eine große Truhe befand. In der Truhe tummelten sich kleine Feldmäuse. Ein junger Mann mit nacktem Oberkörper und engen roten Beinkleidern machte sich an einem Glaszylinder zu schaffen. Der Zylinder trieb ein Schwungrad an. Neugierig beobachteten halb nackte Mädchen das Experiment.

»Das ist das elektrische Feuer«, flüsterte der Herzog geheimnisvoll und musterte John. »Elektrizität durch Reibung.« Nun nahm der junge Mann in den engen Beinkleidern zwei Drähte und berührte damit eine Maus. Das kleine Tier wurde an die Innenwand der Kiste geschleudert und blieb regungslos liegen.

»Ist sie tot?«, fragte John Law.

Der Duc d'Orléans packte die Maus am Schwanz und hob sie hoch. John Law nahm sie in die Hand. Sie war tot.

Der junge Mann, der das Experiment durchgeführt hatte, lächelte breit und zeigte dabei sein verfaultes Gebiss.

»Jetzt nehmen wir eine größere Maus«, flüsterte der Herzog. »Mich.«

Ein Raunen machte sich im Salon breit. Immer mehr dunkle Gestalten näherten sich der mysteriösen Kiste. Der junge Mann brachte das Rad erneut in Schwung und versuchte dabei einen besonders deprimierten Eindruck zu machen. Dann ergriff er plötzlich die Hand des Mädchens, das sich schmachtend an ihn lehnte, und fasste gleichzeitig die Drähte an. Mit einem gellenden Schrei wurde das Mädchen auf den Boden geschleudert und blieb regungslos liegen.

»Beeindruckt?«, fragte der Herzog.

»Ist sie tot?«, fragte Law.

»Nein, nein«, lachte der Herzog, während die Umstehenden das verstörte Mädchen wieder auf die Beine stellten, »vielleicht werden wir eines Tages Lahme wieder zum Laufen bringen. Oder den Krieg gegen England gewinnen.«

»Hier, in diesem Salon, Monsieur Law, sehen Sie das, was in hundert Jahren jedes Kind beherrschen wird: magnetische Experimente, neuartige Pumpen, dampfbetriebene Maschinen. Wir stehen an der Schwelle zu einem neuen Zeitalter, einem Zeitalter, in dem alles erklärbar und reproduzierbar wird. Und am Ende wird es keine offenen Fragen mehr geben. Und Gott wird sich zur Ruhe setzen und uns allein lassen mit all unseren Lastern.«

Der Herzog wandte sich Beifall heischend an ein junges Mädchen, das in seiner Nähe stand, kniete dann vor ihr nieder und begann, sie leidenschaftlich zu küssen.

Auf dem Friedhof hinter dem Pariser Hospital gab es wie überall in Europa stets frisch ausgehobene Gräber. Der Tod war nichts Einmaliges. Der Tod war ein häufiges Ereignis. So wie man wusste, dass Hunde nur zehn oder dreizehn Jahre lebten, wusste man, dass Menschen nie miteinander alt wurden. Fast nie. Menschen starben. Ehepaare wurden ständig auseinander gerissen. Man verlor seine Ehefrau oder seinen Ehemann einmal, zweimal, dreimal, viermal. Man verlor ein halbes Dutzend Kinder, bevor eines davon endlich das siebte Lebensjahr erreichte. Es wurde permanent und überall und jederzeit gestorben. Der Tod war omnipräsent. Man schloss Bündnisse ab, um zu überleben, zeitlich befristete Bündnisse, um als Paar die Gräuel des Schicksals gemeinsam besser ertragen zu können. John Law betrat den Fußweg, der durch die Gräberfelder führte. In der Hand trug er den Stock des Münzprüfers von Edinburgh, den Stock seines Vaters mit dem goldenen Griff und den eingravierten Worten *non obscura nec ima*. Weder unbedeutend noch gering. Der Arzt, der seinen Vater operiert hatte, war bereits verstorben. Er hatte mit niemandem über seinen Vater sprechen können. Es gab auch nichts, worüber er unbedingt noch hätte sprechen wollen. Sein Tod lag bereits elf Jahre zurück. Der junge Mann ging die Gräberfelder entlang und blieb schließlich vor einem bescheidenen Grab stehen. Es war mit Unkraut übersät. Es gab keinen Grabstein. Nur eine kleine, in den Boden eingelassene Tafel, auf der sich der Name seines Vaters fand. *William Law.*

John Law hielt den Stock fest in den Händen. In Gedanken teilte er seinem verstorbenen Vater mit, dass er nun hergekommen sei, um sein Gelübde einzulösen.

»Versprechen Sie Ihrem Vater nicht zu viel«, spottete eine Stimme im Hintergrund, »*ich* jedenfalls gebe nie Versprechen.«

John Law drehte sich um. Der Marquis d'Argenson kam langsam auf ihn zu. Er hatte dieses ihm eigene Lächeln aufgesetzt, das jedem mitteilte, dass man ihm, dem obersten Polizeipräfekten von Paris, nichts anhaben konnte.

»Sie stören die Ruhe der Toten, Monsieur le Marquis.«

»Seit wann glaubt ein derart vernunftbegabter Mensch wie Sie, dass die Toten Ruhe brauchen?«

D'Argenson kam bis auf zwei Schritte an John Law heran. Nun stand er vor ihm und blickte ihm direkt in die Augen.

»Sind meine Papiere nicht in Ordnung?«, fragte Law.

»Ich habe Sie gestern Abend nicht durchschaut, Monsieur Law. Ich weiß nicht, wie Sie es anstellen, aber Sie tricksen. Es ist irgendein fauler Kartentrick.«

John Law blieb gelassen. Er sah das Feuer in d'Argensons Augen. Er wusste, dass d'Argenson ihn gezielt provozieren wollte. Er ließ sich nicht provozieren.

»Ich betreibe das Kartenspiel nicht als Unterhaltung, sondern als wissenschaftliche Arbeit. Ich berechne das Risiko. Wie ein Buchmacher. Wie eine Versicherungsgesellschaft.«

D'Argenson grinste: »Und was machen Sie tagsüber? Was sucht ein protestantischer Schotte, der in England zum Tode verurteilt worden ist, in Paris? Sie sind doch nicht bloß hergekommen, um La Duclos zu schwängern?«

»Ich befasse mich mit wirtschaftstheoretischen Schriften ...«

»Sie sind ein Hasardeur«, unterbrach ihn d'Argenson unwirsch, »einer von diesen elenden Glücksrittern, die durch Europa ziehen, von Salon zu Salon, ein bisschen tricksen, ein bisschen bumsen ...«

»Wollen Sie mich beleidigen, Monsieur le Marquis?«

»Wollen Sie mich zum Duell auffordern?«, grinste d'Argenson.

»Nein, ich werde den König von meinen Ideen überzeugen!«

»Ich fürchte, dazu werden Sie kaum noch Gelegenheit haben. Sie haben genau eine Stunde Zeit, um Paris zu verlassen, und weitere zwölf Stunden, um Frankreich zu verlassen.«

»Mit welchem Recht, Monsieur?«

»Ich kann Sie auch ins Gefängnis werfen lassen, bis mir der entsprechende Gesetzesparagraf einfällt, Monsieur Law.«

John Law lächelte: »Ihre Argumente sind sehr überzeugend. Aber werden Sie auch den Duc d'Orléans überzeugen?«

»Ich weiß nicht, was Ihnen der Neffe des Königs versprochen hat. Egal was es ist, er hat es heute Morgen bereits wieder vergessen. Ihre Kutsche wartet. Richtung Amsterdam oder Venedig – oder ziehen Sie London vor?«

John Law nickte: »Ich komme wieder, Monsieur.«

»Das sagen sie alle. Aber nur die Pest kommt immer wieder.«

Die Männer, die sich in einer endlosen Kolonne Richtung Paris bewegten, waren allesamt kahl rasiert. Sie trugen die roten Filzjacken der Galeerensträflinge des Sonnenkönigs. Sein Bedarf an neuen Ruderern war enorm. In ganz Frankreich wurden immer mehr Menschen zum Ruderdienst auf den Galeeren verurteilt: Schwerverbrecher, Diebe, Landstreicher, Bettler, Zigeuner, Schmuggler – und Protestanten. Die Männer trugen alle eiserne Halsreifen. Daran hingen kurze Ketten mit einem Ring am Ende. Durch diese Ringe zog man eine zweite Kette, die alle Häftlinge miteinander verband. Fiel einer um, zog er die Häftlinge, die vor ihm und hinter ihm marschierten, mit zu Boden. Es war besser, nicht umzufallen.

Nicolas Pâris musterte John Law, der ihm gegenüber in der Kutsche saß. Langsam und holpernd zog die schier endlose Kolonne von Gefangenen an ihnen vorbei.

»Sie sollten Monsieur le Marquis d'Argenson dankbar sein, dass Sie nicht zu Fuß nach Marseille müssen«, murmelte Pâris mit müdem Blick. »Bis nach Marseille sind es über zweihundert Meilen. Das überlebt nicht jeder. Wenn wir in Marseille angekommen sind, haben wir immer zu wenige Sträflinge. Obwohl wir unterwegs alle Gefängnisse leer räumen. Es sind einfach zu wenige. Überall, wo Salz und Tabak geschmuggelt wird, gibt es Gefängnisse. Aber wir haben trotzdem immer zu wenig Ruderer.«

John Law sah die ausgemergelten Gesichter der Sträflinge, die bettelnd und flehend einen scheuen Blick in die Kutsche warfen, während diese an ihnen vorbeirumpelte. Die Menschen waren von Folter, Gewalt und Hunger zerrüttet. Jeder Zweite hatte Ohren und Nase verstümmelt und trug ein Brandmal im Gesicht.

»Das sind die Deserteure, Monsieur Law. Wir schneiden ihnen Nase und Ohren ab und brennen ihnen zwei Lilien auf die Wangen, die Lilie des Königs.«

»Und die dort drüben?«, fragte Law. Einige der Galeerensklaven hatten ein fremdländisches Aussehen.

»Türken, Muselmanen«, murmelte Nicolas Pâris und gähnte geräuschvoll, »alles, was wir in Livorno, Venedig, Malta, Mallorca und Cagliari zusammenkaufen, sind Türken. Im Osten krepieren Christen an den Ruderbänken, und bei uns sind es halt Türken. Sehen Sie den da?« Pâris beugte sich zum Fenster der Kutsche. »Das ist ein Irokese. Die werden vom Duc de Denonville, dem Gouverneur Neufrankreichs, eingefangen und an die Armee verkauft. Aber das ist verderbliche Ware. Wenn Sie einen von denen nur anniesen, fällt er tot um.«

»Irokesen«, murmelte John Law.

»Ja, Irokesen. Wieso versuchen Sie es nicht einmal in der Neuen Welt, Monsieur Law? Im Land der Irokesen. Man sagt, ihre Weiber seien unersättlich wie wilde Tiere.«

»Ich ziehe die Spieltische Europas vor«, lächelte Law.

Lautlos betrat Catherine Knollys den roten Salon der englischen Katholiken auf Schloss St. Germain-en-Laye. Sie mied den hellen Schein der Öllampen und hielt sich diskret im Hintergrund. Nur ihre Augen bewegten sich rastlos umher, musterten die Menschen unter den großen Kronleuchtern, die an den *Pharao*-Tischen saßen und spielten. An den Wänden standen Diener, ebenso reglos und kaum sichtbar wie Catherine Knollys. Sie beobachteten das Geschehen, registrierten jede Handbewegung, jeden Blick. Ein Lakai näherte sich Catherine und fragte sie leise nach ihrem Wunsch.

»Ist Sir George of St. Andrews anwesend?«, fragte Catherine Knollys. Der Diener nickte und zeigte auf den hintersten *Pharao*-Tisch. Catherine ging langsam zu dem Tisch hinüber. Das Spiel war in vollem Gang. Einer der Spieler war Sir George. Er berührte sanft die Hand seiner jungen Begleiterin und flüsterte ihr etwas ins Ohr. Die Dame lächelte verlegen und verbarg ihr Gesicht hinter dem Fächer. Dann setzte Sir Georg noch weitere fünf Jetons auf Herzkönig und blickte selbstbewusst seine junge Begleiterin an.

»Sept gagne, dix perd«, ließ sich der Bankhalter vernehmen.

Ausrufe des Erstaunens und der Enttäuschung wurden laut. Der Bankhalter sammelte die Einsätze ein, die auf die Sieben gesetzt worden waren. Sir George sah verärgert auf. Dabei bemerkte er die Frau im Hintergrund, die sich zielstrebig dem Tisch näherte. Er wollte sich schon erneut dem Spiel widmen, als ihm zu Bewusstsein kam, dass diese Frau niemand anderes als seine Ehefrau war. Seine Frau in Paris? Langsam nahm er seine Hand vom Schenkel der jungen Frau. Scheinheilig blickte er zu seiner Frau hoch. Doch sie war verschwunden. Dort, wo er sie eben noch gesehen hatte, stand jetzt ein älterer Herr mit weiß gepuderter Perücke.

Catherine Knollys hatte dem *Pharao*-Tisch bereits wieder den Rücken zugekehrt und strebte der hohen, doppelflügeligen Salontür zu, die von zwei Dienern bewacht wurde. Sie hatte die Tür noch nicht ganz erreicht, als Sir George seine Gemahlin erneut bemerkte. Er entschuldigte sich bei seiner Begleiterin und eilte ihr hinterher. »Catherine?«

Catherine Knollys blieb zwischen den beiden Dienern stehen und drehte sich um.

»Wer hat Ihnen erlaubt, London zu verlassen?«, fragte Sir George. Sein Blick war kühl, der Tonfall streng.

Catherine lächelte: »Angriff ist die beste Verteidigung, nicht wahr, Monsieur«, lächelte Catherine. Den beiden Dienern war die Konversation eher unangenehm. Sie schienen förmlich einzufrieren. Sie blickten starr über die Köpfe des Ehepaars hinweg. Sie atmeten kaum noch. Nur der Adamsapfel, der sich hektisch auf und ab bewegte, ließ darauf schließen, dass sie hellwach und lebendig waren. Für Adlige waren sie nicht mehr als bewegliches Mobiliar. Adlige waren es gewohnt, ständig von Dienern umgeben zu sein, egal ob sie aßen, ihre Notdurft verrichteten oder die Magd in der Küche belästigten. Nur die Diener schienen sich kaum daran zu gewöhnen.

»Ich verstehe nicht, Madame. Ich frage Sie, wieso Sie nicht in London sind.«

»Weil ich jetzt in Paris bin, Monsieur. Ich wollte meinen geliebten Ehegatten überraschen.«

»Die Überraschung ist Ihnen gelungen, Madame. Aber ich bin nicht sehr erfreut darüber.«

»O«, lachte Catherine, »ich wollte Sie eigentlich gestern Abend überraschen, aber da waren sie noch mit Mademoiselle beschäftigt. Das hat wiederum mich nicht überrascht.«

»Ich bin Ihnen keine Rechenschaft schuldig, Madame«, zischte Sir George of St. Andrews, während die Adamsäpfel der beiden Diener noch hektischer auf und ab rollten. »Kehren Sie unverzüglich mit dem nächsten Postschiff nach London zurück.«

»Das werde ich nicht tun, Monsieur. Seit Sie nach Paris emigriert sind, höre ich nur noch Weibergeschichten von Ihnen. Ich würde mich nicht wundern, wenn Sie sich längst die Syphilis geholt hätten.«

»Madame, Sie gehen entschieden zu weit …«

»Monsieur, ich war stets bemüht, Sie zu mögen, Ihnen zu gefallen. Vielleicht hätte eines Tages daraus sogar Liebe werden können.«

»Madame, es gibt Regeln. Sowohl im Spiel als auch im Leben. Wenn Sie die Spielregeln des Lebens nicht verstehen, dann lassen Sie sich bitte von Ihrem Bruder, dem hoch geschätzten Lord Branbury, die Pflichten und Rechte einer Ehefrau erklären.«

Für einen Augenblick trafen sich die Blicke der beiden Diener. Beide wichen einander entsetzt aus.

»Ich sehe, dass der Himmel Sie bereits für Ihr ungezügeltes Leben bestraft hat, Monsieur. Die Syphilis scheint Ihren Verstand zersetzt zu haben.«

»Wären Sie ein Mann, würde ich Sie zum Duell auffordern«, zischte Sir George.

»Wäre ich ein Mann«, entgegnete Catherine, »würde ich die Aufforderung annehmen.« Und mit diesen Worten schlug sie ihm die flache Hand ins Gesicht. Dann verließ sie den Saal.

Kapitel VIII

VENEDIG, 1695

John Law quartierte sich gegenüber der renommierten Banco di San Giorgio ein und stattete ihr gleich am nächsten Tag einen Besuch ab. Sie war neben der im Jahr 1619 gegründeten Banco del Giro und der Banco del Rialto Venedigs bedeutendstes Bankinstitut, ein imposanter Renaissancebau mit korinthischen Säulen und aufwändig mit römischen und griechischen Motiven verziert.

Während der Duc di Savoia, der Direktor der Bank, das Kreditschreiben von Maître le Maignen prüfte, schenkte er Law ein wohlwollendes Lächeln. Niederländische und italienische Maler zierten die dunkel gebeizten Holztäfelungen an den Wänden des prunkvollen Salons. Er diente dem Bankier als Arbeitszimmer. Helles, warmes Licht drang durch die hohen Fenster und schien die zahlreichen Fresken und Trompe-l'Œil-Malereien zum Leben zu erwecken.

An einem kunstvoll geschnitzten Tisch saßen zwei Sekretäre. Sie waren mit Schreibarbeiten beschäftigt. Hinter ihnen war eine doppelflügelige Tür weit geöffnet. Sie gab den Blick auf eine Bibliothek frei, die sich bis zum Hof des Palazzo erstreckte.

»Sie bleiben länger in Venedig, Signor Law?«

»Ja«, entgegnete John Law. Nicht weil er das glaubte, sondern weil er diese Antwort für die nützlichste hielt. Law erzählte, dass er beabsichtige, eine wirtschaftstheoretische Abhandlung über »Geld und Handel« zu publizieren und zu diesem Zwecke mehr über die renommierten Bankinstitute Venedigs erfahren möchte. Er erzählte von Edinburgh, von London, von Paris, von seinen Gesprächen mit dem Duc d'Orléans, nicht zu viel, aber doch so viel, dass sich ein Außenstehender das eine oder andere zusammenreimen konnte und ihn anschließend in die Kreise der Reichen und Mächtigen einführte. Der Duc di Savoia erläuterte John Law, dass die venezianischen Banken nicht einfach Banken seien, bei denen Gläubiger Münzen deponierten und dafür eine Gutschrift auf Papier erhielten. Nein, die venezianischen Banken bestanden aus einer adligen Personengruppe von sehr vermögenden Gläubigern, die dem Staat Geld geliehen hatten und im Gegenzug die Einnahmen des Staates verwalteten. Sie erwarben Besitztümer, unterhielten Armeen und Flotten, führten Krieg und leiteten Staatsverträge in die Wege.

Als der Duc di Savoia John Law das gewünschte Bargeld aushändigte, fragte er ihn, ob er ihm noch irgendeinen Wunsch erfüllen könne.

»Mesdames, Messieurs, faites vos jeux.«

Der Duc di Savoia hatte John Zutritt zu Venedigs renommiertestem Ridotto verschafft: dem Palazzo des Marco Dandolo. Hier verkehrte nur, wer Rang und Namen hatte. Die Ridotti Venedigs stellten alles in den Schatten, was John Law aus England und Frankreich kannte. Die Spielsäle im Palazzo verteilten sich auf mehrere Stockwerke mit unzähligen Spieltischen. Die venezianische Maske war Pflicht und erleichterte die rasche und anonyme Befriedigung jedweden Gelüstes in diskreten Nebenräumen. Je nach Ridotto waren die Einsätze an den Tischen höher oder tiefer. Dort, wo die höchsten Einsätze zugelassen waren, verkehrten auch die Mächtigen der Stadt, geheimnisvolle Mätressen und die ewigen Hasardeure. Es waren notorische Glücksspieler aus allen Teilen Europas, die stets vorgaben, im Übermaß zu besitzen, wonach sie Tag und Nacht lechzten: Geld. Sie schmückten ihre Plaudereien mit scheinbar zufälligen Andeutungen über ihre angeblich erlesene Abstammung, und in Wirklichkeit hausten sie wie Ratten in billigsten Herbergen. Das Einzige, was sie sich leisten konnten, waren das teure

Kostüm für ihre abendlichen Auftritte und ein bisschen Kleingeld für den Start. John Law unterschied sich wohltuend von dieser Spezies. Er vermied es, durch Übertreibungen auffällig und unglaubwürdig zu wirken. Er zelebrierte die Kunst, ein Kartenspiel zu lesen, und beeindruckte damit sowohl die reichen Bankiers an den Tischen als auch die Damen, die schmachtend ihre Blicke hinter den Masken verborgen hielten, während sie diskret und weniger diskret mit ihrem Fächer Lust und Verlangen signalisierten.

John Law wurde rasch zum Stadtgespräch. Schon bald bot man ihm Anstellungen in Venedigs renommiertesten Banken an. John Law ergriff die Gelegenheit, sich mit dem Tagesgeschäft des venezianischen Bankwesens vertraut zu machen, und widmete sich tagsüber mit großem Einsatz und schier unstillbarer Wissbegierde seinen neuen Aufgaben. Die Abende verbrachte er in den Salons, die Nächte in den Betten der Gräfinnen, Duchessen und Mätressen. Aber seine Gespielinnen begannen ihn zu langweilen. Immer öfter saß er abends bei Kerzenlicht in seinem Arbeitszimmer und arbeitete an einem Manuskript, das er »Geld und Handel« nannte.

Der Salon des Duc d'Orléans war wie üblich gut besucht. Die Attraktion des Abends war eine kleine Dampfpumpe, die Wasser aus einem Becken sog. Mit Hilfe des Dampfdrucks erzeugte sie ein Vakuum und saugte so das Wasser aus der Tiefe. Die Gäste des Herzogs waren entzückt und lauschten gebannt den Ausführungen des englischen Erfinders, der in gebrochenem Französisch den Nutzen zu erklären versuchte. »Meine *machine* wird *never* müde. Sie braucht Kohle. Kohle ist *food*. Sie *can* mehr als hundert Pferde.«

»Werden wir Ihre Maschine eines Tages auch zur Onanie einsetzen können?«, fragte der sichtlich betrunkene Herzog. Seine Gäste lachten. Dann versuchte der Engländer das Verfahren in Englisch zu erklären, doch die Unruhe unter den Anwesenden zeigte, dass nicht alle die Sprache verstanden.

»Kann Ihre Maschine denn nicht übersetzen?«, fragte einer der Anwesenden, ein junger Mann, der sich nur noch mit Mühe auf den Beinen hielt und von zwei Mädchen gestützt wurde.

»Er sagt, dass sich Wasser beim Erhitzen ausdehnt und in Dampf verwandelt«, sagte eine Frauenstimme. Die meisten drehten sich um und schauten auf die Gestalt, die sich aus dem Halbdunkel löste. »Würde ein luftdicht verschlossener Zylinder mit Dampf gefüllt und abgekühlt, erhielte man erneut Wasser. Dabei entstünde ein Vakuum, das man dazu verwenden könnte, einen Kolben zu bewegen.«

»Welch wunderbares Zeitalter«, frohlockte der Herzog, »eine Frau klärt uns auf.« Der Herzog ging mit weit geöffneten Armen auf die Unbekannte zu: »Wenn eines Tages Dampfmaschinen den Menschen von jeglicher Arbeit entlastet haben werden, Madame, dann werden wir nur noch Frauen wie Ihnen zu Füßen liegen und ihren Worten lauschen.«

Catherine verneigte sich vor dem Herzog und reichte ihm galant ihre Hand.

»Willkommen in meinem Salon, Madame …?«

»Catherine Knollys«, antwortete sie leise.

»Aber ja doch. Es freut mich, dass Sie meiner Einladung folgen konnten. Ich hörte, Sie hätten in London die Bekanntschaft von John Law gemacht.«

Der Herzog nahm sie beiseite und führte sie weg von den Menschen, die weiter den Demonstrationen des Engländers folgten.

»Wo ist er?«, fragte der Herzog, er wirkte jetzt ganz und gar nicht mehr betrunken. »Wir vermissen ihn.«

»Ich auch«, flüsterte Catherine, »ich dachte, Sie könnten mir weiterhelfen.«

»Man munkelt, Monsieur d'Argenson, unser hoch verehrter Polizeipräfekt, hätte ihn des Landes verwiesen.«

»Aus welchem Grund?«, fragte Catherine besorgt. Die Enttäuschung stand ihr ins Gesicht geschrieben.

»Wahrscheinlich«, scherzte der Herzog, »fürchtet er, ein schottischer Protestant könnte Finanzminister von Frankreich werden.«

»Ich bitte Sie, Monsieur le Duc, helfen Sie mir, ihn zu finden, laden Sie ihn nach Paris ein, besorgen Sie ihm eine Einreiseerlaubnis, eine Aufenthaltsgenehmigung ... Eine offizielle Einladung des Hofes.«

Der Duc d'Orléans musterte die junge Frau skeptisch.

»Madame, ich fürchte, Sie lieben diesen Schotten. Das ist schlimm, Madame, sehr schlimm. Wieso können Sie nicht einfach genießen?«

Catherine Knollys warf dem Herzog einen verzweifelten Blick zu.

»Paris ist nicht London, Madame«, versuchte der Herzog zu erklären, »hier feiern wir die Feste, wie sie fallen. Denn morgen kann schon alles vorbei sein. Der König stirbt, das Volk stürmt Versailles, die Pest kehrt zurück, die Syphilis juckt ... Ein gewisser Fatalismus hat Paris erfasst, Madame. Und Sie sprechen von Liebe?« Er schenkte Catherine Knollys einen mitleidigen Blick.

»Ich bin verheiratet, Monsieur, mit Sir George of St. Andrews.«

»Wir sind alle verheiratet, Madame, mit Konventionen, Abhängigkeiten, Verpflichtungen, wir rudern alle in imaginären Galeeren. Aber wenn der König stirbt, werden Dampfmaschinen unsere Galeeren antreiben, und wir werden frei sein für ... für Frauen wie Sie, Madame. Dann werden alle Dämme brechen, Madame. Lassen Sie uns feiern, wir stehen am Anfang einer neuen Zeit.«

»Eine Lotterie?«, fragte der gebürtige Turiner Victor Amadeus. »Eine Staatslotterie?« Der Turiner war auf Einladung des Duc di Savoia nach Venedig gereist, um den Mann kennen zu lernen, dem der Ruf vorauseilte, Risiken präzise vorausberechnen zu können.

»Ja«, antwortete John Law, »wir kennen das Glücksspiel aus den Ridotti. Wir kennen die Staatspapiere, die von Nationen verkauft werden, aber noch niemand ist auf die Idee gekommen, diese beiden Produkte miteinander zu kombinieren. Staatspapiere, die fünf Prozent Zins ausschütten und gleichzeitig mit einer Nummer versehen sind, die an einer Ziehung teilnimmt. Die Einnahmen aus dem Lotterieteil würden fünf Prozent übersteigen, sodass der Staat kostenlos zu neuem Geld gelangen würde.«

Der Duc di Savoia lächelte seinen Turiner Freund an: »Ich habe Sie gewarnt. Er möchte eine ganze Nation in ein Ridotto verwandeln.«

»Hat Kaiser Hadrian Rom in ein öffentliches Pissoir verwandelt, nur weil er eine Abortsteuer erhoben hat?«, fragte Law.

Der Turiner dachte nach. Ihm schien die Idee zu gefallen, aber irgendetwas schien ihn noch zu stören: »Menschen, die ihr letztes Geld für ein Los hergeben, werden sich öffentlich ersäufen.«

»Sie geben das Geld für eine Staatsanleihe aus. Victor Amadeus, es mag Sie erstaunen, aber ich bin kein Freund von Lotterien. Staatliche Lotterien richten zwar weniger Schaden an als private, laufen aber den Interessen des Staates zuwider, weil es die Ärmsten dazu animiert, ihr Geld nicht mehr mit Arbeit, sondern mit dem Kauf von Losen zu verdienen. Letztendlich fördert es sogar die Kriminalität. Aber ich bin gern bereit, jede Losnummer gegen einen möglichen Verlust zu versichern.«

Victor Amadeus lachte auf: »Jetzt wollen Sie noch das Versicherungsgeschäft mit Staatsanleihen und Ridotti vermischen. Glauben Sie nicht, dass außer uns dreien vielleicht niemand dieses Konstrukt verstehen wird?«

»Dann erteilen Sie mir einfach eine Lizenz, in Venedig oder Turin eine Lotterie durchführen zu dürfen«, schlug Law vor.

»Das lässt sich machen«, antwortete der Duc di Savoia prompt. Der Turiner pflichtete ihm bei. »Aber Sie werden einen Kredit brauchen.«

John Law nickte: »Als Sicherheit stelle ich Ihnen meine Arbeitskraft zur Verfügung. Sollte ich Ihnen den Kredit nicht zurückzahlen können, verbürge ich mich dafür, so lange für Ihre Bank zu arbeiten, bis mein Kredit abbezahlt ist. Zahle ich Ihnen hingegen den Kredit nach vier Wochen wieder vollständig zurück, erhalten Sie einen Zins von fünfzehn Prozent ...«

»Sie verschenken Fantasie, Signor Law ...«

»Fünfzehn Prozent und die Zusicherung, dass sich Ihre Bank beim französischen Hof dafür einsetzt, dass ich neue Einreisepapiere erhalte.«

»Frankreich? Muss es denn unbedingt Frankreich sein?«

»Die meisten Menschen scheitern nicht wirklich, sie geben zu früh auf«, lachte Law. »Wenn der Sonnenkönig stirbt, wird Frankreich realisieren, dass das Land bankrott ist. Und dann wird Frankreich meine Hilfe brauchen.«

»Das katholische Frankreich wird einen protestantischen Schotten brauchen, dessen Heimat sich mit dem Erzfeind England vereinen will?«

John Law nickte freundlich: »Seit Jesus Wasser in Wein verwandelt hat, ist alles möglich.«

»Sie sind ein unverbesserlicher Spieler, Signor Law, aber auf einem Niveau, das Europa bisher nicht gekannt hat. Ich spiele mit.«

»Dies ist kein Spiel, meine Herren. Es ist Mathematik, aber nicht für einen Tisch in einem Ridotto, sondern für eine Nation.«

John Law stand in der Druckerei von Maestro Vanusio und beobachtete, wie dieser mit dem Handballen die Druckplatte einfärbte, während sein Mitarbeiter den nächsten Papierbogen auf den Pressdeckel montierte und diesen dann auf die Druckform legte. Gemeinsam schoben sie den Pressdeckel mit der Druckform unter die Drucktafel, worauf ein weiterer Mitarbeiter mithilfe einer Holzschraube die Tafel auf die Druckform senkte. Das Verfahren war völlig veraltet. Es war kaum zu glauben, dass die Weiterentwicklung der Druckereimaschinen durch Leonardo da Vinci spurlos an Maestro Vanusio vorbeigegangen war.

»Ich drucke jetzt meine eigene Bezahlung«, scherzte Vanusio.

»Ja«, antwortete John Law freundlich, »ich werde Sie wie vereinbart mit diesen Papieren bezahlen, und ich hoffe für Sie, dass Sie gewinnen werden.«

»Mein Vetter in Genua hat vor ein paar Jahren im Lotto gewonnen. Ich habe ihm gesagt: Das hast du den Druckereien zu verdanken. Ohne Druckereien keine Lose.« Stolz blickte Vanusio hoch und schob die nächste Druckform unter die große Schraube.

»Das Lotto di Genova ... Wer betreibt die Lotterie dort?«, fragte Law.

Vanusio grinste: »Der Staat. Wenn er keine neuen Steuern mehr erfinden kann, erfindet er Lotterien. Beim Lotto di Genova müssen Sie fünf Zahlen von neunzig möglichen Zahlen richtig voraussagen. So funktionieren seit zwanzig Jahren die genuesischen Senatorenwahlen. Aus einer Bürgerliste mit neunzig Kandidaten werden fünf in den Senatorenstand per Los gewählt. Die Leute haben sich mit der Zeit angewöhnt, Wetten abzuschließen. So entstand das Lotto di Genova. Und so funktioniert es heute noch: fünf aus neunzig. Und jetzt wird es überall gespielt, und jeder behauptet, er hätte es erfunden.«

Die gedruckten Bögen wurden getrocknet, später geschnitten und von Hand nummeriert. Schließlich mussten die Herausgeber der Staatsanleihen mit ihrer Unterschrift garantieren, dass der Besitzer zum Tausch gegen dieses Stück Papier den aufgedruckten Gegenwert in Metallmünzen erhält.

Sowohl in der Vorhalle der Banco di San Giorgio als auch vor Marco Dandolos Palazzo fand der Verkauf der Staatsanleihen mit Lotterieberechtigung statt. John Law hatte veranlasst, dass vor dem Palazzo Bewaffnete aufgestellt waren, um die Kostbarkeit der hier verkauften Anteilsscheine noch zu unterstreichen. Gleichzeitig glaubte er, mit der Nähe zum Ridotto des Marco Dandolo zusätzliche Kunden gewinnen zu können: Spieler.

John Laws Produkt, halb Lotterieschein, halb Staatsanleihe, stieß auf ein unerwartet großes Echo. Ganz Venedig sprach darüber. Stundenlang konnte John Law in der Halle der Banco di San Giorgio stehen und die Menschenschlangen beobachten, die Einlass begehrten. Manchmal schien es ihm, als wären Figuren auf einem Schachbrett lebendig geworden. Es war das allererste Mal, dass er ein System nicht an einem Spieltisch auf seine Praxistauglichkeit hin überprüfte, sondern in einer Stadt. Er hatte es plötzlich nicht mehr mit drei, vier oder fünf Spielern zu tun, sondern mit hunderten, ja tausenden von Menschen, die ihr Glück versuchen wollten. Der Faktor Mensch seiner finanzmathematischen Spielideen hatte Gestalt angenommen. Endlich.

»Sie haben Venedig in ein großes Ridotto verwandelt, Signor Law«, scherzte der Duc di Savoia, als er John Law wenige Wochen später die erste Abrechnung über die verkauften Anteilsscheine vorlegte. Es war schon spät am Abend. Die Sekretäre waren nach Hause gegangen. Die Unordnung auf dem großen Arbeitstisch zeugte von einem hektischen Tag.

»Ja«, entgegnete John Law, »und niemand braucht eine Maske zu tragen.« John Law sah, dass er umgerechnet bereits über zwanzigtausend Pfund verdient hatte.

»Ich fürchte, Sie werden nie mehr arbeiten müssen, Signor Law. Sie haben bereits mehr verdient als ein königlicher Staatssekretär in ...«, der Bankdirektor überschlug die Zahlen im Kopf, dann machte er große Augen, »... in tausend Jahren.«

Der Duc di Savoia reichte John Law ein Dokument, das bescheinigte, dass John Law bei der Banco di San Giorgio in Venedig Gold im Gegenwert von zwanzigtausend Pfund besaß. Gleichzeitig wurde der Empfänger, wer immer das sein würde, angewiesen, John Law, dem Inhaber dieses Dokumentes, beim Vorlegen dieses Dokumentes Bargeld im Gegenwert von zwanzigtausend Pfund auszuhändigen. John Law zeigte keine Regung.

»Es ist nicht das Geld, das zählt, mein hoch geschätzter Duc di Savoia, es ist das System, das Verfahren, die Idee. Ich habe heute keine theoretische Abhandlung publiziert, ich habe einen Beweis erbracht. Das Ergebnis ist überprüfbar, wiederholbar. Ich habe eine Maschine erfunden, die den Rohstoff Geld produziert.«

»Und was wollen Sie mit dem Geld tun? Anlegen? Investieren? Unser Bankhaus ist mit der Ausrüstung der genuesischen Armee beauftragt worden. Wenn Sie wollen, können Sie sich daran beteiligen. Die genuesische Armee ist ein besserer Gläubiger als der britische König.«

»Ich würde lieber in Venedig ein Lagerhaus mieten und Gemälde erwerben.«

»Der Bankier Rezzonico vermietet bewachte Lagerhäuser. Aber wollen Sie darin wirklich Gemälde stapeln?«

»Ja. Raffael, Tizian, Rembrandt, Veronese, Caravaggio ...«

»Kennen Sie sich aus mit Kunst?«

»Sie meinen, ob ich den Wert eines Rembrandts kenne? Ich denke, dass er eines Tages mehr wert sein wird als die gesamte Ausrüstung der genuesischen Armee.«

»Und das glauben Sie wirklich?«

»Ich bin sehr glücklich darüber, dass es niemand glaubt. Finden in Venedig Auktionen statt?«

Die Auktion fand in der Villa des verschuldeten Adligen Rangone statt. Sie war nicht öffentlich, sondern nur einer handverlesenen Kundschaft vorbehalten. Trotzdem war der Saal zum Bersten voll. Gekommen waren vor allem Kaufleute aus Turin, Florenz, Genua. Neureiche ohne Stammbaum, wie der verarmte Landadel spottete. Doch mochte der Adel auch spotten: Die Neureichen waren lieber neureich als nie reich, und sie waren durch Leistung reich geworden und nicht durch Geburt und Erbschaften. Noch gebührte dem Adel der Respekt, aber die Zukunft gehörte den erfolgreichen Kaufleuten. Das zeigte auch die heutige Auktion: Die Kaufleute ersteigerten, der Landadel ließ versteigern. Die Kaufleute waren hungrig nach neuem Wissen, nach Wissen, das einen praktischen Nutzen hatte. Und die Maler des siebzehnten Jahrhunderts hatten bereits vorweggenommen, was die Gesellschaft zu Beginn des achtzehnten Jahrhunderts prägen würde. Die Abkehr vom künstlichen Manierismus hin zur genauen Reflexion, zur wirklichkeitsgetreuen Wiedergabe, der Wunsch nach Genauigkeit, Realismus, Authentizität.

Die Versteigerung begann mit einem Werk von Veronese, einem 1588 im Alter von sechzig Jahren verstorbenen Maler, dessen Gemälde bereits im ehemaligen Pariser Königsschloss, dem Louvre, hingen. Doch John Laws Aufmerksamkeit galt weder dem Veronese noch den geheimnisvollen Damen, die beim Anblick von John Law nervös mit ihrem Fächer zirpten. Seine Aufmerksamkeit galt einem Mann, der ihn zu beobachten schien. John Law war es mittlerweile gewohnt, dass man sich nach ihm umdrehte, diskret mit dem Finger auf ihn zeigte oder ihn auch still betrachtete. Doch der Unbekannte mit der feuerroten Perücke erinnerte ihn an jemanden, und er wusste nicht, an wen.

John hatte sich gerade wieder auf die Auktion konzentriert, als er sich plötzlich doch noch erinnerte. »Es wird nie vorbei sein«, murmelte John wie im Schlaf.

Der Duc di Savoia, der neben John Law im Auktionssaal saß, schaute den Schotten verwundert an. John Law bemerkte es und lächelte gequält.

»Ich dachte, Sie wollten mir eben etwas sagen«, flüsterte der Duc di Savoia.

»Mir fiel nur gerade etwas ein«, flüsterte John Law zurück und schaute sich noch einmal zu dem Fremden mit der roten Perücke um. *Ein Mann sollte wissen, wann er besiegt ist.* Das waren seine Worte gewesen. Und jetzt erinnerte er sich an die Antwort, die George Lockhart of Carnwath ihm gegeben hatte: *Würdest du es wissen, John?*

Jetzt war John Law hellwach, als hätte man ihn elektrisiert, wie die kleine Feldmaus im Salon des Duc d'Orléans. Er neigte sich zu seinem Begleiter: »Was ich Sie schon lange fragen wollte: Sind in der Zwischenzeit meine Einreisepapiere für Frankreich eingetroffen?«

»Heute Morgen, Signor Law. Aber ich hoffe, Sie werden uns nicht gleich verlassen.«

Die Kutsche preschte durch die Nacht. Vier Pferde zogen den gemieteten Postwagen und brachten den einzigen Passagier mit jeder Minute dem Alpenpass näher. Alle fünfzehn Meilen wurden an den offiziellen Poststationen die Pferde gewechselt. Doch John Law hatte darauf bestanden, dass die Kutsche keinen Halt einlegte und vierundzwanzig Stunden am Tag fahren sollte. Über den Großen Sankt Bernhard und nicht über den Mont Cenis. Denn auf dem Großen Sankt Bernhard gab es seit einigen Jahren eine Poststation. Man erzählte sich allerlei Geschichten über diesen Pass. Hannibal soll ihn damals mit seinen Elefanten bezwungen haben, um in Italien einzufallen. Zahlreiche Päpste sollen ihn überquert haben. Angeblich gab es dort oben assyrische Kampfhunde, groß wie Monstren, die Verschüttete auffinden und bergen konnten. Aber mit der Postkutsche konnte man die Passhöhe nicht erreichen. Die Post wurde vor dem Aufstieg auf Stationspferde verteilt.

John Law erhielt einen ausgeruhten Rappen. Zwei Postreiter erboten sich, ihn am nächsten Tag zu begleiten. Nach einer kurzen Übernachtung auf der Post- und Pferdewechselstation in Aosta begann in den frühen Morgenstunden der Aufstieg zum Pass. Die römischen Saumpfade waren an einzelnen Stellen so steil und schlecht, dass die Reiter absteigen und zu Fuß gehen mussten. Ein unfreundlich kalter Wind blies ihnen ins Gesicht. Es wurde zunehmend stürmisch und eisig. Dichter Nebel machte sich breit, als wolle er die Reisenden verschlingen und von ihrem Ziel abbringen. Dann lichtete sich der Nebel für kurze Zeit und gab den Blick frei auf märchenhaft zerklüftete Felslandschaften, die von saftigen Moosteppichen überzogen waren. Dann kreuzten sich für einen kurzen Moment die Blicke der beiden wortkargen Begleiter, als wollten sie sagen: Schaut her, das ist unser Berg. Er hat uns so gemacht, wie wir sind.

Rechtzeitig vor Einbruch der Nacht erreichten sie den Mons Jovis, den Berg des Jupiter, wo sich die Überreste eines römischen Tempels befanden. Etwas weiter unterhalb sah man die Ruine einer *mansio*, die schon den Römern als Poststation und Herberge gedient hatte.

Ein wuchtiger Hornstoß erschütterte die Stille. In der Ferne begannen Hunde zu bellen. Rechts des Saumpfades ruhte ein Bergsee, zur linken Seite erhob sich das steinerne Hospizgebäude. Vor dem Eingang blieben sie stehen.

Ein Mönch trat in die Kälte hinaus und schwenkte eine Öllaterne. Hinter ihm drängten zwei Tiere nach draußen. Auf den ersten Blick mochte man die beiden Viecher für junge Kälber halten. Aber es waren Hunde, große, muskulöse, weiße Hunde mit rötlichen Platten, imposantem, kräftigem Kopf, gut hundert Kilo schwer, mit stark entwickelten, hängenden Lefzen und tief liegenden, dunkelbraunen Augen. Obwohl sie eine ungeheure Stärke und Dominanz zeigten, schien ihr Wesen doch eher freundlich und sanftmütig zu sein.

Steif stieg John Law von seinem Pferd herunter. Er reichte dem schweigenden Mönch die Zügel. In diesem Augenblick trat ein Augustinerchorherr in brauner Kutte ins Freie. Er war alt, kahl geschoren, mit kurz geschnittenem Bockbart. Doch obwohl er bereits sechzig Jahre auf dem Buckel haben mochte, machte er einen überaus quirligen Eindruck.

»Salve, Dominus vobiscum«, begrüßte er die Reisenden und strahlte übers ganze Gesicht.

»Seid gegrüßt. Mein Name ist John Law«, entgegnete der Schotte freundlich und reichte dem Mönch die Hand.

»Schotte«, lächelte der Mönch und verneigte sich kurz, »seien Sie willkommen im Hospiz Sankt Bernhard, John Law. Ich bin Bruder Antonius. Sie finden hier Verpflegung, Brot, Käse, Wein und ein Bett zum Schlafen. Nach dem gemeinsamen Mahl werde ich Sie in unsere Krypta führen, damit Sie Gott danken können, dass Sie die Passhöhe gesund erreicht haben.«

Ein langer Holztisch mit einfachen Bänken stand in der Mitte des Speisesaals. Vorn befand sich eine offene Feuerstelle mit einem mächtigen Rauchabzug. Daneben döste ein alter Bernhardinerhund mit gräulicher Schnauze auf einem Kuhfell. Ab und zu öffnete er träge ein Auge, um das Geschehen im Saal zu überwachen. Dann stieß er einen Seufzer aus und döste weiter. Der hintere Teil des Saals lag im Dunkeln. Man erkannte einen Kachelofen mit Sitzbänken neben einem kleinen Fenster. Davor stand eine große Holzskulptur, die einen lebensgroßen Ordensbruder mit Hund darstellte. An den Wänden hingen Bilder. Wanderer hatten sie angefertigt. Darunter waren auch Dankesschriften.

Die beiden Männer, die John Law begleitet hatten, aßen nicht viel, eine dicke Brotscheibe, ein wenig Hartkäse, dazu einen Becher Rotwein. Sie zogen sich schon bald zurück. Ihre Arbeit war hart. Sie brauchten den Schlaf. Sie verneigten sich und brummten ein paar unverständliche Worte. Zurück blieben John Law und Bruder Antonius.

»Ich danke Ihnen, Bruder Antonius, für Ihre Gastfreundschaft«, lächelte Law freundlich.

»Danken Sie Gott, John Law. Er hat mich dazu berufen, hier oben auf diesem Pass sein Wort zu verkünden und nach seinen Geboten zu leben. Und jeder, der den Pass erreicht, fragt sich, wie es möglich war, dass Menschen hier oben ein Hospiz bauen konnten. Und das bereits vor sechshundert Jahren. Er hat es gegründet.« Er zeigte mit der Hand auf die lebensgroße geschnitzte Figur, die einen Mönch mit Hund darstellte. »Der heilige Bernhard, anno 1045.«

John Law sah sie skeptisch an. »Die Statue muss allerdings neueren Datums sein«, entgegnete John Law höflich.

Antonius lachte heiter. Die Aufmerksamkeit seines Gastes schien ihm zu gefallen. »Richtig, John Law, die Hunde haben wir erst seit vierzig Jahren. Im letzten Jahr hatten wir Pilger aus Russland, auf dem Weg nach Rom. Sie erkundigten sich gleich nach den Hunden. Aber ich sagte ihnen: Erkundigt euch nach Gott. Wer den Pass erklimmt, sucht Gottes Wort. Wer den Pass erreicht, ist bereit, Gott gegenüberzutreten, damit er Antworten finde für seine Fragen, für seine Zweifel, für seine Sorgen. Wir begegnen vielen Schicksalen auf diesem Berg, Schicksalen von armen Menschen, von reichen Menschen, von gehetzten Menschen.« Für einen Augenblick hielt er inne. Dann schaute er John Law ernst in die Augen: »Was führt Sie über den Pass, John Law?«

»Geschäfte, Bruder Antonius. Ich beschäftige mich mit Theorien des Geldes, des Handels …«

Pater Antonius schmunzelte: »Ein Alchemist auf der Suche nach der wundersamen Vermehrung des Geldes?«

»Der Alchemist versucht, Metalle herzustellen, Gold aus Wasser und Krötenkot«, lachte John Law, »ich versuche, eine Lösung zu finden für die Knappheit der Münzen in Europa.«

»Wieso suchen Sie nicht nach einer Lösung für den Mangel an Brot und Käse? Wieso versuchen Sie nicht, das vorhandene Brot auf wundersame Art und Weise zu vermehren?«

»Wenn mehr Geld im Umlauf ist, Bruder Antonius, nimmt der Handel zu, steigt die Nachfrage nach Gütern und Leistungen. Steigt die Nachfrage nach Gütern, steigt die Nachfrage nach Arbeitern, die diese Güter herstellen. Und wenn mehr Menschen arbeiten, können mehr Menschen wiederum Güter kaufen. Das wiederum steigert erneut die Nachfrage nach mehr Gütern.«

Bruder Antonius dachte nach. Dann sagte er: »Was Sie vorhaben, John Law, grenzt an ein Wunder. Jesus hat in der Wüste das Brot vermehrt, Sie aber wollen ganz Europa Brot geben.«

Draußen begannen plötzlich Hunde zu bellen. Ein Pferd näherte sich dem Hospiz.

»Ein später Gast?«, fragte John Law.

»Ja, wahrscheinlich. Wir freuen uns über jeden Wanderer, der unser Hospiz aufsucht. In wenigen Wochen wird der erste Schnee fallen, dann wird es ruhig werden im Hospiz. Die Schneemassen werden sich bis zu zwanzig Meter in die Höhe türmen, dann sind wir allein mit Gott und unseren Hunden.«

Der Mönch betrat den Speisesaal und blieb beim Herd stehen. John Law und Bruder Antonius sahen zur Tür. Der alte Hund neben der offenen Kochstelle öffnete ein Auge.

Ein Fremder trat ein. Er trug einen schwarzen Kapuzenmantel. Darunter zeichnete sich die Klinge eines Degens ab. Der Fremde nickte und schritt langsam über die knarrenden Holzbohlen in den hinteren, abgedunkelten Teil des Saals. Er setzte sich an das Tischende mit dem Rücken zum Ofen. Jetzt kamen auch die beiden Hunde des Mönchs herein. Sie ließen ein leises, tiefes Knurren hören. Bruder Antonius nahm einen Laib Brot und einen Krug Wein und ging damit zu dem neuen Gast.

»Willkommen im Hospiz, Wanderer.« Der Fremde nickte. Er hatte den Kopf tief über den Tisch gebeugt. John Law konnte sein Gesicht nicht sehen. Die hochgezogene Kapuze verdeckte es vollständig.

Nachdem Bruder Antonius ihm ein Brett mit Käse gebracht hatte, wandte er sich John Law zu: »Ich werde Ihnen nun Ihr Nachtlager zeigen.«

Bruder Antonius nahm eine Öllampe vom Tisch und leuchtete John Law den Weg zum Schlafsaal. Sechs einfache Betten waren hier nebeneinander aufgereiht. Die mittleren Betten waren bereits von den beiden Postreitern belegt. Der eine schnarchte und röchelte wie ein lungenkranker Drache. Der Raum stank nach Schweiß, Wein, ranzigem Fett. John Law nahm das Bett gleich neben der Tür. Bruder Antonius wünschte ihm eine gute Nacht und teilte ihm mit, dass die Ordensbrüder um fünf Uhr morgens frühstückten.

In dieser Nacht fand John Law wenig Schlaf. Er dachte an Catherine, die Lotterie in Venedig, den ihm feindlich gesinnten Marquis d'Argenson in Paris. Er dachte über neue Finanzkonstrukte nach, überprüfte sie rechnerisch im Kopf und war dankbar, dass er mit einem derartigen mathematischen Gedächtnis ausgerüstet war, dass ihm selbst in einer übel riechenden und saukalten Kammer hoch oben auf dem Großen Sankt Bernhard alles zur Verfügung stand, was er für seine Arbeit brauchte. Er benötigte weder Papier noch Griffel. Er hatte in all den Jahren gelernt, alles, was er brauchte, verlässlich in Gedanken abzulegen und jederzeit wieder abrufen zu können.

Spät nach Mitternacht wurde der Fremde in dem schwarzen Mantel in den Schlafsaal geführt. Er ging zu dem Bett am Ende der Reihe beim Fenster. Doch er legte sich nicht hin. Er setzte sich auf die Bettkante und starrte in die Nacht hinaus.

Als John Law in den frühen Morgenstunden erwachte, war der Schlafsaal bereits leer. John überprüfte, ob die Depotscheine, die ihm die Bank übergeben hatte, noch da waren. Sie fanden sich dort, wo er sie versteckt hatte: in Leder eingewickelt unter dem Hemd.

John kleidete sich an und ging in den Speisesaal. Auch hier war niemand. Nur der alte Hund. Doch er war zu träge, um auch nur ein einziges Auge zu öffnen.

Im Hof hörte John Geräusche. Ein Hämmern. John ging um das Hospiz herum. Dahinter lag ein großer Hof mit zahlreichen mannshohen Verschlägen. Sofort begannen die Hunde wild zu bellen. In der Mitte des Hofes arbeitete Bruder Antonius an einer merkwürdigen Apparatur. Es war ein über zwei Meter hohes Laufrad mit einer Achse, die mit einem großen Grillspieß verbunden war. Der Spieß ruhte auf einem Dreifuß.

»Sie erfinden doch nicht etwa das Rad, Bruder Antonius«, scherzte John Law, als er staunend vor dem Gerät stand. Er hatte sich allmählich an die beißende Kälte gewöhnt. »Ist das nicht etwas groß für eine Maus?«

»Für eine Maus?«, fragte Bruder Antonius.

»In den Pariser Salons amüsieren sich die Leute mit solchen Rädern. Aber sie sind viel kleiner. Und sie lassen darin Mäuse rennen. Dann dreht sich das Rad.«

»Und dann?«

»Dann lachen die Leute.«

Antonius nickte. Die Genugtuung stand ihm ins Gesicht geschrieben: »Ich nehme keine Mäuse, sondern Hunde.«

»Diese Kolosse?«

»Ganz recht. Um ein solches Rad anzutreiben, muss man schon eine gewisse Masse mitbringen.«

»Und wozu soll das Ganze gut sein?«

Antonius strahlte bis über beide Ohren: »Mit dem Rad wird der Spieß gedreht, und wenn man auf dem Spieß ein Ferkel aufspießt und unter dem Ferkel ein Feuer entfacht, dann spart man mindestens eine Küchenhilfe.«

John Law musste lächeln: »Wir leben in einer wundervollen Zeit, Bruder Antonius. Mir scheint, als sei die ganze Welt aufgebrochen, um neue Horizonte zu erforschen. Die einen segeln mit ihren Schiffen um die Welt, andere erkunden im Geiste die Welt, und jeder trägt etwas zum Ganzen bei.«

Der Augustinerchorherr genoss die Anerkennung, die ihm eben zuteil geworden war: »Jeden Sommer bewirten wir über vierhundert Pilger. Jedes Jahr bekommt man den Eindruck, als hätten die Menschen in den vergangenen Monaten mehr entdeckt und mehr erfunden als in den Jahrhunderten zuvor. Plötzlich sind es nicht nur Fürsten und Gelehrte, die über Pflanzen, Mineralien, Vernunft und Geist debattieren, sondern gewöhnliche Menschen aus allen Handwerksgattungen und aller Herren Länder.« Bruder Antonius wurde nachdenklich und sah zu Boden. Dann sagte er: »Die Menschen sind hungrig nach neuem Wissen. Doch ich fürchte, dieser Hunger wird nie ganz zu stillen sein. Je mehr die Menschen wissen, desto hungriger werden sie.«

»Der Mensch will alles wissen. Alles. Und wenn wir beide sterben, Bruder Antonius, wird die Welt deswegen nicht ruhen. Alles, was denkbar ist, wird versucht. Und alles, was versucht wird, gelingt eines Tages. Niemand kann es aufhalten. Man kann ein Tier aufhalten, aber nicht den Menschen. Der Mensch ist unersättlich. Schauen Sie Ihr Werk an, Bruder Antonius. Niemand hat Sie dazu gedrängt, dieses Laufrad zu konstruieren. Sie haben es dennoch getan. Und vollbracht. Andere werden zu den Sternen steigen oder auf dem Meeresboden Städte bauen.«

»Und Gott?«

»Vielleicht wird der Mensch eines Tages Gott vom Himmel hinunterstürzen, wie wir die Statue des Jupiters vom römischen Altar gestoßen haben. Vielleicht wird es neue Götter geben.«

»Bankiers. Falls es eines Tages neue Götter gibt, dann werden es Bankiers sein. Davon bin ich überzeugt. Aber bis es so weit ist, John Law, sollten Sie Gott danken, dass er Sie unversehrt auf den Pass gebracht hat. Kommen Sie, ich führe Sie in unsere Krypta. Der Heilige Geist soll Sie wieder zur Vernunft bringen«, lächelte der Augustinerchorherr.

Antonius legte sein Werkzeug beiseite. Gemeinsam gingen sie durch den milchig grauen Nebel, der sich über den Pass gelegt hatte, und überquerten die kleine Straße, die das Hospiz von der Kirche trennte. Zwei Öllaternen hingen links und rechts vom Eingangsportal.

Antonius führte John Law in die Klosterkirche. Sie konnte noch nicht alt sein. Im Schein der Öllaterne sah er die im Türsturz eingemeißelte Jahreszahl: MDCLXXXIX.

Antonius öffnete die Tür und bat John Law einzutreten. Ein Dutzend Ordensbrüder kniete zum Gebet. Ein Pater stand mit erhobenen Armen vor dem Altar und sprach die Worte der Liturgie. Im Seitenschiff befanden sich vier weitere Altäre. Der Ordensbruder forderte John Law mit einer diskreten Geste auf, ihm in die unterirdische Krypta zu folgen, während er flüsternd erläuterte: »Der Hochaltar ist der Jungfrau Maria gewidmet, die kleineren Altäre dem heiligen Augustus, dem heiligen Bernhard, dem heiligen Joseph und der Mutter Gottes von Jasna Góra.«

John Law nickte und folgte Bruder Antonius leise zu den Steintreppen, die zur Krypta hinunterführten.

»Möchten Sie, dass ich Ihnen die Beichte abnehme?«, flüsterte der Ordensbruder.

»Ich habe gerade erst in Venedig die Beichte abgelegt«, log John Law, »besten Dank, Bruder Antonius. Sie sind sehr gütig.«

Ihre Stimmen hallten in dem Wendelgang wider, als sie die Steinstufen zur Krypta hinunterstiegen. »Hier unten finden Sie die nötige Ruhe und Stille, um sich für das Gebet zu sammeln. In dieser Krypta hat Gott schon manchen Wunsch erhört, John Law. Sie müssen sie nur betreten, in Demut niederknien und Gott bitten.«

John Law bedankte sich erneut mit einem freundlichen Nicken: »Das werde ich tun, Bruder Antonius.«

»Wenn Ihre Seele Frieden und Hoffnung gefunden hat, kommen Sie wieder in den Speisesaal.«

Antonius ließ John Law allein in der Krypta zurück. Der Naturstein war weiß übergipst worden. Wasser tropfte vom niedrigen

Gewölbe herab. In dieser unterirdischen Gruft war es noch kälter als oben in der Kirche. Es gab keine Bank zum Sitzen, nur harte Gebetsstühle zum Knien. Also kniete John Law nieder. Er dachte nicht an Gott. Er dachte an Catherine. Er schloss die Augen, um ihre Augen zu sehen, ihren Atem zu riechen. In Gedanken suchte er ihren Mund. Jetzt, wo er sie für immer verlassen hatte, war die Sehnsucht nach ihr heftiger denn je.

»Haben Sie Ihre Wünsche vor Gott gebracht, Monsieur?«, fragte jemand in französischer Sprache, aber mit starkem Akzent. John Law drehte sich um. Hinter ihm stand der Fremde in dem schwarzen Mantel.

»Ich neige nicht dazu, mir Dinge zu wünschen«, antwortete John Law ungehalten.

»Misstrauen Sie Gott?«

»Ich glaube nicht an Gott, Monsieur.«

Der Fremde näherte sich John, ging an ihm vorbei und kniete dann nieder.

»Und was hält Sie davon ab, sich Dinge zu wünschen?«

»Ich versuche zu ändern, was ich ändern kann, und zu akzeptieren, was nicht zu ändern ist.« John Law senkte den Kopf, um dem Fremden zu verstehen zu geben, dass er keine weitere Konversation mehr wünschte.

Doch der ließ sich nicht beirren: »Monsieur hat keine Wünsche, weil er sich seine Wünsche selbst erfüllt. Deshalb braucht Monsieur keinen Gott? Monsieur ist sein eigener Gott?«

»Ich bin in diese Krypta gekommen, um Ruhe zu finden«, entgegnete John Law leise.

»Ich finde schon lange keine Ruhe mehr«, entgegnete der Fremde, »deshalb bin auch ich in diese Krypta gekommen. Alle Menschen, die ich geliebt habe, sind tot. Was einmal war, ist für immer vorbei. Meine Frau starb während der Geburt unseres ersten Sohnes, meine zweite Frau starb im letzten Winter. Keines meiner vier Kinder hat den Frühling erlebt. Sie sind alle gestorben. Sinnlos. Eine Laune der Natur.«

»Das tut mir aufrichtig Leid, Monsieur«, entgegnete John Law, »wenn ich Ihnen irgendwie behilflich sein kann …«

»Alles, was ich je geliebt habe, ist tot. Mir bleibt nur das, was ich hasse, von Grund auf hasse.«

John Law spürte die unterdrückte Gewalt in der Stimme des Fremden. Vielleicht hatte er sich in düsteren Gedanken verirrt und den Verstand verloren.

»Ich störe Ihre Ruhe, Monsieur, ich weiß. Ich bin in diese Krypta gekommen, um Ihre Ruhe zu stören – John Law!«

John Law sprang auf. Der Fremde war schneller. Er stellte sich ihm blitzschnell in den Weg und riss sich die Kapuze vom Kopf. John erkannte George Lockhart of Carnwath. Das verstümmelte Ohr war schlecht vernarbt.

»Du hast mir meine Ruhe gestohlen, John!«, zischte George.

»Bist du verrückt geworden? Vom Teufel besessen? Folgst du mir durch ganz Europa, um alte Geschichten aufzuwärmen?«

George grinste breit. Es gefiel ihm, dass er John Law aus der Fassung gebracht hatte: »Ich kann dich verstehen, John. Monsieur reist durch Europa, amüsiert die Leute an den *Pharao*-Tischen, parliert und causiert, vergnügt sich mit den Damen, verdient nebenbei mit der Lotterie ein Vermögen … und plötzlich kommt dieser lästige Kerl mit dem abgeschnittenen Ohr daher.«

»Was willst du?«, fragte John Law.

George baute sich vor John auf und fixierte ihn: »Genugtuung, Monsieur. Satisfaktion.«

»Wir haben uns duelliert. Du hast verloren. Es ist zu Ende.«

»Es wird nie zu Ende sein, John. Das Duell ist nicht zu Ende. Ich hätte dich heute Nacht im Schlaf erstechen können. Ich habe es nicht getan. Ich will Genugtuung. Ich erwarte dich am Fuß der Jupiterstatue. Vielleicht hilft es, wenn du nun doch noch ein Gebet sprichst.«

John Law schritt entschlossen den leicht abfallenden Weg zurück, der vom Hospiz Richtung Aosta führte. Der Nebel schien noch dichter geworden zu sein. Unter der Jupitersäule blieb er stehen.

Die Pflastersteine vor den Tempelüberresten waren vom feuchten Moos glitschig geworden. John Law warf seinen Mantel ab und zog den Degen. Er machte ein paar Bewegungen in der Luft, als versuche er, den Nebel zu durchschneiden. Dann betrat er ein Stück der alten Römerstraße, die Kaiser Claudius in den Fels hatte schlagen lassen, und exerzierte weiter mit dem Degen. Erneut schürfte er mit dem Stiefel auf dem Felsuntergrund hin und her, um den Halt zu prüfen. Es war rutschig. John Law stieg wieder zur Jupitersäule hinunter und betrat das Karree, das die Überreste des Jupitertempels bildete. Als er aufblickte, sah er George Lockhart of Carnwath energischen Schrittes auf sich zukommen.

»George, lass uns vernünftig sein …«

George lachte kurz auf: »Wieso vernünftig, John? Hast du irgendwelche Pläne? Ich habe keine Pläne mehr. Hier oben geht mein letzter Plan in Erfüllung.«

»George, wir haben uns als Schüler duelliert. Das war ein Nachmittag in unserem Leben, der keine Bedeutung mehr hat.«

»O doch, John«, schrie George und betrat nun ebenfalls das Karree, während er wütend mit dem Degen durch die Luft fuchtelte, »ich habe dir damals gesagt, dass es noch nicht zu Ende ist, und es ist noch nicht zu Ende. Wir bringen es jetzt zu Ende, John.«

John Law brachte sich in Position und wischte mit dem Fuß ein paar Steine weg: »George, was hat im Leben wirklich Bedeutung? Schau dir diesen Tempel an.«

Auch George brachte sich in Position: »Nichts, John, rein gar nichts. Deshalb kann genauso gut alles von größter Bedeutung sein.«

John Law wusste, dass sich ein Kampf nicht vermeiden ließ: »Duellieren ist verboten, George …«

»Das braucht dich nicht zu kümmern, John, das ist das Problem des Überlebenden … Das ist mein Problem.«

»Du willst einen Kampf auf Leben und Tod?«

»Ich werde deine Leiche zu diesem Bergsee hinunterschleifen, dir die Kehle durchschneiden und dich dann im See ersäufen. Den dreifachen Tod sollst du erleiden.«

»Du bist komplett verrückt. Vielleicht gibt es Ärzte, die dir helfen können.«

»Ärzte!«, fluchte George und ging wütend in Stellung. »Ärzte haben meine Frauen umgebracht. Es waren allesamt Ärzte. Sie erfinden neue Krankheiten und geben ihnen neue Namen. Bin ich etwa krank, weil ich liebe, krank, weil ich hasse? Das ist Leidenschaft, John. Von mir aus könnt ihr diese Krankheit Leidenschaft nennen. Benennt sie nach mir. Das George-Lockhart-Syndrom. Es ist nicht ansteckend, John. Aber tödlich.«

Wütend stürmte George auf John zu. John parierte und warf George zurück. George lachte kurz auf und stieß einen seltsamen Laut aus. Dann griff er erneut an, heftig, wütend, unbarmherzig. Aber John parierte auch diesen Angriff und stieß George mit beiden Händen von sich. Erneut dieses irre Lachen.

»Du musst mich töten, John. Wenn du mich loswerden willst, musst du mich töten und verbrennen.« George stürmte erneut los. Nur knapp stach er an Johns Schulter vorbei. John war gerade noch rechtzeitig zur Seite gewichen und hatte seinen leicht gesenkten Fechtarm durchgestreckt.

George blieb wie versteinert stehen, den Mund halb offen. Kein Laut, kein Schrei. Tränen des Schmerzes liefen ihm über die Wangen. John hatte seinen rechten Oberschenkel durchbohrt. Er ließ seinen Degen fallen. Plötzlich sackte der Kopf nach vorne, als habe man ihm das Genick gebrochen. Er stieß ein leises Wimmern aus, kaum hörbar. Dann fiel er auf die Knie. Die Atmung wurde lauter, verzweifelter. John wich einige Schritte zurück. Georges Oberkörper fiel nach vorne. Dann stöhnte er laut auf vor Schmerzen, biss die Zähne zusammen, presste die Lippen aneinander, versuchte, jegliches Geräusch zu unterdrücken, riss den Mund erneut auf, rang nach Luft und flüsterte: »Es ist nicht vorbei, John.«

»Ich weiß, George. Wenn du mich heute getötet hättest, wärst du jetzt ganz allein.«

George begann zu schluchzen: »Es ist nicht vorbei, John.« Er hatte große Schmerzen.

John nahm Georges Degen und betrat die Straße, die zum Hospiz zurückführte. Erst jetzt sah er die beiden Postreiter, die ihn gestern auf den Pass begleitet hatten, am Wegrand. Offenbar hatten sie die ganze Zeit dagestanden mit ihren reglosen Mienen, die aussahen, als hätte man sie aus dem Fels herausgebrochen. Vom Wind zerfurcht und stumm wie die von vergangenen Jahrhunderten verwitterten römischen Meilensteine entlang der Saumpfade.

Der Saumpfad, den sie wenig später betraten, führte steil hinter dem Hospiz hinunter. Der Weg über den Großen Sankt Bernhard war wesentlich beschwerlicher als über den Kleinen Sankt Bernhard. Dafür war er kürzer. Bruder Antonius hatte John Law bis ans Ende der gepflasterten Straße begleitet, die hinter dem Hospiz abrupt aufhörte. Die beiden Postreiter waren bereits aufgesessen und schauten ins vernebelte Tal hinunter. Bruder Antonius reichte John Law die Hand.

»Gott sei mit Ihnen, John Law – auch wenn Sie nicht an ihn glauben«, lächelte der Ordensbruder.

»Gott basiert auf Vertrauen, Bruder Antonius. Ich vertraue nur den Zahlen, der Mathematik, der nachprüfbaren Formel.«

»Basiert nicht auch jeder Papierschein, den Ihnen Ihre Banken aushändigen, auf Vertrauen?«

»Ja, auch Geld aus Papier basiert auf Vertrauen. Aber die Bank, die das Papier unterzeichnet, ist greifbar. Gott ist nicht greifbar.«

Bruder Antonius schien plötzlich betrübt: »Wollen Sie damit sagen, dass Gott weniger wert ist als ein Stück Papier?«

»Von Gott kriegen Sie nichts zurück. Nur, was Sie sich einbilden. Von der Bank, die das Papier ausstellt, kriegen Sie Münzen aus Metall zurück.«

»Haben Sie denn nie in die Augen eines sterbenden Menschen gesehen, John Law?«

»O, doch, Bruder Antonius. In Edinburgh wird selbst in Friedenszeiten so viel gestorben wie auf den Schlachtfeldern Europas. Ich habe Hunde sterben sehen. Ich habe Pferde sterben sehen. Ich habe sehr viele Menschen sterben sehen. Leider. Geschwister, Onkel, Tanten. Als sie tot waren, waren alle gleich. Es gab nicht den geringsten Unterschied. Sie wurden begraben, verscharrt oder verbrannt; die Hunde, die Pferde, die Menschen. Und es blieb nichts übrig. Nur in der Erinnerung hat das eine oder andere länger überlebt.«

»Glauben Sie denn wenigstens an die Liebe, John Law?«

»Ja«, lächelte John, »ich glaube an die Liebe. Wenn ich nicht daran glauben würde, würde ich nicht in dieses Tal hinunterreiten.«

»Das würde Gott gefallen«, lächelte Bruder Antonius, »ein Bankier, der an die Liebe glaubt.«

John Law nickte und trieb sein Pferd an. Die beiden Postreiter folgten ihm. Als der eine von ihnen John Law überholte, um voranzureiten, hörten sie in der Ferne laute Rufe und Hundegebell. Jemand hatte einen Verletzten gefunden. John blickte sich um. Er sah Bruder Antonius, der seine Kutte raffte und zurück zum Hospiz rannte.

Kapitel IX

Die Berge wirkten bedrohlich, wild und Furcht einflößend. Wie Giganten aus vorsintflutlichen Zeiten ragten sie in den Himmel. Der Wanderer kam sich vor wie eine kleine Feldmaus auf dem Rockzipfel dieser schlummernden Riesen. Der Abstieg war naturgemäß gefährlicher. Unterwegs begegneten John und seine Begleiter einer Kreatur, die sie zuerst nur als Flecken in der Landschaft wahrnahmen. Dann verloren sie sie wieder aus den Augen. Wenig später tauchte sie hinter einem Felsbuckel wieder auf. Zuerst hielten sie es für ein scheues Tier. Doch es war ein Mensch. Ein Maler, ein Engländer mit einer Staffelei, die er zusammengeklappt auf dem Rücken trug. Ein sonderbarer Kauz, der sich auf dem Weg nach Rom befand. Man sah immer mehr solcher Maler in den Alpen. Sie überwanden den Großen Sankt Bernhard, um auf der anderen Seite des Passes Eingang zu finden in eine neue Welt, die sich ihnen in den italienischen Städten eröffnete. Sie hielten ihren Passüberquerung fest, mit Aquarellen, Kreidezeichnungen, einige auf Öl. Sie malten keine Menschen, keine Tiere, keine Schlösser, sondern Berge, Felsen, Schluchten, Teufelsbrücken, aufziehende Gewitterwolken, ja, sie malten den Wind, die Feuchtigkeit in der Luft, den Duft von nassem Moos und plätschernden Bergbächen, sie malten die Natur.

Beim Anblick des verlorenen Malers in dieser wuchtigen Felslandschaft empfand John Law erneut dieses aufregende Gefühl des Aufbruchs. In allen Berufen und Wissenszweigen und Kunstrichtungen versuchten Menschen aller Stände und Länder, Neues zu erforschen, Neues zu erfahren, Neues zu vermitteln. Als hätte sich die ganze Welt in geheimer Absprache entschlossen, alle Rätsel dieser Welt zu lösen. Vielleicht, dachte John Law, würde es eines Tages tatsächlich ein neues Buch der Bücher geben, wie einige munkelten, eine Enzyklopädie, in der das gesamte Wissen der Menschheit erstmals vereint wäre. Vielleicht bräuchte man dafür auch zwei Bücher, mit der Zeit vielleicht sogar drei oder vier. Und die Menschen würden immer weiter daran arbeiten, an dieser großen Enzyklopädie des Wissens. Nebst dem geschriebenen Wort müssten auch die Arbeiten der Maler verewigt sein. Denn mit ihren Pinselstrichen erschufen sie nicht weniger als das visuelle Gedächtnis der Menschen.

Als John Law Stunden später die Talstation erreicht hatte, wechselte er in eine Postkutsche und fuhr über Genf in Richtung Paris. Mit seinen neuen Einreisepapieren hatte er beim Grenzübergang keine Probleme. Der Herzog Philipp II. von Orléans persönlich bürgte für John Law. Und er hatte das Dokument von seinem Onkel, dem Sonnenkönig, visieren lassen.

PARIS, 1701

Ungewöhnlich viele Gäste umringten den *Pharao*-Spieltisch im Salon des Duc d'Orléans. Jeder wollte den Mann sehen, der die Bank hielt. Sie starrten ihn an, als sei er ein Fabelwesen aus einer fremden Welt. Er war der geheimnisvolle Schotte, der angeblich in Italien mit Lotterien, Währungsspekulationen und Kreditgeschäften ein märchenhaftes Vermögen gemacht hatte. Er war das beliebteste Konversationsthema in den europäischen Salons: der *Pharao*-Spieler, der zum Bankier geworden war, das Mathematikgenie, das einem Alchemisten gleich aus Formeln Gold machte. John Law faszinierte, begeisterte. Er spielte kein Theater wie die anderen Beaus und Hasardeure. Er war einfach John Law. Ohne große Geste öffnete er zwei Geldbeutel. Er entnahm ihnen rechteckige Goldplatten und stapelte sie auf dem Tisch.

»Jede dieser Spielmarken entspricht einem Wert von achtzehn Louisdor.« Während er dies sagte, schaute er freundlich zum Duc d'Orléans, der es sichtlich genoss, diesen berühmten Schotten in seinem Salon vorführen zu dürfen. Er nickte wohlwollend mit dem Kopf, als wolle er den anderen Gästen die Richtigkeit von John Laws Aussage bestätigen.

»Ausgerechnet der Mann, der Papiergeld einführen möchte, gießt sich seine eigenen Spielmarken aus Gold?«, scherzte der Herzog.

»Die beste Idee ist wertlos, wenn die Zeit dafür noch nicht gekommen ist. Was nutzte Heron von Alexandria die Erfindung der Dampfmaschine? Er war seiner Zeit tausendsechshundert Jahre voraus.« Die Gäste lachten. Sie wollten ein gutes Publikum sein und einen unvergesslichen Abend erleben. Jedes Wort von John Law genossen sie wie eine exotische Frucht, jedes Lächeln wie ein einmaliges Naturschauspiel. Die ersten Spieler stapelten nun ihre Münzen vor sich.

»Der Mindesteinsatz beträgt achtzehn Louisdor, Messieurs.« John Law nahm den kleinsten Jeton in die eine Hand, eine seiner goldenen Spielmarken in die andere. Er hielt beide hoch und wiederholte: »Die kleinste Einheit beträgt achtzehn Louisdor, Messieurs.«

Die Spieler schauten kurz zum Herzog, der als Inhaber des Salons seine Zustimmung erteilen musste. Achtzehn Louisdor, das entsprach dem Jahreseinkommen eines Saaldieners. Das war ein ehrgeiziger Einsatz. Aber der Duc d'Orléans nickte und setzte launisch hinzu: »Gern würde ich mitspielen, aber der König hat es mir verboten.« Wieder verhaltenes Gelächter. Der Herzog fuhr fort: »Der König hat beim *Pharao* so viel Geld verloren, dass er sogar erwägt, es zu verbieten.«

Ein Raunen ging durch den Saal. La Duclos wandte sich an den Herzog: »Halten Sie es für möglich, dass Ihr Onkel tatsächlich das *Pharao*-Spiel verbietet?«

John Law sah auf und erkannte seine einstige Gespielin. Sie war so schön wie eh und je.

»Sie kennen doch meinen Onkel«, amüsierte sich der Duc d'Orléans, »als ihm die Haare ausfielen, setzte er sich eine Allongeperücke auf, und der ganze Hof musste Allongeperücken tragen. Schaut euch doch an.«

Die Gäste musterten sich jetzt tatsächlich gegenseitig in ihren prachtvollen Gewändern und ihren gepuderten Perücken. Dann brachen sie in schallendes Gelächter aus.

»Mein Onkel ist klein von Wuchs, also ließ er sich Schuhe mit hohen Absätzen fertigen, woraufhin ihn alle kopiert und den Größenunterschied wieder zunichte gemacht haben«, fuhr der Herzog fort und legte eine kleine Kunstpause ein, damit die Gäste erneut ihrer Heiterkeit Ausdruck verleihen konnten. »Möglicherweise erwägt der König nun, Absätze zu verbieten oder sie mit einer Sondersteuer zu belegen.«

»Falls Sie eines Tages König werden sollten, Herzog, werden Sie die Vorschriften und Sitten wieder lockern?«, fragte La Duclos. Niemand wagte Zustimmung oder Ablehnung zu bekunden.

»Ich wünsche meinem Onkel ein langes Leben, Gesundheit und Gottes Gnade, und wenn unser Sonnenkönig eines Tages sterben sollte, dann steht sein Sohn, der Dauphin, bereit. Sollte dieser sterben, steht sein Enkel, der Duc de Bourgogne, bereit. Sollte dieser auch sterben, steht sein Großenkel, der Duc de Bretagne, bereit. Sollte dieser auch noch sterben, dann besteige *ich*, der Duc d'Orléans, den Thron. Aber die Wahrscheinlichkeit, dass drei Thronerben sterben, ist sehr klein, wie uns John Law of Lauriston jederzeit wird bestätigen können.« Nun blickten alle zu John Law. Er nickte freundlich und überließ es dem Herzog, seine Gedanken weiter auszubreiten. »Es gibt allerdings noch die Möglichkeit, dass der allseits geschätzte Duc d'Orléans vor den drei Thronerben stirbt und am Ende der König alle überlebt und tatsächlich das *Pharao*-Spiel verbietet.«

Die Gäste lachten wieder und blickten erwartungsvoll zu John Law.

»Die Chance, dass alle drei Thronfolger vor unserem hoch geschätzten Herzog sterben …«

»… und vor lauter Kummer gleich noch unser König …«, unterbrach ihn der Herzog und erntete erneut Gelächter.

»… diese Chance«, fuhr John Law fort, »beträgt für den Herzog genau fünf Prozent, zumal es bei fünf Personen genau hundertzwanzig mögliche Sterbefolgen gibt. Und nur gerade in sechs von hundertzwanzig Sterbefolgen käme unser hoch begnadeter Herzog zum Zuge.«

Es wurde demonstrative Enttäuschung geäußert.

»Bei diesem Rechenmodell«, ergänzte John Law, »habe ich das Alter der fünf involvierten Personen nicht berücksichtigt. Das Modell ließe sich verfeinern, wenn man das Alter, die gesundheitliche Veranlagung und die Gefährlichkeit der täglich ausgeführten Betätigungen mit einbeziehen würde. Auf diese Weise ließen sich sogar Versicherungen gegen den Tod abschließen. Aber sterben müssten wir trotzdem. Denn langfristig sind wir alle tot.«

Die Gäste waren begeistert. Sie begannen angeregt zu debattieren, während John Law routiniert den ersten Satz Karten auf den dafür vorgesehenen Feldern des Tisches platzierte, den zweiten Satz Karten mit flinken Händen mischte, den Stapel in zwei Hälften teilte und die Gäste bat, ihre Einsätze auf die entsprechenden Karten zu tätigen.

»Messieurs, faites vos jeux.« Die Gespräche verstummten. Es wurde plötzlich ruhig im Saal. Andächtig standen die Gäste beisammen und schauten gebannt auf den Tisch. Entlang der Fenster waren die Lichter erloschen. Nur der illustre Ölleuchter, dessen Arme wie die Strahlen einer Sonne über den Tisch strahlten, tauchte die Mitte des Saals in ein warmes, flackerndes Licht. Bis tief in die Nacht setzten die jungen Adligen ihre Jetons auf die Zehn, das Ass, den Bauern, den König, die Sieben, kokettierten mit ihren Verlusten und Gewinnen, unterschrieben Verlustscheine und machten anderen Gästen Platz. Hingerissen verfolgten die Gäste, wie große Summen gesetzt und verloren, wie große Vermögen in wenigen Stunden empfindlich dezimiert wurden. John Law spielte, spielte sein Spiel, das er in Venedig noch verfeinert und verbessert hatte.

Er zeigte wie üblich keinerlei Emotionen, keine Gefühle, keine Regung. Seine Handbewegungen waren stets gleich, ob er Jetons einsammelte oder austeilte. Man hatte nie den Eindruck, dass John Law in irgendeiner Weise an diesem Spiel beteiligt war, dass er eigenes Geld verlor oder gewann. Dabei beantwortete er freimütig Fragen zu mathematischen Versicherungsmodellen, die die Leute offenbar sehr zu interessieren schienen, nachdem jemand erzählte hatte, dass seit einigen Jahren in London ein gewisser Edward Lloyd unten an der Themse ein Kaffeehaus führte, in dem nicht nur der erste Schiffsfahrplan Londons publiziert wurde, sondern auch täglich Nachrichten über gefährliche Destinationen, Rohstoffpreise und Schiffsauktionen ausgetauscht und Schiffsversicherungen abgeschlossen wurden. Edward Lloyd war dabei, sich vom einfachen Kaffeehausbetreiber zum weltweit bedeutendsten Schifffahrtsversicherer zu mausern. »Ungewissheit«, schloss John Law seinen versicherungsmathematischen Exkurs ab, »Ungewissheit ist messbar, berechenbar. Wie der Ausgang dieser *Pharao*-Runde. Ungewissheit wird gleichgesetzt mit unbekannten Wahrscheinlichkeiten.«

»Monsieur Law«, fragte einer der Spieler zu vorgerückter Stunde, »was würden Sie tun, wenn unser König das *Pharao*-Spiel verbieten würde?«

»Ich würde es umbenennen – und weiterspielen«, antwortete John Law, ohne zu überlegen, und mischte erneut die Karten. Er bemerkte, wie eine junge Frau den Saal betrat. Sie kam langsam näher, verlor sich für eine Weile in den Menschentrauben und erschien dann plötzlich am hell erleuchteten Spieltisch des John Law. John konnte ihr Gesicht nicht erkennen, da ihm die Sicht verdeckt war.

»Sprechen Sie dem König das Recht ab, ein Spiel zu verbieten?«, fragte jemand.

»Er hat ohne Zweifel das Recht dazu. Die Frage ist nur, ob er von diesem Recht Gebrauch machen sollte. Selbst ein König kann das Wesen des Menschen nicht ändern. Die Menschen werden immer spielen.«

»Und die Bank wird immer gewinnen«, sagte eine Stimme mit englischem Akzent.

»Nicht immer, aber meistens«, lächelte John Law, als er die junge Frau sah, nach der sich nun alle Gäste umdrehten. Bereitwillig traten die Herren etwas zur Seite, damit sie näher kommen konnte, näher zum Tisch, näher ins Licht. Auf der linken Wange hatte sie ein Feuermal, groß wie eine Lilie.

»Wollten Sie mich kompromittieren?«, flüsterte John Law, als er ungeduldig Catherines Korsett löste, das in französischer Manier nicht auf dem Rücken, sondern vorne geschnürt war.

»Ich habe Sie vermisst, ich habe Sie überall gesucht«, flüsterte Catherine. Sie küsste John auf den Mund, leidenschaftlich, rang nach Atem, küsste ihn erneut. Sie konnte es kaum erwarten, von diesem steifen Korsett, das ihre Brüste platt drückte, befreit zu werden.

»Ich liebe Sie, Catherine«, entfuhr es John Law, als das Korsett endlich zu Boden fiel und er seinen Kopf sanft an ihren Busen presste.

»Ich bin verheiratet«, keuchte Catherine. Mit einer wilden Bewegung riss sie John Laws Hemd auseinander, »mein Mann ist hier in Paris.«

»Ich weiß«, erwiderte John Law, »wenn Sie wollen, werde ich ihn zum Duell auffordern …«

»Dann würde sich die Wahrscheinlichkeit, dass Sie am Galgen enden, signifikant erhöhen, John …«, flüsterte sie. Langsam ließ sie sich zu Boden gleiten und legte sich auf den Rücken.

»Das wäre es wert, Catherine«, sprach John mit warmer, sanfter Stimme. Er liebkoste Catherines Hals, während seine Hand sanft über ihren Bauch nach unten glitt. Catherine winkelte die Beine an und zog Johns Lenden näher zu sich.

»Ich bin es nicht wert, John«, flüsterte Catherine, »es gibt doch so viele schöne Frauen in Paris, die nicht verheiratet sind …«

»Aber keine ist wie Sie, Catherine«, antwortete John und hielt einen Augenblick inne.

»Und wie hoch ist die Wahrscheinlichkeit, dass wir hier überrascht werden?«, scherzte Catherine. Sie schloss die Augen und genoss die wohlige Wärme, die ihren Unterleib durchflutete.

»Die Wahrscheinlichkeit, dass wir hier überrascht werden, beträgt 4,56 Prozent …«, lachte John Law leise. Die Tür des Zimmers wurde aufgestoßen, und drei bewaffnete Polizisten stürmten mit gezogenen Degen in den Raum.

John Law sprang auf und griff dabei nach dem bestickten Bettüberzug. Er bedeckte damit Catherines nackten Körper. Er selbst trat, nackt wie er war, den Polizisten entgegen.

»Ich muss Ihr Klopfen wohl überhört haben«, bemerkte John.

»Wir haben nicht angeklopft, Monsieur Law«, entgegnete eine Stimme im Hintergrund. Der oberste Polizeipräfekt von Paris, der Marquis d'Argenson, betrat das Zimmer und gab den drei Polizisten ein Zeichen, zu verschwinden. Genüsslich betrachtete er die Szene, während sich Catherine den bestickten Bettüberwurf wie einen römischen Umhang um den Körper warf und trotzig dem stechenden Blick des Polizeipräfekten standhielt.

»Madame, gehe ich recht in der Annahme, dass Sir George of St. Andrews Ihr angetrauter Ehemann ist?«

»Monsieur le Marquis d'Argenson, gehe ich recht in der Annahme, dass es Ihnen auch als oberstem Polizeipräfekten von Paris in keiner Weise zusteht, nachts in ein Gästehaus der französischen Krone einzudringen …«

Der Marquis schmunzelte.

John Law griff nach seiner Hose und sagte an Catherine gewandt: »Monsieur le Marquis ist auf der Suche nach englischen Spionen …«

D'Argenson zog amüsiert die kräftigen, schwarzen Augenbrauen hoch: »Es ist in der Tat nicht auszuschließen, dass sich in der Entourage Ihres exilierten Königs englische Spione tummeln.«

John Law nahm sein Hemd auf: »Jetzt sehe ich, was geschehen ist. Die Dame hat mein Hemd ruiniert, Monsieur d'Argenson, aber ich verzichte auf eine Anklage.«

Aus einer Schublade seines Arbeitstisches holte er ein Dokument und reichte es d'Argenson: »Meine Einreisegenehmigung. Von Ihrem König Louis höchstpersönlich visiert. Sie möchten sich jetzt bestimmt entschuldigen ...«

D'Argenson überflog das Dokument: »Sie machen Fortschritte, Monsieur Law. Jetzt haben Sie bereits Persönlichkeiten im Umfeld Ihrer Majestät, die Ihnen den ganzen Papierkram besorgen.«

»Was wollen Sie d'Argenson? Geld?«

John Law griff nach einem der Lederbeutel, in denen er seine goldenen Jetons aufbewahrte. Er warf d'Argenson einen Jeton zu. D'Argenson machte keine Anstalten, den Goldbarren aufzufangen. Er fiel klimpernd zu Boden.

»D'Argenson«, sagte John Law mit fester Stimme und baute sich erneut vor dem Pariser Polizeipräfekten auf. »Wenn Sie nicht sofort verschwinden, missachten Sie das Siegel der Krone.«

»Monsieur Law«, antwortete der Präfekt, »ich verhafte Sie wegen Erregung öffentlichen Ärgernisses und Verstoßes gegen die Sittlichkeit. Madame ist verheiratet.«

»Sie scherzen, d'Argenson«, entgegnete John Law.

Der Präfekt zuckte mit den Schultern: »Ich weiß nicht, Monsieur Law, man sagt mir vieles nach, aber Humor hat mir noch niemand attestiert.«

John Law lächelte: »Ich gehe davon aus, dass Sie mich nicht wirklich verhaften, sondern mich wieder einmal nötigen wollen, das Land innerhalb von achtundvierzig Stunden zu verlassen.«

Der Marquis d'Argenson nickte: »Vierundzwanzig Stunden, Monsieur. Nur vierundzwanzig Stunden. Versuchen Sie nicht, den Duc d'Orléans zu verständigen. Das Haus wird bewacht. Wir werden Sie bis an die Grenze begleiten. Sollten Sie jedoch versuchen unterzutauchen, kann ich für Ihre Sicherheit nicht mehr garantieren. In Frankreich treiben viele marodierende Deserteure ihr Unwesen.«

Unter den pechschwarzen Brauen blitzten seine schwarzen Augen auf, listig und heimtückisch.

»Was wollen Sie wirklich von mir, d'Argenson?«, fragte John Law.

»Ich will keinen protestantischen Schotten in meiner Stadt. Keinen protestantischen Schotten, der in England wegen Mordes gesucht wird und in den Pariser Salons Adlige ausraubt.«

»Seit wann ist einer, der beim Spiel gewinnt, ein Räuber?«

»Seit Sie in der Stadt sind, Monsieur Law.«

Schweigen.

Nach einer Weile sagte John Law: »Ich bin kein Spieler ...«

»Ich weiß«, unterbrach ihn d'Argenson, »Sie sind eine Art Buchmacher, das haben Sie mir schon mal erklärt ...«

»Aber Sie haben es nicht ganz verstanden«, lächelte John Law.

D'Argenson ließ sich Zeit. Dass John Law sich vor ihm aufgebaut hatte und ihn fast um einen Kopf überragte, irritierte ihn nicht. In gewissem Sinn war er John Law nicht unähnlich. Er war kein Mensch, der aus Schwäche oder Angst stets den Dialog, den Kompromiss, die Harmonie suchte. Er suchte auch nicht den Konflikt. Aber er markierte Stärke, Standvermögen und signalisierte, dass er jederzeit bereit war, sich zu messen, eine Auseinandersetzung durchzustehen. Er signalisierte, dass jeder, der sich mit ihm anlegte, um einen sehr hohen Betrag spielte. Alles oder nichts. Freiheit oder Galeere.»Monsieur Law, ich verstehe von Ihren Systemen und Ideen etwas mehr, als Sie vermuten. Sittenstrolche können kein Imperium gefährden, ein Dieb bedroht kein Königreich, ein Hasardeur keine Stadt, und schon gar nicht Paris. Aber es gibt Ideen, die einen König zerstören können, Ideen, die eine Nation ruinieren können. Es gibt Ideen, die man bekämpfen muss. Wenn ich Sie aus der Stadt werfe, Monsieur Law, dann werfe ich Ihre Ideen aus der Stadt. Sie können es von mir aus mit so vielen katholischen Ehefrauen treiben, wie Sie mögen, von hinten und von vorne und kreuzweise, aber halten Sie sich fern von Versailles. Bieten Sie Ihre Ideen in Venedig, Amsterdam oder Edinburgh an, aber nicht hier am Hofe des Sonnenkönigs, nicht hier in Paris. Finger weg von den französischen Finanzen, Monsieur Law! Kein französischer Finanzminister wird Sie jemals empfangen, merken Sie sich das ein für alle Mal!«

Der Marquis drehte sich abrupt um, schritt energisch zur Tür und öffnete sie. Draußen warteten seine drei Polizisten.

»D'Argenson!«, rief ihm John hinterher.

D'Argenson hielt inne.

»D'Argenson! Wissen Sie, womit man eine Idee bekämpft?« Nun drehte sich d'Argenson doch noch um und fixierte John Law eindringlich. Er schien nachzudenken. Er schien zu begreifen, was John Law ihm mitteilen wollte. Womit bekämpft man eine Idee? Er hatte keine Ahnung, womit man eine Idee bekämpfen konnte. Er überlegte, ob es vielleicht genau das war, was John Law ihm mitteilen wollte. Dass man eine Idee mit einer anderen Idee bekämpfen musste.

»Falls Sie jemals zurückkommen, werden Sie am eigenen Leib erfahren, womit wir Ideen bekämpfen. Ich habe Sie gewarnt!«

»Ich werde eines Tages zurückkommen, d'Argenson. Wollen wir wetten?«

»Nein«, entgegnete d'Argenson, und für einen Augenblick hatte man den Eindruck, dass man sich mit diesem Menschen durchaus auf einer bestimmten Ebene hätte verständigen können, »o nein, wenn wir wetten, kommen Sie garantiert zurück.«

Nun lächelte auch John Law: »Wenn der König stirbt, komme ich zurück. Ich beginne Sie zu mögen, d'Argenson.«

»Das wäre keine gute Idee«, schmunzelte d'Argenson und verließ das Zimmer.

John Law schaute nachdenklich zum Fenster der Kutsche hinaus und beobachtete, wie die Abendsonne den Horizont mit feuerroten, blauen und goldgelben Pinselstrichen zu einem schwermütigen Gemälde verzauberte.

»4,56 Prozent betrugen also unsere Chancen, entdeckt zu werden«, lachte Catherine. Die junge Frau saß ihm gegenüber in der Kutsche, die sie nach Amsterdam führen sollte.

»Das Eintreten eines relativ unwahrscheinlichen Ereignisses verblüfft uns stets, Catherine, aber wenn 4,56 Prozent einer 10-Millionen-Bevölkerung etwas zustoßen würde, dann wären davon fast eine halbe Million Menschen betroffen, und jeder Einzelne würde sich fragen, wieso das ausgerechnet ihm passiert, weil die Wahrscheinlichkeit doch so klein war. Er stellt sich die Frage, weil es ihn zu hundert Prozent getroffen hat.«

John löste sich von dem melancholischen Nachthimmel: »Sie hätten nicht mitkommen sollen.«

»Sie sind nicht mein Ehemann, John, also haben Sie mir nichts vorzuschreiben«, lachte Catherine, »und wenn Sie achtzehn Louisdor auf eine Karte setzen dürfen, dann darf ich doch auch meine Zukunft auf einen John Law setzen.«

»Ich bin glücklich, dass Sie es tun, Catherine, aber es ist nicht vernünftig.«

Catherine ergriff Johns Hände und schaute ihm eindringlich in die Augen: »Ich weiß, dass ich keinen leichten Weg gewählt habe, John. Ich weiß auch, dass es nicht vernünftig ist. Aber es ist mein Wille. Ich wusste es, als ich Sie zum ersten Mal sah. Was ist schon vernünftig, John? Nicht geboren zu werden wäre wahrscheinlich das Vernünftigste«, sagte Catherine und begann, erneut an Johns bereits strapaziertem Hemd zu zerren: »Es ist so schön, unvernünftig zu sein.«

EDINBURGH, 1704

Die Jahre waren nicht spurlos an Lauriston Castle vorbeigezogen. Efeu hatte die einst weiße Hausfassade überzogen und das gesamte Haus in ein märchenhaft verwildertes Anwesen verwandelt. Nur die Fenster lagen noch frei wie kleine Augenpaare im verwachsenen Grün. Der gepflasterte Hof war mit Moos bedeckt. Ein einzelner Fensterladen wurde vom Wind immer wieder gegen die Hausmauer geschlagen. Wahrscheinlich würde sich die Halterung in der Mauer eines Tages lösen und der Laden in den Hof stürzen. Lauriston Castle zerfiel.

Jean Law war siebenundfünfzig Jahr alt, ihr Haar war grau, die Haltung gebückt. Sie freute sich über den Besuch ihres ältesten Sohnes, schien aber gleichzeitig mit Wehmut erfüllt. Sie sagte, sie habe jetzt den letzten Abschnitt ihres Lebens in Angriff genommen und John solle ihr versprechen, sich um seinen Bruder William zu kümmern. Er sei zwar begabt, der junge William, aber ihm fehle die führende Hand.

Sie saßen im Salon. Janine servierte Tee. Der Schalk in ihren Augen war längst erloschen, und beide Frauen musterten unaufdringlich John Laws Begleiterin. Sie wussten nicht, was sie von dieser Catherine Knollys halten sollten. John hatte sie in Paris getroffen, war jahrelang zusammen mit ihr durch Europa gezogen, hatte sich vorübergehend in Amsterdam niedergelassen und war nun, zum ersten Mal nach so langer Zeit, hier in Edinburgh.

Jean Law verlor sich in Erinnerungen und staunte, dass ihr kleiner Sohn so groß geworden war: »Es ist unglaublich, wie die Zeit vergeht, John. Wie alt bis du? Dreiunddreißig? Wenn dein Vater dich sehen könnte. Man sagt, du hättest in Italien ein großes Vermögen gemacht. Selbst im fernen Edinburgh spricht man von dir. Aber sag mir, ob es dir gut geht.«

»Es geht mir sehr gut, Madam. Und was meinen Bruder angeht, machen Sie sich keine Sorgen.«

Madam lächelte milde, berührte John Laws Hand und schien sich erneut in Erinnerungen zu verlieren. »Wenn du mir Gutes tun willst, John, dann kümmere dich um deinen Bruder William.«

»Ich werde es versuchen, Madam, aber ich verstehe nicht, wie er hier wohnen und tatenlos zusehen kann, wie das Anwesen verkommt. Das Mindeste wäre, darauf Acht zu geben, dass es nicht an Wert verliert.«

»Er ist nicht so wie du, John«, sagte Madam leise.

In diesem Moment ging die Tür auf, und ein junger Mann von zweiunddreißig Jahren betrat den Raum: »Der große John Law of Lauriston beehrt die Kloake Edinburgh mit seinem Besuch!«

»Sei gegrüßt, William«, sagte John, ohne sich zu erheben.

»Bist du hergekommen, um dich um dieses alte Gemäuer zu kümmern? Oder bist du auf der Flucht vor dem Londoner Henker? Oder der Pariser Polizei? Oder einem einohrigen Schotten?«

Jean Law senkte den Kopf und faltete die Hände. Jetzt sah man, wie sich ihr graues Haar bereits gelichtet hatte.

»Madam«, frohlockte William und genoss seinen Auftritt, »Ihr Sohn hat sich in London duelliert und einen Mann erstochen, in Paris hat man ihn zum Teufel gejagt. Vielleicht will er sich hier unter Ihrem Rock verstecken und sich nachts als Handwerker nützlich machen …«

Plötzlich stand die alte Frau auf und rief mit fester, entschiedener Stimme: »Sei still, William. Unter meinem Dach wird nicht gestritten.«

Dann war plötzlich Stille. Mit einer Geste forderte Madam William auf, sich zu setzen. William war längst ein Mann geworden, aber er wirkte noch immer wie ein großer vorlauter Junge. Es gibt Menschen, die werden älter, aber nie erwachsen.

»Wie sehen deine Pläne aus, John?«, fragte Madam nach einer Weile.

»Wir waren zuletzt in Amsterdam, Madam. Ich habe für verschiedene Banken und Handelshäuser gearbeitet. Jetzt ist die Zeit gekommen, meine Gedanken niederzuschreiben und zu publizieren. Ich habe Pläne entwickelt zur Neuordnung der nationalen Finanzen, monetäre Theorien, um dem Staat neue Geldmittel zuzuführen. Ich möchte diese Thesen gern publizieren und dem schottischen Parlament vortragen.«

William verdrehte die Augen, während ihm Catherine ihre ganze Abneigung zeigte.

»Du wirst Hilfe brauchen, John«, sagte seine Mutter. »Während deiner Abwesenheit hat sich einiges geändert in Edinburgh. Mr Hugh Chamberlen hat zahlreiche Schriften zur Neuordnung der Finanzen verfasst. Ich weiß nicht, ob du davon gehörst hast. Sein Wort hat auf jeden Fall Gewicht. Aber er duldet niemanden neben sich.«

»Ich werde den Duke of Argyll bitten, mir einen Auftritt vor dem schottischen Parlament zu vermitteln. Ich habe gehört, er sei mittlerweile Queen's Commissioner.«

»Dann möchtest du vielleicht längere Zeit auf Lauriston Castle bleiben? Du bist willkommen, John.«

»Mit Verlaub, Madam«, mischte sich William erneut ein, »ich möchte höflich zu bedenken geben, dass mein Bruder John nicht sehr viel Zeit zur Verfügung hat, zumal eine Regierungsunion von England und Schottland unmittelbar bevorsteht.«

Madam schaute William missmutig an und machte eine abschätzige Handbewegung.

»Wird die Regierungsunion vollzogen«, sprach William mit gespieltem Bedauern, »gilt das in London verhängte Todesurteil auch in Edinburgh.«

»Sei still, William, es wird nie eine Union geben«, sagte Madam mit trotziger Stimme.

»Ich habe in Notwehr gehandelt, Madam. Hätte ich mich kampflos erstechen lassen sollen?«

»Wenn du ein Gnadengesuch stellst, wird Königin Anne dich begnadigen, da bin ich mir ganz sicher. Sie ist nicht so stur wie König William«, sagte Johns Mutter.

John Law schwieg und schaute Catherine nachdenklich an.

»Und, wie stehen die Chancen, Bruderherz?«, fragte William.

Madame warf ihrem Jüngsten einen strengen Blick zu.

William zog die Schultern ein und zeigte die offenen Handflächen: »Verzeihung, Madam, aber in den europäischen Salons soll er mit seinen Rechenkünsten und Wahrscheinlichkeitsrechnungen eine Attraktion geworden sein. Selbst in Edinburgh spricht man darüber, nicht wahr, John? Du bist nicht nur für deine Frauengeschichten berühmt.«

»Du gehst jetzt besser, William«, sagte Madam, ohne ihn anzusehen.

»Es ist an der Zeit, dass wir uns draußen im Hof ein bisschen unterhalten, hm?«, sagte John. Er sah seinen Bruder dabei sehr ernst an.

William stand auf, verbeugte sich knapp vor Catherine und verließ eilig den Salon. John folgte ihm.

Als John ihn auf dem Hof einholte, war William gerade bei dem kaputten Fensterladen angekommen. Er zeigte hinauf.

»Was meinst du, wie hoch ist die Wahrscheinlichkeit, dass der Fensterladen runterfällt und dabei einen dreiunddreißigjährigen Mann erschlägt?«

Als John hochschaute, krachte Williams Faust mit voller Wucht in sein Gesicht. John ging zu Boden. William kam wütend auf ihn zu. Er wollte ihn treten. John ergriff blitzschnell das Bein seines Bruders, sprang auf und riss es hoch. William stürzte rückwärts zu Boden und prallte mit dem Hinterkopf aufs Pflaster.

»Steh auf, William«, rief John.

William fasste sich an den Hinterkopf. Dann befühlt er seine Nase. Sie blutete. Wütend rappelte er sich auf und stürzte sich auf John. Wie ein Besessener schlug er auf ihn ein. John parierte die ersten Schläge und schlug mit großer Wucht zurück. Der Schlagabtausch wurde immer wilder, bis sich schließlich bei beiden erste Anzeichen von Erschöpfung breit machten. Dann standen sie sich gegenüber, keuchend, abwartend.

»Es ist – noch nicht vorbei, John«, stöhnte William. Er ballte erneut die Fäuste.

»Der Letzte, der mir das gesagt hat, ist daran gestorben, William«, seufzte John und verpasste seinem Bruder eine schallende Ohrfeige. In Williams Kopf dröhnte es, als hätte jemand einen mächtigen Gong geschlagen. Das Geräusch wollte nicht mehr abklingen. »In Anwesenheit von Madam werden wir uns nie mehr streiten, hast du mich verstanden?«

William sah nur die Lippenbewegungen. Er verstand kein Wort. Im nächsten Moment schlug er wieder auf seinen Bruder ein. Doch John parierte die Faustschläge geschickt, rammte William das Knie in den Unterleib und wuchtete ihm, gerade als er vor Schmerzen in die Hocke ging, den Ellbogen ins Gesicht. William sank auf die Knie.

»Madam wünscht sich, dass der Zwist zwischen uns beendet wird. Er ist hiermit beendet, William. Wir werden uns beide daran halten.«

William erhob sich langsam. Plötzlich hielt er ein Messer in der Hand. John Law wich nicht von der Stelle.

»Wofür willst du dich eigentlich rächen, William? Dafür, dass ich besser bin als du? Stärker? Erfolgreicher? Bedeutender?«

William beugte sich vor und begann, langsam um John herumzugehen. John rührte sich nicht von der Stelle, machte keinerlei Anstalten, sich verteidigen zu wollen. Demonstrativ verschränkte er die Arme.

»Du kannst mich töten, William, vielleicht, und dann? Selbst wenn ich tot bin, werde ich besser gewesen sein, als du es zu meinen Lebzeiten jemals gewesen bist. Wozu willst du mich also töten, William? Willst du dein Leben damit verbringen, mich zu hassen? Und dabei dein eigenes Leben vergessen? Du musst deinen Hass töten, William, deinen Neid. Und dich auf dein eigenes Leben konzentrieren.«

William blieb stehen. Ein leichtes Flattern legte sich über sein Gesicht. Erneut wischte er sich das Blut von der Nase.

»Die Welt ist groß, William. Es gibt Platz genug für uns beide. Ich habe nicht die Absicht, in Lauriston Castle zu bleiben. In Edinburgh riecht man noch den Rauch der letzten Hexenverbrennungen. Doch weiter im Süden entsteht die Welt von morgen. Wir befreien uns von unseren Fesseln und lassen Gott und die Könige aussterben. Wir ersetzen Gott durch Wissen. Wir ersetzen die Könige durch Parlamente. Und in den Parlamenten ergänzen wir den Landadel mit Händlern, Bankiers und Handwerkern. In dieser neuen Welt hat jeder eine echte Chance, William. Es gibt so vieles zu entdecken: neue Kontinente, Länder, Rohstoffe, Kulturen, neuartige Erfindungen, neue Theorien, Modelle, Ideen. Wieso vergeudest du also deine Zeit damit, mich zu hassen?«

William schwieg. Nach einer Weile sagte er: »Ich hatte genügend Zeit, dich hassen zu lernen. Ich war da, als unsere Zwillinge starben.

Ich war da, als Madams Herz in Stücke brach, und ich bin stets an ihrer Seite, wenn sie weint und sich sorgt. Ich wünschte mir oft, man hätte dich in London gehenkt. Damit Madam endlich Ruhe findet. Und jetzt stehst du wieder da, und Madam liegt dir zu Füßen.«

John schwieg. Er hatte die Angelegenheit noch nie von dieser Seite aus betrachtet. »Was du hier tust, William, soll nicht zu deinem Nachteil sein. Bald stirbt in Paris der Sonnenkönig. Man wird meine Dienste in Anspruch nehmen. Und wenn Madam eines Tages nicht mehr ist, werde ich dich rufen. Ich werde dir eine Stellung verschaffen, die alles vergessen macht, was jemals zwischen uns gewesen ist.«

John Law drehte William den Rücken und ging langsam zum Haus zurück. William warf sein Messer in die Höhe, ergriff es beim Hinunterfallen an der Klinge und warf es mit voller Wucht über den Hof. Im Stamm einer Eiche blieb es stecken.

»Du solltest etwas netter zu dir sein, William«, sagte John und blieb stehen.

»Du verkaufst stets die Zukunft, John. Beweise, dass du es ernst meinst. Lass mich jetzt schon an deinem Reichtum teilhaben. Oder sind das auch bloß Geschichten, die man sich in den Salons erzählt?«

William ging auf John zu. Wieder wischte er sich das Blut aus dem Gesicht.

John griff in seine breite Manteltasche und nahm einen ledernen Beutel hervor. Er warf ihn William zu. William öffnete den Beutel. Er griff hinein. Zum Vorschein kam eine Hand voll Goldmünzen.

»Dann ist es also wahr, was man sich in den Salons erzählt. Du bist ein vermögender Mann geworden.«

»Non obscura nec ima«, antwortete John.

»Weder unbedeutend noch gering«, wiederholte William. Er wollte John den Geldbeutel zurückgeben, doch dieser wehrte ab.

»Ich hoffe, es reicht, um auch den Fensterladen da oben zu reparieren«, sagte John und zeigte auf den verlotterten Fensterladen, der sich aus der Verankerung zu lösen drohte.

»Eine Rede vor dem schottischen Parlament?«, murmelte der junge Duke of Argyll und ließ den Blick über seine stolze Bibliothek schweifen. Sie nahm alle Wände in Anspruch. Selbst über der doppelflügeligen Salontür und dem großen Fenster zum Park stapelten sich die Bücher in den endlosen Regalen, die bis zur Decke reichten. In der Mitte des Raumes thronte der Duke of Argyll hinter einem mächtigen Eichentisch. Sein altmodisch gefärbter Justaucorps hatte noch vertikal eingeschnittene Taschen, wie man sie nur noch selten antraf. Zu seiner Rechten befand sich eine Weltkugel in einem Holzgestell. Sie hatte über einen Meter Durchmesser und zeigte noch dort Meere, wo längst Land entdeckt worden war.

»Sehen Sie, Mr Law«, begann der Herzog von neuem, »Schottland ist nicht das geeignete Land für finanztheoretische Experimente. Benutzen Sie dafür ein Stück Papier, aber nicht eine ganze Nation!«

John Law neigte kurz den Kopf, als wolle er sich bereits für diese Aussage höflich bedanken: »Schottland verfügt kaum noch über Metallgeld, Sir. Handel ist nur noch in beschränktem Ausmaße möglich. Es wird immer weniger produziert. Die Folge sind Arbeitslosigkeit und Armut ...«

Der Herzog lächelte: »Ein solches Land ist immer anfällig für neue vielversprechende Theorien. Sehen Sie, Mr Law, hier, im Arbeitszimmer meines selig verstorbenen Vaters, saß einmal ein Mann namens William Paterson. Er fand hier unter seinen Landsleuten kein Gehör und gründete im Jahre 1694, also vor genau zehn Jahren, in London die Bank of England.«

John Law wusste sehr genau, wer William Paterson war. Als sein Landsmann die Bank of England gründete, saß er in London im Gefängnis.

»William Paterson kam als Triumphator nach Edinburgh zurück«, fuhr der Duke of Argyll fort, »und warb für eine schottische Handelskolonie in Panama. Sie sollte Schottland innerhalb weniger Jahre zum reichsten Land der Erde machen. Sie haben es nicht miterlebt, John, aber die Leute waren ganz verrückt danach, ihm ihr Geld nachzuwerfen. Über vierhunderttausend Pfund vertrauten sie ihm an. Er versprach unermessliche Gewinne. Vierhunderttausend Pfund, das ist die Hälfte des gesamten schottischen Volksvermögens. Fünf Schiffe stachen in See, das war vor sechs Jahren, zweitausend Menschen waren an Bord. Drei Monate später erreichten sie ihr Ziel. William Paterson war dabei, seine Frau, sein Sohn. Zwei Jahre später waren nur noch Paterson und dreihundert von Malaria und Ruhr geplagte Unglückliche am Leben. Die Spanier haben die Siedlung Tag und Nacht belagert. Die Engländer haben tatenlos zugesehen, wie die ungeliebte Konkurrentin kläglich verendete. Mit einer bloßen Idee hat der Gründer der Bank of England innerhalb von nur drei Jahren ganz Schottland ruiniert. Und, Gott möge ihm verzeihen, meinen Vater in den Freitod getrieben. Mein Vater hatte ihm vertraut. Er hat alles verloren. Wenn Sie also vor das schottische Parlament treten, John Law, sollten Sie etwas mehr als eine bloße Idee anbieten.«

Der Herzog gab John Law das Manuskript zurück, das John ihm vor einigen Wochen zugesandt hatte: »Ich habe Ihre Betrachtungen über Geld und Handel genau studiert. Manches erinnert an die Schriften von Hugh Chamberlen.« Der Herzog hielt inne und überlegte. »Aber nun ja«, fuhr er langsam fort und dehnte die Worte ins Unerträgliche, »ich gebe zu, Ihr Manuskript ist … interessant. Ihre Überlegung, wonach Geld kein Wert, sondern lediglich eine Funktion ist – nun das ist eine bestechende …«

»Idee?«, lächelte John Law.

»In jedem Fall bestechend«, entgegnete der Herzog. »Bestechend ist auch Ihr Gedanke, wonach man die Ausgabe von Papiergeld nicht mit Metall decken sollte, sondern durch Land und Boden, weil Land und Boden weniger volatil sind.«

Ungeduldig wartete John auf die Schlussfolgerung des Herzogs. Er befürchtete insgeheim, dass er Johns Manuskript nur deshalb so wohlwollend kommentierte, weil er ihm gleich eine Abfuhr erteilen wollte.

»Ihr Manuskript mag interessant sein, John Law. Hätte es Mr Chamberlen geschrieben, wäre es sogar brillant. Es wäre die Bibel der Finanzwissenschaften und des Handels. Es wäre so revolutionär wie die Erfindung des Rades für den Transport, die Erfindung des Buchdrucks oder des Schießpulvers. Ihr Werk wäre imstande, mehr zu verändern, als je ein König verändert hätte. Aber leider hat es die falsche Person geschrieben.«

»Die falsche Person?«, wiederholte John Law ungläubig.

Der Herzog nickte: »Ja, die falsche Person. Sie gelten hier als Spieler, als gesuchter Verbrecher …«

»Ich könnte das Manuskript unter einem Pseudonym veröffentlichen.«

Der Herzog nickte: »Ihr Vater hat meinem Vater seinerzeit gute Dienste erwiesen. Die Dankbarkeit meines Vaters will ich somit an Sie weitergeben, Mr Law. Ich versichere Ihnen, dass ich Ihr Werk, sobald es unter einem Pseudonym publiziert worden ist, im Parlament in Umlauf bringen werde. Aber ich versichere Ihnen auch, dass ich nicht öffentlich für Sie Partei ergreifen werde. Das würde hier auf allergrößtes Unverständnis stoßen. Nach dem, was Paterson meiner Familie angetan hat.«

John Law arbeitete rund um die Uhr an einer Überarbeitung seines Manuskripts, während Catherine Jean Law Gesellschaft leistete. Man sah die Frauen oft zusammen spazieren gehen. John wusste nicht, worüber die beiden sprachen. Er fragte Catherine auch nicht danach. Es genügte ihm, zu sehen, dass sich die beiden ganz offensichtlich verstanden.

Johns Gold hatte William zu neuem Leben erweckt. Er bemühte sich, das Anwesen wieder instand setzen zu lassen, beauftragte Handwerker und überwachte die Arbeiten. Während seiner freien Zeit stand er oft draußen hinter den Ställen und machte Schießübungen. Aus irgendwelchen Gründen hatte er eine Affinität zu Pistolen entwickelt. Vielleicht war dies der Ausgleich für seine mangelnde Virtuosität im Umgang mit dem Degen.

Eines Morgens erschien ein Kammerdiener. William kam gerade von seinem morgendlichen Ausritt zurück und fragte ihn nach dem Zweck seines Besuches.

»Ich habe eine Botschaft von Mr Andrew Ramsay.«

»Mein Bruder wünscht in diesen Tagen nicht gestört zu werden. Wie lautet die Botschaft? Ich werde sie ihm überbringen.«

»Sie sind der Bruder des berühmten John Law?«, fragte der Diener, als hätte er noch nie davon gehört, dass der große John Law einen Bruder hat.

»Ja«, nickte William gereizt, »ich bin William Law, der jüngere Bruder von John Law. Wie lautet die Botschaft?«

Der Diener verbeugte sich respektvoll vor William und rapportierte ihm mit gesenktem Blick: »Mr Andrew Ramsay würde sich freuen, John Law in seinem Salon begrüßen zu dürfen.«

»Möchte sich Mr Andrew Ramsay mit den Geldtheorien meines Bruders vertraut machen?«, fragte William neugierig. Er wusste, dass jede Hilfe für den bevorstehenden Auftritt vor dem Edinburgher Parlament bedeutend sein konnte.

»Mr Andrew Ramsay liebt das *Pharao*-Spiel«, sagte der Diener. »Es wäre ihm eine Ehre, gegen den großen John Law antreten zu dürfen.«

»Mein Bruder ist kein Spieler. Richten Sie Mr Andrew Ramsay bitte aus, dass mein Bruder seine Einladung nicht annehmen kann.« William spürte, dass es ihm gefiel, im Namen seines Bruders zu sprechen. Der Diener verneigte sich erneut und verließ das Anwesen.

»Mr Andrew Ramsay?«, wiederholte John beim Abendessen und setzte das Weinglas ab.

»Sein Vater war einer der reichsten und angesehensten Männer von Edinburgh. Allein sein Landsitz soll über tausendzweihundert Pfund wert sein«, erklärte Madam Law.

»Mr Andrew Ramsay«, schmunzelte John, »wie schade, dass ich nicht mehr spiele, Madam.« Verschmitzt sah er seine Mutter an.

»Es ist ohnehin eine Falle«, ereiferte sich William, »ich bin sicher, dass einige Leute in Edinburgh bereits wissen, dass du vor dem Parlament auftreten und deine Theorien erläutern willst. Diese Leute wollen dich zum Spielen auffordern. Sie wollen dich an den Spieltischen vorführen als notorischen Glücksspieler.«

»Keine Angst«, entgegnete John, »was bedeutet schon ein Sieg an einem Spieltisch, wenn man die Möglichkeit hat, ganz Schottland mit neuem Geld zu versorgen und aus dem Elend zu befreien? Mein nächstes Spiel wird nicht an einem Spieltisch ausgetragen, sondern an einem Rednerpult!«

Jean Law lächelte: »Die Schauspielerei hast du wohl an den Spieltischen erlernt. Aber deiner Mutter kannst du nichts vormachen, John. Du wirst Edinburgh nicht verlassen, bevor du Mr Andrew Ramsay ruiniert hast.«

»Madam«, protestierte John, doch Jean Law winkte ab.

»Ich werde ein Auge auf ihn haben«, scherzte Catherine. Catherine wirkte blass. Sie schien keinen großen Appetit zu haben. Madam warf einen diskreten Blick auf Catherines Bauch. Catherine bemerkte es und lächelte matt. Madam wusste sofort Bescheid. Sie schloss für einen Augenblick die Augen. Catherine war schwanger. Und sie würde Großmutter werden. Sie sah wieder auf.

»Vergesst nicht, der Königin zu schreiben«, sagte Madam und schaute besorgt zu ihren Söhnen.

»Das ist richtig, Madam«, erwiderte William. »Ein Sieg vor dem Parlament in Edinburgh nützt ihm nichts, wenn England und Schottland sich zur Union zusammenschließen und das Todesurteil dadurch auf Schottland erstreckt wird. Wenn John mich dafür bezahlt, werde ich mich um diese Angelegenheit kümmern.«

»William!«, entsetzte sich Madam.

Doch William blieb gelassen: »Freuen Sie sich doch darüber, dass Ihre Söhne miteinander Geschäfte machen. Mehr können Sie von uns nicht verlangen, nicht wahr, John?«

John lachte herzlich.

PARIS, 1701

Philipp d'Orléans schlenderte gelangweilt durch seinen Salon. Die *Pharao*-Tische waren schlecht besetzt. Vor dem Polizeipräfekten d'Argenson blieb er stehen.

»Ich höre, Sie haben unseren schottischen Freund schon wieder außer Landes gejagt ...«

D'Argenson verriet keine Regung: »*C'est ça*, Monsieur le Duc. Monsieur Law hat uns erneut verlassen. Dringende Geschäfte, wie ich hörte ...«

Der Duc d'Orléans ignorierte d'Argensons Lügen: »Was lag gegen ihn vor?«

»Sie meinen, ich ...«

»Was lag gegen ihn vor?«, wiederholte der Herzog trocken.

D'Argenson sah, dass der Duc d'Orléans die Sache nicht auf sich beruhen lassen wollte: »Falls etwas gegen ihn vorlag, unterliegt dies der Geheimhaltungspflicht«, entgegnete d'Argenson trocken.

Der Herzog reagierte ungeduldig, während d'Argenson ein süffisantes Lächeln aufsetzte.

»D'Argenson, ich kann auch den König fragen. Schließlich ist er mein Onkel. Oder haben Sie auch gegenüber unserem König eine Geheimhaltungspflicht?«

»Ich bin ein treuer Diener unseres Königs, Herzog. Es liegt im Ermessen unseres Königs, Ihnen die Gründe mitzuteilen.«

Der Herzog lächelte: »Falls er die Gründe kennt.« D'Argensons Gesicht verfinsterte sich. Er zog die pechschwarzen Brauen zusammen und schürzte seine Lippen. Philipp d'Orléans legte dem obersten Polizeipräfekten den Arm auf die Schulter, weil er wusste, dass er dies hasste, und flüsterte ihm ins Ohr: »Ich hörte, Sie wollen Finanzminister werden. Sie wollen sich nicht mehr um das ganze Gesindel kümmern, das sich nachts in unseren Straßen rumtreibt ...«

D'Argenson ergriff den Arm des Herzogs und nahm ihn langsam von seiner Schulter. Dann machte er einen kurzen Schritt auf den Herzog zu und flüsterte ihm ins Ohr: »Es gibt viele Gerüchte in

Paris. Ich hörte, dass Sie von morgens bis abends nur saufen und huren und auf den Tod Ihres Onkels warten.«

Philipp d'Orléans lachte müde vor sich hin: »Haben Sie heute Abend Zwiebelsuppe gegessen, Marquis d'Argenson?«

D'Argenson reagierte irritiert.

»Gerüche sind manchmal schlimmer als Gerüchte«, fuhr Philipp d'Orléans heiter fort, »denn Gerüchte sind harmlos. Sie sagen lediglich etwas über denjenigen aus, der sie verbreitet.«

D'Argenson verneigte sich: »Ich bedanke mich für den angenehmen Abend, Monsieur le Duc.«

»Sie sind stets willkommen, Monsieur le Marquis d'Argenson«, rief der Herzog mit einer theatralischen Geste, »ich werde morgen den König besuchen und ihn bitten, dass er uns John Law of Lauriston zurückbringt. Vielleicht – werde ich ihn auch um mehr bitten ...«

Die Bemerkung blieb nicht ungehört im Salon. Ein Raunen der Zustimmung ging durch die Besucher, während d'Argenson sich vom Spieltisch entfernte und in der Tiefe des Saals verschwand.

EDINBURGH, 1704

William Law hielt seine Steinschlossfeuerwaffe gesenkt. Die Augen hatte er geschlossen. Jetzt hörte man nur noch den Wind zwischen den Gemäuern von Lauriston Castle pfeifen. William hob die Waffe, öffnete die Augen und zog mit dem Zeigefinger den Abzugbügel zurück. Die Kugel zerfetzte den Steinkrug, der an dem Ast eines Apfelbaums aufgehängt worden war.

»Sie sollten auf dem Jahrmarkt auftreten«, lachte eine weibliche Stimme. William drehte sich um. Catherine trat hinter den Ställen hervor und kam langsam auf ihn zu. Am Boden lag ein kostbar ausgearbeiteter und mit dunkelroter Seide ausstaffierter Holzkoffer. Darin lag eine Duellpistole. Die zweite, identische Feuerwaffe hielt William in der Hand.

»Koffer mit Duellpistolen kommen langsam in Mode«, scherzte Catherine, »haben Sie Feinde, William?«

»Nur meinen Bruder.« William lächelte, während er seine Pistole in den Koffer zurücklegte und die andere Pistole herausnahm: »Wollen Sie es auch mal versuchen?«

»Wieso nicht«, lachte Catherine, »vielleicht werden die Damen eines Tages die gleichen Rechte haben wie die Männer und die gleichen Dummheiten begehen dürfen.«

William lächelte still vor sich hin, während er mit flinken Bewegungen den Hahn sicherte, Pulver aus dem Horngefäß in den Lauf schüttete und dann eine mit Stoff umwickelte Kugel in den Lauf stopfte.

»Sie haben schon einmal geschossen?«, fragte William. Catherine schüttelte den Kopf und streckte ihre Hand nach der Pistole aus.

»Noch ein bisschen Pulver auf die Pulverpfanne …«, murmelte William. Dann schloss er den Pfannendeckel und reichte ihr die Waffe.

»Halten Sie die Pistole nach unten gerichtet. Falls aus Versehen ein Schuss abgeht, haben Sie immer noch neun Zehen übrig.«

Catherine nahm die Waffe in die Hand: »Worauf soll ich schießen?«

»Versuchen Sie es mit dem Baum.«

Catherine hob die Waffe hoch. William beobachtete sie. Aus unmittelbarer Nähe war sie noch schöner als ohnehin schon.

»Vorsicht!«, sagte William leise und berührte sanft ihre Hand. »Die Pistole bäumt sich nach dem Abfeuern der Kugel auf. Halten Sie sie also fest in der Hand, damit sie Ihnen beim Rückschlag nicht die Zähne ausschlägt.«

Catherine spürte, dass William sie begehrte. Rasch drückte sie ab. Die Waffe schnellte nach oben.

»Habe ich getroffen?«, fragte Catherine amüsiert.

»Sagen wir es einmal so: Sie haben einen Schuss abgefeuert. Und der Baum da drüben wird auch im nächsten Frühjahr noch Früchte tragen.«

»Und der Autor?«, fragte Agnes Campbell, die siebzigjährige Witwe des renommierten Druckers und Verlegers Andrew Anderson, des offiziellen Druckers »für die vorzügliche Majestät Ihrer Königin«. Etwas verloren saß sie hinter dem großen Arbeitstisch ihres verstorbenen Ehemannes.

»Der Autor bleibt anonym«, erwiderte John Law, »und wenn Sie jemand nach dem Urheber dieser Schrift fragt, sagen Sie einfach, es sei nicht Doktor Chamberlen …«

Agnes Campbell nickte und wog das hundertzwanzig Seiten umfassende Manuskript »Geld und Handel« in der Hand.

Der strenge Geruch von Druckerschwärze lag in der Luft. Die lauten Geräusche der Druckerpressen und das Aufeinanderklatschen von Metallzeilen schallten zu ihnen herüber.

»Wie eilig ist es?«, fragte sie und musterte dabei ihren Neffen.

»Sie müssen sofort anfangen, Tante Agnes«, erwiderte John Law und fügte, als die alte Frau müde und bedauernd den Kopf schüttelte, gleich hinzu, dass er bereit sei, das Doppelte zu bezahlen.

»Es ist nicht eine Frage des Geldes, sondern der Arbeitskräfte. Ich muss meine Werber ausschicken, damit sie die Wirtshäuser nach Wandergesellen abklopfen. Die besten unter ihnen sind längst irgendwo verpflichtet und führen sich auf, als seien sie renommiert wie Pariser Steinmetze. Viele zieht es heute nach Frankreich, weil die Franzosen angeblich das größte Buch der Welt planen, eine Enzyklopädie. Woher soll ich neue Setzer und Drucker holen?«

»Sie werden schon einen Weg finden, Tante Agnes.«

»Nein«, wehrte Campbell energisch ab, »es ist ein ernsthaftes Problem geworden, John. Die Arbeiter werden heute nach Auftrag verpflichtet und bezahlt. Dann ziehen sie weiter. Wie die Steinmetze. Sie sind wählerisch. Es ist nichts mehr wie früher.«

»Sie meinen, selbst für einen John Law finden Sie keine Setzer und Drucker mehr?«

Etwas hilflos blätterte die alte Frau in John Laws Manuskript, als suche sie darin nach einer Ausrede. Nachdem bereits alle ihre Kinder sehr früh verstorben waren, hatte sie nun auch ihren dritten

Ehemann verloren, Andrew Anderson. Seine legendären Druckerzeugnisse zierten die Bibliotheken von Venedig, London und Paris. Aber Agnes Campbell verstand wenig vom Geschäft und stand ganz allein da. Sie schien vom Schicksal überrumpelt, überfordert, in einem permanenten Kampf zwischen Resignation und Überwindung. Schließlich rang sie sich durch und sagte: »Wir drucken im Duodezformat, das ist günstiger und geht schneller …«

»In welchem Format hat Chamberlen gedruckt?«, fragte John Law.

»Er wünschte eine Quartausgabe, vornehm und teuer.«

»Aha«, ärgerte sich John Law, »dann hat er also bereits gedruckt.«

Agnes Campbell ließ das Manuskript auf den Tisch fallen und griff sich mit beiden Händen an den Mund. »Jetzt habe ich tatsächlich ein Geheimnis ausgeplaudert. John, du hast dich kein bisschen verändert …«

»Dann können Sie mir auch gleich verraten, wann Chamberlen seine Papierbögen abgeholt hat?«, lächelte John charmant.

»Sie werden gerade gedruckt, drüben in der Halle«, lächelte Agnes Campbell versöhnlich.

John Law dachte nach.

»Verlangen Sie aber nicht von mir, dass ich den Druck abbreche, John. Das werde ich nicht tun. Wenn es um die Finanzen geht, genießt niemand in Edinburgh einen besseren Ruf als Doktor Chamberlen.«

»Nein, Tante Agnes. Es ist sogar wichtig, dass Sie das Werk von Doktor Chamberlen drucken. Nur der Vergleich mit Chamberlens Ideen wird das Parlament davon überzeugen, dass meine fundierter und durchdachter sind.« John Law fügte hinzu: »Ich möchte nur nicht, dass das Parlament nur über Chamberlen spricht und ich zu spät komme …«

John Law zeigte auf eine scheinbar ausgemusterte Druckerpresse. Agnes Campbell war erleichtert, dass John Law nichts Unredliches von ihr verlangte. Sie lachte: »Mit dieser Presse kannst du keine Bögen drucken …«

»Aber ein Flugblatt«, entgegnete John Law, »tausend Stück. Ich werde mein Werk auf einer einzigen Seite zusammenfassen. Nur die wichtigsten Thesen. Und auf das baldige Erscheinen des Buches hinweisen. Es ist wichtig, dass das Parlament weiß, dass da noch was kommt.«

»Ein Flugblatt?«, wiederholte Campbell.

»Ja«, wiederholte John Law, »›Vorschlag für die Versorgung der Nation mit Geld‹. Das wird der Titel sein. Geben Sie mir etwas zu schreiben. Ich werde das Flugblatt gleich hier aufsetzen. Sie werden es in allen Bierstuben, Gaststätten, Kaffeehäusern und an allen öffentlichen Plätzen verteilen und aushängen.«

»Gut«, antwortete Campbell. Jetzt schien sie sich darüber zu freuen, dass sie sich dazu durchgerungen hatte, den Auftrag anzunehmen. »Ich werde gleich meine Werber losschicken, um Arbeiter zu finden. Die Offerte schicke ich bis heute Abend nach Lauriston Castle.«

John Law winkte ab: »Keine Offerte, fangen Sie einfach an und lassen Sie mich den ersten Druck von Chamberlens Werk kaufen. Kommen Sie, gehen wir in die Halle.«

Als John Law und Agnes Campbell die Druckerei betraten, schlug ihnen ein ohrenbetäubender Lärm entgegen. Die Setzerlehrlinge standen vor ihren abgeschrägten Setzpulten und reihten mit routiniertem Griff die aus einem Gemisch aus Blei, Zinn und Antimon gegossenen Buchstaben auf einem Winkelhaken zu Worten und Sätzen auf, Zeile für Zeile, während wiederum andere Burschen mit flinken Bewegungen die fertig gesetzten Seiten mit Schrauben in einem Rahmen fixierten, der als Druckform diente.

Der Raum platzte aus allen Nähten. Zwei Dutzend Männer arbeiteten streng arbeitsteilig. Während der eine den fertigen Setzrahmen mit Farbe bestrich, löste ein anderer den soeben bedruckten Papierbogen von der Platte. Ein dritter schob die mittlerweile eingefärbte neue Druckform unter die Presse, und ein vierter Arbeiter vollendete mit einem kräftigen Zug den Druck.

»Die ganze Welt will plötzlich lesen«, schrie Campbell. Sie verstand fast ihr eigenes Wort nicht. An der Decke hingen die frisch gedruckten Bögen. Sie umfassten jeweils vier bis acht Buchseiten und konnten nach dem vollständigen Austrocknen auch auf der Rückseite bedruckt werden.

Campbell winkte einen Vorarbeiter heran. Sie gab ihm mit Handzeichen zu verstehen, dass Sie ein Exemplar von Hugh Chamberlens Buch wolle. Der Mann holte einen Stapel loser Papierbögen hervor, rollte sie zusammen und schnürte sie zu einem Paket.

Als sie wieder draußen auf dem Hof standen, bedankte sich John Law für das Exemplar: »Sagen Sie Doktor Chamberlen, dass Ihnen die Leute die Bögen förmlich aus den Händen reißen. Einen Satz hätten Sie bereits verkauft.«

Agnes Campbell lächelte. Im Nachhinein freute sie sich darüber, dass ihr Neffe sie besucht hatte. Anfangs hatte sein Erscheinen sie beunruhigt, denn der Ruf, der ihm vorauseilte, war tatsächlich nicht der beste.

»Wir könnten hier noch mehr anbauen, John«, versuchte sie ein Thema anzuschneiden, das sie seit dem Tod ihres Mannes sehr beschäftigte. »Mein Mann wollte ursprünglich noch eine Buchbinderei und eine Buchhandlung aufbauen. Aber für mich ist es zu viel, John. Ich bin eine alte Frau. Und die Welt befindet sich in einem wilden Galopp. Ich kann da nicht mehr mithalten. Die Buchhandlungen wollen die Druckbögen nicht mehr selbst binden. Wir sollen fertige Bücher liefern. Würden meine Söhne noch leben, John, könnten sie die Druckerei in das neue Zeitalter führen.«

Sie schaute prüfend zu John Law hinauf.

»Die Leute werden immer mehr lesen, Tante Agnes, ob sie dadurch immer klüger werden, steht hingegen noch nicht fest.«

»Ja, ja«, murmelte Campbell. Sie war enttäuscht, dass John auf ihren Köder, ins Druckereigeschäft einzusteigen, nicht angesprungen war.

John Law hob lächelnd Chamberlens geschnürte Papierrolle hoch: »Wahrscheinlich ist Ihnen schon aufgefallen, dass ich Chamberlen nicht sonderlich mag. Er nervt mich mit seinem Doktortitel. Ich habe meinen Doktor an den Spieltischen Europas gemacht.«

Dann beugte sich John Law zu seiner Tante Campbell hinunter, umarmte sie liebevoll und küsste sie auf beide Wangen. »Glaubt mir, Tante Agnes«, flüsterte John Law, »ich wäre kein würdiger Nachfolger von Andrew Anderson. Ich will nicht Bücher drucken und verlegen, die sich andere Menschen in einem Hinterzimmer ausdenken. Ich habe eine Idee, und ich will sie umsetzen. Und dafür brauche ich keine Druckerschwärze, sondern einen König und eine ganze Nation.«

»Ach, John, wieso setzt du dir nicht Ziele, die du erreichen kannst? Wie andere Leute auch.«

John Laws Flugblatt wurde bereits am späten Nachmittag des darauf folgenden Tages in den Edinburgher Kaffeehäusern verteilt und sofort heftig diskutiert. Ein Flugblatt war etwas Besonderes. Es war aktuell, brisant, ein Originaltext aus erster Hand. Überall in der Stadt hatten die Leute beinahe zur gleichen Zeit die gleiche Information. Vom Schuhputzer bis zum Bankier interessierte sich jeder für ein neu verteiltes Flugblatt. Traf in einem Kaffeehaus ein neues Flugblatt ein, herrschte für einen Moment Totenstille. Und im nächsten Moment gingen die Debatten los.

An jenem Nachmittag debattierte man über die Thesen eines namentlich nicht genannten Mannes, der dem Parlament einen Vorschlag unterbreiten wollte, um die Nation mit Geld zu versorgen. Der Unbekannte wollte Geld aus Papier drucken. Und das Parlament sollte garantieren, dass man gegen Vorweisung dieser Papierstücke tatsächlich die angegebene Summe in Münzen zurückerstattet bekam. Das allein war nicht so neu. Das Neue an seinem Vorschlag war, dass man auch mit Papiergeld bezahlen können sollte, das noch gar nicht existierte. Mit Geld, das nicht da war. Mit Krediten. Mit Papiergeld, das auf einer Leistung basierte, die in der Zukunft erst noch erbracht werden musste. So glaubte der anonyme Flugblattverfasser die darbende schottische Wirtschaft wieder in

Gang bringen zu können. Noch nie zuvor hatte jemand die Idee gehabt, Geld für ein Bier zu bezahlen, das noch gar nicht gebraut worden war.

Es war schon spät, als John Law die letzten Seiten des Buches von Hugh Chamberlen durchgelesen hatte.

»Und?«, fragte Catherine, als sie bemerkte, dass John den letzten Druckbogen beiseite legte. Sie saß in einem Sofa neben dem Kamin und las den Reisebericht eines Engländers, der die Gebiete in der Neuen Welt bereist hatte.

»Er schreibt geistreich«, antwortete John Law nachdenklich, »aber was er schreibt, ist nicht neu. Er schreibt über Dinge, die in Amsterdam bereits vor vielen Jahren diskutiert worden sind. Aber er gebiert nichts Neues.«

Catherine schmunzelte. John Law sah sie fragend an. Er ging zu ihr hinüber, kniete nieder und küsste ihre Hände. »Wieso lächelst du so in dich hinein, meine liebe Catherine?«

»Weil du sagst, dass er nichts gebiert. Kann ein Mann denn gebären?«

»Ideen kann er gebären«, lachte John Law leise.

Catherine nahm John Laws Hand und legte sie auf ihren Bauch. John Law nahm Catherine zärtlich in seine Arme und küsste sie leidenschaftlich.

»Und ich Narr, ich habe nichts bemerkt«, flüsterte John.

Catherine fuhr ihm durchs Haar und drückte ihn fest an sich: »Und wir bleiben für immer beisammen, John?«

»Für immer, Catherine. Egal was geschieht.«

Catherine flüsterte: »Nur der Tod kann uns trennen?«

In diesem Moment klopfte es an der Tür. John wartete einen Augenblick. Als erneut geklopft wurde, erhob er sich.

»Herein«, rief er.

William trat ein. Er hielt einen Brief in der Hand.

»Königin Anne hat dein Gnadengesuch abgelehnt, John!«

Catherine schaute fragend zu John Law.

»Wir hatten ohnehin nicht im Sinn, nach England zu fahren«, scherzte John Law.

»Du weißt, was das bedeutet, John!«, sagte William mit ernster Stimme. »Falls die Union zwischen England und Schottland zustande kommt, werden sie dich in Edinburgh hängen!«

»Du sorgst dich um mich?«, lachte John.

»Bloß um dein Geld, John, es ist rein geschäftlich«, gab William lachend zurück.

»Weißt du, William, die meisten Dinge, vor denen wir uns im Leben fürchten, treffen nie ein. Noch gibt es keine Union zwischen England und Schottland. Was Königin Anne in London erzählt, kümmert hier in Edinburgh keinen Stallknecht.«

William sah John an, und dann sah er Catherine an. Er spürte, dass er ungelegen gekommen war. Und er stellte wieder fest, wie schön Catherine war.

Im Parlamentssaal mussten sich tumultartige Szenen abspielen. John Law lief jetzt schon bald eine Stunde die getäfelte Wandelhalle auf und ab. Endlich öffneten sich die Flügeltüren, und die Parlamentarier strömten mit hochroten Köpfen heraus. Die Versammlung war um zwei Stunden vertagt worden, damit sich die Geister wieder beruhigen konnten.

Ein wohlgenährter Bürger steuerte auf John zu, grüßte und flüsterte: »Ich habe Wort gehalten, man wird Sie anhören müssen, und Sie schulden mir eine Partie *Pharao*.«

Es musste Mr Andrew Ramsay sein, der seinen rundlichen Körper in einer üppigen Kollektion auserlesener Seiden- und Brokatstoffe durch die Halle wälzte, während er sich mit seinem Stock, dessen goldener Knauf einen Löwenkopf darstellte, einen Weg durch die Parlamentarier bahnte. Sie drängten allesamt nach draußen, als hätte der Parlamentspräsident den Ausbruch der Pest gemeldet. John folgte Ramsay, so gut es in dem Gedränge ging. »Ihr Bruder William hat mir das versprochen. Er hat doch hoffentlich nicht zu viel versprochen?«

»Nein, nein, Sie haben mein Wort«, entgegnete John Law mit einer raschen Verbeugung. Mr Andrew Ramsays schwammiges Kinn schwabbelte über dem silbernen Halstuch, als er einige unverständliche Worte zum Abschied murmelte.

»John Law of Lauriston!«, hörte John in diesem Moment rufen. Ein Mann bahnte sich einen Weg zu ihm.

»Defoe?«, stieß John Law ungläubig hervor, als ein aufgedunsener Kerl mit hochrotem Kopf und goldblonder Perücke wie angewurzelt vor ihm stehen blieb.

»John Law!«, wiederholte der lautstark. Es störte ihn keineswegs, dass er bereits Aufsehen erregte. Beide umarmten sich freundschaftlich.

»Ist meine Rede tatsächlich schon angekündigt?«, fragte John ungeduldig.

»Angekündigt, ja, aber ich fürchte, das kann noch Tage dauern. Es wird nur über die Union debattiert und gestritten. Kein Wort über Finanzen!«

John Law betrachtete die aufgebrachten Parlamentarier, die lauthals streitend und gestikulierend die Halle durchmaßen.

»Der Abgeordnete Mr Andrew Ramsay hat sich dafür ausgesprochen, dass man Sie anhört. Aber er wurde niedergeschrien. Die Leute wollen nur über die Union reden. Einige sagen, wenn Schottland und England sich vereinigen, brauche man auch Ihre Ideen nicht. Das wiederum hat die Anhänger von Hugh Chamberlen äußerst erzürnt, denn sie sind tatsächlich der Meinung, dass man neue Konzepte in der Finanzpolitik braucht, aber natürlich nicht die des John Law. Sondern die von Chamberlen.«

»Und Sie? Sind Sie schottischer Parlamentarier geworden?«

»Es ehrt mich, dass Sie mir ein derart schwieriges Unterfangen zutrauen, aber ich bin hier in meiner Eigenschaft als Beobachter der Unionsgespräche im Auftrage Ihrer Majestät, der Königin.«

»Sie hat meine Begnadigung abgelehnt«, entgegnete John Law.

»Ich weiß, und ich weiß auch, dass die Union zustande kommen wird. Und zwar schneller, als manche ahnen. Verlassen Sie Edinburgh umgehend, Sir. Oder Sie enden bald am Galgen. Vor Ihrer eigenen Haustür.«

»Ich werde nicht gehen, ehe ich vor diesem Parlament gesprochen habe. Von mir aus können sie mir den Strick um den Hals legen, aber ich werde noch vor diesem Parlament sprechen!«

»Mr Law, Sie machen mir Angst. So was Unvernünftiges würde ich nicht mal meinen Romanfiguren zumuten. Sie werden nur in diesem Parlament sprechen können, wenn die Union angenommen worden ist. Aber falls dies eintritt und Sie hier sprechen, wird man dem Polizeipräfekten von Edinburgh die Vollstreckung des in London ausgesprochenen Todesurteils abverlangen! Vollstreckt er nicht, ist die Union nichts wert!«

»Ich weiß, Sir, die Berechnung von Risiken ist mein Geschäft. Täte ich nichts, wäre das Risiko wahrscheinlich größer.«

»O«, stöhnte Defoe, »Sie schaffen es auch immer wieder, mir drastisch vor Augen zu führen, dass meine Schulbildung ungenügend war. Sie meinen, wer nichts tut, geht ein größeres Risiko ein als derjenige, der *überhaupt* irgendetwas tut?«

John Law lächelte und fasste freundschaftlich Defoes Arm.

»In jeder Risikoberechnung spielt die Zeit eine nicht zu unterschätzende Rolle, mein Freund.«

»Wie in meinem neuen Roman, Sir«, versuchte Daniel Defoe beflissen das Gespräch in eine andere Richtung zu lenken, »mein Held verbringt die Jahre einsam auf einer Insel, ohne Geld, ohne Freunde …«

»O, das ist aber sehr traurig …«

»Allerdings, ich muss oft weinen, denn meinem Helden geht es genauso wie seinem Schöpfer …«

John Law reichte Daniel Defoe einige Goldmünzen: »Damit Sie weiterschreiben können. Damit der arme Kerl von seiner einsamen Insel gerettet wird.«

»Ich werde Ihnen persönlich ein signiertes Exemplar überbringen, Sir. Und wenn Sie noch etwas drauflegen, können Sie in einer Stunde sprechen.«

Daniel Defoe hatte nicht zu viel versprochen. Eine knappe Stunde später, um vier Uhr, am Nachmittag des 28. Juni 1705, erhielt John Law of Lauriston die Gelegenheit, vor dem schottischen Parlament zu sprechen. Und eine knappe Viertelstunde später hatte er die Parlamentarier sogar so weit, dass sie seinen Ausführungen folgten. »Dass Schottland bankrott ist, meine Herren«, rief John Law, während er die aufwändig geschnitzten Holzbänke der Parlamentarier auf und ab schritt, »dass Schottland bankrott ist, ist noch keine bemerkenswerte Einsicht. Dass Schottland kaum noch über Münzgeld verfügt, ist ebenfalls nicht neu. Ohne Münzgeld können wir keine Waren erwerben. Wenn keine Waren mehr erworben werden, müssen wir auch keine mehr produzieren. Produzieren wir keine Waren mehr, brauchen wir keine Arbeiter mehr. Finden die Menschen im eigenen Land keine Arbeit mehr, wandern sie aus. Das ist die Situation, die wir heute in Schottland haben. Schottland ist in tiefste Armut gefallen, während Holland, das kaum über nennenswerte Bodenschätze und Arbeitskräfte verfügt, zum reichsten Land der Erde wurde. Warum? Ich frage Sie, meine Herren, warum?«

John Law schaute in die ratlosen Gesichter, die sich unter ihren roten, goldenen, schwarzen und weiß gepuderten Perücken verbargen wie prähistorische Jäger unter ihrem Fell.

»Ich sage Ihnen, warum. Weil in Amsterdam Geld im Überfluss vorhanden ist. Verfügbares Geld, liquides Geld. Und wieso verfügt Holland über derart viel Münzgeld? Hat Holland Gold- und Silberminen? Nein, meine Herren, Holland hat sich von der Vorstellung gelöst, dass Geld aus Metallmünzen bestehen muss.« John Law nahm eine Hand voll Münzen in die Hand und warf sie durch den Saal. »Das ist kein Geld, Gentlemen, das ist lediglich Metall. Metall, dem wir eine Funktion zugeordnet haben. Eine Tauschfunktion. In Holland basiert Geld nicht auf Metall. Das holländische Geld ist nicht mit Metall abgesichert. Das holländische Geld ist auch nicht mit Grund und Boden abgesichert. Deshalb fließt das Geld in Holland in Strömen und ergießt sich wie eine Sintflut über die übrige Welt, während unser spärliches Geld hier nur tröpfelt und rasch versickert.«

Einige Parlamentarier drückten ihren Unmut aus, andere klopften anerkennend auf die hölzernen Armlehnen. Die vorgetragenen Argumente kannten sie bereits aus Doktor Chamberlens Werk, der hier großes Ansehen genoss.

»Wie also, meine Herren, können wir Schottland mit neuem Geld versorgen, um den Kreislauf des Geldes und des Handels von neuem zu beleben? Was fehlt dem Handwerker, um mit seinem Geschäft überhaupt starten zu können? Kapital, ein Vorschuss, ein Kredit. Es fehlt ihm das Geld, um Rohstoffe, Materialien und Arbeitskräfte bezahlen zu können. Er braucht dieses Geld im Voraus. Bevor er mit den benötigten Rohstoffen, Materialien und Arbeitskräften neue Güter produziert und verkauft hat. Befreien wir Schottland endlich aus den Fesseln der naturbedingten Knappheit von Gold und Silber. Befreien wir uns vom Gedanken, wonach das Vermögen einer Volkswirtschaft aus der vorhandenen Menge an Gold und Silber besteht.«

John Law nahm eine Hand voll Münzen aus seiner Jackentasche: »Das ist Geld, meine Herren. Und wenn wir kein Metall mehr haben, weil wir es an Kanonenrohre vergeudet haben, haben wir kein Geld mehr.« John Law nahm ein einzelnes Stück Papier in die Hand und hielt es hoch: »Dies hier, Gentlemen, ist hundert Silbermünzen wert. Mit ihrer Unterschrift bürgt die schottische Krone dafür, dass dieses Stück Papier hundert Silbermünzen wert ist. Und dieses Stück Papier gebe ich Ihnen als Kredit. Und selbst wenn längst alle Gold- und Silberminen dieser Erde leer geschürft sind, werde ich in der Lage sein, Ihnen dieses Stück Papier als Kredit zu geben. Ich kaufe mit diesem Stück Papier den Gewinn, den Sie morgen mit Gütern erzielen, die Sie heute produzieren können. Obwohl Sie kein Münzgeld mehr haben. Obwohl wir keine Metalle mehr haben. Wir erschaffen Geld aus dem Nichts. Wir erschaffen ein Instrument, welches seine Antriebskräfte aus der eigenen Bewegung erzeugt. Und die Deckung für dieses Stück Papier ist nicht Metall, sondern die Leistung, die wir morgen erwarten. Mit der Kontrolle des Geldflusses lenken wir den Kreislauf von Geld und

Handel, bestimmen den Preis, den man für neues, frisches Geld bezahlen muss. Und das gesamte System kostet die schottische Krone nicht eine einzige Silbermünze.«

Als John Law nach fast zwei Stunden geendet hatte, meldeten sich die Parlamentarier zu Wort. Die meisten vertraten nur die zuvor gefasste Meinung ihrer Partei. Aber niemanden ließ das Thema gleichgültig. Es war bereits spät, als der Parlamentspräsident einem Abgeordneten aus den hintersten Reihen das Wort erteilte. John erkannte ihn sofort. Es war George Lockhart of Carnwath. John Law spürte, wie sich ihm die Kehle zuschnürte. Es war kaum zu glauben, dass er nach all den Jahren erneut diesem starrsinnigen George Lockhart of Carnwath begegnete, und dies ausgerechnet im Parlament von Edinburgh und unter diesen Umständen. Zu seiner großen Überraschung lobte George Lockhart of Carnwath John Laws Ansichten in den höchsten Tönen.

»Im Gegensatz zu Ihrer volkstümlichen Rede«, fügte George Lockhart of Carnwath schließlich an, »hat mich Ihr großartiges Werk ›Geld und Handel‹ begeistert. Und ich frage mich, warum Sie uns nicht aus diesem Ihrem Hauptwerk vorgetragen haben. Denn natürlich ist dieses Werk von Ihnen, wenn es auch ohne Ihren ehrenwerten Namen erschienen ist.« Ein Raunen ging durch den Raum. »Wir wollen es jedoch nicht als Beleidigung unseres Verstandes interpretieren, sondern als wohlgemeinten Versuch, auch den wenig belesenen Abgeordneten in diesem Saal das Prinzip einer Theorie verständlich zu machen. Denn Tatsache ist, dass ›Geld und Handel‹ ein Meisterwerk ist. Noch nie«, rief George Lockhart of Carnwath laut, »noch nie hat ein Mann derart genau die Begriffe ›Geld‹, ›Wert‹ und ›Handel‹ in einer Theorie zusammengefasst.«

John Law war sichtlich erstaunt und verblüfft über die Rede seines einstigen Rivalen. Jetzt hielt George kurz inne und lächelte John zu, als wären sie ihr Leben lang Freunde gewesen. John Law bedankte sich für die wohlwollenden Worte mit einer knappen Verbeugung. Einige Parlamentarier bezeugten ihren Beifall mit Klopfen oder zustimmenden Rufen.

»Ja«, wiederholte George Lockhart of Carnwath und senkte seine Stimme wirkungsvoll, »noch nie hat ein Mann derart differenziert über die Doppelfunktion des Geldes als Tauschmittel und Wertspeicher nachgedacht, über Geld als Mittel zur zentralen Steuerung einer Wirtschaft. Als Geldtheoretiker war uns John Law of Lauriston bisher nicht bekannt.« George Lockhart of Carnwath flüsterte fast, um plötzlich mit einer markerschütternden Donnerstimme fortzufahren: »... aber als Spieler war er uns bisher bekannt, als notorischer Spieler, als Falschspieler, als Lebemann, als Schürzenjäger, als notorischer Duellist, als Mörder, als zum Tode verurteilter Mörder, als steckbrieflich gesuchter Verbrecher, als Mörder auf der Flucht ...«

George Lockharts Kopf war rot angelaufen. Mit einer heftigen Bewegung zeigte er auf John Law hinunter: »England hat ihn zum Tode verurteilt. Königin Anne weigert sich, ihn zu begnadigen. Warum? Weil er der Abschaum von Edinburgh ist. Er ist hier in Begleitung einer katholischen Engländerin, die mit einem Franzosen verheiratet ist. Ja, er treibt Unzucht mit verheirateten, englischen Katholikinnen. Und wer die Union mit Schottland will, sollte John Law of Lauriston in den Kerker von Edinburgh werfen, auf dass er dort vermodere, bis ihn das gerechte Todesurteil aus London trifft. Verhaftet diesen Mann! Nehmt diesen Mörder fest!«

George holte erschöpft Luft. Die Abgeordneten klatschten und schrien jetzt wild durcheinander, während der Parlamentspräsident die Ordner zu sich rief und mit dem Hammer auf sein Pult schlug, als gelte es, einen sperrigen Nagel einzuschlagen.

»Noch besteht keine Union zwischen England und Schottland«, rief der Parlamentspräsident und schlug erneut mit seinem Hammer mehrfach auf sein Pult, um den Tumult zu beenden.

»Ich dachte, der Alkoholausschank sei im Parlament verboten«, scherzte John Law und suchte beim Parlamentspräsidenten Unterstützung. Doch mit der Ruhe war es endgültig vorbei. Die Parlamentarier Fletcher und Baillie gerieten sich in die Haare und schlugen sich gegenseitig zu Boden. Fletcher forderte ein Duell, während ihn der Earl of Roxburghe beschwor, davon abzusehen, da er eine Kriegsverletzung habe. Doch Fletcher warf mit allem, was nicht niet- und nagelfest war, um sich und brüllte, dass er sich auch sitzend duellieren könne, mit einer Faustfeuerwaffe, worauf Baillie annahm und einen Gasthof unten am Fluss vorschlug. Mittlerweile hielt es keinen Parlamentarier mehr auf seinem Stuhl. Einige beglückwünschten John Law zu seinem Werk, andere bestürmten den Präsidenten, endlich einzugreifen. Der Parlamentspräsident entschied, Fletcher zu seiner eigenen Sicherheit verhaften zu lassen. Der entriss dem Präsidenten den Hammer und ging auf Baillie los, der schon ob der anstehenden Verhaftung frohlockt hatte.

Im Hintergrund sah John Law den Schriftsteller Defoe. Der gab ihm ein Zeichen, rasch zu verschwinden, dann musste auch dieser sich einiger aufgebrachter Unionsgegner erwehren, die ihn anrempelten und böse beschimpften.

Keine Stunde nachdem John Law zurück in Lauriston Castle war, stand eine reisefertige Kutsche im Hof. Catherine nahm von einer in Tränen aufgelösten Madam Law Abschied. Die Dienerschaft belud die Kutsche mit dem Gepäck. John gab seinem Bruder letzte Anweisungen, wie er die Geschäfte weiterzuführen habe. Sobald er und Catherine in Amsterdam eine neue Bleibe gefunden hätten, wollte er sich melden.

William sah seinen Bruder besorgt an: »Nimm dich vor Andrew Ramsay und seinen Männern in Acht. Ich vermute, dass er dich an der Ausreise hindern will. Du bist ihm noch eine Partie *Pharao* schuldig.«

»Das wird er nicht wagen.«

»Du kennst ihn nicht, er ist wie ein trotziges Kind. Und er hat genug Geld, um eine ganze Armee gegen dich loszuschicken. Nur damit er sein Spiel kriegt.« William reichte John eine kleine lederne Reisetasche: »Gib Acht darauf, es ist sehr viel Geld, John.«

»Ich werde den Hafen meiden und weiter im Süden ein Schiff nehmen«, sagte John Law. Er sah zu seiner Mutter, die sich mit beiden Händen an Catherine festzuklammern schien. Sie konnte nicht fassen, wie schnell sich die Situation geändert hatte. Fieberhaft suchte sie nach einer Lösung, nach einem Ratschlag, nach irgendwelchen Worten, die sie ihrem Sohn mit auf den Weg geben konnte. Aber der Schmerz hatte alle ihre Gedanken zerzaust. John Law trat auf sie zu und nahm sie in die Arme.

»Ich komme wieder, Madam.«

Sie schüttelte kaum merklich den Kopf, als John und Catherine die Kutsche bestiegen. Ihre Augen schienen unendlich traurig. Sie ahnte, dass es für sie kein Wiedersehen geben würde. John gab das Zeichen zur Abfahrt, und im nächsten Moment preschte die Kutsche davon in die dunkle Nacht.

John lehnte sich erschöpft zurück und schloss für einen Moment die Augen.

»Es tut mir so Leid …«, begann er.

Doch Catherine lächelte ihn liebevoll an: »Wenn Sie dabei an mich denken, so machen Sie sich keine Sorgen. Die Übelkeit, die mich in letzter Zeit befällt, kann ich auch auf der Fahrt ertragen, zum Erbrechen brauche ich Lauriston Castle nicht. Und Amsterdam ist schließlich eine wunderbare Stadt.«

John drückte dankbar ihre Hände. Im nächsten Moment öffnete er die Tür und schrie dem Kutscher etwas zu. Die Kutsche nahm daraufhin eine Abzweigung. Der Weg führte sie zu einem kleinen See.

Jenseits des Gewässers lag ein herrschaftliches Anwesen mit einem französischen Garten. Taillierte Hecken mit Pyramidenbrunnen, Meerjungfrauen aus vergoldetem Blei. Überall schossen, von Fackeln erleuchtet, Wasserfontänen aus den Schnäbeln von Schwänen, die von kleinen Kindern aus Marmor geritten wurden. Als sie vor dem Hauptportal ankamen, bestiegen gerade bewaffnete Männer ihre Pferde und preschten los. Sie trugen keine Uniformen. Es mussten Ramsays Leute sein. Die Kutsche hielt. Diener eilten herbei. Man öffnete die Kutschentür.

John warf Catherine einen kurzen Blick zu: »In einer Stunde bin ich wieder da.« Er öffnete die kleine Reisetasche, die ihm William mitgegeben hatte, und entnahm ihr zwei schwere Ledersäcke. Während er eilig an den verdutzten Dienern vorbeischritt, wog er die beiden Geldsäcke in den Händen und rief: »John Law of Lauriston. Melden Sie Mr Andrew Ramsay meine Ankunft.«

John Law durchschritt die im neugotischen Stil verzierte Eingangshalle. Gemalte Ritterwappen an der Decke, historische Schwerter an den Stützpfeilern. John nahm den breiten Gang zur Linken. Hier waren die Wände mit rot-weißem Damast mit chinesischen Motiven – Tänzer und Musiker – ausgeschlagen.

»John Law of Lauriston«, frohlockte Andrew Ramsay, als ihm John Law im roten Salon entgegeneilte und gezielt den einzigen *Pharao*-Tisch im Saal ansteuerte.

»Lassen Sie uns spielen, Mr Ramsay, meine Zeit ist knapp bemessen.«

Die Gäste am Spieltisch wichen respektvoll zurück. Einige erhoben sich von den Stühlen, freundlich und zuvorkommend. Der Bankhalter erhob sich beflissen und verbeugte sich. John Law nahm sofort seinen Platz ein und legte die beiden Geldbeutel auf den Tisch.

»Ich hörte«, wandte John sich an die Umstehenden, »ich hörte, Mr Andrew Ramsay wollte ein Vermögen ausgeben, um mich ausfindig zu machen. Als Gentleman war es meine Pflicht, ihm diese Ausgaben zu ersparen und selbst hierher zu kommen – und ihm dieses Vermögen am Spieltisch abzunehmen.«

Die Gäste lachten leise, einige hüstelten verlegen, die Damen fächerten sich frische Luft zu. Einige bemühten Duftwässerchen, um eine bevorstehende Ohnmacht zu verhindern. Mr Andrew Ramsay strahlte wie ein Kind, das sein liebstes Spielzeug wiedergefunden hatte. Er setzte sich John Law gegenüber an den Tisch, während ihm ein eilig herbeigerufener Diener ein mit Goldmünzen beladenes Silbertablett brachte.

»Sie sind wahrlich ein Gentleman, Mr Law of Lauriston«, gluckste Ramsay und rieb sich mit den Fingerspitzen verlegen die Wangen. Sein Gesicht glühte.

»Spielen wir um alles?«, rief Mr Andrew Ramsay und genoss die laute Bestürzung, die sich unter seinen Gästen breit machte.

»Alles ist wie viel?«, fragte John Law mit ruhiger Stimme. Routiniert stapelte er seine Goldjetons vor sich auf den Tisch.

»Alles bedeutet«, Mr Andrew Ramsay warf die Hände in Luft, »alles bedeutet, dass wir heute Abend keine Grenzen kennen. Es gibt keine Grenzen.«

Im Saal war es plötzlich totenstill. Alle starrten auf John Law.

»Wie Sie wollen. Wir spielen genau eine Stunde, und es gibt keine Grenzen.« Mit einem aufreizenden Seufzer sank eine junge Dame in sich zusammen. Ein älterer Herr fing sie auf. Man reichte ihr Riechsalz. Ein Diener eilte mit einer kalten Kompresse herbei. Einige fielen sich um den Hals und versuchten sich zu trösten, denn der Gedanke, dass möglicherweise einer der beiden Herren am Tisch in einer Stunde alles verloren haben würde, brachte sie gehörig in Wallung.

Fernab der blutrünstigen Schlachtfelder Europas und der vor Hunger und Elend darbenden Landbevölkerung genossen im abgelegenen Edinburgh ein paar Edelleute die Aufregung und Spannung einer Partie *Pharao*.

Catherine verließ die Kutsche und vertrat sich die Beine an der frischen Luft. Sie sah, dass im linken Flügel Lichter brannten. Manchmal hörte sie aufgeregte Stimmen aus dem Saal kommen, ab und zu einen Schrei des Entsetzens, ein unterdrücktes Raunen, dann wieder Ruhe. Ein Reiter näherte sich. Er schien es nicht sonderlich eilig zu haben. Jetzt sah Catherine seine Silhouette am Ende der Gartenanlage. Er trug einen schweren Reiseumhang. Vor dem Portal stieg er von seinem Pferd. Catherine konnte nicht hören, was er den Dienern sagte. Aber sie sah, dass sie ihm den Zutritt verweigerten. Ein Diener kam eilig auf Catherine zu. Sie war vor dem hell erleuchteten Nordflügel stehen geblieben.

»Madam, ein Herr aus London sucht John Law of Lauriston.«

»Hat er einen besonderen Wunsch geäußert?«, fragte Catherine. Sie folgte dem Diener zum Portal.

»Nein, Madam. Wir haben Weisung, keinen ungebetenen Gästen Eintritt zu gestatten. Wenn Sie es wünschen, werden wir jedoch Mr Law eine Botschaft zukommen lassen.« Der groß gewachsene Diener bewegte sich leicht gebückt, um Catherine nicht respektlos zu überragen.

»Ich werde mit dem Mann sprechen«, sagte Catherine. Der Diener verbeugte sich beflissen und nahm dann wieder seinen Platz vor dem Portal ein.

Catherine ging auf den Fremden zu: »Sir? Sie suchen John Law?«

Der Fremde drehte sich um und nahm seine Kapuze herunter. Es war Captain Wightman. Der Sekundant des getöteten Beau Wilson. Catherine starrte ihn erschrocken an.

»Sie wollen sich immer noch mit John Law duellieren?«

»Glauben Sie, ich sei den langen Weg geritten, um John Law zu seinem Buch zu gratulieren?«

»Das würde ein gewisses Verständnis für das Finanzwesen voraussetzen«, lächelte Catherine gequält, »aber ich bezweifle, dass Sie auf dem Gebiet der Risikoberechnung und monetären Theorien sonderlich bewandert sind.«

»Wenn Sie ein Mann wären, Madam, ich würde diese Beleidigung nicht akzeptieren.«

»Noch ein Duell?«, fragte Catherine. Sie sah ihn kühl an. Dann wies sie zur Kutsche. »Aber steigen Sie doch bitte ein, Sir, dann werde ich mich verständlicher ausdrücken.«

Captain Wightman verneigte sich kurz vor Catherine, öffnete die Kutschentür und überließ ihr den Vortritt. Catherine bestieg die Kutsche und setzte sich. Wightman folgte ihr und setzte sich ihr gegenüber. Beide schwiegen.

»Sie wollten sich verständlicher ausdrücken«, sagte Wightman nach einer Weile.

»Wenn Sie etwas von Risikoberechnungen verstünden, wüssten Sie, dass John Law Sie in einem Duell töten würde.«

Wightman hob verächtlich die Hände: »Vielen Dank für die Belehrung. Und jetzt noch die monetären Theorien, Madam.«

»Angenommen, Sie töten John Law ...«
Captain Wightman nickte.
»Gut, angenommen, Sie töten ihn. Worin liegt Ihr Nutzen? Bringt das irgendwelche Zinsen? Irgendeinen Mehrwert?«
»Es ist eine Frage der Ehre, Madam.«
»Sie meinen, der tote Beau Wilson wird sich erkenntlich zeigen?«
»Seine Verwandten.«
»Sie meinen, die Familien von Beau Wilson bezahlen Geld, um die Genugtuung der Rache zu erfahren?«
Wightman nickte.
Catherine griff nach dem Handwärmer aus Fuchsfell, der neben ihr auf dem Sitz lag, und steckte beide Hände hinein.
»Könnten die Familien auch dann ein Gefühl der Genugtuung empfinden, wenn John Law Ihnen das Doppelte dafür bezahlte?«
»Das war in der Tat sehr verständlich, Madam, und ich möchte auch nicht ausschließen, dass die Verwandten von Beau Wilson unter Umständen bereit wären, gegen Bezahlung einer Geldstrafe auf die Vollstreckung des Todesurteils zu verzichten. Wenn Sie mir den Betrag nennen, werde ich gern einen Reiter nach London schicken, um den Vorschlag prüfen zu lassen. Aber in der Zwischenzeit wird John Law of Lauriston Edinburgh nicht verlassen dürfen.«
»Ich habe mich wohl doch nicht verständlich ausgedrückt«, flüsterte Catherine und zog plötzlich eine Reisepistole aus dem Handwärmer hervor.
»Ich empfehle Ihnen, sich nicht zu bewegen«, sagte Catherine, »denn ich habe keinerlei Übung im Umgang mit Waffen. Sie kann jeden Moment losgehen. Sie wissen bestimmt, wie das ist mit diesen kleinen englischen Reisepistolen: glatter, kurzer Lauf, mangelhafte Treffsicherheit, nur zwei Schuss und nur auf geringe Distanz zu gebrauchen.«
»Was haben Sie vor?«, sprach Wightman. Dabei reckte er stolz den Kopf, als erwarte er voller Todesverachtung die tödliche Kugel.
»Als allein reisende Dame in einer Kutsche muss man sich schon etwas vorsehen. Plötzlich sitzt ein Unhold in der Kutsche und wird

gewalttätig. Die Sitten sind rau geworden. Die Kriege haben die Menschen verdorben.«

»Ich habe verstanden, Madam, ich werde mich nicht von der Stelle rühren, wenn Sie es so wünschen.«

»Das ist ein Befehl, Captain.«

Mr Andrew Ramsay verlangte nach einem Glas Wasser. Mit heiserer Stimme fragte er John Law, ob er noch eine Karte haben könne. Ängstlich zupfte er an seinem schweißnassen Halstuch. Rinnsale aufgeweichten Gesichtspuders liefen ihm über die Wangen. Die Wimpernschminke brannte in den Augen. Und dann durchdrang ein markerschütternder Schrei den Saal, so, als hätten alle Anwesenden gleichzeitig ihrer Verzweiflung eine Stimme gegeben.

»Rouge, sept, impair et passe perd.« John Law legte eine zweite Karte offen: *»La dame noire gagne.«*

Mit diesen Worten war Mr Andrew Ramsay ruiniert. Für einen Augenblick schien die Zeit stillzustehen. Nichts rührte sich im Saal.

»Ich … ich kann Sie nicht auszahlen, Mr Law«, stammelte er. »Kein Mensch in Edinburgh verfügt über derart viel Bargeld.«

John Law nahm die beiden Dokumente, die sie vor Beginn der Partie unterzeichnet hatten, und trug die Schuld von tausendzweihundert Pfund ein. Er reichte die Papiere Mr Ramsay, der sie ratlos anstarrte. Schließlich unterzeichnete er.

»Tausendzweihundert Pfund, das ist der Wert dieses Anwesens, Mr Law. Wären Sie damit befriedigt?«

John Law nickte. Unter den gebannten Blicken der faszinierten Gäste überschrieb Mr Andrew Ramsay sein Anwesen John Law of Lauriston. »Bis wann möchten Sie den Besitz geräumt haben?«, fragte Mr Ramsay und reichte John das Dokument zurück.

»Ich würde mich freuen, Sie als Mieter behalten zu dürfen. Besprechen Sie die Details mit meinem Bruder William. Er kümmert sich um meine Angelegenheiten in Edinburgh.«

John Law schnürte seine beiden Goldsäcke zu und erhob sich vom Tisch. Er verneigte sich tief: »Ladies und Gentlemen …«

Mit eiligen Schritten verließ John das Gebäude, eilte die Treppen zum Vorplatz hinunter und öffnete die Tür der Kutsche. Er erstarrte. Er sah Catherine, die den Lauf einer Pistole auf einen Mann gerichtet hielt. Dann erkannte er Captain Wightman. John sah sich um, dann stieg er zu den beiden in die Kutsche.

»Wir unterhalten uns gerade über Philosophie«, sagte Catherine und lächelte John an. John gab dem Kutscher das Zeichen zur Abfahrt. »Meine Frage ist: Kann der Philosoph mit der Propagierung von Tugenden den Egoismus des Individuums eindämmen?«

John Law drückte dem verdutzten Wightman die beiden Goldsäcke in die Hände: »Er kann wahrscheinlich die Konversation in den Salons bereichern, aber nicht den Menschen bekehren. Sagte nicht Spinoza, dass der Nutzen das Mark und der Nerv aller menschlichen Handlungen sei?«

John Law nahm Catherine die Waffe ab: »Ihre Hand ist gewiss müde geworden. Und während wir das Gewicht des Goldes in den Händen von Captain Wightman wirken lassen, nehme ich Ihnen diese schwere Waffe ab.«

»So schwer ist sie auch wieder nicht«, sagte Catherine, »sie ist ja nicht geladen.«

Sie schob die Pistole wieder in ihren Handwärmer und entschuldigte sich bei Wightman: »Ich hoffe, Sie haben Sinn für Humor.« Und an John gewandt: »Captain Wightman möchte den Verwandten des verstorbenen Beau Wilson ein finanzielles Angebot unterbreiten.«

»Das hat er doch bereits in der Tasche«, scherzte John Law, »mit wie viel möchten die ehrenwerten untröstlichen Verwandten des verstorbenen Beau Wilson ihren Verzicht auf die Vollstreckung des Todesurteils abgegolten haben?«

Captain Wightman dachte fieberhaft nach.

»Machen Sie mir bitte nichts vor, Captain Wightman. Das würde mich derart erzürnen, dass ich Sie gleich zum Duell auffordern würde. Ein Spieler ist es gewohnt, Gesichter zu lesen. Ich habe Ihres gelesen. Nennen Sie mir die Summe, die Ihnen die Angehörigen empfohlen haben.«

John Law nahm ihm die beiden Säcke wieder ab. Captain Wightman griff in die Innentasche seines Mantels und holte ein versiegeltes Schreiben hervor.

John Law überflog das Schreiben. Dann überreichte er Wightman den einen Geldsack und nahm einige Goldmünzen aus dem zweiten.

»Damit wäre die Sache erledigt«, sagte John Law und legte noch eine weitere Münze hinzu, »für Ihr Pferd, das Sie bei Mr Ramsay zurückgelassen haben. Für den Fall, dass es vor Kummer stirbt.«

»Die Familie Wilson wird nicht mehr auf eine Vollstreckung beharren und den Auftrag zurücknehmen«, hielt Wightman fest, »aber das Todesurteil bleibt bestehen, darauf hat die Familie Wilson keinen Einfluss, und ich hoffe, dass Königin Anne Sie trotzdem hängen lässt.«

»Einen Law muss man frühzeitig aufhängen, wartet man zu lange, ist er bereits zu bedeutend.«

Kapitel X

HOLLAND, 1705

Als John Law und Catherine Knollys nach einer stürmischen Überfahrt das holländische Festland erreichten, waren die europäischen Staaten wieder einmal damit beschäftigt, ihr letztes Münzgeld in einen weiteren blutrünstigen Krieg zu investieren, der sich mittlerweile von Holland bis nach Italien und von Bayern bis nach Gibraltar erstreckte. Überall wurde gekämpft, auf dem Land, zur See, in den fernen Kolonien. Private Reisen mit der Kutsche erforderten eine gehörige Portion Mut oder bloße Dreistigkeit.

John Law war mit beidem gesegnet. Und so reiste er auch in den folgenden Jahren durch Europa, von Metropole zu Metropole. In Venedig verlängerte er den Mietvertrag für die Lagerhalle, die ihm der Bankier Rezzonico vor Jahren vermietet hatte, und gab ihm den Auftrag, weitere Gemälde zu erwerben. Er nahm Anstellungen in Den Haag, Amsterdam, Wien, Turin und Genua an. Und immer wieder in Amsterdam. Er vertiefte seine Kenntnisse über das weltweit führende holländische Bankwesen, knüpfte in den Salons neue Kontakte, brillierte mit finanztheoretischen Vorträgen, während er *en passant* die Karten auflegte. Doch während sein Ruf – und sein mittlerweile legendäres Vermögen – immer größer wurden, wurden seine Gnadengesuche in England weiterhin abgelehnt.

Catherine Knollys war mittlerweile zweifache Mutter geworden. Ihr Amsterdamer Salon gehörte zu den besten Adressen der holländischen Geld- und Finanzaristokratie. Hier trafen sich Botschafter,

Gelehrte, Künstler, Mätressen, Spione, hier verkehrten russische Fürsten genauso häufig wie Adlige aus Italien oder Spanien. Aber niemand wollte John Law gestatten, die Richtigkeit seiner Finanztheorien in einer realen Volkswirtschaft zu beweisen und sie im großen Stil in die Tat umzusetzen. Noch immer galten John Laws Theorien zur Finanzwirtschaft als skurrile, wenn auch unterhaltsame Ideen eines notorischen Spielers.

AMSTERDAM, 1711

»Catherine, wir sollten nach Paris zurück«, sagte John Law. An diesem Morgen war ein Brief aus Frankreich gekommen. Der Duc d'Orléans hatte John Law an den Hof geladen. Louis XIV. war krank. Sehr krank. »Die Einladung des Herzogs ist ein Wink des Himmels. Wir sollten sie annehmen. Wenn ein Land in Europa meine Ideen umsetzen kann, dann Frankreich.«

Catherine hielt die fünfjährige Kate im Arm. Sie war eingeschlafen.

»Wenn du nach Frankreich gehen willst, John, dann gehen wir nach Frankreich«, sagte Catherine leise.

»Zum Sonnenkönig?«, fragte der sechsjähriger John, der auf dem Fußboden kniete und ein kleines Holzpferd über den Teppich galoppieren ließ.

»Ja«, sagte John Law, »der Duc d'Orléans ist sein Neffe.«

»Er ist bestimmt traurig, dass sein Onkel so krank ist«, sagte der kleine John und blickte zu seinem Vater hoch.

»Ich glaube nicht«, erwiderte John Law, »der Sonnenkönig ist dreimal so alt geworden wie die meisten Menschen. Und unsterblich kann er nun mal nicht werden. Traurig ist vielmehr, was er den Menschen in seinem Land angetan hat und was er ihnen nun hinterlässt. Eine Staatsschuld von zwei Milliarden Livre.«

»Zweitausend Millionen!«, schrie der kleine John. Seine Schwester schreckte aus dem Schlaf hoch, stöhnte missmutig und schlief dann wieder ein.

»Ja, und was hat er dafür mit seinem Leben angefangen? Er hat es sinnlos vergeudet, mit Kriegen, höfischer Protzerei und religiösem Fanatismus. Er hat sein Land ruiniert. Jetzt verkauft er sogar sein Tafelsilber, um seine Soldaten bezahlen zu können, und der gesamte Adel muss es ihm gleichtun und auf zerbrechliches Porzellan umstellen.«

Der kleine John spannte das Holzpferd vor einen Spielzeugwagen und belud diesen mit kleinen Fässern.

»Und wenn der Sonnenkönig stirbt, wird dein Freund, der Duc d'Orléans, König?«

»Vor ihm gab es vier Thronfolger. Drei davon sind jedoch innerhalb von kurzer Zeit gestorben. Jetzt gibt es nur noch einen Duc Louis d'Anjou, und der ist noch ein Säugling. Wenn der Sonnenkönig stirbt, wird der Duc d'Orléans bis zur Mündigkeit des kleinen Louis Frankreich regieren. Die Chance, dass dies so kommen würde, betrug keine fünf Prozent. Und doch ist sie eingetreten, und nun wiegt sie hundert Prozent.«

Das war dem Sechsjährigen nun doch zu kompliziert.

»Ein König bezahlt seine Soldaten mit Suppenlöffeln«, murmelte der Kleine und lud die kleinen Holzfässer unter dem Sofa ab.

»Aber wie willst du nach Paris gelangen?«, fragte Catherine. »Europa steht in Flammen, und die Leute sagen, dass uns einer der härtesten Winter der letzten Jahrzehnte bevorsteht.«

John Law lächelte: »Wir können natürlich auch hier bleiben und den Holländern Lotterien verkaufen.«

»Aber die Holländer sind doch so geizig«, sagte der kleine John und galoppierte mit seinem Holzpferd über die Füße seines Vaters.

»Geizige Menschen sind meist auch gierige Menschen. Deshalb verlieren Sie so viel Geld beim Glücksspiel und beteiligen sich gern an Lotterien.« John schaute nachdenklich zu Catherine hinüber: »Wir müssen gar nichts, Catherine. Wir haben ein Vermögen von über fünfhunderttausend Pfund. Wir sind vermögender als so manches europäische Königshaus.«

»Ich weiß«, entgegnete Catherine, »ein bisschen mehr Geld macht nicht ein bisschen mehr glücklich. Es geht um deinen Traum.«

»Die Unsterblichkeit«, lachte der kleine John.

»John«, begann Catherine, »wir können auch hier bleiben und an einer Erkältung sterben. Aber ich würde ganz gern das Gesicht des Polizeipräfekten sehen, wenn wir in einer sechsspännigen Kutsche nach Paris zurückkehren und uns in einem herrschaftlichen Haus an der Place Louis-le-Grand niederlassen.«

»Du bist für immer meine Frau, Catherine«, lächelte John Law.

»Aber ihr seid doch nicht verheiratet«, sagte der kleine John.

»Ich nicht«, scherzte John Law, »aber deine Mutter schon.« Catherine griff nach einem Kissen und warf es nach John. Er hob das Kissen auf und sagte dann mit ernster Stimme: »Philipp hat uns Einreisepapiere und eine Aufenthaltsgenehmigung geschickt, beide Dokumente tragen das Siegel von Louis XIV. Damit können wir nach Paris zurückkehren. Wir werden in der Rue Saint Honoré wohnen, bis wir ein passendes Haus gefunden haben.«

»Und der Krieg?«, fragte der vorlaute Knirps.

»Der Krieg soll bald vorbei sein. Man sagt, die jungen Engländer kämen wieder zum Festland rüber und reisten zu Bildungszwecken nach Italien. Das ist ein untrügliches Zeichen dafür, dass der Krieg bald zu Ende sein wird.«

Bildungsreisen durch Europa, insbesondere nach Italien, waren eine neue Modeerscheinung. Besonders beliebt waren sie bei jungen Männern aus gutem Hause, die ihre Ausbildung abgeschlossen hatten und nun ihren Horizont erweitern wollten.

Doch die Reise, welche die Familie Law im Monat Januar des Jahres 1712 von Amsterdam nach Paris unternahm, sollte mehr als eine Bildungsreise werden. Die Fahrt wurde zu einem Höllenritt in die Abgründe der menschlichen Natur. Sie kamen durch abgefackelte Dörfer und Städte, passierten verweste Kadaver, die an Bäumen hingen, überquerten Flüsse, die derart mit Leichen gefüllt waren, dass das Wasser über die Ufer trat. Der Streit um die spanische Erbfolge hatte die ganze Welt in einen Krieg gestürzt. Ein Weltkrieg, der hunderttausenden Menschen das Leben kostete.

Millionen von Menschen wurden in noch tiefere Armut gestürzt, viele vegetierten wie Tiere in Ruinen und Wäldern. Der strenge Winter raffte die Verletzten und Kranken in Windeseile dahin. Die Fahrt von Amsterdam nach Paris veranschaulichte in erschreckender Weise, wie Menschen, die an einem Tag noch friedlich miteinander gelebt hatten, plötzlich zu Besessenen wurden, die sich gegenseitig abschlachteten, wobei es längst nicht mehr genügte, zu töten. Man quälte und folterte, stach sich gegenseitig die Augen aus, schlitzte Schwangeren die Bäuche auf und pflanzte die Ungeborenen an Spießen auf. Mit schier teuflischer Leidenschaft wurden dem Gegner einzelne Gliedmaßen abgehackt, und es war kaum vorstellbar, dass eines Tages wieder Menschen geboren würden, die freundlich und zuvorkommend miteinander verkehren würden. Nein, was sich hier abspielte, raubte einem die letzte Illusion über die Schöpfung Gottes, und es machte jedem, der mit dem Leben davonkam, deutlich, dass die Menschen auch in Zukunft immer und immer wieder zu solchen Taten fähig sein würden. Hier zeigte sich, dass der Mensch selbst in seiner verdorbensten Verirrung kein mordendes Raubtier war, das bei aller Brutalität eine gewisse Genügsamkeit kennt, sondern ein verwirrtes Wesen, das seinen ganzen Verstand dazu verwenden konnte, noch gemeiner, noch brutaler, noch blutrünstiger, noch hemmungsloser, noch maßloser zu quälen und zu schlachten. Der Mensch war und blieb ein Missgeschick der Evolution, eine üble Laune der Natur. Und wenn der Mensch das Ebenbild Gottes sein sollte, dann war Gott der Teufel persönlich.

Die Familie Law hatte Söldner gemietet, die sie eskortierten, aber die Zusammenrottungen von Deserteuren und Hungernden erreichte manchmal Kompaniestärke. Erfahrene Kundschafter waren nötig, um diesen Horden rechtzeitig ausweichen zu können. Selbst Soldaten in Uniform gaben keine Auskunft mehr über die Fahne, der sie sich zugehörig fühlten. Es herrschte das ungeschriebene Gesetz der Anarchie, jeder gegen jeden. Ungläubig saß der sechsjährige John in der Kutsche, hielt sich an der Sitzbank fest und starrte mit großen Augen hinaus, nicht aus Neugierde, sondern aus Angst, dass er zu diesen entsetzlich verstümmelten Leichen hinausgeschleudert werden könnte. Stundenlang roch es nach verbrannten Haaren, verbranntem Fleisch. Aus den niedergebrannten Gemäuern hörte man erschütternde Schreie, Rufe, Wimmern. Wie konnte so was nur geschehen? Keine fünfzig Jahre nach dem Dreißigjährigen Krieg, der über fünf Millionen Opfer gefordert hatte. Verfügte der Mensch über kein Gedächtnis? War denn das gesamte Leid des Dreißigjährigen Krieges schon wieder vergessen?

Neue Generationen waren auf die Schlachtbank gezogen. Sie kämpften für einen König oder gegen ein Land, für eine Religion oder gegen ein Wirtschaftsabkommen. Sie kämpften und starben und verwandelten Europa in ein loderndes Inferno.

Und in Frankreich versank ein selbst ernannter Sonnenkönig in zunehmender Dunkelheit. Er war bereits mehr als siebzig Jahre alt. Er hatte den größten Teil seines Lebens Krieg geführt. Der Leitspruch »Der König berührt, der König heilt« hatte längst keine Bedeutung mehr. Alles, was der Sonnenkönig berührte, verweste in seiner Hand, er war nichts weiter als »Mäusedreck im Pfeffer«, wie es im Volk hieß, und ganz Frankreich wartete sehnsüchtig auf sein Ableben.

FRANKREICH, 1712

Als die Kutsche der Familie Law mit einem Passierschein von Louis XIV. den verschneiten Grenzposten bei Valencienne passierte, kehrte John Law in ein vollends ruiniertes Land zurück, das für seine Schuldzinsen mehr bezahlte, als es mit den mittlerweile exorbitanten Steuern einnahm. Das Land war bankrott. Epidemien, Hungersnöte, Naturkatastrophen und nicht mehr enden wollende Kriege hatten ganze Landstriche entvölkert. Ein seltsamer Zynismus hatte den Adel erfasst. Man holte die besten Flaschen aus dem Keller und soff. Doch der harte Winter ließ selbst die teuren Weinflaschen gefrieren und platzen. Draußen erfroren Menschen. Tausende. Sie wurden von der verschneiten Landschaft verschluckt und waren nach einigen Tagen nur noch eine kleine Erhebung unter der Schneedecke. Einige kauerten noch am Straßenrand, vom Neuschnee gepudert wie Fabelwesen aus einem bösen Traum. Sie saßen da, erfroren, steif wie Mörtel.

Als die Kutsche der Familie Law die Vororte von Paris erreichte, wurden die Reisenden von Bettlern und Kranken in Empfang genommen. Wimmernde Menschen in Lumpen. Große, weit aufgerissene Augen, die wie Hände nach den Reisenden griffen. Einige schrien, flehten, weinten, andere schlugen mit Stöcken wütend auf die Kutsche ein. Kinder kauerten wie Tiere auf unbebauten Parzellen und suchten unter der Schneedecke nach Wurzeln und Stauden, die sie kochen und essen konnten. An einer Straßenecke stürmte eine aufgebrachte Menge eine Bäckerei. Etwas weiter marschierten Polizisten mit schussbereiten Gewehren in einer Linie die Straße hinunter. Wenig später hörte man Schüsse, Schreie. Irgendwo stieg eine schwarze Rauchwolke auf. John Law ließ anhalten und wies seine Gefolgsleute an, die Bäckereien im Viertel leer zu kaufen und das Brot an die Bevölkerung zu verteilen.

Als die Kutsche die nördlichen Boulevards der Stadt erreichte, gab es weniger Zusammenrottungen und Tumulte. Schließlich erreichten sie einen von Soldaten abgeschirmten Platz, in dessen Mitte eine pompöse Reiterstatue auf einem meterhohen Sockel thronte. Sie zeigte den Sonnenkönig als römischen Kaiser hoch zu Ross. Die Statue war über und über beschmutzt. Man hatte sie mit Schweinsblasen beworfen, die mit Blut und Exkrementen gefüllt waren. Die pompösen Palastbauten, die den Platz umschlossen, waren einflussreichen Finanziers und einheimischen Steuerpächtern vorbehalten. Die Place Louis-le-Grand war wie ein architektonischer Freiluftsalon entworfen worden, um einer Statue Geltung zu verschaffen. Der Platz war gepflastert, die Häuser mit aufwändigen Säulen, Arkaden und Giebeln verziert. Ein ganzer Stadtteil war zu Ehren einer Reiterstatue geschaffen worden. Hier, an der Place Louis-le-Grand, hatte John Law eine herrschaftliche Stadtvilla erworben.

Zwei Dutzend Bedienstete, Mägde, Köche, Kammerdiener, Kutscher, Gärtner standen im großen Salon Spalier, als John Law mit Catherine und den beiden Kindern John und Kate das Haus betrat. Ein etwa vierzigjähriger, hagerer Mann verbeugte sich vor John Law und stellte sich vor:

»Mein Name ist Angelini, Monsieur. Ich war meinem verstorbenen Herrn stets zu Diensten und erfüllte alle seine Wünsche zu seiner Zufriedenheit ...«

»Ich weiß, Angelini, Maître le Maignen hatte es in einem seiner Briefe erwähnt. Ihre Familie war stets in den Diensten großer Bankiers.«

»Monsieur le Notaire, Maître le Maignen, wohnt ganz in der Nähe ...« John Law nickte und begleitete seine beiden Kinder Kate und John zum großen Kamin. Man hatte ein großes Feuer entfacht. Angelini folgte ihnen und verbeugte sich jedes Mal, wenn John Law, Catherine oder die Kinder ihn ansahen. Dann wandte sich John Law an die Belegschaft, die immer noch dastand, bangend und hoffend.

»Sie können alle bleiben, Angelini«, sagte John Law leise. Die Mägde und Kammerdiener hatten es dennoch gehört. Sie konnten ihre Gefühle nicht unterdrücken. Einige fielen auf die Knie und flüsterten mit tränenerstickten Stimmen Dankesworte und Lobpreisungen, andere versuchten krampfhaft, Fassung zu bewahren, unbeweglich mit leicht gesenktem Kopf, als hätten sie mit all den Tränen nichts zu tun, die ihnen über die Wangen liefen. Auch Angelini schien sehr bewegt: »Wir werden Sie nicht enttäuschen, Monsieur!«

»Machen Sie in allen Salons Feuer und stellen Sie das Personal Madame und den Kindern vor.«

John Law reichte Angelini einige Geldmünzen: »Lassen Sie einkaufen. Wir werden zum Essen oft Besuch haben, Angelini. Und sagen Sie der Belegschaft: Es werden alle genug zu essen haben. Es gibt also keinen Grund, mich zu bestehlen. Ich erwarte absolute Loyalität, Diskretion und Zuverlässigkeit.«

»Wir werden Sie nicht enttäuschen, Monsieur«, wiederholte Angelini und ging unter vielen Verbeugungen rückwärts aus dem Raum. Kate warf ihrem Bruder einen fragenden Blick zu. Er nickte mit ernster Miene, als wolle er andeuten, dass die Höllenfahrt durch die Schlachtfelder Europas zu Ende war.

Bereits eine Stunde später saß Maître le Maignen John Law im großen Arbeitszimmer im ersten Stock gegenüber. Maître le Maignen war ein weit über die Grenzen Frankreichs bekannter Notar, der sich gern mit seiner auserlesenen Kundschaft brüstete. Er ging inzwischen auf die sechzig zu, was außerordentlich genug war, und es gab kaum jemanden in Paris, der mehr Erfahrung mit internationalen Geldgeschäften hatte.

»Ich bin sehr zufrieden mit dem Anwesen«, sagte John Law, »aber die Verhältnisse in Paris befremden mich. Sie übertreffen alles, was ich in den letzten Monaten gehört habe. Ich bin entsetzt, Monsieur.«

»Ich bedaure dies außerordentlich, Monsieur Law. Die Zeiten sind schlechter geworden. Der Duc d'Orléans wird Ihnen ein Lied davon singen können.«

»Angelini«, sagte John Law, ohne sich nach seinem neuen Sekretär und Kammerdiener umzusehen, »haben Sie den Duc d'Orléans schon über unsere Ankunft unterrichtet?«

»Ganz Paris spricht von Ihrer Ankunft, Monsieur. Und von Ihrer Mildtätigkeit«, antwortete Angelini. Der Vorfall mit den Broten hatte sich in Windeseile herumgesprochen.

»Aber nicht alle sind erfreut, Monsieur Law. Einige einflussreiche Persönlichkeiten sind der Meinung, dass Sie den Adel verärgern. Sie sagen, wenn Monsieur Law den barmherzigen Samariter spielt, müssen wir es ihm gleichtun«, sagte le Maignen. Man sah ihm an, dass dies auch seine Meinung war. John Law ignorierte die Bemerkung und bat, die Bankgeschäfte zu erledigen. Maître le Maignen insistierte nicht. Er hatte die Dokumente bereits bis zur Unterschriftsreife vorbereitet. John Law las jedes Dokument sorgfältig durch und unterschrieb es dann.

John war noch mit dem Notar beschäftigt, als die Ankunft des Duc de Saint Simon angekündigt wurde. John Law warf dem Notar einen fragenden Blick zu. Musste man den empfangen?

»Er steht dem Duc Philipp d'Orléans sehr nahe«, sagte Maître le Maignen, »denken Sie also stets daran: Was Sie dem Duc de Saint Simon erzählen, erfährt am nächsten Tag der Neffe des Königs. Und was Saint Simon nicht weitererzählt ...«

»... vertraue ich meinen geheimen Tagebüchern an«, gluckste eine helle Stimme. Der Herzog stürmte in das Arbeitszimmer. Er war ein kleiner Mann, ungefähr vierzig, der mit listigen, flinken Augen den Raum inspizierte und jedes Wort mit hektischen Bewegungen untermalte.

»Mein hoch verehrter Monsieur Law of Lauriston! Welch eine Gnade, mich zu empfangen! Zuerst spenden Sie den Armen Brot, und jetzt empfangen Sie mich, den unbedeutenden Duc de Saint Simon, Sohn des Duc de Claude Saint Simon, Pair von Frankreich, und von Charlotte d'Aubespine, Gott habe ihre Seele gnädig. Seit Jahrhunderten darf unsere Familie den Königen Frankreichs dienen, und so hat mich mein lieber Freund, ich darf ihn jetzt sogar offiziell so nennen, Philipp, Duc d'Orléans, gebeten, Sie an seiner statt aufzusuchen und in Paris willkommen zu heißen.«

John Law ließ den Redeschwall über sich ergehen. Er war beinahe erstaunt, als Saint Simon eine Atempause einlegte. John begrüßte den Herzog und verbeugte sich respektvoll vor ihm. Er bat ihn, Platz zu nehmen. Angelini servierte dem Herzog warmen Alicantewein und Biskuits. Saint Simon war entzückt. Mit einer galanten Geste drückte er seine Wertschätzung und Anerkennung aus. »Monsieur weiß von meinen Vorlieben?«

»Selbst in Amsterdam«, log John Law, »weiß man, dass der Duc de Saint Simon seine Biskuits in warmen Alicantewein tunkt.«

Saint Simon war sichtlich geschmeichelt. Doch dann verzog er das Gesicht zu einer theatralischen Leidensmiene: »Aber ist es nicht furchtbar: Über vierhundert Plünderer sollen gestern erschossen worden sein, schon über dreißigtausend Menschen erfroren, kaum einer hat noch Arbeit, und schon wieder wurde das Geld entwertet. Es ist einfach nichts mehr wert. Und wer etwas kaufen will, um der Entwertung zu entgehen, findet keine Waren! Der König bezahlt seine Entourage bereits mit Tafelsilber, zwei Milliarden Livre Schulden … Neunzig Millionen kosten die jährlichen Schuldzinsen, aber es sind keine Steuereinnahmen mehr da. Die Menschen sterben da draußen wie die Fliegen, und der Adel erfriert in seinen Schlössern.«

Saint Simon seufzte, als stünde das Jüngste Gericht unmittelbar bevor: »Und jetzt noch die Affäre Homberg, es ist unglaublich. Homberg …!«

Saint Simon brach abrupt ab, als sei es ihm völlig unmöglich, das Ungeheuerliche über die Lippen zu bringen. Er tunkte ein weiteres Biskuit in seinen Wein und steckte es in den Mund.

»Sie meinen, den Chemiker Homberg? Diesen Deutschen?«, fragte John Law.

»Ja«, flüsterte Saint Simon, »Homberg. Also, er ist Holländer. Und immer war er in der Stadt, wenn es wieder passierte. Und jedes Mal Gast von – Philipp, dem Duc d'Orléans.«

»Passierte? Wenn was passierte?«, fragte John Law nach.

»Als damals der Sohn des Königs starb, der Dauphin, als der Enkel des Königs starb, der Duc de Bourgogne, und schließlich als der Großenkel des Königs starb, der Duc de Bretagne. Innerhalb von drei Jahren. Man sagt, alle drei Thronfolger seien vergiftet worden. Und jedes Mal sei Homberg, der Chemiker, in den Salons des Duc d'Orléans zu Gast gewesen. Kann so etwas denn ein Zufall sein?«

Nun sah auch Maître le Maignen den Schotten an.

»Die Wahrscheinlichkeit der Unwahrscheinlichkeit lässt sich mathematisch berechnen. Aber das Problem ist ein Problem der Wahrnehmung. Wenn 0,01 Prozent der Franzosen an einer sehr seltenen Krankheit sterben, so wären bei einer Bevölkerungszahl von zwanzig Millionen Menschen immerhin zweitausend Menschen betroffen. Die zweitausend Betroffenen würden kaum verstehen, wieso ausgerechnet sie, bei einer Wahrscheinlichkeit von nur 0,01 Prozent, von dieser Krankheit befallen worden sind. Für die Betroffenen würde es wie ein ungeheurer Zufall aussehen, ein Komplott. Für die Statistik hingegen wäre es nichts Außergewöhnliches. Es gibt aber ein weiteres Problem, nämlich die Gewohnheit des Menschen, Fakten zu kombinieren, Zusammenhänge herzustellen. Unsere Vorfahren waren Jäger und Sammler. Sie haben Spuren gelesen und kombiniert. Ohne diese Fähigkeit, Zusammenhänge herzustellen, hätte keiner unserer Vorfahren überlebt. Heute versuchen Chemiker, Physiker, Mathematiker, Ärzte und Ingenieure, Daten, Fakten und Beobachtungen in einen Zusammenhang zu setzen, um daraus neue Erkenntnisse zu ziehen. Nur die Fähigkeit, Zusammenhänge herzustellen, treibt den Menschen voran, treibt die Geschichte voran. Und genau diese angeborene Fähigkeit wird uns in persönlichen Dingen sehr oft zum Verhängnis und verleitet uns dazu, Zusammenhänge zu sehen, wo keine bestehen. Dann verkommt diese Fähigkeit zur Marotte und mündet in Aberglauben, Mystizismus, Sterndeuterei und Religiosität ...«

»Aber Monsieur Law«, entfuhr es Saint Simon, »Sie zweifeln an Gott?«

»Ich zweifle nicht an seiner Notwendigkeit, nur an seiner Existenz«, lächelte John Law. »Aber um auf die Geschichte mit dem Tod der drei Thronfolger zurückzukommen. Man muss sich darüber im Klaren sein, dass der Nutznießer einer Sache nicht gezwungenermaßen ihr Urheber sein muss. Das *cui bono* mag oft zur Lösung eines Rätsels führen, aber nicht immer.«

Eine nachdenkliche Stille war in John Laws Arbeitszimmer eingekehrt. Maître le Maignen schien das Gehörte zu überdenken. Er war überrascht von John Laws Fähigkeit, selbst bei alltäglichen Ereignissen seine mathematischen Theorien nutzbringend anzuwenden.

»Erzählen Sie das dem Parlament«, entfuhr es Saint Simon. »Wie wollen Sie Gerüchte aufhalten? Einem Hahn können Sie den Kopf abschlagen, aber wie halten Sie ein Gerücht auf?«

»Ist Homberg noch in der Stadt?«, fragte John Law.

»Nein«, antwortete Saint Simon, »aber er lässt sich bestimmt bald wieder blicken. Es gibt keine Orgie in Paris, bei der nicht sein Name fällt. Man sagt, er habe die Angewohnheit, im Rausch die Gäste anzupissen. Es muss fürchterlich sein, und sein Geschlecht soll so groß sein wie das eines Esels. Niemand weiß, was sich der liebe Gott dabei gedacht hat ...«, sinnierte Saint Simon scheinheilig. Es war ihm anzumerken, dass er den Tratsch, die Intrige, die üble Nachrede über alles schätzte.

»Sehen Sie«, lächelte John Law, »jetzt versuchen Sie, einen Zusammenhang herzustellen zwischen dem Geschlechtsteil des Chemikers Homberg und einer bestimmten Absicht Gottes.«

»Gut, Monsieur Law, aber was unternehmen wir jetzt?« Er sprach so aufgeregt, als könne er es kaum erwarten, ein Komplott zu schmieden. »Wir müssen dem Duc d'Orléans helfen. Wir dürfen nicht zulassen, dass sein Ruf geschädigt wird. Es könnte ihn die Regentschaft kosten.«

»Sie reden ja, als sei unser Sonnenkönig bereits verschieden«, wunderte sich Maître le Maignen, »ist er denn so krank?«

»Es ist ein Geheimnis«, flüsterte Saint Simon, »aber sein linkes Bein verfault. Er wird zur Ader gelassen, sie pumpen ihm die Gedärme mit Apfelmost und Eselsmilch voll. Es nützt nichts. Das linke Bein scheint vom Brand befallen, Geschwüre, Furunkel, Schweißabszesse, der König leidet. Er furzt übel riechendes Zeug. Und mit seinen Stummelzähnen kann er kaum noch ...«

»Ich setze auf den Duc d'Orléans«, unterbrach ihn der Maître. »Aber er muss mit diesen verfluchten Orgien endlich aufhören.« Er sah die beiden anderen entschlossen an. Dann wandte er sich an Saint Simon und sagte leise: »Er soll den Bogen nicht überspannen. Wenn auch noch der vierte Thronfolger stirbt ...«

»Ein vierjähriger Knirps«, ergänzte Saint Simon mit Blick auf John Law.

»... dann bricht hier die Anarchie aus. Bis zur Volljährigkeit dieses Knirpses kann er Regent sein. Das muss ihm genügen!«

Angelini räusperte sich diskret und flüsterte seinem Herrn etwas zu. Der nickte, und im nächsten Moment hörte man, wie jemand energisch die Treppen hinaufstampfte.

Der Marquis d'Argenson betrat das Arbeitszimmer. Er hatte sich äußerlich kaum verändert. Er trug immer noch seine pechschwarze Allongeperücke und seinen schwarzen Umhang. Aber er zeigte Emotionen. Er bebte vor Wut.

»Monsieur Law! Sind Sie von Sinnen ...«

»Ich dachte, Sie wollen mich in Paris willkommen heißen, Monsieur d'Argenson«, scherzte John Law.

»Was haben Sie sich dabei gedacht, Monsieur, an den Pöbel in den Straßen Brot zu verteilen? Das weckt Bedürfnisse ...«

»Hunger ist kein Bedürfnis, das man wecken muss«, lächelte John Law.

»Sie wecken aber neue Begehrlichkeiten, Monsieur Law. Wollen Sie unser System destabilisieren?«, fauchte d'Argenson.

»Suchen Sie einen Grund, mich erneut auszuweisen, Monsieur?«

»Es ist absolut sinnlos, Monsieur Law, dem Pöbel da draußen auch nur ein einziges Stück Brot zu geben. Morgen hungern die Menschen wieder!«

»Da gebe ich Ihnen Recht, Monsieur«, entgegnete John Law und erhob sich.

»Es steht Ihnen nicht zu, mir, dem obersten Polizeipräfekten von Paris, Recht oder Unrecht zu gewähren, Monsieur. Sie sind ein Ausländer, der den Pöbel gegen den König aufwiegelt.«

»Ich teile Ihre Meinung«, sagte John Law, »ich teile Ihre Meinung, dass es keinen Sinn hat, jemandem ein Stück Brot zu geben, wenn er keine Arbeit hat. Frankreich braucht kein Brot, sondern ein neues Finanzsystem, Monsieur d'Argenson.«

»Sie wollen Frankreich in eine Spielhölle verwandeln, habe ich mir sagen lassen«, rief d'Argenson. »Aber ich verspreche Ihnen, dass unser Finanzminister Desmartes Sie niemals anhören wird.«

»Man sollte nur versprechen, was man halten kann, Monsieur. Ich hatte Ihnen seinerzeit versprochen, dass ich zurückkehren werde. Hier bin ich, Monsieur. Und hier werde ich bleiben, bis ich mit Minister Desmartes gesprochen habe.«

»Und deshalb haben Sie sich nicht in einem Hotel eingemietet, sondern gleich einen Palast erworben, nehme ich an?«

»Da gibt es in der Tat einen Zusammenhang, Monsieur. Verschaffen Sie mir eine Audienz bei Desmartes. Ich will hier in Paris eine Bank gründen. Dann wird kein Mensch mehr in den Straßen erfrieren oder um Brot betteln. Frankreich braucht keine Wohltäter, Frankreich braucht einen Bankier!«

»Schickt Sie die englische Krone, um Frankreich in den Ruin zu treiben?«, giftete d'Argenson.

»Frankreich ist schon ruiniert, Monsieur«, entgegnete John Law.

Als John Law den Salon von Marie-Anne de Châteauneuf betrat, applaudierten die anwesenden Gäste mit großer Herzlichkeit. Die Menschen legten ihre Karten ab, verließen die Spieltische und gingen erfreut auf John Law zu, als hätte soeben ein König den Saal betreten. Die Menschen liebten ihn. Sie hatten so viel von ihm gehört, von seinen erfolgreichen Finanzabenteuern in aller Welt, und seine Flucht aus London war längst zu einer abenteuerlichen Legende geworden.

»Der Tisch gehört Ihnen, John Law of Lauriston«, strahlte La Duclos. Sie hatte das Gesicht stark gepudert, um wuchernde Ekzeme zu verdecken. Sie war älter geworden. Aber sie strahlte noch genauso viel Liebe und Güte aus wie damals.

»Ich bedanke mich für diese Ehre, Madame, doch ich bin hergekommen, um den Duc d'Orléans zu sprechen«, wehrte John Law ab.

»Den doppelten Philipp?«, scherzte La Duclos.

»Ja, Madame, Philipp den Zweiten«, antwortete John Law und sah La Duclos ratlos an. »Sie würden mir einen großen Dienst erweisen, wenn Sie mich zu ihm führen könnten.«

»Das kann ich sehr wohl, Monsieur«, entgegnete La Duclos leise, »aber ich fürchte, dass ich Ihnen damit keinen besonders großen

Dienst erweisen werde.« La Duclos sah John amüsiert an. Dann ging sie voran.

Sie führte John in einen dunklen Salon, an dessen Wänden dicke blaue Vorhänge und zahlreiche Gobelins mit erotischen Motiven hingen. Der zukünftige Herrscher Frankreichs lag nackt auf einem Sofa, und zwei junge Mädchen mühten sich damit ab, die Durchblutung seines erschlafften Gliedes anzuregen. Halb nackte Musiker tänzelten Geige und Flöte spielend durch den Salon, vereinten sich vor dem flackernden Licht einer Öllampe und stoben leichtfüßig wie Elfen wieder auseinander.

La Duclos wies auf den Herzog und verließ dann den Salon. John Law trat zu Philipp: »Monsieur le Duc ...«

»Mon cul, Monsieur«, schimpfte der Herzog und zuckte zusammen. Dann sah er auf: »Sie haben mich erschreckt, Monsieur. Aber sagen Sie, sind Sie so groß oder spielen mir meine Sinne einen Streich ...«

John Law atmete tief durch. Hatte er tatsächlich den langen Weg durch Europa auf sich genommen und all die Jahre an seinem System gefeilt, um hier vor diesem Häufchen Elend von Herzog zu stehen?

»Antworten Sie bitte. Sind Sie so groß? Das sind Sie der Wissenschaft schuldig. Denn wenn unsere Kälber größer werden, gibt es keine Hungersnöte mehr. Also verraten Sie Frankreich das Geheimnis.«

»Ich bin John Law!«, sagte der Schotte laut.

Der Herzog griff sich an den Kopf: »Nicht so laut, Sie haben ja eine Stimme wie eine Kanonenkugel.« Dann riss er die Augen auf und fixierte John Law erneut: »Ah, Sie sind's. Unser Bankier ohne Bank! Ich habe Ihr System vergessen, Monsieur, aber ich erinnere mich, dass es verdammt gut war. Setzen Sie sich!«

John Law setzte sich neben den Herzog auf das Sofa. Der Herzog schob die Mädchen weg. Sie erhoben sich und wandten sich lächelnd John zu.

»Spenden Sie ein bisschen Sperma für die Wissenschaft, Monsieur Law. Die beiden Damen ...« John Law gab den beiden Mädchen freundlich zu verstehen, dass er mit dem Herzog allein sprechen wollte. Enttäuscht zogen sich die jungen Frauen zurück und verschwanden im Halbdunkel.

»Monsieur le Duc! Ich kann Frankreich retten. Frankreich braucht eine Bank!«

»Ein Sofa genügt. Und etwas zu trinken.«

»Monsieur! Wenn mehr Geld im Umlauf wäre, würden die Leute wieder Arbeit haben. Sie müssen mir helfen, Desmartes meine Ideen erklären zu dürfen ...«

»Desmartes, Desmartes«, lallte der Herzog, »Desmartes macht uns scheißen, Monsieur!«

»Dann lassen Sie mich den König sprechen!«, bat John Law.

»Der König braucht keine Bank, Monsieur, er braucht ein neues Bein. Für die linke Seite. Da besteht er darauf. Es muss für die linke Seite sein.« Der Herzog hob seine Hand hoch: *»Monsieur a soif!«* Eine aufmerksame Dienerin reichte ihm ein Glas. »Champagner, Monsieur. Das ist Champagner. Wir haben noch nichts gegen den Hunger gefunden, aber die Wissenschaft hat den Champagner erfunden. Dom Perignon. Wieso erfinden Pfaffen immer etwas zu saufen? Ist ihr Gott zu wenig lustig? Na ja, der verwandelt ja auch Wasser in Wein. Auch Gott säuft. Wie soll man dieses erbärmliche Dasein auch sonst ertragen? Haben Sie Montesquieu gelesen? Er sagt, man müsse den Menschen nicht bei seinem Tod beweinen, sondern bei seiner Geburt.«

»Monsieur le Duc«, bat John Law inständig, »ich möchte ...«

»Ich möchte auch, aber ich kann nicht mehr ... Und davon kriegt man Durst. Immer mehr Durst. Und wenn man mehr trinkt, hat man mehr Durst. Das ist wie bei Ihrem System, Monsieur Law. Mit dem Geldkreislauf. Desmartes meint, das kann sich alles überhitzen. Desmartes sagt, wir bräuchten ein Mischsystem. Champagner ist auch ein Mischsystem. Auch wenn Dom Perignon sagt, es sei eine dekadente modische Erscheinung, ihn zu trinken. Es sei nie seine Absicht gewesen, ein neues Modegesöff zu erfinden.« Der Duc d'Orléans schnellte plötzlich nach vorne und übergab sich. Er röhrte dabei wie ein Maulesel. Er sank auf die Knie und erbrach erneut. Krämpfe schüttelten seinen Oberkörper. Er heulte auf wie ein getretener Hund. »Sehen Sie«, keuchte der Herzog mit schwacher Stimme, »jetzt habe ich mich erhitzt. Und habe schon wieder Durst.«

»Können wir morgen darüber sprechen, Monsieur le Duc?«

Der Herzog würgte wieder, aber er hatte sich leer gekotzt. Er würgte und würgte. Sein Magen war leer. Ein bisschen Gallensaft tropfte das Kinn runter. Mehr nicht.

»*L'état, c'est moi*, Monsieur, schon bald, *mais je ne suis pas dans un bon état*. Sehen Sie, Monsieur, wenn Sie mich gesehen haben, haben Sie die Grande Nation gesehen.«

John Law und Catherine wünschten ihren Kindern eine gute Nacht. Es war schon spät. Die Gouvernante begleitete Kate und ihren Bruder John ins Schlafgemach. John und Catherine blieben allein im Salon zurück. Im Kamin prasselte ein Feuer.

Nach einer Weile sagte John: »Ich habe ihm schon so viele Briefe überbringen lassen ...«

»Desmartes will nicht, John. Du musst es einsehen, er will einfach nicht. Man sagt, d'Argenson habe Druck auf Desmartes ausgeübt.«

»Ich werde nicht aufgeben Catherine. Eines Tages wird meine Idee das kleinere Übel sein. Vielleicht wird es noch ein Jahr dauern, vielleicht auch zwei. Aber eines Tages werde ich eine Bank haben, die Geld aus Papier druckt. Wieso wollen die Menschen nur das Wesen des Geldes nicht begreifen?«

Catherine sah John an. Er war jetzt dreiundvierzig Jahre alt und sah noch immer blendend aus. Ein Mann, der alles in seinem Leben erreicht hatte. Doch der Schein trog. Auch an John Law waren die Jahre nicht spurlos vorübergegangen. Sein Gang war etwas bedächtiger geworden, sein Blick funkelte nicht mehr so wie früher. Doch was an John Law zehrte, das waren nicht die Jahre. Es war eine Idee, die er verwirklichen musste und die man ihn nicht verwirklichen ließ. Catherine legte das Stickzeug zur Seite, an dem sie gearbeitet hatte. »Vielleicht …«, so fing sie an, »vielleicht reicht es nicht, Briefe an Desmartes zu schreiben. Ich höre immer wieder, dass der Duc de Saint Simon der Schlüssel zum König sei.«

John sah sie fragend an.

»Warum machst du nicht einmal einen Besuch beim Duc de Saint Simon?«

»Gibt es nicht angenehmere Arten, seine Zeit zu verschwenden?«

»John, ich bin die Frau, die dir Glück bringt. Besuch ihn einfach. Mir zuliebe.«

Ein Diener geleitete John Law in die Bibliothek. Saint Simon begrüßte ihn mit etwas übertriebener Freude.

»Ihr Besuch ist eine große Ehre für mich, Monsieur Law«, frohlockte Saint Simon. Er hatte die Beine des Besucherstuhles, den er Law anbot, kürzen lassen, um nicht so klein zu erscheinen.

»Es wäre meinerseits eine Ehre, Monsieur le Duc de Saint Simon, wenn Sie mir gestatten würden, Sie regelmäßig zu besuchen. Ich brauche das Gespräch mit einem Menschen, der meine Theorien versteht, weil er über das notwendige Wissen und die Weisheit verfügt, beurteilen zu können, inwieweit sie realisierbar sind oder nicht.«

»Sie schmeicheln mir, Monsieur Law«, sagte Saint Simon und druckste verlegen auf seinem ledernen Stuhl herum, »ich bin nichts als ein kleiner Tagebuchschreiber, ein Chronist unserer Zeit, der durch die Gnade der adligen Geburt Zugang zu unserer Majestät und zum Hof hat. So ist es unserer Familie seit vielen Generationen vergönnt. Ich war Zeuge, wie im Jahre 1691 unser König meinem Vater in Versailles die Ehre einer dreimaligen Umarmung gewährte.« Saint Simon schien plötzlich in Gedanken zu versinken und sich wehmütig an jene Szene zu erinnern, die sich damals in Versailles abgespielt hatte.

Das Hausmädchen brachte Tee und zog sich wieder zurück.

»Man spricht von Ihren Briefen an den Finanzminister Desmartes, Monsieur Law. Sie werden gelesen. Aber d'Argenson will nicht, dass man Ihnen antwortet. Er hält Ihre Ideen für gefährlich. Der Duc d'Orléans hat sich sehr wohl, und das wiederholt, dafür eingesetzt, dass man Sie empfängt. Aber sein Ansehen erfährt zurzeit eine raschere Entwertung als die französische Währung.«

Saint Simon beugte sich über den Tisch und flüsterte hastig: »Er rammelt wie ein Karnickel und säuft wie ein Bürstenbinder. Er wird noch vor unserem König sterben!«

Er lehnte sich wieder zurück: »Da Sie mir aber die Ehre Ihres Besuches gewähren und mir sogar in Aussicht stellen, mich regelmäßig beehren zu wollen, bin ich gern bereit, meinen bescheidenen Einfluss am Hofe geltend zu machen. Desmartes soll Sie anhören, Monsieur! Aber dazu muss ich erst den Comte de Coubert überzeugen.«

John Law verließ zu Fuß seine Residenz an der Place Louis-le-Grand, ging an der frisch restaurierten Reiterstatue des Sonnenkönigs vorbei und betrat am anderen Ende des Platzes den Prunkbau von Samuel Bernard, Comte de Coubert. Ein Türdiener öffnete ihm und wies ihm den Weg in den Tempel des Bankiers und Finanziers. Bernard erhob sich sogleich hinter seinem Schreibtisch und kam John Law freundlich entgegen. Der Comte war eine stattliche Erscheinung, groß wie John Law, aber älter und breit gebaut wie ein Schrank. Sein Kopf wies eine gewisse Ähnlichkeit mit der Neptunbüste auf, die John Law beim Treppenaufgang gesehen hatte, und wenn er den Mund öffnete, sah man ein kräftiges, intaktes Gebiss. Der Mann musste auf die siebzig zugehen und strotzte nur so vor Gesundheit.

»Willkommen im Hause Coubert, Monsieur Law«, lachte Samuel Bernard, »zwei protestantische Bankiers in Paris, und sie meiden sich wie der Teufel das Weihwasser.«

»Ich bedanke mich für die Einladung, Monsieur Bernard. Ich schätze diese Einladung umso mehr, als ich doch weiß, dass meine

Ideen gerade unter den alteingesessenen Pariser Bankiers nicht gerade auf Begeisterung stoßen.«

Samuel Bernard lächelte versöhnlich: »Ihre Ideen sind exzellent, mein lieber John Law of Lauriston, geradezu genial. Selbst Desmartes ist davon sehr angetan …«

Bernard hielt inne und bat John Law, Platz zu nehmen.

»Sie wollen eine Nationalbank gründen, die gegen entsprechende Einlagen Papiergeld ausgibt.«

»Ja, das habe ich in meinen zahlreichen Briefen zu erklären versucht …«

»Ich habe Ihre Briefe an Desmartes gelesen, Monsieur Law. Ich bin beeindruckt. Wir sind alle beeindruckt.«

Samuel Bernard sah die Verwunderung in John Laws Gesicht.

»Meine Familie gehört sozusagen zum Inventar von Versailles. Mein Vater, der Maler, hat Louis XIV. bereits als jungen Mann porträtiert. Wir sind der Kunst verpflichtet, dem Königshof – und den Finanzen. Kein Financier hat jemals einem französischen König so viel Geld geliehen. Keiner. Deshalb ist unsere Meinung in Versailles nicht ohne Bedeutung. Sie wollen mehr Geld im Umlauf bringen, Monsieur. Damit werten Sie die Währung ab. Wer Schulden hat, profitiert, wer Kredite gewährt hat, verliert. Deshalb sind die französischen Bankiers gegen Ihre Pläne, Monsieur …«

John Law nickte zustimmend: »Da Sie meine Schriften kennen, Monsieur Bernard, werden Sie wissen, dass ich der Letzte bin, der kein Verständnis für diesen Aspekt aufbringt. Es gibt auch dafür eine Lösung.«

»Sie wollen die Schulden des Königs senken, ohne die Gläubiger zu schädigen? Sie können nicht Diener zweier Herren sein, Monsieur Law.«

»Ich werde dafür eine Lösung finden, Monsieur Bernard.«

Samuel Bernard reichte John Law sein letztes Schreiben an Desmartes über den Tisch: »Desmartes hat mich gebeten, Ihnen den Brief zurückzugeben. Sie sehen seine handschriftlichen Anmerkungen am Rande. Er meint, Sie sollten es noch einmal überarbeiten. Er möchte mehr Details. Ja, mehr Details.«

»Die Sache muss gut überlegt sein«, gab Saint Simon zu bedenken und musterte interessiert die Flasche Wein, die John Law ihm mitgebracht hatte.

»Mehr Details, mehr Details. Seit bald zwei Jahren schicke ich ihm zusätzliche Erläuterungen. Ich glaube allmählich, Desmartes versteht den Inhalt der Sache nicht.«

»Sie meinen«, schmunzelte Saint Simon, »sein Verstand versagt ihm den Dienst?«

»Wo nichts ist, kann nichts versagen. Ich brauche eine Audienz beim König, Saint Simon! Selbst wenn ich bei Desmartes eine Audienz erhielte, was nützt mir das? Er bräuchte erneut ...«

»Mehr Details«, amüsierte sich Saint Simon und legte die Weinflasche behutsam beiseite, »Monsieur Bernard hat mir anvertraut, dass er von Ihrer Person sehr beeindruckt ist. Aber er ist gegen Ihre Pläne. Jetzt kann Ihnen nur noch der Duc d'Orléans helfen. Aber dafür müsste der König sterben und der Herzog nüchtern werden. Letzteres ist schwieriger als die Domestizierung der Neuen Welt.«

»Sie haben doch Einfluss auf den Duc d'Orléans! Reden Sie mit ihm! Überzeugen Sie ihn! Beenden Sie das Elend in den Straßen von Paris!«

»Monsieur Law«, seufzte Saint Simon, »ich traue mir durchaus zu, dem Herzog das Versprechen abzuringen, Ihnen die Gründung einer Staatsbank zu gestatten. Nur, der Herzog hält seine Versprechen nicht. Er gibt jedem und allem nach. Wie alle Menschen verkauft er seine Schwächen als Tugenden. Er hält sich für tolerant. Aber ich glaube, er ist schwach und keinem Widerstand gewachsen. Er ist nicht einmal seinem eigenen Charakter gewachsen und verkommt deshalb in Trunkenheit, endlosen Orgien und Disputen mit Mätressen und gehörnten Ehemännern. Neuerdings sagt man ihm sogar die Nähe zu Geheimlogen nach ...«

»Versuchen Sie es trotzdem. Ich bitte Sie darum.«

»Wo soll ich ihn aufsuchen? In den Salons? An den Spieltischen? In den Pariser Galerien? In der Oper? In irgendeinem Jagdschloss? Oder in den unterirdischen Gewölben von Versailles, wo er angeblich als Großmeister des Tempelordens Komplotte schmiedet?«

»Hat denn sein Vater keinen Einfluss auf seinen Sohn?«, fragte John Law ungeduldig.

»Sein Vater interessiert sich nur für die Anatomie des männlichen Geschlechts und die Kabbalistik. Wäre er nicht der Bruder des Königs, man hätte ihn schon längst zu den Galeeren geschickt. Und die Kabbalistik, das muss ich Ihnen, mein sehr geschätzter John Law, nicht erzählen, ist wohl die dümmste Form des Aberglaubens.«

Saint Simon redete und redete, verstieg sich in immer neuen Gerüchten und Indiskretionen, gewürzt mit sexuellen Ausschweifungen, Intrigen, Komplotten. Saint Simon war der ewige Intrigant und Nörgler, der sein Schicksal dadurch erträglicher machte, dass er ein Tagebuch führte, das er als Chronik seiner Zeit verstand, in dem er, der Herzog, eine Schlüsselrolle spielte.

»Was raten Sie mir, Monsieur?«

»Geduld. Frankreich ist am Ende. Aber das ist noch nicht schlimm genug. Erst wenn Frankreich in den letzten Atemzügen liegt, werden Sie eine Chance haben, Ihr Bankprojekt zu realisieren. Dann wird der protestantische Schotte John Law das kleinere Übel sein.«

»Mesdames, Messieurs, faites vos jeux«, sagte John Law und beobachtete die Spielerinnen und Spieler, wie sich beim Setzen unmerklich ihre Mienen veränderten, ihre Bewegungen, ihre ganze Haltung. Der Duc d'Orléans saß John gegenüber. Zwei attraktive Begleiterinnen schmiegten sich an seine Schultern. Er schien hin und her gerissen, zögerte, stellte mit großem Pathos seine innere Zerrissenheit zur Schau und setzte schließlich mit einer raschen Bewegung einen Stapel Jetons auf die Zwei.

»Die Sonnenfinsternis vor neun Jahren. Der 11. Mai 1706. Ich habe die beiden Ziffern der Elf addiert.«

Die anderen Spieler tätigten nun ebenfalls ihre Einsätze.

»Wir schätzen es«, freute sich die hübsche La Duclos, »dass Sie meinen Salon mit Ihrer Abschiedsvorstellung beehren, Monsieur Law.«

Ein überraschtes Raunen ging durch den Saal. Law nahm es mit Genugtuung zur Kenntnis. Wie hatte er doch diese Abende in den letzten Monaten hassen gelernt. Er hatte sich gefühlt wie ein Feldherr, den man mit Spielzeugsoldaten abspeiste. Er ließ sich jedoch keine Kränkung anmerken:

»Ich wollte mich von den hoch geschätzten Gästen Ihres Salons in gebührender Form verabschieden, Madame.«

Der Duc d'Orléans küsste nacheinander seine beiden Begleiterinnen und scherzte: »Irgendwie müssen wir uns die Zeit vertreiben. Bis dem König auch noch das zweite Bein abfault.«

Vorsichtiges Gelächter. Jeder versuchte, in den Augen des anderen zu lesen, wie stark sein Respekt für Louis XIV. bereits gesunken war.

»Sie sprachen von Abschied, Monsieur Law?« Der Herzog sah John an. »Ist mir irgendetwas entgangen?« Er stürzte seinen Champagner hinunter.

»Meine Frau und ich werden Frankreich verlassen«, entgegnete Law und wandte sich wieder dem Spieltisch zu: *»Mesdames, Messieurs, les jeux sont faits.«* Elegant legte er den Mittelfinger auf den Stapel, schob die oberste Karte leicht nach vorne, während er mit dem emporschnellenden Zeigefinger die Karte umdrehte: »Die Fünf gewinnt, die Zehn verliert.«

»Verlassen? Wieso erfahre ich davon erst jetzt?«, entsetzte sich der Herzog. »Man hat Sie doch nicht etwa brüskiert, Monsieur?« Er sprach mit schwerer Zunge.

»Ganz im Gegenteil, Monsieur le Duc«, entgegnete John Law, »aber seit dem Tod der englischen Königin hat sich in England einiges geändert. König George zeigt großes Interesse an meinen Bankprojekten. Er lässt mir ausrichten, dass ich sie in England realisieren kann.«

Die Umstehenden reagierten erstaunt, einige schockiert. Während John Law mit eleganten Bewegungen die verlorenen Einsätze einsammelte und die Gewinne auszahlte, begann der Duc d'Orléans angestrengt nachzudenken: »Könnte man Sie denn nicht umstimmen, Monsieur?«

»Ich schätze die Aufmerksamkeit, die der Hof in Versailles meinem Bankprojekt entgegenbringt, außerordentlich«, log John Law, »und ich akzeptiere, dass der Hof im Augenblick für meinen Vorschlag keine Verwendung hat. Deshalb bitte ich um Verständnis dafür, dass ich mich dorthin begebe, wo mein Vorschlag auf eine positive Resonanz stößt. Nach England. England hat einen großen Kapitalbedarf zur Deckung der Kosten für ein neues, produktiveres Zeitalter der Manufakturen. Dafür wird ein neues Kredit- und Bankensystem gebraucht, das die Geldmenge erhöht. Und ich versichere Ihnen, dass bereits nach einem Jahr jeder Engländer in Lohn und Brot stehen wird.«

Der Herzog versuchte Haltung zu bewahren. Doch er schien jetzt ernstlich betrübt: »England wird eine neue Flotte bauen, den überseeischen Handel forcieren und uns auf allen Kontinenten bekriegen ... Muss es denn ausgerechnet England sein? Wieso England, Monsieur?«

»Weil Frankreich keinen Bedarf hat, Monsieur le Duc. Ich produziere Ideen. Ich muss mich dorthin begeben, wo meine Ideen gekauft werden. Handelt nicht jeder Weinhändler und Zimmermann in gleicher Weise?«

»Natürlich«, pflichtete der Herzog ungehalten bei. »Aber hören Sie, Monsieur, wollen Sie eine Audienz beim König? Ist es das, was Sie wollen?«

»Es wäre eine große Ehre, vom König von Frankreich empfangen zu werden ...«

»Ich nehme Sie mit zum Petit Lever Ihrer Majestät!«

Die Anwesenden reagierten mit großem Erstaunen. Wohlwollend nickten sie John Law zu, als wollten sie ihm Respekt bezeugen. Es war eine außerordentlich Ehre, zum Lever des Königs geladen zu werden.

»Wir fahren morgen um fünf Uhr in der Früh los, Monsieur.« Der Herzog holte tief Luft, seufzte. »Nun, sagen wir, um sechs.«

John Law kontrollierte zum wiederholten Mal seine Garderobe. In Gedanken ging er die wichtigsten Aspekte seines Systems durch, versuchte die Formulierungen, die er im Kopf hatte, zu vereinfachen. Ihm gegenüber in der Kutsche saß der Duc d'Orléans. Er sah nicht gut aus.

»Wieso können Sie nicht warten, bis Ihre Majestät endlich stirbt! Und wieso ist Ihre Majestät nicht längst gestorben? Bereits vor neun Jahren hat man geglaubt, die Sonnenfinsternis sei ein untrügliches Zeichen. Ihre Majestät müsste längst tot sein.«

Der Herzog rang nach Luft. Ihm war übel.

»Wir brauchen nicht nur ein besseres Finanzsystem, Monsieur Law, wir brauchen auch bessere Weine«, keuchte der Herzog, »ist es denn akzeptabel, dass man für ein bisschen Genuss so viel leiden muss?«

»Nur wenn man mehr als vier Flaschen trinkt«, gab John Law zurück.

»Wenn ich Regent bin, Monsieur Law, dann wird alles anders. Ich werde diese schäumenden Mischweine verbieten.« Der Herzog lehnte sich wieder zurück und schloss die Augen: »Ist es wahr, dass Sie die Kabbalistik für die dümmste Form des Aberglaubens halten?«

»Ich weiß, wer das gesagt hat«, entgegnete John Law, »und ich versichere Ihnen, es war kein Schotte.«

»Ja, ja, dieser alte Schwätzer und Intrigant von Saint Simon. Einerseits lobt er Ihr Bankenprojekt, anderseits hält er es für untauglich für dieses Land. Ich werde nicht schlau aus ihm ...«

Kurz vor sieben Uhr in der Früh erreichte die Kutsche ihr Ziel. Versailles war mehr als ein Königspalast, Versailles war monumental, gigantisch, eine Welt für sich. Es wimmelte von Lakaien, Kammerdienern, Sekretären, Sänftenträgern, Musketieren, Polizisten, Soldaten und Besuchern aus aller Welt. Überall waren Pferde, Kutschen, Kaleschen und Sänften in Bewegung. Wer keine Empfehlung oder Einladung vorweisen konnte, hatte beim Eingangstor eine mühsame Prozedur zur Prüfung seines Begehrs über sich ergehen zu lassen. Wer nicht der Etikette entsprechend gekleidet war, konnte die nötigen Kleidungsstücke mieten. Der Palast des Sonnenkönigs war zu großen Teilen öffentlich zugänglich, aber nach einem minutiös geregelten Protokoll.

Die Kutsche des Duc d'Orléans wurde umgehend in den Vorhof durchgewunken und fuhr dann zwischen den imposanten Verwaltungsgebäuden zum gepflasterten Königshof hinauf. Diener erwarteten den Herzog. Sie öffneten die Kutschentür, öffneten die meterhohen Türflügel und begleiteten den Herzog und den Schotten in den großen Gesandtensaal. Er war bereits mit Menschen überfüllt, die aus allen Teilen Frankreichs frühmorgens aufgebrochen waren, um ins Zentrum der Macht vorzustoßen. Wie aus dem Nichts tauchten neue Diener auf, verneigten sich vor dem Herzog und begleiteten ihn durch die Menschenmenge bis zur großen Marmortreppe, die in die Gemächer des Königs hinaufführten. Hier gab es bereits mehr Musketiere als Besucher. Im oberen Stockwerk empfingen neue Diener die frühen Gäste und begleiteten sie durch eine lang gezogene Galerie, deren siebzehn Arkaden mit Spiegelscheiben verkleidet waren. Die Fenster auf der anderen Seite waren alle weit geöffnet und gaben den Blick auf eine scheinbar endlose Gartenanlage frei, man sah Brunnen, Teiche und dreißig Meter hohe Bäume, die entlang den Kanälen und Seen Alleen bildeten. Obwohl die Bäume so groß waren, hatte man sie wie Hecken tailliert. Auch der gefühlsärmste Besucher musste angesichts dieser Pracht und Größe in Ehrfurcht und Bewunderung erstarren. Man hatte den Eindruck, auf die Gärten Gottes hinauszublicken. Für einen Normalsterblichen ergab dieser Gigantismus keinen Sinn. Nur Götter konnten dreißig Meter hohe Wälder wie kleine Gartenhecken taillieren, weil die Erde für sie nichts anderes war als ein kleiner Garten unter dem Himmel.

John Law blieb unvermittelt stehen. Er war beeindruckt. Der Duc d'Orléans registrierte es mit dem Anflug eines Lächelns. Er holte vor einem offenen Fenster Luft. Doch die Luft, die in die große Galerie strömte, stank nach saurem Urin und menschlichen Exkrementen. John sah sich um, sah die Dutzenden von Kronleuchtern, die großen Kandelaber aus Silber, die schweren, goldbestickten Vorhänge aus weißem Damast, Gold, Silber, Marmor, Malereien, antike Skulpturen in den hohen Mauernischen, goldbronzene Stauten. Das Gewölbe zeigte monumentale Malereien, Kompositionen des Hofmalers Charles le Brun, der das Leben des Sonnenkönigs an die Decken der großen Galerie gezaubert hatte.

»In der Tradition der Antike«, lächelte der Herzog und wies auf die Deckenmalereien. »Aber man hätte sich noch andere Dinge aus der Antike borgen können. Achttausend Menschen leben in diesen Mauern, und jeden Tag kommen zehntausend Besucher nach Versailles … und wissen Sie, wie viele Aborte wir hier haben? Keinen. Nur knapp dreihundert Nachttöpfe, das ist alles. Und das ist genau das, was Sie hier riechen, Monsieur: Pisse und Scheiße. Fünfzig Jahre lang wurde hier gebaut, zigtausend Arbeiter haben hier geschuftet, Tonnen von Gold, Silber und Marmor wurden herbeigeschafft und verarbeitet. Aber es gibt nicht einmal dreihundert Nachttöpfe.«

Am Ende der großen Galerie wurden sie von neuen Dienern empfangen und in das Vorzimmer des Königs geführt. Dort warteten bereits drei Dutzend Menschen. Die Stimmen waren gedämpft, es wurde getuschelt, geflüstert. John Law sah sich um. Sein Blick blieb an einem bekannten Gesicht hängen – dem Marquis d'Argenson, der sich im Gespräch mit dem Bankier Samuel Bernard befand.

Der Duc d'Orléans wandte sich an den Zweiten Kammerherrn der Königs. »Das Petit Lever«, sagte er.

Der Diener begrüßte jeden, der das Vorzimmer betrat, persönlich. »Monsieur John Law of Lauriston, Mathematiker und Bankier. Sein Vater war der königliche Münzprüfer von Edinburgh.« Der Zweite Kammerherr verneigte sich und bahnte sich einen Weg durch die Wartenden, bis er schließlich im nebenan liegenden Schlafgemach des Königs verschwand.

»Sie werden dem König vorgestellt, Monsieur Law. Behalten Sie um Gottes willen dabei Ihren Hut auf. Sprechen Sie nicht als Erster. Und wenn der König sagt: Kommen Sie zu Tisch, Monsieur, dann haben Sie dem Folge zu leisten, und zwar täglich, bis er Sie höflich wieder auslädt. Essen wird aber nur der König. Sie sitzen am Tisch auf einem Klappstuhl und behalten schön Ihren Hut auf.«

D'Argenson bahnte sich nun einen Weg durch die Wartenden und kam direkt auf John Law zu: »Kompliment, Monsieur, Sie haben Mut. Nicht jeder ist bereit, für seine Ideen zu sterben«, lächelte d'Argenson und schaute kurz zum Duc d'Orléans. »Haben Sie den Besuch mit Desmartes abgesprochen?«

»Nein«, antwortete ein Mann, der sich alsbald als Finanzminister Desmartes vorstellte. Er wandte sich an Law: »Glauben Sie wirklich, dass der König Ihre Ideen verstehen wird?«

»Zweifeln Sie etwa am Verstand Ihrer Majestät, des Königs?«, sagte Saint Simon spitz und zwängte sich keck zwischen d'Argenson und Desmartes nach vorne.

»War das Ihre Idee, Monsieur le Duc de Saint Simon?«, fragte d'Argenson drohend.

»Messieurs! Silence! Le Roi se lève.«

Ihre Majestät war aufgewacht. Ein Raunen ging durch die Wartenden. Die Türen zum Schlafgemach des Königs wurden geöffnet. Die Gäste setzten ihre Hüte auf und betraten andächtig das Schlafgemach des Sonnenkönigs. Die Holztäfelungen, die Vorhangstoffe, die Skulpturen, die Pilaster, alles war mit Gold veredelt, verziert, übergossen – es schien, als sei der ganze Raum schier in Gold gegossen. Und hinter einer goldenen Kordel, die als Schranke diente, saß er, Louis XIV., König von Frankreich, in einem wallenden Morgenmantel. Von Dutzenden von Bediensteten umgeben, saß er auf seiner *chaise d'affaire*, auf seinem Nachttopf. Auf einem der dreihundert Nachttöpfe. Selbst der morgendliche Stuhlgang war ein öffentlicher Staatsakt. Ein wallender Morgenmantel verdeckte die Sicht auf die nackte Haut. Ein Diener betupfte den Nachtschweiß des Herrschers mit parfümierten

Tüchern, ein zweiter entfernte die Schlafmütze, während ein dritter Ihrer Majestät eine gekürzte Perücke aufsetzte. Weitere vier Diener waren notwendig, um dem König ein Glas Wasser zu reichen. Bis zu hundert Diener beanspruchte das »Kleine Aufstehen« des Königs.

Entspannt parlierte Ihre Majestät, charmant, gebildet, galant. Ganz Gentilhomme. Ihre Majestät König Louis XIV. sprach nicht zu jemand Besonderem, Sie causierte. Die Nacht sei gut gewesen. Es klang, als habe Ihre Majestät verkündet: Wir haben England besiegt. Ihre Majestät wirkte gelassen, von einer eindrücklichen seelischen Ausgeglichenheit. Jede Geste war von erlesener Eleganz, jedes Wort historisch. Ein Schreiber hielt die Worte fest, ein Maler fertigte Skizzen der morgendlichen Szene an. Ihre Majestät war eine öffentliche Institution, ein Mensch gewordener Sonnengott. Und selbst wenn Ihre Majestät auf der *chaise d'affaire* saß, verlor Sie nicht an Würde. Ihre Majestät ertrug mit stoischer Ruhe die Mühsal eines trägen Darmes, wechselte ein paar Worte mit den anwesenden Prinzen, Herzögen und Grafen aus den Geschlechtern der Rochefoucauld, Bourbon, Anjou, während heftige Winde dem Darm Ihrer Majestät entwichen. Der Erste Chirurg und der Erste Arzt tauschten bedeutungsvolle Blicke, während Ihre Majestät mit einer geschmeidigen Geste auf den Duc d'Orléans wies und mit melodiöser, beinahe fröhlicher Stimme verkündete: »Monsieur le Duc, Sie haben die Ehre.«

Der Herzog verbeugte sich in großer Dankbarkeit und schritt demutsvoll zur goldenen Kordel. Ein Diener löste sie an der einen Seite und gewährte dem Duc d'Orléans Zutritt zu Ihrer Majestät. Der Sonnenkönig beugte sich ein wenig nach vorn, während zwei Diener seinen Morgenrock lüpften. Der Duc d'Orléans verneigte sich vor dem König, kniete nieder, ergriff den Nachttopf, zog ihn unter dem ausgehöhlten Sitz hervor und erhob sich wieder. Zwei Diener knieten hinter dem König und ließen sich von weiteren Dienern in Essig getunkte Leinentücher reichen, mit dem sie das Gesäß Ihrer Majestät reinigten und pflegten. Der Duc d'Orléans stand nun aufrecht neben dem König, den Nachttopf in der Hand. Der Erste Arzt und der Erste Chirurg begutachteten unterdessen den Inhalt des Topfes und unternahmen eine Geruchsprobe. Schließlich ging der Herzog mit dem Nachttopf zu einem kleinen Tisch und setzte ihn dort ab. Während der Arzt und der Chirurg zwei hölzerne Stäbchen nahmen und im Kot des Königs stocherten, kehrte der Herzog zu Ihrer Majestät zurück, verneigte sich vor ihr und wartete.

»Ich habe gehört, dass ein Weib ein mit Hefe zubereitetes italienisches Gebäck verkauft. Das Gebäck soll im Ofen derart anschwellen, dass man von Hexerei spricht.«

»Nichts als ein Gerücht, Majestät. Homberg hat damit nichts zu tun. Ich habe mich an Euer Majestät Rat gehalten und keine Chemiker mehr in meine Salons geladen.«

Der König lächelte und streifte die Anwesenden mit einem flüchtigen Blick: »Ich habe auch gehört, dass Sie einen Gast haben, der die Geldmenge einer Nation so anschwellen lassen kann, dass bereits nach wenigen Monaten niemand mehr ohne Arbeit ist.« Der König lächelte. Er breitete die Arme aus, damit die Diener ihn einkleiden konnten.

Der Herzog zeigte auf John Law: »Das ist Monsieur John Law of Lauriston. Ich bedanke mich in seinem Namen bei Ihrer Majestät, dass Sie ihm die Ehre erweisen, am Petit Lever teilhaben zu dürfen.«

»Er möge – vortreten«, sagte der König. Wie üblich legte er eine kleine Kunstpause vor dem letzten Wort ein und gab diesem letzten Wort dann eine besonders leichte, melodiöse Note.

Der Herzog gab John ein Zeichen. Der Schotte begab sich zur Kordel und kniete vor dem König nieder. Der König verzog keine Miene. Der perfekte Kartenspieler, dachte John Law, als er den Kopf anhob und in die Augen eines sechsundsiebzigjährigen Greises schaute, der sich nicht anmerken ließ, dass ihm die Leiden und Gebrechen des Alters arg zusetzten. Der König war übergewichtig. Durch den Verlust eines Großteils seiner Zähne waren die Wangen eingefallen. Wenn er sprach, verbreitete er einen Geruch von Fäulnis. Aber er war die Macht. Er war der Staat. Er war eine öffentliche Institution.

»John Law of – Lauriston, Er möge sprechen und frei sagen, was Er dem König zu sagen – begehrt«, sprach der Sonnenkönig. Law war fasziniert von der Eleganz der beiläufigen Handbewegung, mit der Louis XIV. das letzte Wort orchestrierte.

John Law erhob sich. »Möge Ihre Majestät, der König von Frankreich, mir die Ehre erweisen, Ihr meine Idee über die Gründung einer französischen Staatsbank unterbreiten zu dürfen. Ihre Majestät wird mit dieser Bank in der Lage sein, die Schulden des Königreichs in sehr kurzer Zeit in erheblichem Maße zu senken. Die Finanzen werden bereits nach einem Jahr ausgeglichen sein. Die Bevölkerungszahl und die allgemeinen Einkünfte werden zunehmen, wodurch der Bedarf nach neuen Gütern steigen wird und somit auch die Steuereinnahmen wachsen werden, ohne dass die Belastungen für den Einzelnen größer werden. Ihre Majestät wird belastende Ämter zurückkaufen und die Einkünfte des Königreiches mehren können, ohne dass dabei irgendjemand zu Schaden kommt …«

»Man möge sein Manuskript in Empfang nehmen«, unterbrach ihn der König.

Zwei Diener näherten sich innerhalb der Absperrung. Der eine nahm John Laws Manuskript in Empfang und reichte es dem zweiten Diener.

»Was denkt *mon petit juif* über die Ideen von Monsieur Law?«, fragte Louis XIV.

Der Bankier Samuel Bernard trat einen Schritt vor und kniete nieder.

»Er möge sich erheben und sprechen«, sprach der König.

»Eine vorzügliche Idee, Ihre Majestät, glänzend, genial …«

John Law bedankte sich mit einem dezenten Nicken.

»… aber«, fuhr der jüdische Bankier Samuel Bernard vor, »für eine Monarchie wie die französische möglicherweise nicht recht geeignet. Eine Staatsbank ist für eine Monarchie weniger geeignet.«

»*Alors*, Messieurs«, entfuhr es dem König, »dann müssen wir entweder auf die Monarchie oder auf die Staatsbank verzichten.«

John Law war wenig erfreut, als er sich mit dem Duc d'Orléans einen Weg durch die überfüllten Salons bahnte, um über die Gesandtentreppe wieder in den Hof zu gelangen.

»Bleiben Sie, Monsieur Law«, versuchte ihn der Herzog zu beschwichtigen. »Wenn der König von der Frühmesse zurückkehrt, haben wir noch einmal die Möglichkeit, mit ihm zu sprechen. Ich muss es lediglich seinem Ersten Kammerdiener melden. Er wird uns sagen, in welchem Saal wir den König sprechen dürfen.«

John Law schüttelte den Kopf: »Nein, Monsieur le Duc. Ich bin Ihnen zu Dank verpflichtet. Sie haben getan, was in Ihrer Macht steht. Aber was haben Sie erreicht? Abgesehen davon, dass Sie die Notdurft Ihrer Majestät in Händen halten durften?«

»Spotten Sie nicht, Monsieur!«, entrüstete sich der Duc d'Orléans. »Die Ehre kostet mich hunderttausend Livre im Jahr. Und sie wird nur jenen gewährt, die ihren Stammbaum bis ins vierzehnte Jahrhundert nachweisen können.«

Ungehalten verließ John das Gebäude, der Herzog eilte hinter ihm her.

»Sie belieben zu scherzen, Monsieur«, lachte John, »Sie zahlen hunderttausend Livre dafür?«

Sie traten auf den Hof. Der Herzog gab einem Diener zu verstehen, die Kutsche vorfahren zu lassen

»*Oui*, Monsieur. Hätte sich in der Antike nicht jeder Römer glücklich geschätzt, die Notdurft eines Zeus, Merkur oder Mars beseitigen zu dürfen?«

»Die Römer, Monsieur«, erwiderte John Law süffisant, »hatten schon vor zweitausend Jahren sanitäre Anlagen und eine Bade- und Körperkultur, von der wir in Europa nicht einmal zu träumen wagen.«

»Ich bedaure, dass Monsieur verärgert ist«, sagte der Herzog, als er in die Kutsche stieg. John Law folgte ihm und schloss die Tür hinter sich. Der Herzog gab dem Kutscher den Befehl, den Weg durch die Gärten von Versailles zu nehmen. Doch John Law fand keinen Gefallen mehr an diesem taillierten Göttergarten.

»Fünfzig Jahre Bauzeit, über hundert Millionen Livre Baukosten … wahrscheinlich hat Samuel Bernard sogar Recht. Mein Bankensystem verträgt sich nicht mit einer Monarchie. Ein Monarch müsste der Verlockung widerstehen, uneingeschränkt Geld zu drucken, um ein weiteres Versailles zu bauen und weitere hundert Jahre Krieg zu führen. Wer bringt einen Monarchen zur Vernunft?«

Der Duc d'Orléans war zerknirscht: »Eigentlich müsste ich Sie tadeln, Monsieur Law. Sie beleidigen Ihre Majestät. Manch einer ist für kleinere Vergehen zu den Galeeren geschickt worden.«

»Ich bitte um Verzeihung, Monsieur le Duc«, lächelte John Law, »ich hätte gern Frankreich meine Dienste angeboten und dem Land, dem Volk und der Krone gedient.«

»Das adelt Sie, Monsieur«, gab der Herzog versöhnlich zurück, »aber haben Sie noch etwas Geduld. Haben Sie das linke Bein Ihrer Majestät gesehen? Es stinkt bereits nach Verwesung. Sobald ich Regent bin, werden Sie die Bank gründen, Monsieur. Das verspreche ich Ihnen! Unter der Bedingung, dass Sie mir heute Abend Gesellschaft leisten.«

John Law lehnte das Glas Wein ab, das ihm das junge Mädchen in dem hautengen Pantherfell anbot. Er saß auf einem königsblauen Sofa. Es war mit goldbestickten Lilien verziert. John Law wartete. Er wartete mit stoischer Ruhe. Doch der Morgen brach nicht an. Der Duc d'Orléans schlief tief und fest. Er lag ein paar Meter vor ihm entfernt auf dem Boden, hingestreckt wie ein kriegsversehrter Soldat, halb entkleidet.

Nach einer Weile sagte John Law: »Ich sagte vorhin: Pumpen Sie mehr Geld in den Wirtschaftskreislauf, und der Patient wird wieder lebendig.«

Dem Duc d'Orléans entwich nur ein animalisches Stöhnen.

Es war sinnlos. Absolut sinnlos.

»Noch so spät bei der Arbeit, Monsieur?«, fragte eine Stimme, während sich wohlriechende Handschuhe auf Johns Schultern legten. Orangenöl.

»Wir warten, dass der König stirbt, Madame«, seufzte John Law.

»Und der Duc d'Orléans ist dabei eingeschlafen?«, hauchte ihm Catherine ins Ohr und setzte sich neben John aufs Sofa.

Eine Weile saßen sie da und beobachteten den schnarchenden Herzog. Dann sagte John: »Der Schritt aus der Armut in eine gesicherte Existenz ist aufregend, motivierend. Aber wenn Sie schon reich sind wie unser Herzog, macht Sie ein bisschen mehr Reichtum nicht glücklicher. Sie können nicht mehr als ein halbes Kilo Filet, drei Flaschen Wein und ein paar Orgasmen am Tag haben. Wofür lohnt es sich also, härter zu arbeiten?«

»Für die Liebe«, flüsterte Catherine und küsste ihn auf die Wange.

»Ja, für dich, Catherine, lohnt sich jeder Atemzug. Aber es gibt noch etwas: eine Idee. Eine Leidenschaft.«

»Eine Vision?«, lächelte Catherine.

»Nein, nein, Catherine, keine Visionen«, lachte John Law und hielt zärtlich ihre Hand fest. »Eine Idee. Es ist wie ein großes Spiel. Und du willst gewinnen. Es geht nicht ums Geld. Es geht ums Gewinnen. Um die Befriedigung. Die hält länger an als tausend Orgasmen, fünfhundert Rinder und der Flascheninhalt von fünfzehn Weingütern. Diese Befriedigung wird ewig dauern, weil ein ganzes Land zu neuem Wohlstand erwachen wird. Und alle Menschen in diesem Land werden ein würdiges Dasein führen. Frankreich muss endlich aufwachen!«

Catherine zeigte mit dem Kopf diskret auf den schnarchenden Herzog: »Im Augenblick scheint es aber noch fest zu schlafen.«

In der ersten Septembernacht des Jahres 1715 hatten heftige Stürme die Bäume entlaubt und sie in hölzerne Skelette verwandelt, die der nassgraue Nebel verschluckte. Die feuchten Blätter bedeckten die Fußwege, schwammen im Wasser der sprudelnden Brunnen, klebten an den monumentalen Götterstatuen oder wehten leblos über Hänge und Terrassen, über Alleen und Treppen. Es war kalt geworden.

In der Ferne hörte man eine Karosse Versailles verlassen. Dann eine weitere. Die Mätressen verschenkten ihr Geschirr, ihre Kleider und die Bettwäsche an die Angestellten und zogen sich aus dem öffentlichen Leben zurück. Auch die Marquise de Maintenon, die letzte große Liebe des Sonnenkönigs. Es gehörte zu den Spielregeln bei Hofe, dass man noch vor dem Ableben des Monarchen ging. Die lebenslange Pension war garantiert und testamentarisch festgehalten.

Überall im Schloss brannte Licht. Im Schlafgemach des Königs warteten Dutzende von Menschen. Die Schlange der Wartenden reichte bis in den Spiegelsaal.

»Warum weint ihr?«, flüsterte der König. Er lag in seinem Prunkbett und versank fast vollständig in den unzähligen Pfühlen. »Habt ihr gedacht, ich würde ewig leben?« Der König verlor erneut das Bewusstsein. Sein linker Fuß und das Knie waren vom Brand befallen, der Schenkel bereits schmerzhaft entzündet. Als er wieder erwachte, bat er schweißgebadet um Alicantewein und fragte nach Madame Maintenon. Aber sie hatte Versailles bereits in aller Stille verlassen. Dann verlor er erneut das Bewusstsein. Die Ärzte beschlossen, ihm die Arznei des Abbé d'Aignan zu verabreichen. Sie sollte gegen Blattern helfen. Der König litt zwar nicht an den Blattern, aber wer weiß, vielleicht würde sie auf irgendeine Weise den Tod überlisten. Mit Gottes Hilfe. Man erlaubte sich noch das eine oder andere kleine Experiment.

Der Cardinal de Rohan hatte bereits in der Nacht die Sterbegebete gesprochen. Jetzt murmelte er ein Vaterunser nach dem anderen, eine Fleißarbeit, die eine dampfbetriebene Maschine wahrscheinlich besser hätte erledigen können.

Louis XIV., der König von Frankreich, der die Sonne als Symbol seiner Herrschaft gewählt hatte, starb am 1. September 1715, um

Viertel vor acht in der Früh, drei Tage vor seinem siebenundsiebzigsten Geburtstag. Seine Regentschaft währte zweiundsiebzig Jahre. In Versailles wurden alle Spiegel mit schwarzen Stoffen verhüllt. Im Ehrenhof erschallte der Ruf: *»Le Roi est mort!«* Der König war tot.

Kapitel XI

Philipp II., der Duc d'Orléans, verlangte nach nassen Tüchern, nach Eiswasser mit Fruchtsaft, nach der kalten Limonade, die der Sonnenkönig so geliebt hatte. Er lag in seinem Schlafgemach, umringt von Saint Simon, John Law, Desmartes, d'Argenson und dem Bankier Samuel Bernard. Ihm war übel. Er behauptete, am Vorabend verdorbene Ware gegessen zu haben. Aber die leeren Flaschen unter seinem Bett erzählten eine andere Geschichte.

»Ist es wahr, dass die Menschen in den Straßen von Paris vor Freude singen und tanzen?«, fragte der Herzog mit matter Stimme und presste den nassen Lappen an die Stirn.

»Das Parlament wartet auf Sie, Monsieur le Duc«, drängte Desmartes.

»Ich bin jetzt Regent«, unterbrach ihn der Herzog mit einem gequälten Lächeln, »die Krone mag nun Louis' Urenkel tragen, der Duc d'Anjou, aber bis der Knirps erwachsen ist, sofern er dies jemals wird, regiere ich Frankreich.«

»Sie wollen hoffentlich nicht etwa andeuten, dass dem jungen König etwas zustoßen könnte?«, bemerkte d'Argenson gelassen. »Oder ist Homberg etwa wieder in der Stadt?«

»Sie vergessen den Duc de Maine«, meldete sich Saint Simon zu Wort. Er sprach hektisch, mit leiser, konspirativer Stimme: »Der König soll in seinem Testament verfügt haben, dass der Duc de Maine dem Duc d'Orléans zur Seite gestellt wird.«

»Ein solches Testament würde mich zur Marionette machen!«, ereiferte sich der Herzog und tauchte seinen Kopf in einen Holzzuber kalten Wassers, trank daraus, gurgelte, spuckte Wasser auf den Fußboden: »In einer Stunde werde ich im Parlament sprechen. Man möge meine Karosse bereitstellen.«

Samuel Bernard kniete vor dem Herzog nieder und sprach eindringlich auf ihn ein: »Das Parlament kann das Testament für ungültig erklären. Drängen Sie es dazu. Das Parlament hat es schon einmal getan. Beim Tode von Louis XIII. Sie müssen den Duc de Maine loswerden. Diesen Bastard.«

In der Tat war der Duc de Maine eines der unzähligen unehelichen Kinder des Königs. Die Bastarde des Königs bildeten eine Kaste für sich.

»Das Parlament wird Konzessionen wollen«, warf Desmartes ein, »geben Sie dem Parlament seine Rechte zurück, die Louis XIV. ihm genommen hat.«

Der Duc d'Orléans ließ sich von seinen Dienern einkleiden. Nun war er hellwach und konnte seinen Auftritt im Parlament kaum erwarten: »Das Parlament kann haben, was Louis XIV. ihm genommen hat. Wenn es dafür das Testament annulliert!«

Desmartes und d'Argenson verließen den Raum. Draußen im Salon warteten bereits an die hundert Menschen. Sie drängten, zum Duc d'Orléans vorgelassen zu werden, und der Herzog machte den Dienern Zeichen, die Tür schnellstens wieder zu schließen.

»Das war doch hoffentlich die richtige Entscheidung«, grinste der Duc d'Orléans und wechselte Blicke mit Saint Simon, John Law und Samuel Bernard.

»England ist daran nicht zugrunde gegangen«, entgegnete John Law, »die Zeit der Kriege ist vorbei. Wir brauchen nicht nur eine Revolutionierung der Finanzsysteme, sondern auch …«

»Ja, ja«, unterbrach ihn der Herzog, »Sie kriegen Ihre Bank, Monsieur Law.«

»Wollen Sie Frankreich vollends ruinieren?«, ereiferte sich der ansonsten so ruhige Bankier Samuel Bernard.

»Wenn Frankreichs Schulden halbiert werden, sind *Sie* ruiniert, Monsieur Bernard. Aber Sie sind nicht Frankreich, Sie sind lediglich einer der größten Gläubiger unseres verstorbenen Königs. Und der ist tot!«

Der Duc d'Orléans eilte nun aus dem Zimmer und stürzte sich in den Salon, wo er mit großer Begeisterung empfangen wurde.

»Ich werde Ihre Idee bekämpfen, wo immer ich kann, Monsieur Law«, sagte Samuel Bernard.

Law verbeugte sich knapp vor dem Bankier und flüsterte leise: »Womit denn, Monsieur? Wollen Sie sich duellieren?«

Es war bereits nach Mitternacht. Doch der Grand Palais erstrahlte wie am helllichten Tag. Tausende von Kerzen hatte man angezündet. Ihr Flackern wurde in den zahlreichen mannshohen Wandspiegeln ins Unendliche vervielfacht. Die Damen trugen Diamanten, Gold, das Haar mit Edelsteinen verziert, prunkvolle Gewänder. Sie leuchteten wie göttliche Gestalten. Die Dekolletees waren sündhaft tief, die Busen üppig zur Schau gestellt. Galante Kavaliere umschwärmten sie, buhlten um ihre Aufmerksamkeit. Und inmitten dieser Lichtgestalten versuchte sich der Duc d'Orléans, der neue Herrscher über Frankreich, der offizielle Regent, mühsam auf den Beinen zu halten.

»Monsieur le Régent«, lächelte der Duc d'Orléans, »hat eine Entscheidung getroffen.«

Seit heute Morgen sprach er von sich genussvoll in der dritten Person. »Er bleibt in Paris. Er wird die Regentschaft in Paris ausüben. Adieu Versailles.«

Ein übertriebenes Raunen erfüllte den Saal.

»Ich erspare den Mesdemoiselles«, grinste der Herzog, »die lange Fahrt nach Versailles.« Gelächter. Zustimmung. »Er wird ab sofort im Palais Royal residieren.«

Der Duc d'Orléans war sichtlich amüsiert und ließ sich kokett sein Glas nachfüllen: »Versailles ist total … verpisst.« Durch die deftige Wortwahl des neuen Regenten erlaubten sich die Gäste nun lautere Bemerkungen der Zustimmung und Bewunderung. Es wurde gelacht und applaudiert. »Versailles ist fünfzig Jahre lang vollgepisst worden. Es wird Jahre dauern, bis es gesäubert ist. Sie können also Ihre übel riechenden, feuchten und kalten Wohnungen in Versailles aufgeben und wieder zurückkehren in die geheizten und geräumigen Landhäuser und Stadtpaläste.« Die anwesenden Gäste applaudierten lautstark. »Der König ist tot, Mesdames, Messieurs, seine Sonne ist erloschen. Ich habe heute Morgen nach der Parlamentssitzung beschlossen, ein neues Regierungssystem einzuführen. In Zukunft steht mir ein Ratskollegium beratend zur Seite. Den Duc de Noailles habe ich zum Vorsitzenden des Finanzrats ernannt.«

»Und Desmartes?«, fragte jemand bekümmert.

»Desmartes?«, antwortete der Duc d'Orléans erstaunt und schaute theatralisch in die Runde. »Ich habe ihn doch nicht etwa aus Versehen zu den Galeeren geschickt?«

Zur selben Zeit brannten in Versailles nur noch wenige Lichter. Vor den Toren hatten sich im Schutze der Dunkelheit zahlreiche Menschen versammelt. Einfaches Volk, Handwerker, Tagelöhner, Bauern, Männer, Frauen und Kinder. Sie schimpften und ließen ihrem Unmut freien Lauf. Die Tatenlosigkeit der Wachen feuerte sie nur noch mehr an. Nun warfen sie Steine und brennende Fackeln gegen die Tore. Einige zielten mit Steinschleudern auf die Wachen. Zunehmend betrunken begannen sie, Spottverse zu singen und vor den Toren von Versailles zu tanzen.

Im Schlafzimmer des Königs wurde die Leiche unter Anwesenheit von Chirurgen und Geistlichen geöffnet. Sorgfältig wurde das Herz des Königs herausgetrennt und in ein Gefäß gelegt. Dann wurden die Leber und die Nieren entfernt. Auch sie bekamen ihre eigenen Urnen. Die Gefäße wurden luftdicht verschlossen. Manchmal explodierten solche Gefäße aufgrund der Gase, die sich bildeten. Man ließ größte Vorsicht walten, um ein solch unwürdiges Schauspiel zu vermeiden.

Seine Königliche Hoheit, Monsieur le Régent, Philipp II., Duc d'Orléans, beliebte zu feiern. Er war der Ansicht, den Anlass noch nicht gebührend begangen zu haben. Er lud ein, und Paris kam. John und Catherine fanden immer weniger Gefallen an solchen Feierlichkeiten, die bis in die frühen Morgenstunden dauerten. Auch an jenem Tag hatte der Duc d'Orléans mit viel Heiterkeit den Abend begonnen und lag nun, wo es draußen schon hell wurde, schnarchend auf einem Sofa.

John saß mit Catherine neben dem großen Kaminfeuer und unterhielt sich mit Saint Simon, den die Ereignisse der vergangenen Tage und Wochen sehr bewegt hatten. Er war sogar ein wenig betrübt. Aber nicht der Tod des Sonnenkönigs machte ihm zu schaffen, sondern die Frage, ob er nun in seinen Tagebüchern noch eine besondere Würdigung einfügen oder auf spezielle Themen gerichtete Rückblicke schreiben sollte. Wie viele Schriftsteller war er auf einem hohen intellektuellen Niveau degeneriert und empfand mehr Emotionen beim Schreiben seiner Tagebücher als beim Erleben von realen Tragödien in seiner unmittelbaren Umgebung. Nach einigen Gläsern Wein, und die hatte er bereits im Blut, neigte er zu Pathos und Larmoyanz und konnte mit strenger Stimme moralisieren und verurteilen, obwohl es ihn herzlich wenig gekümmert hätte, wenn er auf dem Nachhauseweg Zeuge geworden wäre, wie eine alte Frau im Straßenkot ausgeglitten wäre und sich das Bein gebrochen hätte, oder wenn er mit angesehen hätte, wie eine verzweifelte junge Mutter ihr Neugeborenes in die Seine geworfen hätte.

»Ihr seht eine Art von wilden Tieren«, zitierte Saint Simon gestenreich den verstorbenen Historiker Jean de la Bruyère, »Männchen und Weibchen, auf dem Feld zerstreut. Sie sind schwarz und fahl, sonnenverbrannt und zur Erde gebeugt, die sie mit nicht erlahmender Hartnäckigkeit umgraben und durchwühlen. Sie besitzen so etwas wie eine artikulierte Stimme, und wenn sie sich aufrichten, zeigen sie ein menschliches Gesicht. Und siehe, es sind Menschen.«

Einige Gäste waren stehen geblieben und lauschten Saint Simon. Einige ließen ihren Tränen freien Lauf. Doch es war nur der Alkohol und der mangelnde Schlaf, der sie melancholisch und rührselig werden ließ. Saint Simon hielt inne und schaute mit inbrünstig gespielter Betroffenheit in die Runde.

»Wo bleibt da die Gerechtigkeit?«, fragte er.

»Es gibt keine Gerechtigkeit, Duc de Saint Simon«, entgegnete Catherine, »ich wurde als Frau geboren, Sie wurden als Mann geboren, wo bleibt da die Gerechtigkeit? Der eine wird blind geboren, der andere stirbt im Kindesalter. Einer verliert im Krieg ein Bein, ein anderer den Verstand. Es gibt keine Gerechtigkeit, und jene Fantasten, die von Gerechtigkeit sprechen, meinen ausschließlich die finanzielle Gerechtigkeit. Es ist nichts anderes als versteckter Neid, Monsieur le Duc.«

»O, Madame, meinen Sie etwa, man solle die Gerechtigkeit nicht mal anstreben?«

»Nicht einmal Gott ist dazu fähig«, meldete sich der Duc d'Orléans mit rauer Stimme zu Wort, »sonst hätte er meinen Onkel, den König, wohl kaum siebenundsiebzig Jahre lang leben lassen.«

John Law ärgerte sich insgeheim über den erbärmlichen Zustand des Regenten, ließ sich aber nichts anmerken: »Sie können keine Gerechtigkeit erwirken, aber Sie können gerechte Bedingungen für die Menschen schaffen. Das können Sie. Und das sollten Sie anstreben. Sie können den Menschen Arbeit ermöglichen, Einkommen, Besitz, eine Aussicht auf ein besseres Leben. Aber dafür braucht Frankreich eine Nationalbank. Eine Nationalbank, die die Geldmenge erhöht, kann mehr für die Menschen tun als ein Montesquieu mit seinen Schriften.«

Saint Simon blickte gedankenversunken dem Duc d'Orléans nach, der auf ein großbusiges Mädchen mit Wespentaille zuging.

»Was steht Ihrer Bank noch im Wege, Monsieur Law? Desmartes ist entlassen«, sagte Saint Simon.

»Desmartes ist gegangen, der Duc de Noailles ist gekommen. Es bleibt alles beim Alten.«

»Vertrauen Sie mir, Monsieur Law. Der Regent hat mir die Ehre erwiesen, seinem Ratskollegium beitreten zu dürfen. Ich werde meinen Einfluss geltend machen und Ihnen bereits morgen eine Audienz beim Duc de Noailles ermöglichen.«

Das schallende Gelächter des Duc d'Orléans unterbrach alle Gespräche. Plötzlich wurde es still im Saal. Alle Augen waren auf den Regenten gerichtet. Er hatte das Dekolletee einer Mademoiselle zerrissen. Nun liebkoste er ihre Brüste und drängte die junge Frau gegen den Tisch. Sie warf ihren Oberkörper zurück, Gläser stürzten um, Geschirr fiel klirrend zu Boden.

»La Parabère«, flüsterte Saint Simon, »die neue Mätresse des Regenten.«

Saint Simon warf John Law einen Blick zu.

»Sehen Sie«, sagte Catherine leise, »selbst wenn Sie Gerechtigkeit verordnen und die Menschen mit Geld und Talenten beschenken würden, der eine würde daraus etwas machen, und der andere würde es nur sinnlos verschwenden. Und erneut nach Gerechtigkeit rufen.«

»O«, entfuhr es Saint Simon, »falls eines Tages dampfbetriebene Maschinen dem weiblichen Geschlecht jegliche Arbeit abnehmen … kaum zu erahnen, was da auf uns zukommt …«

Catherine lächelte höflich, während sich John Law beherrschen musste, um nicht ausfallend zu werden:

»Aber wenn Manufakturen Dampfmaschinen in großer Zahl bauen sollen, werden sie eine Bank brauchen, die Produktionskredite vergibt. Ohne Kreditwesen ist kein Fortschritt möglich.« John schaute Saint Simon eindringlich an. Doch dieser starrte verstohlen auf den Duc d'Orléans, der schwankend vor seiner halb nackten Mätresse stand und plötzlich wie ein Sack Mehl zu Boden sank.

Als John im Morgengrauen mit Catherine an der Place Louis-le-Grand vorfuhr, stand der Platz bereits in Flammen. Polizisten schossen in die Menge. Einige hatten die Reiterstatue erklommen und versuchten, dem steinernen König den Kopf abzuschlagen. Jemand riss die Tür der Kutsche auf. Er stieß eine brennende Fackel hinein. John beförderte sie mit einem Fußtritt wieder nach draußen und zog seinen Degen. Die Kutsche wurde angehalten. Geistesgegenwärtig sprangen John und Catherine heraus und eilten zu ihrem Haus. Von allen Seiten wurden sie von der aufgebrachten Menge bedrängt. In Stofffetzen umwickelte Hände griffen nach ihren Kleidern. Einige versuchten sie zu treten, zu schlagen. John fuchtelte mit seinem Degen nach allen Seiten, während er Catherine eng an seiner Seite hielt. Jetzt traf er den Ersten am Arm, dem Nächsten riss er eine blutige Schramme über die Wange, einer erhielt einen Stich in den Oberschenkel. John Law war überzeugt, dass er es schaffen würde. Schritt für Schritt kämpfte er sich zu seinem Haus vor. Catherine hatte sich mit Johns Dolch bewaffnet und stach blitzschnell nach jeder Hand, die sich an ihr vergreifen wollte. Der Abstand zur Meute wurde größer. Die heftige Gegenwehr dieses groß gewachsenen Schotten schien die Leute einzuschüchtern. Plötzlich blieb John Law stehen und schrie: »Wer will sich mit mir messen? Ich fordere jeden Einzelnen von euch zum Duell auf!« Die Umstehenden hielten inne. Keiner hatte den Mut, allein gegen John Law vorzugehen. Die Dienerschaft, die die Szene offenbar hinter den Fenstern beobachtet hatte, rannte nun bewaffnet nach draußen und bildete eine Linie, hinter der Catherine rasch in Sicherheit war. Mittlerweile waren auch Polizisten vor dem Haus der Laws aufmarschiert.

»Tod dem Regenten«, skandierte die Menge.

Wenig später saßen Catherine und John Law im Salon zu Tisch und schauten den beiden Kindern beim Essen zu. Draußen tobte immer noch eine erbitterte Straßenschlacht. Beide Seiten hatten sich verstärkt.

»Wollt ihr Paris verlassen?«, fragte John und schaute Catherine und anschließend die beiden Kinder an. Die zehnjährige Kate schaute zu ihrem älteren Bruder. Dieser zuckte die Schultern und warf seiner Mutter einen prüfenden Blick zu.

»Wir haben keine Angst, Madame«, sagte John junior.

»Wir haben wirklich keine Angst, Madame«, wiederholte Kate.

»Hast du nicht immer gesagt, dass Frankreich erst dann deinem Bankenprojekt zustimmen wird, wenn Paris brennt?«, fragte Catherine.

»Ja«, murmelte John und atmete tief durch, »der neue Regent hat so viele Talente, er besitzt so viel Macht. Er könnte mehr schaffen als ein Gott auf Erden.«

»Aber er hat keine Disziplin, Monsieur«, sagte John junior und blickte für seine elf Jahre ziemlich altklug über den Tellerrand, »ohne Disziplin ist jedes Talent wertlos.«

»Und er steht wie eine Weide im Wind«, gluckste Kate, »aber nur die Eiche hat Bestand.« John und seine Schwester Kate begannen laut zu lachen.

»Ich gebe dem Regenten noch vier Wochen. Wenn er bis dann seinen Rausch nicht ausgeschlafen hat, verlassen wir Paris«, sagte John Law.

Als John Law einige Wochen später in Begleitung von Saint Simon in einer Kutsche zum Grand Palais fuhr, lieferten sich aufgebrachte Menschen und Polizisten vor dem Palast des Regenten heftige Gefechte. Beim Anblick der Kutsche unternahmen berittene Gardisten einen Ausfall, bahnten sich einen Weg durch die Menge und eskortierten die herannahende Kutsche bis in den Innenhof des Palais.

John Law und Saint Simon stiegen aus und eilten ins Gebäude, während über ihren Köpfen Steine und faules Obst hinwegflogen und an der Mauer des Palais abprallten.

»Monsieur le Duc legt eine verblüffende Geschwindigkeit an den Tag. Es ist unglaublich, wie schnell er dieses neue Verwaltungs- und Regierungssystem entwickelt hat. So oft ist er doch gar nicht nüchtern.«

»Und Sie sind immer noch Teil dieses Beratergremiums?«, fragte John Law skeptisch.

»Ganz recht, Monsieur«, entgegnete Saint Simon mit gespielter Bescheidenheit – er platzte beinahe vor Stolz. »Der Regent verfügt nun über ein Kollegialsystem, an dessen Spitze er den Conseil de

Régence als beratendes Organ installiert hat. Diesem beratenden Organ sind seit neuestem sechs Räte unterstellt, die Departements für Äußeres, Kriegsführung, Finanzen, Marine, Inneres und religiöse Fragen.«

»Und dieser Noailles ersetzt tatsächlich Desmartes?«

Eilig stiegen sie die weit schwingende Treppe zum Obergeschoss empor.

»Noailles ist immerhin ein Neffe Colberts. Er ist zwar erst siebenunddreißig, aber er verfügt über ein hohes Maß an Intelligenz ...«

»Sie kennen doch meine Ansichten, Duc de Saint Simon«, lächelte John Law, »Intelligenz ist wertlos, wenn sie nicht flankiert wird von Disziplin, Ausdauer und Moral.«

»Nicht einmal Gott verfügt über derartige Qualitäten«, amüsierte sich Saint Simon, »aber Sie mögen Recht haben. Man sagt Noailles nach, dass er sich nie entscheiden kann. Er ist ein Zauderer, ein schrecklicher Zauderer. Wäre er Chirurg, jeder Patient würde vor seinen Augen verbluten.«

»Ich kenne diese Sorte Mensch von den Spieltischen. Die Intelligentesten verlieren genauso viel wie die Dümmsten.«

Zwei Diener öffneten die Türen zum großen Regierungssaal. In der Mitte dominierte ein großer Tisch mit zahlreichen Getränken. D'Argenson und der Bankier Samuel Bernard waren bereits da. Kaum hatten John Law und Saint Simon den Raum betreten, erklang der Ruf: *»Le Régent! Monsieur le Duc d'Orléans.«*

Mit energischen Schritten betrat der Herzog den Saal, gefolgt vom kurzatmigen und untersetzten Noailles, der dem dynamischen Schritt des Regenten kaum folgen konnte.

»Wir haben heute Monsieur John Law of Lauriston, den ich den Anwesenden nicht weiter vorstellen muss, eingeladen, damit er uns sein überarbeitetes Bankenprojekt erklären kann. Im Anschluss wird er uns für Fragen zur Verfügung stehen.« Der Herzog setzte sich und forderte die Anwesenden auf, es ihm gleichzutun. Er wirkte frisch und voller Tagendrang: »Monsieur le Duc de Noailles, den aktuellen Finanzbericht.«

»Darf ich offen sprechen, Duc d'Orléans?«, fragte Noailles.

Der Herzog nickte, er hatte bereits von seinem Onkel gelernt, durch Reduktion der Sprache das Gewicht des Gesagten zu erhöhen.

»Frankreich ist bankrott, meine Herren.«

Die Anwesenden schienen nicht sonderlich überrascht. Sie hatten heute Morgen alle wunderbar gefrühstückt, und wenn sich ein bankrotter Staat so anfühlte wie heute Morgen, war das nicht das schlimmste aller Ereignisse.

»Sparen Sie sich Ihre Worte, Monsieur, wir wollen Zahlen hören«, entgegnete der Duc d'Orléans knapp.

»Die Staatsschulden belaufen sich auf zwei Milliarden Livre, oder genauer: auf 2 062 138 000. Die jährlichen Schuldzinsen betragen zurzeit neunzig Millionen, also rund fünf Prozent. Die Steuereinnahmen der nächsten vier Jahre sind bereits aufgebraucht. Es kommen kaum noch Steuern beim Staat an, weil unser Steuersystem verfault und korrupt ist. Schuld sind die Finanziers, die uns die Ämter und Hoheitsrechte zur Steuereintreibung abgekauft haben, exorbitante Steuern bei der Bevölkerung eintreiben und uns nur Almosen abführen. Obwohl diese Blutsauger dem Volk immer mehr Steuern abpressen, kriegt die Krone immer weniger.« Er blickte finster zu Samuel Bernard, der keine Miene verzog.

»Zahlen, Zahlen, Zahlen, Noailles ... Ich habe Sie nicht ins Richteramt berufen.« Der Duc d'Orléans war ganz offensichtlich in Hochform. Er musste sich eine ganze Menge vorgenommen haben.

»Die täglich eintreffenden Rechnungen sind kaum noch zu bewältigen, Monsieur le Duc, die Zahlungsrückstände derart enorm, dass man sie kaum noch beziffern kann. Wir haben die Einnahmen der Zukunft längst ausgegeben. Wir haben die Zukunft Frankreichs vergeudet. Es ist das Beste für alle, wenn Frankreich den Bankrott erklärt. Dann fangen wir neu an.«

»Nein«, sagte der Duc d'Orléans, »Frankreich bankrott zu erklären, das kommt nicht infrage, Messieurs.«

»Aber Frankreich *ist* bankrott, Monsieur, ob wir es nun erklären oder nicht«, setzte Noailles nach.

Der Duc d'Orléans zeigte auf John Law: »Monsieur? Können wir mit einer Staatsbank, so wie Sie sie entworfen haben, Frankreich vor dem Bankrott retten?«

»Ja«, antwortete John Law mit fester Stimme, »eine Staatsbank wird durch die Ausgabe von Papiergeld umgehend die Geldmenge erhöhen und so den Handel ankurbeln.«

»Wozu eine Bank?«, unterbrach Samuel Bernard. »Diese Funktion nehmen bereits die Finanziers der Krone wahr. Monsieur Law will die hochverdienten Finanziers der Krone durch eine Staatsbank ersetzen. *Cui bono?* Wer profitiert davon, Monsieur? Sie vielleicht, Monsieur Law? Aber nicht die Krone.«

»Und wer trägt das Risiko?«, fügte Noailles hinzu. »Der Staat und nicht Monsieur Law of Lauriston.«

Der Duc d'Orléans warf John Law einen ungeduldigen Blick zu, doch Noailles setzte nach:

»Es wäre wohl auch sehr schwierig, dem Parlament das Bankenprojekt eines Protestanten zu verkaufen, eines englischen Protestanten.«

»Noailles!«, herrschte ihn der Regent an. »Ich bin heute nicht aufgestanden, um mit Ihnen Dinge zu diskutieren, die angeblich nicht möglich sind.« Der Regent erhob sich und verließ mit energischem Schritt den Saal.

Hunderte von zerlumpten Gefangenen verließen die Bastille und wurden draußen von einer johlenden Menge empfangen. Sie wirkten scheu, verunsichert.

Die meisten ertrugen das grelle Tageslicht nicht und blieben im Schatten der Mauern stehen. Doch die Menge zerrte sie auf die Straße, hob sie auf die Schultern und führte sie vor, als hätten sie einen Sieg errungen. *»Vive le Régent«*, skandierte die Menge, *»vive Philipp d'Orléans!«*

Philipp hörte von den Hochrufen am östlichen Rand der Stadt nichts. Er saß in seinem Arbeitszimmer im Palais Royal und annullierte einen *lettre de cachet* nach dem anderen.

»Es sind tausende, Monsieur Law, tausende von Menschen, die ohne Gerichtsverfahren seit Jahrzehnten in diesen Gemäuern vegetieren«, sagte der Herzog und blickte kurz auf. Zwei Staatssekretäre reichten ihm weitere Dokumente. Ihre Worte waren stets die gleichen:

»Ohne Anklage. Vergehen unbekannt.«

Der Herzog nahm einen der *lettres de cachet*. »Sehen Sie hier: Ein Unglücklicher aus Marseille, er saß fünfunddreißig Jahre, stellen Sie sich das mal vor, eine ausgezeichnete Gesundheit, fünfunddreißig Jahre, er bat die Wächter, ihn wieder hineinzulassen, weil er draußen niemanden mehr kennen und sich nicht mehr zurecht finden würde.«

Der Herzog war bestens gelaunt. Sein ehemals aufgedunsenes Gesicht war straff und von gesunder Farbe. Er signierte und annullierte. Es fiel ihm durchaus auf, dass John Law kein Interesse für seine Geschichten hatte: »Sie sind erneut wegen Ihrer Bank hier, Monsieur Law?«

John nickte.

»Das Parlament will keine Bank, Monsieur. Ich bedaure. *Voilà. C'est ça, c'est tout.*«

John Law hatte größte Mühe, seine Enttäuschung und Wut zu verbergen. Aber er wollte die Beherrschung nicht verlieren. Verlor er sie, machte er es dem Herzog zu einfach, sich seinerseits zu ereifern. Er stand auf und bedankte sich mit einer knappen Verbeugung für die Antwort des Regenten.

»Ich verstehe Ihre Enttäuschung, Monsieur Law«, sagte der Regent mit energischer Stimme, »aber ich brauche das Parlament. Die spanische Krone erhebt Anspruch auf den französischen Thron. Philipp V. von Spanien wittert Morgenluft. Er ist immerhin ein Enkel von Louis XIV., also nicht ganz ohne Aussichten auf Erfolg. Er lässt verbreiten, dass er Anspruch auf die französische Krone hat. Er intrigiert beim Parlament. Ich brauche das Parlament, Monsieur.«

Der Regent hielt einen Augenblick inne. John Law schwieg. Ihm fiel auf, dass der Regent sein kokettes Gehabe ganz abgelegt zu haben schien. Der Herzog war kaum wiederzuerkennen. Erneut fiel John Law auf, wie schmal das Gesicht des Regenten geworden war. Er musste seit einigen Wochen dem Alkohol abgeschworen haben. Der Regent blickte kurz hoch und schien erstaunt, dass John Law immer noch dastand.

»Ohne Parlament werde ich schon morgen abgelöst, und Ihr Bankenprojekt können Sie für Ihre Memoiren aufsparen. Ich brauche das Parlament, *voilà*, es sichert meine Regentschaft, und als Gegenleistung gewährte ich dem Parlament wieder die alten Rechte. Vergessen Sie bitte nicht: Ohne Parlament wäre es nicht möglich gewesen, das Testament von Louis XIV. zu annullieren. Dieses Testament hätte mich zur Marionette degradiert. Ich hätte nicht einmal die Befehlsgewalt über die Armee gehabt. Jetzt habe *ich* meinen Aufpasser, den Duc de Maine, zur Marionette degradiert. Er ist um die Ausbildung des kleinen Königs besorgt, und ich regiere Frankreich, Monsieur Law. Das ist der Handel. Ich habe Prioritäten gesetzt. Es tut mir wirklich Leid, Monsieur.«

John Law war beeindruckt, dass ein derartiger Lebemann wie der Duc d'Orléans, den man in der Vergangenheit kaum noch nüchtern angetroffen hatte, in so kurzer Zeit die Situation erkannt und zu seinen Gunsten manipuliert hatte. John Law sah ein, dass sein Bankenprojekt kaum noch Bedeutung hatte, verglichen mit den Bemühungen des Regenten, seine Herrschaft auf längere Sicht zu sichern.

»Ich bedanke mich für Ihre Ausführungen, Monsieur le Duc«, entgegnete John Law höflich. »Ich weiß Ihre Worte zu schätzen, zumal ich mir bewusst bin, dass Sie mir keinerlei Rechenschaft schuldig sind. Dennoch möchte ich zu bedenken geben, dass die Einführung einer Bank, die Kredite auf zukünftige Leistungen gewährt, einer Nation mehr einbringt als alle Kriege der letzten fünfzig Jahre. Ja, eine Bank, die Kredit vergibt, ist von größerem Nutzen als die Entdeckung Westindiens.«

Der Duc d'Orléans unterschrieb eilig weitere Annullierungen.

»Der Nutzen von Banken«, fuhr John Law fort, »ist in allen Handelsnationen heute so anerkannt, dass es mir ungewöhnlich vorkommt, dass er durch Ihre Berater infrage gestellt wird. Holländer, Schweden, Italiener, Engländer ... Monsieur! Frankreich verliert den Anschluss an die neue Zeit!«

»Die Audienz ist beendet, Monsieur Law«, sagte der Regent mit energischer Stimme. Er sah nicht von seinem Schreibtisch auf.

John Law verteilte wie in alten Zeiten die Karten. Seit seinem letzten Besuch beim Regenten waren einige Wochen vergangen. Die Gesellschaft im Salon von Antoine Crozat, Marquis du Châtel, war lauter, schriller, fröhlicher, als sie jemals zu Zeiten des Sonnenkönigs gewesen war. Und im gleißenden Licht von tausenden von Kerzen schien der Saal noch greller und heller als je zuvor. Zahlreiche Mädchen, barbusig und braun gebrannt wie Bäuerinnen, notdürftig mit Lendenschürzen bekleidet und mit buntem Federschmuck im pechschwarzen, schulterlangen Haar, amüsierten sich mit den Kavalieren, Prinzen und Gästen des Hausherrn. Geschmeidig bewegten sie sich inmitten der Gäste, die unter ihren dichten Allongeperücken schwitzten und nach reichlichem Alkoholkonsum in ihren dicken Gewändern zu ersticken drohten.

Der große Crozat saß an John Laws Seite am *Pharao*-Tisch. Mit seiner imposanten Körperfülle war der sechzigjährige Finanzier kaum zu übersehen. Antoine Crozat war eine Legende. Man nannte ihn *Crozat le Riche*, Crozat den Reichen.

»Ich hörte, Sie interessieren sich für Kunst, Monsieur Law«, begann Crozat die Konversation, während er einen Stapel Louisdor auf den Pikkönig setzte. Er legte die Goldmünzen nicht auf eine Spielkarte aus dickem Papier, sondern auf das mit Goldfaden gestickte Motiv des Pikkönigs, das wie alle übrigen einundfünfzig Karten auf dem grünen Tischteppich eingestickt war. Er schob die Louisdor über den Tisch, als gelte es, lästige Brotkrümel wegzuwischen. Crozat trug eine schulterlange grauweiße

Perücke, die das ovale, schwammige, bleiche Gesicht noch fetter erscheinen ließ.

»Nicht nur für Kunst, Marquis, mein Interesse gilt neuen finanzpolitischen Instrumenten zur Sanierung des Staatshaushalts.«

Antoine Crozat lächelte: »Wenn Sie das Staatsdefizit abtragen wollen, müssen Sie die Monarchie abschaffen.«

John Law warf dem Marquis einen Blick zu, um zu überprüfen, ob er scherzte. Der Marquis verlangte nach einer weiteren Karte, verlor und setzte erneut.

»Aber selbst wenn Sie die Monarchie abschaffen und die Herrschaft des Pöbels im Sinne von Aristoteles einführen würden, der Staat würde über kurz oder lang im Staatsdefizit versinken. Es gibt stets mehr Menschen, die Wünsche *haben*, als Menschen, die diese mit ihren Steuerabgaben erfüllen können. Und menschliche Schwäche und Disziplinlosigkeit sind nicht das Privileg von Königen, es ist die menschliche Natur.«

Crozat bezog erneut Karten und setzte. Die anderen Gäste am Tisch lauschten aufmerksam seinen Worten: »Ich war in Louisiana, in der Neuen Welt, Monsieur Law, ich bin wilden Indianerstämmen begegnet, die möglicherweise so leben, wie wir vor zweitausend Jahren gelebt haben. Und was stellen wir fest: Der Nutzen ist das Mark und der Nerv aller menschlichen Handlungen. Sie können das Tier im Menschen mit Moral, Strafgesetzen und Religion zügeln, eine Zeit lang, aber jeder Dompteur nutzt sich ab, wie jeder Vater und Fechtmeister sich im Laufe der Jahre abnutzt. Sie können etwas anstreben, sie müssen es anstreben. Aber sie werden es nie erreichen.«

»Wie groß ist Louisiana, Monsieur?«, fragte ein junger Adliger, den die philosophischen Bemerkungen des Marquis wenig interessierten.

»Es erstreckt sich über das gesamte Tal des Mississippi. Es umfasst den halben Kontinent von Amerika.«

»Sind die Bodenschätze tatsächlich so groß, wie behauptet wird?«, fragte John Law.

Crozat le Riche dachte nach. Er verlangte nach einer neuen Karte und setzte weitere Louisdor: »Ich habe das exklusive Handelsrecht über die französischen Kolonien in Amerika vor drei Jahren von unserem verstorbenen König erworben. Wir haben viel investiert. Es gibt dort Gold, unendlich viel Gold. Man muss es nur bergen und nach Frankreich schiffen.«

»Er ist der reichste Mann der Welt«, lachte der Duc d'Orléans, »aber statt Gold bringt er junge Mädchen nach Paris.« Er näherte sich in Begleitung von zwei indianischen Mädchen dem Spieltisch. Seine Mätresse, La Parabère, beäugte gelassen das Treiben. Der Herzog reichte ihr einige Louisdor: »Setzen Sie auf die Herzdame, Madame, sie bringt mir Glück.«

La Parabère setzte die Summe.

»Monsieur Law«, sagte der Duc d'Orléans zu Crozat, »investiert auch in Kunst. Er kauft italienische Meister, aber«, fügte er hinzu und wandte sich nun an John Law, »Crozat le Riche hat bereits über vierhundert Gemälde, und seine Bibliothek soll größer sein als die des Königs.«

Crozat winkte verlegen ab.

»Nicht so bescheiden«, scherzte der Regent, »ich habe gesehen, dass Sie unserem verstorbenen König über hundert Gemälde abgekauft haben.«

Crozat verhielt sich nun plötzlich sehr ruhig.

»Einige Minister sind darob sehr erbost, Monsieur«, lachte der Regent, »sie meinen, Sie hätten die finanzielle Notlage des Königs ausgenutzt.«

La Parabère verlor und schaute hilflos zum Regenten hinauf. Mit einem gespielten Seufzer des Bedauerns entfernte sich der Duc d'Orléans wieder vom Tisch. Ein Diener bot ihm Champagner an. Der Herzog lehnte entschlossen ab und verließ den Salon.

»Hätte ich mein Geld verschwendet und vergeudet wie Ihre verstorbene Majestät«, flüsterte Crozat, »ich hätte heute weniger Neider.«

»Klugerweise haben Sie jedoch Ihr Vermögen in Gemälden angelegt«, entgegnete Law zustimmend.

Crozat erwiderte die Höflichkeit Laws mit einem galanten Nicken: »Falls Sie eines Tages Ihre Bank gründen, Monsieur Law, denken Sie an Louisiana.«

John Law hielt für einen Augenblick inne. Dann verteilte er weiter Karten. Er schaute Crozat prüfend in die Augen.

Crozat schmunzelte: »Ich bin ein großer Befürworter Ihres Bankenprojektes, Monsieur Law. Seit über zehn Jahren verfolge ich Ihre Ideen. Ich liebe Menschen, die Ideen haben, die ein Ziel verfolgen.«

John Law saß am großen Eichentisch im Kaminzimmer und verteilte an seine beiden Kinder Papiergeld. Er hatte eigens für sie ein Brettspiel entwickelt. Die Kinder waren derart begeistert davon, dass sie keine anderen Brett- oder Kartenspiele mehr sehen wollten. Catherine saß mit dem Rücken zum Kamin und las. Kate und John junior würfelten, bewegten ihre Spielfiguren, kleine Büsten aus Bronze, über die Spielfelder und handelten mit Waren, die der Gärtner en miniature aus Holz geschnitzt hatte. Manchmal gab es entsetzte Schreie oder großes Gelächter. Catherine genoss die familiäre Atmosphäre. Und wenn John Law zu ihr aufschaute, strahlte sie übers ganze Gesicht.

»Ist es nicht seltsam«, sagte John nach einer Weile, »ich wollte eine Bank gründen, eine Nation verändern, die Welt der Finanzen revolutionieren, und jetzt sitze ich da und vergnüge mich an einem Spielbrett, das gerade mal drei Personen begeistert.«

Die Kinder kicherten.

»Du könntest Spiele erfinden, eine Manufaktur gründen, die Jetons herstellt, Brettspiele schreinert und bemalt«, lachte Kate. Sie hatte ein sonniges Gemüt und strotzte vor Gesundheit. Im Gegensatz zu ihrem Bruder, der häufig kränkelte. »Du erfindest Spiele«, amüsierte sich Kate, »und wir prüfen die Spiele. Wir sagen dir, ob die Spiele lustig sind.«

»Nein, Kate«, sagte John junior mit ernster Stimme, »ich will Bankier werden.«

Catherine legte ihr Buch beiseite und berührte Johns Hand: »Du hast alles versucht, John. Vergiss Philipp von Orléans. Du bist ein erfolgreicher Bankier und einer der renommiertesten Kunsthändler der Gegenwart. In allen Salons bist du ein stets gern gesehener Gast ...«

Plötzlich zuckte John Law zusammen und hielt sich mit beiden Händen den Oberbauch fest. Sein Kopf klatschte auf die Tischplatte. Die Kinder erstarrten.

»John?« Catherine war aufgesprungen. »John, was hast du? Soll ich nach dem Arzt rufen?«

»Nein!«, stöhnte John, »bloß keinen Arzt. Glaubst du, der Herzog würde einem kranken Mann die Staatsfinanzen anvertrauen?«

Er richtete sich wieder auf. Er lächelte seine beiden Kinder an: »Macht euch keine Sorgen. Das sind kleine Steine. Viel kleiner als Spielsteine. Die wandern durch den Körper. Und wenn es eng wird, verursachen sie Schmerzen. Aber das Leben geht weiter.«

Während die Familie Law sich zu Bett begab, erwachten die Straßen draußen zu gespenstischem Leben. Die Kälte des nahenden Winters trieb nicht nur Wölfe und Füchse in die Stadt, sondern auch Wegelagerer, Banditen, desertierte Soldaten. Es war eine neue Qualität des Brigantentums. Das soziale Elend hatte tausende von einst rechtschaffenen und fleißigen Menschen in die Kriminalität getrieben. In den frühen Morgenstunden hörte man Schreie, Pistolenschüsse, das Klirren von eingeschlagenen Fensterscheiben, sah man das Aufflackern von Feuern. Die Polizei hielt ihre Männer in den Garnisonen zurück. Es hatte keinen Sinn, sie nachts in den Tod zu schicken. Im Schutz der Dunkelheit geisterte die Anarchie durch die verwinkelten Gassen von Paris. Am Morgen fand man dann die Opfer der nächtlichen Streifzüge und Scharmützel, Männer und Frauen, erstochen, erdrosselt, erschlagen. Und überall, wo sich das Gesetz nicht mehr zeigte, uferte die Gewalt aus. Sie erinnerte an die übelsten Auswüchse der vergangenen Kriege. Doch in diesem Krieg gab es weder Fahnen noch Uniformen. Man kämpfte weder für die Ehre noch für eine Nation. Man kämpfte ums nackte Überleben. Man mordete nicht für ein Königreich, sondern für eine Hand voll Mehl.

Eines Morgens in diesem Winter des Jahres 1716 empfing John Law den Marquis d'Argenson in seinem Arbeitszimmer im Obergeschoss der Stadtvilla an der Place Louis-le-Grand.

»Monsieur«, lächelte John Law, »es bedarf keines Ausweisungsbefehls Ihrerseits, damit ich dieses Land verlasse. Ich werde freiwillig gehen, aus Überzeugung.«

»Ich bin nicht hergekommen, um Sie auszuweisen, Monsieur Law«, beschwichtigte ihn d'Argenson, »der Duc d'Orléans schickt mich. Er hat Sie vermisst. Er ist besorgt. Er lässt mich fragen, ob es Ihnen an irgendetwas fehlt.«

John Law bat d'Argenson Platz zu nehmen und wies den Diener an, Erfrischungen zu reichen.

»Lassen Sie dem Regenten ausrichten, dass es mir an nichts fehlt. Ich bin vermögend genug, um für mich und meine Familie bis an das Ende unserer Tage zu sorgen.«

D'Argenson nickte anerkennend.

»Ich muss nicht eine Bank betreiben, um meinen Lebensunterhalt zu bestreiten«, fuhr John fort. »Meine privaten Finanzgeschäfte sind erfolgreich genug. Nur zu gern hätte ich auch den König an meinen Erfolgen partizipieren lassen. Allein aus diesem Grund habe ich mich über zehn Jahre um die Gründung einer Bank bemüht. Zum Wohle Frankreichs. Aber ich brauche diese Bank nicht. Ich brauche sie nicht mehr.«

D'Argenson nahm das Glas Wein, das ihm der Diener eingeschenkt hatte, in die Hand und führte es zur Nase.

»Italien«, lächelte John Law und erhob ebenfalls sein Glas, »Venedig, Turin, Mailand ... Im Süden wird mein Rat sehr geschätzt. Und ich schätze die Weine des Südens.«

Beide tranken.

»Noch ist das Trinken italienischer Weine nicht verboten«, scherzte d'Argenson, »aber Noailles ist alles zuzutrauen.«

»Was wollen Sie damit sagen, Monsieur d'Argenson?«

»Ihm ist unter Umständen sogar zuzutrauen«, sagte d'Argenson, »dass er in Ihr Bankenprojekt einwilligt. Noch zaudert er.«

John Law überlegte, versuchte eine Strategie dahinter zu erkennen, Zusammenhänge, verborgene Absichten.

»Ist das eine Einladung, erneut ein Bankenprojekt vorzustellen? Das siebenundvierzigste Bankenprojekt?«

»Eine staatliche Bank wurde verworfen, weil der Staat das Risiko getragen hätte, aber eine Privatbank, die ausschließlich mit dem Kapital von Privatpersonen gespeist wird, könnte ... ich sage: könnte ... durchaus auf Interesse stoßen.«

Im ersten Augenblick schien John Law verwirrt, doch dann glaubte er in den Aussagen von d'Argenson lediglich eine Hinhaltetaktik zu erkennen. Vielleicht plagte den Regenten das schlechte Gewissen, nachdem John Law all die Jahre derart viele Projekte überarbeitet und ohne Erfolg vorgeschlagen hatte.

»Sie brauchen mich nicht mit der vagen Aussicht auf späteren Erfolg zum Verbleiben in Paris zu bewegen, Monsieur d'Argenson. Ich habe akzeptiert, dass die Krone meine Mitarbeit nicht wünscht. Bedenken Sie aber eins, und lassen Sie das bitte auch den Regenten wissen: Als ich dem Regenten den Vorschlag unterbreitete, war ich von der Idee geleitet, mich im Staate nützlich zu machen. Nicht mein eigener Nutzen stand im Vordergrund. Dass dieser Beweggrund der Wahrheit entspricht, geht aus der Natur meines Vorschlages hervor. Hätte ich mich persönlich bereichern wollen, hätte ich nicht eine Staatsbank, eine nationale Bank unter staatlicher Aufsicht, vorgeschlagen, sondern eine Privatbank, die in meinem Besitz steht und das Privileg hat, staatliche Aufgaben im Auftrag des Königs abzuwickeln.«

D'Argenson lächelte: »Und jetzt sitze ich hier und ermuntere Sie ausgerechnet, das Projekt einer Privatbank einzureichen.«

»Ja«, entgegnete John Law.

D'Argenson lächelte: »Aber Monsieur, wenn Sie eine Privatbank vorschlagen, die Sie mit eigenem Kapital speisen, werden weder

der Staatsrat noch der Finanzrat noch das Parlament dagegen sein. Nur die Finanziers. Aber die Karten der Finanziers stehen schlecht. Besonders heute Nacht.«

»Heute Nacht?«, wiederholte John Law.

»Ja, besonders heute Nacht«, sagte d'Argenson leise. Etwas Unheilvolles lag in seiner Stimme.

»Noailles macht die Finanziers für das finanzielle Desaster verantwortlich. Vor allem den *petit juif* unseres verstorbenen Königs. Er wirft den Finanziers vor, sie hätten für billiges Geld die Ämter gekauft, die sie berechtigen, Steuern einzutreiben. Und nur einen verschwindend kleinen Teil der eingetriebenen Steuern an die Krone abgetreten. Und sollten die Finanziers plötzlich über Nacht aus Paris verschwinden, bräuchten wir dringend, sehr dringend, einen Ersatz.«

Der Diener schenkte Wein nach. Law und d'Argenson saßen sich schweigend gegenüber.

»Und ich dachte tatsächlich, Sie seien heute Morgen aufgestanden, um mich aus Paris zu vertreiben«, scherzte John Law.

»Ich habe Sie in den letzten Jahren schätzen gelernt, Monsieur. Sie haben jede Niederlage mit Würde und Anstand akzeptiert und sind nie der Versuchung erlegen, in unserem wirren politischen System zu intrigieren. Erst spät ist mir aufgefallen, dass Sie nicht für die für Sie äußerst lukrative Idee der Privatbank plädiert haben, sondern lediglich für eine Staatsbank, in der Sie eine dienende Rolle innegehabt hätten. Ich habe meine Meinung über Ihre Motive geändert, Monsieur.«

John Law bedankte sich mit einer anerkennenden Verbeugung: »Und der Duc de Noailles?«

»Er schlägt nur noch wie ein Betrunkener um sich. Es geht längst nicht mehr um die Behebung einer Finanzkrise, Monsieur. Es geht um die Verhinderung einer Revolution. Das Volk will Schuldige sehen! Deshalb sollten Sie in den nächsten vierundzwanzig Stunden zu Hause bleiben.«

Ein verwahrloster junger Mann, der lediglich mit Leinensäcken bekleidet war und seine Füße notdürftig mit Stofffetzen umwickelt hatte, riss dem Bankier Samuel Bernard die Perücke vom Kopf und setzte sie grölend auf. Bernard war rasend vor Wut. Aber er konnte sich nicht rühren. Kopf und Hände steckten in den Haltevorrichtungen des Prangers, hinter dem ein Plakat aufgehängt war: *Voleurs du peuple*, Dieb am Volke. Eine schadenfroh kreischende Menge hatte den Pranger umringt und bewarf nun den Bankier mit Unrat und Schmutz. Endlich konnten sie ihrem Ärger freien Lauf lassen. Endlich kriegten sie einen von diesen edlen Herren, die diskret in vierspännigen Kutschen durch Paris fuhren, in die Hände. Sie kannten diesen Samuel Bernard nicht. Sie wussten nur, dass er reich war und dass die Krone ihn dem Volk zum Fraß vorgeworfen hatte. An ihm entlud sich der ganze Zorn über ihr erbärmliches Dasein in Hunger und Armut.

Im Laufe des Nachmittags wurden weitere, bis vor kurzem noch hoch angesehene Pariser Finanziers auf den Platz geführt. Wie hungrige Wölfe lauerte die Menge und prüfte andauernd die Grenzen, die man unter den Augen der Gardepolizisten überschreiten durfte. Die Finanziers sollten den Tag überleben, aber die Lektion, die ihnen Noailles erteilte, sollte keiner je wieder vergessen. Jeder sollte sehen und begreifen, dass unter Noailles keine Tabus mehr herrschten und dass jeder angreifbar war, ganz egal, wie hoch seine Verdienste in der Vergangenheit gewesen sein mochten.

Am Abend kauerten bereits zwei Dutzend halb nackte Finanziers im Dreck. Soldaten steckten sie in Halsketten und führten sie wie Galeerensträflinge durch die Straßen. Sie alle trugen die Plakate am Hals: *Voleurs du peuple.*

An diesem Abend stand Antoine Crozat in seiner privaten Galerie und betrachtete ein Gemälde, das die Ankunft von Schiffen in der Neuen Welt zeigte, als ein Diener Besuch meldete. Kurz darauf erschien der Duc de Noailles.

»Ich habe Sie schon erwartet, Noailles«, sagte Crozat le Riche, ohne seinen Blick von dem Gemälde abzuwenden.

»Ich bedaure«, begann Noailles, »was dem Bankier Samuel Bernard widerfährt.«

»Sie bedauern gar nichts, Noailles, Sie haben uns Samuel Bernard öffentlich vorgeführt. Sehr überzeugend. Jetzt können Sie Ihren Preis nennen.«

Noailles blieb vor einer Skizze von Leonardo da Vinci stehen und mimte den Kunstinteressierten. »Ihre berühmte Kunstsammlung? Ich hatte leider nie die Ehre, zu Ihren Gästen zu gehören ...«

Crozat baute sich wutentbrannt vor Noailles auf und fauchte ihn an: »Ich habe diese Sammlung in vierzig Jahren redlich erworben. Und jedes Gemälde, das ich der königlichen Sammlung abgekauft habe, wurde doppelt bezahlt! Nennen Sie Ihren Preis, Noailles, aber in Louisdor!«

»Zehn Millionen Livre«, gab Noailles trocken zurück.

»Soll ich etwa allein das Staatsdefizit tragen?«, schrie Crozat. »Bestraft man so den Tüchtigen? Sind das die Zeichen, die Sie setzen wollen? Dem Tüchtigen wird alles genommen. Erst wurden die Hugenotten vertrieben. Sie sind gegangen und haben Amsterdam zu einer blühenden Wirtschaft verholfen. Sind jetzt die Bankiers an der Reihe? Sie werden bald allein sein in Paris, Noailles, allein mit Ihrem ganzen Brigantentum. Zehn Millionen! Sie sind von Sinnen! Ich bezahle nicht für die Sottisen unseres verstorbenen Königs, für sein marodes Versailles und seine sinnlosen Kriege!«

Noailles lächelte gelassen und spitzte süffisant die Lippen: »Sie unterschätzen unsere Sorgen, Monsieur«, sprach er vornehm leise, »das Staatsdefizit wächst stündlich ins Uferlose. Deshalb haben wir im Grand Augustins eine Justizkammer eingerichtet.«

»Mit einer unterirdischen Folterkammer, habe ich mir sagen lassen«, unterbrach ihn Crozat wütend.

»Ja«, gab Noailles freimütig zu, »die eingesetzte Sonderkommission hat tatsächlich die Befugnis, Profiteure abzuurteilen und zu bestrafen. Die Blutsauger der Krone werden zur Ader gelassen!«, triumphierte Noailles. »Achttausend Menschen werden der Krone zweihundertzwanzig Millionen Livre übergeben. Ich hoffe es jedenfalls, denn wir haben zu wenig Galeeren, um all diese Blutsauger an die Riemenbänke zu ketten.«

»Drei Millionen!«, zischte Crozat.

»Wenn Sie drei Millionen zahlen«, lächelte Noailles, »wird Ihnen die Todesstrafe erspart bleiben. Dann haben Sie Anrecht auf die Galeere, zweite Reihe links. Mit Blick aufs Meer. Bei vier Millionen gewähre ich Ihnen die Gnade der Streckbank mit anschließendem Aufenthalt in der Bastille. Auf unbestimmte Zeit.«

»Sie treiben Frankreich vollends in den Ruin, Noailles! Sie hacken die Hand ab, die Sie füttert!«

»Sechs Millionen und sechshunderttausend«, entgegnete Noailles amüsiert, »das erweckt den Eindruck, wir hätten hart gefeilscht. Mein letztes Wort. Sagen Sie zu oder verabschieden Sie sich von Ihren Lieben.«

»Ich werde das Geld auftreiben«, sagte Crozat mit gepresster Stimme. »Aber verschwinden Sie jetzt aus meinem Haus!«

»Sechs Millionen sechshunderttausend Livre«, wiederholte John Law.

»Und das sofort.« Crozat starrte trotzig aus dem Fenster in den Innenhof von John Laws Anwesen. »Ich bürge mit meiner Gemäldesammlung.«

Ein Diener meldete die Ankunft von Saint Simon. John Law bat, ihn einzulassen. Er wandte sich an Crozat: »Sie können auf mich zählen, Monsieur. Zu groß ist der Respekt, den ich Ihren Leistungen, Ihrem Mut und Ihrer Person zolle.«

Crozat verneigte sich voller Dankbarkeit. In diesem Augenblick stürmte Saint Simon in den Salon und schwenkte eine Pariser Tageszeitung:

»Die Anarchie, Messieurs, die Anarchie bricht aus!« Er faltete die Zeitung auseinander und las: »Es ist nicht mehr möglich, in Worten auszudrücken, was für ein Elend in der Provinz herrscht. Auf dem offenen Land wimmelt es von Räubern, wir wagen es aus Angst vor Raubüberfällen, die jeden Tag geschehen, nicht, die Stadt zu verlassen. Nirgendwo sonst gibt es ein Land wie dieses, und wenn der König nicht zahlt, dann riskieren wir, dass es zu einer Revolte kommt. Zu einer großen Revolution.« Die letzten Worte hatte Saint Simon fast geschrien. »Der König kann seine Garde nicht mehr bezahlen. Die Offiziere drohen unverhohlen mit Meuterei. Und alle Finanziers fliehen ins Ausland. Das Geld flieht mit. Wir haben noch weniger Geld im Land als vor diesen unrühmlichen Schauprozessen. Allein letzte Woche sollen sich hunderte in ihren Häusern aufgehängt haben. Hunderte! Wie Zechpreller stehlen sich die Menschen aus dem Leben.«

Plötzlich ging eine Fensterscheibe zu Bruch. Steine flogen gegen die Fassade. Man hörte wütende Menschen skandieren. John Law zog seinen Degen und ging neben der Fensternische in Deckung.

»Jetzt muss ich Sie auch noch um Asyl bitten«, scherzte Crozat.

Saint Simon hatte sich unter den Tisch geduckt und schaute Crozat mit großen Augen an: »Gehen Sie um Himmels willen in Deckung, Monsieur.«

Crozat schien nicht beeindruckt: »Das bin ich aus der Neuen Welt gewohnt, Monsieur le Duc.« Seelenruhig zog er seinen Degen: »Dort stehen Sie jeden Tag vor einer neuen Lage, irgendjemand trachtet Ihnen immer nach dem Leben, aber keiner will Ihnen sechs Millionen sechshunderttausend Livre abknöpfen.«

»Bezahlen Sie keinen Sous«, sagte Saint Simon, »wenden Sie sich an die Mätresse von Noailles. Sie bezahlen ihr heimlich eine halbe Million Livre, und dafür bewirkt sie bei Noailles, dass man Ihre Schuld halbiert. Das ist der aktuelle Kurs.«

Als weitere Steine flogen, kroch Saint Simon zum Kamin hinüber und verschanzte sich hinter einem umgekippten Stuhl. John Law gab der Dienerschaft, die erschreckt den Salon betreten hatte, Order, eine Wachmannschaft anzuheuern.

Crozat schritt mutig vor das Fenster und schaute auf die Straße hinaus: »Jetzt ist die Zeit reif für Ihr Bankenprojekt, Monsieur Law. Wenn selbst die Mätresse von Noailles Schutzgelder erpresst, haben wir den Tiefpunkt endgültig erreicht.«

Während er die letzten Worte aussprach, krachte eine brennende Fackel gegen das Fenster und blieb im schmiedeeisernen Fenstergitter hängen.

»Noailles«, schrie der Duc d'Orléans, »der Schotte soll seine Bank haben!« Der Regent stand in der Dunkelheit vor dem großen Fenster im ersten Stock, das direkt über dem majestätischen Eingangsportal lag. Er sah, wie unten auf dem Platz neue Soldaten in Stellung gingen und Warnschüsse in die Luft feuerten. Jemand entzündete im Salon ein Licht.

»Licht aus!«, brüllte der Regent und fuhr herum. »Sollen wir hier alle zur Zielscheibe werden?« Sofort löschte der Diener die Kerze und schritt mit nervösen Verbeugungen rückwärts zum Ausgang.

»Ich brauche mehr Details«, flüsterte Noailles. Jetzt trat auch er vors Fenster und schaute auf den Hof hinunter.

»Mehr Details, mehr Details. Zum Teufel, Noailles, Sie brauchen immer mehr Details. Nicht einmal Gott kann Ihnen mehr Details geben. Wollen Sie Garantien? Es gibt keine Garantien, Noailles. Wir haben keine andere Wahl mehr.«

»Darf ich sagen, was ich denke, Monsieur le Régent?«

»Ich weiß, was Sie denken, Noailles. Sie wägen das Für und Wider ab, wägen sorgfältig ab, prüfen erneut, jeden Aspekt ...«

»Ich bin vorsichtig, Monsieur le Régent ...«

Der Regent drehte sich nun abrupt um und schaute Noailles direkt ins Gesicht: »Sie kommen nicht vom Fleck, Noailles, wenn es nach Ihnen ginge, würden wir uns noch in den Höhlen an einem Feuer die Hände wärmen ... nein, nicht mal das Feuer hätten wir uns nutzbar gemacht. Man könnte sich ja die Hände verbrennen ...«

Wütend wandte sich der Regent erneut zum Fenster.

Noailles neigte sein Haupt: »Sie tun mir Unrecht, Monsieur le Régent. Ich versuche, Sie und die Krone lediglich vor Schaden zu bewahren.«

»Wir sind am Ende, Noailles, nachts herrscht überall Anarchie, es ist nur eine Frage der Zeit, bis eine Revolution ausbricht. Wenn wir nichts tun, ist alles zu Ende. Und wenn wir es mit diesem Schotten versuchen, ist vielleicht trotzdem alles zu Ende. Aber ich werde hier nicht tatenlos herumstehen und warten, bis es so weit ist. Ich werde noch etwas unternehmen! Ich werde den Schotten seine Bank gründen lassen!«

»Einen protestantischen Schotten«, seufzte Noailles, »der mit einer verheirateten Katholikin …«

»Von mir aus kann er ein satanischer Ziegenficker mit Pferdefuß sein!«

»Verleihen Sie ihm wenigstens die französische Staatsbürgerschaft, wenn es denn sein muss …«

John Law war vor Erschöpfung eingeschlafen. Fieberschweiß klebte an seiner Stirn. Er murmelte im Schlaf. Albträume. Jemand klopfte an die Tür. Er hörte es nicht. Catherine betrat das Zimmer in Begleitung des Duc d'Orléans.

»Monsieur«, flüsterte Catherine, »der Duc d'Orléans, der Regent!«

»Ich kann nicht«, murmelte John Law, »ich kann nicht spielen … ich will nicht, dass man mich in den Salons sieht …«

Der Regent ergriff John Laws Hand: »Ich bin's, Monsieur Law, ihr Freund, Philipp d'Orléans.«

»Philipp?«, murmelte Law und öffnete unter Mühen die Augen. »Sie?« Erschöpft fielen die Augen wieder zu. Nur der Brustkorb schien sich nun stärker zu wölben, die Atmung ging schneller.

»Keine Operation … mein Vater ist daran gestorben.«

»Ich bin Regent, Monsieur, nicht Chirurg.«

»Kein Tisch mehr«, murmelte John Law, »bloß keine Operation. Sie verbieten das *Pharao*-Spiel. Wir nennen es um. Wir spielen ›Faro‹. Alles, was sie verbieten, benennen wir um. Aber bloß keine Operation.«

»Sie haben Fieber, Monsieur, Sie reden im Fieber.«

»Werde ich sterben?«, fragte John Law und riss plötzlich die Augen auf, »Sie sind gekommen, um mir Adieu zu sagen …«

Der Regent lächelte freundlich und berührte fast zärtlich John Laws Schulter: »Wenn Sie sterben, Monsieur Law, sollen Sie wenigstens als Franzose sterben. Ich bin gekommen, um Ihnen die französische Staatsbürgerschaft zu verleihen.«

John versuchte sich aufzurichten, aber er war zu matt: »Sterben Franzosen nicht auch an Fieber?«

»Es wäre natürlich besser, Sie würden nicht nur als Franzose sterben, sondern als Katholik. Als französischer Katholik. Dann würde es sich Gott zweimal überlegen, ob er sie sterben lässt.«

»Ich wollte nur eine Bank, Monsieur. Eine Bank für Frankreich.«

Catherine und der Herzog halfen John, sich aufzurichten.

»Sie sollen Ihre Bank haben, Monsieur.«

John machte eine abschätzige Handbewegung und ließ sich von Catherine ein Glas Wasser reichen. Sie half ihm beim Trinken.

»Ich habe mir gedacht, Monsieur Law of Lauriston, Sie werden Franzose und verschieben Ihren Tod auf später und gründen morgen die Bank von Frankreich.«

Mit einer heftigen Bewegung wandte sich John Law dem Regenten zu. Das Glas fiel Catherine aus der Hand.

»Mir ist nicht mehr zum Scherzen zumute, Monsieur«, keuchte John Law.

»Mir auch nicht«, erwiderte der Regent und entrollte ein Pergamentpapier. »Das hier ist die Genehmigung zur Betreibung der Banque Générale.«

»Laufzeit?«, fragte John Law blitzschnell. Jetzt schien er hellwach.

»Zwanzig Jahre.«

»Dann werde ich jetzt wohl aufstehen«, sagte John entschlossen und versuchte die Beine aus dem Bett zu schwingen. »Darf ich Banknoten ausgeben und Kredite gewähren?«

Der Herzog lächelte: »Ja. Und ich habe weiter verfügt, dass Steuern künftig in Banknoten bezahlt werden dürfen. Und wenn das nicht genügt, wird es zur nationalen Pflicht.«

John Law saß nun auf der Bettkante.

»Wenn nur Noailles ein bisschen von Ihrer Leidenschaft hätte, Monsieur«, lächelte der Regent, »aber bleiben Sie lieber noch im Bett. Wenn Sie jetzt aufstehen, wird Ihnen schwarz vor Augen, und Sie stürzen zu Boden. Und das wäre ein schlechtes Omen für die Banque Générale.«

»Ich kann mich auf Ihr Wort verlassen, Monsieur?«, fragte John Law skeptisch.

»Ja«, antwortete der Regent entschlossen, »die Zeit der Feste ist vorbei. Jetzt wird gearbeitet. Jetzt bringen wir Frankreich zu neuer Blüte.«

Kapitel XII

Sommerlich warmes Licht fiel auf die Marmorstufen des Palais an der Place Louis-le-Grand, als Schweizer Lakaien in grünen Livreen im Frühjahr 1716 die schweren Eichenflügel des neuen Geldtempels aufstießen. Einige Adlige und Finanziers waren gekommen, um der Eröffnung einer Bank beizuwohnen, die bereits seit Tagen in den Zeitungen, vor allem in der »Gazette de la Régence«, verspottet wurde. Die neue Banque Générale verfügte über kein eigenes Gebäude, sondern war im Privathaus der Familie Law untergebracht.

Gegen Mittag fuhr zum allgemeinen Erstaunen der Schaulustigen, die sich an diesem Vormittag zum boshaften Tratsch auf dem Platz eingefunden hatten, ein Konvoi von mehreren Kutschen vor. Die Wagen trugen die Insignien des Duc d'Orléans. Diener des Regenten stiegen aus und entluden schwere Eichentruhen, die mit gusseisernen Metallriemen verstärkt waren. Die Männer ließen sich Zeit. Die Schaulustigen sollten sehen, was sich da ereignete. Der Regent brachte Geld in die neue Bank. Der Regent schenkte John Law öffentlich sein Vertrauen. Die Truhen wurden hintereinander aufgestellt. Es waren drei Stück. Sechs Diener postierten sich jeweils an den Seiten. »Messieurs«, sagte der Erste Diener leise. Auf dieses Kommando hin beugten sich alle Diener gleichzeitig nach den seitlich angebrachten Griffen der Truhen, umklammerten sie, hievten sie hoch und schritten langsam die Stufen zur Bank hinauf. Einige der Umstehenden folgten der Dienerschaft in die lichtdurchflutete Empfangshalle im Erdgeschoss.

Ein groß gewachsener Mann mit dunkelbrauner Perücke stand hinter der Balustrade im ersten Stock und stieg nun langsam die Treppe zur Halle hinunter. Er trug eine mit tiefroten Samtfäden bestickte Robe. Es war der Hausherr, John Law of Lauriston, Direktor der Banque Génerale. Die Schweizer Lakaien waren in respektvollem Abstand um ihn geschart. John Law begrüßte den Ersten Diener des Regenten. Er sprach laut und deutlich, sodass ihn alle Anwesenden gut verstehen konnten. Er bestätigte den Erhalt von einer Million Livre in Gold- und Silbermünzen.

»Eine Million Livre!«, ereiferte sich Samuel Bernard in seinem Salon und warf die Zeitung auf den Tisch. Noailles, d'Argenson und Crozat wechselten bedeutungsvolle Blicke. Jetzt wandten sich alle an Larcat, den Herausgeber der »Gazette de la Régence«. Dieser mimte den Unschuldigen und rieb sich nervös die feuchten Handflächen.

»Wie konnte das bloß geschehen!«, schrie Samuel Bernard. In seinem Gesicht zeugten üble Schrammen und Wunden von der öffentlichen Schmach, die man ihm vor nicht allzu langer Zeit zugefügt hatte.

»Ganz Paris lacht über diese Bank«, polterte Samuel Bernard und griff erneut nach der Zeitung, »Ihre Zeitung hätte diesen Schotten in wenigen Wochen wie eine Laus zerquetschen müssen. Haben Sie schon vergessen, mit wessen Geld Sie Ihre neuen Druckerpressen gekauft haben? In Zukunft holen Sie sich Ihre Kredite bei unserem Finanzminister Noailles.« Samuel Bernard warf Noailles einen bösen Blick zu.

»Ich protestiere, Monsieur«, meldete sich Verleger Larcat räuspernd und hüstelnd zu Wort, »der Regent hat mit seiner Amnestie hunderte von freien Plätzen in der Bastille geschaffen. Sie mögen mich tadeln, Monsieur, aber der Tadel wiegt weniger schwer als die Aussicht, ein Jahr in der Bastille zu verbringen!«

Bernard griff erneut nach der Zeitung und warf sie Larcat gleich wieder an den Kopf: »In euren Schreibstuben gebärdet ihr euch wie wilde Löwen, unerschrockene Kämpfer, aber hier draußen in der freien Wildbahn seid ihr nichts anderes als Kojoten, Aasfresser, Feiglinge, elende Feiglinge!«

Larcat reckte beleidigt den Hals und tat so, als habe er nichts gehört.

Bernard setzte nach: »Selbst für ein ehrenhaftes Duell ist euresgleichen zu feige.«

»Selbst wenn ich Sie im Duell töte, Monsieur, erwartet mich nach dem Gesetz die Todesstrafe ...«

Bernard machte eine abfällige Handbewegung. Larcat protestierte: »Würde ich jedes Duell annehmen, Monsieur, der Tag hätte zu wenig Stunden, um all den erbosten Lesern Satisfaktion zu gewähren.« Bernard schüttelte nur noch verärgert den Kopf. Dann herrschte plötzlich Schweigen. Schließlich ergriff d'Argenson das Wort. Er versuchte, besänftigend zu wirken: »Nachdem der Regent eine Million in die Bank einbezahlt hat, glaubt ganz Paris, dass es in Wirklichkeit die Bank des Regenten ist. Und dass Monsieur Law nur eine Marionette ist. Sehen Sie es doch bitte so. Es ist die Bank des Schotten, aber de facto die des Regenten.«

»Ich will mich dazu nicht äußern«, erwiderte Noailles missmutig, »aber wenn königliche Fonds in diese Bank fließen, kann die ›Gazette‹ schreiben, was sie will. Solange sich der Regent schützend vor John Law stellt ...«

»Was werden Sie unternehmen?«, fragte Bernard ungeduldig. »Als es darum ging, die verdienstvollen Finanziers der Krone öffentlich an den Pranger zu stellen, waren Sie auch nicht verlegen.«

»Nur das Parlament kann diesen Schotten zu Fall bringen!«, grummelte Noailles und erhob sich von seinem Sitz.

»Und Sie, Monsieur Crozat, haben Sie keine Meinung?«, fragte Noailles spitz.

»Hat ein Mann, dem man 6,6 Millionen Livre abpresst, eine eigene Meinung? Er hat eigene Interessen, Monsieur. Aber eine eigene Meinung kann er sich wohl kaum noch leisten. Ich muss

Monsieur Law Glück wünschen, ich bin sein Schuldner. Oder sähen Sie es lieber, wenn ich ihm meine Mississippi-Konzession abtreten müsste?«

»Mississippi! Ich kann das Wort nicht mehr hören. Was ist denn Ihr Mississippi? Eine Krankheit? Eine Seuche? Eine Geschlechtskrankheit!« Noailles verließ den Salon. Ein Diener folgte ihm nach draußen.

»Besuchen Sie morgen diesen Schotten«, befahl Samuel Bernard dem Herausgeber der »Gazette de la Régence«. »Prüfen Sie alle seine Angebote und erzählen Sie ganz Paris, dass sich kein Mensch diese Angebote leisten kann!«

Es war schon spät in der Nacht, als Catherine das Arbeitszimmer ihres Mannes betrat.

»Ganz Paris neidet dir die Nähe zum Regenten!«

»Ich konnte nur ein Viertel der Aktien platzieren. Nur gerade dreihundert Aktien. Bei einem Ausgabewert von fünftausend Livre sind das gerade einmal 1,5 Millionen Livre. Und sechs Millionen hätten wir gebraucht, um über genügend Liquidität zu verfügen.«

»Immerhin 1,5 Millionen Livre, John.«

John Law lachte amüsiert: »In Wahrheit sind es noch weniger. Denn der Regent bestand darauf, dass man unsere Bankaktien mit den mittlerweile praktisch wertlosen Staatsanleihen bezahlen darf. Weißt du, wie viel eine Staatsanleihe noch wert ist? Vierzig Prozent. Und diesen wertlosen Wisch müssen wir als Zahlung für unsere wertvollen Aktien entgegennehmen. Aber selbst das hat nicht ausgereicht, um mehr als ein Viertel der Aktien loszuwerden.«

»Aber du hast jetzt deine Bank. Das war die größte Hürde. Alles andere liegt jetzt in deinen Händen!«

Mit flinken Bewegungen fuhr die Hand über den leeren Papierschein. »Die Bank verspricht dem Träger dieses Papiers, die Summe von zwei Louisdor in Münzen auszubezahlen, die dem Wert bei Erhalt entsprechen.«

John Law blickte von seinem Schreibtisch auf. Ihm gegenüber saß ein skeptischer Monsieur Larcat, der nun zwei Louisdor-Münzen auf den Tisch legte.

»Und ich kann jederzeit kommen und erhalte gegen Rückgabe dieses Papiers wieder meine beiden Goldmünzen?«, fragte Larcat argwöhnisch.

»Sie erhalten wesentlich mehr, Monsieur. Denn wenn Sie die Banknote wieder zurückbringen und das Metallgeld in der Zwischenzeit wieder abgewertet worden ist, erhalten Sie dennoch Goldmünzen, die dem heutigen Wert entsprechen. Mit dem Wechsel in Banknoten schützen Sie sich gegen die Abwertung der Münzen«, lächelte John Law. »Sie können diese Banknote aber auch im alltäglichen Geschäftsverkehr als Zahlungsmittel einsetzen.«

Larcat hatte die Bank mit dem Vorsatz betreten, das Geschäftsmodell dieses Schotten nach Strich und Faden auseinander zu nehmen und sich so die Anerkennung der alteingesessenen Finanziers zu verdienen. Doch nun saß er diesem freundlichen Schotten gegenüber, und er ahnte allmählich, wieso dieser John Law in der Stadt so viele Feinde hatte.

»Daran habe ich noch nicht gedacht, Monsieur. Wenn ich bedenke, dass allein zu meinen Lebzeiten die französischen Münzen beinahe vierzig Mal abgewertet worden sind ... Dann ist der Wechsel von Münzen in Banknoten der einzige Schutz gegen die Geldentwertung.«

»Das ist nur ein angenehmer Nebeneffekt meines Systems, Monsieur Larcat. Primär geht es darum, Frankreich zu neuer Stärke zu verhelfen«, schmeichelte ihm John Law, »als Sie hier reinkamen, besaßen Sie zwei Louisdor. Jetzt haben wir die Geldmenge bereits verdoppelt. Die Bank arbeitet mit Ihren beiden Louisdor weiter, stellt sie der Wirtschaft in Form von Krediten zur Verfügung, und Sie lassen Ihre Banknoten zirkulieren, als seien es Münzen. So vervielfachen wir die zirkulierende Geldmenge. Und genau deshalb wird Frankreich wieder aus der Krise finden.«

Larcat nickte. Er konnte es nicht ändern, ihm gefiel dieser Schotte mit seiner ruhigen, überlegten Art. Er dachte nach, dann griff er in seine Tasche, legte einen Silber-Écu auf den Tisch und sagte forsch: »Ich möchte diesen Silber-Écu meiner Mutter nach Marseille überweisen. Wie hoch sind Ihre Gebühren, Monsieur?«

»Wir erheben dafür keine Gebühren, Monsieur Larcat.«

»Sie machen es einem richtig schwer, Sie nicht zu mögen«, scherzte Larcat.

»Keine Gebühren!«, rief Samuel Bernard. »Will er uns denn gänzlich ruinieren! Schreiten Sie ein, Noailles!«

Noailles, d'Argenson, Larcat und Saint Simon saßen im Salon des Bankiers Bernard.

»Es kommt noch schlimmer«, grummelte Noailles, »der Regent wird morgen alle lizenzierten Steuereintreiber verpflichten, den Anteil der Krone in Zukunft in Papiergeld zu überweisen.«

»Noten«, lächelte Saint Simon, »man nennt dieses neue Geld aus Papier neuerdings *Noten*.«

»Woher sollen wir diese Noten beziehen?«, fragte Bernard gereizt. »Müssen wir unser wertvolles Metallgeld in Banknoten umtauschen, damit wir unsere Abgaben an die Krone in Banknoten entrichten können?«

Etwas verlegen zog Larcat die Banknote, die ihm John Law gestern ausgestellt hatte, aus der Tasche und hielt sie hoch wie eine Hostie: »Auch die ›Gazette‹ wird in Zukunft ihre Steuern in Banknoten entrichten.«

»Hat er Ihnen komplett den Kopf verdreht?«

»Er bietet kostenlose Geldüberweisungen in andere Städte und Länder an. Selbst der Umtausch in andere Währungen ist kostenlos.«

»Das wird ihn ruinieren!«, sagte Noailles befriedigt. »Das wird er nicht überleben.«

D'Argenson meldete sich zu Wort: »Die Bankiers *Ihres* Schlages werden dadurch ruiniert, Monsieur Bernard. Ich hörte, dass Monsieur Law selbst für das Diskontieren von Wechseln keine Gebühren erhebt.«

Samuel Bernard schwieg betreten. Saint Simon schaute sich die Banknote von Larcat an und reichte sie an d'Argenson weiter. Noailles wollte sie nicht sehen, er gab sie gleich an Bernard weiter. Bernard nahm sie in die Hand und starrte sie an.

»Vorsicht, Monsieur, sie ist zwei Louisdor wert.«

Samuel Bernard hob den Kopf, schaute Larcat an, wollte etwas erwidern, ließ es dann aber bleiben. Er starrte erneut auf die Banknote. »Und wenn Sie ihm diese Banknote zurückbringen, bezahlt er Ihnen wieder zwei Louisdor.« Es war keine Frage, sondern eine nüchterne Feststellung.

»Genau so ist es«, antwortete Larcat, »das ist die Zukunft, Messieurs.«

»So, so«, murmelte Bernard lediglich. Ein Lächeln huschte über sein Gesicht. Ein Lächeln, das in ein breites Grinsen überging: »Und wenn plötzlich tausende von Menschen gleichzeitig ihre Banknoten zurückbringen und sie gegen Münzen umtauschen wollen ...«

»Dann nimmt er die Banknoten zurück und bezahlt ihnen Münzen aus«, erwiderte Larcat mit einem Schulterzucken, »aber wieso sollen plötzlich tausende von Menschen ihre Banknoten wieder in Münzen umtauschen wollen?«

Jetzt grinste auch Noailles übers ganze Gesicht.

»Sehen Sie, Monsieur Larcat«, begann Bernard mit sichtlichem Vergnügen, »Monsieur Law verlangt keine Gebühren und ruiniert dadurch die alteingesessenen Finanziers. Also stellt sich die Frage: Wie verdient die Bank Geld? Indem Sie Kredite vergibt. Die Münzen, die man gegen Banknoten eintauscht, lagern nicht einfach in der Bank. Nein, diese Münzen vergibt Monsieur Law wiederum in Form von Krediten. Wahrscheinlich hat er deshalb nicht besonders viele Münzen in seiner Bank. Aber auf jeder Banknote steht das Versprechen geschrieben, dass er dem Überbringer den ursprünglichen Wert in Münzen retourniert ...«

»Ooo«, machte Larcat, »Sie wollen die Zukunft aufhalten. Na dann, Messieurs, Sie können diesen Schotten zu Fall bringen, aber Sie können die Zukunft nicht aufhalten.«

»Ich schwöre Ihnen, Monsieur Larcat, dass sich die Banknote nie durchsetzen wird. Es gibt Dinge, die sind einfach gesetzt: die Existenz Gottes, das Pferd als schnellstes Transportmittel, die gesellschaftliche Funktion der Frau und die Beschaffenheit des Geldes.«

Die mechanischen Teile waren zu einem Körper zusammengefügt, an dessen Seiten riesengroße Flügel montiert waren.

»Ein Bauernsohn, der zum Künstler wurde«, sinnierte Crozat. Er stand in seiner Gemäldegalerie und warf John Law einen Blick zu. »Ein Künstler, der zum Universalgenie wurde.«

Die Skizze von Leonardo da Vinci zeigte ein futuristisches Fluggerät, das an eine Nussschale erinnerte, die man mit Fledermausflügeln ausgestattet hatte.

»Halten Sie es für möglich, Monsieur Law, dass eines Tages solche Geräte über die Dächer von Paris fliegen?«

»Ich bin überzeugt davon, Monsieur Crozat«, erwiderte John Law mit ernster Miene, »ich glaube, dass alles, was wir uns ausdenken, eines Tages realisiert werden wird. Alles. Es gibt keine Grenzen.«

»Sind Sie da ganz sicher, Monsieur?«, fragte Crozat. Ein seltsames Lächeln huschte über seine Lippen. »Glauben Sie tatsächlich, dass wir solche Fluggeräte bauen würden, wenn wir dazu in der Lage wären? Und dass wir sie benutzen würden?«

»Da bin ich mir absolut sicher«, entgegnete John Law. Er begriff nicht ganz, worauf Crozat hinauswollte. Er betrachtete bereits das nächste Bild von Leonardo, eine Luftschraube.

»Vielleicht würden die Kutscher dagegen protestieren.«

»Die Kutscher?«

»Die Flugobjekte würden ihnen wahrscheinlich Gäste wegnehmen. Vor allem auf den lukrativen Strecken über Land. Stellen Sie sich das mal vor, die Kutscher würden diese Flugobjekte verbrennen wollen.«

»Sie könnten ihre Kutschen verkaufen und die Handhabung dieser Flugobjekte erlernen«, sinnierte John Law.

»Ein Kutscher würde das nie tun, Monsieur Law«, sagte Crozat mit ernster Stimme, »er würde diese Flugobjekte abfackeln, obwohl er genau wüsste, dass diesen Flugobjekten die Zukunft gehört. Einfach, weil sie seine Geschäfte stören. Das Geschäft des Kutschers mag das Geschäft von gestern sein. Aber was nutzt dem Kutscher der ganze Fortschritt, wenn es sein jetziges Einkommen schmälert? Die Menschen sind faul und träge, Monsieur, sie lernen nicht gern Neues, sie geben nicht gern alte Gewohnheiten auf. Der Fortschritt macht ihnen Angst. Und sie empfinden Neid und Hass gegenüber jenen, die sich mutig dem Neuen zuwenden. Das ist der Feind des Fortschritts, Monsieur. Flugobjekte wären eine wunderbare Sache, aber selbst wenn sie möglich wären, man würde sie verhindern. Genauso wie ihre Bank, Monsieur.«

John Law wandte sich abrupt zu dem Marquis um.

»Es kann sein, dass jemand mein System zu Fall bringen will, Monsieur. Aber es ist nicht aufzuhalten. Die ganze Welt wird eines Tages Banknoten für den Zahlungsverkehr einsetzen. Ich bin felsenfest überzeugt, dass diese Banknoten in einer fernen Zukunft weder mit Silber noch mit Gold gedeckt sein werden! Denn die größte Gefahr meines Systems ist die Launenhaftigkeit der Monarchie. Nicht das System.«

Crozat atmete tief durch. Jetzt standen sie vor einer Skizze, die ein Gefährt zeigte, das sich unter Wasser bewegen konnte: »Wenn Sie an Ihr System glauben, Monsieur, dann glauben Sie nicht an die Monarchie.«

»Wenn eines Tages alle Menschen Arbeit haben, werden sie Bildung wollen. Bildung verträgt sich nicht mit Gott und der Monarchie. Ich glaube fest an mein System. Sie können es sabotieren, hinauszögern, aber sie können es nicht aufhalten.«

Blutjunge Natchez-Indianerinnen servierten das Abendessen. Die Mädchen waren nur mit Lederschürzen bekleidet. In ihrem pechschwarzen Haar steckten exotische, bunte Federn. Die Arme waren tätowiert, geheimnisvolle geometrische Muster, wie man sie in Europa noch nicht gesehen hatte. Mit federndem Schritt betraten sie den Salon, verbeugten sich freundlich und servierten Entenpastete, gebratenes Huhn, gefüllte Taubenbrust, gehackte Rindsbuletten, gegrilltes Schweinefilet und kunstvoll angerichtete Gemüseplatten.

Crozat erhob sein Glas: »Auf Ihre Bank, Monsieur Law, auf Ihr System.«

John Law bedankte sich mit einem freundlichen Kopfnicken und erhob seinerseits sein Glas: »Auf unsere Freundschaft, Monsieur, auf Ihre Sammlung, die weltweit ihresgleichen sucht.«

Die Männer tranken und setzten ihre Gläser wieder ab. Diener servierten den ersten Gang.

»Monsieur Law«, begann Crozat die Konversation, »es freut mich außerordentlich, einen sachkundigen Kunstkenner in meinem Salon zum Diner begrüßen zu dürfen. Als Sammler fühlt man sich manchmal genauso einsam wie der *marchand aventurier* in Louisiana. Über die Kunst lässt sich vieles erahnen, was das Herz begehrt und der Verstand nicht in Worte zu fassen vermag.«

Crozat hielt inne. John Law spürte, dass Crozat auf irgendetwas hinauswollte.

»Ich habe seinerzeit das königliche Privileg erworben, die Neue Welt erforschen und ihre schier unerschöpflichen Vorräte an Gold, Silber und Smaragden bergen zu dürfen. Louisiana ist mehr als ein Ort, der Mississippi mehr als ein Fluss. Es ist ein Kontinent, Monsieur Law, ein Territorium, größer als Europa. Unsere Wälder bieten zu wenig Holz, um genügend Schiffe zu bauen, um all diese Schätze bergen zu können: Kaffee, Tee, Kakao …« Crozat schaute einer der jungen Natchez-Indianerinnen nach, die den Raum wieder verließ. Nur ein Lederriemen zierte ihren Po. »Ich bin nun schon über sechzig, Monsieur Law. Manch einer erreicht nicht mal die Hälfte meines Alters. Und wenn ich die Wahl hätte, in Louisiana zu sterben oder hier inmitten meiner Gemälde und

Skizzen, ich würde, ohne zu zögern, die Neue Welt wählen.« John Law nickte. Jetzt glaubte er zu wissen, worauf Crozat hinauswollte. »Die Krone zwingt mich, eine Entscheidung zu treffen. Meine Sammlung oder die Neue Welt. Wäre ich jünger, würde ich mich sicher für die Neue Welt entscheiden. Doch leider bin ich nicht mehr jung.«

»Sie wollen mir die königliche Konzession für die Neue Welt verkaufen?«

»So ist es, Monsieur Law. Sie haben mir freundlicherweise zugesagt, mir mit einem Kredit auszuhelfen, damit ich mich bei diesen königlichen Briganten mit 6,6 Millionen Livre freikaufen kann. Aber ich fürchte, ich werde Ihnen diese Summe nur zurückerstatten können, wenn ich entweder meine Konzession oder meine Sammlung verkaufe. Also liegt es auf der Hand, dass ich Ihnen meine Konzession anbiete. Sie sind jünger als ich, Monsieur Law.«

»Darf ich Sie in Banknoten bezahlen, Monsieur?«

»Ich bedaure, Monsieur. Mein geliebtes Louisiana müssen Sie in Gold und Silber aufwiegen. Die Berge und Flüsse werden es Ihnen tausendfach zurückgeben.«

»Über sechs Millionen in Münzen«, lamentierte Angelini, »wenn Monsieur mir über sechs Millionen in Münzen wegnimmt, verfügen wir kaum noch über Metallgeld ...«

Das große Kellergewölbe der Banque Générale, in dem einst edle Eichenfässer gelagert hatten, war mit massiven Gitterstäben mehrfach gesichert. Nur wenig Tageslicht drang aus den schmalen Luken von der Place Louis-le-Grand ins unterirdische Geschoss. Angelini entzündete eine Kerze nach der anderen.

»Es ist nichts als ein vorübergehender Liquiditätsengpass, Angelini. Ich ordne hiermit an, dass Monsieur Crozat noch heute 6,6 Millionen in Münzen ausbezahlt werden.«

»Und wenn morgen jemand zur Bank kommt und drei Millionen Banknoten in Münzen umgetauscht haben will?«

John Law lächelte: »Soll ich Ihnen die Wahrscheinlichkeit ausrechnen, dass morgen jemand kommt und Banknoten im Wert von drei Millionen Livre umgetauscht haben will?«

»Ich bitte um Verzeihung Monsieur«, gab Angelini bei, »diese großen Summen machen mich einfach nervös. Ich bewundere Sie, Monsieur, dass Sie nachts überhaupt ein Auge zumachen können.«

»Vernunft und Mathematik«, lächelte der Schotte.

Es war spätnachts, als Angelini noch einmal John Laws Arbeitszimmer betrat.

»Schlafen Sie denn nie, Angelini?«, fragte John Law, als er den übermüdeten Sekretär erblickte. Angelini machte ein ernstes Gesicht. Er blieb neben John Law stehen und legte eine Notiz auf den Tisch: »Der Erfolg der Bank wird Ihnen noch das Genick brechen. Wir drucken zu viele Banknoten, die Deckung ist zu dünn.«

»Ich habe das alles mitberechnet«, murmelte John Law, während er Angelinis Notizen sorgfältig durchging, »das habe ich nicht anders erwartet, Angelini, das ist kein unvorhergesehenes Ereignis. Es zeigt nur, wie der Handel gedarbt hat. Das habe ich von Anfang an so erwartet. Mittlerweile beziehen selbst unsere ärgsten Feinde Gelder und Kredite in Banknoten.«

»Das sollte uns stutzig machen, Monsieur.«

»Selbst Ihr ärgster Feind wird zu Ihrem Partner, wenn Sie ihm ein lukratives Geschäft vorschlagen.«

»Monsieur«, versuchte es Angelini von neuem, »es geht alles zu schnell. Die ausgegebenen Banknoten sind kaum noch gedeckt …«

»Dafür besitzen wir Crozats Konzession für die Neue Welt. Der Engpass ist nur vorübergehend, Angelini, glauben Sie mir, in einigen Monaten werden wir ruhigere Gewässer erreichen. Und jetzt gehen Sie schlafen, damit wenigstens einer von uns schläft!«

»Es ehrt mich, Monsieur, dass Sie auch weiterhin die Zeit finden, mich zu empfangen«, sagte der Duc de Saint Simon, als er von John Law im großen Saal im ersten Stock begrüßt wurde. Mittlerweile liefen noch mehr flinke Schweizer Lakaien in grünen Livreen über das Parkett. Es herrschte reger Betrieb. Die Kunden kamen und gingen. Die Menschen sprachen leise, gedämpft. Etwas Sakrales durchflutete die imposante Säulenhalle. In den Fensternischen waren kleine Tische aufgestellt, an denen Kunden von vornehmen Sekretären bedient wurden. An allen Tischen hatten sich Warteschlangen gebildet.

»Wir werden bald umziehen müssen«, flüsterte John Law dem sichtlich beeindruckten Saint Simon zu. Er führte den Herzog in einen Nebenraum, der wie alle Türen zu den hinteren Sälen von Schweizer Gardisten bewacht wurde.

Saint Simon betrat John Laws Arbeitszimmer. Vier Sekretäre waren damit beschäftigt, Banknoten zu signieren und von Hand die Nummer der Note einzutragen.

»Immer mehr Ausländer kommen nach Paris, um ihre Wechsel einzulösen. Ich habe gehört, dass man unsere Banknoten in Amsterdam bereits über pari handelt. Stellen Sie sich vor: Die französischen Staatsanleihen haben bereits über sechzig Prozent an Wert verloren, aber eine Banknote, die in diesem Hause signiert wird, ist mehr wert als der Betrag, der auf dem Papier verbürgt wird.«

»Und wo lagern Sie das viele Münzgeld?«, fragte Saint Simon leise.

»Das ist ein Geheimnis«, entgegnete John Law.

»In Paris wird gemunkelt, Sie hätten eine massive Unterdeckung. Auf eine Münze hätten Sie bereits den zehnfachen Gegenwert in Banknoten ausgegeben. Wenn alle Inhaber von Banknoten ihre Papiere am selben Tag gegen Münzen eintauschen wollten, könnten Sie nur gerade zehn Prozent von ihnen befriedigen.«

»Was wollen Sie damit andeuten, Monsieur le Duc?«, fragte John Law und schaute Saint Simon dabei eindringlich an.

»Sie haben Feinde, Monsieur«, sagte Saint Simon. Er zögerte, als sei er unschlüssig, wie viel er verraten solle. John Law trat zur großen Fensterfront, die den Blick auf die Reiterstatue an der Place Louis-le-Grand freigab. Saint Simon folgte ihm.

»Ich bin aufrichtig überrascht, Monsieur«, begann Saint Simon von neuem, »wie schnell Ihre Bank Wirkung zeigt. Ich kenne Menschen, die bei Ihnen Kredite aufgenommen haben und plötzlich investieren, Arbeiter einstellen ...«

»Weshalb sind Sie hergekommen, Monsieur le Duc?«, fragte John Law. Jetzt sprach er sehr ernst. »Was wollen Sie mir mitteilen?«

»Selbst wenn Ihr System siegt, Monsieur, werden Sie untergehen. Aber ich fürchte, ich komme zu spät.«

Saint Simon sah die Kutsche, die auf die Place Louis-le-Grand einbog. Eine zweite folgte ihr. Und dann weitere Kutschen. »Ich kam zu spät, Monsieur Law ...« John Law sah den Schrecken im Gesicht von Saint Simon.

John Law wandte sich ab. »Sie entschuldigen mich. Ich muss hinuntergehen und den Kunden empfangen«, sagte Law mit gefasster Stimme. Als er die geschwungene Treppe hinunterging, trat Samuel Bernard bereits durchs Portal.

»Monsieur Law«, rief der Bankier mit lauter, dröhnender Stimme, sodass ihn alle in der großen Säulenhalle hören konnten, »Monsieur Law, ich besuche heute die Banque Générale, um Banknoten im Wert von fünf Millionen Livre gegen Münzen in Silber und Gold einzutauschen.«

»Ich heiße Sie herzlich willkommen, Monsieur Bernard. Es schmeichelt uns, dass Sie uns die Ehre erweisen, für Sie ein Geschäft tätigen zu dürfen.« John Law hatte ebenso laut gesprochen wie Bernard. Langsam schritt er nun die letzten Stufen hinunter. Von draußen drängten immer mehr Schaulustige in die Schalterhalle. Offenbar hatte sich bereits herumgesprochen, was sich heute in der Bank abspielen sollte.

»Wo darf meine Dienerschaft das Geld in Empfang nehmen?«, fragte Bernard siegesgewiss und drehte sich theatralisch nach den anwesenden Leuten um.

»Hier, Monsieur. In dieser Halle«, entgegnete John Law.

Samuel Bernard war irritiert. Zornesröte brachte sein Gesicht zum Glühen. Trotzig setzte er nach: »Ich warte, Monsieur.«

»Morgen um zehn«, erwiderte John Law, »wir erwarten heute Gesandte aus Russland, Holland und Italien. Ich bitte um Verständnis, dass wir für eine Transaktion von fünf Millionen Livre vierundzwanzig Stunden benötigen. Darf ich Sie bitten, sich im oberen Stock zu melden? Es gibt noch einige Formalitäten zu erledigen.«

John Law verbeugte sich und schritt an Samuel Bernard und den Schaulustigen vorbei. Er verlangte nach seiner Kutsche. Die Schweizer Gardisten bahnten John Law einen Weg auf die Place Louis-le-Grand. John Laws Kutsche, die mittlerweile über eigene Farben und ein eigenes Wappen verfügte, fuhr vor.

»John!«, schrie jemand. John blickte über die Schulter und sah einen Mann, der mit seiner Kutsche in der Menschenmenge stecken geblieben war. Er hatte die Tür aufgestoßen und stand nun wild gestikulierend auf dem Trittbrett: »John, ich bin's!«

John glaubte die Stimme zu erkennen. Sie erinnerte ihn an Pferde, nasse Weiden.

»John!«, hörte er erneut rufen. Diesmal klang die Stimme unwirsch und herrisch.

John stieg in seine Kutsche, klopfte mit seinem Stock heftig gegen das Kutschendach.

William Law blickte verdutzt der Kutsche nach, die sich einen Weg durch die herumstehenden Schaulustigen bahnte.

»Und das ist dein Bruder?«, fragte eine kühle, weibliche Stimme im Inneren der Kutsche. Eine junge Frau saß in der Kutsche.

»Er konnte mich nicht sehen!«, murmelte William und stieg wieder in die Kutsche ein, »aber was soll's? Ich will mit ihm Geschäfte machen und keine Kindheitserinnerungen austauschen.«

Das Hausmädchen, das neben dem Kutscher oben auf dem Bock gesessen hatte, war in der Zwischenzeit hinuntergestiegen. Sie trug einen schwarzen Reisemantel mit Kapuze. Jetzt warf sie die Kapuze zurück. Es war Janine.

»Geh schon«, herrschte er sie an, »Du kannst es ja kaum erwarten, wieder in seine Dienste zu treten. Für dich hat er wahrscheinlich mehr Zeit …«

Antoine Crozat lag unter einem mit bunten Federn geschmückten Baldachin inmitten von Tierfellen und mit Seide bestickten Kissen. Im Arm eine junge Natchez-Indianerin. An den goldgefassten Wandtäfelungen hingen die ausgestopften Köpfe von Tigern, Pantern, Löwen, Bären und einem rindsartigen Tier mit Hörnern und Zottelbart.

»Sie nennen sie Bisons«, sagte Crozat mit jovialer Stimme. Irgendetwas bewegte sich unter den Fellen und wanderte ans obere Bettende. Jetzt sah John Law, dass eine weitere Indianerin in Crozats Bett lag.

»Sie wissen, weshalb ich hier bin, Monsieur?«

»Es ist nichts Persönliches, Monsieur Law, es war rein geschäftlich.«

»Rein geschäftlich«, wiederholte John Law leise.

»Ja«, schrie Crozat. Die beiden Mädchen wichen erschreckt zurück, »jawohl, Monsieur Law! Rein geschäftlich! Habe ich mich jemals darüber beklagt, dass ich am Spieltisch so viel Geld verloren habe? Hunderttausende habe ich an Ihren Spieltischen verloren! Habe ich mich jemals darüber beklagt? Nein, Monsieur! Und warum? Weil es nichts mit Ihrer Person zu tun hat! Es ist ein Spiel! Nichts als ein Spiel! Und wer nicht verlieren kann, soll nicht spielen! Und wer keine Verluste ertragen kann, soll keine Geschäfte tätigen!«

»Hat Noailles Sie dazu angestiftet?«

»Fragen Sie ihn! Sie wissen ja, wo Sie ihn finden!«

»Das ist wohl das Ende Ihres Systems, Monsieur Law«, sagte Noailles nach einer Weile. Der Regent schien nicht sonderlich beeindruckt. Er schaute zu Noailles rüber, dann zu John Law. Er dachte nach, spielte mit seinen Fingernägeln.

»Nicht das System hat versagt, Monsieur Noailles. Es ist der Neid der Pariser Finanziers, der unsere Bank sabotiert«, sagte John Law. Nur schlecht gelang es ihm, seine Emotionen zu verbergen. Wer John Law von den Spieltischen her kannte, erlebte heute eine Überraschung. John Law war nervös.

»Unsere Bank?«, lachte Noailles. »Es ist Ihre Bank, Monsieur Law. Und es ist Ihre Bank, die morgen Bankrott geht.«

»Es ist unsere Bank, Noailles«, unterbrach ihn der Regent. »Ich wollte diese Bank. Das Parlament hat mir diese Bank verboten. Also habe ich Monsieur Law of Lauriston damit beauftragt, sie in seinem Namen zu führen.«

»Monsieur«, rief John Law mit eindringlicher Stimme, »bringen Sie mir noch heute Nacht fünf Millionen in Münzen in die Bank. Und ich schwöre Ihnen, dass in Zukunft nichts mehr den Erfolg dieser Bank wird aufhalten können. Zum Ruhme Frankreichs und der Krone!«

»Fünf Millionen!«, lachte Noailles. »Wir sind doch hier nicht am Spieltisch, Monsieur.«

Der Regent polierte nachdenklich die Fingernägel der linken Hand: »Monsieur le Duc de Noailles, bei allem Respekt für Ihre Motive, aber selbst wenn die Bank morgen scheitern sollte, ein Beweis für ihre Untauglichkeit wäre damit nicht erbracht. Das System würde dadurch nicht widerlegt. Neid und Missgunst sind keine mathematischen Größen.«

»Darf ich sprechen, Monsieur?«, fragte Noailles gereizt.

»Nein, Noailles«, antwortete der Regent, »als Sie die Pariser Finanziers ruiniert haben, ging es Ihnen allein um das Wohl der Finanzen, um das Wohl der Krone, um das Wohl Frankreichs. Wenn Sie jetzt die Banque Générale zu Fall bringen wollen, um Monsieur Law zu treffen, dann missachten Sie das Wohl Frankreichs. Nicht das Wohl von Monsieur Law muss Sie kümmern, sondern das Wohl der Krone. Und worin liegt der Nutzen für Frankreich, wenn diese Bank morgen Bankrott geht?«

»Monsieur«, rief Noailles erneut und verbeugte sich mehrfach untertänigst.

»Ich habe Ihnen nicht gestattet zu sprechen, Noailles«, unterbrach ihn der Regent, »Frankreich lag in Agonie. Durch diese Bank wurde mehr Geld in Umlauf gebracht als in den letzten zwanzig Jahren zuvor. Frankreich erwacht aus der Agonie. Abgestorbene

Gliedmaßen werden mit frischem Blut versorgt, die Menschen glauben wieder an die Zukunft, investieren in die Zukunft, nehmen Kredite auf, kaufen Rohstoffe, stellen Arbeiter ein, die wiederum Geld verdienen und Güter kaufen. D'Argenson hat mir gestern berichtet, dass selbst die Straßenkriminalität massiv zurückgegangen ist. Noailles! Wollen Sie dieses glorreiche System zu Fall bringen, nur weil Sie Monsieur Law zu Fall bringen wollen?«

Jetzt herrschte betretenes Schweigen. Der Regent beschäftigte sich wieder mit seinen Fingernägeln. Nach einer Weile zeigte er Law die Fingernägel der linken Hand:

»Sehen Sie die weißen Tupfer im Nagel? Die kriegt man vom Champagner, von diesem Dom Perignon. Rotwein soll gesünder sein. Aber ich habe ohnehin dem Genuss abgeschworen. Ich werde Frankreich zu neuer Blüte führen.« Dann drehte der Regent seine Hand und zeigte John Law die Innenseite: »Sehen Sie meine Lebenslinie? Ich soll angeblich älter werden als unser verstorbener Sonnenkönig.« Der Regent schmunzelte: »Für alles gibt es ein System, nicht wahr? Systeme sind eine wunderbare Sache, wenn sie funktionieren. Die Menschen klammern sich gern an Systeme. Auch Gott ist gewissermaßen ein System, nicht wahr, Noailles?«

Noailles schien brüskiert. »Ich schließe mich Ihrer Argumentation an, Monsieur le Duc, muss Ihnen jedoch bedauerlicherweise mitteilen, dass die Königliche Münze zurzeit über keine fünf Millionen Livre in Gold- und Silbermünzen verfügt.« Noailles schaute John Law direkt ins Gesicht: »Wir würden gern. Wir können nicht.«

Der Regent hob die Arme, als wolle er den Heiligen Geist anflehen: »Ich bedaure, Monsieur Law. Wenn unsere Alchemisten Mäusekot in Gold verwandeln könnten, hätten sie es längst getan. *Voilà. C'est ça.*«

John Law war wie vor den Kopf geschlagen.

Der Regent wandte sich wieder seinem Finanzminister zu: »Sagen Sie mal, Noailles, ist es wahr, dass Ihre Mätresse Crozat le

Riche einen Schuldenerlass von fünfzig Prozent angeboten hat für den Fall, dass er Monsieur Law die Mississippi-Konzession verkauft und das Entgelt in Münzen bezieht?«

Noailles, der sich noch soeben genüsslich ein Schmunzeln verkniffen hatte, wurde kreidebleich.

»Also ist es wahr«, murmelte der Regent und widmete sich wieder seinen Fingernägeln, »fünfzig Prozent bedeuten einen Schuldenerlass über 3,3 Millionen Livre. Sie verschenken 3,3 Millionen Livre, um Ihren privaten Hass gegen Monsieur Law zu befriedigen?«

Noailles schwieg. Wütend schaute er zu John Law hinüber.

»Wenn Ihnen Ihre Privatfehde so viel wert ist, sollten Sie es selbst bezahlen, Monsieur le Duc de Noailles.«

»Möchten Sie, dass ich meinen Rücktritt anbiete?«, fragte Noailles unterwürfig.

»Ich möchte, dass Sie morgen Früh die Königliche Münze besuchen und die für die Bank erforderliche Menge Münzgeld abheben.«

Noailles nickte.

»Sie werden Monsieur Law etwas aushelfen«, fuhr der Regent fort, »schließlich ist er Ihr Landsmann, er ist jetzt Franzose.«

»Darf ich Sie unter vier Augen sprechen, Monsieur le Régent?«, fragte Noailles.

»Monsieur«, wandte sich der Regent an John Law, »ich bedanke mich für Ihren Besuch.«

John verneigte sich. Noailles grinste unverschämt und nahm erst wieder Haltung an, als der Regent sich ihm zuwandte. Dieser Gesichtsausdruck gefiel John Law überhaupt nicht. Hatte Noailles noch einen Trumpf in der Hand?

Im Haus an der Place Louis-le-Grand servierte Janine einen kleinen Imbiss. Im fernen Edinburgh war Jean Law bereits vor Monaten im Alter von siebzig Jahren verstorben. William hatte Lauriston Castle verpachtet und war mit seiner frisch angetrauten Rebecca und der inzwischen vierundfünfzigjährigen Janine nach Paris gereist, um vom Ruhm seines Bruders zu profitieren. Nach mehreren Briefwechseln hatte John Law schließlich eingewilligt, seinen Bruder William bei sich in Paris aufzunehmen und ihm eine wichtige Stellung in der Bank anzuvertrauen. Jetzt saß er da, der kleine Bruder, und schien immer noch gekränkt, weil ihn John heute Morgen übersehen hatte. John versuchte ihm die aktuelle Situation zu erklären. William Law hörte griesgrämig zu.

An seiner Seite strahlte die überaus hübsche und attraktive Rebecca Dives, die Tochter eines vermögenden Kohlenhändlers aus London. Sie versuchte, versöhnlich auf ihren Ehemann einzureden: »Er wollte dich nicht kränken, William.«

»Er hat mich nicht gekränkt«, brummte William, »ich bin nur etwas müde von der langen Reise.«

John Law schenkte Rebecca ein dankbares Lächeln. Sie erwiderte es spontan, was William nur noch mehr ärgerte. Kate und John junior wechselten bedeutungsvolle Blicke. Sie saßen gern zu Tisch, wenn ihre Eltern Gäste hatten. Sie beobachteten sie stillschweigend, zogen sich dann wohlerzogen in ihre Zimmer zurück und kugelten sich vor Lachen, wenn sie die Gäste und ihr sonderbares Verhalten imitierten.

»Ihr könnt bei uns wohnen, solange ihr wollt«, versuchte nun auch Catherine, William gnädig zu stimmen.

Rebecca sah Catherine mit einem etwas gequälten Lächeln an. Sie mochte diese Frau nicht sonderlich. Sie wirkte so dominant, souverän, und kein Mann in Gesellschaft hätte es jemals gewagt, sie zu übergehen, nur weil sie dem weiblichen Geschlecht angehörte. Das fehlte Rebecca. Rebecca war einfach schön. Schön und langweilig.

»Nun gut«, brummte William widerwillig, »kommen wir endlich zur Sache. Du hast mir geschrieben, dass du deine Bank gegründet hast und dass es nun viel zu tun gebe. Was bietest du mir an?«

»Lass uns morgen in der Bank darüber reden«, entgegnete John. William hatte sich kaum verändert. Er war immer noch der neidische kleine Bruder, der sich stets in seiner Ehre gekränkt fühlte und dennoch jederzeit bereit war, über diese Kränkung hinwegzusehen, wenn dabei für ihn ein paar Louisdor heraussprangen. John sah, dass es in William rumorte.

»William«, fing John erneut an, »wir haben hier jeden Tag eine neue Situation. Die Banque Générale ist bedeutender als die Entdeckung Amerikas.«

»An der Grenze erzählte uns jemand, dass deine Bank vor dem Bankrott steht«, sagte William ungehalten, »es würde mich sehr ärgern, wenn ich vergebens nach Paris ...«

»William«, lächelte Catherine, »Sie haben morgen noch den ganzen Tag Zeit, um schlechte Laune zu haben.« William und Rebecca schienen irritiert. »Der Duc d'Orléans«, fuhr Catherine fort, »hat John seine Unterstützung zugesagt. Mein Mann und ich bezweifeln sehr, dass er Wort hält. Aber ob er sein Wort hält oder nicht, werden wir morgen sehen. Wieso echauffieren wir uns also schon heute Abend über Ereignisse, die erst morgen stattfinden werden?«

»Du und deine Luftschlösser«, entgegnete William, »du warst schon immer ein Träumer, John ...«

»Vertraust du einem Gerücht mehr als den Worten deines Bruders?«, fragte John. Langsam war seine Geduld am Ende.

»Halten wir uns doch an die Fakten, Messieurs«, sagte Catherine mit gewohnt energischer Stimme: »Der Duc d'Orléans hat seine Hilfe zugesagt. Und morgen werden wir sehen, ob er Wort gehalten hat.«

»Wollen Sie uns das Gespräch verbieten, Madame?«, fragte William düpiert. Catherine schaute William missbilligend an: »Wir sind es in diesem Hause nicht gewohnt, endlos über Dinge zu debattieren, die wir nicht beeinflussen können. Wir hadern nicht mit den Dingen. Wir verändern sie. Und wenn das außerhalb unserer Macht liegt, akzeptieren wir sie.«

William und Rebecca sahen sich an. Dann sahen sie John an, als würden sie von ihm ein Machtwort erwarten. Doch John schenkte

Catherine ein liebevolles Lächeln und nickte ihr zustimmend zu. John stand demonstrativ auf: »Wir haben morgen einen anstrengenden Tag vor uns.«

William blieb sitzen: »Ist es wahr, dass ihr immer noch nicht verheiratet seid?«

»Catherine ist verheiratet«, sagte John und grinste, »ich bin es noch nicht.«

»Wie ist das möglich?«, fragte Rebecca und legte ihre hübsche Stirn in kleine Falten.

»Catherine ist noch verheiratet. John ist es noch nicht«, grinste William.

»Aber ihr habt doch zwei Kinder?«, entsetzte sich Rebecca.

»Die Natur nimmt auf solche bürokratischen Details keine Rücksicht«, scherzte John. Das Eis schien nun zwischen ihnen gebrochen. John öffnete die Salontür. Er wollte zu Bett gehen. William erhob sich:

»Das ist aber gar nicht klug, John, wenn du stirbst, erbt Catherine gar nichts«, lachte William, »da sie ja noch verheiratet ist, kann sie nach dem Gesetz nicht deine Frau sein, und die Kinder, die sie geboren hat, können nicht deine ehelichen Kinder sein ...«

»Du willst doch nicht etwa John zum Duell auffordern?«, amüsierte sich nun Catherine ihrerseits.

»Nicht schon wieder, William«, lachte John, »die Banque Générale braucht uns beide noch, und ich verspreche dir, so wahr ich hier sitze, es wird nicht zu deinen Ungunsten sein. Ich werde mein Wort halten.«

Der Konvoi des Bankiers Samuel Bernard erreichte Punkt zehn Uhr die Place Louis-le-Grand. Fünf Kutschen. Zahlreiche Menschen hatten sich auf dem Platz eingefunden. Es hatte sich herumgesprochen, dass heute die Banque Générale zusammenbrechen würde. Kein Pariser Finanzier fehlte. Einige hatten ihre Kutschen, die diskret am Straßenrand warteten, verlassen und standen nun in neugieriger Erwartung vor der breiten Treppe, die zur Bank hinaufführte. Die fünf Kutschen des Samuel Bernard kamen vor der Bank zum Stehen. Ein Diener öffnete die Tür der ersten Kutsche. Der Bankier stieg aus.

In diesem Augenblick wurden die Flügel des Portals der Banque Générale von zwei Schweizer Lakaien geöffnet. John Law trat hinaus. Sein Blick schweifte über den Platz. Er stieg einige Stufen hinunter und blieb dann stehen. Samuel Bernard blieb unten an der Treppe. Er schaute zu John Law hinauf: »Monsieur Law of Lauriston. Ich habe gestern in Ihrem Bankhaus, in Anwesenheit unserer Notare, fünf Millionen in Banknoten einbezahlt. Auf Ihren Banknoten steht geschrieben, dass die Bank verspricht, dem Inhaber sofort die Summe des notierten Betrages in Münzen auszubezahlen. Hier bin ich nun und bitte um Auszahlung in Münzen.«

»Monsieur Bernard«, entgegnete John Law mit weithin vernehmlicher Stimme, »es freut die Banque Générale, dass sie einen Mann von Ihrem Renommee von ihren Leistungen überzeugen konnte.« John Law wandte sich nun an seinen Bruder William, der zusammen mit der Dienerschaft auf der obersten Treppe in respektvollem Abstand stehen geblieben war, und rief ihnen zu: »Man möge Monsieur Bernard seinen Wunsch erfüllen.«

Dutzende von Schweizer Lakaien in grünen Livreen traten darauf ins Freie und trugen schwere Ledersäcke mit Louisdor und Silber-Écus die Stufen hinunter. Sie wurden von William Law angeführt. John Law hatte angeordnet, dass die Auszahlung nicht in wenigen Kisten vonstatten gehen sollte, sondern in kleinen Ledersäcken. Es war eine nicht enden wollende Prozession von Lakaien, die hintereinander die Treppe zu den Kutschen des Samuel Bernard hinunterstiegen und ihr Säcklein ablieferten.

Der Verleger Larcat trat mit ungläubigem Staunen hinter einer von Samuel Bernards Kutschen hervor und blieb neben dem Finanzier stehen. Als Bernard ihn sah, entriss er einem von John Laws Dienern einen Geldsack und riss ihn auf: Eine Hand voll Louisdor purzelte zu Boden.

Larcat hob einige auf und wog sie staunend in der Hand: »Es funktioniert«, stammelte er.

»Wo hat der Kerl bloß in so kurzer Zeit das viele Münzgeld aufgetrieben?«, ärgerte sich Bernard.

»Spielt das eine Rolle?«, fragte Larcat scheinheilig. »Die Banque Générale hat ihr Versprechen gehalten, das System funktioniert.«

Bernard machte eine abfällige Handbewegung.

Larcat grinste: »Was werden Sie jetzt mit dem vielen Münzgeld machen? Bringen Sie es morgen wieder zur Bank?«

Wütend nahm Samuel Bernard dem Zeitungsmann Larcat die Goldmünzen aus der Hand und bestieg seine Kutsche.

Indianische Tänzerinnen bewegten sich zum rhythmischen Klang von Trommeln und Flöten über die Theaterbühne, während groß gewachsene Indianer mit exotischem Federschmuck goldene Götterstatuen präsentierten. Dann wurden dressierte Papageien vorgeführt, wilde Tiere in rollenden Käfigen auf die Bühne geschoben, und überall sah man Gold. Goldene Armspangen, goldene Halsketten, goldene Figuren und Amulette. Eine Waage wurde mit einem Seilzug von der Decke auf die Bühne hinuntergelassen. Die beiden Waagschalen waren so groß, dass ein Mensch darin sitzen konnte. Die bleich gepuderten Gäste auf den Balkons staunten nicht schlecht, als nun plötzlich ein sakral geschmückter Indianer die Bühne betrat. Die Trommeln verstummten. Die Tänzerinnen hielten inne. Der Indianer trug eine lange Robe mit farbigen Streifen, in der Hand einen goldenen Stab. Das pechschwarze Haar zierte ein goldener Federschmuck, den die Gäste jedoch sofort als Sonnenstrahlen wahrnahmen.

»O«, schmunzelte der Duc d'Orléans, der neben John Law saß, »soll dies eine Anspielung sein, Monsieur? Der neue Sonnenkönig kommt aus der Neuen Welt?«

»Die Sonne wird in allen Kulturen verehrt«, sagte Catherine, »ohne Sonne gäbe es kein Leben auf Erden. Selbst der christliche Heiligenschein geht auf den persischen Sonnengott Mithra zurück.«

»Ach, Madame«, seufzte der Herzog, »wenn die Damen der Pariser Gesellschaft nur ein kleines bisschen mehr von Ihrem Esprit hätten.«

Catherine verneigte sich respektvoll.

»Monsieur, darf ich Ihnen meinen Bruder William und seine Gemahlin Rebecca vorstellen?« John Law wies mit einer eleganten Handbewegung auf William und Rebecca, die in der zweiten Reihe Platz genommen hatten. Sie erhoben sich beide mit vornehmer Langsamkeit, obwohl sie ihre Aufregung kaum unterdrücken konnten. Der Duc d'Orléans schien vor allem an der schönen Rebecca Gefallen zu finden. Ein Trommelwirbel lenkte die Aufmerksamkeit des Regenten erneut auf die Bühne. Der Priester setzte sich in die eine Waagschale. Nun betraten unter erneutem Trommelwirbel weitere Indianer die Bühne und schaufelten schwere Goldklumpen auf die zweite Schale. Ganz allmählich wurde der Priester nun hochgehoben, und die anwesenden Gäste applaudierten. Sie waren begeistert. John Law wurde gefeiert. Man verlangte nach ihm. Man wollte ihn sehen, sprechen hören.

John Law begab sich ins Parkett und betrat die Bühne. Er erklärte die *Compagnie de la Louisiana ou d'Occident* für gegründet. Ihre Kolonien umfassten in etwa die Hälfte des nordamerikanischen Kontinents. Der Schotte bedankte sich beim Regenten, dass er der Gesellschaft das Handelsrecht für fünfundzwanzig Jahre überlassen hatte, und verkündete, dass die neue Compagnie Frankreich prosperieren lassen und zur größten Weltmacht machen werde. Um dieses Ziel zu erreichen, brauche er aber frisches Kapital in Höhe von über hundert Millionen Livre. Zu diesem Zweck würde er zweihunderttausend Aktien der Banque Générale verkaufen, jeden Anteil mit einem Wert von fünfhundert Livre. Ab morgen stünde es jedem frei, Anteile zu zeichnen, um am größten Abenteuer der Finanzmärkte teilzuhaben.

Der Duc de Noailles, der im Parkett saß, war empört über das Spektakel, das er unwürdig fand: »Wieso macht er diesen Fremden zum König über die Neue Welt?«

»Er ist jetzt auch Franzose«, entgegnete Saint Simon, »und im Übrigen lediglich Geschäftsführer der *Compagnie de la Louisiana ou d'Occident.*«

»Hören Sie auf mit diesem Namenswirrwarr«, ereiferte sich Noailles, »für uns Franzosen ist es immer noch die Mississippi-Kompanie.«

»Ihr Ärger in Ehren, Monsieur le Ministre«, flüsterte Samuel Bernard, »aber wie wollen Sie diesen Schotten aufhalten? Jetzt hat er sogar noch seinen Bruder nachkommen lassen. Gefragt ist nicht Ihre Entrüstung, Monsieur, sondern ein Plan.«

»Nur das Parlament kann diesem protestantischen Schotten das Handwerk legen«, verteidigte sich Noailles.

»Sie müssen seine Bank zu Fall bringen. Dann bringen Sie auch seine Mississippi-Kompanie zu Fall«, stichelte Bernard.

»Mir haben Sie die Mississippi-Kompanie entrissen«, lästerte Crozat, »und jetzt hat ein protestantischer Schotte für fünfundzwanzig Jahre das Alleinrecht auf den Handel zwischen Frankreich und den Kolonien. Das ist Ihr Werk, Noailles!«

Noailles wandte sich von Crozat ab, suchte Unterstützung bei Saint Simon und Bernard.

»Er hat Recht«, wiederholte Samuel Bernard, »es ist Ihr Werk. Also liegt es an Ihnen, die Sache wieder in Ordnung zu bringen.«

»Ich bezweifle, dass unser Minister dazu in der Lage ist«, sagte eine tiefe Stimme. Alle drehten sich um. D'Argenson stand vor ihnen. Er hatte ihre Unterhaltung belauscht.

»Was Ihnen fehlt, Messieurs, ist eine Strategie. Wer dem Schotten offen den Krieg erklärt, hat schon verloren.«

»Sag ich doch«, stimmte Bernard zu, »wir brauchen einen Plan!«

D'Argenson lächelte vielsagend und wandte sich von der kleinen Gruppe ab.

William Law und Rebecca genossen den Abend. Sie waren erst seit wenigen Wochen in Paris und kannten bereits alles, was Rang und Namen hatte.

»John!«, rief William, als er seinen Bruder auf sie zukommen sah. »Wie kann ich mich jemals bei dir bedanken? Ich habe dir Unrecht getan.«

John lächelte versöhnlich: »Du brauchst dich bei mir nicht zu bedanken, William. Und wenn du es dennoch tun willst, dann gib es in irgendeiner Form meiner Familie zurück. Meiner Frau Catherine, meinen Kindern John und Kate.«

»Wir sind entzückt, John«, entfuhr es Rebecca. Ihre Augen leuchteten wie die eines jungen Mädchens, »Paris vergöttert Sie.« Sie strahlte John an. »Wie einen König«, fügte sie schwärmend hinzu.

John spürte, dass Rebecca mehr als nur Gefallen an seiner Person gefunden hatte. Sein Bruder William tat ihm Leid. Rebecca sah den missmutigen Blick ihres Mannes und wiederholte trotzig, dass John Law tatsächlich wie ein König behandelt werde.

»Wo ein König ist, sind die Königsmörder nicht fern«, lachte John.

»Solchen sind wir heute auch begegnet«, sagte William leise, »ich hörte, das Parlament will dir Böses. Sie wollen von ihrem Recht der Remonstranz Gebrauch machen und dich vernichten.«

»Ja«, entgegnete John besorgt, »der Regent musste seinerzeit dem Parlament dieses alte Recht wieder zurückgeben, damit das Parlament ihn als Regenten akzeptiert. Er brauchte diesen Tauschhandel im Kampf gegen Spanien, das nach dem Tod des Sonnenkönigs seinen Anspruch auf die Krone geltend gemacht hatte.«

John verabschiedete sich von seinem Bruder und seiner Schwägerin. Er hatte im Hintergrund den Duc d'Orléans erblickt und ging kurz entschlossen auf ihn zu. Zu seiner großen Überraschung trank der Regent auch an diesem Abend nur Wasser.

Als der Herzog John Law auf sich zukommen sah, trat er ihm entgegen: »Kann ich noch etwas für Sie tun, Monsieur?«, fragte er gönnerhaft.

»Nein«, antwortete Law freundlich, »ich bewundere Ihren neuen Mut zur Klarheit.«

»Das gefällt mir«, lachte der Regent und erhob theatralisch sein Glas, »Mut zur Klarheit, das gefällt mir, Monsieur. Das ist gut. Sehr gut!«

»Sie haben Mut bewiesen, Monsieur le Régent, Sie werden es nicht bereuen. Doch nur wenn Sie nun auch den nächsten Schritt wagen, wird sich Ihr Mut bezahlt machen.«

»Noch einen Schritt?«, scherzte der Regent mit gespielter Empörung und lehnte das Glas Champagner, das ihm ein Diener anbot, ab. »Die Dienerschaft muss sich erst noch daran gewöhnen, dass Seine Königliche Hoheit nicht mehr säuft«, sagte der Regent leise, »das macht den Herren Ministern und Parlamentariern Angst. Dass ich an den Staatsgeschäften mittlerweile mehr Gefallen finde als am Hintern einer jungen Frau. Aber Sie, Monsieur Law, Sie machen mir Angst, wenn Sie noch weitere Schritte fordern.«

»Mit ein bisschen Puder kriegen Sie die Staatsfinanzen nicht mehr in den Griff, Monsieur le Régent. Sie können nicht ständig die Währung abwerten, um Ihre Schulden zu tilgen. Sie brauchen den Mut zur Offensive. Wir müssen die Bank nationalisieren. Die Bank braucht mehr Autorität, und die Kompanie müssen wir zur größten Handelsgesellschaft der Welt ausbauen.«

»Dafür müsste ich wohl das Parlament in die Bastille werfen«, grummelte der Regent. Jetzt schien er plötzlich wieder gelangweilt.

»Fangen Sie mit Noailles an, das wäre kein schlechter Anfang.«

Der Regent nickte: »Mut zur Klarheit. Das ist wirklich gut. Wenn Sie mich jetzt aber bitte entschuldigen wollen …«

Der Duc d'Orléans hatte ein besonders apartes Indianermädchen entdeckt und ließ John Law stehen, ohne auf seine Worte des Abschieds weiter zu achten. Bis in die frühen Morgenstunden vergnügte sich der Duc d'Orléans mit einer Hand voll junger Indianerinnen inmitten der Theaterrequisiten, die hinter der Bühne gestapelt waren. Er lag da, fast ganz entblößt, auf einer römischen Liege zwischen antik bemalten Kaiserbüsten, Säulenfragmenten, ausgestopften Tieren, mit Kettenhemden überspannten Porzellanpuppen und künstlichen Bäumen, die man aus Holzbrettern herausgesägt und bemalt hatte. Als Crozat hinter die Bühne trat, zogen sich die Mädchen wieder an. Crozat machte ihnen Zeichen, ihm zu folgen.

»Wo wollen Sie denn hin, Crozat le Riche?«, lachte der Duc d'Orléans.

Aber Crozat hörte nicht auf ihn. Als er wieder auf die Bühne trat und mit den Mädchen die schmale Treppe zum Saal hinunterstieg, erkannte er Noailles und d'Argenson.

»Wo ist der Regent?«, rief Noailles Crozat zu.

Crozat zeigte hinter die Bühne. Wortlos ging er mit seinen Mädchen an Noailles und d'Argenson vorbei. »Wo sind die Mädchen?«, fragte der Duc d'Orléans, während er seine Kleidung in Ordnung brachte.

»Crozat le Riche hat sie wieder mitgenommen«, entgegnete Noailles.

»Crozat le Pauvre«, scherzte d'Argenson, »wenn Sie weiter alle vermögenden Pariser melken, werden Sie bald niemanden mehr haben, der diesen Staat finanziert.«

»Lassen wir die Plaudereien«, giftete Noailles. »Ist es wahr, Monsieur le Régent, dass Sie mir das Amt des Finanzministers entzogen haben?«

Der Duc d'Orléans unterdrückte ein Gähnen: »Ja, ja, Noailles«, murmelte er. »Sie kommen nicht vom Fleck. Das Volk hasst Sie. Das Parlament verspottet Sie. Ihre Rezepte ... ich kann sie nicht mehr hören, Ihre Rezepte. Frankreich kann auch ohne Sie Bankrott gehen. Ich hasse Sie.«

»Mit Verlaub, Monsieur le Régent ...«

»Ich will nichts mehr hören, Noailles. Manchmal braucht es den Mut zur Klarheit. Hören Sie? Den Mut zur Klarheit. Sie sind Ihres Amtes enthoben.«

»Und wer wird mein Nachfolger?«

»Er steht neben Ihnen, Noailles.«

»D'Argenson?«, fragte Noailles verblüfft. »Mit Verlaub, aber was befähigt den Polizeipräfekten, die Leitung der Finanzgeschäfte zu übernehmen?«

D'Argenson gluckste vergnügt. Noailles Affront störte ihn nicht.

Der Duc d'Orléans richtete sich langsam auf: »Er wird respektiert, Noailles. Respektiert.«

»Er wird gefürchtet«, schrie Noailles, »nicht respektiert. Weil er seine schützende Hand über die verzogene Brut von Parlamentariern legt, wenn sie im Suff Dienstmägde vergewaltigen und Stallburschen in vermeintlichen Duellen niederstechen.«

D'Argenson lächelte amüsiert.

»Respektiert, gefürchtet, wie es Ihnen beliebt, Noailles«, fuhr der Herzog fort. »Im Parlament gärt es, ich spüre es deutlich, man verweigert mir den Respekt, versucht, mir Knüppel zwischen die Beine zu werfen, man sagt, ich sei zu schwach. Finden Sie, ich sei zu schwach, Noailles?«

»Nein, Monsieur le Duc. Ich teile diese Meinung nicht.« Noailles sah das breite Grinsen auf dem Gesicht von d'Argenson.

Der neue Finanzminister beugte sich zu Noailles und flüsterte ihm ins Ohr: »Sie stehen mit einem Bein bereits in der Bastille.«

Wilde Zuckungen verzerrten die Gesichtszüge des gewesenen Finanzministers. Er sah zu d'Argenson, sah diesen stechenden Blick, den Spott und die Verachtung, dann sah er zum Regenten und kniete nieder: »Ich denke, Sie haben die richtige Entscheidung getroffen, Königliche Hoheit«, überwand sich Noailles, »und ich freue mich, wenn ich Ihnen in einer anderen Funktion nützlich sein darf.«

»Ein Platz als Berater im Regentenstab, wenn es Ihnen beliebt?«, fragte der Regent.

Im französischen Parlament spielten sich tumultartige Szenen ab. Noailles war entlassen worden. D'Argenson hatte den Posten des Finanzministers übernommen. Und soeben war bekannt geworden, dass der Livre erneut um ein Sechstel abgewertet worden war.

Das war nun endgültig zu viel. Wer Schulden hatte, konnte sich darüber freuen, doch wer haushälterisch mit seinem Geld umgegangen war und gespart hatte, war bitter bestraft worden. Die aufgebrachten Parlamentarier beschlossen, dem Regenten eine Lektion zu erteilen.

»Wir machen von unserem Recht auf Einspruch Gebrauch und fordern den Regenten auf, die Abwertung des Livre zurückzunehmen.« Der Redner wurde mit großem Beifall bedacht. Jetzt fassten weitere Parlamentarier Mut und begaben sich zum Rednerpult.

»Wir fordern die Trennung der Banque Générale von den Staatsgeschäften. Staatliche Gelder müssen per sofort aus der Banque Générale abgezogen werden.«

Die Parlamentarier applaudierten heftig.

»Die Steuern dürfen ab sofort nicht mehr mit Banknoten der Banque Générale bezahlt werden«, forderte der nächste.

Die Forderungen wurden immer gewagter.

»Ausländern ist jegliche Tätigkeit in Staatsgeschäften untersagt. Das gilt auch für Ausländer, die bereits eingebürgert worden sind.«

»Nennt uns ein Gesetz, das uns verbietet, den Schotten zu hängen«, schrie plötzlich jemand aus der hintersten Reihe. Der Rufer erntete tosenden Applaus.

Saint Simon verließ eilig das Parlament und fuhr mit seiner Karosse zum Palais Royal. Unterwegs verfasste er eilig eine Notiz. Als er vor dem Palais Royal angekommen war, händigte er die handschriftliche Notiz dem Kutscher aus und befahl ihm, sofort zur Banque Générale zu fahren und die Botschaft Monsieur Law persönlich auszuhändigen. Dann betrat Saint Simon das Palais.

Der Regent war außer sich vor Wut, als ihm Saint Simon von den Tumulten im Parlament und von den Absichten der Abgeordneten erzählte. Er ordnete sofort den Zusammenzug der Gardesoldaten an und gab Order, jede Tür mit Bewaffneten zu besetzen. Er ordnete weiter an, dass man Schweizer Gardisten, Musketiere und Leibgardisten an strategischen Orten platzieren solle. Die ganze Umgebung des Palais Royal sollte mit vorgeschobenen Verteidigungslinien befestigt werden. Ein etwaiger Kampf dürfe unter keinen Umständen im Innenhof des Palais ausgetragen werden.

Fassungslos starrte John Law auf den Zettel mit Saint Simons Notiz. Fragend wandte er sich an den Kutscher, der unten in der Schalterhalle stand. Doch dieser konnte ihm auch nicht mehr berichten.

Als der Kutscher wieder davonfuhr, erreichten bereits die ersten Schweizer Gardisten die Place Louis-le-Grand. Sie postierten sich auf den Außentreppen der Bank.

»Stehen wir unter Arrest?«, fragte William irritiert. Er sah aus einem der großen Fenster in Johns Arbeitszimmer und blickte auf die Place Louis-le-Grand hinunter.

»Ich weiß es nicht. Vielleicht schickt sie der Regent. Zu unserem Schutz«, entgegnete John. »Geh nach unten, William, und lass die Bank schließen«, befahl John. Dann wandte er sich an Angelini: »Schließen Sie den Tresorraum und verstärken Sie die Wachen. Schicken Sie einen Boten zu den Jakobitern. Nehmen Sie so viele Gardisten wie nur möglich unter Sold. Die stehen dort ohnehin nur untätig herum.«

Als es Nacht geworden war, wurde die Place Louis-le-Grand von zahlreichen Fackeln gespenstisch erleuchtet. Knapp fünfzig Gardisten bewachten die Bank. Ab und zu kam es zu kleineren Scharmützeln. Gruppen von jungen Burschen rannten auf den Platz, warfen Steine gegen die Gardisten und zogen sich gleich wieder zurück.

»Noch sind es nur wenige«, sagte William. Gemeinsam mit John stand er am Fenster im ersten Stock und wartete angespannt auf das Aufklaren des Himmels in den frühen Morgenstunden.

»Vielleicht sind es bald schon hunderte, tausende …«

»Vielleicht, vielleicht auch nicht«, entgegnete John nüchtern, »aber ich bezweifle, dass die Pariser Finanziers so viele Burschen bezahlen würden, um nachts Steine zu werfen, nur um meinen Bruder in Angst und Schrecken zu versetzen.«

»Ich hätte nicht herkommen sollen, John. Das war mein größter Fehler. Ich hätte in London bleiben sollen. Aber ich habe mich hinreißen lassen von all deinen Versprechungen. Wie alle hier in Paris.«

William wandte sich John zu: »Das ist deine Gabe, John, du verdrehst den Menschen den Kopf, den Frauenzimmern, den Finanziers, den Spielern ...«

»Dann geh doch, William«, sagte eine Frauenstimme im Dunkeln. John drehte sich zu Catherine um. Sie war in den Raum getreten und setzte sich nun neben den Kamin. Ein Diener war dabei, neues Holz aufzulegen. Rebecca lag noch immer auf der Chaiselongue, wo sie gestern Abend eingeschlafen war.

»Sie hat Recht, William«, sagte John nach einer Weile, »wenn du gehen willst, bezahle ich dich für deine Dienste und lasse dich morgen nach Calais eskortieren. Es fahren täglich Postschiffe nach London.«

»Morgen! Morgen! Vielleicht liegt morgen schon alles in Schutt und Asche!«

»Was ist passiert?«, schrie Rebecca plötzlich. Die lauten Stimmen hatten sie geweckt.

»Nichts ist passiert«, entgegnete Catherine ruhig, »wir sitzen hier und plaudern, und irgendwann werden wir an diesen Abend zurückdenken und herzhaft darüber lachen.«

»Ja, ja, lachen!«, schrie William. »Du begreifst den Ernst der Lage nicht. Man macht John für die Abwertung des Livre verantwortlich ...«

»D'Argenson hat die Abwertung veranlasst. Ich war dagegen!«, unterbrach ihn John.

»Das ist den Leuten da draußen egal!«, schrie William. »Du bist der verhasste Schotte ...«

»Franzose«, scherzte John.

»Ein protestantischer Schotte, der mit einer verheirateten Katholikin zusammenlebt und von jüdischen Bankiers finanziert wird! Das sagen die Leute da draußen. Dich, und nur dich allein, machen sie jetzt für alles verantwortlich!«

»Es ehrt mich, dass man mir zutraut, innerhalb von wenigen Monaten ein größeres Fiasko anzurichten als der Sonnenkönig in fünfzig Jahren.«

William machte eine unwirsche Handbewegung: »Du wolltest ja immer bedeutender sein als alle anderen. Jetzt hast du es erreicht. Dein Kopf ragt über alle anderen hinaus. Und diesen Kopf wollen sie jetzt in der Schlinge sehen!«

»Wer das Feuer scheut, sollte nicht Koch werden, William! Ich habe nie behauptet, dass meine Geschäfte keine Risiken bergen. Nie! Wenn alle Geschäfte Gewinn bringend wären, würden alle Menschen Geschäfte tätigen. Ich bin ein Law, William, weder unbedeutend noch gering. Ich habe einen Plan zur Sanierung des Haushalts. Und ich halte an diesem Plan fest. Weil er richtig ist. Und daran kann mich niemand hindern, William.«

»Wir sollten gehen, William«, bat Rebecca mit ängstlicher Stimme, »wir sollten sofort von hier weggehen.« Sie war den Tränen nahe.

»Habe Mut, William«, sagte Catherine und erhob sich von ihrem Sitz, »unterscheide dich von anderen Menschen! Zeige Stärke!«

»Sei still«, bat Rebecca, »ich kann das alles nicht mehr hören, wir sollten Paris verlassen und nach London zurückkehren!«

»Es ist zu spät«, antwortete William resigniert. Nach einer Weile sagte er: »Ich werde meine Handfeuerwaffen laden.«

»Endlich ein konstruktiver Vorschlag.« John Law lächelte.

Der Duc de Saint Simon empfing John Law mit offenen Armen: »Man erzählt sich, Sie hätten sich in der Bank verbarrikadiert. Ich werde bezeugen, dass dem nicht so ist.«

John Law grinste. Aber es war nicht zu übersehen, dass ihm die letzten Wochen arg zugesetzt hatten. Sein Blick war flüchtig, unruhig, als erwarte er jeden Augenblick eine neuerliche Katastrophe.

»Haben Sie mit dem Regenten gesprochen?«, fragte John Law ohne Umschweife.

»Ja«, antwortete Saint Simon ernst und senkte den Blick, »der Regent befindet sich in einer misslichen Lage. Mit seinem liederlichen Leben hat er das gesamte Parlament gegen sich aufgebracht. Sie wollen ihn stürzen. Gegen alles, was der Regent beschließt, erheben sie Einspruch. Alles wollen sie rückgängig machen. Der Regent wird einige Bauernopfer bringen müssen, wenn er diese Krise überstehen will.«

»Sie meinen mich?«

»Er hat keine Wahl, Monsieur Law, das Parlament will Sie hängen sehen. Es war sehr unvorsichtig, hierher zu kommen. Sehr unvorsichtig.«

Saint Simon schwieg. Irgendwo hörte man eine Tür schlagen. John Law fuhr zusammen.

»Es ist nur mein Diener, Monsieur Law. Er wartet draußen.«

»Sagen Sie dem Regenten, dass er Stärke zeigen muss. Es wird ihn nicht retten, wenn er mich fallen lässt. Es wird ihn nur näher an den Abgrund bringen. Sagen Sie ihm, dass ich Frankreich zu einer neuen Blüte verhelfen werde. Aber er muss durchhalten.«

Saint Simon schwieg.

Nach einer Weile fragte Law: »Werden Sie ihm das ausrichten?«

Saint Simon nickte.

»Noch heute?«, fragte John Law.

»Ja«, antwortete Saint Simon, »ich fahre Sie in meiner Kutsche nach Hause zurück. Das ist am sichersten. Anschließend fahre ich zum Palais Royal.«

Als die Familien von John Law und William Law zu Abend aßen, wurde kaum ein Wort gewechselt. Auch die Diener schienen bedrückt. Es war offenbar kein Geheimnis mehr, dass man John Law hängen sehen wollte.

»Es ist wohl besser«, sagte John Law nach einer Weile, »wenn ihr euch für eine frühestmögliche Abreise vorbereitet.«

»Und du?«, rief John junior.

»Mich werden sie nicht gehen lassen. Ich werde hier bleiben.«

Der dreizehnjährige John wandte sich an seinen Onkel William. Der starrte auf seinen Teller und schwieg.

»Ich werde auch hier bleiben«, sagte Catherine nach einer Weile.

»Ich auch«, sagte John junior. Und seine Schwester Kate nickte eifrig mit dem Kopf. Vor lauter Angst brachte sie längst kein Wort mehr heraus. Jetzt blickten alle zu William hinüber. Er starrte immer noch auf seinen Teller, als hätte ihn eine Erbse in der Gemüsesuppe hypnotisiert.

Kapitel XIII

PARIS, 26. AUGUST 1718

Um fünf Uhr in der Früh vernahm man in den Gassen rund um das Palais Royal Tambourwirbel. Mehrere hundert Musketiere und Gardesoldaten versammelten sich im Hof des Palais und standen Spalier. Nach und nach trafen die ersten Kutschen mit den Parlamentariern ein. Sie versammelten sich vor dem Palais Royal und begaben sich dann zu Fuß zu den Tuilerien. Zwei Stunden später – in den Straßen hatte sich bereits eine große Menge Schaulustiger eingefunden – wurden die Flügeltüren des Gardesaals geöffnet. Die Parlamentarier betraten das Gebäude. Im großen Vorzimmer, in dem der junge König Louis XV. gewöhnlich zu speisen pflegte, war ein Thronegericht installiert worden. Im hinteren Teil des Saales war eine Bühne errichtet worden. Vier Stufen führten hinauf. In der Mitte der Bühne stand der Thron. Man hatte einen goldbestickten Baldachin darüber gespannt. D'Argenson hatte als Finanzminister und oberster Siegelverwalter der Krone die Ehre, die Ankunft des Königs zu melden.

»Seine Majestät, der König!«

Der Saal war derart voll mit Parlamentariern, Soldaten und Adligen, dass es Mühe bereitete, niederzuknien. Der junge König betrat den Saal. Zwei Offiziere seiner Leibgarde bahnten ihm den Weg. Er stieg die Stufen zum Podest hinauf und setzte sich auf den Thron. Nun betrat auch der Duc d'Orléans den Saal und kniete vor der untersten Stufe nieder. Nach einer Weile erhob er sich wieder und stieg zum König hinauf. Er blieb rechts vom Thron stehen. In wenigen Worten erklärte der Regent, wieso er sich entschieden habe, das Throngericht einzuberufen. Der Regent sprach laut und klar. Man konnte ihn deutlich bis in die hintersten Reihen verstehen. Er bat schließlich d'Argenson als obersten Siegelverwalter, Wesen und Brauch der Remonstration, des parlamentarischen Rechts auf Einspruch, darzulegen.

D'Argenson erhob sich und legte dar, wieso der Aufstand der Parlamentarier nicht rechtens war. Er erläuterte die neuen Spielregeln, die ab dem heutigen Tag gelten würden. Unmut machte sich unter den Anwesenden breit. D'Argenson brach seine Rede ab. Mitten im Satz. Stille. Er begab sich zum König und kniete vor ihm nieder. Der junge König flüsterte ihm etwas ins Ohr.

D'Argenson erhob sich und verkündete mit lauter, kräftiger Stimme: »Der König verlangt Gehorsam. Den sofortigen, bedingungslosen Gehorsam!«

Alle Anwesenden knieten nieder. Bis auf drei Parlamentarier. Sie wurden von Gardeoffizieren abgeführt. Man hörte nie wieder etwas von ihnen.

Saint Simon stürmte die Treppen zur Banque Générale hinauf. Es war ihm zum Singen zumute. In der Eingangshalle stapelte sich bereits Reisegepäck. William kam gerade die Treppe herunter. John stand hinter der Balustrade im ersten Stock und beobachtete die Reisevorbereitungen seines Bruders.

»Monsieur Law!«, schrie Saint Simon. »Der König hat Gehorsam verlangt. Den sofortigen, bedingungslosen Gehorsam!«

William verstand die Bedeutung dieser Redewendung nicht. Er sah nur, wie Saint Simon wie ein aufgeregter kleiner Junge an ihm vorbeirannte auf John Law zu, der ihm freudig entgegenkam und ihn herzlich umarmte.

»Sie sind gerettet, Monsieur!«, schrie Saint Simon.

Nun traten auch Catherine und Rebecca auf die Galerie.

»Der König hat dem Regenten das Vertrauen ausgesprochen und den Aufstand des Parlaments niedergeschlagen«, frohlockte Saint Simon.

»Ich bin Ihnen zu großem Dank verpflichtet«, sagte John Law und nahm Saint Simon erneut in seine Arme.

»Ihre Freundschaft ist mir Dank genug, Monsieur«, entgegnete Saint Simon verlegen.

»Wir werden Ihnen das nie vergessen, Monsieur«, sagte Catherine und umarmte ihrerseits Saint Simon. Als sie sich wieder von ihm löste, fiel ihr Blick auf William. Er war die Treppe wieder hochgestiegen und stand unschlüssig da. Rebecca warf sich in seine Arme und schluchzte leise. William nahm sie kaum wahr. Abwechselnd suchte er in Johns und Catherines Blicken eine Antwort.

»Das werden wir nie vergessen«, wiederholte Catherine. Doch ihre Worte schienen mehr für William bestimmt als für den gerührten Saint Simon.

John Law arbeitete bis in die frühen Morgenstunden in seinem Arbeitszimmer. Zuerst nahm er das Klopfen an der Tür gar nicht wahr. Als es lauter wurde, sah er überrascht auf. Draußen wurde es schon hell. Es musste vier Uhr in der Früh sein.

»Ja?«, rief John.

Die Tür ging auf. William betrat das Arbeitszimmer.

»Störe ich dich?«, fragte er unsicher.

»Komm rein«, sagte John.

William schloss leise die Tür hinter sich. Er schien innerlich zerrissen, gequält, von schlechten Gedanken getrieben.

»Ich habe noch kein Auge zugekriegt, John.«

»Ich arbeite auch, William. Beklage ich mich deswegen?«

»Ich wollte dir sagen ...«

John blickte kurz zu seinem Bruder auf.

»Du kannst auf mich zählen!«, sagte William leise.

»Das haben wir ja gesehen, William. Ist das alles, was du mir zu sagen hast?«

»Wieso bist du so hart, John?«

»Das Leben ist hart zu mir, William. Ich nehme diese Härte an. Ich beklage mich nicht. Es ist auch hart, mit anzusehen, wie der eigene Bruder die Flucht ergreifen will. Ich beklage mich nicht darüber, William. Ich akzeptiere es. Tu mir also einen Gefallen: Spiel nicht das Opfer. Du bist ein Täter, William.«

John wandte sich wieder seinen Schreibarbeiten zu. William stand da und schwieg. Nach einer Weile sagte er: »Wenn du willst, werde ich die Expedition in die Neue Welt anführen. Ich habe gehört, dass sich um diesen Posten niemand reißt. Ich werde es tun. Ich werde dir beweisen, dass ich ein Law bin. Weder unbedeutend noch gering.«

John Law legte den Federkiel beiseite und schaute zu seinem Bruder hoch: »Lass uns nach vorne schauen, William. Ich habe ehrgeizige Pläne.«

Der Regent hatte das Dokument gelesen. Er zögerte, die Feder, die ihm der Diener hinhielt, in die Hand zu nehmen. Stattdessen blickte er mit ernstem Gesicht in die Runde seiner Berater. Zu seiner Rechten saß d'Argenson, zu seiner Linken Saint Simon, ihm gegenüber John Law.

»Mit diesem Akt«, sprach der Regent nachdenklich, »geht die Privatbank des John Law, die Banque Générale, in den Besitz der Krone über und wird fortan den Namen Banque Royale tragen. Monsieur Law bleibt Direktor der Bank. Die Aufsicht über die Notenpresse obliegt in Zukunft der Krone. Die Bank verlegt ihren Sitz ins Hôtel de Nevers. Wer sich dazu äußern möchte, möge das jetzt tun.«

D'Argenson zeigte keine Regung.

Saint Simon meldete sich zu Wort: »Die Banque Générale, Monsieur le Duc, verfügt heute über Barreserven in Münzen von rund zehn Millionen Livre. Demgegenüber stehen bereits ausgestellte Banknoten in der Höhe von vierzig Millionen Livre. Ich halte dies für ein gesundes Verhältnis. Ich möchte dennoch darauf hinweisen, dass es unserer Weisheit und Disziplin bedarf, um dieses gesunde Verhältnis stabil zu halten und nicht der Verlockung zu erliegen, unkontrolliert frisches Papiergeld auszustellen.«

Der Regent nahm Saint Simons Votum lächelnd zur Kenntnis und wandte sich d'Argenson zu. D'Argenson brummte, dass es ja durchaus in der Macht von Saint Simon liege, dies zu verhindern, da er Mitglied des Regentschaftsrates und der beratenden Finanzkommission sei.

»So ist es, Messieurs«, sagte der Regent. Und mit diesen Worten unterschrieb er das Dokument.

»Und jetzt, wo die Bank im Besitz der Krone ist«, sagte der Regent, »plädiere ich dafür, dass Transaktionen, die einen Betrag von sechshundert Livre überschreiten, in Papiernoten getätigt werden müssen. Nachdem Monsieur Law die Funktionstüchtigkeit seines Systems auf eindrückliche Art und Weise demonstriert hat, wollen wir diesen Systemkreislauf mit dem notwendigen Frischblut versorgen.«

Acht Drucker arbeiteten in den Dezembertagen des Jahres 1718 rund um die Uhr, um die wachsende Nachfrage nach neuen Zehner-, Fünfziger- und Hunderterscheinen zu befriedigen. D'Argenson und John Law standen in der Druckerei und beobachteten das emsige Treiben.

»Es ist schon faszinierend«, sagte d'Argenson nach einer Weile, »jahrhundertelang haben sich die Menschen in Bergwerken abgemüht, um Metalle für Münzen zu gewinnen. Und wir stehen hier und drucken Geld auf Papier.«

Beide schritten an den bewaffneten Soldaten vorbei, die die Tore zur Druckerei bewachten, und traten auf die Straße hinaus.

»Ich muss Ihnen aber gestehen, Monsieur d'Argenson, dass ich nicht sehr erfreut bin, zu hören, dass der Gegenwert einer Banknote nicht mehr dem Wert entsprechen soll, der seinerzeit bei der Entgegennahme gegolten hat.«

D'Argenson winkte ab: »Die Menschen hier in Frankreich sind es gewohnt, dass der Wert einer Münze einem ständigen Wandel unterworfen ist. Deshalb werden sie sich auch nicht daran stören, dass das auch für die Banknote gilt.«

»Es widerspricht einem fundamentalen Aspekt meines Systems, Monsieur. Ich bin strikt dagegen. Ich halte es für einen Fehler.«

»Künstler und ihre Systeme«, lachte d'Argenson, »seien Sie froh, dass Sie nicht mehr die alleinige Verantwortung tragen.«

»Solange es gut geht«, scherzte John Law.

»Könnte es denn noch besser gehen, Monsieur? In ganz Frankreich entstehen neue Zweigstellen der Banque Royale. Fast hunderttausend Handwerker sind bereits aus allen Ländern Europas nach Frankreich gekommen, um hier Betriebe zu gründen. Man trifft kaum noch Menschen ohne Arbeit. Es grenzt an ein Wunder. Und wir dachten stets, Ihre Theorien seien die Hirngespinste eines Kartenspielers, ein großes Spiel. Monsieur Law, man wird noch ganze Straßenzüge nach Ihnen benennen.«

»Ich bin schon zufrieden, wenn Sie mich nicht mehr hängen wollen«, gab John Law zurück und verabschiedete sich von d'Argenson. Seine Kutsche war soeben vorgefahren.

»Übrigens«, fragte d'Argenson, als John Law ebenfalls dessen Kutsche besteigen wollte, »ist es wahr, dass Sie das Hôtel de Soisson erworben haben?«

»Ja«, lächelte John Law, »wir brauchten dringend einen neuen Sitz für die Mississippi-Kompanie.«

»Ihre fünfzehnte Immobilie, Monsieur.«

John Law hielt inne und wandte sich erneut d'Argenson zu.

»Sie führen Buch?«

»Ich behalte Sie im Auge, Monsieur«, lächelte d'Argenson, »es gibt wenig Franzosen, die über einen derartigen Immobilienbesitz verfügen in Paris.«

»Ich freue mich, dass auch Sie anerkennen, dass ich jetzt Franzose bin«, lächelte John Law und bestieg seine Kutsche.

»Ja«, sagte d'Argenson und fixierte Law mit stechendem Blick, »selbst den Akzent haben Sie verloren.«

Der Regent hörte sich aufmerksam an, was d'Argenson zu berichten hatte.

»Jetzt will er noch die Ostindien- und China-Kompanie erwerben und diese mit seiner Mississippi-Kompanie fusionieren.«

»Soll er, soll er«, sagte der Regent, »die beiden Kompanien sind bloße Schuldenberge und bescheren der Krone jedes Jahr immense Verluste. Aber was nutzen sie dem Schotten? Er bräuchte sehr viel Geld, um die Schulden zu tilgen und diese maroden Gesellschaften mit neuen Mitteln zu versorgen.«

»Er will neue Aktien herausgeben«, mischte sich Saint Simon ein, »er nennt sie *filles*, weil es die Töchter der ersten Aktien sind, die er seinerzeit für die Mississippi-Kompanie herausgegeben hat.«

»Er bietet der Krone an, einen Teil der Aktien zu zeichnen«, brachte es d'Argenson auf den Punkt. Dabei drückte er mit einem müden Lächeln seine ganze Abneigung für Law und dessen Vorschlag aus.

»Ach«, stöhnte der Regent und verdrehte die Augen, wie er es in letzter Zeit gern zu tun pflegte, »diese Überlegungen ermüden mich. Was schlagen Sie vor, Messieurs? Macht sich Monsieur Law über uns lustig? Will er uns tatsächlich Aktien von maroden Handelsgesellschaften anbieten?«

D'Argenson pflichtete dem Regenten bei: »Wenn Monsieur Law tatsächlich vom Erfolg überzeugt wäre, würde er selbst Aktien zeichnen. Mit seinem Privatvermögen.« D'Argenson schaute den Regenten an, als erwarte er Anerkennung für seine kühne Schlussfolgerung.

»Voilà«, frohlockte der Regent, »daran wird sich zeigen, ob Monsieur Law uns über den Tisch ziehen will. Aber lasst uns jetzt essen gehen. Ich habe Hunger.«

»Pardon, Monsieur«, bat Saint Simon erneut um Aufmerksamkeit, »Monsieur Law ließ mir gegenüber durchblicken, dass er bereit wäre, mit seinem Privatvermögen die gesamte Aktienemission aufzukaufen.«

»Hat er das so gesagt?«, fragte der Regent.

»Ja«, antwortete Saint Simon, »er sagte, dies sei verbindlich und ich solle es Ihnen, Monsieur le Duc, so unterbreiten. Er werde Wort halten.«

Der Regent machte nun ein sehr nachdenkliches Gesicht. Nach einer Weile sagte er: »Ich kenne diesen Schotten nun lange genug, um zu wissen, dass er sehr schlau ist. Er würde nie im Leben – wie viel ist die gesamte Emission?«

»Fünfundzwanzig Millionen Livre«, brummte d'Argenson, der Böses ahnte.

»Der Schotte würde nie im Leben«, fuhr der Regent fort, »fünfundzwanzig Millionen Livre Privatgeld investieren, wenn er nicht felsenfest überzeugt wäre, ein Vielfaches an Gewinn daraus ziehen zu können.«

»Mit Verlaub, Monsieur, das ist eine Hypothese, reine Spekulation«, versuchte d'Argenson dagegenzuhalten.

»Sie waren stets ein Mann fürs Grobe, d'Argenson. Aber hier geht es um Nuancen, Sie müssen Feinheiten wahrnehmen. Sie müssen den Wind riechen, bevor die Birken beben. Verstehen Sie, d'Argenson?«

»Monsieur Law bietet sogar noch mehr, Monsieur«, unterbrach Saint Simon erneut, »er offeriert, dass er sämtliche Aktien über dem Emissionskurs zeichnet. Er würde zehn Prozent zusätzlich draufzahlen.«

»Was sagen Sie jetzt, d'Argenson?«, spottete der Regent. »Diese Gelegenheit werden wir uns ganz bestimmt nicht entgehen lassen. Monsieur Law ist mir zu Dank verpflichtet. Deshalb unterbreitet er mir dieses Angebot. Er ist ein Mann von Ehre.«

D'Argenson warf Saint Simon einen vernichtenden Blick zu. Saint Simon zuckte scheinheilig mit den Schultern.

»Ich habe entschieden, Messieurs«, verkündete der Regent mit triumphaler Stimme, »wir kaufen Aktien, so viele wie uns Monsieur Law zu verkaufen vermag, und geben ihm das Recht, die einzelnen Handelsgesellschaften zu fusionieren. Und jetzt gehen wir essen, Messieurs! Das ist ein Befehl! Wer den Regenten verhungern lässt, endet auf einer Salzwassergaleere.«

Am 23. Mai 1719 bezog die neue Handelsgesellschaft das Hôtel de Soisson, John Laws jüngste Anschaffung, ein monumentales Anwesen mit prunkvoll verzierter Fassade und einer weitläufigen Gartenanlage. Die Gesellschaft fasste alle Handelsrechte der früheren Gesellschaften zusammen, die bisher in Afrika, Ostindien, China und der Neuen Welt tätig gewesen waren. Doch das hinderte den Volksmund nicht daran, weiterhin ausschließlich von der Mississippi-Kompanie zu reden.

Durch die zweite Aktienemission war nun genügend Kapital vorhanden, um den französischen Überseehandel neu zu beleben. Wer Aktien zeichnete, beteiligte sich fortan nicht mehr an einem maroden Unternehmen, wie die Zeitungen spotteten, sondern an der weltgrößten Handelsgesellschaft. Spektakulär war jedoch, dass theoretisch jeder Kutscher und jede Küchenmagd eine Aktie erwerben und sich so im Stil eines großen Finanziers an den zukünftigen Gewinnen einer Gesellschaft beteiligen konnte.

Mit dem Erlös aus der Aktienemission gaben John und William Law vierundzwanzig Schiffe mit einem Ladevolumen von je fünfhundert Tonnen in Auftrag. Eine große Expedition sollte gestartet werden und alles Bisherige in den Schatten stellen.

»Es melden sich zu wenig Ausreisewillige«, klagte William und machte eine trübe Miene. »Wir haben vierundzwanzig Schiffe, aber zu wenig Leute, die sich in der Neuen Welt niederlassen wollen.«

John beobachtete seinen Bruder, wie er dasaß, über die Karten und Proviantlisten gebeugt, und sich den Kopf über Probleme zerbrach, die seiner Meinung nach einfach zu lösen waren.

»Wieso findest du keine Leute, William?«, fragte John scheinheilig.

»Die Leute haben Angst. Man erzählt sich, dass es in Louisiana geheimnisvolle Sümpfe mit riesigen Krokodilen gibt. Der Kontinent sei ein einziger übel riechender Sumpf voller Mücken, die unheilbare Krankheiten verbreiten.«

»Aber du hast keine Angst?«

William blickte irritiert zu seinem Bruder hoch: »Du hast mir Kredite gewährt, um Aktien zu kaufen. Jetzt bin ich Teilhaber, John. Ich werde Gott und Teufel in Bewegung setzen, um Erfolg zu haben. Aber wie überzeuge ich wildfremde Menschen, sich mir anzuschließen?«

»Der Mensch wählt stets das kleinere Übel, William.«

»Was willst du damit sagen, John?«

Hunderte von Gefangenen wurden in Ketten zum Hafen an der Seine geführt und auf die Schiffe verladen. Noch am gleichen Morgen folgten ein paar hundert Prostituierte, die man letzte Nacht in den Straßen eingesammelt hatte.

William Law stand auf der Brücke des Leitschiffes und überwachte das Treiben. Unten am Dock warteten Schaulustige auf das Lichten der Anker.

»Er hat mir eine Biberfellmütze versprochen«, sagte John junior und sah seinen Vater an.

»Das ist das Mindeste, was er zurückbringen sollte«, antwortete John.

»Der Plan Ihres Gatten verdient Bewunderung«, attestierte Saint Simon, der gern die Nähe zu Catherine suchte.

»Ich habe gehört, die Bevölkerung sei darüber sehr erbost«, entgegnete Catherine.

»Niemand wurde gezwungen«, antwortete John. »Würde ich in einer eiskalten feuchten Zelle darben, ich würde mich auch für die Übersiedlung in die Neue Welt melden. Sie werden schuften, aber sie werden frei sein. Und ihre eigenen Herren. Und Crozat le Riche erzählte mir, dass in Louisiana das ganze Jahr über die Sonne scheint.«

Saint Simon schien etwas skeptisch: »Vielleicht war das Geschäftsmodell des lieben Gottes seinerzeit doch etwas vielversprechender, als er lediglich Adam und Eva im Paradies aussetzte. Adam war kein Schwerkrimineller und Eva keine Prostituierte.«

»Wer weiß das heute noch so genau? Es mag sein, dass Gott das bessere System hatte«, scherzte Law, »aber der liebe Gott hatte auch nicht so viele Aktionäre im Nacken.«

Als die Schiffe wenige Wochen später in See stachen, saß die schöne Rebecca verzweifelt in ihrem Salon und ließ ihren Tränen freien Lauf. Sie hatte sich geweigert, mit zum Hafen zu kommen, um William zu verabschieden. Jetzt saß sie alleine mit den Hausangestellten in einem prunkvollen Palast und konnte sich nicht mehr darüber freuen, dass sie nach wochenlangen Szenen und Querelen William dazu genötigt hatte, das viel zu große Haus zu erwerben. Die folgenden Tage verbrachte sie damit, sich zu sorgen. Tausenderlei Katastrophen malte sie sich aus. Sie endeten stets mit dem qualvollen Tod ihres Mannes William, der in den Sümpfen der Neuen Welt von nackten Wilden zu Tode gefoltert wurde.

»Sie sollten Romane schreiben, Madame«, empfahl ihre Kammerzofe.

Rebecca war außer sich vor Wut. Sie beschimpfte die Zofe aufs Gröbste und wies sie zornig aus dem Haus. Als die Zofe mit ihrem kleinen Koffer die Treppen zur Eingangshalle hinunterstieg, kam die junge Frau ihr hinterher und bat sie unter Tränen zu bleiben. Als Rebecca später das Personal anwies, die Vorhänge zuzuziehen und ihr einen echten schottischen Whiskey zu besorgen, alarmierte die Dienerschaft Catherine. Catherine wurde jedoch an der Pforte abgewiesen. Madame sei krank und könne niemanden empfangen. Also bat Catherine schließlich John, seine Schwägerin zu besuchen.

John Law wurde der Eintritt nicht verwehrt. Die Kammerzofe brachte John in Rebeccas Schlafgemach. Es war abgedunkelt. John setzte sich an ihr Bett. Rebecca flüsterte, dass niemand das Ausmaß ihres Leidens nachempfinden könne.

»Sind Sie krank?«, fragte John.

Rebecca öffnete kurz die Augen und schloss sie wieder.

»Ich habe geträumt, dass ich William nie mehr wiedersehen werde, John.«

»Rebecca, wollen Sie sich mit mir über Träume unterhalten?« Er konnte seinen Unmut nicht verbergen.

Rebecca erschrak. Sie öffnete die Augen und richtete sich auf. Ihr Oberkörper war nackt. Betont langsam zog sie die Bettdecke hoch, bis ihre Brust annähernd verhüllt war.

»Ja«, sagte Rebecca zornig, »ich wollte mich Ihnen anvertrauen, über meine Gefühle sprechen, aber Ihr Interesse gilt einzig und allein Ihren Aktien. Reden wir also über Aktien! Der Kurs kommt nicht vom Fleck. Falls William eines Tages zurückkehrt, werden seine Aktien nichts mehr wert sein. Und was wird er davon haben? Schulden! Nichts als Schulden!«

John Law stand auf und riss die Vorhänge auf. Gleißendes Sonnenlicht fiel in den Raum. Rebecca hielt schützend die Hand vor die Augen.

John Law trat an Rebeccas Bett.

»Was wollen Sie, Rebecca?«, fragte er mit ernster Stimme.

Rebecca senkte langsam die Bettdecke und entblößte ihren Busen: »Nehmen Sie mich in Ihre Arme, Monsieur. Ich gehöre Ihnen.«

John Law saß mit finsterem Blick an seinem Schreibtisch vor dem Fenster. Zu seiner Rechten befand sich der Schreibtisch von Angelini. Angelini beobachtete seinen Herrn.

»Sie wirken müde, Monsieur«, wagte Angelini eine Konversation. Er sah John Law fragend an. Nach einer Weile erwiderte dieser den Blick und lächelte vor sich hin. Er wollte etwas sagen, ließ es dann aber bleiben.

»Die Käufe des Regenten haben dem Kurs Auftrieb gegeben, aber wir sitzen immer noch auf einem riesigen Aktienberg«, sagte Angelini.

»Uns fehlen gute Nachrichten«, sagte John Law.

»Ihr Bruder wird jede Menge gute Nachrichten mitbringen müssen, um die Fantasie der Anleger anzuregen.«

»Bieten Sie den Aktionären einen Rückkauf ihrer Aktien mit einem Aufschlag von zwanzig Prozent an«, sagte John Law kurz entschlossen.

»Dann sitzen wir auf noch mehr Aktien, Monsieur.«

»Keine Nachricht ist so gut wie die Geschichte, die sich in der Fantasie von Anlegern entwickelt. Wenn der Kurs um zwanzig Prozent steigt, werden einige verkaufen. Sie werden überall mit ihren Gewinnen prahlen. Die Leute werden denken, dass es Neuigkeiten aus der Neuen Welt gibt. Informationen, die sie noch nicht haben. Sie werden kaufen. Gerüchte werden entstehen. Und jede Prophezeiung wird sich nachträglich von selbst erfüllt haben. Wir müssen die Anleger zu ihrem Glück zwingen.«

»Ich danke Gott, dass sich die beiden Jungen so gut verstehen«, sagte die Witwe d'Orléans, als die beiden Knaben im Galopp am Ufer des Großen Kanals entlangpreschten. John Law und Catherine verneigten sich respektvoll vor der alten Dame. Sie ging auf die siebzig zu und hatte sich eine Menge Kummerspeck zugelegt. Majestätisch thronte sie auf der mit Kissen gepolsterten Sitzbank der venezianischen Gondel, die langsam, von einem italienischen Gondoliere gesteuert, den Kanal hinter dem Versailler Schloss entlangfuhr. John und Catherine saßen auf der etwas tiefer gelegenen Sitzbank. Am Ufer winkte die höfische Gesellschaft im Schatten der Bäume.

»Es ist für uns eine große Ehre, Madame, die Mutter unseres sehr verehrten Regenten persönlich kennen zu lernen«, sagte John Law und erwiderte das warmherzige Lächeln der aus der deutschen Pfalz stammenden Prinzessin.

»Philipp hat mir so viel von Ihnen erzählt, Monsieur. Es war auch meinerseits ein Bedürfnis, die Bekanntschaft des großen John Law zu machen. Sie üben einen wunderbaren Einfluss auf meinen Sohn aus, Monsieur. Er trinkt keinen Tropfen Alkohol mehr.«

Sie verfolgte mit den Augen den Ritt der beiden Jungen, die soeben das Ende des Kanals erreicht hatten und ihren Pferden erneut die Sporen gaben.

»Philipp hasst Versailles. Aber jedes Jahr am neunten Juni *muss* er mir hier Gesellschaft leisten. Sein Vater, er hieß leider auch Philipp, starb heute vor achtzehn Jahren bei einem seiner zahlreichen Gelage. Ich feiere diesen Anlass stets mit einer guten Flasche Bordeaux.«

John Law und Catherine wechselten kurze Blicke.

»Philipps Vater machte sich nicht viel aus Frauen. Was man von seinem Bruder, dem Sonnenkönig, wahrlich nicht behaupten kann. Sie können sich vorstellen, dass es für eine junge Frau keine amüsante Ehe war. Ich habe mich daraufhin dem Essen zugewandt. Das Essen ist, wenn Sie so wollen, die Wollust des Alters«, lächelte Charlotte von der Pfalz, die bei Hofe nur die Witwe d'Orléans genannt wurde.

Die beiden Jungen galoppierten nun an der höfischen Gesellschaft vorbei. Diener servierten mit Eis gekühlte Fruchtsäfte.

»Unser junger König reitet schon sehr manierlich, möchte ich sagen. Für seine neun Jahre. Wie alt ist denn Ihr Junge, Monsieur?«

»Vierzehn«, antwortete John Law. »Unser Sohn ist bereits vierzehn. Zum Reiten hatte er bisher wenig Gelegenheit.«

»Das wird sich ändern«, lachte die Witwe d'Orléans. Sie hatte eine sehr erfrischende, direkte Art, mit anderen Menschen zu sprechen: »Der junge König schätzt die Gesellschaft Ihres Sohnes sehr, Monsieur. Ihre Ankunft in Paris ist ein Segen für ihn, aber auch für unseren Regenten. Und für Paris. Und wer weiß, vielleicht für unsere ganze Nation.« Die Witwe lachte und schüttelte dabei ihren ganzen Körper. Die Gondel schaukelte.

»Das ist mein Bestreben, Madame, Frankreich zur mächtigsten Nation der Welt zu machen.«

Charlotte von der Pfalz lächelte amüsiert: »Monsieur, ich will Aktien kaufen!«

»Nennen Sie mir die Stückzahl, Madame, und ich verspreche Ihnen, dass ich mein Möglichstes tun werde!«

»Ich kann mich auf Sie verlassen?«, fragte die Witwe d'Orléans streng.

»Aber selbstverständlich …«, entgegnete John Law. Er wollte noch etwas hinzufügen, doch die alte Dame hatte noch mehr auf dem Herzen.

»Als Witwe muss ich selbst darauf achten, dass meine Verhältnisse stimmen, Monsieur. Als mein Mann vor achtzehn Jahren starb, erschütterte mich nicht die Vorstellung, dass er nun tot war, sondern die Erkenntnis, dass mir als Witwe nur noch der Gang ins Kloster blieb. Ich bin unserem verstorbenen König Louis XIV. zu ewigem Dank verpflichtet, dass er mir dieses Schicksal ersparte und mir diskret die Mittel zur Verfügung stellte, um als Witwe in Versailles überleben zu können. Auch mein Sohn kümmert sich um mich, aber leider hat er die eine oder andere Tugend von seinem Vater geerbt.« Sie schaute John Law eindringlich an. Nach einer Weile sagte sie: »Ich habe bereits mit vierzig die Pest überlebt, denken Sie nur. Alle sterben, und die Dicke von der Pfalz wacht jeden Morgen wieder auf.« Die Witwe d'Orléans lachte dröhnend und brachte die Gondel erneut zum Schaukeln.

»Ich kann Ihnen, Madame, noch ein ganz besonderes Angebot unterbreiten«, begann John Law vorsichtig, »ich habe Ihrem Sohn Philipp d'Orléans das Angebot unterbreitet, für fünfzig Millionen Livre die Rechte an der Königlichen Münze zu erwerben. Falls er zustimmt, werde ich diese Übernahme mit der Emission einer dritten Aktientranche finanzieren. Mit fünfzigtausend *petites filles*, so nennen wir die Aktien der dritten Emission. Wenn Sie nun aber eine Aktie der dritten Emission kaufen wollen, brauchen Sie dafür nicht Bargeld, sondern vier Aktien der ersten Emission und eine Aktie der zweiten Emission. So treiben wir die Preise für die Aktien der ersten und der zweiten Emission in die Höhe. Aber Sie, Madame, Sie erhalten, was Sie begehren.«

»Vorausgesetzt, dass mein Sohn dem Verkauf der Königlichen Münze zustimmt?«, schmunzelte die Witwe d'Orléans.

»So ist es, Madame.«

Die offene Kutsche der Witwe d'Orléans wartete beim Landesteg. Mit einigem Aufwand versuchten drei Diener, der korpulenten Prinzessin an Land zu helfen. Die Witwe, John und Catherine bestiegen die Kutsche. Bei der höfischen Gesellschaft hielten sie an.

»Madame, lassen Sie uns essen gehen«, rief der Duc d'Orléans seiner Mutter zu. Er löste sich aus der Umarmung seiner neuen

Mätresse und versuchte, sich aufzurichten. Doch er schaffte es nur bis auf die Knie.

Die Witwe d'Orléans drehte sich etwas schwerfällig zu ihrem Sohn um und rief energisch: »Das ist die Sonne, Philipp. Wie oft soll ich Ihnen noch sagen, dass Sie in der prallen Hitze keinen Wein trinken dürfen.«

»Der Fisch war verdorben, Madame. Es war der Fisch«, stöhnte der Regent, »ich habe keinen Tropfen angerührt.«

Die Gesellschaft brach in schallendes Gelächter aus.

»Nun ja«, seufzte die Mutter des Regenten, »der Weg zur Hölle ist mit zahlreichen Vorsätzen gepflastert.«

Diskret wandte sie sich an John Law und flüsterte: »Die Bürde des Amtes bringt ihn noch um. Ich bin froh, wenn unser junger König in drei Jahren gekrönt wird. Dann wird Philipp wieder mehr Zeit für die schönen Künste haben. Aber bis dahin, Monsieur, zähle ich auf Ihre Hilfe. Philipp braucht Sie«, lächelte die alte Dame und fügte schelmisch hinzu: »Und ich brauche Ihre Aktien.«

Schweizer Gardisten drängten die ungeduldige Menge zurück, die sich in das Haus von John Law Eintritt verschaffen wollte. Schulter an Schulter standen sie zusammengepfercht auf der Place Louis-le-Grand, Adlige, Schurken, Handwerker, Huren, einfach alles, was in Paris zwei Füße hatte und diese gebrauchen konnte. Sie verlangten Einlass, baten um Gehör, riefen in Sprechchören, riefen nach John Law. Was all diese Menschen einte und sie zu Gleichen unter Gleichen machte, war eine Gier – die Gier nach weiteren Aktien. Die Aktien der Mississippi-Kompanie waren innerhalb von nur drei Monaten von vierhundertneunzig Livre auf dreitausendfünfhundert gestiegen. Wozu noch arbeiten? Diese Frage stellte sich ganz Paris. Kredite waren spottbillig. Selbst einer Küchenmagd war es möglich, einen Kredit aufzunehmen und Aktien zu kaufen. Falls es noch welche gab.

Einigen jungen adligen Damen gelang es, sich zwischen den Schweizer Gardisten durchzuschlängeln. Die Soldaten hatten es nicht gewagt, gegen die vornehmen jungen Frauen vorzugehen. Die Frauen stürmten in die Halle der Handelsgesellschaft, liefen die Treppe hoch und drangen in John Laws Arbeitszimmer vor. Hier war Angelini gerade dabei, einen Kutscher auszuzahlen, der Aktien verkauft hatte.

Als die jungen Frauen hereinplatzten, schrie der Kutscher, der sein Glück mit der ganzen Welt teilen wollte: »Ich musste im Auftrag meines Herrn tausend Aktien für zweitausendfünfhundert Livre verkaufen, und jetzt habe ich für dreitausendfünfhundert verkauft! Ich habe …«, schrie der Kutscher und brach abrupt ab. Er griff sich an den Kopf und schaute Hilfe suchend zu John Law hinüber.

»Eine Million«, flüsterte John Law leise.

»Eine Million Livre habe ich gewonnen! Eine Million!«, schrie der Kutscher.

»Wir kaufen die Aktien«, riefen die Frauen sofort und umlagerten John Law.

»Meine Damen, ich habe ein sehr dringendes Geschäft zu erledigen«, wehrte John Law ab. Seit den frühen Morgenstunden saß er schon hier und hatte noch keine Gelegenheit gehabt, sich zu erleichtern.

»Was ist dringender, als uns zu empfangen?«, fauchte die jüngste der Damen, die offenbar ihre Freundinnen beeindrucken wollte.

»Pissen, Mesdames, ganz einfach pissen«, entgegnete John Law unwirsch.

»Tun Sie sich keinen Zwang an, Monsieur, es stört uns nicht, wenn Sie hier pissen, aber verkaufen Sie uns Aktien!«

Eine der Damen nahm die Aktienpapiere, die der überglückliche Kutscher verkauft hatte, in die Hand und schrie: »Ich kaufe diese Papiere!«

Der Kutscher beugte sich zu Angelini hinunter, der von den Strapazen sichtlich gezeichnet war, und fragte erneut: »Wie nennt man schon wieder jemanden, der eine Million Livre hat?«

»Millionär!«, schnauzte ihn Angelini an, »Millionär!«

»Was ist ein Millionär?«, fragte eine der jungen Frauen.

»Einer, der eine Million Livre besitzt«, gab John Law entnervt zurück, während er seine Blase über einem Nachttopf in der Ecke des Raumes entleerte.

»Wir wollen auch Millionäre sein«, schrie die jüngste der Frauen und trat hinter den urinierenden Bankier. Nun kamen auch die anderen Frauen hinzu und schrien, dass auch sie Millionäre sein wollten.

Die eine kniete vor John Law nieder, warf ihr Halstuch zu Boden und entblößte ihren Busen: »Monsieur, ich erweise Ihnen jeden Gefallen.«

Nun warfen auch die anderen Damen ihre Brusttücher zu Boden und entblößten ihren Busen. In diesem Augenblick betrat Catherine das Arbeitszimmer. Sie sah gerade noch, wie John Law sein Glied wieder in die Hose packte, während Angelini wütend auf die Tischplatte hämmerte, um den Tumult zu beenden.

»Lassen Sie niemanden mehr rein, Madame!«, schrie John Law. »Die Menschen verlieren den Verstand!«

Der Kutscher rempelte Catherine an, entschuldigte sich mehrmals und stieß dann gleich mit mehreren Leuten zusammen, die sich ebenfalls gewaltsam Eintritt ins Haus verschafft hatten und nun zu John Law vorgelassen werden wollten.

»Verbarrikadieren Sie die Tür«, schrie Angelini, »wir brauchen Soldaten!«

Der Kutscher trat unterdessen ins Freie, hob seine Geldscheine in die Höhe und brüllte aus vollem Hals: »Ich bin Millionär!«

Und seine Stimme hallte über die ganze Place Louis-le-Grand.

»Millionär«, lachte Larcat, »das ist ein neues Wort. Jemanden, der eine Million Livre besitzt, nennt man ab heute Millionär.«

Larcat saß im Konferenzsaal über der Druckerei und musterte amüsiert seine Gäste. Samuel Bernard machte eine abfällige Handbewegung. Er kochte vor Wut, suchte nach Worten und noch mehr nach einem Ausweg. D'Argenson und Crozat wechselten Blicke. Sie konnten einfach nicht begreifen, was sich da in Paris abspielte.

Saint Simon schmunzelte: »Es wird schwierig sein, Monsieur Law zu stürzen, da jeder Parlamentarier Aktien kauft!«

»Zitieren Sie wenigstens Voltaire«, herrschte der Bankier Samuel Bernard den Verleger Larcat an, »Voltaire hat dem Parlament einen Brief geschrieben. Er schreibt: *Seid ihr in Paris denn alle verrückt geworden? Ich höre nur von Millionen reden! Hat die halbe Nation in den Papiermühlen den Stein der Weisen gefunden? Ist Law ein Gott, ein Schurke oder ein Scharlatan, der sich selbst mit jener Droge vergiftet, die er an alle austeilt?* Zitieren Sie aus dem Brief, Monsieur!«

»Voltaire und ich«, amüsierte sich Saint Simon, »sind wohl die einzigen Pariser, die noch keine Aktien gezeichnet haben.«

»Wirklich?«, fragte d'Argenson skeptisch.

»Ja, wirklich, Monsieur. Ich bewundere die Fähigkeiten von Monsieur Law, ich schätze seine kultivierte Art …«

»Die Mutter des Regenten erzählt, dass er in Anwesenheit von fünf Damen sein Geschlecht entblößt und uriniert hat«, protestierte Bernard, »ist das Kultur?«

»Man hat ihn dazu gezwungen«, mischte sich Crozat ein, »das hörte ich aus sehr verlässlicher Quelle, und im Übrigen, Monsieur Bernard, werden Sie erst verstehen, was Kultur ist, wenn Sie Louisiana gesehen haben. Wie wollen Sie die Größe eines Apfels bewerten, wenn Sie keinen zweiten Apfel zum Vergleich haben?«

»Hören Sie mir auf mit diesem Geschwätz, Crozat, Sie haben wohl auch schon Aktien gezeichnet!«, schrie Bernard.

Crozat nickte und grinste über beide Ohren.

»Messieurs«, protestierte Saint Simon, »ich bin unterbrochen worden. Ich wollte kundtun, dass ich Monsieur Law äußerst schätze, auch wenn ich die aktuellen Ereignisse in keiner Weise gutheißen mag. Aber ich bin von seiner Aufrichtigkeit absolut überzeugt. Seine Motive sind edel. Er denkt nicht an sich, sondern an Frankreich!«

D'Argenson wandte sich an Larcat: »Und was wird morgen in der Zeitung stehen, Monsieur?«

»Es gibt Dinge«, dozierte Larcat, »die sehr unwichtig sind, aber höchst interessant. Und dann gibt es Dinge, die zwar uninteressant, aber von großer Wichtigkeit sind.«

Alle Anwesenden schauten Larcat erwartungsvoll an.

»Seit heute gibt es ein neues Wort. Es heißt Millionär! Und ich glaube, dieses neue Wort interessiert ganz Paris. Ganz Frankreich. Ganz Europa!«

»O«, seufzte der Duc d'Orléans, »schon wieder ein neues Wort.« Er ließ die Zeitung auf den Tisch sinken. Die Überschrift des Leitartikels auf der ersten Seite bestand aus einem einzigen Wort: Millionär.

Der Herzog war bemüht, die Augen offen zu behalten. Er war müde und fühlte sich unwohl. Er saß am Kopf des Konferenztisches und dachte nach. Man wusste es nicht so genau. Man vermutete, dass er nachdachte. Es war aber durchaus möglich, dass er gerade einschlief. Nach einer Weile sagte er: »Monsieur Law, als ich meine geliebte Mutter heute Morgen in ihrem Schlafgemach besuchte, sagte sie mir: Ich bin fünfmal Millionärin.« Der Duc d'Orléans schwieg eine Weile. Dann schaute er zu Saint Simon hinüber, der verschmitzt vor sich hin lächelte.

»Gibt es auch ein neues Wort, wenn man fünffache Millionärin ist?«, fragte der Herzog.

»Ich weiß es nicht, Monsieur. Aber ich denke, bei einem Gewinn von fünf Millionen Livre innerhalb von drei Monaten kann man diese sprachliche Unsicherheit durchaus verschmerzen.«

»Ich fürchte, Sie haben Recht, Monsieur.« Der Regent wandte sich d'Argenson zu: »Sind Sie auch schon – Millionär, Monsieur?«

»Ja, Monsieur«, gab d'Argenson mit einiger Überwindung zu, »ich bin kein Narr. Sondern – Millionär.«

»Ist denn der Duc de Saint Simon ein Narr, wenn er weiterhin mit beispielhafter Sturheit den Erwerb von Aktien ablehnt?« Der Herzog schaute in die Runde und fuhr fort: »Ich habe ihm sogar die Schenkung von Aktien angeboten. Er hat abgelehnt.«

D'Argenson lächelte: »Monsieur le Duc de Saint Simon hält dies in seinen Tagebüchern fest, sodass die Nachwelt von seiner Standfestigkeit erfahren wird. Der Gedanke mag wohl eine Million wert sein. Ich hingegen – ich führe keine Tagebücher. Ich kaufe Aktien.«

»Monsieur Law«, begann der Regent nun den ernsthafteren Teil der Sitzung, »ich habe den Regentschaftsrat nicht zusammengerufen, um über neue Wortschöpfungen zu parlieren. Frankreich prosperiert, aber wir brauchen noch mehr Liquidität, um noch schneller wachsen zu können. Die Pariser Bankiers lehnen Kredite an die Krone ab. Zu viele Kredite wurden im Kanal zwischen Frankreich und England versenkt. Ich kann es niemandem verübeln. Aber Monsieur Law hat sich anerboten, darüber nachzudenken. Haben Sie das getan, Monsieur?«

»Ich biete der Krone einen Kredit von 1,2 Milliarden Livre zu einem Zinssatz von drei Prozent an. Damit kann die Krone über Nacht ihre Staatsschuld tilgen.«

»Wie wollen Sie das finanzieren?«, fragte d'Argenson. »Woher wollen Sie das viele Geld beschaffen?« Er war sichtlich verärgert.

»Ich übernehme für zweiundfünfzig Millionen Livre das alleinige Recht, in Frankreich Steuern einzutreiben.«

»Wen wollen Sie sich denn noch alles zum Feind machen, Monsieur?« D'Argenson warf dem Regenten einen kurzen Blick zu.

»Ich werde von der Kompanie bezahlt, um Geschäfte zu machen, Monsieur le Marquis d'Argenson, nicht, um beliebt zu sein. Aber ich denke, dass mein Angebot sehr großzügig ist. Bisher hat ein Syndikat von vierzig Pariser Finanziers das Steuerrecht gepachtet. Und das für wesentlich weniger Geld.«

»Ich sehe das Problem nicht, d'Argenson«, mischte sich der Regent ein. »Das Angebot von Monsieur Law ist günstiger. Was interessieren uns Animositäten, Neid und Eifersucht?«

D'Argenson wandte sich direkt an Law: »Wie wollen Sie dieses Geschäft Gewinn bringend abwickeln? Wollen Sie die Bevölkerung Frankreichs mit neuen Steuern ruinieren?«

»Ganz im Gegenteil«, lächelte John Law. Er schien die wieder aufflammende Feindschaft von d'Argenson geradezu zu genießen. »Ich werde die Hälfte aller Steuern ersatzlos streichen. Es wird keine Steuern mehr geben für Holz, keine Steuern mehr für Kohle, keine Steuern mehr für Getränke und Lebensmittel.«

D'Argenson riss die Augen auf: »Sie bezahlen mehr für das Steuerrecht und kalkulieren jetzt schon mit weniger Einnahmen. Kann es sein, dass ich während des Schulunterrichts irgendeine Lektion verpasst habe, Monsieur?«

»Jeder arbeitswillige Franzose hat heute Arbeit, eine halbe Million Menschen strömt aus allen Teilen Europas nach Frankreich, der Handel blüht. Immer mehr Menschen verdienen immer mehr Geld und bezahlen deshalb immer mehr Steuern. Selbst wenn wir die Steuern senken, haben wir mehr Steuereinnahmen als vor einem Jahr!«

»Er ist einfach brillant«, lachte der Regent.

D'Argenson überlegte. Der Regent sah ihn an. D'Argenson schwieg. Nach einer Weile zuckte d'Argenson mit den Schultern und hob die Augenbrauen: »Nun gut, ich werde nicht dagegen opponieren, aber unter einer Bedingung: Verlegen Sie den Aktienhandel in die Rue Quincampoix. Gestern habe ich eine volle Stunde mit meiner Kutsche in der Menge festgesteckt. Alle wollten Aktien.«

»So wie Sie«, sagte John Law.

Pünktlich um sieben Uhr ertönten an beiden Enden der Rue Quincampoix Trommelwirbel. Als die Tambours verstummten, schlug ein Gardesoldat den Gong. Die Straßenabsperrungen wurden aufgehoben. Die Soldaten traten zur Seite. Tausende von Menschen rannten los, schrien, brüllten, schlugen wild mit den Ellbogen nach links und rechts aus, traten sich gegenseitig auf die Füße und brachten sich in der engen Gasse dieser hässlichen, heruntergekommenen und übel riechenden Gegend zu Fall. Alle hatten nur eins im Sinn: Aktien kaufen. Wer strauchelte, fiel. Wer fiel, blieb im knöcheltiefen Schlamm, der sich in der Mitte der schmalen Straße ansammelte, liegen, wurde getreten und platt gedrückt wie eine Ledersohle.

Der Hauptsitz der Mississippi-Kompanie, der mittlerweile größten Handelsgesellschaft der Welt, öffnete an diesem 17. September 1719 an der legendären Rue Quincampoix, die bereits im zwölften Jahrhundert die Straße der Geldwechsler gewesen war, ihre Tore. John Law hatte eine vierte Aktienemission lanciert, diesmal waren es hunderttausend Aktien, die er *cinq-cents* nannte und bei einem Nominalwert von fünfhundert Livre für fünftausend anbot.

Die Gier nach dem schnellen Gewinn ließ alle sozialen Schranken fallen. In der Rue Quincampoix wurden nicht nur Aktien gekauft und verkauft, sondern auch Informationen ausgetauscht. Hier wurde ein Matrose, der soeben aus Spanien zurückgekehrt war, bedrängt, weil man annahm, er hätte möglicherweise einen anderen Matrosen getroffen, der einen Matrosen kannte, der Beziehungen hatte zu einer Hafenkneipe, in der Matrosen verkehrten, die ab und zu Kontakt hatten zu Matrosen, die aus Louisiana zurückgekommen waren. Und wo Fakten und Zahlen fehlten, blühte die Spekulation und der Aberglaube. Soldaten versuchten, eine verrückt gewordene Menge mit Drohungen und Gewalt zu bändigen. Doch kaum schrie eine Zofe, sie habe ein paar Aktien zu verkaufen, ertönte ein orkanartiges Aufjaulen, und die Meute hetzte wieder in die andere Richtung.

Daniel Defoe hatte alle Mühe, den Sitz der Mississippi-Kompanie zu erreichen. Kaum hatte er sich ein paar Schritte nach vorn gekämpft, wurde er von der nächsten Menschenwelle zurückgeworfen und gegen Kutschen und Hauswände gedrückt. Es war schier zum Verrücktwerden. Neben ihm fluchten ein paar Italiener, die eigens aus Rom angereist waren, um Aktien zu erwerben, am Boden wimmerte ein junger Holländer, dem eine Kutsche das Schienbein gebrochen hatte. Die Leute wollten Aktien, Aktien und nochmals Aktien. Und zwar für viertausendfünfhundert Livre das Stück. Das war das Zehnfache des Emissionspreises von vor vier Monaten.

»Brief viertausendsiebenhundert«, schrie ein schmächtiger Mittdreißiger in ockerfarbener Livree. Es kam einem Todesurteil gleich. Zahlreiche Menschen kämpften sich nun gegen den Strom zum Verkäufer durch, der in ängstlicher Erwartung mit dem Rücken zu einer Hauswand stand. Daniel Defoe wurde mitgerissen und hatte keine andere Wahl. Es war erstaunlich, wie erdrückend stark eine Menschenmenge wurde, wenn sie einmal in Bewegung geraten war.

»Vier-acht!«

»Vier-acht-fünf!«

»Vier-neun!«

»Fünf-eins!«

Die Menschen streckten die geballten Fäuste in den Himmel, fuchtelten mit Geldbörsen und Geldscheinen herum und ruderten sich fluchend und brüllend zu dem schmächtigen Diener im ockerfarbigen Jackett durch. Daniel Defoe wurde einmal mehr gegen die Hauswand gepresst.

Ein fetter Kerl in schwarzer Sutane ließ seinen ausgestreckten Arm wie ein geübter Pikettier nach vorne sausen und streckte dem sichtlich erschrockenen Diener Geldscheine entgegen. »Für die Kirche«, brüllte er, »acht Stück zu fünf-eins!«

»Hundertzwanzig Stück«, schrie der Diener. Er schien den Tränen nahe und rollte die Augen. Ein junger Adliger, der wie ein ausgelaufenes Fass Bordeaux stank, stieß dem Geistlichen mit aller Wucht seinen Ellbogen in den Bauch. Dies erboste den Kapuziner derart, dass er lauthals Gottes Hilfe erflehte, die Arme gegen den Himmel streckte und dabei Daniel Defoe, der hinter ihm stand, die Faust ins Gesicht rammte. Zwei junge Bäckerburschen hatten sich nun einen Weg zum Diener in der ockerfarbenen Livree geschlagen. Während der eine Bursche die Konkurrenz fern hielt, kaufte der andere dem erschöpften Diener die hundertzwanzig Aktien zu fünftausendeinhundert Livre ab. Sechshundertzwölftausend Livre für Aktien, die vor vier Monaten noch vierundfünfzigtausend Livre gekostet hatten.

Kaum hatten die beiden Bäckerburschen die Aktienpapiere in der Hand, brüllte der eine: »Brief fünftausendvier …«

An der Hauswand gegenüber schrie einer: »Brief fünftausenddrei …«

Nun bewegte sich die Menge auf die andere Seite der Gasse. Daniel Defoe und der Livrierte atmeten auf. Mittlerweile steckten Kutschen und Pferde in der Gasse fest, immer mehr Menschen gerieten in Panik, andere lagen schwer verletzt am Boden, doch niemand erbarmte sich ihrer. Die Menschen wollten Aktien, nichts als Aktien.

Daniel Defoe warf dem Livrierten einen Blick zu und grinste.

Der grinste zurück: »Ich sollte lediglich für viertausendsiebenhundert verkaufen«, keuchte er.

»Da werden sich die Herrschaften freuen«, gab Daniel Defoe in gebrochenem Französisch zurück.

»Ich werde zum Kurs von vier-sieben abliefern. Mit dem zehnfachen Gewinn sind die Herrschaften zufrieden. Sehr zufrieden. Aber die Spanne von vier-sieben zu fünf-eins gehört mir. Achtundvierzigtausend Livre, das sind fünf Jahreslöhne, Monsieur. Fünf Jahreslöhne in wenigen Minuten.«

»Und was werden Sie mit Ihrem Gewinn machen?«, fragte Daniel Defoe und beobachtete wieder die Besorgnis erregenden Szenen in der Gasse.

»Geld fünf-zwei«, brüllte der schmächtige Diener plötzlich so laut, dass sich seine Stimme überschlug. Dann rannte er zurück in die Menge, furchtlos und zu allem entschlossen. Er wollte Millionär werden. Daniel Defoe wandte sich ab und kämpfte sich weiter in Richtung des Gebäudes. Das Eingangsportal war unschwer zu identifizieren. Zwei Dutzend Soldaten waren auf den Stufen postiert und drängten die Menge mit Lanzen zurück, die sie waagrecht auf Brusthöhe hielten. Hinter ihnen standen weitere Soldaten, die jederzeit bereit waren, mit Bajonetten zuzustechen.

Daniel Defoe versuchte, sich in die vorderste Reihe zu zwängen, doch es war zwecklos. Die Wartenden waren bereits so entnervt, dass sie sehr unwirsch auf jeden reagierten, der sich vorbeidrängen wollte.

»Daniel Defoe, ich muss zu John Law«, brüllte er zur allgemeinen Erheiterung der Wartenden.

»Wir wollen alle zu Monsieur Law«, lachte eine junge Frau. Die Bräune ihrer nackten Arme und Beine und die Lumpen, die unter ihrem adretten Rock hervorlugten, verrieten, dass die Dame vor nicht allzu langer Zeit noch auf dem Feld geschuftet hatte.

»Die englische Krone schickt mich«, brüllte Daniel Defoe. Erneut erntete er großes Gelächter.

»Selbst wenn Sie der Papst wären«, spottete ein Aristokrat, der sich als Anwalt zu erkennen gab, »hätten Sie hier anzustehen wie jeder andere auch. Vor der Mississippi-Kompanie sind alle Menschen gleich.«

»Gott segne den König und Monsieur Law!«, schrie jemand. Die wartende Menge applaudierte lautstark. Dann erschien plötzlich Angelini auf den Stufen. Alle schrien durcheinander und gestikulierten wild. Angelini hielt sich bedeckt hinter den Soldaten. Dann flüsterte er dem Gardehauptmann, der das Kommando innehatte, etwas ins Ohr. Der Hauptmann beugte sich zwischen den Lanzenträgern nach vorne und zeigte auf einen Mann in der Menge. Er wurde durchgelassen. Es war Saint Simon.

Daniel Defoe brüllte: »Ich bin der Onkel von John Law!« Angelini schien es gehört zu haben. Er schaute suchend in die Menge. Daniel Defoe brüllte erneut: »Ich bin der Onkel von John Law.« Er riss ein Buch aus seiner Mantelinnentasche und warf es in hohem Bogen Angelini zu. Die Soldaten fingen das fliegende Buch geschickt mit ihren Speeren ab. Angelini gab Befehl, ihm das Buch auszuhändigen. Er nahm es in Empfang und ging dann mit Saint Simon ins Gebäude zurück.

Im Inneren standen mehrere Schweizer Gardisten, vor jeder Tür waren Lakaien und Kammerdiener postiert, Dienstboten huschten in alle Richtungen. Es herrschte ein regelrechter Belagerungszustand. Angelini führte Saint Simon durch das große Wartezimmer ins Vorzimmer und von dort in John Laws Arbeitszimmer. Hier warteten bereits zwei Dutzend Menschen darauf, dass ihnen die Sekretäre die zugesagten Aktienpapiere aushändigten. Sechs Tische waren hintereinander aufgereiht. An jedem saß ein emsig schreibender Sekretär und signierte handschriftlich die vorgedruckten Aktienpapiere und versah sie mit Datum und Dokumentennummer.

John Law kam Saint Simon mit ausgestreckten Armen entgegen: »Monsieur le Duc de Saint Simon, was kann ich für Sie tun?«

Saint Simon musterte die Besucher, die angespannt auf die Aushändigung ihrer Aktien warteten.

John Law verstand sofort und lächelte: »Lassen Sie uns nach nebenan gehen.«

»Ihr Onkel wartet draußen, Monsieur Law«, sagte Angelini. Er zuckte etwas hilflos mit den Schultern und reichte John Law das Buch, das ihm Daniel Defoe zugeworfen hatte. John Law schlug es auf. Ein Lächeln huschte über sein Gesicht: »Robinson Crusoe. Von ihm selbst verfasst.«

»Aber das hat doch ein englischer Journalist geschrieben«, sagte Saint Simon, der sich interessiert vorgebeugt hatte, »es ist im April erschienen und war bereits nach wenigen Wochen ausverkauft.«

»Er möge hereinkommen, Angelini. Führen Sie ihn in den Gesandtensaal.«

Dann zog sich John Law mit Saint Simon in einen Nebenraum zurück. Es war eine wunderbare Bibliothek mit faszinierenden Stichen an den Wänden, die Szenen aus der Neuen Welt zeigten – Schiffe, Eingeborene, exotische Pflanzen, geheimnisvolle Tiere, fremdartige Landschaften.

»Haben Sie es sich nun doch anders überlegt, mein lieber Herzog?«, fragte John Law und legte Saint Simon freundschaftlich die Hand auf die Schulter.

»Niemals«, flüsterte der Herzog, »hat die Menschheit eine derartige Besessenheit erlebt, niemals habe ich von einem derartigen Irrsinn gehört, Monsieur. Daneben nimmt sich die holländische Tulpenmanie wie ein kleines Scharmützel aus.«

»Alles braucht seine Zeit, mein lieber Herzog. Im Augenblick hat sich die Situation etwas überhitzt. Aber sie wird wieder abkühlen.«

»Ja«, sagte Saint Simon mit düsterer Miene, »wer weiß, wo das alles enden wird.«

»Es wird gelingen, Monsieur«, sagte John Law mit fester Stimme und bat den Herzog, Platz zu nehmen, »weil wir die Geldmenge unter Kontrolle haben und weil wir bald den Beweis erbringen werden, dass die Mississippi-Aktien werthaltig sind.«

»Werthaltig?«, fragte der Herzog verdutzt. »Schon wieder so ein neues Wort. Brauchen wir täglich neue Worte, um diesen Irrsinn zu erklären? Das macht mir Angst, Monsieur Law, mir scheint, als würde man dem einen das Geld aus der Tasche ziehen, um es dem anderen weiterzureichen. Und wenn das große Spiel zu Ende ist …«

»Das ist kein Spiel, Monsieur«, versuchte John Law die Bedenken des Herzogs zu zerstreuen, »das ist der Beginn einer neuen Zeit.«

Angelini betrat leise das Arbeitszimmer und wandte sich an John Law: »Die Charité, Monsieur.«

John Law nickte: »Hunderttausend.«

»Und die Kirche St. Roche?«, fragte Angelini.

»Hunderttausend«, sagte John Law erneut. Angelini zog sich so leise, wie er gekommen war, wieder zurück.

»Ihre Großzügigkeit macht Sie bereits beliebter als unseren König«, schmunzelte Saint Simon, »man sagt, Sie seien mildtätiger als der liebe Gott.«

»Ich bin inzwischen der vermögendste Untertan Europas, Monsieur, das verpflichtet.«

Plötzlich klopfte jemand an die Fensterscheibe. Für einen kurzen Augenblick tauchte ein Kopf auf. Jemand versuchte, sich am Fenstersims hochzuziehen. John stand sofort von seinem Sessel auf und ging zum Fenster. Im Garten hatten sich mehrere Dutzend Leute eingefunden. Jetzt, wo sie den großen John Law hinter dem Fenster sahen, skandierten sie lautstark seinen Namen, verlangten nach Aktien. Als Saint Simon hinzutrat, waren bereits Soldaten in den

Garten geeilt und drängten die Menschen wieder hinaus in die voll gestopfte Rue Quincampoix.

»So geht es jeden Tag«, seufzte John Law, »von morgens bis abends. Alle wollen Aktien.« Er blickte auf: »Außer Ihnen, Monsieur le Duc.«

»Ich weiß«, sagte Saint Simon, »ich habe mir deswegen schon viele Feinde gemacht. Ich war gestern mit dem Regenten in St. Cloud. In der Orangerie. Er begann wieder mit dieser ewigen Diskussion über Aktien und nannte mich einen selbstgefälligen Menschen, weil ich Aktien ablehnte, die er mir kostenlos anbot. Er sagte, dass viele Menschen mit Rang und Namen sich darum reißen würden, vom König oder vom Regenten ein Geschenk zu erhalten. Und dazu noch ein Geschenk in Form von Mississippi-Aktien. Er nannte mich einen unverschämten Menschen. Unverschämt oder einfältig. Er ließ mir die Wahl. Ich erklärte ihm lang und breit, dass ich nicht teilhaben wollte an diesen Narrheiten, ich sei ein Mann des Intellekts. Geld bedeute mir nicht viel. Der Regent wurde darauf sehr böse und sagte, dass all meine Erklärungen nichts an meiner Unverschämtheit ändern würden, ein Geschenk des Königs abzulehnen.« Saint Simon atmete tief durch.

John Law versuchte ein Grinsen zu unterdrücken. Er kannte mittlerweile die gesamte Palette von potenziellen Bittstellern.

»Nun«, versuchte Saint Simon den wohl schwierigsten Teil seiner Rede einzufädeln, »ich erinnerte den Regenten daran, dass mein verstorbener Vater während der Bürgerkriege achtzehn Monate die Festung gegen die Partei von Monsieur le Prince verteidigt hatte. Ich sagte ihm, dass mein Vater in diesen achtzehn Monaten Kanonen gegossen, Plätze befestigt, fünfhundert Edelleute verpflegt und den Sold der gesamten Truppen bezahlt habe. Nach Beendigung der Bürgerkriege wollte der König meinem Vater die Kosten von fünfhunderttausend Livre zurückerstatten. Aber die Krone hat es nie getan. Also sagte ich dem Regenten, wenn er mir schon ein Geschenk machen wolle, dann solle er mir einfach Aktien im Wert von fünfhunderttausend Livre aushändigen lassen.«

John Law verkniff sich mühsam ein Grinsen und nickte betont verständnisvoll. Saint Simon war überrascht, wie einfach er in den Genuss einer halben Million Livre kam, und ergänzte sichtlich verlegen:

»Mit den Zinsen und Zinseszinsen dürften es dann rund eine Million Livre sein, Monsieur.«

»Ich werde es gleich veranlassen, Monsieur le Duc.«

Saint Simon hob warnend den Zeigefinger: »Aber ich werde einen Teil verbrennen, Monsieur, um meine Standfestigkeit zu demonstrieren. Ich werde nur einen ganz kleinen Teil für die Renovierung meines Anwesens aufwenden.«

»Aber meinen Sie nicht, dass das noch Zeit hat?«, entgegnete John Law. »Und eine kleine Rückstellung für zukünftige Renovierungen sollten Sie schon ins Auge fassen.«

»Nun ja«, murmelte der Herzog gedankenverloren, »das Haus ist tatsächlich nicht mehr das jüngste. Und man gönnt sich ja sonst nichts, denken Sie nicht auch?«

Als der Bankier den Herzog verabschiedet hatte, bat er Angelini, seinen vermeintlichen Onkel hereinzuführen. John begrüßte den Schriftsteller mit einer innigen Umarmung. Er nahm »Robinson Crusoe« zur Hand.

»Ich gratuliere Ihnen zu Ihrem Werk, Monsieur Defoe, ich hörte gerade, dass Sie damit großen Erfolg haben.«

»Ich bin zufrieden«, gab Defoe bescheiden zurück, »die erste Auflage kam im April dieses Jahres heraus, wir haben jeden Monat eine neue Auflage gedruckt und bereits Übersetzungen ins Französische und ins Deutsche in Aussicht.«

Defoe legte ein zweites Buch auf den Tisch: »Das ist bereits die Fortsetzung. Sie ist im August erschienen. Es wird noch einen dritten Teil geben.« Defoe beobachtete aufmerksam, wie John Law das Buch durchblätterte.

»Ich vermisse Ihren Namen auf der Titelseite«, bemerkte John Law.

»Ich bin auf Seite drei aufgeführt, als Herausgeber«, sagte Daniel Defoe und schlug die entsprechende Seite auf.

»Robinson Crusoe. Von ihm selbst verfasst«, las John Law. Defoe lachte: »Ich wollte den Anschein erwecken, als hätte sich diese Geschichte tatsächlich so ereignet. Die Menschen mögen diese Art des Schreibens, realitätsnah wie ein Tatsachenbericht aus der Zeitung. Man sagt, ich hätte eine neue Gattung erfunden.«

»Ich bin stolz auf Sie, Sir!«, sagte John Law.

»Danke Sir, Ihre Anerkennung bedeutet mir sehr viel. Mein Robinson verkörpert das aufkommende unternehmerische Bürgertum unseres Jahrhunderts. Und Sie, Monsieur Law, Sie machen es möglich. Sie sind Teil dieses Aufschwungs. Seit Ihr Stern am europäischen Himmel aufgegangen ist, verfallen die Handelsgesellschaften in den anderen Ländern. Man sagt, Sie würden mit Ihrer Mississippi-Kompanie England in die Knie zwingen.«

»Viel Feind, viel Ehr«, lachte John Law, »sobald Sie die Menge überragen, stehen die Neider mit der Sense da.«

»Wem sagen Sie das«, entgegnete Daniel Defoe melancholisch, »mir wirft man vor, ich hätte die Reiseberichte des Schiffsarztes Henry Pitman und das Buch ›Krinke Kesmes‹ von Hendrik Smeeks benutzt und daraus eine neue Suppe gekocht. Wenigstens attestiert man mir, dass meine Suppe sehr bekömmlich ist.«

»Ich bin gerührt, dass Sie an mich gedacht haben, Monsieur«, sagte John Law, als er die Widmung in den beiden Büchern sah.

»Ich hatte es Ihnen versprochen. Ich saß in der Zwischenzeit einige Male im Gefängnis von Newgate. Da musste ich an Sie denken, Monsieur. Und ich schwor mir, falls ich jemals rauskomme, werde ich nach Paris fahren und Ihnen ein Exemplar überreichen. Jetzt sind es zwei geworden.«

»Danke, Mr Defoe. Kann ich mich irgendwie revanchieren?«

»Ich würde mein Autorenhonorar gern in Mississippi-Aktien investieren. Aber die Preise da draußen sind mir zu hoch.«

John Law lächelte vergnügt und bat Defoe, Platz zu nehmen.

Wenig später saß Daniel Defoe John Law gegenüber in der Kutsche, die sich langsam in Richtung Place Louis-le-Grand bewegte.

Eine große Menschenschar folgte ihr. Rufe wurden laut: »Gott schütze den König und John Law!«

Daniel Defoe hatte sich ein faustgroßes Tintenfass zwischen die Knie geklemmt. Aufmerksam lauschte er John Laws Ausführungen, tunkte seinen Federkiel in die Tinte und machte sich Notizen.

»Meine Leser werden entzückt sein«, frohlockte Defoe und warf den Leuten, die immer noch im Laufschritt der Kutsche folgten, einen flüchtigen Blick zu. John Law zog eine Holzkiste unter seinem Sitz hervor. Sie war offen und mit Silber-Écus gefüllt. Mit der einen Hand griff er hinein, mit der anderen öffnete er die Tür der fahrenden Kutsche und warf das Geld in die Menge hinaus. Immer wieder warf er Silber-Écus auf die Straße, während die Menge in hysterische Schreie ausbrach.

»Schreiben Sie, dass in Frankreich alle Menschen Arbeit finden. Armut und Hunger gehören der Vergangenheit an. Aus allen Ländern strömen Handwerker ins Land. Die Manufakturen sind auf Jahre ausgelastet. Die Leute haben Geld wie nie zuvor. Die Steuern sinken. Über vierzig Steuern wurden in den letzten Monaten ersatzlos gestrichen. Schreiben Sie, dass wir in Frankreich das Papiergeld eingeführt haben und dass das System funktioniert.«

»Ich schreibe, dass die Menschen in den Straßen tanzen und singen …«

»Schreiben Sie, dass wir Brücken und Straßen bauen, Millionen in die Wissenschaft investieren. Schreiben Sie, dass Frankreich aufbricht, neue Kontinente zu erforschen. Die Mississippi-Kompanie wird alles in den Schatten stellen, was die Menschheit jemals gesehen hat.«

John Law hätte diktieren können, was ihm beliebte. Daniel Defoe war glücklicher Aktionär der Mississippi-Kompanie und gerade dabei, den mächtigsten Mann der Welt zu befragen.

»Man sagt«, sprach Defoe voller Bewunderung, »dass Sie Ihr Geld in Immobilien, Diamanten und Ländereien investieren, dass Sie hier in Paris ganze Viertel aufkaufen. Ein Drittel des amerikanischen Kontinents ist Ihr Eigentum. Ihre Anteile an der Mississippi-Kompanie sind Milliarden wert. Wie fühlt es sich an, der reichste Mann der Welt zu sein?«

»Wenn man Geld hat, fällt es leicht, sich abschätzig darüber zu äußern. Mich hat jedoch nie das Geld an sich interessiert, sondern das System. Ich bin nicht stolz auf die Milliarden, ich bin stolz, dass das System funktioniert. Es ist für die Menschheit genauso bedeutend wie die Erfindung des Rades. Die Menschen haben wieder Arbeit und zu essen!«

»Und«, setzte Defoe zur letzten Frage an, »macht Geld glücklich?«

»Ganz gleich, in welcher Lebenssituation Sie stecken, mit ein bisschen mehr Geld ist jede Situation eine Spur leichter zu meistern. Aber es geht nicht um Geld, Mr Defoe. Ginge es um Geld, würde ich heute nicht mehr arbeiten. Aber es geht um mehr. Es geht um eine Idee. Wir stehen am Vorabend einer großen Revolution. Nachher wird nichts mehr sein wie früher. Nicht die Prediger werden die Menschen befreien, nicht die Voltaires und nicht die Montesquieus, sondern die Maschinen. Und diese werden von Geld angetrieben. Von Geld, das nicht da ist.«

Der Empfang der Mississippi-Kompanie im Dezember dieses Jahres war grandioser als alle Feste, die der Regent in den letzten Jahren veranstaltet hatte. Könige, Fürsten, Herzöge, Grafen, Bischöfe, Bankiers, Künstler, der Nuntius des Papstes – sie alle waren dem Ruf der Handelsgesellschaft nach Paris gefolgt, um den großen John Law zu sehen. Seine beiden Kinder John und Kate waren zu den gefragtesten Heiratskandidaten Europas geworden.

»Sie machen dem Hof Konkurrenz«, flüsterte der Duc d'Orléans, als er John Law für einige Minuten beiseite nehmen konnte. »Was kann ich Ihnen noch bieten, John Law of Lauriston, Gouverneur von Louisiana, Herzog von Arkansas und Ehrenmitglied der Akademie der Wissenschaften?«

»Ein Amt«, lächelte John Law, »ein staatliches Amt.«

»Sie wollen Generalkontrolleur der Finanzen werden?«, fragte der Regent skeptisch.

John nickte: »Ich bin erst am Anfang meiner Arbeit, Monsieur, geben Sie mir die Macht, sie zu vollenden.«

»Es gibt da gewisse Probleme …«, sinnierte der Regent.

John Law unterbrach ihn: »Monsieur le Régent, die Krone hat in diesem Jahr ihre Schulden getilgt und ein Vermögen von 5,2 Milliarden Livre angehäuft. Frankreich, das bevölkerungsreichste Land Europas, hat genug Arbeit für alle. Das Land blüht, geben Sie mir das Instrument, um es unsterblich zu machen. Dadurch werden auch Sie unsterblich, Monsieur. Lassen Sie mich mein Werk vollenden.«

»Gut«, sagte der Regent überraschend schnell, »ich setze d'Argenson ab – und Sie werden katholisch.«

»Wenn es weiter nichts ist«, spottete John Law.

»Man wird Sie auf Herz und Nieren prüfen, Monsieur. Dagegen war die Gründung der Mississippi-Kompanie ein Kinderspiel.«

»John«, rief in diesem Moment Rebecca und kam zusammen mit Catherine auf ihren Schwager zu. Sie umarmte ihn und küsste ihn auf den Mund. Sie schaute ihn an, als versuche sie an irgendetwas anzuknüpfen. Catherine nahm es schweigend zur Kenntnis.

»Monsieur le Régent – meine Schwägerin Rebecca«, wandte sich John Law an den Regenten.

»Sie hat sehr gelitten, als ihr Mann in die Neue Welt aufbrach«, fügte Catherine mit unverhohlenem Spott hinzu, »aber steigende Aktienkurse helfen einem selbst über die schwerste Trennung hinweg. Nicht wahr, John?«

John ignorierte Catherines Blick.

»Ich war so ungezogen«, scherzte Rebecca. In ihrem Bemühen, sich an den Herzog zu wenden, geriet sie ins Straucheln. Der Regent stützte sie. Rebecca war betrunken. »Wir sind jetzt alle Mississippianer«, sagte sie aufgekratzt und warf sich wiederum John Law an den Hals. Sie küsste ihn erneut auf den Mund und fuhr mit ihrer Zungenspitze blitzschnell über Johns Lippen. Niemand bemerkte es. »Wir sind alle Mississippianer«, wiederholte sie mit treuherzigem Blick und schaute ihrem Schwager tief in die Augen: »William ist so anders als Sie, John. Er ist so schrecklich – langweilig.« Das letzte Wort stieß sie zornig heraus. Sie begehrte John Law.

»Darf ich Sie trösten, Madame?«, lächelte der Regent. Rebecca holte ihr Riechfläschchen hervor und versuchte, daran zu riechen. Es glitt ihr aus der Hand. Der Regent und Rebecca bückten sich gleichzeitig danach. »Selbst wenn Sie Ihr Fläschchen leer trinken, Madame, Ihnen steigt keine Schamesröte mehr ins Gesicht«, flüsterte der Regent. Dann umfasste er ihre Hüfte, zog sie näher zu sich und hauchte ihr ins Ohr: »Sie kleines Luder!«

John Law und Catherine hatten sich Angelini zugewandt, der mit einer Hand voll Zettel auf Law zueilte.

»Alle wollen Aktien, Monsieur! Noch mehr Aktien!«, entsetzte sich Angelini und reichte Law die Vorbestellungen.

»Alle Menschen wollen reich werden«, stellte John Law lapidar fest.

»Manchmal denke ich«, sagte Catherine in sehr ernstem Ton, »wir sollten unsere Zelte hier abbrechen und nach Amsterdam oder Venedig ziehen. Man sollte das Fest verlassen, wenn man am beliebtesten ist.«

»Aber zuerst werde ich Katholik«, sagte John Law.

Die Fahrt zum Kloster dauerte eine knappe Stunde. John Law besuchte es, wie ihm der Regent empfohlen hatte, in den frühen Morgenstunden. Es schien verwaist. Wahrscheinlich besuchten die Nonnen gerade die Frühmesse. Eine ältere Nonne öffnete das Tor und ließ ihn eintreten. Sie begleitete ihn in die Galerie im obersten Stockwerk. Dann öffnete sie eine schwere Eichentür und bat John Law, die Treppe hinaufzugehen.

Während John Law die enge Wendeltreppe hinaufstieg, schloss die Nonne die schwere Eichentür hinter ihm. Die schmale Treppe führte in eine kleine Bibliothek. Ein einzelnes Erkerfenster erhellte den runden Tisch in der Mitte der Dachkammer. Im Lichtkegel sah man dicken Staub. John Law stellte sich vor dem Dachfenster auf die Zehenspitzen und schaute hinaus über die schneebedeckten Felder.

Nach einer Weile hörte er, wie unten die Tür geöffnet wurde und jemand die Stufen heraufstieg. Eine junge Nonne trug ein Tablett mit einem Zinnbecher in die Bibliothek. Sie stellte das Gefäß auf dem Tisch ab.

»Sie wollen also Katholik werden, Monsieur?«

John Law war für einen Augenblick irritiert: »Mit wem habe ich die Ehre?«

»Abbé de Tencin hat mich gebeten, mit Ihnen das Vorgespräch zu führen.«

Die Nonne setzte sich in den hinteren Teil der Bibliothek. Erst jetzt fiel John auf, dass sie blutjung und hübsch war.

»Ja, ich will Katholik werden«, antwortete John Law.

»Gibt es ein besonderes Erlebnis, das den Entschluss in Ihnen reifen ließ?«

John Law antwortete nicht sofort.

»Lassen Sie sich Zeit. Trinken Sie. Nehmen Sie unsere Gastfreundschaft an.«

John Law nahm den Becher und trank ihn leer. Er wollte Zeit gewinnen. Der Regent hatte ihm zwar die eine oder andere Empfehlung mitgegeben, aber das Kloster hier draußen verunsicherte ihn doch ganz erheblich.

»Es gab da in der Tat«, begann John Law vorsichtig, »ein ganz besonderes Erlebnis.«

»Bitte«, sagte die Nonne mit melodiöser Stimme. Sie schien neugierig. »Schildern Sie das Erlebnis, das Sie näher zu Gott gebracht hat.«

»Nun, es war der Vorschlag des Regenten, mich zum Generalkontrolleur der Finanzen zu ernennen. Ich bin Schotte, müssen Sie wissen. Protestantischer Schotte.«

Die Nonne schwieg. Wahrscheinlich hatte John Law das Falsche gesagt. Überrascht stellte John Law fest, dass ihn die schöne Nonne heftig erregte. Er war hergekommen, um sein letztes Ziel zu erreichen, und jetzt stand er da in der Dachkammer eines abgelegenen Nonnenklosters und hatte eine steinharte Erektion. Etwas benommen stellte er den Becher ab. Für einen Moment überlegte er, ob das Getränk ihn erregt haben könnte. Aber das war ausgeschlossen. Vielleicht lag es daran, dass er sich die letzten Monate nur noch seinen ehrgeizigen Finanzplänen gewidmet und seinen Körper vernachlässigt hatte.

»Monsieur?«, fragte die Nonne. »Ist Ihnen nicht gut?«

»Nein, nein«, wehrte John Law ab, »ganz im Gegenteil.«

»Wir schätzen Ihre Ehrlichkeit, Monsieur. Sie mögen ein Sünder sein, aber Sie sind ein ehrlicher Sünder. Gott liebt die ehrlichen Sünder.«

»Das trifft sich gut«, murmelte John Law und wandte sich dem Dachfenster zu. Vielleicht würde der Anblick von Eis und Schnee seine Not etwas lindern. Nachdem er mehrere Ursachen für seine absolut unpassende Erektion ausgeschlossen hatte, tendierte er nun doch dazu, dass jemand ihm etwas in den Becher gemischt hatte. Er drehte sich also um und ging ein paar Schritte auf die Nonne zu.

»Ich soll Sie auf Herz und Nieren prüfen«, flüsterte die Nonne. Sie saß auf einem breiten Sofa und hatte ihre Sutane hochgezogen. Darunter war sie nackt.

»Sie wollen mit der Kirche Geschäfte machen, Monsieur. Nur zu. Lassen Sie uns ein Geschäft machen«, amüsierte sich die Frau, »ich bin Claudine de Tencin, die Schwester von Abbé de Tencin, der Sie in wenigen Wochen in Melun in die römisch-katholische Kirche aufnehmen wird.«

John Law entkleidete sich hastig und warf sich vor Claudine de Tencin auf die Knie. Stürmisch und leidenschaftlich begann er ihren weißen Körper zu liebkosen. Das Getränk hatte ihn zum Tier gemacht. Für diese Claudine de Tencin hätte er in diesem Augenblick sein ganzes Imperium hergegeben.

Gemeinsam fuhren die beiden in John Laws Kutsche nach Paris zurück. Claudine de Tencin sah den Bankier amüsiert an. »Sie sind ein guter Katholik, Monsieur Law, ein wahrer Diener Gottes.«

»Wenn ich das gewusst hätte, wäre ich schon früher zum Katholizismus übergetreten«, entgegnete John Law, »aber sagen Sie mir bitte, was haben Sie mir in den Trank gemischt?«

Claudine de Tencin lachte laut auf: »Die meisten Männer fragen mich, ob ich tatsächlich eine Nonne bin. Aber Sie, Monsieur Law, sind ein praktischer Mensch, Sie erkundigen sich nach dem heidnischen Keltenkraut.«

John Law erhob sich und setzte sich neben Claudine de Tencin. Er umfasste ihre Taille und küsste sie.

»Mein Bruder schlägt Mississippi-Aktien im Wert von zweihunderttausend Livre vor, Monsieur.«

»Und dann bin ich Katholik?«, flüsterte John Law.

»Ja«, antwortete Claudine. Sie schien großen Gefallen an diesem Schotten gefunden zu haben. »Aber Sie müssen regelmäßig zur Beichte kommen und für Ihre Sünden bezahlen.«

John Law hielt inne und setzte sich wieder auf die Bank gegenüber.

»Wem nehmen Sie sonst noch regelmäßig die Beichte ab?«, fragte John Law.

»Dem Regenten, er ist ja so schwach. Und d'Argenson, ein ganz großer Sünder.«

John Law war sprachlos. Er starrte die hübsche Claudine ungläubig an. Sie formte ihre wunderschönen Lippen zu einem Kussmund und lächelte so charmant, wie es nur die begnadetsten Mätressen und Kurtisanen der Hauptstadt beherrschten.

»Ich hielt die katholische Kirche stets für eine heuchlerische Angelegenheit, aber dass sie bereits so verludert und verkommen ist, hätte ich in meinen kühnsten Träumen …«

»… nicht zu hoffen gewagt?«, amüsierte sich Claudine. »Sehen Sie, Monsieur Law, mein Bruder vermutet, dass die neue Wissenschaft zur neuen Religion wird, die Gott vollends vom Olymp stoßen wird. Auch nach fast zweitausend Jahren hat noch kein Mensch einen echten Gottesbeweis erbracht. Sie hingegen, Monsieur, Sie setzen Theorien über das Geld und den Handel in die Welt und beweisen, dass es funktioniert. Sie machen Menschen zu Millionären, Regenten zu Milliardären, die bevölkerungsstärkste Nation Europas zur Billionärin.«

»Ich bin aufrichtig schockiert, Madame, ich habe es genossen, aber ich bin schockiert«, entgegnete John Law.

»Sehen Sie, Monsieur, auch der Katholizismus, zu dem Sie demnächst übertreten werden, war eine wunderbare Idee. Aber die Untertanen auf Erden haben versagt und Spinoza bestätigt, wonach der Nutzen das Mark und der Nerv aller menschlichen Handlungen ist.«

»Hören Sie auf, Madame«, sagte John Law, »ich habe zu wenig Wein in meinem Keller, um mich nach so schwer wiegenden Gedanken betrinken zu können.«

»Was glauben Sie, wieso Jesus Wasser in Wein verwandeln musste?«

Am 22. Dezember 1719 wurde John Law in einer feierlichen Messe in die römisch-katholische Kirche aufgenommen. Die christliche Zeremonie leitete der ehrgeizige Abbé de Tencin, der Bruder seiner nicht minder geschäftstüchtigen Schwester Claudine. John Law kniete vor Abbé de Tencin und empfing die Taufe, den römisch-katholischen Segen, den Heiligen Geist und das gesamte Programm, das der Neu-Mississippianer Abbé de Tencin zu bieten hatte. Er überreichte John Law die geweihte Hostie mit den Worten »Corpus Christi«, und unwillkürlich fühlte sich John Law an die Schilderungen von Crozat le Riche erinnert, der ihm erzählt hatte, dass einige Eingeborenenstämme in den Sümpfen von Louisiana eine Form des Kannibalismus praktizierten. Und jetzt kniete er hier und verspeiste den Leib eines Mensch gewordenen Gottes. Junge Knaben mit rührenden Unschuldsmienen knieten in ihren adretten Ministrantentuniken auf kleinen samtroten Kissen und schwenkten

Weihrauchgefäße, wie es schon die alten Römer bei der Anbetung ihrer zahlreichen Götter getan hatten. Und dann erklang die mächtige Orgel, und die Gläubigen preisten den Herrn aus voller Kehle, während der Abbé de Tencin John Law den Kelch hinunterreichte: »Corpus Christi.«

John Law glaubte den Anflug eines Schmunzelns im Gesicht des Abbés zu erkennen, als er den Wein in wenigen Zügen leer trank und dabei skeptisch über den Rand des Kelches hinausschielte. Wahrscheinlich dachte der Abbé in diesem Augenblick auch an den Trank, den seine Schwester Claudine dem zukünftigen Generalkontrolleur der Finanzen in jener staubigen Dachkammer angeboten hatte. Als John Law sich wieder erhob und die Stufen zum Mittelschiff hinunterstieg, sah er das verschmitzte Lächeln von Claudine de Tencin, er sah das steinerne Gesicht von Catherine, die wahrscheinlich das eine oder andere Gerücht vernommen hatte, und er sah die Gläubigen und Ungläubigen, die vermögenden Händler, die Großgrundbesitzer, die Adligen und Nichtadligen, und sie alle waren – Mississippianer geworden.

Kapitel XIV

John Law verhielt sich absolut still. Er saß auf einem Stuhl von spröder Eleganz, dessen bestickter Bezug mit Szenen aus Fabeln geschmückt war. Im Hintergrund zierte ein Panoramagemälde, das Handelsschiffe an der Küste von Louisiana darstellte, die Wand. John Law saß dem berühmten Maler Hyacinthe Rigaud Modell. Er trug zu diesem denkwürdigen Anlass Rock, Weste und Kniebundhosen in freundlichen Brauntönen, dazu ein weißes Hemd mit Spitzenmanschetten. Rock und Weste waren mit transparenten, blau facettierten Glassteinen verziert. Am Kniebund der Hose glänzten vergoldete Schnallen. Unter den Schößen der Weste prangte eine aufgeklappte goldene Uhr an einer Kette. Die schulterlange Allongeperücke trug der achtundvierzigjährige Schotte grau gepudert, seinem Alter entsprechend. Und um den Hals hing die Medaille des Generalkontrolleurs der Finanzen, die ihm der Regent an diesem Tag verliehen hatte. Bisher war John Law nur der reichste Mann der Welt gewesen, jetzt, als Finanzminister der größten europäischen Nation, war er auch der mächtigste.

Die Porträtierung des neuen Generalkontrolleurs der Finanzen war ein öffentlicher Akt. Fast hundert Menschen waren anwesend, drängten in den Saal der Mississippi-Kompanie, wie einstmals die Menschen zum Petit Lever des Sonnenkönigs geeilt waren.

Doch John Law war kein König. Weder König noch Papst. Er verkörperte eine dritte Kraft, die Wissenschaft. Er war der Mann, der das Geld neu erfunden hatte. Er war der Mann, der das monetäre System entwickelte, auf dem auch Jahrhunderte später die gesamte Weltwirtschaft fußen sollte.

Während Hyacinthe Rigaud seine Farben mischte und mit großem Kunstsinn auf die Leinwand brachte, betraten immer wieder Angelini und seine Hilfssekretäre durch eine Seitentür den Saal und holten sich bei John Law Anweisungen. John verzog dabei kaum eine Miene. Nur einmal konnte er sich ein Grinsen nicht verkneifen. Mit einem Augenblinzeln gab er Angelini sein Einverständnis.

»Mesdames, Messieurs«, verkündete Angelini darauf dem andächtig beobachtenden Publikum, »soeben hat die Mississippi-Aktie die magische Marke von zehntausend Livre überschritten. Somit ist unsere Aktie in nur wenigen Monaten um das Zwanzigfache gestiegen.«

Die Gäste applaudierten, freuten sich lauthals wie neureiche Händler. Vorbei die Zeiten, in denen man verhalten, diskret und kontrolliert seiner Freude Ausdruck verlieh.

Jeden Dienstagmorgen besuchte der neue Finanzminister seinen Freund Saint Simon. Die Aktienhausse war auch am Haus des Herzogs nicht spurlos vorübergegangen.

»Was ich sehe, erfreut mein Herz«, lachte John Law, »neue Möbel, neues Silberbesteck, draußen steht eine neue Karosse, die Fassade renoviert, einen zusätzlichen Stall angebaut, zusätzliche Dienstboten …«

Der Duc de Saint Simon winkte verlegen ab, als fürchte er, ganz Paris könne zuhören: »Monsieur, ich verschaffe einigen Menschen ein bisschen Arbeit und leiste so meinen bescheidenen Anteil zum Aufblühen unserer Nation.«

»Wie selbstlos Sie doch geblieben sind, mein lieber Duc de Saint Simon«, rief John Law und umarmte seinen Freund herzlich.

»Ich schätze Ihre Anwesenheit überaus, Monsieur. Welcher Mann von Ihrem Stand würde sich noch dazu hergeben, einen unbedeutenden Menschen wie mich zu besuchen?«

»Eine Freundschaft ist nie unbedeutend, Monsieur«, entgegnete John Law mit aufrichtigem Blick, »ich schätze Ihre Weisheit, Ihre Ehrlichkeit ...«

»... und meine Nähe zum Regenten«, schmunzelte Saint Simon nun seinerseits.

»Ja, in der Tat, und er bereitet mir große Sorgen, unser Philipp d'Orléans.«

»Mir offen gestanden auch«, pflichtete Saint Simon bei, »er muss sich endlich seinen Verpflichtungen stellen. Seit die Aktienkurse die Sechstausendermarke überschritten haben, hat er nicht mehr aufgehört, Feste zu feiern. Seine nächtlichen Ausschweifungen untergraben seine Autorität, die Autorität des Königs. Und wenn er trinkt, erzählt er ganz abscheuliche Dinge. Er hat mehr Mätressen als der König Pferde in seinem Gestüt. Wenn ich mit ihm rede, reißt er sich zusammen, bereut alles und verspricht, seinen Lebenswandel zu ändern. Aber nichts ändert sich. Sie müssen selbst mit ihm sprechen, Monsieur! Auf Sie wird er hören!«

Catherine warf das Glas nach John und schrie: »Ganz Paris lacht über deine Eskapaden. Wie kannst du dich bloß mit einer katholischen Nonne einlassen!«

»Das war der Preis, Madame ...«

Catherine nahm die Porzellanvase und warf sie mit voller Wucht in die Vitrine mit den chinesischen Miniaturen.

»Und das ist mein Preis, Monsieur!«

»Es war der Preis der katholischen Kirche!«, rief John Law und wollte sich Catherine nähern. Doch sie rannte um den Tisch, griff nach einem Degen, der an der Wand befestigt war, und hielt John Law in Schach.

»Du willst dich doch nicht etwa duellieren!«

»Warum nicht? Es gibt keine Grenzen! Sagtest du nicht selbst, dass sich eines Tages auch die Frauen duellieren werden? Prahlst du nicht selbst damit, dass wir unserer Zeit voraus sind? Also, greif zum Degen, Monsieur Law of Lauriston!«

»Catherine, ich bitte dich! Nimm Vernunft an!« Dann sagte er schmunzelnd: »Ich bin der Generalkontrolleur der Finanzen!«

Doch Catherine hatte keinen Sinn mehr für Humor. Sie war tief verletzt. Mit grimmiger Miene kam sie auf ihn zu. Law wich einige Schritte zurück.

»Ich bin dir überallhin gefolgt, durch ganz Europa, ich habe stets zu dir gehalten, habe dir Mut zugesprochen, dir zwei Kinder geschenkt ...«

»Ich wurde mit einem Trank willig gemacht!«

»O, man hat Monsieur willig gemacht ... Und er lässt sich täglich von neuem willig machen!«, schrie Catherine. Sie blieb vor einem kleinen Serviertisch stehen und schenkte sich ein Glas Rotwein ein. Die Hälfte ging daneben. In einem Zug trank sie das Glas leer.

»Mildernde Umstände verlangt Monsieur«, schrie Catherine wieder los und fegte mit einer schwungvollen Bewegung Gläser und Teller vom Tisch.

»Wir wollten eigentlich zu Abend essen, Madame«, sagte John Law leise. Die Tür öffnete sich einen Spaltbreit. Angelini streckte seinen Kopf hinein.

»Später Angelini«, sagte John Law laut.

»Ich wollte nur sehen, ob alles in Ordnung ist«, sagte Angelini leise und schloss gleich wieder die Tür.

»Ja, ja«, murmelte John Law.

»Nichts ist in Ordnung«, brüllte Catherine, so laut sie konnte, und schenkte sich erneut ein Glas Wein nach.

»Hör auf damit, es wird noch ein Unglück geschehen«, versuchte John sie zu beruhigen. Doch Catherine ließ sich nicht mehr beruhigen. Wie eine Raubkatze duckte sie sich und ging nun langsam und drohend auf John Law zu.

»Leg den Degen beiseite«, sagte John Law ungeduldig.

Als Catherine neben dem neuen Porträt ihres Mannes stand, stach sie zu. Sie durchbohrte die Leinwand und schlitzte sie mit einem wuchtigen Hieb nach unten auf. John Law wollte sich schon auf sie stürzen, da hielt sie ihn erneut mit ihrem Degen in Schach.

»Bist du von Sinnen«, schrie John Law.

»Von Sinnen!«, schrie Catherine. »Du treibst Unzucht mit einer Nonne, und ich soll von Sinnen sein? Du treibst es mit deiner Schwägerin, den Hausmädchen …«

»Sie ist seit ihrem achten Lebensjahr keine Nonne mehr!«, schrie John Law. »Das ist bloß ein Spiel …«

Catherine stieß ihren Degen erneut in das Gemälde und zog die Klinge nach oben.

»Dann lass uns spielen, Monsieur!«

Plötzlich sprang die Tür auf, und die beiden Kinder stürmten in den Speisesaal. John junior stellte sich sofort schützend vor seinen Vater und murmelte entschuldigend: »Er wollte doch bloß Katholik werden.«

Kate stellte sich schluchzend vor ihre Mutter und streichelte die Hand, die den Degen hielt. Nach einer Weile ließ Catherine den Degen fallen. Kate fing ihn auf und hielt ihn fest. Dann sah sie das zerschnittene Leinwandporträt ihres Vaters. Auch ihr Bruder sah es. Kate berührte mit dem Finger die Leinwand.

Sie kicherte: »Die Farbe war noch nicht mal trocken.«

Catherine sah ihre Kinder an. Sie konnte ein zaghaftes Lächeln nicht unterdrücken.

D'Argenson stand verloren in seinem Arbeitszimmer im Palais Royal herum. Zwei Kammerdiener befolgten seine Anweisungen und packten seine persönlichen Habseligkeiten in große Kisten. Als John Law in der Tür erschien, befahl d'Argenson den Dienern, den Raum zu verlassen und die Tür zu schließen.

»Sie können es wohl kaum erwarten, meinen Platz einzunehmen, Monsieur«, bemerkte d'Argenson missmutig.

»Sparen Sie sich Ihre Vorwürfe für Ihr Tagebuch, Monsieur. Ich höre, ganz Paris schreibt Tagebücher. Wer soll das alles lesen?«

»Die Menschen werden jede Menge Zeit haben, Monsieur le Controlleur des Finances, sobald Ihre Seifenblase geplatzt ist.« D'Argenson war wütend. Er sann auf Rache.

John Law ging langsam auf ihn zu: »Erinnern Sie sich … damals auf dem Friedhof. Ich habe Ihnen gesagt, dass ich zurückkomme. Sie hätten an meiner Seite reüssieren können, d'Argenson.«

»Niemals, John Law. Ich habe damals schon der bezaubernden Madame La Duclos gesagt, dass ich niemanden fürchte außer Menschen mit Ideen. Ich hätte Sie nicht unterschätzen sollen. Aber die Partie ist noch nicht zu Ende, Monsieur Law, sie hat erst begonnen!«

D'Argenson nahm eine triumphierende Haltung ein. John Law war sich nicht sicher, ob d'Argenson nur bluffte. Er wollte sich aber auch nicht nach dem Grund erkundigen, weil d'Argenson eine solche Nachfrage als Schwäche interpretiert hätte.

»Ich hoffe doch sehr«, gab John Law ungerührt zurück, »dass die Partie noch nicht zu Ende ist!«

D'Argenson schmiss John Law einige Dokumente vor die Füße: »Das ist die erste Januarwoche. Die Immobilienpreise sind erneut um fünfundzwanzig Prozent gestiegen. Ein Anwesen, das vor knapp einem Jahr noch für siebenhunderttausend Livre zu haben war, kostet jetzt bereits 2,8 Millionen.«

D'Argenson schaute John Law mit eindringlichem Blick an.

»Ein erneuter Anstieg um fünfundzwanzig Prozent?«, fragte John Law. Er ahnte, dass d'Argenson auf etwas Bestimmtes hinauswollte.

»Die Menschen schwimmen in ihrem Papiergeld und fliehen in Sachwerte«, konstatierte d'Argenson trocken.

John begriff, was d'Argenson im Sinn hatte. »Mit einer moderaten Preissteigerung habe ich gerechnet. Das ist Teil des Systems. Aber wenn im Januar erneut eine Steigerung um fünfundzwanzig Prozent verzeichnet worden ist …«

D'Argenson hob theatralisch die Arme: »Es ist nicht mehr meine Sorge, Monsieur. Das Dokument liegt Ihnen zu Füßen. Und ganz Frankreich dazu.«

John Law hob das Manuskript nicht auf. Er näherte sich d'Argenson und blieb vor ihm stehen.

Nun standen sie beide beim Fenster und bauten sich voreinander auf. D'Argenson funkelte ihn an. »Damit wäre die Amtsübergabe abgeschlossen, Monsieur«, sagte er mit Bitterkeit und Hass in der Stimme. »Wenn Sie mir noch eine Stunde Zeit geben würden, um mein Arbeitszimmer zu räumen ...«

John Law nickte und wandte sich von ihm ab.

»Monsieur«, rief d'Argenson ihm auf dem Weg zur Tür nach, »ich habe Ihnen immer gesagt, dass Ihr System Respekt verdient. Aber es bleibt dabei, es ist nicht für eine Monarchie geeignet.«

Wie in Trance stand John Law in der offenen Tür. Er hatte einen Verdacht, der ungeheuerlich war. Es war nicht d'Argensons Art, ein bloßes Gerücht in die Welt zu setzen, nur um ihn, seinen ewigen Rivalen, zu ärgern.

»Nicht für die Monarchie geschaffen ...«, murmelte John Law.

»Und behaupten Sie nicht, ich hätte Sie nicht gewarnt!«

Die Orgie war in vollem Gange, als John Law den geheimen Salon des Regenten betrat. Die Besetzung war in jeder Nacht dieselbe. Die jungen Müßiggänger, die d'Argenson stets so protegiert hatte, füllten sich mit Wein und Champagner ab und brachten sich mit exotischen Pülverchen und fremdartigen Rauchwaren um den Verstand. Der eine kopulierte, Kirchenpsalme singend, auf dem Tisch, der andere übergoss die Brüste seiner Gespielin mit eisgekühlten Säften, einige hantierten sich gegenseitig am Geschlecht herum und nahmen sich dabei die Beichte ab, andere sangen zotige Lieder, während der Regent wie eine debile Kanalratte über seinen Teller gebeugt war und nicht wusste, ob er sich übergeben oder einschlafen sollte.

John Law begab sich sofort zum Regenten und kniete neben ihm nieder: »Monsieur, ich muss sofort mit Ihnen sprechen.«

»Non nobis Domine, non nobis, sed nomine tuo da gloriam«, posaunte der Regent in diesem Moment durch die Halle und hob sein Glas. Die Männer im Saal antworteten laut im Chor: »Nicht uns, Herr, nicht uns, sondern deinem Namen gilt die Ehre.« Auch sie erhoben ihre Gläser.

»Sie stören den Generalkonvent des Ordens der Tempelritter«, murmelte der Regent und würgte einen langen Rülpser heraus.

»Ich flehe Sie an, hören Sie mir zu!«, beschwor ihn John Law.

»Schickt Sie der Duc de Saint Simon?«, murmelte der Regent mit schwerer Zunge. Sein Gesicht war grau, von den langen Nächten, Exzessen und Eskapaden schwer gezeichnet.

»Wir erleben eine unerklärliche Erhöhung der Geldmenge, Monsieur«, sagte John Law leise.

»Die Sintflut«, flüsterte der Regent und blickte mit einem Unheil ahnenden Gesichtsausdruck ins Leere.

»Woher kommt dieses viele Geld?«, stieß John Law mit gepresster Stimme hervor und packte den Regenten unsanft am Arm. »Es ersäuft die gesamte Wirtschaft!«

»Fassen Sie mich nicht an«, grölte der Regent, »denn alles, was Sie anfassen, verwandelt sich in Gold.« Der Regent lachte glucksend.

»Monsieur Mississippi«, hauchte eine junge Frau, die sich an den Kleidern des Regenten zu schaffen machte.

»Wir erleben eine gigantische Inflation, Monsieur le Régent!«, zischte John Law und packte den Regenten unsanft an der Schulter.

Der Regent fuhr zusammen und setzte dann ein ziemlich weinerliches Gesicht auf: »Dann hat Ihnen d'Argenson alles erzählt?«

»Was haben Sie getan, Monsieur?«, herrschte ihn John Law an.

»Ich weiß, ich bin schwach«, jammerte der Herzog, »ich weiß es, ich bin so schwach …«

John Law erhob sich wieder. Unwirsch jagte er das Mädchen weg, das wie eine Klette am Hals des Regenten hing. John Law beugte sich nun tief zum Regenten hinunter und packte ihn am Kinn: »Was haben Sie getan?«

Mit einer unwirschen Bewegung befreite sich der Regent aus dem Griff: »Ich muss Sie schon bitten, Monsieur. Ich verlange Respekt! Sofort. Für Sie bin ich immer noch Ihre Königliche Hoheit.«

»Respekt muss man sich verdienen, Monsieur! Was haben Sie getan?«

»Was ich getan habe? Gott ist mein Zeuge, ich hab's ... für den Tempelorden getan. Ich bin der vierundvierzigste Großmeister des *Ordre du Temple* ... die Tempelritter dürfen nicht sterben, Monsieur, denn mit ihnen stirbt der Heilige Gral, das Wissen um die Nachkommenschaft Jesus ...«

»Haben Sie heimlich zusätzliches Geld gedruckt?«

»Nur ein bisschen, *voilà. C'est ça.* In zwei Jahren wird der Knirps zum König gekrönt ... und ich ... was wird dann aus mir und meiner Mutter?« Der Regent machte nun ein erbärmliches Gesicht. Er war den Tränen nahe.

»Sie haben tatsächlich heimlich Geld gedruckt!« John Law war fassungslos.

»Nur ein bisschen, Monsieur, nur ein kleines bisschen.«

»Wie viel?«, keuchte John Law. Er kriegte keine Luft mehr. Sein Kopf schien zu bersten: »Wie viel?«

»Zuerst nur ein paar Millionen ...«, flüsterte der Herzog mit heiserer Stimme. Er wand sich wie ein Aal, druckste herum und verdrehte den Kopf, als wolle er seiner Haut entschlüpfen.

»Sie Narr!«, fauchte John Law. »Wie viel Geld haben Sie insgesamt gedruckt?«

»Es dürften schon gegen ... hmmm ... also so an die zwei, hm ... eher drei ... Milliarden gewesen sein.«

John Law brüllte: »Sagen Sie mir, dass das nicht wahr ist!« Er packte den Regenten an der Schulter und schüttelte ihn.

Der Regent senkte seinen Blick und brach schluchzend in Tränen aus. »Ich habe alles zerstört, nicht wahr?«, weinte er.

»Der Regent weint!«, rief jemand. Einige lachten. Einige wollten ihn trösten und riefen ihm aufmunternde Worte zu.

»Er hat den Regenten zum Weinen gebracht«, schluchzte das junge Mädchen, das John Law weggeschickt hatte.

Ein junger Mann stellte sich John Law in den Weg. Schwankend stand er da, die Faust fest um den Griff seines Degens geklammert: »Sie haben den Regenten zum Weinen gebracht«, lallte er, »ich fordere Sie zum Duell auf, Monsieur.«

»Bald wird ganz Frankreich weinen«, fluchte John Law und trat dem jungen Edelmann das Knie in den Unterleib. Dann packte er ihn am Kragen und warf ihn mit Schwung über den Tisch. Wie ein Fisch rutschte er über die Holztafel und fiel am anderen Ende des Tisches krachend zu Boden.

Das Feuer im Hof der Banque Royale brannte bereits lichterloh, als Angelini ganze Kisten mit Banknoten den Flammen übergab. Hinter den Fenstern des Hauses sah man die platt gedrückten Gesichter, ihr ungläubiges Staunen.

»Ein Bankier, der Geld vernichtet«, murmelte Saint Simon. John Law stand neben ihm am Fenster und starrte auf den Hof hinunter: »Es ist unsere letzte Chance. Die Blase kann jeden Augenblick platzen. Der Regent hat weit mehr Geld gedruckt, als er zugibt. In der Druckerei sagt man, er hätte die gesamten Papiervorräte aufgebraucht.«

»Und so wollen Sie die Geldmenge wieder reduzieren?«, fragte Saint Simon kleinlaut.

»Was soll ich denn tun, Monsieur le Duc? Es ist zu viel Geld im Umlauf. Das Geld ist zu billig. Jedermann hat zu viel davon. Die Lebensmittelpreise schnellen in ungeahnte Höhen. Und morgen brauchen Sie einen Schubkarren, um das Geld zum Bäcker zu bringen, wenn Sie bei ihm einen Laib Brot kaufen wollen.«

»Gibt es denn noch Hoffnung, Monsieur?«, flüsterte Saint Simon.

»Haben Sie schon einmal eine Schafherde beobachtet, die in Panik gerät?«

»Sie meinen, ich sollte jetzt meine Aktien abstoßen?«

»Sobald das erste Schaf die Beherrschung verliert, ist es aus.«

»Monsieur verliert allmählich die Contenance«, amüsierte sich der Bankier Samuel Bernard, als er zu später Stunde in seinem Salon das vierzigköpfige Syndikat der Bankiers und Steuereintreiber begrüßte. Alles Männer, die mit John Laws Höhenflug ihr enträgliches Geschäft verloren hatten. »Ich habe gehört, Monsieur Law wird in letzter Zeit sehr laut, er soll manchmal am ganzen Körper zittern, wenn er sich echauffiert.«

D'Argenson und Crozat le Riche, die ebenfalls eingeladen waren, obwohl sie nicht zum Syndikat gehörten, wechselten einen Blick des Bedauerns.

»Wir müssen Monsieur Law zugute halten«, meldete sich Crozat zu Wort, »dass sein System genial war.«

»Er hätte es nicht in Frankreich ausprobieren dürfen«, fügte d'Argenson hinzu, »wir haben ihn stets gewarnt, dass die Monarchie nicht der richtige Nährboden für solche Experimente ist. Da wir es nie gewagt hätten, der Krone einen Mangel an Disziplin zu unterstellen, haben wir es bei dieser bloßen Warnung belassen. Ich habe gehört, dass der Regent Monsieur Law gestanden hat, heimlich Geld nachgedruckt zu haben. Sage und schreibe drei Milliarden Livre.«

Ein Aufschrei ging durch den Raum. Die Männer hatten Schlimmes erwartet, aber nicht in diesem Ausmaß.

»Das bedeutet«, übernahm Samuel Bernard die weiteren Ausführungen, »dass das Überleben der Bank an einem seidenen Faden hängt. Wenn wir heute unsere Banknoten zurückbringen, wird niemand in der Lage sein, Monsieur Law kurzfristig mit Münzgeld auszuhelfen.«

»Ich stimme Ihnen zu«, meldete sich d'Argenson erneut zu Wort, »die Währung des Monsieur Law ist ab morgen nicht mehr wert als Rattenpisse.«

Angelini stürmte, ohne anzuklopfen, in John Laws Arbeitszimmer. »Das ist ein Komplott, Monsieur, innerhalb weniger Stunden haben mehrere Dutzend Bankiers Banknoten zum Umtausch in Münzen vorgelegt.«

»Das hatten wir doch schon«, murmelte John Law, ohne den Blick von dem Brief, an dem er soeben schrieb, abzuwenden.

»Sollen wir den Umtausch vornehmen, Monsieur?«

Jetzt sah John Law auf. Er wirkte müde und abgekämpft: »Ich erlasse gerade ein Edikt, wonach es unter Androhung einer Haftstrafe von bis zu fünfzehn Jahren untersagt ist, Gold oder Silber im Wert von über fünfhundert Livre zu besitzen. Wer mehr besitzt, verliert alles. Wer jemanden denunziert, der Münzen hortet, erhält zehn Prozent der sichergestellten Menge.«

»Mit Verlaub, Monsieur, das ist despotisch«, entsetzte sich Angelini, »das können Sie nicht veranlassen, Monsieur!«

John Law setzte seine Unterschrift unter das Dokument: »Ich habe es soeben getan. Mein Amt gibt mir die Macht dazu.«

Er reichte Angelini das Dekret: »Schicken Sie sofort einen Boten in das Palais Royal. Wir haben jetzt Krieg, Angelini. Und jeder kämpft mit den Waffen, die ihm zur Verfügung stehen.«

John Law saß gedankenverloren vor dem lodernden Kamin in seinem Arbeitszimmer. Draußen auf der Straße waren vereinzelte Schreie zu hören, wüste Beschimpfungen. Dann folgten eilige Schritte, militärische Befehle. Schließlich herrschte wieder Ruhe.

Kurz nach Mitternacht betrat Janine das Zimmer.

»Monsieur, Sie sollten schlafen«, flüsterte sie. Doch kaum hatte sie den Raum betreten, erschien Catherine in der Tür: »Janine, wir brauchen Sie jetzt nicht.«

Janine zögerte einen Augenblick. Dann überwand sie sich und sagte schüchtern: »Monsieur darf nicht aufgeben. Schon als Junge hat er nie aufgegeben. Ich habe immer an ihn geglaubt!«

»Gehen Sie jetzt, Janine«, wiederholte Catherine freundlich, aber bestimmt. Janine knickste und ging aus dem Zimmer. Sie schloss die Tür hinter sich. Catherine blieb neben dem Kamin stehen. Nach einer Weile fragte sie: »Sind wir am Ende?«

»Diese dekadente Brut hat alles zerstört. Alles! Ich hatte den Beweis erbracht ...«

»Er hört dich nicht«, unterbrach ihn Catherine, »wenn du dich ausweinen willst, besuch deine katholische Hure.«

John Law schaute überrascht zu Catherine hoch.

»Ich bin nicht irgendeine Frau, John. Wenn das Spiel verloren ist, sollten wir gehen, solange noch Zeit ist.«

»Es war nie ein Spiel, Catherine! Es war stets meine Absicht, Gutes zu tun. Mit Geld kann man viel Gutes tun.«

John Law wollte sie berühren, doch sie wich zurück: »Der Regent hat wieder nach dir gefragt. Er wartet im Palais auf dich.«

Als John Law in den frühen Morgenstunden das Schlafgemach des Regenten betrat, saß dieser auf seinem Abortstuhl und erleichterte sich. Kaum hatte John das Zimmer betreten, schrie der Regent ihn wütend an: »Wollen Sie mich stürzen, Monsieur? Wollen Sie eine Revolution?«

John Law platzte der Kragen: »Wer hat heimlich drei Milliarden Livre gedruckt und mein ganzes System ins Schwanken gebracht? Nur weil Sie schwach sind, muss ich jetzt dem Volk diese Härte zumuten!«

»Ich verbitte mir diesen Ton!«, schrie der Regent und sprang auf. Er schien sich auf John Law stürzen zu wollen, vergaß indes seine heruntergelassenen Beinkleider. Der Regent stürzte bereits, als er den ersten Schritt machen wollte. Der Abortstuhl kippte mit lautem Getöse um und ergoss sich über den Teppich.

»Ich schicke Sie in die Bastille, Monsieur!«, fluchte der Regent, während er angewidert seine linke Hand aus der Urinlache zog.

John Law stampfte wütend auf den Boden und schrie: »Sie haben in wenigen Monaten über fünf Milliarden Livre verdient. Das war Ihnen zu wenig! Wie ein verwöhntes Kind haben Sie immer weiter genascht ...«

»Sie und Ihre verbotenen Früchte! Ihre Äpfel stinken zum Himmel, Monsieur!«

»Erst jetzt begreife ich, wieso man mich immer davor gewarnt hat, mein System in einer Monarchie auszuprobieren. Ihr seid zu schwach, zu verkommen, zu dekadent ...«

»Hüten Sie Ihre Zunge, Monsieur. Dafür hätten Sie zwanzig Jahre auf der Galeere verdient!«

»Das können Sie sich gar nicht mehr leisten, Monsieur! Mein Edikt tritt morgen in Kraft, oder Sie können Ihren Hofnarren zum Generalkontrolleur der Finanzen ernennen!«

»Wollen Sie etwa die Krone, Monsieur?«, schrie der Regent.

»Ich sehe hier nur einen Haufen Scheiße, Monsieur!«, erwiderte John Law laut. »Ich kündige, Monsieur. Ich bin nicht mehr länger Ihr Generalkontrolleur der Finanzen. Ich werde schon morgen mit meiner Familie Paris verlassen!«

»Das werden Sie nicht, Monsieur«, heulte der Regent erschrocken auf, »ich werde Ihnen die Abreise verbieten! *Voilà*. Und Sie werden das alles wieder in Ordnung bringen!«

»Ich werde die drei Milliarden, die Sie heimlich gedruckt haben, öffentlich verbrennen!«, schrie John Law.

»Das werden Sie nicht, Monsieur!«

»Und ich verbiete Ihnen, auch nur in die Nähe unserer Notenpresse zu kommen«, fügte John Law wütend hinzu.

»So hat noch keiner mit dem Regenten gesprochen«, jammerte der Duc d'Orléans. Er saß in seinen Exkrementen und begann wie ein kleines Kind zu weinen.

Voller Verachtung blickte John Law auf den Regenten hinunter: »Sie haben Frankreich das Vertrauen genommen, das Vertrauen in mein System. Die Aktienkurse befinden sich im freien Fall ...«

»Der Regent ist sehr wütend auf Sie, Monsieur«, versuchte Saint Simon die traditionelle Dienstagskonversation zu eröffnen.

»Er hat uns die Suppe eingebrockt«, entgegnete John Law verbittert, »ich habe schon mein halbes Vermögen in die Bank gesteckt, um den Kurs der Mississippi-Aktie zu stützen. Das Vertrauen ist weg. Es genügt jetzt irgendeine Kleinigkeit, und das ganze Gefüge kracht endgültig in sich zusammen.«

»Es wäre wohl das Klügste, Monsieur, wenn Sie Ihr Hab und Gut über die Grenze bringen und mit Ihrer Familie Frankreich verlassen würden. Es wäre nicht ehrenvoll, aber beileibe das Klügste!«

»Der Regent hat mir und meiner Familie die Ausreise verboten. Aber mein Edikt, so hässlich es auch sein mag, wird Früchte tragen, Monsieur le Duc«, erwiderte John Law unbeirrt.

»Unterschätzen Sie da nicht die Fantasie des Menschen, seine übermächtige Gier nach Reichtum und seinen Willen, seinen Besitzstand zu verteidigen?« John Law warf Saint Simon einen fragenden Blick zu. »Sie haben den Menschen den Besitz von Münzgeld über fünfhundert Livre verboten, Monsieur. Und was tun die Menschen jetzt? Sie schmelzen ihre Münzen ein und lassen sich davon sakrale Gegenstände gießen: Kruzifixe, Kelche für die heilige Messe, Marienbüsten …«

»Ist das wahr?«, fragte John Law ungläubig.

»Zweifeln Sie etwa an meinen Worten?«, erwiderte Saint Simon gutmütig.

»Dann werde ich jegliches Bargeld verbieten! Ich schaffe das Bargeld vollständig ab!«

»Allmächtiger Gott«, schrie Saint Simon, »seit Abraham für Sarahs Begräbnis vierhundert Silberschekel bezahlte, benutzen die größten und weisesten Völker Metallgeld. Und Sie wollen es ganz abschaffen? Monsieur, das ist Suizid!«

John Laws Kutsche erreichte die Place Louis-le-Grand nicht mehr. Eine wütende Menge hatte seine Kutsche erkannt und zum Halten gebracht. Im nächsten Moment rissen wild gewordene Bürger die Türen auf, andere hackten mit Beilen auf die Räder, spannten die Pferde ab, stiegen aufs Dach. John Law wusste, was zu tun war. Er nahm die Geldschatulle unter seinem Sitz hervor und warf das Geld in hohem Bogen in die Menge. Wie ein Taubenschwarm stoben die Menschen auseinander und balgten sich um jede einzelne Münze, die sie ergattern konnten. John Law benutzte die Gelegenheit, um zu fliehen. Er rannte um sein Leben.

Als John die Place Louis-le-Grand erreichte, kamen ihm bereits seine Gardesoldaten entgegen. Sie postierten sich in zwei Linien vor der Statue des Sonnenkönigs. John rannte an ihnen vorbei. Hinter ihm kam der Kutscher angerannt. Die Menge hatte ihm fast sämtliche Kleider vom Leib gerissen.

Janine hatte die Szene von Madames Schlafzimmerfenster aus beobachtet. Sie schien nicht beunruhigt. Sie entledigte sich ihrer Schürze. Sogar die Unterwäsche streifte sie ab. Dann nahm sie die hochherrschaftlichen Kleidungsstücke von Madame und schlüpfte hinein. Zuletzt griff sie nach dem wunderschönen Mantel mit den blauen Bordüren und zog ihn an. Sie betrachtete sich im Spiegel, drehte sich einmal um die eigene Achse und wählte dann eine Handtasche aus der obersten Schublade der Kommode. Im Schminkkasten fand sie ein paar Goldmünzen, Schmuck und zwei kleine Diamanten. Sie packte alles in ihre Handtasche und horchte dann an der Tür.

Janine floh über den hinteren Teil des Gartens. Die Place Louis-le-Grand konnte sie nicht betreten. Einige Wachsoldaten sahen sie, aber sie schritten nicht ein. Sie hielten sie für Madame, zumal sie die Kapuze weit über die Stirn gezogen hatte. Kein Soldat hätte es gewagt, Madame zur Rede zu stellen.

Aber auch die Taschendiebe und Wegelagerer, die seit einiger Zeit das Anwesen beobachteten, hielten Janine für Madame Law. Sie hefteten sich an ihre Fersen.

Erst als Janine das noble Viertel verlassen hatten, ließen ihre Verfolger alle Vorsicht fahren. Sie schrien, sie solle stehen bleiben. Janine begann zu laufen.

»Das ist die Frau von John Law!«, brüllte einer. Passanten wurden aufmerksam und schlossen sich der Verfolgung an. Auf einer Brücke wurde Janine gestellt. Sie öffnete ihre Tasche und warf das Geld und den Schmuck ihren Verfolgern ins Gesicht. Die Menschen bückten sich danach, stritten darum. Aber es waren zu viele. Sie konnten nicht alle befriedigt werden. Kreidebleich stand sie mit dem Rücken an der Brüstung: »Ich bin nicht Madame«, lächelte Janine, »ich bin nur die Dienstmagd.«

Janine erntete bloß raues Gelächter. Einen Augenblick lang war sie umzingelt von zwei Dutzend Gesellen, die nichts mehr zu verlieren hatten. Doch keiner wagte, die Frau, die sie für Madame Law hielten, zu berühren. Plötzlich schoss eine Frau mit verfilztem langem Haar zwischen den Männern nach vorne und schlug Janine einen faustgroßen Stein ins Gesicht. Der Damm war gebrochen. Die Männer stürzten sich auf Janine, schlugen auf sie ein, traten sie in den Unterleib, rissen sie an den Haaren und Brüsten und warfen die schließlich bewusstlose Dienstmagd über die Brüstung in den Fluss hinunter.

Etwa zur gleichen Zeit ging in Le Havre ein Schiff vor Anker. Die wenigen Männer an Bord waren schwer krank. Die Hafenpolizei verbot ihnen, das Schiff zu verlassen. Die Männer kamen aus der Neuen Welt. Da sie in Quarantäne gesetzt wurden, warfen sie den Postsack an Land. Der Hafenkommandant fragte, ob das Briefe aus der Neuen Welt seien. »Nein«, antwortete ein erschöpfter Mann mit schottischem Akzent, »es sind Nachrichten aus der Hölle.«

»Ihre Privatgarde verlangt mehr Lohn, Monsieur«, sagte Angelini, als sie am nächsten Morgen die laufenden Geschäfte in Laws Arbeitszimmer an der Place Louis-le-Grand durchgingen.

»Dann geben Sie ihr mehr Lohn, Angelini. Ohne Garde überleben wir keinen Tag mehr in dieser Stadt.«

»Der Kommandant verlangt den fünffachen Lohn für seine Männer und den zehnfachen für sich. Er sagt, selbst ein Laib Brot koste in Paris mehr, als man an einem einzigen Tag verdienen könne.«

»Bezahlen Sie ihn, Angelini. Was gibt es sonst?«

John Law gähnte. Er war zum Umfallen müde. Seine Augen hatten dunkle Ringe.

»Der Kurs liegt seit heute Früh unter dreitausend Livre ... Er hat sich somit in wenigen Tagen halbiert.«

»Schließen Sie die Büros der Mississippi-Kompanie. Die schlechten Nachrichten sind jetzt alle im Kurs enthalten. Die Lage wird sich beruhigen«, entgegnete John Law, »das nächste Geschäft.«

»Ein Brief aus Louisiana.«

John Law sah den Schrecken in den Augen seines italienischen Sekretärs.

»Der Brief ist an die Mississippi-Kompanie gerichtet, Monsieur.«

»Sie meinen«, sagte John Law vorsichtig, während er den Brief in die Hand nahm, »es gibt Nachrichten, die noch nicht im Kurs enthalten sind?«

Angelini nickte. Das Siegel war schon aufgebrochen. John Law warf Angelini den Brief wieder über den Tisch zu.

»In einem Satz, Angelini!«, bat John Law ungeduldig.

»Die berühmte Handelsniederlassung in Louisiana besteht aus vier bescheidenen Häusern mitten in einem Sumpfgebiet. Als ihr Bruder William dort ankam, waren die meisten Bewohner schon tot. Ruhr, Malaria, Gelbfieber, kaum einer überlebt ein halbes Jahr. Die Mannschaft Ihres Bruders ist bereits auf wenige Siedler dezimiert. Jede Nacht greifen Indianerstämme an. Tagsüber verüben spanische Siedler Sabotageakte, zur See versuchen die Engländer, die französischen Schiffe zu versenken. Kaum eines kommt durch.« Angelini flüsterte es fast.

»Haben sie Gold gefunden?«

»Nur eine Art schwarzes, klebriges Öl. Aber man hat dafür keine Verwendung. Schwarzes Öl, das ist der Hohn der Natur, schreibt Ihr Bruder. Nur Dreck und Verderben.«

»Ja«, murmelte John Law, »diese Nachrichten sind tatsächlich noch nicht im Kurs enthalten. Wann kommt er zurück?«

»Er hat auf dem Umschlag noch etwas hinzugefügt. Er ist bereits da. Er wurde in Le Havre in Quarantäne gesetzt.«

»Das war's dann wohl«, sagte John Law wie zu sich selbst. Er spürte, wie er allmählich den Boden unter den Füßen verlor. Es war ihm, als würde er von einer schweren Einsamkeit übermannt und endlos fallen. Eine Angst ergriff ihn, eine Angst, so stark wie eine Naturgewalt, sie legte sich über ihn und hielt ihn fest umklammert. Er hätte nicht gedacht, dass es Gefühle gab, die einen heimsuchen konnten wie meterhohe Wellen, die sich plötzlich zu einer Urgewalt türmen und alles unter sich begraben und zerstören.

»Er bittet Sie außerdem, so schnell wie möglich seine Aktien abzustoßen.«

»Wer?« John Law sah auf. Was hatte Angelini gesagt, Aktien abstoßen?

John Law saß zusammengesunken am Tisch. Der ganze Körper bebte, als würde er weinen, aber es war ein stummes Lachen, das John Law schüttelte. Wenn er Williams Aktien abstoßen wollte, musste er erst einmal einen Käufer finden. Ausgerechnet: einen Käufer. John Law lachte stumm und ohne Kraft. Er lachte über das, was das Schicksal im Begriff war, ihm anzutun. Er lachte leise, obwohl ihm zum Weinen zumute war.

»Es gibt da noch etwas«, sagte Angelini verlegen.

»Ach ja? War das noch nicht alles?«

»Mein alter Vater ... er ist sehr schwer krank geworden ...«

»Ist schon gut, Angelini. Sie sind frei, Sie können gehen.«

Angelini sprang auf und kniete dann vor John Law nieder: »Danke, Monsieur! Vergelt es Ihnen Gott, Monsieur Law!«

Rebecca hatte während der Abwesenheit ihres Gatten Gefallen gefunden an den Schönen und Reichen der Pariser Gesellschaft. Anfänglich hatten John und Catherine sie zu ihren Feiern geladen, um sie von ihrer Schwermut zu erlösen. Aber das Renommee, das Rebecca bald in der Pariser Gesellschaft genoss, war ihr zu Kopf gestiegen. Nicht bloß einmal hatte sie Catherine brüskiert, indem sie wie beiläufig fallen ließ, dass Catherine zwar verheiratet sei, aber nicht mit ihrem Schwager John Law.

John und Catherine hatten den Kontakt zu ihr auf das Nötigste reduziert. So waren sie auch nicht anwesend, als Rebecca im Dezember des Jahres 1720 eine Soiree gab. Sie turtelte gerade mit einem jungen Prinzen herum, als ein gellender Aufschrei die abendliche Gesellschaft erschütterte. Ein Vagabund hatte den Salon betreten, ein bärtiger Kerl mit zersaustem Haar. Die Gäste wichen vor ihm zurück. Man wunderte sich, wieso die Dienerschaft diesem Kerl Einlass gewährt hatte.

Rebecca löste sich von ihrem jungen Liebhaber und schritt energisch auf den Störenfried zu. Plötzlich stockte sie: »Sie, Monsieur?«

»Ja«, schrie der Fremde, »ich bin William Law, der Leiter der Mississippi-Expedition ... zurück aus der Neuen Welt, zurück aus der Hölle!«

William griff nach einem Weinkrug, den ein Kellner auf einem Silbertablett trug, und trank gierig. Das meiste rann ihm über Wangen und Kinn.

»Gibt es Gold?«, fragte Rebecca leise.

»Ja«, fragte ein anderer, »habt ihr Gold gefunden?«

William nahm ein tönernes Gefäß aus seiner Tasche und schmiss es auf den Boden. Das Gefäß zersprang, und eine schwarze, klebrige Flüssigkeit ergoss sich über den Marmorboden.

»Das ist das schwarze Gold von Louisiana – Öl. Die spanischen Siedler gießen es in die Mäuler gefangener Indianer und fragen sie nach dem Gold. Wenn es Gold gäbe, würden sie es sagen. Aber es gibt kein Gold, deshalb sagen sie nichts, und die Spanier zünden das Öl an, und die Indianer brennen lichterloh.«

Die Menge hatte gebannt auf Williams Antwort gewartet, jetzt wichen die Menschen entsetzt vor der zerlumpten Gestalt zurück wie vor einer Erscheinung.

Vor dem Hauptsitz der Mississippi-Kompanie spielten sich bürgerkriegsähnliche Szenen ab. Bewaffnete feuerten Schüsse auf die Gardisten ab, junge Kerle schmissen brennende Fackeln gegen die Fenster. Jede Kutsche, die sich in die enge Rue Quincampoix wagte, wurde in ihre Einzelteile zerlegt und abgefackelt. Kein Polizist zeigte sich, weit und breit keine Soldaten. Sie waren vollauf damit beschäftigt, die strategisch wichtigen Gebäude zu schützen: das Palais Royal, die Kasernen, die Münze.

Am Abend war der Mob zu einer unüberschaubar großen Menschenmenge angewachsen. Es wurde wild in der Gegend herumgefeuert, Häuser wurden angezündet, Menschen zu Tode getrampelt.

Am nächsten Tag, dem 22. Mai 1720, trug die aufgebrachte Menge die Leichen in einer langen Prozession zum Palais Royal. Der Regent musste eilig sechstausend Soldaten zusammenrufen, um die Stadtwache zu verstärken.

In seinem Arbeitszimmer an der Place Louis-le-Grand war John Law von seinem Platz am Schreibtisch aufgesprungen: »Du wagst es, nach deinem öffentlichen Auftritt mein Haus zu betreten?«, schrie er seinen Bruder an.

»Willst du dich etwa duellieren?«, spottete William. »Aber dann wählen wir Pistolen und keine Degen. Die Zeit der Degen ist längst vorbei, John. Deine Zeit ist auch vorbei. Ganz Paris lacht schon über dich. Sie schreiben Spottverse über dich und über den Regenten.«

»Ich habe zu tun, William«, unterbrach ihn John, »sag, was du willst, und dann geh.«

»Ich will meine Aktien verkaufen, sofort!«

»Der Handel ist geschlossen, William, ich kann dir deine Aktien nicht abkaufen.«

William stand bebend vor John Law, die Wut ließ sein Gesicht rot anlaufen. »Wozu all die Strapazen, John! Ich will wenigstens Geld sehen!«

»Wenn die Mississippi-Kompanie von dir die Aktien heute zurückkauft, werde ich dafür bestraft, und der Kauf wird rückgängig gemacht. Es ist einfach zu spät, William.«

»Ich hätte nie nach Paris kommen sollen, John! Nie!«

»Wieso schlägst du dich immer wieder auf die Seite jener, die mich vernichten wollen, William? Wieso hältst du nicht zur Familie?«

»Hast du irgendwo im Ausland etwas zur Seite gelegt?«, fragte William. Jetzt beugte er sich über Johns Schreibtisch und sah ihn hasserfüllt an.

»Hör zu, ich werde dir eine Viertelmillion in Münzen aushändigen, William. Privat. Von meinem Vermögen. In Form eines zinslosen Darlehens.«

»Das ist nicht genug, John«, unterbrach ihn William, »es muss noch mehr geben. Wo hast du das Silber gehortet, von dem die ganze Stadt spricht? Wo?« William tigerte um den Tisch herum und blieb hinter seinem Bruder stehen. John blieb sitzen.

»Es gibt keine Silberberge, William, keine geheimen Goldvorräte, keine vergrabenen Schätze ... es gibt nur meinen kleinen dummen Bruder, der in Edinburgh hätte bleiben und mit seinen Pistolen spielen sollen.«

William atmete tief durch. Er stand hinter John Law und starrte auf dessen Nacken.

»Ich warne dich, William. Lass dich nicht zu Dingen hinreißen, die du bereuen wirst. Es könnte schlimmer enden als in den Sümpfen von Louisiana.«

Es klopfte an der Tür.

»Ja«, rief John Law.

Saint Simon betrat das Arbeitszimmer.

»Kommen Sie herein, Monsieur le Duc. Die Dienerschaft macht sich in diesen Tagen rar ...«

»Störe ich Sie, Monsieur?«, fragte Saint Simon und warf den beiden Brüdern einen freundlichen Blick zu.

»Nein«, entgegnete John, »William wollte gerade gehen.«

William zögerte. Er sah seinen Bruder drohend an: »Wann darf ich damit rechnen?«

»Ich werde mir etwas überlegen«, versprach John, »aber ich erwarte, dass du in den nächsten Wochen auf öffentliche Auftritte verzichtest.«

William nickte mit düsterer Miene, verbeugte sich kurz vor Saint Simon und verließ das Arbeitszimmer.

Saint Simon wartete, bis William die Tür hinter sich geschlossen hatte, dann legte er seinen Mantel ab und begann mit erregter Stimme: »Sie müssen Paris verlassen, Monsieur! Das Parlament wittert Morgenluft. Es will dem Regenten die öffentlichen Demütigungen der vergangenen Jahre zurückzahlen. In barer Münze. Sie wollen die Gunst der Stunde nutzen. Sie wollen den Regenten schwächen. Deshalb werden sie zuerst die stärkste Säule des Regenten angreifen: Sie, Monsieur. Man will Sie in die Bastille werfen. Man unterstellt Ihnen, dass Sie sich heimlich bereichert und im Ausland gigantische Silbervorräte angelegt haben. Man unterstellt Ihnen, das ganze Land in den Ruin getrieben und Parlament und Volk betrogen zu haben. Man fordert die Rücknahme sämtlicher Edikte, Ihre sofortige Absetzung, Ihren Kopf. Man will Sie hängen sehen!« Saint Simon war sichtlich besorgt. Er fuhr fort: »Monsieur Law of Lauriston. Ich habe Sie als einen besonnenen Menschen von außerordentlichem Verstand schätzen gelernt. Sie sind mir wie ein wahrer Freund ans Herz gewachsen. Vielleicht ist es das letzte Mal, dass wir uns heute sehen. Sagen Sie mir: Ist es wahr, was man sich in Paris erzählt?«

»Mein System war richtig, Monsieur. Es war durchdacht. Ich habe jedoch nicht damit gerechnet, dass der Regent ...«

»... heimlich drei Milliarden Papiergeld druckt.«

John Law schaute Saint Simon irritiert an.

»Dann ist es also wahr, was man mir unter dem Siegel größter Verschwiegenheit anvertraut hat.«

»Ja, es ist wahr. Ich kann meine Unschuld nur beweisen, wenn ich das Verschulden des Regenten öffentlich mache.«

»Nein, nein«, entsetzte sich Saint Simon, »das Parlament wird nie Ihre Partei ergreifen, Monsieur. Es will den Regenten nicht stürzen, nur schwächen. Sie müssen fliehen, Monsieur!«

»Noch ist nicht alles verloren. Saint Simon, ich flehe Sie an: Sagen Sie dem Regenten, dass er durchhalten muss. Wenn er mir jetzt die Zügel aus der Hand nimmt, versinkt die ganze Nation im Chaos!«

»Die Pariser Finanziers würden das in Kauf nehmen. Falls das Parlament Sie hängen lässt. Aus Neid ist Hass geworden, Monsieur.«

Vor dem Haus des John Law spielten sich ähnliche Szenen ab wie vor dem Geschäftssitz der Mississippi-Kompanie. John Law hatte seine Garde verdreifacht und ihre Löhne verzehnfacht. Die Häuser an der Place Louis-le-Grand, die John Law bereits zu einem Drittel aufgekauft hatte, waren zu einer Festung umfunktioniert worden. Die aufgebrachte Menge begnügte sich nicht mehr mit lauthals geäußerten Verwünschungen und Steinwürfen. Dauernd rannten junge Burschen unter dem johlenden Applaus der aufständischen Menge vor John Laws Haus und feuerten Salven ab. Nach und nach gingen sämtliche Fenster zu Bruch und wurden von innen mit Brettern vernagelt.

John Law saß im abgedunkelten Salon im Kreis seiner Familie: »Egal, was in den nächsten Tagen passiert«, sagte er leise, »denkt stets daran, dass ich euch über alles liebe. Vielleicht werde ich eines Abends nicht mehr zurückkehren. Macht euch keine Sorgen. Zweifelt nicht an mir, ich werde zu euch zurückkommen. Ich werde alles Menschenmögliche unternehmen, um wieder bei euch zu sein.«

Als d'Argenson mit einem Trupp Reiter auf der Place Louis-le-Grand erschien, richtete sich der allgemeine Volkszorn gegen die königlichen Truppen. Die Menschen griffen die Soldaten der Krone an. Diese gingen sofort in Stellung und feuerten eine erste und zweite Salve ab. Menschen brachen tot zusammen, andere wurden schwer verletzt und versuchten, sich heulend in Sicherheit zu bringen.

Als die Menge sich zerstreut hatte, stieg d'Argenson von seinem Pferd herunter und begab sich in das Privathaus des John Law.

John Law kam ihm in der Eingangshalle entgegen. Ein Lächeln huschte über sein Gesicht: »Diese Runde geht an Sie, d'Argenson.«

»Ich fürchte, es war die letzte Runde«, entgegnete der Marquis trocken, »jede Glückssträhne geht mal zu Ende.«

»Glück war nie mein Metier, Monsieur«, beharrte John Law. Er führte d'Argenson in sein Arbeitszimmer. »Bin ich verhaftet?«, fragte er.

»Nein, Monsieur, der Regent bürgt für Ihre Unversehrtheit. Wir postieren deshalb Soldaten der königlichen Wache vor Ihrem Haus.«

Aus irgendeinem Grund schien d'Argenson den Augenblick seines Triumphes nicht recht auskosten zu können. John stutzte: D'Argenson hatte doch nicht etwa Mitleid mit ihm? »Ich stehe unter Arrest?«, fragte er.

»Sie sind mit sofortiger Wirkung aller Ihrer Ämter enthoben worden, Monsieur. Das Parlament hat eine Untersuchung gegen Sie eingeleitet. Es soll geprüft werden, ob Sie sich unrechtmäßig bereichert haben.«

»D'Argenson, wir waren nie große Freunde, aber ich frage Sie: Glauben Sie wirklich, dass ich all das getan habe, nur um mich unrechtmäßig zu bereichern?«

»Es gibt Leute am Hof«, begann d'Argenson, »die glauben, Sie hätten mithilfe geheimnisvoller ausländischer Bankiers bewusst die ganze Welt mit der französischen Papierwährung überschwemmt und selbst heimlich Sachwerte erworben. Sie hätten hunderte von Immobilien, Ländereien, Rohstofflager und Manufakturen aufgekauft und die Verkäufer gezwungen, wertloses Papiergeld als Bezahlung zu akzeptieren. Und nun würden Sie absichtlich die ganze Papierwährung zusammenbrechen lassen.«

»Und das Einzige, was bleibt«, lächelte John Law kopfschüttelnd, »sind meine Sachwerte, und alle anderen sind bankrott.«

»Das ist die neueste Theorie, die am Hof kursiert, Monsieur.«

»Selbst wenn sie logisch wäre, Monsieur, sie ist einfach nicht wahr. Oder glauben Sie daran?«, fragte Law und schaute d'Argenson prüfend an.

»Was ich glaube, Monsieur, ist nicht Gegenstand des parlamentarischen Ausschusses. Crozat le Riche wird diese Untersuchung leiten. Nicht ich.«

»Ich möchte Ihre Meinung hören, d'Argenson.«

D'Argenson zuckte nicht mit der Wimper. »Darf ich Sie bitten, mich zu begleiten, Monsieur.«

»Wenn Sie mich in die Bastille bringen wollen, dann lassen Sie mich wenigstens von meiner Familie verabschieden«, sagte John Law.

»Ich bringe Sie lediglich zum Regenten und dann wieder zurück in Ihr Haus. Ich sagte bereits, Sie stehen unter Arrest.«

Der Regent ließ auf sich warten. John Law stand in einem Vorzimmer, das zum Saal des Regentschaftsrates führte. Er kannte hier jeden Winkel. Hier war er all die Jahre wie zu Hause gewesen, ein Habitué, der hier täglich ein und aus ging. Jetzt erschien ihm alles fremd. Die Gardesoldaten vor den Türen, der Raum, der Geruch. Es war vielleicht das letzte Mal, dass er hier stand, das letzte Mal, dass er über die hellen Marmorplatten schritt, zum großen Leuchter an der Decke hinaufschaute, die Tür zum Regenten passierte. Doch der Regent kam nicht. Die Soldaten wechselten sich ab. Die Nacht brach an. Catherine musste sich bereits Sorgen machen. John Law setzte sich auf einen Stuhl. In den frühen Morgenstunden nickte er ein.

Ein Soldat weckte ihn. »Monsieur le Régent lässt bitten.«

John wurde in einen anderen Teil des Gebäudes gebracht. Er war misstrauisch. Er rechnete mehr denn je damit, dass man ihn einkerkern wolle. Doch zu seiner großen Überraschung führte man ihn tatsächlich zum Regenten. In sein privates Spielzimmer.

»Wir haben nicht viel Zeit, Monsieur Law«, begann der Regent ohne Umschweife. Er war nüchtern, wirkte gefasst. »Ich kann nicht mehr für Ihre Sicherheit bürgen, Monsieur. Ganz Paris will Sie hängen sehen.« Der Regent legte einen versiegelten Brief auf den Billardtisch: »Ihr Passierschein, ich erlaube Ihnen die Ausreise. Ihren Sohn dürfen Sie mitnehmen.«

»Und meine Frau und meine Tochter?«

»Die bleiben hier, Monsieur, als Pfand. Bis die Untersuchung abgeschlossen ist. Dann können auch Madame und Ihre Tochter das Land verlassen. Bis dann werden alle Ihre Besitztümer und Ihr gesamtes Guthaben von der Krone eingezogen.«

»Ich schwöre bei Gott, Monsieur le Régent, dass ich meine Geschäfte nach bestem Wissen und Gewissen ausgeübt und mich nie – nie! – in irgendeiner Weise ungesetzmäßig bereichert habe.«

»Das festzustellen, ist Aufgabe der parlamentarischen Untersuchungskommission, Monsieur Law. Haben Sie noch einen Wunsch?«

John Law überlegte nicht lang.

»Ich habe seinerzeit Paris mit einem Vermögen von fünfhunderttausend Livre betreten. Ich überlasse mein gesamtes Vermögen der Krone. Aber ich bitte: Lassen Sie mir und meiner Familie diese fünfhunderttausend Livre, und lassen Sie mich mit meiner ganzen Familie Paris verlassen.«

»Die fünfhunderttausend Livre sind Ihnen bewilligt«, sagte der Regent, »aber Ihre Frau wird als Pfand in Paris bleiben müssen.«

»Dann werde ich auch bleiben.«

»Dann werden Sie gehängt, Monsieur. Ich kann für Ihre Sicherheit nicht mehr garantieren. Es ist durchaus möglich, dass das Parlament Sie morgen zum Tod verurteilt. Sie haben also die Wahl. Ihre Frau kann Sie hängen sehen oder im Ausland in Sicherheit wissen! *Voilà. C'est tout.*«

»Hat der Regent denn alles vergessen, was ich für ihn und die Krone getan habe? Habt ihr denn bereits vergessen, in welchem Zustand sich Frankreich befand, als ich mich in Paris niederließ? Die Menschen hatten keine Arbeit, lebten in bitterster Armut, die Staatsverschuldung ...« John Law trat auf den Regenten zu: »Ich bitte Sie, Monsieur, ich bitte um Gerechtigkeit!«

»Alles, was Sie veranlasst haben, Monsieur Law, werden wir rückgängig machen. Alles!«

»Aber es gibt noch Rettung! Haben Sie den Mut zur Stärke! Wenn Sie jetzt alles rückgängig machen, stürzen Sie das Land ins Chaos!« John Law war verzweifelt. Er war überzeugt, dass Rettung möglich war. Man musste die jetzige Situation einfach durchstehen.

»Monsieur, ich habe entschieden. Meine Entscheidung ist irreversibel. Falls ich Ihnen bei anderer Gelegenheit noch einen

Wunsch erfüllen kann, werde ich dies gern tun. Aber Sie werden Paris verlassen und alles zurücklassen, was Ihnen lieb und teuer ist. Bis der Ausschuss Ihre Unschuld bewiesen hat.«

»Glauben Sie denn auch, dass ich irgendwo im Ausland geheimnisvolle Silberberge angehäuft habe, Monsieur le Régent?«

Der Regent verzog keine Miene. »Falls dem so wäre, Monsieur, sind Sie gut beraten, diese Vermögenswerte an die Krone zurückzuführen. Im Austausch wird Ihre Familie Ihnen ins Ausland folgen können.«

»Es ist einfach unglaublich«, brauste John Law auf, »ich schwöre bei Gott, dass ich keinen Sou ins Ausland gebracht habe. Zwingen Sie mich deshalb, das Land zu verlassen? Damit ich Ihnen diese imaginären Vermögenswerte zurückbringe, Monsieur? Oder nicht eher, weil Sie heimlich drei Milliarden Banknoten gedruckt ...«

»Wenn Sie diesen Satz zu Ende sprechen, Monsieur, lasse ich Sie unverzüglich in die Bastille werfen! Sie dürfen nicht einmal daran denken, Monsieur! Ich werde nicht zögern, Sie zum Schweigen zu bringen, wenn Sie diese Sache auch nur noch einmal erwähnen!«

John Law stand wie versteinert vor dem Regenten. Nun begriff er, wieso der Herzog ihn nicht mehr in Frankreich haben wollte.

»Sie waren mir doch immer gewogen, Monsieur«, flüsterte John Law, »für Sie hätte ich alles gegeben, alles. Ich habe stets an unsere Sache geglaubt. Ich habe nicht einmal im Traum daran gedacht, mir im Ausland ...« Ihm versagte die Stimme. »Wozu auch, Monsieur? Mein System hat funktioniert. Ich habe es bewiesen. Wieso hätte ich mir heimlich im Ausland ein geheimes Gold- oder Silberlager anlegen sollen? Ich wollte immer in Frankreich bleiben, an Ihrer Seite, und Ihnen und der Krone dienen.« Verstört blickte John Law auf, suchte den Blick des Regenten, ein Zeichen, das an die alte Verbundenheit erinnerte.

Doch der Duc d'Orléans wandte den Kopf ab. Er musste wissen, dass er seinem Schotten Unrecht tat.

»Wenn Sie keinen Wunsch mehr haben«, sprach der Regent leise, »lasse ich Sie in Ihr Haus zurückbringen. Morgen verlassen Sie Paris. Alle notwendigen Papiere werden Ihnen bei der Abreise ausgehändigt.«

»Noch einmal in die Oper«, sagte John Law plötzlich, »ich möchte noch einmal mit meiner Familie die Oper besuchen. Morgen Abend. Und anschließend verlasse ich Paris für immer.«

»Der Wunsch sei Ihnen gewährt«, sagte der Regent mit bewegter Stimme. Und ohne ein weiteres Wort verließ er das Spielzimmer.

Zwei Wachen kamen herein und begleiteten John Law in den Hof. Dort wartete bereits d'Argensons Kutsche.

Alles, was Rang und Namen hatte, hörte sich am 12. Dezember 1720 Lullys »Thésée« an. John Law und seine Familie hatten eine der königlichen Logen erhalten. Man schaute hinauf, man tuschelte. Woher nahm dieser Schotte, den das Parlament hängen sehen wollte, den Mut, noch in die Oper zu gehen. John Law versteckte sich nicht. John Law nahm Abschied von einer Welt, an der er nie mehr teilhaben würde. Er hatte sich diesen letzten Abend in der Oper gewünscht, um Catherine und Kate den Neuanfang zu erleichtern. Wäre er heimlich Hals über Kopf aus Paris geflüchtet, wäre sie die zurückgelassene Frau eines Hasardeurs gewesen. So nahm er offiziell Abschied für eine vermeintliche Geschäftsreise ins Ausland, und Catherine würde weiterhin die Frau des großen John Law sein.

»Ich bedaure in dieser Stunde alles, was ich dir an Leid zugefügt habe«, flüsterte John Law mit tränenerstickter Stimme.

Catherine sah John an. »Sag mir ehrlich, hattest du auch mit Rebecca ...?«

»Nein«, antwortete John Law heftig, »ich hatte viele Affären, aber nicht mit Rebecca.«

Catherine nickte. Nach einer Weile sagte sie: »Ich war auch kein Engel, John. Vielleicht macht es dir den Abschied einfacher, wenn ich es dir heute sage. Ich war kein Engel.«

Die Tränen liefen ihr in Strömen über die Wangen. »Kümmere dich gut um unseren Sohn«, flüsterte sie und begann leise zu schluchzen.

»Ich verspreche es! Ich werde alles tun, damit das Schicksal uns wieder zusammenbringt.«

»Ich weiß, John«, sagte sie leise und drückte ihr verweintes Gesicht an seine Wangen.

»Der Ausschuss wird meine Unschuld beweisen!«, flüsterte John. Sie nickte kurz und ließ sich erschöpft in John Laws Arme sinken.

»Erwähne niemandem gegenüber, was du über den Regenten weißt. Er würde dich dafür vernichten.«

Catherine wischte sich die Augen und richtete sich wieder auf. »Kann die Welt denn so schlecht sein?«, flüsterte Catherine. »Sind wir nicht schon genug gepeinigt mit Leid und Sorgen, mit Krankheit und Tod? Müssen die Menschen sich auch noch gegenseitig Leid zufügen?«

»Ja, deshalb hat er sich die Erde untertan gemacht. Der Mensch ist schlecht, sein Gott ist schlecht. Aber ich liebe dich, Catherine. Egal, wo ich hingehe, du wirst überall sein, ich werde nachts deinen Namen flüstern, deine Wärme spüren, deine Gedanken erraten, und wenn mich die Sehnsucht nach dir zerreißt, werde ich zu dir sprechen.«

»Und ich werde dich hören, John, wo immer du sein magst. Du bist ein Teil von mir, John Law of Lauriston.«

»Auf immer.«

Noch bevor die Oper zu Ende war, stand John Law auf. Ein letztes Mal drückte er Kate an seine Brust, Catherine, seine große Liebe. Kate verabschiedete sich von ihrem Bruder, umarmte ihn fest, hielt ihn lange umschlungen. Dann nahm der junge John Abschied von Madame, ließ sich ein letztes Mal an ihre Brust drücken. Schließlich verließen die beiden Männer die Loge.

Kapitel XV

John Law fuhr im Dezember 1720 mit seinem fünfzehnjährigen Sohn, drei Kammerdienern und einem Dutzend berittener Soldaten durch das verschneite Frankreich in Richtung Marseille. Er wollte mit dem Schiff nach Genua übersetzen. Doch Marseille war mit einem Militärkordon von der Außenwelt abgeschnitten. Ein Schiff hatte die Pest nach Europa gebracht. Die Pest! Die Dienerschaft quittierte darauf den Dienst und floh zurück nach Paris. John und sein Sohn blieben allein mit ihrer berittenen Eskorte zurück. Sie entschlossen sich, auf dem Landweg nach Genua weiterzureisen.

An der Grenze zu Italien wurden ihre Papiere kontrolliert.

»Monsieur du Jardin?«, fragte der Soldat.

John Law nickte. Der Soldat schaute sich den Pass genauer an. Dann prüfte er auch den Pass des jungen Mannes. Nach einer Weile schaute er wieder hoch und fragte erneut: »Monsieur du Jardin?«

John Law nickte: »*Oui*, Monsieur du Jardin.«

Der französische Soldat ging mit den Passierscheinen in die Holzbaracke und blieb eine lange Zeit verschwunden. John und sein Sohn blieben in der Kutsche sitzen und warteten. Es war bitterkalt. Nach einer Weile kam der Soldat in Begleitung seines Obersten zurück. Dieser forderte John Law auf, die Kutsche zu verlassen. Das Gesicht des Obersten kam John Law sonderbar bekannt vor. Er versuchte sich zu erinnern. Dann fiel es ihm ein. Für einen Augenblick hatte er das Gefühl, als hätte sich das Leben gegen ihn verschworen.

»Kennen wir uns?« Die Frage war ihm herausgerutscht.

Aber der Oberste grinste nur. »Sie glauben, mich zu kennen, Monsieur, aber ich erinnere Sie lediglich an meinen kürzlich verstorbenen Vater. Ich bin der älteste Sohn des Marquis d'Argenson.«

»Dann wissen Sie ja, wer ich bin«, gab John Law überrascht zurück und reichte ihm zwei weitere Dokumente.

»Wir haben Passierscheine. Der Regent hat sie persönlich ausgestellt und garantiert uns den Grenzübertritt.«

Der junge d'Argenson ignorierte John Laws Erläuterungen. Er beugte sich in die offene Kutsche und zog unter der Sitzbank eine schwere Truhe hervor.

»Ich habe auch ein Schreiben des Regenten, das mir erlaubt, diese Summe auszuführen«, sagte John Law.

D'Argenson öffnete lächelnd die Truhe. Darin befanden sich achthundert Louisdor. Ohne John Law anzublicken, streckte er die Hand aus: »Die Papiere ...«

John Law reichte ihm das Schreiben mit dem Siegel des Regenten. Der junge d'Argenson überflog es. Dann zerriss er es.

»*Voilà*, Monsieur«, sagte er kühl, »Sie haben doch mit einem Ihrer Edikte verfügt, dass man keine Summen über fünfhundert Livre in Bargeld besitzen darf.«

»Monsieur, Sie übersteigen Ihre Kompetenzen«, herrschte ihn John Law an. Der junge d'Argenson zuckte mit den Schultern. Er wollte ganz offensichtlich in Paris Eindruck machen und sich für höhere Aufgaben empfehlen.

»Ist das eine Form des staatlich sanktionierten Brigantentums, Monsieur? Wollen Sie mich etwa ausrauben und mit einem einzigen Louisdor über die Grenze lassen?«

Der junge d'Argenson verzog keine Miene: »Monsieur, gemäß einem weiteren Edikt, das Ihrer Feder entsprungen ist, ist es verboten, Silber und Gold aus Frankreich auszuführen. Somit kann ich Ihnen nicht mal die Ausfuhr von einem einzigen Louisdor gestatten. Ich konfisziere die gesamte Kiste!«

»Sie missachten eine Verfügung des Regenten!«, schrie John Law.

»Es gibt keine Verfügung des Regenten, Monsieur«, antwortete der junge d'Argenson und trat mit einem Fuß auf die Papierschnipsel, die vor ihm auf dem Boden lagen. »Nun, Sie können jetzt die Grenze nach Italien überschreiten, Monsieur, oder hier bleiben und meine Geduld noch weiter strapazieren. Dann lasse ich Sie nach Marseille schaffen. Dort soll bereits ein Drittel der gesamten Stadtbevölkerung der Pest erlegen sein. Alles stirbt, Monsieur, selbst die Schiffe Ihrer Mississippi-Kompanie mussten wir auf Weisung der Gesundheitskommission abfackeln. Wer weiß, was der Mississippi uns noch für Kummer beschert hätte.«

John Law schaute zu seinem Sohn, der kreidebleich neben ihm stand und fror.

»Ich bestehe darauf, dass Sie mir ein Schreiben aushändigen, wonach Sie meine achthundert Louisdor beschlagnahmt haben.«

»Das werde ich gern tun, Monsieur. Ordnung muss sein, aber ich hoffe, Sie haben Verständnis dafür, dass ich den Zorn meiner Familie mehr fürchte als den Tadel unseres Regenten. Denn während der Regent nach wie vor seinem aufwändigen Lebensstil frönen kann, hat die Familie d'Argenson mit Ihren verfluchten Mississippi-Aktien ihr gesamtes Vermögen verloren.«

Jetzt sah man die Wut in den feurigen Augen des jungen d'Argenson, den ganzen Hass, den er gegen diesen Schotten hegte. Er stampfte in die Holzbaracke zurück und überreichte John Law wenig später die Quittung für die Beschlagnahmung der achthundert Louisdor.

Als sich die Kutsche kurz darauf wieder in Bewegung setzte, wandte sich der junge John, der die ganze Zeit geschwiegen hatte, an seinen Vater: »Aber das ist doch wie verhext … dass wir hier an der Grenze ausgerechnet einem Sohn von d'Argenson begegnen.«

»Nein, nein, John«, versuchte John Law seinen Sohn zu trösten, »der Zufall tritt öfter ein, als wir glauben. Das hat mit unserer Wahrnehmung zu tun. Aber mach dir keine Sorgen, ich habe noch zwei Diamanten in meinem Stiefel. Die werden wir in Venedig verpfänden. Wir haben genug, um uns fürs Erste über Wasser zu halten. Und ich bin überzeugt, dass der Regent schon bald die versprochenen fünfhunderttausend Livre freigeben wird.«

»Und wenn er es nicht tut?«, fragte der Junge bekümmert.

»Dann lassen wir uns etwas anderes einfallen, John. Es gibt immer einen Weg, John. Ich bin ein Law, du bist ein Law. Weder unbedeutend noch gering.«

VENEDIG, FRÜHLING 1722

Ein gutes Jahr später saß John Law in einem Kaffeehaus in Venedig und wartete zusammen mit seinem Sohn darauf, dass das Ridotto öffnete. Bis es so weit war, schrieb John Law an seinem Brief, und wenn er aufschaute, sah er das Treiben auf dem Canal Grande. John Law hatte vom Conte Colloredo einen Palazzo gleich neben dem Ridotto gemietet, und das Kaffeehaus lag ebenfalls nur wenige Schritte von Venedigs berühmtem Spielcasino entfernt.

Es war nicht der erste Brief, den John Law an den Regenten schrieb, in dem er ihn an die versprochenen fünfhunderttausend Livre erinnerte. Und es war nicht der erste Brief, in dem er dem Regenten neue Maßnahmen zur Behebung der Staatskrise darlegte. Er empfahl ihm seine Dienste. Aber vor allem erbat er die Freilassung seiner geliebten Catherine und seiner Tochter Kate.

»Er beantwortet Ihre Briefe nicht, Vater«, sagte John junior. Der Schalk war aus seinem Gesicht gewichen. Die vergangenen Monate hatten den jungen Mann reifen lassen. Ernst und entschlossen saß er da und sortierte die Post seines Vaters. »Er wird antworten«, murmelte John Law, »er wird meine Bitten nicht mehr lange ignorieren können.«

Er hatte sich mittlerweile an den fauligen Geruch gewöhnt, der mit dem Nebel aus den Kanälen aufstieg und über die Piazza Grande strich.

»Die Pest hat den gesamten Schiffsverkehr zwischen Europa und der Neuen Welt zum Erliegen gebracht«, sagte der junge John, während er einen weiteren Brief überflog. Sein Vater tat ihm Leid.

Es schmerzte ihn, zu sehen, dass der vor kurzem noch mächtigste Mann Europas nun kränkelnd auf einem klapprigen Holzstuhl am Canal Grande saß, im einfachen Dreispitz, eingehüllt in einen schäbigen schwarzen Mantel aus billigem Stoff.

»Die Pest geht vorüber, John«, murmelte sein Vater unbeirrt, »alles geht vorüber. Venedig war einst die mächtigste Wirtschafts- und Seemacht im Mittelmeer. Und heute? Heute ist alles vorbei.«

»Aber Venedig kommt nicht wieder, Vater. Nicht alles wiederholt sich. Nicht alles kehrt zurück.«

»Aber die Pest geht vorüber. Und ich bin mir sicher, dass der Regent mich eines Tages wieder nach Paris zurückberufen wird. Ich wüsste nicht, wer seine Problem sonst lösen könnte.«

»Wieso Paris, Vater? Dänemark und Russland wären bereit, Sie in ihre Dienste zu nehmen. Wieso ausgerechnet Paris?«

»Es geht nicht um die hundert Millionen, die ich in Paris gelassen habe. Es geht um Catherine. Ich würde liebend gern wieder wie früher leben, als Privatmann, ohne die Bürde eines staatlichen Amtes. Venedig ist wunderschön. Alles, was man zum Leben braucht, ist in wenigen Schritten zu erreichen. Ich brauche weder Diener noch Gardisten. Ich war vor langer Zeit einmal in Venedig. Mit Catherine. Du warst noch nicht geboren. Wir hatten nur bescheidene Mittel, aber wir waren glücklich. Hier in Venedig ist die Erinnerung an sie lebendig. Ich dachte, das würde mir gut tun. Aber es schmerzt. Sie ist überall und doch nirgendwo.«

John Law sah auf den Stapel mit den aufgebrochenen Siegeln.

Sein Sohn zuckte verlegen die Schultern: »Es ist nichts Wichtiges dabei. Viele Menschen schreiben, dass sie Euch besuchen möchten. Sie sind bereit, dafür sehr beschwerliche Reisen auf sich zu nehmen.«

John Law räusperte sich, zuerst nur schwach, dann begann er leise zu husten, immer kräftiger und lauter, sein Gesicht lief rot an. Er rang verzweifelt nach Luft. Sein Sohn sprang sofort auf und klopfte ihm mit der flachen Hand auf den Rücken. John Law bat ihn mit einem Handzeichen aufzuhören: »Du brichst mir noch alle Rückenwirbel.«

Der junge John war sehr besorgt: »Der Morgen ist noch zu frisch, Vater, Sie sollten die Briefe nicht im Freien schreiben.«

Die Abende und Nächte verbrachte John Law im Ridotto. Er spielte *Pharao*. Aber immer seltener gab man ihm den lukrativen Part des Bankhalters, und so bot John Law den Gästen des Ridotto Wetten an. Man konnte zum Beispiel wetten, dass er viermal hintereinander die Sechs würfeln würde, und damit einen immensen Gewinn erzielen. Aber die Wahrscheinlichkeit, dass viermal hintereinander die Sechs gewürfelt wurde, war natürlich äußerst gering. Damit verdiente John Law fortan seinen Lebensunterhalt. Zuweilen gewann er genug, um einer anderen alten Leidenschaft zu frönen: Er kaufte Gemälde und galt schon bald in Venedig als eigenbrötlerischer Kunstsammler.

»Liebe Catherine«, schrieb John Law, als er am nächsten Tag an seinem Schreibtisch vor der offenen Balkontür saß und über den Canal Grande blickte, »du darfst nicht aufgeben. Beantrage erneut Pässe. Der Regent wird dir diese Bitte nicht ewig abschlagen können.«

Jemand betrat das kleine Arbeitszimmer. Es war John in Begleitung einer hübschen jungen Frau.

»Du warst die Nacht über weg, ich habe mir schon Sorgen gemacht«, sagte John Law. Er lächelte dabei, als sei er stolz darauf, dass sein Sohn die Nacht in einem fremden Schlafzimmer verbracht hatte.

»Es tut mir Leid, Vater«, sagte John und legte seinem Vater einen Arm um die Schulter. Er gab ihm einen Kuss. Das tat er nur noch selten. »Darf ich Ihnen Maria vorstellen?«

John Law erhob sich und begrüßte die junge Frau. Er sah ihr sofort an, dass sie alle Geschichten kannte, die man sich über ihn, den Schotten in Venedig, erzählte. Sie hatte warme, freundliche Augen und ein Strahlen im Gesicht, das jedes Herz höher schlagen ließ. Sie schien so glücklich und unbekümmert, als hätte sie noch nichts von den Boshaftigkeiten des Schicksals erfahren. Er war glücklich für John, dass er Maria begegnet war.

»Gibt es Neuigkeiten?«, fragte John junior vorsichtig, als er die neue Post auf den Schreibtisch seines Vaters legte.

»Ich schreibe gerade deiner Mutter, dass Sie erneut Pässe beantragen soll. Gleichzeitig schreibe ich noch einmal dem Regenten. Ich werde den Ton verschärfen. Ich werde ihm sagen, dass ich meine Dienste anderen Nationen anbieten werde, falls er nicht endlich antwortet.«

John nickte. Dann verabschiedete er sich von seinem Vater. Er wollte noch mit Maria spazieren gehen. Als die beiden das Zimmer verlassen hatten, setzte sich John Law wieder an seinen Schreibtisch. Er spürte, dass sein Sohn bald eigene Wege gehen würde. Das berührte ihn tief. Für einen Augenblick überkam ihn ein Gefühl der Traurigkeit. Er dachte an Catherine und Kate. Er vermisste sie entsetzlich. Er fühlte sich alt. Er empfand die kleinen Gebrechen des Alters stärker als je zuvor. Sein Körper verlor an Kraft, an Vitalität.

Mutlos überflog er die Post, die sein Sohn ihm gebracht hatte. Ein Brief von Catherine war dabei. Er las ihn. Und las ihn erneut. Und als er abends wieder an seinem Tisch im Ridotto saß und seine Einsätze tätigte, hörte er Catherines Stimme, als stünde sie neben ihm, hier im Saal, irgendwo im Dunkeln, wie damals im Londoner Salon ihres Bruders.

»Mein geliebter John«, hatte sie geschrieben, »Kate und mir geht es gut. In Paris glaubt alle Welt, dass man dich endlich zurückholen wird. Crozat hat die Untersuchung gegen dich abgeschlossen und dem Regenten berichtet, dass du alle Geschäfte korrekt durchgeführt und dich weder direkt noch indirekt bereichert hast. Viele Menschen glauben, dass man dir großes Unrecht angetan hat. Nur noch einige wenige Neider verbreiten das Gerücht, wonach du im Ausland unermessliche Schätze angehäuft haben sollst. Sie sprechen von einem Silberschatz von salomonischem Ausmaß. Die Mississippi-Aktien haben sich wieder erholt. Die Neue Welt scheint zu halten, was du seinerzeit versprochen hast. Kate und ich schöpfen neue Hoffnung. Wir werden uns bald wiedersehen, John. Ich ließ erneut über den Duc de Saint Simon nachfragen, ob der Regent die Gnade hätte, mir und Kate Passierscheine auszustellen. Ich hörte, er stünde wieder unter Druck, nachdem der junge König schwer erkrankt sei. Es geht das Gerücht, dass dieser Chemiker Homberg wieder in der Stadt sei. Ich hoffe, der junge König wird bald gesund und der Regent kann sich unseren Passierscheinen widmen. Wir sind zuversichtlich. Eine Flucht wäre nicht ratsam. Dein Bruder William hat es versucht. Er wurde mit mehreren Millionen Livre in Silber und Gold unweit von Paris gestellt und sitzt seither in der Bastille. Ich besuche ihn jeden Tag, bringe ihm Essen und stehe seiner Frau Rebecca bei. Ich kann es kaum erwarten, dich wieder in meine Arme zu schließen.«

»Monsieur Law?«, fragte eine Stimme erneut. John Law blickte hoch. Er hatte alles um sich herum vergessen. Die Mitspieler am *Pharao*-Tisch warteten auf eine neue Karte. Alle sahen ihn an. John Law, der Großmeister der Wahrscheinlichkeitsrechnung, der Virtuose, der geniale Denker und Stratege, saß in Gedanken versunken am Spieltisch und starrte ungläubig in die Runde, als könne er kaum begreifen, was ihn in dieses Ridotto verschlagen hatte.

In den frühen Morgenstunden des 2. Dezember 1723 brachte Saint Simon dem Regenten ein neues Schreiben von John Law aus Venedig. Er wurde vom Kammerdiener bis ins Schlafgemach des Duc d'Orléans geführt. Seit die Witwe d'Orléans gestorben war, hatte der Regent den Halt vollends verloren und das Sitzungszimmer mit dem Schlafzimmer vertauscht.

»Monsieur«, begann Saint Simon, »darf ich Sie an Ihr Versprechen erinnern, Monsieur Law of Lauriston die Rückkehr nach Paris zu gestatten, falls die Untersuchung gegen ihn seine Unschuld beweist? Darf ich Sie weiter darum bitten, Madame Law endlich die beantragten Passierscheine auszustellen, nachdem die Unschuld ihres Ehemannes bestätigt wurde?«

Saint Simon stand vor dem Bett und wartete geduldig die Antwort des Duc d'Orléans ab. Dieser lag in den Armen der Herzogin Marie-Thérese de Falaris wie ein Säugling, der an der Brust seiner Amme eingeschlafen war. Die Herzogin saß aufrecht, mit entblößtem Oberkörper. Mechanisch strich sie ihrem Liebhaber über das schüttere Haar.

»Er hört sie nicht«, sagte sie nach einer Weile.

»Wann darf ich es erneut versuchen, Madame?«

»Der Duc d'Orléans ist tot«, antwortete die Herzogin.

Im Frühjahr 1724 warf eine schwere Erkältung John Law erneut aufs Krankenbett.

»Venedig ist schlecht für Ihre Lungen, Vater«, sagte sein Sohn, als er den heißen Tee brachte.

»Hast du die Briefe abgeschickt?«, fragte John Law besorgt.

»Ja, Vater, es dauert. Es dauert Wochen, bis die Briefe ankommen, und nochmals Wochen, bis wir Antwort erhalten.«

»Ja, ja«, entgegnete John Law unwirsch und versuchte sich aufzurichten, »deine Mutter muss Paris verlassen, sie muss fliehen. Man wird ihr nie Passierscheine ausstellen. Jetzt, wo der Regent gestorben ist und das Parlament eine neue Untersuchung gegen mich angeordnet hat, besteht kein Grund zur Hoffnung mehr. Achthundert Untersuchungsbeamte hat das Parlament dafür eingestellt, achthundert! Ich werde es nicht mehr erleben. Man wird mich freisprechen, aber ich werde es nicht mehr erleben. Nur mein Tod kann euch retten. Erst nach meinem Tod werden sie sich endlich eingestehen, dass ich arm wie eine Kirchenmaus gestorben bin.«

»Vater, wer denkt hier ans Sterben?«, flüsterte der Sohn und strich dem Kranken mit einem feuchten Tuch den Schweiß von der Stirn.

»Der Duc d'Orléans war neunundvierzig Jahre alt, John ... ich werde bald dreiundfünfzig ...«

»Sie werden nicht sterben, Vater, glaubt mir, es ist nichts als eine Erkältung.«

»Ja, ja«, scherzte John Law, nachdem er den wohltuenden Tee getrunken hatte, »ich werde wohl der erste Mensch sein, der Unsterblichkeit erlangt.«

Catherine und Kate unternahmen am 24. Januar 1724 einen Fluchtversuch. Sie hatten so viel mitgenommen, wie sie in der Kutsche unterbringen konnten. In einem Waldstück in der Nähe von Orléans wurden sie von Reitern der königlichen Garde gestellt. Nach ihrer Rückführung nach Paris wurde ihnen eröffnet, dass sie jeglichen Besitz verloren hätten. Ihr gesamtes Vermögen war von der Krone konfisziert worden.

Catherine und Kate mieteten sich in der Dachkammer einer Pension ein. Selbst die Mittel, um einen Brief schreiben und abschicken zu können, mussten sie sich von Freunden erbetteln. Catherine schrieb ihrem Mann, dass in Paris eine neue Verfügung erlassen worden sei, wonach jedermann, der glaubte, durch John Law Geld verloren zu haben, sich bei den achthundert Untersuchungsbeamten melden durfte. Über eine halbe Million Menschen sollen sich darauf gemeldet haben …

Dass sie nun in einer erbärmlichen Absteige hauste, davon schrieb sie ihrem Mann nichts.

Als John Law sich im Frühjahr von seinem Fieber erholt hatte, führte er seinen Sohn in eine große Lagerhalle, die er vor Jahrzehnten im Palazzo der Genueser Bankiersfamilie Rezzonico gemietet hatte.

»Was wollen Sie mir zeigen, Vater?«, fragte sein Sohn. John Law lächelte. Sein Sohn bemerkte das Feuer in seinen Augen. Es war so selten geworden. »Dann ist also wahr, dass Sie heimlich etwas beiseite geschafft haben?«

»Nein«, antwortete John Law, »was du hier gleich sehen wirst, habe ich vor sehr langer Zeit erworben. Du warst noch nicht geboren. Das ist lange her«, lächelte John Law, als er die Tür zur Halle aufschloss. Überall an den Wänden standen Gemälden, aufgereiht wie Bücher in einem Bücherregal.

»Es sind mittlerweile über vierhundertachtundachtzig, John«, sagte der alte Mann mit einem Anflug von Stolz. Doch als er den verwunderten Blick seines Sohnes sah, schien er fast ein wenig verlegen zu werden.

»Die Leute behaupten, dass ein Gemälde nie an Wert gewinnt, Vater. Sie sagen, wenn du heute ein Bild von Leonardo kaufst, hat es morgen kaum an Wert gewonnen.«

John Law blieb abrupt stehen. Es schmerzte ihn, dass sein Sohn diese Auffassung vertrat, dass er sich der Meinung der anderen Leute anschloss.

»Wodurch haben sich die Leute, die diese Meinungen vertreten, denn ausgezeichnet?«

Der junge John schwieg. Sein Vater kannte ihn gut genug, um zu wissen, was seinem Sohn durch den Kopf ging.

»Nun gut«, fuhr John Law fort, »du magst denken, dass jene Leute in ihrem Leben zwar nichts bewegt haben, aber heute dennoch finanziell besser dastehen als ich.«

»Das habe ich nicht gesagt, Vater.«

»Ich möchte, dass du eines Tages all diese Gemälde nach Holland schaffen lässt. Ich bin mit deiner Mutter übereingekommen, dass Amsterdam der Ort sein wird, an dem ihr euch wiedersehen werdet.«

»Und Sie, Vater?«

»Ich werde einige Gemälde verkaufen. Mit dem Erlös kannst du hier die Miete weiter bezahlen und den Transport nach Amsterdam. Werte werden immer Bestand haben. Echte Werte. Ein Tizian, ein Raffael, ein Tintoretto, Veronese, Holbein, Michelangelo, Poussin oder Leonardo, das sind Werte, John. Es sind einmalige Zeugen unserer Geschichte. Wenn das Wunder, das ich in Paris vollbracht habe, länger angedauert hätte, die Leute würden heute Gemälde kaufen. Selbst die Küchenmagd würde sich Gemälde kaufen. Andere Nationen werden mein System übernehmen. Eines Tages wird die ganze Welt nur noch mit Geld aus Papier bezahlen. Und diese Menschen werden noch mehr Gemälde kaufen.«

John junior verzog das Gesicht. Er teilte die Ansichten seines Vaters nicht. Er war skeptisch. Irgendwie klangen die Worte seines Vaters wie die Prophezeiung eines gescheiterten Alchemisten, der immer noch glaubte, aus Blei Gold herstellen zu können.

Die Nacht des 29. August 1728 verbrachte John Law wie immer im Ridotto. Er bot neue Wetten an. Er bot zehntausend Doublonen für den Fall, dass es jemandem gelänge, sechsmal hintereinander unterschiedliche Zahlen zu würfeln. Ihm gegenüber saß ein Mann, der sich als Montesquieu zu erkennen gab. Er wollte nicht würfeln. Er wollte eine Partie *Pharao*.

»Der berühmte Schriftsteller und Philosoph?«, fragte John Law mit einem Anflug von Spott. Er mochte den Franzosen nicht. Er war in seinem Leben oft dieser Sorte Mensch begegnet und hatte sie nie geschätzt. Diese Leute waren belesen, schlagfertig, hatten einen brillanten Verstand, und doch verfehlten ihre Analysen so häufig ihr Ziel, weil es ihren Schöpfern an einer guten Portion gesunden Menschenverstandes mangelte. Es waren die ewig Moralisierenden, die Wasser predigten und Wein tranken und sich in keiner Weise von jenen unterschieden, die sie wortgewaltig verurteilten. »Ich habe kürzlich Ihre ›Persischen Briefe‹ gelesen«, fuhr John Law fort, »ich bin nicht erstaunt, dass sich das Buch gut verkauft. Moralisierende Bücher verkaufen sich immer gut. Wer mag einem solchen Autor nicht eifrig zustimmen?«

Der Franzose schien überrascht von John Laws ablehnender Haltung: »Wieso leben Sie hier in derart ärmlichen Verhältnissen, Monsieur?«, fragte Montesquieu. »Ich lebe in den Verhältnissen, die mir meine finanzielle Situation erlaubt, Monsieur«, sagte John Law und teilte Montesquieu die Karten aus. Sie waren zu zweit. Es war schon spät am Morgen. Die meisten Gäste hatten das Ridotto bereits verlassen.

»Sie müssen noch über gewisse Vermögenswerte verfügen«, insistierte Montesquieu.

»Schließen Sie von sich auf andere, Monsieur?«

»Nur ein Narr hätte es versäumt, während der prosperierenden Jahre der Mississippi-Kompanie Gelder heimlich außer Landes zu schaffen«, widersprach Montesquieu.

Er war der klassische Vertreter jener zornigen Moralisten, die den eigenen Ansprüchen nie genügen konnten. Sie suhlten sich in der Vorstellung, weise und berühmt zu sein, mimten den Menschenfreund, den Naturliebhaber, den Beschützer der Schwachen und hatten doch nicht das geringste Interesse an realen Menschen. Ihr Leben spielte sich im Geiste ab. Über den großen Moralisten und Philosophen Montesquieu erzählte man sich, dass er nicht einmal für die engsten Familienmitglieder Anteilnahme empfand und jahrelang reisen konnte, ohne seinen Angehörigen auch nur einen einzigen Brief zu schreiben. Montesquieu war der klassische Egoist, der Egozentriker, die verkrüppelte Seele, die derart von der eigenen Person eingenommen war, dass sie ihre menschlichen Verfehlungen nicht einmal erahnen konnte.

»Monsieur Montesquieu, Sie haben mein System nie verstanden und hatten doch stets eine Meinung dazu. Sie hatten seinerzeit, ich glaube, es war im Jahr 1715, dem Regenten eine eigene Schrift übergeben zur Sanierung der Staatsfinanzen. ›Denkschrift über die Staatsschulden‹ mag der Titel gewesen sein ...«

Montesquieu lächelte und nickte erfreut. Seine freudige Reaktion galt jedoch nicht John Laws nach wie vor phänomenalem Gedächtnis, sondern dem Umstand, dass sein Werk so bedeutend gewesen sein musste, dass man sich seiner erinnerte.

»Mag sein, dass Ihre Feindschaft noch aus jenen Tagen rührt, Monsieur. Ich bezweifle jedoch, dass Sie mit Ihrer Denkschrift mehr als ein Abendessen beim Regenten erreichen wollten. Ich hingegen, Monsieur, ich habe an mein System geglaubt. Wieso hätte ich also Vorsichtsmaßnahmen für ein eventuelles Scheitern ergreifen sollen? Vielleicht wird die Geschichte eines Tages lehren, dass ich sehr wohl dem von Montesquieu geforderten moralisch handelnden Menschen entsprach, aber nicht als solcher erkannt wurde, weil ausgerechnet Moralisten wie Montesquieu nicht an die

Existenz solcher Menschen glaubten. Und schon gar nicht in der Gestalt eines Bankiers.«

Montesquieu tätigte seinen Einsatz und verlangte eine weitere Karte. Er verlor. Er legte die Karten beiseite: »Monsieur Law, dann möchte ich Sie bitten, mir Ihr System zu erklären. Ich möchte nicht den Vorwurf auf mir sitzen lassen, ich hätte Ihr Handeln nur verurteilt, weil Sie dadurch vermögend geworden sind.«

John Law legte ebenfalls seine Karten beiseite. Und dann erklärte John Law of Lauriston Montesquieu das Wesen des Geldes, das Wesen des Handels, das Wesen des Kredits. Wie in seinen besten Tagen sezierte er die wirtschaftlichen und monetären Probleme der Gegenwart und erklärte und begründete, wieso allein sein System den Nationen zu neuer Blüte verhelfen konnte.

Während John Law redete und redete, formulierte Montesquieu im Kopf bereits seinen Bericht, den man von ihm in Paris erwartete: »Monsieur Law ist noch immer derselbe, mit geringen Mitteln, aber dennoch kühn spielend, im Geiste mit neuen Projekten befasst, den Kopf voller Formeln und Berechnungen. Er ist in der Tat mehr in seine Ideen verliebt als ins Geld. Und wenn auch sein Glück nur noch gering ist, so spielt er manchmal doch noch ein wahrlich großes Spiel.«

John Law stand auf seinem Balkon und ließ den Blick über die Piazza San Marco schweifen, über die Kanäle und die Gondeln und die bunten Gestalten, die kurz vor der Fastenzeit die Lagunenstadt heimsuchten, um sich in ihren Masken und Kostümen dem närrischen Karnevalstreiben hinzugeben. Vermummte in langen Mänteln aus schwarzer Seide strömten aus den umliegenden Gassen auf die Piazza hinaus. Sie hatten schulterlange Kapuzen und weiße Gesichtsmasken an, andere trugen das rote Kostüm der venezianischen Handelsherren mit rabenschwarzer Maske oder das bunte Flickenkostüm mit der plattnasigen Beulenmaske. Jedes Kostüm hatte seine Geschichte, der französische Pierrot, der Pestdoktor im düsteren Gewand mit der charakteristisch langen Nase. Selbst an diesem bunten Karnevalstag des Jahres 1729 war anhand der zahlreichen neuen Masken und Figuren das Erstarken eines selbstbewussten Bürgertums erkennbar. Trotz der ausgelassenen Stimmung, die sich in festlichen Dekorationen und wollüstigen Bällen offenbarte, war nicht übersehbar, dass Monarchien und Geistlichkeit durch die Kraft eines wissbegierigen Bürgertums an Glanz verloren. Parlamente erdrückten die Monarchien, Wissen gab die Geistlichkeit der Lächerlichkeit preis.

»Siehst du«, lächelte John Law, als er von seinem Sohn gestützt auf die vielen Menschen hinunterblickte, »als ich zum ersten Mal mit deiner Mutter hier war, gab es nur wenige Kostüme. Alles war streng reglementiert, als wolle man verhindern, dass die Welt aus den Fugen gerät. Und heute? Die Masken sind geblieben. Aber unter jeder Maske kann sich verbergen, wer will.«

John Law lachte leise vor sich hin. Sein Sohn verstand seinen Vater nicht ganz. Er hörte auch nicht richtig hin. Er war sehr besorgt, war bemüht zu verhindern, dass sich sein Vater noch schlimmer erkältete.

Am Abend, als John Law im Bett lag, stieg das Fieber wieder an. Sein Sohn ließ erneut nach dem Arzt rufen. In der Nacht kam der Priester. Der Sohn sagte mit Tränen in den Augen, dass er nicht nach einem Priester verlangt habe. Der Priester nickte verständnisvoll und murmelte, dass Paris ihn geschickt habe, um einem großen Mann die letzte Ehre zu erweisen.

»Ich werde Ihrem Vater jetzt die Beichte abnehmen, wenn Sie uns so lange entschuldigen wollen.«

»Nein«, flüsterte John Law und suchte nach der Hand seines Sohnes, »ich habe nichts zu beichten.«

Der Priester beugte sich über John Law und flüsterte ihm ins Ohr: »Wo ist der Schatz, Monsieur? Bringen Sie Ihr Leben in Ordnung und verraten Sie der Kirche, wo Sie das Silber gehortet haben.«

»Ich habe nichts, Monsieur. Ich erbitte nur noch den Tod«, keuchte John Law mit schwacher Stimme. Sein Sohn nahm die

Hand seines Vaters, hielt sie an seine Brust und drückte sie fest. Er spürte, dass es jeden Moment vorbei sein würde, und fürchtete sich vor der gähnenden Leere, die ihn heimsuchen und in untröstliches Leid stürzen würde.

»Es müssen Millionen an Silber-Écus sein, Monsieur, irgendwo versteckt, versuchen Sie sich zu erinnern«, insistierte der Priester.

»Mit meinem Tod befreie ich meine Familie von diesem grässlichen Fluch«, keuchte John Law.

Als der Priester erneut auf John Law einreden wollte, sprang der junge John auf, packte den Priester unsanft am Oberarm und zerrte ihn aus dem Zimmer. Dann stieß er ihn auf den Gang hinaus. Dort stand schon ein Dutzend Menschen herum.

»Hat er es verraten?«, fragte einer. Ein anderer versuchte sich vorzudrängen. Er hatte ein verstümmeltes Ohr, und er schnaubte, dass man ihn unbedingt zu diesem Schotten vorlassen müsse.

John schlug die Tür zu und schloss sie mit dem Schlüssel ab. Er setzte sich neben seinen Vater und strich ihm liebevoll über den fiebrig heißen Kopf.

»Ich habe ihn weggeschickt«, flüsterte der Sohn leise.

John Law schlug die Augen wieder auf und lächelte: »Sind wir jetzt allein?«

»Ja, Vater.«

»Sei nicht traurig, John. Solange ich lebe, wird mir und meiner Familie keine Gerechtigkeit widerfahren. Nur mein Tod kann die Sache beenden. Es ist deshalb gut, wenn ich sterbe, John. Ich sterbe gern. Sag deiner Mutter, dass ich gern gestorben bin. Sag Catherine, dass ich mit meinem Tod den Fluch tilge, den ich über meine Familie gebracht habe. Und vergiss den Stock nicht. *Non obscura nec ima.*«

Die Worte hatten John Law erschöpft. Die Atmung wurde hektischer, schneller. Der alte Mann bäumte sich kurz auf. Dann entwich ein langes Seufzen seiner Brust. Die Atmung flachte ab. John Law umfasste nochmals die Hand seines Sohnes. Er hörte ihn sagen, dass er sein bester Freund gewesen sei. Er konnte ihn nur noch verschwommen erkennen. Er hörte die Klänge des Karnevalsumzugs, der draußen auf der Piazza San Marco vorbeizog. Er versuchte nochmals die Augen zu öffnen, doch er sah nur noch den milchig weißen Nebel, der sich über das Gesicht seines Sohnes legte. Er hatte das Gefühl, unendlich tief zu fallen. Und dann holte ihn der Nebel ein. Er glaubte, den Anlegeplatz der Gondolieri zu erkennen. Die Anlegepfosten trugen das Familienwappen der Longhenas. Er zögerte nicht, die Gondel zu besteigen. Er wusste, dass es gut war. Der Gondoliere winkte ihm langsam zu. Er trug ein Kostüm aus schwarzer Seide und die Maske des Pestarztes, die Maske des Todes. Er reichte dem Gondoliere eine Goldmünze und setzte sich auf die rot gepolsterte Sitzbank. Der Gondoliere stieg auf den hinteren Teil der Gondel und ergriff bedächtig das Ruder mit dem gerillten Blatt. Fast lautlos stieß er vom Ufer ab. In der Ferne formte sich noch dichterer Nebel. John Law glaubte, in der Ferne eine Brücke zu erkennen. Aber da war keine Brücke. Da war nur ein dunkler endloser Schlund. John Law drehte sich um. Der Gondoliere war verschwunden. Er konnte auch keine Umrisse mehr erkennen, keine Häuser, keine Kanäle, nur eine unendliche schwarze Tiefe. Wahrscheinlich ging man den letzten Weg immer allein, dachte John Law. Er dachte sich weiter nichts dabei. Es war in Ordnung so …

Epilog

John Law starb am 21. März 1729 kurz vor Vollendung seines achtundfünfzigsten Lebensjahres während des Karnevals in Venedig. Bis zuletzt glaubten seine Gegner, dass er im Ausland einen millionenschweren Silberschatz gehortet habe.

Nach seinem Tod wurden die Untersuchungen gegen ihn endgültig eingestellt, und John Law wurde posthum von jedem Verdacht freigesprochen.

Sein Sohn kehrte mit dem Testament nach Paris zurück. William Law, John Laws Bruder, wurde aus der Bastille entlassen. Er focht das Testament an mit der Begründung, dass John und Catherine nicht verheiratet gewesen seien, womit weder Catherine noch die gemeinsamen, unehelichen Kinder Kate und John die rechtmäßigen Erben sein könnten. Das Gericht gab William Recht, setzte aber nicht den Kläger William als Erben ein, sondern dessen Kinder.

Catherine zog mit ihrem Sohn John nach Utrecht. Das Schiff, das John Laws Gemäldesammlung von Venedig nach Amsterdam bringen sollte, geriet in Seenot. Die Gemälde wurden dabei stark beschädigt.

John junior kaufte sich ein Offizierspatent, diente dann im österreichischen Dragonerregiment und starb fünf Jahre später an den Blattern.

Vom Schicksal gezeichnet, zog sich Catherine ins Kloster zurück. Sie starb hochbetagt im Jahre 1747. Sie teilte Montesquieus

Auffassung, wonach man die Menschen nicht bei ihrem Tod, sondern bei ihrer Geburt betrauern sollte.

Ihre Tochter Kate zog nach London, heiratete Lord Wallingford und führte ein luxuriöses und glückliches Leben als berühmte und beliebte Dame der Londoner Gesellschaft.

Die Gemäldesammlung, die sich John Law in Venedig angelegt hat, wäre heute Milliarden wert. Sie umfasste Werke von Tizian, Raffael, Tintoretto, Veronese, Paolo, Holbein, Michelangelo, Poussin, Leonardo da Vinci, Rubens, Canaletto, Gianantonio Guardi, Giovanni Antonio Pellegrini, Marco Ricci, Giambattista Tiepolo, van Dyck und Rosalba Carriera, die auch John Laws Tochter Kate porträtiert hatte. Siebenundsiebzig Gemälde aus John Laws Kollektion wurden am 16. Februar 1782 durch das Auktionshaus Christie's versteigert.

John Law wurde in der venezianischen Kirche San Gimignano an der Piazza San Marco bestattet. Fast hundert Jahre später stand Venedig unter napoleonischer Herrschaft. Als die Kirche abgerissen werden sollte, verfügte der damalige französische Statthalter Venedigs, Alexander Law – ein Großneffe unseres John Law –, die Verlegung der Gebeine in die nahe gelegene Kirche San Moise. Dort liegt John Law heute noch begraben.

Nachwort

John Law gehört zu den bedeutendsten Geldtheoretikern aller Zeiten. Die Finanzwelt beruht noch heute auf dem Law'schen System, auch wenn wir in den modernen Demokratien ausgereiftere und verfeinerte Kontroll- und Lenkungsmechanismen eingebaut haben, die verheerende Instabilitäten einschränken. Während John Law bereits Ende des siebzehnten Jahrhunderts die Notwendigkeit erkannte, die Metalldeckung der neu eingeführten Banknoten fallen zu lassen, verabschiedete sich die amerikanische Regierung (und mit ihr die übrige Welt) erst im Jahr 1971 von der Vorstellung, eine Währung mit physischem Gold abdecken zu müssen. Zahlreiche derivate Produkte wie Futures oder Optionsscheine wurden bereits von John Law erfunden und eingeführt.

Mit dem Mississippi-Boom zu Beginn des achtzehnten Jahrhunderts wurden zum ersten Mal soziale Schranken überwunden: Der über Nacht zum Millionär gewordene Kutscher erwarb beim Trödler die eleganten Kleider des verarmten Landadels, und die zur Millionärin gewordene Kammerzofe leistete sich Diamantcolliers und drängte selbstbewusst in die obere Gesellschaft. Die Mississippi-Euphorie gab – vorübergehend – jedem Menschen, unabhängig von seinem Stand, die theoretische Möglichkeit, Millionär zu werden. In der Rue Quincampoix herrschte – vorübergehend – jene *égalité*, die sich Jahrzehnte später die Französische Revolution auf die Fahnen schreiben sollte und die noch heute das Wesen aller demokratischen Staaten ausmacht.

John Law war nachweislich ein Idealist, der mit dem Rohstoff Geld die Welt und die Lebensbedingungen der Menschen verbessern wollte. Selbst Montesquieu, der John Law und dessen Ideen feindlich gesinnt war (und ihn kurz vor seinem Tod in Venedig besuchte), musste am Ende feststellen, dass John Law »mehr in seine Ideen verliebt war als in das Geld«.

In seinen mathematischen Modellen hat John Law den Faktor Mensch außer Acht gelassen. Er hat weder mit der Disziplinlosigkeit Seiner Königlichen Hoheit gerechnet noch mit der *madness of crowds*.

Last but not least ist die Geschichte von John Law und seiner Epoche auch ein beeindruckendes Beispiel dafür, dass – allen Unkenrufen zum Trotz – alles besser wird. Als König Louis XIV. starb, hatten die Menschen in Europa vierzig Jahre Krieg hinter sich; die Arbeitslosigkeit in Frankreich betrug ungefähr neunzig Prozent; in einem einzigen Winter starben in Paris über dreißigtausend Menschen; von zehn Kindern starben acht bis neun, jede Bagatellerkrankung konnte den Tod bedeuten.

Die Beschäftigung mit John Law und seiner Epoche mag auch Mut verleihen, die widrigen und oft unverhofften Schläge des Schicksals zu ertragen und stets das Unmögliche zu versuchen.